U0581593

茅盾文学奖得主
徐贵祥小说

四面八方

徐贵祥◎著

中国文史出版社

第一章

1

陆军江淮医科学校最后做的事情有两件，一是发钱，二是发枪。几麻袋光洋和十几捆卡宾枪堆在操场东边的高台子上，然后就吹起了集合号。最先到达的是预干队，然后依次是预科一至三队、战护一至四队，共有八个学员队，乱哄哄地跑步、齐步走、原地踏步。

预干一队学员队长肖卓然军姿严整，手戴雪白的手套，臂佩黄色值星官臂章，立于操场东北角，调整各路人马就位，下达清点人数的口令。报数的声音顿时此起彼伏。

担任值星官的肖卓然，此时身上好像被注入了一种神奇的力量，下巴微翘，居高临下，目光锐利，盛气凌人。这与他的二十岁年纪和预干学员的身份有点不太吻合。过去的日子里，肖卓然在预干队一直以学员精英自居，始终保持天降大任的派头，大家对此也习以为常了。只不过，在今天这个时候，在解放军兵临城下随时都有可能破城而入的前夕，在别人都为自己的前途命运惶惶不可终日的末日黄昏，他还是这么成竹在胸，还是这么从容不迫，让人觉得有点不可思议。

整队完毕之后，肖卓然正步拔向主席台，一步一个脚印，铿锵有力，在距离主席台尚有二十米的地方，立定，抬臂，敬礼，大声报告：全部学员应到四百九十二人，实到三百八十九名，请长官训示。

主席台上，只有一个少将，是医科学校的副校长冯百善。冯百善煞有介事地扫视一圈，还礼，下令：稍息！

肖卓然转身，面向七上八下的学员方阵，转达冯百善的命令之后，跑步回到预干队的队首，等待长官训话。

这一套程序井然，滴水不漏。

虽然外面的世界已是兵荒马乱，但是此刻在皖西一隅杏花坞，江淮医科学校似乎还保留着国军的一点面子，没有像三十六师残兵败将那样屁滚尿流。但是在场的每一个人，包括冯百善自己心里都明白，这一切不过是最后的表演，再过一天，不，再过一夜，或许再过几个小时，国军江淮医科学校就不复存在了，此刻在这里衣冠楚楚、仪表堂堂的军官和学员们，几个小时之后会在哪里，会以什么样的面貌出现，除了老天爷，那就只有鬼知道了。

学员方阵里没有人说话，所有人的目光都盯着主席台，没有人注意那堆洋钱和卡宾枪。主席台上除了冯百善，还有政训处长马庚河和教导处长王思民。校长宋雨曾已经不知去向。不仅是校长找不到了，八个学员队里，至少有一百个人不辞而别。肖卓然向冯百善报告的人数，有很大的水分，这已经不是秘密了。台上的人和台下的人一样心照不宣。

冯百善开始训话，先是讲了党国面临的严峻形势，再声泪俱下地表彰了在多事之秋危局之下仍然坚守岗位的在座栋梁之材——这就是指在台下竖着耳朵聆听训话的学员们了。其实，训话的人和听话的人此时都在想着同样一个问题，他妈的死到临头了，还不赶快撒丫子滚蛋？赶快结束扯卵蛋，大家八仙过海吧。

然而谁也没有说话，全是一脸的庄严、一脸的肃穆、一脸的受命危难大义凛然的表情。戏还得接着演下去。

冯百善训示完毕，政训处长马庚河宣布了一项令人瞠目结舌的公告：兹发表战区最高长官命令，江淮医科学校所有的坚守学员皆为党国精英。根据战局需要，全部提前毕业任职，预干队全体授衔为中尉军医，预科队全体授衔为少尉医助，战护队全体授衔为准尉医士。

直到这个时候，台下才涌起小小的骚动。完成学业，成为军医，佩戴军衔，领取军官薪金，这是台下的人梦寐以求的事情。寒窗苦读，为的就是这一天。可是这一天真的来了，大家的心里却丝毫没有感到喜悦，相反还很惶恐，不知道接着会发生什么。

接着就是发钱。肖卓然下了一道嘹亮的口令——预干队全体，向右转，目标左前方，齐步走！

预干队学员——转眼之间，他们已经是中尉军医了，首次领取薪金二十块大洋。预科队每人十五块大洋，战护队每人十块大洋。

再接着是发枪，枪不够，只有一百多支，首先发给了战护队的所谓准尉医士们。他们领取枪支后，连宿舍也没有回，就由警卫科长楼炳光和警保连的连长带领奔赴护城河防御阵地了，说是协助三十六师守城，进行战地救护。

就在发钱发枪发军衔搞得一片乱哄哄的时候，预干队学员汪亦适发现肖卓然被马庚河招呼到主席台上。马庚河比画着交代着，肖卓然昂首挺胸，甚至还举起了拳头，像是宣誓。然后政训处的几名军官每人抱着一摞小册子，分发给预干队的学员。

当年的“四条蚂蚱”，此时一个在台上，三个在台下。同汪亦适并排的程先觉嘀咕说，都啥时候了，还在黑起屁股眼儿提虚劲，这老兄真是疯了！

汪亦适没有做出反应，脖子后面一股热气哈过来。郑霍山在后面说，嘻嘻，罗曼蒂克！

汪亦适说，是很罗曼蒂克，悲壮啊。

程先觉说，少说一句，当心祸从口出。

郑霍山说，夫妻本是同林鸟，大难来时各自飞。今夜就作鸟兽散，明天回家喝稀饭。

汪亦适轻轻地叹了一口气，不再说话。

领完钱，预干队和预科队的学员就各揣心思往自己的寝室走，走到半路，汪亦适才发现程先觉不见了。

汪亦适没有领到枪，只领到二十块大洋和一副中尉领章。回到寝室，他看着那副中尉领章愣了很长时间，感觉这一切就像是在做梦。然而大洋是实实在在的，扔在桌子上，发出清脆的响声。领章也是实实在在的，中间一道红杠，挂着两颗黄星。

汪亦适心里一阵冷笑，他妈的这就成中尉了？二十块大洋就能买一条命，简直荒诞！

这一天是民国三十八年二月十八，天晴。夕晖淡去，夜幕降临，随着远处时隐时现的隆隆炮声，有灯火的地方和没有灯火的地方全在乱着，有的乱着去杀人，有的乱着被人杀。街面上不时传来各种奇怪的脚步声，有的碎步小跑，有的大步流星，还有的若隐若现，那声音在昏黄的路灯下卷起，风一样渗进小巷深处，阴森森的。

头顶是一只黄得发红的电灯泡，25 瓦。大约是火力发电厂也乱了，当作燃料的稻壳子填得忽多忽少，所以电灯光就忽明忽暗。忽明忽暗的灯光下面有一封信，信纸的一角被门缝里过来的风吹着，簌簌地动着，汪亦适的心就是被这簌簌的信纸给搞乱的。

很长一段时间汪亦适都没有搞明白，这封信到底是怎么到他手上的。在操场听冯百善训话之后，他倒是看见了马庚河私下里向肖卓然交代什么，但是那本《为三民主义而战》肖卓然并没有经手，而是政训处那几个军官直接发到大伙手上的，而发到他手里的《为三民主义而战》里居然夹着这封信，信的落款公然署名舒云舒，不知道是谁做的手脚。汪亦适最初看到信的时候，恍然如梦。

舒云舒在信中说，解放军凌晨就要攻城了，国民党大势已去，新中国曙光已现，有志青年应该审时度势弃暗投明。夜里十二点以前赶到皖西城南风雨桥头，即可视为人民的一员，超过十二点不到，即为人民的敌人。人生前程命运，在此一抉。

汪亦适攥着那封信，看着顶上那只25瓦的鬼火似的灯泡，两眼一片茫然。汪亦适和舒云舒的关系是一言难尽。小时候是青梅竹马，及至少年青年，两人一度心心相印，就差没有捅破那层窗户纸，没想到却让风流倜傥的肖卓然捷足先登了。程先觉的梦中情人也是舒云舒，这伙计不厌其烦地给舒云舒写情诗，但那些情诗基本上泥牛入海。郑霍山曾公开叫嚷要娶舒云舒当老婆，并且多次拦截舒云舒要其表态，差点儿没让肖卓然打个鼻青脸肿。

舒云舒现在是预干队女生二组的学员组长，这次也被授了个中尉军衔。汪亦适没有想到，他的幼年伙伴会摇身一变成了解放军的人。

汪亦适现在关心的是，去，还是不去城南风雨桥头？对于此刻的汪亦适来说，这并不是政治选择，甚至不是命运的选择，而是一种感情上的选择。他当务之急需要知道的是，舒云舒会不会在风雨桥头等他。如果舒云舒在风雨桥头等他，那么一切问题都会迎刃而解，他会义无反顾地按照舒云舒指定的时间到达指定地点，至于后果是什么，那他就不管了。

问题是，还有个肖卓然横亘在他们中间。如果舒云舒是解放军的人，那么肖卓然是什么人？想到这里，汪亦适惊出一身冷汗，肖卓然的形象在他的眼前一下子模糊起来了。按照汪亦适的判断，舒云舒对肖卓然的真实身份不会不清楚，肖卓然对舒云舒的真实身份也不会不清楚。难道肖卓然也是解放军的人？如果肖卓然是解放军的人，程先觉和郑霍山会不会也接到了这样的策反信？

若在革命的十字路口分道扬镳，则今生今世从此陌路也……若能劝说更多有志之士弃暗投明，则无疑是对新政权的一份重要贡献，也是对我们的友情之花的极好滋润……

舒云舒信中这几句话让汪亦适为之心动，为之心乱。汪亦适和程先觉住一个寝室，根据平时对程先觉的了解，他认为在“四条蚂蚱”中，劝说程先觉一起投奔解放军是完全有可能的。程先觉这个人脑瓜子灵活，一分钱掉在草棵里，他可以满地打滚找。前些日子他就流露出来了要顺势应变的想法，还鬼鬼祟祟地念叨过“水往低处流，人往高处走”“不能在一棵树上吊死”

之类的话，看来已有动摇倾向。再加上他给舒云舒写过那么多情诗，如果他知道舒云舒是解放军的人，恐怕不会无动于衷。

想到这里，汪亦适很心动，他想，最好能拉上程先觉，要是能够把肖卓然和郑霍山也拉上，“四条蚂蚱”一起去见舒云舒，那就是再好不过了，那简直就是给舒云舒献上一份天大的厚礼，那比程先觉的八百封情书分量都要重。

想归想，真正实施起来还是有很多困难的。别的不说，让他汪亦适去劝说肖卓然抛弃党国投奔解放军，这简直就是天方夜谭。肖卓然是什么人？国民党的政训处长马庚河对肖卓然始终格外栽培，这个人也许已经被发展成为学校党部的人了，极有可能在舒云舒面前隐瞒了他的真实嘴脸。这时候去动员他起义参加解放军，无疑是自投罗网。还有一种可能，万一这封信是肖卓然利用舒云舒炮制的圈套，那他此刻到风雨桥头，则更是飞蛾扑火了。

程先觉回到宿舍的时候，已经是晚上十点钟左右了。汪亦适如坐针毡，见程先觉回来，喜出望外，问，你到哪里去了？火烧眉毛了，你还有心思鸿雁传书？

程先觉嘿嘿一笑，神秘地说，还真让你说对了，不过你只说对了一半——我去跟舒云舒约会去了。

汪亦适吃了一惊问，真的？这个时候……你们有什么打算吗？

程先觉说，他妈的，没想到她是解放军的人，她暗示我弃暗投明，还要我拉你一块去。

汪亦适看着程先觉，半天没有吭气，停了好长时间才问，你是怎么想的？

程先觉说，我当然拒绝了她。

汪亦适说，那你是打算随队到江南了？

程先觉说，我哪里也不去。我就是皖西人，我留在家乡，哪怕当个江湖郎中，也不愁一碗饭吃。我去江南干什么，我又不会打仗。

汪亦适的手在裤兜里捏着那封信，想掏出来，又放了回去。汪亦适说，你糊涂。你既然想留在家乡，何不干脆投奔解放军？解放军打下皖西城，就要建立新政权，新政权需要医疗人才，你正好可以有所作为，这比你当江湖郎中不知道好多少倍，比到江南继续承受战乱更不知道好多少倍！

程先觉没有马上回答，而是仰起脑袋看那只昏黄闪烁的电灯泡。看了一会儿问汪亦适，你的意思是说，你要去投奔解放军？

汪亦适说，我是投奔和平，投奔新政权。再说，眼下已经证实了，舒云舒是解放军的人，你我都是同学，有她先行一步在解放军里做事，我们去了，至少人身安全是有保证的。眼下已经不容多想，再有一个小时不走，校方如果组织我们增援城防，你我恐怕还得扛枪守城呢。到那时候，城守不住，你我就成了解放军的罪人。退一步说，就算是逃到江南，你我都是手无缚鸡之力的书生，战乱之中，兵不是兵，医不是医，岂不是一场悲剧？

汪亦适平时沉默寡言，紧要时刻却是有条不紊，句句在理，这就不能不让程先觉刮目相看了。程先觉把眼镜片摘下来，擦擦，戴上，再摘下来擦擦，再戴上，看着汪亦适问，听你这样一说，好像你已经决定了？

汪亦适说，当断不断，反为其乱。我已经决定了，我希望你跟我一起走。

程先觉说，我再想想。

汪亦适说，哪怕你把脑袋想破，也是这个结局。瞻前顾后，患得患失，会耽误大事的。我们不能再拖了。

程先觉还在犹豫，举棋不定，几次欲言又止。汪亦适急出了一头冷汗。就在这时候，忽然传来一声枪响，远远的，隐隐的，但是那声音却异常刺耳。

程先觉的脸色立马黯淡下来。汪亦适的脸色也立马黯淡下来。汪亦适真的急了，一反过去文质彬彬的做派，居然把桌子拍了起来，指着程先觉的鼻子说，你还在犹豫什么？难道非要等解放军打进来，当了俘虏你才甘心吗？你是愿意当解放军的功臣，还是愿意当解放军的俘虏？

程先觉的眼睛里涌出了泪水，看着汪亦适，腮帮子抖了一阵子，终于不抖了，咬牙切齿地对汪亦适说，好，我听你的。

2

天仍然黑着，路灯仍然昏着，街面仍然乱着。

程先觉换了一身学生装，戴上鸭舌帽，从医科学校的西南角翻墙而出，轻易地避开了城防巡逻队的视线，心里七上八下，脚底趺趺撞撞，一头冷汗，一脸风霜，一肚子惊恐，左转右拐向城南跑去。

程先觉现在想明白了。人算不如天算，党国大势已去，不可逆转，转眼之间，江山易帜，以后就是共产党的天下。即便是想留在皖西家乡，也是在共产党的地盘上谋口饭吃。好汉不吃眼前亏，识时务者为俊杰，早点归顺解放军，即使不是功臣，但总比当俘虏好一些。如果算弃暗投明，共产党给个差事，总比跟着国军到兵荒马乱的江南好多了。留得青山在，不怕没柴烧啊！

眼看就快到城中心四牌楼了，忽然听到身后传来凌乱的跑步声。程先觉打了一个冷战，以为是医科学校的巡逻队抓他来了，浑身的汗毛都奓起来了，赶紧缩到一个街角，大气也不敢出一声。那队人马跑近了，果然是医科学校的巡逻队，还有一些武装学员掺杂在里面，都是全副武装，步枪上的刺刀在路灯下跳动着、闪烁着。

程先觉听出来了，带队的是警卫科的科长楼炳光。楼炳光一边跑一边吆喝，快点，十一点前必须赶到小东门，小东门破了，大家都是死路一条！

程先觉听明白了，巡逻队不是来抓他的，而是赶到小东门参加守城的。程先觉心想，幸亏事先溜出来了，否则肯定也被集合起来，与其跟着去垂死挣扎，去当炮灰，还真的不如临阵倒戈，哪怕当了俘虏，也比送死强啊！

巡逻队从街心匆匆奔过，一会儿就不见了踪影。程先觉东张西望，确认没有人跟踪，这才闪出街角，戴正鸭舌帽，选择一条小巷，继续向城南跑。

街上已经很少见到老百姓了，只是时不时地有国军官兵整队地奔跑，也有三五一伙零星人员。程先觉估计，这里面恐怕也有不少官兵跟他一样，是自谋生路的。

这一路上，又是一惊一乍，左躲右闪，直到个把小时过去，这才心神不定地挨近城南的风雨桥。程先觉留了个心眼，他没有马上现身，而是躲在风雨桥北面隆泰粮栈门前的大槐树后面，远远地观察风雨桥头的情况，他想看见舒云舒。但是望穿秋水，程先觉也没有见到舒云舒。这时候他突然产生了不好的预感，他似乎有些明白了，这个时候，舒云舒怎么可能出现？他对汪亦适说舒云舒跟他约会了，当面劝说他投奔解放军，那完全是戏弄汪亦适的。真实的情况是，他同汪亦适一样，也是在紧急会议上从政训处下发的《为三民主义而战》里看到那封信的，内容同汪亦适接到的那封信一模一样。他在排队等待领大洋的那会儿工夫，就发现了那封信，还没有来得及回寝室，就被二班的同乡方得森拉走了。方得森劝说他连夜出走，三十六计走为上，先回六安老家躲起来，看看风声再说。但是程先觉没有轻举妄动。虽然是秋后的蚂蚱，还是要蹦跶几下再说。此时外面的情况不明朗，拔腿一走并非上策。

尽管也有糊涂的时候，但总的来说，程先觉比汪亦适聪明，譬如这一会儿他就突然聪明起来了，突然回过神了，突然明白过来了——既然舒云舒的信能够出现在政训处下发的《为三民主义而战》里，并且通过政训处特工人员之手发到预干队学员的手中，说明舒云舒是解放军的内线已经不是秘密，舒云舒的真实身份已经公开了，那么这时候她还可能留在一片恐怖的皖西城吗？她还可能出现在风雨桥头吗？恐怕她早就远走高飞了。传到汪亦适和他手中的信，要么是舒云舒远走高飞之前早就写好的，要么就是有人伪造的。那么，如果是后一种，那就太可怕了。是谁伪造了舒云舒的信要他们到风雨桥头“弃暗投明”？如果是解放军的内线人员，还不是特别可怕。而如果是政训处那些特工人员搞的，那麻烦就大了。

思路到了这一层，程先觉又出了一身冷汗，左思右想，思前虑后，越想越像，越琢磨这件事情越危险。到了最后，他几乎断定了，所谓的舒云舒的信，就是政训处搞的把戏，目的就在于引出预干队中的动摇分子。没准政训处的特工们已经在风雨桥头布置了天罗地网，已经张开了血盆大口。只要他敢踏上风雨桥头，转眼之间就会万箭齐发，转眼之间就会千刀万剐，转眼之间就会粉身碎骨……

那一瞬间，程先觉的眼前一片漆黑，天旋地转。

程先觉站住了，重新回到大槐树下。此时真是愁肠百结，绝望填满了胸腔。他想，也许这就是命吧，往前一步是风雨桥，风雨桥头等待他的是什么？他不知道。往后一步是国军的城防阵地，那里等待他的是什么？他也不知道。多事之秋，战争缝隙，个人的进退去留生死存亡，真是难以定夺啊！

然而时间已经不容程先觉继续三心二意了。就在他第三次缩回到大槐树下面的时候，冷不丁地看见了一个人影。那个人背着手，原地站立，正在冷飕飕地看着他。他差点儿没有叫出声来，但是他已经没有办法叫喊了，一只手已经捂住了他的嘴巴，他只觉得两腿一软，就被人按倒了。

过了好一阵子，程先觉才睁开眼睛。他终于看清楚了，那个背着手居高临下地看着他的人是肖卓然。肖卓然身上那套牛屄哄哄的国军美式军服已经不见了，他穿着一身解放军的土黄布军装，腰里还扎着一根胳膊粗的牛皮腰带，上面别着一把盒子枪。帽子似乎小了点，抓住头皮，就把眼珠子扯大了。绑腿下面是皮鞋，很不雅观。

肖卓然就那么凸着眼珠子看着他，笑笑说，啊，是先觉兄啊！又挥挥手对按着程先觉的解放军战士说，放开他。

程先觉的脑子像磨盘一样转了几圈，似乎明白了，接到舒云舒劝说信的人不仅有他，还有肖卓然。程先觉说，卓然兄，你这是——

肖卓然笑笑说，跟你一样，风雨桥头弃暗投明啊！

程先觉此刻真是百感交集，看着肖卓然，怔怔地半天作声不得，没防着鼻子一酸，嗓子一热，差点儿就哭出声来。

肖卓然说，既然来了，那就跟我走吧。

程先觉疑惑地看着肖卓然，又伸头缩脑地看了看身后那个刚才捂住他嘴巴的汉子，问道，难道，我们真的要去投奔解放军……舒云舒……舒云舒她……

肖卓然嘿嘿一声冷笑说，怎么，你就是冲着舒云舒来的？

程先觉点点头，又赶紧摇头说，不是，我怎么觉得这件事情有点……有点奇怪啊！

肖卓然说，跟我走吧，你很快就会不奇怪了。

说完，招呼一声那个陌生的战士，说了声注意隐蔽，又向程先觉挥挥手说，快点，跟上。

程先觉半是明白半糊涂，半是紧张半放松，不好多问什么，跟着肖卓然，沿着河岸，贴近河床，一路无语，大步流星。大约走了两三里路，在窑岗嘴附近，河面上泊着十几条渔船，有机帆船，有油轮船，也有小舢板。肖卓然率先上了一条最大的油轮船。程先觉跟在后面，吃惊地发现，轮船甲板上站着几个穿着解放军粗布军装的士兵，还有斜挎驳壳枪的军官，见到肖卓然，齐刷刷地敬礼，嘴里还喊，首长好！

这一幕看得程先觉恍如隔世。

进到船舱里，程先觉才发现，里面还有一些穿着国军军服的人，有医科学校的学员，也有守备皖西城的三十六师的军官，还有几个非军方学生模样的人。细细看来，军官们多数是技术军官，有搞通信电台的，有搞汽车修理的，还有一个程先觉认识的，是三十六师师部的炮兵参谋。

大家见肖卓然进舱，全都站起来了，点头哈腰地向肖卓然打招呼。肖卓然昂首挺胸，频频挥手致意，又对一脸茫然的程先觉说，进来吧，加入到起义的行列。

程先觉张口结舌地说，我这就……就算……起义了？

肖卓然说，是啊，从你踏进这个船舱的时候算起，你就是中国人民解放军的军人了。难道你有异议？

程先觉赶紧摆手说，没有异议，没有异议，我愿意加入解放军，愿意接受卓然兄的指挥。

肖卓然笑笑，看看众人，一只手扌着腰说，好，看来就是这么多人了。现在我以中国共产党皖西城军管会城工部青年科科长的名义宣布，皖西城国民党守军二十八名有志之士响应我党号召，临阵起义，成为我军解放皖西城的功臣。现在，请各位放下心来，我们马上就要开往解放区，进行短暂的政治学习。学习结束，我们还要回来，在新政权里担负重要任务。开船！

3

汪亦适之所以没有跟程先觉一道前往风雨桥，是因为郑霍山。

汪亦适几乎没有费太大的劲，就说动了程先觉到风雨桥头弃暗投明，这就让他在心里产生了一种错觉——看来这件事情并不复杂，只要做了，做成的可能性就很大。

当程先觉终于下定决心要去风雨桥的时候，汪亦适也下了决心，他要去找郑霍山。他知道劝说肖卓然不是他力所能及的，但是说动郑霍山还是有可能的。如果他能带着郑霍山去见舒云舒，即便不能以此赢得舒云舒的芳心，但也算是对新政权做了一件有益的事情。郑霍山这个人傲慢自负、自私自利，曾被马庚河骂为害群之马，但是这个人学业上却是一点儿也不含糊，在外科学上很有建树。医科学校的宋雨曾校长曾经说过，出奇之人必有出奇之处。郑霍山不会为人，不等于不会行医，这个人如果走上正道，将会成为一个身手不凡的外科医生。

汪亦适没有向程先觉公开那封署名舒云舒的劝说信，只是对程先觉说，你先走一步，我得去图书馆里还书。你要是见到舒云舒，请转告她，我汪亦适决心已定，必然投奔解放军。

程先觉说，都什么时候了，你还去还书？你就是把书还回去了，医科学校也带不走啊。

汪亦适说，那是两码事。借书还书，天经地义。书是学校的，还回去，以后也是新政权的财产。我不能落个借东西不还的名声。

程先觉说，你这个人真是书呆子，这个时候了还放不下你那个正人君子的架子。

汪亦适说，做人嘛，总是要讲信誉。你先走吧，万一我迟到了，你也好跟舒云舒解释一下。我们在新政权里相见。

程先觉的脑子当时转了一圈，心里暗想，这样也好，舒云舒让我多劝说几个人弃暗投明，我先到了，说明我的态度是最积极的，我可以跟舒云舒说，我已经劝说了汪亦适，随后就到。这样一想，程先觉就不再纠缠汪亦适了，一马当先地出门了。

程先觉走后，汪亦适当真找出几本医书，夹在胳肢窝里往图书馆送。此刻图书馆里已经见不到人了，借着月光从门口向里面看去，室内到处都是书籍资料，桌上地下，一片狼藉，显然重要的典籍已经捆扎运走了。汪亦适还书不成，索性把书从门缝里塞了进去，然后从容不迫地回到宿舍区，上了四楼，径奔郑霍山寝室。

“四条蚂蚱”，语出皖西医药大亨舒南城之口。当年郑霍山揣着家书，投奔舒南城的时候，路上巧遇肖卓然和程先觉，在舒南城家，又遇上正在舒家借宿求学的汪亦适。及至江淮医科学校开科招生，舒南城把他们一起保荐给了他的少年好友、江淮医科学校校长宋雨曾。这几个人都还争气，郑霍山和汪亦适分别拿到外科学和内科学基础理论第一名和第三名的成绩。肖卓然和程先觉的成绩也都在前十名以内。在为他们饯行的筵席上，舒先生语重心长地对他们说，从今日起，你们四个人就走上一条路了，一条绳子上的蚂蚱，要精诚团结，同舟共济，勤学苦读，振兴民族医药事业。

就从那个时候起，这四个人就似乎有了某种关联，“四条蚂蚱”的名气也越来越大，那条维系着他们的绳索，就是舒南城所展望的民族医药事业。但毕竟人各有志，国家多事之秋，江山板荡之际，各有各的理想信念，精诚团结已不再可能。那条绳索，已在风雨中抖动摇摆，很难再把这“四条蚂蚱”拴在一起了。

在郑霍山和肖卓然同住的宿舍里，汪亦适没有见到肖卓然。让汪亦适始料不及的是，政训处的行动组长李开基也在郑霍山的宿舍，正在劝说郑霍山收拾细软跟随政训处一起转移。两个人正在争论什么，见汪亦适进来，李开基说，正好，现在国难当头，多一个人就多一分力量。汪亦适你也是宋校长器重的学生，赶快收拾行装，我派人护送你们出城，到江南去。

汪亦适吃了一惊，一脚门里一脚门外，不知怎么回答。

郑霍山说，老李你说实话，宋校长是不是已经出城了？

李开基说，当然，宋校长是国军医科学校的校长，也是共军的敌人，他不走，难道留给共产党去杀不成？

汪亦适暗自琢磨，李开基的话不一定可信。因为前两天就有传说，说宋雨曾校长表示，他不会去江南，不当校长更好，他要留在皖西城，不参与战争，不参与政治，干干净净地当一个医生。汪亦适说，李组长，我们现在不能出城。

李开基瞪着眼睛问，为什么？难道你想投降共军？

汪亦适说，你凭什么说我想投降共军？晚上你们政训处不还在紧急会上呼吁我们大家有枪拿枪，没枪背起药箱，誓与皖西城共存亡吗？我要留在医科学校，与共军血战到底。郑霍山，你说是吧？

郑霍山说，我可不想血战到底。我是个学医的，我去血战，还不够添乱的呢。我得去找宋校长。

汪亦适问，你知道宋校长在哪里吗？

郑霍山说，李组长刚才说了，宋校长出城了，恐怕已经到江南了。

汪亦适当然不信。昨天程先觉跟他讲，宋校长因为不满国民党的腐败无能，一直不愿意加入国民党。鉴于他在医学界的威望，才让他出任医科学校的校长，还给他临时授了个少将军衔，但是宋校长几乎没有穿过那身军装。如今皖西城危在旦夕，国民党军统组织已经下手了，部署医科学校内部的特务组织，具体说来就是政训处，要不惜一切代价把宋校长带走，实在带不走，就采取非常手段。郑霍山是宋校长多次点名褒奖的学生，平时经常出入宋校长的家门，有人甚至说，宋校长很有可能要招郑霍山做女婿。郑霍山同宋校长情同父子，他去追随宋校长自然也在情理之中。但是，当着李开基的面，汪亦适不敢说三道四，只是说，我听说宋校长还在皖西城，霍山兄你要是决心跟着宋校长，就不要轻易离开皖西城。

李开基有些恼火，下意识地摸了摸腰间的手枪，厉声喝道，汪亦适，你不要妖言惑众，你怎么知道宋校长还在皖西城？只有共军才造谣宋校长在皖西城，你难道想策应共军，破坏国军战略撤退的计划？

汪亦适说，我不知道国军的战略撤退计划是什么，但是我不相信宋校长已经离开了皖西城。你说宋校长离开了皖西城，你有什么证据？

李开基说，汪亦适，你是党国军校的学生，你应该忠于党国。如今党国有难，你我应该同舟共济。你是一个技术人才，跟着国军撤退，才有你的用武之地。如果你产生叛逆之心，即使共军收留了你，也不会有你的好日子过。

汪亦适说，霍山兄，你是什么态度？

郑霍山说，我要首先找到宋校长，我跟宋校长走。

李开基说，那你们就赶快准备，宋校长已经……李开基正说着，停住了话头。政训处的于副官出现在门口，向李开基递了一个眼色。李开基连忙说，你们听着，赶快准备，若有叛逆之心，别怪我不够朋友！说完，拍了拍腰里的手枪，出门去了。

见李开基出门，汪亦适压低声音对郑霍山说，霍山兄，看出来了吧，政训处这帮人，什么事情都能干得出来。不要抱有幻想了，赶紧拿主意吧。

郑霍山说，拿什么主意，我怎么知道你的主意就是好主意？

汪亦适说，舒云舒是共军的人，她给我写了信，要我们到风雨桥头参加起义。眼看天下已经是他们的了，你我何必还在李开基他们的手下卑躬屈膝？

郑霍山说，你是说舒云舒给你写了情书？

汪亦适说，不是情书，看那口气，是公开信。没准你也收到了是不是？

郑霍山没有正面回答，冷笑一声说，亦适兄，我看你是不要脑袋要美人！我们为什么要听舒云舒的，她又没答应给我当情人。

汪亦适说，弃暗投明，乃明智之举。

郑霍山阴阳怪气地看着汪亦适，突然笑了说，亦适兄，我明白了，原来你是赤党。但是我跟你明说了，投奔共军，我是坚决不会干的。

汪亦适惊问，为什么？

郑霍山说，我是国军医官，是共军的敌人。我在国军里是中尉见习医官，我到共军里面什么也不是。

汪亦适说，霍山兄你糊涂，什么共军国军？你我都是学医的，都有一技之长，只要能为老百姓做事，就有饭吃。难道你忘记了宋校长的话，做人之道，以技为长。我们千万不要参与党争、政见之争。

郑霍山翻着眼皮说，那你让我投奔共军，难道不是参与党争？你少费口舌，趁李开基不在这里，赶快滚蛋吧，我们井水不犯河水。若干年后倘若相遇，我们还是同学一场。

汪亦适说，我可以走，但是我现在不能走，我不能眼看你上当，我要带你走上正道。

郑霍山说，亦适兄，此言差矣。难道我走过邪路？解放军那里连个像样的手术台都没有，我到他们那边能干什么？我再说一句，看在你我同窗三年的情谊，我不拦你，你走你的阳关道，我过我的独木桥。如果你还不走，等李开基回来，兄弟我就无能为力了。

汪亦适此时已是心灰意冷，眼见得时间一分一秒地过去，只好站起身来说，那好，山不转水转，既然你铁了心要跟李开基走，我不能强求。只不过你要记住，良禽择木而栖，识时务者为俊杰。以后如果相逢，但愿我们不是敌人而是朋友。

汪亦适说着，眼里已经噙满泪水。

郑霍山看见了汪亦适的泪水。郑霍山闭上眼睛说，亦适兄，你走吧，走吧，但愿我们以后不要重逢。大路朝天，各走一边吧。

汪亦适说，好，各自珍重，后会有期。

说完，拎起放在郑霍山床上的上衣，正要出门，却听外面炮声隆隆。事不宜迟，汪亦适夺路而走，走到楼下，被李开基堵上了。李开基说，天下哪有这样的好事？我来劝说郑霍山到江南，你来说服郑霍山投共军，你我水火不相容，我岂能让你就这么走掉？

汪亦适说，你想干什么？

李开基说，接马处长命令，共军攻城作战已经开始。医科学校全体党国军人，立即行动起来，参加皖西城保卫战！

汪亦适说，我们都是学医的，不会放枪，不会使刀，你让我们干什么？

李开基没有理睬汪亦适，向身后挥挥手，立即过来几个士兵，满怀抱着卡宾枪。李开基说，国军中尉，义不容辞！你们都是学过速成作战要领的，现在每人一支卡宾枪、一把手枪，立即开到小东门，与皖西城共存亡！

汪亦适在那一瞬间，真是欲哭无泪。他想拒绝，但又知道拒绝无效，只好硬着头皮接过了卡宾枪和手枪。汪亦适的如意算盘是先稳住李开基，到了小东门，再伺机逃脱。小东门距离风雨桥不远，也许，趁乱脱身还是有可能的。

从楼上下来，操场上已经集合了医科学校的多数学员，大约有三四百人，在昏黄的灯光下面，个个表情麻木。这些人虽然名分上已经是国军军官了，但是都是学医的，不会打仗，也没有兴趣。现在被政训处集中在一起，发枪发弹，马上就要奔赴战场，心里惶恐得很。

汪亦适心想，也好，劝说郑霍山没有成功，已算失误。如果兵临城下，能够拉走几个同学，应该说是得大于失。有了这种想法，汪亦适就坦然了，不急不躁，跟着队伍向小东门开进。

一个月后回忆这段经历，汪亦适感触颇深。他没有想到共军的攻势那么猛烈，没想到国军的守备部队那样不堪一击。共军的炮火猛轰了半个小时，整个守城的国军队伍便是闻风丧胆，待解放军打进城里，更是风声鹤唳，兵败如山倒，一塌糊涂，不可收拾。

汪亦适是在小东门左侧的街口被解放军俘虏的。其实他不是俘虏。解放军向左街口发起进攻的时候，身边的国军一打就跑，作鸟兽散。汪亦适对郑霍山说，看见了吧，这就是党国的命运，一盘散沙。我们起义吧。郑霍山脸如死灰，没有表情，但汪亦适知道他不会再抵抗了。汪亦适在卡宾枪的枪口上捆了一块白手绢，向解放军的阵地上拼命喊话——别开枪，我们是起义的，我们是来投奔解放军的。

照明弹一颗一颗地在头顶上方亮着，解放军的长官看见了汪亦适的动作，当真下令停止了攻击，几十条枪口对着他们，一个解放军的长官高喊，把枪扔掉，把手举起来！

汪亦适把双手举起来了，同时对身边的郑霍山说，把手举起来吧，只要到了那边，我们会说清楚的，我们本来就是要弃暗投明的。

郑霍山说，我为什么要举手？我是不会投降的。再说我也用不着投降。

汪亦适不知道郑霍山的话是什么意思，但是汪亦适知道，只要他们不把双手举起来，就很有可能被解放军击毙。汪亦适对郑霍山说，火烧眉毛，不要臭硬，先举手，后说明。

郑霍山说，我不开枪，也不举手！

汪亦适说，那好，只要你不开枪，我去跟他们说清楚，说你是进步人士，你是解放军的朋友。

郑霍山说，随便你怎么说。

这时候解放军的军官又在高喊，把枪举到头顶，过来！

汪亦适说，走吧，再迟了就误会了。说着，汪亦适就举起双手，向对面的解放军阵地上走去。走了几步，回头看看郑霍山，郑霍山好像也动摇了，冲着他的背后说，那你等等，我跟你走。

汪亦适喜出望外说，那好啊，快点啊！说完又转身向解放军阵地上摇摆手中的卡宾枪和枪管上的白旗。

就在这时候，身后突然传来一声枪响。紧接着，对面枪声大作，一排密集的子弹向汪亦适的头顶扫射过来。汪亦适见势不妙，就地一滚，钻进了一个院落。

4

两天后，汪亦适见到了肖卓然和程先觉。

那是在三十里铺的解放军攻城指挥部里。皖西城已经解放，攻城指挥部也搬迁到城里，但是三十里铺却比往常更热闹了，这里有解放军的后方医院、民工支队、辎重粮秣部队，还有各类临时性的学习班，比如城市管理干部学习班、起义骨干学习班、投诚军官学习班、俘虏改造学习班，分别编号为一、二、三、四学习班。

转眼之间，物是人非。“四条蚂蚱”三重天。

肖卓然是第一学习班的党支部委员兼文化教员。这个学习班实际上就是军管会学习班，里面的学员都是解放军的团营级军官，经过短暂的培训，熟悉党的城市政策和建设城市的基本方针，之后就要回到皖西城去担任各级领导。这个学习班也是后来的皖西市委党校的前身。

肖卓然当然很忙，他不仅在第一学习班担任职务，还关注着他在解放前夕动员的那些起义和投诚人员的情况，因为他是皖西军管会城工部的青年科长。只要有空闲，肖卓然就会到那几个学习班找人谈话。

汪亦适和郑霍山都在俘虏学习班，住的是一家逃亡地主留下的院落。从政治层面讲，这是三十里铺待遇最差的学习班，伙食不差，但是没有行动自由，管教干部其实就是看守，门口还有哨兵把守，离开大门就要请假，走出大门后面就有一个持枪的战士跟着。

汪亦适是在一个傍晚见到肖卓然的。他被管教干部叫到学习班后面的一个土岗上，老远就看见肖卓然迎风伫立，远处一片灿烂的映山红将肖卓然的身影衬托得十分高大。肖卓然穿着一身崭新的军装，没扎皮带，显得有些肥大，上面还脏乎乎的。但是肖卓然的精神是饱满的。尽管他和汪亦适一样只有二十岁，但是从他的脸上，从他的举手投足上，从他说话的口气上，从他下巴密密匝匝的胡碴子上，可以看出，他已经是一个相当成熟的革命者了。

肖卓然见到汪亦适的第一句话就是，成功了，我们的革命成功了！肖卓然的喜悦溢于言表。

汪亦适拖着沉重的步子走到肖卓然面前，一言不发地看着他。

夕阳的余晖映照在肖卓然的脸上，他的双眼在晚霞中闪闪发光。肖卓然说，亦适，革命就是这样，殊途同归，我们又走到一起来了，又回到了人民的怀抱。

汪亦适说，可是，我跟你不一样啊，你是胜利者，我算什么呢，一个俘虏。

肖卓然说，那也没有关系，俘虏也不能一概而论，也有资格为新政权工作。只不过，你们要加强学习，迅速改造思想，跟上革命的形势，投入革命建设当中。

汪亦适没有搭腔，心里有一大堆委屈，千言万语却不知道从哪儿开头，只说了一句，卓然，我没有想到我们会以这种方式见面。

肖卓然说，是啊，我也没有想到，我本来以为我们会在风雨桥头会合的，如果是那样，该有多好，一切都圆满了。

汪亦适说，时也命也，不提也罢。

肖卓然说，亦适，我过去一直认为你思想进步，会顺应潮流，可是在重大的社会变革当中，你为什么不能当机立断，响应党的号召呢？这一次你让我失望了。

汪亦适想问肖卓然，夹在《为三民主义而战》里的那封以舒云舒名义写的信，是不是肖卓然的意思，话到嘴边，又觉得这个问题有点别扭，所以就没有说。汪亦适说，我不知道你是地下工作者，在江淮医科学校，你隐藏得那么深，连国民党的特务都相信你，我怎么知道你的真实身份呢？其实我一直在暗中寻找地下工作者。

肖卓然有点意外，哦，你是希望参加地下工作？

汪亦适说，现在说这个已经没有用了。

肖卓然说，皖西解放前夕，斗争形势非常严峻，我们这些搞地下工作的，要负责情报，要负责护城，还要负责联络进步人士，牵一发而动全身，因此我们慎之又慎。地下党负责人陈向真同志要求我在离开江淮医科学校的前一个小时，不许暴露身份，必须坚持到最后，把冯百善和马庚河抓获，我才能脱身到风雨桥头。但是，你当时是划在进步青年名单里的，所以在最后的关头，我们号召起义，你是重点对象。你没有接到云舒的信吗？

汪亦适老老实实地说，接到了，但我当时心情很矛盾。后来我是准备去风雨桥头，阴差阳错耽误了，一步一步地走向了今天。

肖卓然说，不过不要紧，你是学医的，本质上讲，不是革命的敌人，只要你认真改造，新政权还需要人才，你会有出路的。

事后汪亦适有点懊悔，皖西解放后他和肖卓然第一次会面，他应该向肖卓然把来龙去脉说清楚，尤其应该说清楚他是因为去劝说郑霍山同行，才耽误去风雨桥头的。但是转念一想，瞬息之间，物是人非，他和肖卓然已经是两个世界两重天了。肖卓然来看他，是以胜利者的身份看望阶下囚，居高临下，不容置疑，那口气完全都是教训的，就像老子对儿子。是过于敏感的自尊心把他说清楚的道路给堵死了。

第二天傍晚，肖卓然又来了，这次是来找郑霍山谈话。但是郑霍山不领情，郑霍山对管教干部说，他来看我，为什么还要把我叫到外面去，我们这里难道是麻风病院？

管教干部知道肖卓然是皖西解放时期的大功臣，是原皖西地下党工委书记、皖西解放后的警备区政委和军管会主任陈向真最器重的年轻干部，因此对肖卓然很尊重。管教干部说，肖卓然同志工作很忙，日理万机还来看你，是为了挽救你。这里人多嘴杂，单独会见你算是给了你天大的面子，你不要不识好歹。

郑霍山说，我顽固不化、死有余辜，我不需要人挽救，让他滚蛋。

管教干部十分恼火，出去对肖卓然说，郑霍山装病，他可能不好意思见你。

肖卓然早已了解郑霍山的情况，知道这家伙鬼迷心窍软硬不吃，眼下正在绝望状态，就说，请你带我到他的宿舍看看。

肖卓然见到的郑霍山，三分像人，七分像鬼。郑霍山坐在宿舍的一角，两手拢在袖筒里，身下是一堆稻草，眼角是一堆眼屎。门口一暗，肖卓然高大的身影就推到了眼前。郑霍山不理不睬，也不看肖卓然。

肖卓然说，郑霍山，你难道还没有看清形势吗？天下已经是人民的天下，你为什么还要鬼迷心窍？

郑霍山揉揉眼角说，你是谁，有何贵干？

肖卓然说，郑霍山，我只想跟你说，你梦想的天堂已经被人民战争打得粉碎。你是江淮医科学校的高才生，虽然身份是国民党军医学员，但是你本人并不是国民党员，也没有做过罪大恶极的事情。新政权宽宏大量，给予一切愿意悔过自新的人出路。何去何从，你自己掂量。

郑霍山说，你走你的阳关道，我过我的独木桥，井水不犯河水，你滚蛋吧！

管教干部很生气，呵斥道，郑霍山，你怎么能这么跟肖同志说话？肖同志苦口婆心是为了挽救你，你真是茅坑里的石头，又臭又硬。

肖卓然笑笑说，没有关系，我了解他，他就是这么个人，聪明一世，糊涂一时。郑霍山，我跟你说，我们不放弃对你的教育，总有一天，我们会让你看到新政权的光明，会让你心悦诚服地改变立场，回到人民的怀抱。

郑霍山歪起脑袋，睁一只眼闭一只眼，睁着的那只眼不看肖卓然，看墙，冷笑着说，那你就等着吧，只怕我等不到那一天了。他妈的天天只给小米稀饭吃，我没有力气跟你磨嘴皮子。

虽然会见郑霍山无功而返，但是肖卓然并不感到意外。时间，他知道郑霍山需要时间，时间能够改变一切。

程先觉的情况比汪亦适和郑霍山要好得多。程先觉在起义骨干学习班当学员，这个班里的学员，多数是解放前夕响应解放军号召、率部起义的国军军官，有些还是原先未暴露身份的地下党员。有个非常重要的信号是，跟党政学习班一样，起义骨干学习班的成员，也发了解放军的军装，帽子上有洋铁皮五角星帽徽，这就意味着他们在政治上已经是新政权的同志了。这些人学习结束后，多数要回到皖西城，在政府各个部门尤其是技术单位任职，各尽其能，人尽其才。程先觉相对自由，学习空隙，他主动到城管学习班去看望肖卓然。肖卓然说，程先觉同志，看来过去我对你的了解还不够，坦率地说，这次皖西解放，能够响应号召、主动起义的，在我们那四个人当中，我寄予希望最大的是汪亦适，但没有想到拿出行动的却是你。

程先觉一脸真诚地说，肖卓然同志，也谢谢你及时把组织的声音传递到我的耳边。那时候我就像热锅上的蚂蚁，急得团团转，到处寻找党组织，没想到党组织就在我们的身边，就在我们“四条蚂蚱”里面。没有你的关怀，就没有我的今天。

肖卓然说，不是我的关怀，是组织的关怀。小城解放前夕，陈向真同志召集我们地下工作者三十二个人开会，拿出了一份进步人士和可以争取的名单，你也在其中。事实证明，你是有觉悟的。

程先觉研究着肖卓然的表情，肖卓然依然是满面春风。程先觉说，皖西解放了，新政权就要建立了，不知道把我们这些人怎么安排？

肖卓然哈哈大笑说，你还担心什么？你是起义人员、有功之臣，当然要重用。

程先觉吃了一颗定心丸，往前凑了一步，神秘地说，卓然同志，你估计你会在哪个部门任职？听说陈向真同志担任军管会主任，以后就是皖西的市长，大家都说，你可能就是市政府的秘书长，秘书长就是幕僚长。

肖卓然笑道，那怎么可能？别看我是地下工作小组长，还是个青年科长，可是在我们皖西三十二个地下工作小组长里，我是资历最浅的，况且还有那些从军队下来的老红军老八路。市政府的秘书长我是当不上的，但是只要为新政权工作，干什么都行，到市政府当火夫都行。

程先觉说，那也是不可能的，你这么大的功臣都当火夫了，那我们干什么去？

肖卓然笑笑说，好了，这都是以后的事情。我们眼下的任务是学习学习再学习，掌握政策，熟悉城市管理经验。至于将来干什么，一切听组织的。

程先觉说，我听你的，你是我们“四条蚂蚱”的领袖啊。

肖卓然想了想说，程先觉同志，以后我们就以同志相称了，尽量少说“四条蚂蚱”，免得人家说我们搞山头。

5

俘虏学习班的主要任务是进行思想摸底和改造，提高对新政权的认识，写出自述和认罪书，互相检举，保证洗心革面重新做人。这个班管理比较严格，警卫森严，不允许擅自外出会友，不允许家眷探视。

还有一个投诚军官学习班，学习内容介于起义骨干学习班和俘虏学习班之间，政治待遇比俘虏学习班稍微好些，可以看报纸，大门可以自由出入，还允许亲属探视。江淮医科学校没有跟随国民党军逃跑的一百多名学员，和在战场上主动缴械投降的原三十六师军官，多数都在后面这三个学习班里。

肖卓然是新政权的翘楚，是雄踞在众多同学之上的耀眼的星辰。此后一段相当长的时间，他的工作就是管理和安排起义、投诚和俘虏人员。也就是说，他的这些同学、同僚今后的命运，主要是攥在他的手里。程先觉也不算差，作为一个起义人员，也算是有功之臣，今后的出路，就是作为留用人员帮助解放军建立新政权。

城市管理学习班里没有教官，只有解放军的首长和学习材料，学员们互为教官。起义班和投诚班里的教官叫教员，其实也是他们的服务员，还负责照顾他们的生活。

汪亦适和郑霍山就惨了，他们两个都是俘虏。虽然解放军不杀俘虏，但是也不待见俘虏。俘虏班里的教官不叫教官，也不叫教员，叫管教人员。他们早晨起床要出操，要跑步，要按照解放军的规矩说话办事，要学习汇报思想，要对自己的历史说清楚，而且是反复说，今天说了，明天还得说，跟张三说了，还得跟李四说。管教人员让他们翻来覆去地说，是为了让他们露出破绽，是为了抓住把柄。汪亦适听郑霍山说，俘虏里面罪大恶极的，有些人可能会被拉去枪毙或者判刑。所以说，他们现在住的是不叫监狱的监狱，当的是不叫囚犯的囚犯。

汪亦适感到自己真是晦气透了。他给自己算了一笔账，如果那天夜晚在他成功劝说程先觉之后，带着程先觉去风雨桥头，那他就是当之无愧的起义人员，他就是新政权依靠的力量，他就是共产党的座上宾。退一步说，如果那天他不去劝说郑霍山，还了借书之后就当机立断去风雨桥头，那他还是起义人员。再退一步说，就算他没有及时赶到风雨桥头，而如果在小东门左街口投降成功，那么他也算是投诚人员，还是解放军的朋友，还可以成为座上宾，家眷可以探视，大门可以出入，拉屎不用报告。

伙食差一点儿汪亦适尚且能够忍受，他最不能忍受的是大小便的时候有人端着上了子弹的步枪在旁边监视。刚到三十里铺的时候，他有好几天拉不出大便。他想，他要是起义人员就好了，就算是投诚也行啊！

倒霉的是，就在他距离解放军阵地不到二十步的时候，背后有人开火。这一开火不要紧，惹得对面的解放军噼里啪啦就是一顿猛打，好在对方手下留情，要不是枪口朝上，他的身上至少被穿二十个窟窿。

汪亦适作为俘虏被集中到三十里铺的时候，在路上他很恼火地问过郑霍山，说郑霍山你安的是什么心，明明看见我就在解放军的枪口下面，你居然从背后开枪，你是想让我死在解放军的枪口下吗？

郑霍山说，哪个龟孙想开枪！你不是让我跟你一起投降吗？那时候我想明白了，我不想死，我不想替那个我连认识都不认识的蒋委员长卖命，我想跟你一样，把白布绑在枪口上才出去，他妈的谁知道七弄八弄走火了。我不会摆弄卡宾枪，这个你也知道。

汪亦适说，我怎么这么倒霉啊！不过，有一点你必须向解放军说清楚，那天我到四楼你寝室去找你，劝说你起义，这是真的吧？

郑霍山不回答，反问汪亦适，你认为解放军会相信你吗？

汪亦适说，这是事实，他们为什么不相信？

郑霍山说，那好，他们要是问我，我就跟他们说真话。

汪亦适听郑霍山这样一说，就轻松多了。天地良心，他确实没有与解放军为敌的想法，相反他还很敬重解放军，他劝说了程先觉，又劝说了郑霍山，这都是事实，他应该得到解放军的礼遇。

但是汪亦适想错了。

那次肖卓然来看过他之后，他苦思冥想好长时间，终于有一天，他下了决心信誓旦旦地向管教人员张泗安报告，说他有重要情况汇报，然后就把他劝说程先觉和郑霍山的事情一五一十地讲了。

张泗安说，啊，你还那么开明啊，可是你想起义为什么不行动？你还是动摇啊！这种人我们见得多了，都是投机分子。

汪亦适说，我不是投机分子，我千真万确是因为劝说郑霍山耽搁了时间，才被国民党特务裹胁的。你们不信，可以去问郑霍山。

张泗安果然去问了郑霍山。汪亦适做梦也没有想到，郑霍山会那样回答。郑霍山说，汪亦适到我的宿舍找过我不错，但是他并没有说要起义，他只是问我要不要出城逃到江南去。

张泗安把郑霍山的回答一五一十地告诉了汪亦适，汪亦适一听脑袋就大了，差点儿没有晕过去。张泗安说，没有人证明你是因为劝说郑霍山起义才耽搁了时间，而且后来你还拿了枪，我们只能证明你是俘虏。

汪亦适有苦难言，百思不得其解。后来见到郑霍山，汪亦适说，你郑霍山真是天底下最大的坏人，我跟你前世无冤近世无仇，你为什么要害我？

郑霍山装蒜说，我没有害你。你说我怎么害你啦？

汪亦适说，分明是我去劝说你起义，才耽搁了我的时间，你为什么不跟张泗安说清楚？我劝说你到风雨桥头去向舒云舒报到，这不是事实吗？

郑霍山说，你想到风雨桥去找舒云舒，这是私事，跟起义不起义的没有关系，我为什么要说？

汪亦适顿时愣住了，他没有料到郑霍山会这么看问题。他不说话了，看着郑霍山两眼发直。

6

直到二十年以后，经过当年的学友兼难友楼炳光的点拨，汪亦适才似有所悟。楼炳光说，郑霍山那时候之所以不愿意承认你是因为劝说他才耽搁了前往风雨桥的时间，完全是为了保护自己。

汪亦适当时还是不明白，稀里糊涂地说，他倘若能够证明我是起义者，他也会跟着沾光，他不承认我是起义者，我们两个都成了俘虏。他不说真话，保护自己从何谈起？

楼炳光说，你真是书呆子。你想想看吧，当时是什么环境？我们那群俘虏，成天都是提心吊胆，怕被镇压，怕判刑，还怕被发配到边塞。那时候可以说风声鹤唳人人自危。郑霍山要是承认你是因为劝说他才耽搁了起义时间，那他成了什么，那他不是成了阻挠起义的绊脚石吗，那不是找死吗？

汪亦适这才似乎明白过来，半天作声不得。以后他也就渐渐地原谅了郑霍山。

时光退回到当年，汪亦适在郑霍山那里没有得到证明，连续好几天茶饭不香。其实汪亦适并不完全是为了给自己挣一个起义者的待遇，那时候的汪亦适还意识不到待遇的重要性，他主要是想把事情弄清楚，他想证明自己的清白。突然有一天他的脑子里闪过了一丝亮光——他想起了程先觉。那天晚上他睡不着觉，辗转反侧中，他看见了这丝亮光，一拍大腿从铺上跳了起来，在屋里的青灰地面上走来走去。

同屋的楼炳光说，你干什么，半夜三更的老是晃来晃去的，难道你想让管教人员过来揍你吗？

汪亦适说，我现在不怕管教人员了。我现在就是要见管教人员！说着，就向门外高喊，警卫，警卫，我要见张管教，我要汇报思想！

在学习班的办公室里，汪亦适怀着激动的心情，把自己在皖西城解放前夜劝说程先觉起义的事情一五一十地说了一遍，张泗安最初还是不相信，他们怀疑这个文质彬彬的家伙得了神经病。上次他言之凿凿地说郑霍山会证明他的起义言行，结果郑霍山一口否定。这次他不死心，又扯上了程先觉，弄得不好又是胡说八道。张泗安不想跟他啰唆，敷衍他说，算了吧汪中尉，我们劝你别再折腾了。你既然当了俘虏，就老老实实的。只要改造得好，俘虏也照样可以为人民服务，照样可以为新政权出力。

汪亦适说，话是这么说，可俘虏和起义者总是不一样啊，我是千真万确地想起义，而且为了起义花费了很多心血，我总不能就这么不明不白地老是当俘虏吧？我不是新政权的敌人，我是新政权的支持者啊。求求你们，你们是自由的，去找程先觉问一下，不就什么都清楚了吗？

张泗安说，就是问，那也得等到明天吧？这又不是打仗，我们总不能半夜三更地跑到起义学习班去叫人吧？起义学习班里的人都是我们新政权的有功人员，都是要重用的。我们半夜三更去找人，那太不尊重了，上级会批评的。

汪亦适说，那好，那就明天吧，明天你们可一定得给我问啊！

那一夜汪亦适翻来覆去睡不着，他想象着明天张泗安去找程先觉的情景。这件事情过去也才十来天，程先觉肯定不会忘记，他一定会一五一十地向张泗安说清楚。那天晚上他和程先觉说的话犹在耳畔，那句句都是真话，句句都是新政权希望听到的。

汪亦适在床上翻，同宿舍的楼炳光也在翻。楼炳光睡不着不是因为激动，楼炳光夜里经常做噩梦说梦话，因为他是医科学校的警卫科长，在此之前他是国军三十六师里的一个连长，他同解放军打过仗，手上的血债肯定是有的，所以他最担心解放军会把他毙了。他有好几次在汪亦适面前念叨，说他家上有七十高堂，下有五个幼子，他给国军当警卫科长也是不得已而为之，他希望新政权网开一面，留他一条活路，哪怕给共产党倒马桶擦皮靴也干。

跟楼炳光住在一个房间里，也是汪亦适急于摆脱俘虏名分的重要原因之一。楼炳光是什么人？楼炳光过去在医科学校差不多就是个恶棍，就是政训处的一条狗，经常关押进步学员，搞秘密侦察活动。那时候同学们在校园里散步，见到这伙计，避之唯恐不及。现在倒好，自己跟他住在一个房间，享受相同的俘虏待遇，简直就是鱼龙混杂。

第二天早上，出操完毕，又开始劳动，脱坯烧砖——张泗安说，解放了，皖西城下一步要盖很多高楼大厦，需要很多砖瓦。汪亦适一边脱坯，一边观察周围的动静。他发现张泗安不在劳动现场，心中窃喜。他分析张泗安是到起义学习班找程先觉核实情况去了。

吃早饭的时候，还是没有看见张泗安回来。汪亦适想，看来这件事情有眉目了，没准是张泗安了解清楚了，向上级汇报去了。也许等到张泗安回来，他汪亦适就可以摘掉俘虏的帽子，摇身一变成了起义功臣。原先汪亦适对于待遇问题并不看重，但是随着在俘虏学习班里时间待长了，他的思想就起了很大的变化。解放军的政策好，三十里铺的这几个学习班，伙食是一样的，如果单从嘴巴的待遇上看，当俘虏一点儿也不比起义学习班差，甚至不比管理学习班差。问题是人的待遇不仅体现在嘴巴上，楼炳光说了一句粗话，说人的待遇归根到底体现在下面那个巴上，你去撒尿，有人拿着上了子弹的步枪看着你，你尿都撒不干净。汪亦适想，我确实不能算俘虏，我干吗要背这个黑锅？

汪亦适那天左等右等，没有见到张泗安。这样一来，他就更加坚信不移，张泗安确实是为他的事情奔波去了。汪亦适知道共产党的干部做事认真。涉及人的名誉问题，是个大问题，来不得半点马虎。汪亦适揣摩，张泗安从程先觉那里证实他汪亦适确实劝说过别人起义之后，一定又去找别人证明去了，没准还找了舒云舒。

这样一想，汪亦适恢复名誉的愿望就更加迫切了。从皖西城解放前夕直到现在，他还没有见到过舒云舒。他可不想以俘虏的身份去见舒云舒。

但是，张泗安迟迟没有露面。汪亦适盼星星盼月亮，直到第二天晚饭后，张泗安才在学习班出现。汪亦适认为自己的事情有了着落，走路的时候腰杆子就硬了许多，说话也理直气壮了许多。看见张泗安在伙房后面跟别人说话，他整了整自己身上的黄色军装，还摸了摸风纪扣，用手拢了拢偏背式头发，然后器宇轩昂地向伙房后面走去。门口站哨的解放军战士有点诧异，端着枪厉声喝问，你干什么？

汪亦适站住，向站哨的战士笑了笑说，不干什么。我的问题可能搞清楚了，我去问问张管教，什么时候给我甄别。说完，迈开长腿，又往前走，步履稳定，神态自若。

没想到刚走了四五步，那个战士就追了上来，把步枪往他面前一横说，站住，没有得到允许，不许离开房间！

汪亦适再一次站住了，怔怔地看着那个战士说，同志，我去找张管教，我的问题张管教已经调查清楚了，我们已经是同志了。

战士说，谁跟你是同志？我没有接到上级给你自由出入的通知，回到你的房间去！

汪亦适的脸色立马黯淡下来，杵在原地，进不是，退也不是。正在僵持，张管教看见他了，向这边慢腾腾地走了过来，边走边说，啊，是汪亦适啊，你有什么事情？

汪亦适眼巴巴地看着张管教，嘴巴嚅动了好几下才说，张管教，我前天晚上向你汇报的事情……

张管教被问住了，直着眼睛看汪亦适说，事情？什么事情？

汪亦适满腔热情被迎面泼了一瓢凉水，不由得来了情绪，没好气地说，张管教，你可真是贵人多忘事啊。我前天晚上跟你汇报我起义的事情，你答应给我调查的。

张管教仰起下巴想了一会儿说，啊，有这么回事？我答应你了吗？

汪亦适硬起脖颈子说，这两天没有见到你，我还以为你去找程先觉核实了呢，没想到你把我的事情当儿戏！你们共产党不是最讲认真吗？

张管教怔了一下，突然笑了说，哦，你说那件事情啊，啊，是有这么回事。不巧，我这两天奉命到城内给你们领服装去了。你的那件事情我忘了。这样吧，忙完这一阵子，我就给你问。

汪亦适不言语了，看了张管教一眼，慢慢地转过身子，看着西边的晚霞发愣。看了一会儿，长叹一声，无精打采地回房间了。

此后的几天，汪亦适度日如年。汪亦适的心思连楼炳光都看出来了。楼炳光说，小汪啊，我劝你不要鬼迷心窍了。你说你是起义的，可是攻城之前你并没有直接投奔解放军，后来你又是拿着枪被俘的，黄泥巴掉到裤裆里，不是屎也是屎，你说不清楚啊！我劝你认命吧，不要折腾了。万一有个差错，说你不老实，恐怕还弄巧成拙。

汪亦适说，不一样。

楼炳光说，什么不一样？

汪亦适说，我跟你不一样，你是铁杆反共，我不是。

楼炳光说，谁说我是铁杆反共？我是军人，军人以服从命令为天职。我要是老早就参加解放军，我也会铁杆反老蒋。老蒋又不是我大爷，我凭什么铁杆为他卖命？

汪亦适提高了嗓门又说了一遍，不一样，就是不一样！

楼炳光看着汪亦适说，小汪，你是不是病了，是不是发烧烧糊涂了，还有什么不一样？

汪亦适说，起义者和俘虏就是不一样，我和你也不一样。我一定要搞清楚！

楼炳光冷笑着说，你那事情，本来就是鸡巴毛炒韭菜，理不清扯更乱。你要是能搞清楚，我也能证明我是地下党，你信不信？

汪亦适说，那你就等着吧，程先觉就是我劝说起义的，他会为我证明的。

楼炳光说，哦，那我就为你祝福，但愿你早日脱离苦海，早日吃上起义饭。

又过了两天，张管教果然同起义骨干学习班取得了联系，找到了程先觉，详细地了解了皖西城解放之前汪亦适劝说他起义的情况。

张管教从起义学习班回来之后，还没有进自己的房间洗上一把脸，就派人到俘虏学习班的宿舍，把汪亦适叫进了办公室。

汪亦适听说张管教从起义学习班了解情况回来了，并且急于召见他，喜出望外，心想，这下好了，终于水落石出了，真的假不了，假的没法真。我汪亦适是黑是白，马上就要大白于天下了。

离开俘虏学习班宿舍的时候，冷不丁地看见天上一轮太阳耀眼夺目，汪亦适的嗓子眼里突然一阵烫热，鼻子一酸，仰脸看天，轰轰烈烈地一连打了四个喷嚏。

到了张管教的办公室，汪亦适喊了一声报告，张管教很客气地请他坐下，并且让通信员给他倒了一杯白开水。汪亦适说，张管教你不要太客气了，我的问题搞清楚了，你就是我天大的恩人。

张管教说，小汪啊，你能不能把我军解放皖西城前一天晚上，你的所作所为再回忆一下？

汪亦适怔怔地看着张管教说，怎么，难道……我都回忆一百遍了，难道有什么问题吗？

张管教没有马上回答，长时间地看着汪亦适，像是要从他的脸上看出什么花样来。

汪亦适立马意识到情况又是不妙，心里惶惶的，不知道到底是哪里出了问题。

张管教盯着汪亦适看了一阵子，察言观色，看见的是一张先茫然后绝望的脸。张管教说，小汪，你别急，你再想一想，那天晚上你同程先觉在一起的时候，你是怎么说的，他是怎么说的。要说真话哦，说假话是要自食其果的。

汪亦适终于被激怒了，站起身来，冲动地说，张管教，我向你汇报的都是真话。我现在倒是想知道，程先觉是怎么说的。

张管教说，程先觉是怎么说的，我们不能告诉你，但是，我们得到的情况，正好跟你反映的相反。不是你去劝说程先觉起义，而是程先觉劝说你起义。程先觉以行动证明了起义的选择，而你却没有。情况就是这样。

汪亦适傻眼了，看着张管教，愣怔了半天没有说话，好长时间，两行热泪才滚滚而下。

汪亦适从此不提起义的事情了。

很多年后，汪亦适才从张管教的嘴里得知那次张管教同程先觉谈话的真实内容。当张管教找到程先觉，向他说明来意之后，程先觉居然很意外，瞪着一双茫然的眼睛看着张管教说，汪亦适找我了吗？我怎么不记得？那天我回到宿舍，我们两个商量了出路是不错，我提议我们一起到风雨桥头投奔解放军，他说他要到图书馆还书。后来我见他犹豫，事不宜迟，我当机立断去了风雨桥头，我是投奔到人民的怀抱了。至于他最后怎么样，我就不清楚了。

张管教跑了五六里地，在起义学习班里待了一个下午，最终无功而返。

7

意想不到的事情发生在舒云舒出现之后。

后来汪亦适才知道，早在皖西城解放的前一天，作为地下党外围组织成员的舒云舒就被肖卓然派遣到攻城指挥部里当了一名联络员。攻城前的那个夜晚，收到舒云舒劝说信的一共有三个人，汪亦适、程先觉和郑霍山。信是舒云舒写的是不错，但不是那天晚上写的，而是早就写好了的，内容都是按照肖卓然的吩咐提前起草的。

肖卓然这样做，用他的话说，是利用个人情感帮助革命。舒云舒是肖卓然的恋人，舒云舒爱肖卓然，这是事实。而汪亦适、程先觉和郑霍山都不同程度并且以不同的方式爱着舒云舒，这也是事实。不过，汪亦适对于舒云舒的感情属于暗恋，只在心里，从来不外露，肖卓然还是从舒云舒的嘴里了解到这个情况的。程先觉对舒云舒的感情，主要是纸上谈兵，没完没了地写情诗，有的是他自己创作的，有的是从外国诗或者古诗里面抄来的，多数是移花接木，把外国情诗、中国古代情诗和现代情诗里的名章佳句拼凑在一起，自成一体，以假乱真。郑霍山对舒云舒的感情，表现得比较粗俗。有一天晚上，他在校园内的假山后面拦住了正要去找肖卓然的舒云舒，直言不讳地要跟舒云舒“交朋友”，并且扬言，他是宋校长最器重的学生，将是国军的一代名医。名医就得名花配，她舒云舒要是跟肖卓然那样金玉其外败絮其中的家伙好上了，就是鼠目寸光。舒云舒也不示弱，当场还击说，你有本事你就把这话当着肖卓然的面说一遍，你要是敢，我就答应跟你交朋友。后来郑霍山当真在宿舍说肖卓然是金玉其外败絮其中。郑霍山之所以如此嚣张，倚仗的是宋校长，郑霍山的病理学和解剖学都是全校成绩最好的，那一年三十六师在蚌埠跟解放军打仗，从医科学校抽调学业出众的学员到前线实习，郑霍山被宋校长亲自点名到一线直接上了手术台，一天做了七台手术，场场成功，三十六师的师长黄中将授了他一枚青天白日勋章，而且还给医科学校送来了十头肥猪，为宋校长挣来了很大的面子。而宋校长和舒云舒的父亲舒南城是留学德国的同窗，二人私交甚密。传说宋校长曾经自作主张，承诺在自己的女儿宋露露和舒云舒中间挑选一个许配给郑霍山，因为有了这个承诺，所以郑霍山才肆无忌惮。

解放军攻打皖西城的前夕，肖卓然作为医科学校地下党的负责人和军管会城工部青年科的科长，奉命联络进步学员弃暗投明。对于其他的争取对象，他采取的是组织措施，唯有对汪亦适、程先觉和郑霍山，他利用了舒云舒的名义。在肖卓然的心目中，这几个人都很特别，汪亦适是个书呆子，做事呆板，缺乏灵活性；程先觉善于察言观色，可变性大；郑霍山是花岗岩脑袋，很难讲话。对于这几个人，倘若组织出面，弄得不好就会出问题，而以舒云舒的名义致函，既有组织的意思，也有个人感情成分，即便他们拒绝，也不至于告密。但是肖卓然没有想到事情的结果会是这样，只有一个程先觉算是正经八百的起义，而汪亦适和郑霍山居然被俘，而且还是在武装抵抗的过程中被俘。这个结果让肖卓然很痛心，一直内疚，怪自己没有把工作做好。

舒云舒在皖西城解放之后，又回到小城做青年工作，这次到三十里铺，是来选拔青年干部的，听说汪亦适和郑霍山被俘了，也是深感意外。郑霍山被俘没有什么大惊小怪的，这个人既自私自利，又固执己见，国军三十六师对他天高地厚，加上高官厚禄引诱，他一条黑道走到底是完全可能的。

舒云舒感到意外的是汪亦适。

早些年头，在距皖西城两百里的梅山县，舒家和汪家是当地的两大名门望族，都是世代行医。舒家二老爷舒南城膝下无子，舒太太给他生了四个女儿。小时候汪亦适常去舒家玩耍，同三小姐舒云舒十分要好。二老爷舒南城也很喜欢汪亦适，这小子眉清目秀，小时候就是彬彬有礼，而且博闻强识。那正是抗战年头，有一次舒南城和汪亦适的父亲汪尹更在一起聊天，谈起中国军队节节败退，日本鬼子长驱直入，二人均感悲哀。舒南城说，说到底是政府无能，内战内行，外战外行，泱泱大国居然屡屡败给蕞尔小邦，真是国家不幸。汪尹更说，我国的悲哀，不仅在于军队不争气，老百姓也是一塌糊涂，大家都在忙着蝇头小利，国家有难，还在你争我夺尔虞我诈。听说当年八国联军进中国，在山东日照，德国军队居然是中国老百姓从船上背上海岸的，几块大洋就把国家给卖了。

两个大人说话的时候，汪亦适就在一旁看书。舒南城指着汪亦适说，我们这一代人恐怕是看不见国家复兴了，但愿他们这一代人能够化腐朽为神奇。汪尹更说，这恐怕不是一代两代人的事情，中国的老百姓，德行低劣，只知有家，不知有国。中国就好比一辆破汽车，再好的司机也无能为力。

舒南城突然转脸对汪亦适说，孩子，你饱读诗文，满腹经纶，救国救民，有何主张？

当年十四岁的汪亦适说，古人云，仓廪实而知礼节，衣食足而知荣辱。家父说中国的老百姓只知有家，不知有国，这是事实，但不全是事实。国家的羸弱，不能把账算在老百姓的头上，老百姓连饭都吃不饱，饥寒交迫，没有起码的自尊和权益，他当然不会拼命救国，因为国家并不可爱。

舒南城听了这话，大为诧异，久久地看着汪亦适说，那以你之见，我们这个国家就没有出路了？就这么一天一天地看着它烂掉？看着它被日本鬼子宰割？

汪亦适说，我们当然要奋起抗争，但是，就算是打败了日本鬼子，中国的问题还是难以从根本上解决，如果我们不能富国强兵，以后还会有别的鬼子欺负我们。所以学生认为，要让老百姓爱国，那我们就必须建立一个可爱的国家，至少人人有饭吃，人人有衣穿，病了有医药，出门有体面。到了那个时候，爱国的人自然就多了起来。

汪亦适少年时代的这一席话，让舒南城颇受震动，他从此对这个孩子刮目相看，并且要求自己的孩子们多和汪亦适一起学习。舒南城是受过新式教育的人，思想开明，不屑于男女授受不亲那一套。只不过后来情况发生了变化。后来汪亦适考上了皖西公立中学，舒云舒上的是江淮爱群女校。两个人都大了，反而生分了，及至抗战结束，内战重开，两个人又都考入国军江淮医科学校，这才恢复了联系，然而再也找不到当年那种青梅竹马的感觉了。舒云舒被肖卓然飘逸果敢和聪慧的风采所倾倒，两个人很快就进入到情投意合的境界，而此时，汪亦适已经变得寡言少语、老气横秋了。

在解放军攻打皖西城最后的那段日子里，舒云舒有两次有意无意地找到汪亦适，试探他对局势的看法和打算。汪亦适没有正面回答，只是说，得道多助，失道寡助，水能载舟，亦能覆舟。我不识时务，但是我不会违背天意。

就这几句话，就说明汪亦适是深思熟虑的，是有见识的。这样的人，手无缚鸡之力，更无舞枪弄刀之功，他为什么要“持枪顽抗”，难道鬼迷心窍了？

事情的变化带有很大的偶然因素。就在舒云舒搜肠刮肚要为汪亦适找到他不是“持枪顽抗”的证据的时候，一个至关重要的人物出现了，这个人就是原医科学校政训处的行动组长李开基。李开基是在小东门被俘的，他在抵抗解放军的攻城战斗中屁股上挨了一枪，被俘后被送到三十里铺的战俘医院接受治疗。

舒云舒那天到三十里铺了解皖西城解放前国民党军内部地下团组织活动情况，中午饭后跟肖卓然一起散步，交流小城解放后的工作。两个人心情都很好，像是雨后盛开的鲜花。肖卓然说，等着吧，再过几天我就要回城工作了，那时候我们就可以朝夕相处了。

舒云舒问肖卓然，你打算做什么工作，是不是要办医院？

肖卓然说，我的能力好像不只是办医院，军管会的陈向真主任说，现在接管城市工作的同志，大部分是工农干部，急需一批年轻的知识分子干部。听他口气，好像是希望我到军管会工作，下一步要成立市政府。

舒云舒说，你野心不小，难道你还想当市长？

肖卓然说，要我当也不是不可以，但是眼下恐怕不行，估计是在办公室工作。你打算干什么，是不是要长期做共青团工作？

舒云舒说，等筹备工作结束了，我想到医院工作。我们家世代行医，有这方面的基础。其实我也希望你搞医，正正经经地做学问办实事。

肖卓然说，百废待兴，正是我们大有作为的时候。天下者我们的天下，舞台者我们的舞台，我们不必拘泥于自己的专业。其实医治我们这个民族，还是需要政治。政治决定经济，经济决定人的素养。我觉得我比较适合做管理工作。

舒云舒说，你有这个想法，我也不拖后腿。男人嘛，修身齐家治国平天下，应该有远大抱负。但是你的性格有弱点，过于锋芒毕露，也很急躁，这是为官从政的大忌，我希望你有所收敛。

肖卓然说，知我者云舒也。我记住了你的告诫，一句话：慢一拍。

舒云舒说，性格修养不是一天两天的事情，我担心你夹不住尾巴，怕你冲动，搞政治是千万不能冲动的。

肖卓然说，你放心吧，我有思想准备，我现在正在练习内功，每日三省吾身。你不要过于担心。

舒云舒说，虽然你是地下党员，但毕竟没有在解放军的部队工作过，况且很年轻，党的工作，你并不是很熟悉，所以你要谦虚谨慎，不能看不起工农干部，要学习他们的优点。

肖卓然笑笑说，云舒，就凭你今天跟我说的这些话，足可见你深思熟虑有远见，我觉得你搞医真是可惜了。我建议你还是在共青团工作，共青团是党的后备力量，大有作为啊！

舒云舒说，我个人是想搞业务，不过这还要看组织分配。

两个人说得很投机，多数都是对未来的展望。这时候充斥在他们心里的，很少缠绵的情意，似乎是小城的解放，给他们打开了一个全新的天地，满眼都是对新生活的憧憬。

就在这时候，从三十里铺小镇的南头出现了两个人，其中一个一颠一簸，远看有点眼熟，走近了一看，两边的人都愣住了。

过去在国军江淮医科学校，李开基是一个很讲究军人仪表的人，尤其是到学员队的时候，服装整齐，头发油光水滑一丝不苟，皮鞋擦得锃亮，通常的情形下，两只手上都戴着白手套。作为医科学校的管理人员之一，这个人有点傲慢，他在学员的面前一般是不苟言笑的，但是有时候在漂亮的女学员面前，他往往又会巧妙地表现自己的威严和英俊。

此一时，彼一时，解放军的一顿枪炮，在一个瞬间就把李开基和肖卓然的地位倒了个个。李开基乍一见穿着崭新的解放军军服的肖卓然和舒云舒，似乎吃了一惊，茫然四顾，又赶紧回过头来看肖卓然。

肖卓然背着手，一脸的严肃，居高临下地看着李开基。李开基不说话，他也不说话。李开基的样子有点滑稽，大约是因为屁股上的伤还没有完全痊愈。他的腰杆子有点佝偻，眼角上似乎还有一些不明分泌物，身上还穿着他原来的国军军装，领花已经被抠去，衣服皱皱巴巴的，上面还沾了一些草屑和泥渍。他似乎拿不准要不要给肖卓然敬礼，要不要跟肖卓然说点什么，他的嘴巴嚅动了几下，喉咙里发出一阵含糊不清的声音，没有说出一个完整的句子。

舒云舒说，啊，原来是李少校啊，你不是撤退到江南了吗？江南的国军又跑到西南去了，你不知道吗？

李开基半张着嘴，样子傻傻地看着肖卓然和舒云舒，好像突然意识到了什么，下意识地并拢了两只脚后跟，有点讨好地向这二位弯弯腰，语无伦次地说，啊，没有……不是，我现在是解放军，啊，是你们的俘虏，被宽大了……

肖卓然没有理睬李开基，抬眼问李开基身后那个背着铺盖卷子的战士，你们这是往哪里去？

那战士好像认识肖卓然，立正回答，报告首长，警卫连战士董四开奉命押送李开基前往俘虏学习班报到！

肖卓然说，哦，稍息！

然后挥挥手说，你们走吧。

李开基看着肖卓然，又看了看舒云舒，半张着的嘴又动了几下，突然往前走了一步，很神秘地说，舒云舒同学，不，舒云舒同志，不，舒云舒长官，我有……我有话想跟你说。

舒云舒看着肖卓然，肖卓然说，听他说。

李开基又往肖卓然面前走了两步说，肖卓然同志，不，肖卓然首长，你说，你们在医科学校当学员的时候，我李开基没有亏待过你们吧？

肖卓然皱皱眉头说，有话说话，不要东拉西扯。

李开基说，我其实是个好人啊，我对你是钦佩的，我早就看出来了，你是共产党的人，你做的那些事情，其实我也知道一些，可是我睁一只眼闭一只眼……我早就看出来了，你是一个胸怀大志前程无量的人，我……

肖卓然冷笑一声说，哦，这么说你还是同情革命的人了？可惜，我们不知道你有过对革命有利的行为。说吧，你有什么事情需要我们帮忙？

李开基说，真的，我真的早就知道你是共产党，可是我没有下手。

肖卓然说，我们共产党，说话办事重在证据。你不要在这里胡扯，你要是没有正经事情，那我们就大路朝天，各走一边。

李开基说，肖卓然首长，我老实坦白，我老实交代。其实，其实那天解放军攻城之前，我就有心弃暗投明。汪亦适去劝说郑霍山，我也在场。郑霍山鬼迷心窍，坚持到江南去找宋校长。我一看情况复杂，多了个心眼，把他们带到小东门，本来打算见机行事拖枪起义的，可是后来郑霍山走火了，解放军一开枪，我就稀里糊涂地成了俘虏。

肖卓然和舒云舒当然不相信李开基的鬼话，但是李开基的话里有一个情况引起了肖卓然的高度注意。肖卓然问，这么说来，当时汪亦适确实去劝说郑霍山起义了？

李开基说，千真万确。我当时不知底细，怕汪亦适是马庚河的内线，所以就虚张声势，故意威胁汪亦适，要把他抓起来。汪亦适态度很坚决，火急火燎地要郑霍山跟他走，但是郑霍山不走。我给他们发了枪，要求他们枪口朝上，伺机反戈。

舒云舒很兴奋，迫不及待地追问，那后来在战场上，汪亦适和郑霍山向解放军开枪了没有？

李开基说，我亲眼所见，他们都没有向解放军开枪，解放军喊缴枪不杀的时候，汪亦适就把枪举在头顶，直接就往解放军阵地上跑，他说他早就想起义了。但是郑霍山在往枪上绑白旗的时候走了火，打伤了一个解放军，对面的枪弹就铺天盖地地过来了……我们真是冤枉透顶，说不清楚啊，一失足成千古恨啊……

肖卓然有些失望，用怀疑的眼神看着李开基说，你说这些有什么用？没有谁能证明你不是替自己开脱。

李开基说，是啊，所以我才想请二位帮忙。你们是解放军的红人，不，你们是解放军的功臣，你们说一句顶我说一万句……看在我们的师生之谊，不，同僚之谊，不，看在我们这几年朝夕相处的情分上，帮忙给我说说话，你们一言九鼎啊……

肖卓然厉声说，少来这一套，我们共产党是不会徇私情的，我们共产党重证据。你既然说你有起义的想法，为什么还要给郑霍山和汪亦适发枪，为什么还要把他们拖到小东门战场？

李开基说，我当时为情势所迫，将计就计，千真万确啊！

肖卓然说，那你在被俘的时候，为什么不向组织说清楚？如今已经过去十几天了，你说这话已经迟了，没法调查了。有话，你还是到俘虏学习班去说吧。

说完向舒云舒一挥手说，我们走！

舒云舒没动，想了想对肖卓然说，等一等。然后又转向李开基说，李开基，你到了俘虏学习班之后，把你刚才说的，原原本本地写下来，我过两天派人来取。

李开基大喜过望，又是鞠躬，又是作揖说，谢天谢地，苍天有眼，我一定写，一定！

肖卓然说，记住，不许说半点假话，只要有半点假话，就会影响到整个事情的真实性。

李开基说，对天发誓，我不说半点假话。

说完，就各走各的了。路上，肖卓然问舒云舒，你还真的相信这家伙？

舒云舒说，我当然不会相信他，但是我相信汪亦适。

肖卓然笑笑说，我也是这样想。亦适有起义的言行，可能是真的。

8

天上一轮太阳，地下一片金黄。远处半山坡有大片大片的映山红，眼前有一望无际的油菜花。歌声从三十里铺的街上传来：解放区的天是明朗朗的天，解放区的人民好喜欢……这是解放军的文工队组织的文艺排练，为新政权正式成立准备的文艺节目。

汪亦适一只手拿着坯模，一只手拿着刮铲，熟练并且认真地脱砖坯。现在他已经很有经验了。土是窑岗嘴的黄泥，黏性很大，里面有史河滩上的细沙，和在砖坯里，经火一烧，出窑便是好砖。楼炳光的任务是和泥，楼炳光现在也很熟练了，不仅土和沙的比例掌握得好，而且搅拌均匀，倒进坯模里，很有韧性。

本来，车泥的任务是郑霍山的，但是郑霍山偷奸耍滑，口口声声说自己的腰不好，拄着铁锹唉声叹气。他还不断地说风凉话，说汪亦适的一双手，本来就适合干泥瓦匠，这回总算人尽其才了；说楼炳光一个国民党的狗腿子，有奶便是娘，这回给共产党当一个泥瓦匠，表现好了，没准能搞成一个狗大腿。

汪亦适埋头干活，任凭郑霍山冷嘲热讽，就是不理他。楼炳光说，郑霍山啊，你我都是解放军的俘虏，人家没杀咱的头，就算是天高地厚了。你不要臭硬了。你少干点活不要紧，咱们替你干，可是你也不能一点不干啊！更何况你还阴阳怪气地打击别人，简直就是搞破坏。你这个态度，要是放在国军手里，早就枪毙你一百回了。

郑霍山说，我这双手，生来就不是当泥瓦匠用的，我为什么要脱砖坯当毛匠？皖西城能当毛匠的人有几十万，可是能上手术台的人只有几个，能像我郑霍山这样做手术的只有一个。让我脱坯？简直是拿黄金打菜刀，暴殄天物！就冲这一点，有了机会，我还是要跑，我要到江南去找宋校长。

楼炳光吓得脸都白了，鬼鬼祟祟四下里瞅了一眼，压低声音说，郑霍山啊我的爷啊，你能不能把嘴闭上啊，这话要是让管教人员听见了，可怎么了得啊！

郑霍山说，你怕个 ，你本来就是国民党的狗腿子，难道你还想变成羊腿子？我告诉你，那是变不过来的。怕什么怕？砍头不过碗大的疤，小腿一伸拉鸡巴倒。再让我脱砖坯，我瞅个空子，小腿一撩跑他娘的。

楼炳光说，祖宗爷啊，你嘴上积积德吧。你死了光棍一个，我是上有七十老母，下有五个幼儿啊！

这时候汪亦适说话了。汪亦适说，郑霍山，有本事不要在背后要大刀。早晨管教人员分配任务的时候，明明说了让你车泥，你连屁也没有放。你应承下来了，车泥的活就应该你干。大家都是俘虏，待遇一个鸟样，你用不着在这里炫耀你那双做手术的手。像你这样的坏蛋，谁还敢让你做手术？你不改造好，共产党会让你做手术吗？那不是找死吗？你死心吧，没有谁会让你做手术，老老实实脱砖坯吧。不然的话，一会儿管教干部过来，检查劳动量，你不要怪我们如实禀报。

郑霍山说，鸟毛灰，你汪亦适贪生怕死我不怕！士可杀不可辱，我是党国军人，不食嗟来之食！

汪亦适说，党国军人？郑霍山你去撒泡尿。

郑霍山说，干什么，你什么意思？

汪亦适说，这里没有镜子，你去撒一泡纯净的人尿，照照你的脸，看看你像一个党国军人吗？看看你是像蒋委员长还是像白崇禧，看看他们谁认识你这个党国军人？

郑霍山说，我干吗要让蒋委员长和白崇禧认识？我只认识宋校长宋雨曾。宋校长已经南下。你我作为深受宋校长恩泽的学生，作为宋校长器重的党国军人，却在对手的淫威下苟且偷生，干这和稀泥脱砖坯的勾当，呜呼哀哉！

汪亦适放下刮铲，站了起来，看着郑霍山说，是谁告诉你宋校长是毅然南下？众所周知，宋校长是个无党无派的知识人士，而且倾向共产党，同情革命，呼吁民主。宋校长一生不当狗腿子，也一定不希望我们去当狗腿子，去给一个腐朽腐烂的国民党殉葬。再说，你我现在虽然是俘虏，但我们没有失去当中国人的资格，也没有失去为老百姓做事的资格。你生活在解放区，却同新政权离心离德，当然不能让你去做手术，让你脱砖坯也在情理之中。依我对时局的分析，新政权建立之后，百废待兴，有用之才，必有所用。对于那些自暴自弃目光短浅之徒，那我们也只能哀其不幸、怒其不争了。

郑霍山傻傻地看着汪亦适，半天才回过神来说，啊，听君一席话，胜读十年书啊！汪亦适先生，我听你的话，怎么觉得比共产党还共产党啊？难道也像我们的楼科长楼炳光先生那样，是哪个党安排在我们俘虏身边的特工？

楼炳光哭丧着脸说，郑霍山你们争你们的，又把我拉来垫什么背？我上有七十老母，下有五个幼儿啊！

汪亦适说，这不是非要参加哪个党才能明白的道理，这是眼睁睁能够看见的事实。过去皇权更替还求贤若渴呢，新政权怎么能不需要人才？你我都是本本分分的读书人，是怀着忧国忧民之心的医道中人，我们不属于任何派别组织，我们属于我们自己，属于我们的家园，属于我们的乡亲。只要天上有太阳，地下有人间，我们有一双劳动的手，就有我们的生存空间。你为什么还要抱着幻想空想甚至恶念呢？你难道真想让解放军把你一枪毙了，成为一个没落政权的殉葬品吗？

郑霍山说，天哪，我过去一直把汪兄看成是两耳不闻窗外事，一心只读破医书的书呆子，没想到你对人生还有如此精辟深刻的见解。失敬啊失敬！我看你可以不脱砖坯了，我们要向管教干部大力举荐，让你去当管教干部，让你这样能说会道入木三分的领袖之才脱砖坯，简直就是拿牛刀杀鸡。老楼，你说是不是？

楼炳光说，是是是啊，啊不，脱砖坯吧，别再磨洋工了。我只想活着，我上有七十老母，下有五个幼儿啊！

汪亦适说，想活着容易，好好改造就是出路。

郑霍山说，汪亦适你跟我说实话，你是不是也跟肖卓然和舒云舒一样，也是安插在我们身边的共产党？

汪亦适说，我倒是想是，可是人家不认我。我跟你一样，现在是俘虏。

郑霍山说，奇天大冤啊，你这样思想开明识时务的俊杰，怎么落得跟我们一样的下场？不知道是共产党有眼无珠，还是你自己八字走背？

汪亦适恨恨地说，我他妈的是好心不得好报，都是你们这群狗日的给害的。

9

汪亦适在窑岗嘴脱砖坯的时候，还不知道肖卓然和舒云舒为他的事情在奔波，而且很快就奔波出了效果。

按照舒云舒的要求，李开基趴在俘虏学习班专门配发的小方桌上，撅着屁股吭吭哧哧，果然洋洋洒洒地写了几千字的证明材料。材料振振有词地说，在解放军攻打皖西城的当天晚上，他确实亲眼所见亲耳所闻，汪亦适到郑霍山的宿舍劝说郑霍山起义。汪亦适的动议同他的内心想法不谋而合，但是他当时出于谨慎，没有马上表示支持，而是将计就计，给他们发了枪，准备在小东门临阵反戈。后来在战斗中情况发生变化，当汪亦适举枪打着白旗向解放军阵地奔跑的时候，护城的国军医科学校学员中有人要向汪亦适开枪，被他阻止了。所以说，他也是促使国军医科学校部分武装人员停止顽抗的有功人员，至少他不是负隅顽抗分子。

舒云舒得到这份证明材料，喜出望外，将材料送交肖卓然。肖卓然逐字逐句看了半天说，李开基的这个材料，实际上是为他自己涂脂抹粉。不过，他倒是把线条说清楚了，从时间和后来这几个人的行为看，汪亦适动员程先觉和郑霍山起义是符合逻辑的。难就难在证据上。

舒云舒说，可以调查取证啊。

肖卓然沉思一会儿说，是可以调查，但还是有问题，当事人有三个，郑霍山一口否定，而汪亦适和李开基都在证明自己是起义者，自己给自己证明怎么能算数？

舒云舒说，我不相信汪亦适是负隅顽抗者。汪亦适过去就一直表现进步，如果不是因为解放在即，任务繁重，行事谨慎，发展他作为我们的同志都是有可能的。是我们耽误了他。

肖卓然说，云舒你不能感情用事。愿望是一回事，事实又是一回事。良好的愿望不能代替残酷的现实。汪亦适最后是持枪被俘的，这是不可改变的事实。

舒云舒说，即便是这样，也要看当时的具体情况。被俘和被俘也是有区别的，不能一概而论。

肖卓然说，现在情况很复杂，我们胜利了，打天下坐江山了，国民党的残余分子眼看大事不妙，摇身一变，扮演进步的人多得很，这种事情很难甄别。现在你我都肩负着建立新政权、建设新城市的重任，千头万绪啊。我们不能因为个人感情、不能因为小资产阶级的无原则的所谓同情心束缚了我们的手脚。沉舟侧畔千帆过，病树前头万木春，舒云舒同志，扔掉情感包袱吧，再也不要陷入个人的情感圈子了！

舒云舒吃惊地看着肖卓然说，你怎么能这么想问题？这关系到一个人的政治前途，也关系到一个人对我们共产党新政权的认识，更关系到我们共产党新政权能不能树立威信、树立形象的问题。我建议，把这件事情向军管会汇报，还汪亦适一个清白。

肖卓然说，事情不是明摆着的吗？还有什么清白！风雨桥头的起义者中间没有他，率部投诚的人员中间也没有他，而在俘虏的队伍里有他，这件事情你让我怎么办？不讲原则，照顾私情，硬把白的说成黑的？那我做不到。

舒云舒说，你的意思是，这件事情就不了了之了？

肖卓然说，不了了之也是了。战争年代，很多事情是说不清楚的。汪亦适要是真的像你说的那样思想进步，那他就会在今后的工作中表现出来，革命不分先后，只看贡献大小。

舒云舒说，可是我们为什么要让一个思想进步的人背着沉重的政治包袱呢？如果我们能够证明他有起义的思想和行动，就能把他拉到革命阵营中，同我们一起轻装上阵，那该有多好啊！他学业优秀，品质纯洁，能为我们做多少事啊！

肖卓然不高兴了，面无表情地看了舒云舒很长时间才说，云舒，你是不是认为，我们革命阵营离开汪亦适这样的人，地球就不转了？

舒云舒说，如果我们把该结合的力量拒之门外甚至推向反面，尽管地球照样转动，但是地球会比过去转得慢一些。

肖卓然说，云舒，我不得不告诉你，你对汪亦适的事情过于投入了，这是很有害的。

舒云舒说，你这是什么意思？你是不是想说我和汪亦适旧情不断？

肖卓然说，至少是藕断丝连。

舒云舒说，我承认我对汪亦适的问题有个人感情支配的成分，但是，我也是参加地下工作半年多的人了，我有一个革命者的理智，我不会被个人感情蒙蔽双眼。我相信，我对汪亦适的态度，更多的来自于一个共产党人对人的高度负责精神。

肖卓然说，这件事情我们的看法有很大差异。从主观愿望上讲，我不想让它成为我们之间的芥蒂，但是，客观现实已经形成了。我看这样，我把材料呈交军管会，让组织出面调查，不管结论如何，我们都要相信组织。你看可行吗？

舒云舒说，我希望你本人能够持积极态度。

肖卓然说，我尽力而为，但是必须实事求是。

肖卓然不是那种鸡肠小肚的人，在汪亦适的问题上，既然舒云舒不屈不挠，他当然不可能等闲视之，以他的胸怀，更不至于从中作梗。只不过，出于谨慎，也是为了更有把握，在向军管会呈递李开基的材料之前，肖卓然又先后找程先觉和李开基、郑霍山等人谈话。

在同程先觉谈话的时候，程先觉支支吾吾地说，解放军攻打皖西城前一天晚上，他确实同汪亦适一起探讨过进退去留的问题，但是汪亦适并没有说明要去参加起义，汪亦适只说过要去风雨桥头同舒云舒会面。

程先觉这样一说，就使问题变得模糊起来了，因为到风雨桥头参加起义和到风雨桥头会见舒云舒，这二者之间存在着本质的差别，前者是政治行为或曰军事行为，后者则完全可能是情感行为或曰个人行为。程先觉这次倒是没有说是他劝说汪亦适起义，但是他绝口不提汪亦适劝说他的事情。

肖卓然一再追问，是谁最先提起起义这个话头的，程先觉说，那时候心乱如麻，如坐针毡，说着进退去留，很自然地就讲起了是投奔解放军还是逃到江南去，不知道是谁开的头，记不清楚了，确实记不清楚了。但是有一点我记得，我早有起义的思想，只不过那时候情况不明朗，不敢轻易流露而已。

肖卓然在程先觉这里，仍然搞了一头雾水，转而又去找郑霍山谈话。郑霍山阴阳怪气地说，肖中尉，你给我交实底，这起义和俘虏之间有什么区别？

肖卓然说，你装什么蒜？这二者之间差别大了。起义者就是主动革命，就是自己的同志；俘虏就是敌人，表现好的才是可以团结的对象。

郑霍山说，起义者用不用脱砖坯？

肖卓然说，起义者也是革命者，革命者也是要劳动的。

郑霍山说，起义者拉屎用不用大兵拿枪监视？

肖卓然说，郑霍山，你不要胡搅蛮缠，我看你这种态度很危险，难道你想负隅顽抗到底吗？

郑霍山说，你要是不想跟我说话，你就滚蛋，你当你的新朝官，我当我的驴粪蛋。你锦衣玉食，我粗茶淡饭。

肖卓然说，那不是粗茶淡饭的问题，那是要脱胎换骨的问题。

郑霍山说，你就是把我的骨头卸了，它也是郑霍山的骨头。

肖卓然说，与人民为敌，死路一条！

郑霍山说，你把我毙了算 了，老子不想天天脱砖坯了。

肖卓然说，要想不脱砖坯，就要好好改造，要向组织说真话。

郑霍山说，我从来不说假话，你就是让我天天脱砖坯，我也不说假话。

肖卓然说，那好，你说，解放皖西城的前一天晚上，汪亦适是不是找到你的宿舍，劝说你起义了？

郑霍山说，那天晚上，他到我宿舍去了是不假，但是他没有劝说我起义。他劝说我去江南去找宋校长。是我劝说他起义的，他不肯，所以就拿枪反抗，最终落了个当俘虏的下场。他汪亦适死有余辜，我郑霍山才是起义功臣，你们不但不对我礼遇，反而让我到窑岗嘴脱砖坯，拉屎拉尿还用枪抵着屁股，这太不像话了！

郑霍山信口雌黄，把肖卓然气得脸色都变了，他一拍桌子说，你胡说！汪亦适自己说他是劝说你去风雨桥头参加起义，有人证明汪亦适所言属实！

郑霍山眨巴眨巴眼睛，一副死猪不怕开水烫的表情，咧嘴一笑说，他劝说的是我，别人怎么能证明？

肖卓然说，李开基当时在场，亲眼所见，亲耳所闻。

郑霍山说，你连我这个俘虏的话都不相信，怎么能相信一个军统特务的话？

调查来，调查去，肖卓然还是没有找到证实汪亦适起义的确凿证据。肖卓然心里很窝火，窝火还不完全是出于责任感，因为舒云舒从小同汪亦适青梅竹马的这层关系，给了肖卓然很大的压力。他从舒云舒的眼睛里已经看出来了，在汪亦适的问题上，舒云舒对他并不完全信任。他非常担心，舒云舒会不会认为他故意设置障碍。

平心而论，抛开个人感情上的障碍，肖卓然对汪亦适的人品还是相当认可的。过去在一个宿舍时，郑霍山基本上是臭狗屎，跟谁都处不来。程先觉虽然聪明伶俐，成天笑呵呵的一副老好人模样，有时候还为大家做点好事，譬如晒晒被子、扫扫地之类的，但是这小子给人的感觉总是表里不一，做事目的性非常强，被郑霍山痛斥为“笑面虎”。唯有汪亦适，平时不言不语，学业不高不低，为人不卑不亢，而在讨论时局形势的时候，偶尔发表一句两句观点，都是恰到好处一针见血。譬如皖西城解放前夕，政训处要求每个学员撰写“军人效忠信”，汪亦适的“效忠信”就与众不同，书云：文字言忠非忠，百姓之忠我忠，一旦天下为公，不必言忠心亦忠。结果这封“效忠信”被视为有叛逆倾向，要不是宋校长阻挡，汪亦适差点儿被送到监狱里洗脑子。在过去同宿舍的几个同学当中，如果说要发展一个同志，首选就是汪亦适，肖卓然和舒云舒都是这个看法。只不过是因为皖西城解放前夕，地下工作复杂，这一步没有落到实处，没想到汪亦适稀里糊涂就成了解放军的俘虏。

肖卓然辗转了很长时间，也没有找到证实汪亦适起义行为的证据。他的脑子里连续几天转动着皖西城解放前夕最后的情景，为汪亦适设想了种种可能。突然有一天，他想到了那场最后的战斗，也就是汪亦适和郑霍山置身其间的小东门战斗。想起了这场战斗，肖卓然激动起来了，当天下午就跑到设在三十里铺东南的野战医院，找到了在小东门战斗中负伤的几个伤员，通过这些伤员，了解到指挥那场战斗的一个名叫单士雄的副营长。

据单士雄说，那天夜晚——其实已是凌晨了，黑乎乎的，对方的阵地看不清楚，但是当对方阵地过来一个人时，在炮火中还是影影绰绰地看见了他的脸，没戴军帽，双手举枪，枪上挑着白旗。肖卓然问单士雄，到底是谁开的枪，打伤了我们的一名同志？单士雄说，以我的经验，那一枪肯定不是故意开的，确实是走火。但当时阵地有点乱，我们这边一看对方开枪，立马还击，好在于教导员命令枪口抬高一寸。我冲上去，第一个抓了俘虏，那俘虏枪里的子弹一颗不少，连保险都没有打开，说明这个人当时确实是诚心投降的。

肖卓然记住了单士雄的话，他反复琢磨“诚心投降”这四个字，心里突然出现一道亮光——把“诚心投降”这四个字删去两个，重新组合，就变成了“投诚”。

事情到了这一步，肖卓然才算长长地松了一口气。扪心自问，证实汪亦适是起义者，确实有很大的困难，尽管肖卓然不否认汪亦适有起义的想法，也不否认他有起义的做法，譬如劝说程先觉和郑霍山起义，但是，不管怎么说，他自己没有拿出行动，而且还是在小东门战斗中持枪被俘的，再说他是起义，无论如何也是说不通的。但是，投诚——汪亦适的行为被定性为投诚，是再准确不过了，这样定性，既是事实，也对得起汪亦适了，就算他仍然冤枉，那也比继续当俘虏要好得多。这样的结局，对舒云舒也算是个交代。

肖卓然让单士雄写个证明材料，拿着这份材料交给了军管会“解放人员甄别组”，后来终于得出结论，汪亦适在解放皖西城的战斗中，深明大义，临阵倒戈，弃暗投明，携枪投诚。

通知不久就下到俘虏学习班。汪亦适听说这个情况，眼泪夺眶而出，嘴里喃喃念叨，什么叫投诚啊，这不是事实！我是起义者，不是投诚，这不是事实！

郑霍山在一旁冷笑说，他妈的这就是偷鸡不着蚀把米！投诚就是投降！我要是你，我宁肯当俘虏也不投降！

汪亦适说，我向光明投降，并不可耻，你就等着新政权枪毙你吧！

第 二 章

1

新政权并没有枪毙郑霍山，因为新政权需要技术人才。郑霍山是旧军队医科学校的高才生，也就有可能成为新政权的高才生。说到底，医术这东西，只认病人和病，并不在乎你是什么人。国民党需要医生，共产党也需要医生。

后来知道了，旧军队江淮医科学校的少将校长宋雨曾果然被国民党溃军裹胁到江南了，但是江南也不是国民党的江山，解放军很快就打过长江，势如破竹，风卷残云，蒋委员长的最后一点家底，都运到台湾去了。至于宋雨曾校长的最后归宿，在当时是个悬案，几十年后才见分晓。

从战俘人员学习班到投诚人员学习班，实际距离不到两公里，从战俘到投诚人员的甄别，时间前后也不过用了二十天，但是这个距离对于汪亦适来说，漫长得却像是过了半个世纪。

汪亦适卷铺盖准备到投诚军官学习班报到的时候，心乱如麻，捆着铺盖的手一直颤抖。他的手颤抖有两个原因，首先，虽然他不同意把他甄别为投诚，但是投诚这两个字眼毕竟比被俘要好听一些，这是有点常识的人一看就明白的道理。但是问题反过来说，如果他汪亦适接受了投诚这个结论，那么也就意味着他接受了这个事实，那么以后他就再也不能坚持说他是起义者了。因为有了这个想法，他卷铺盖的时候就反复犹豫，有一阵子他甚至想对投诚军官学习班派来接他的吴教员说他不想去投诚军官学习班，但是后来转念一想，投诚军官比较被俘军官，毕竟离起义者近了一步，就像二十里铺比三十里铺离皖西城近了十里路一样——这话还是楼炳光点拨他的。再加上郑霍山在旁边冷嘲热讽，汪亦适一气之下，手就不抖了，把铺盖卷捆得像团麻花，撂在肩上，器宇轩昂地摔门而去。

这一去，就迈出了关键的一步。

皖西城的新政权已经筹备就绪，政协会议即将召开。汪亦适到了投诚学习班，充分地享受了两天“投诚”的待遇，衣服也整洁起来了。第二天下午他还特意回到俘虏学习班，去“拜访”俘虏郑霍山。郑霍山仍然在脱砖坯，一身泥水。见汪亦适过来，就知道他的用意，斜着眼睛看他，嘿嘿一声冷笑说，汪中尉，怎么着，衣锦还乡啦?

汪亦适说，投诚学习班的人员有出入自由啊。我要这个自由别的用处没有，但是可以请假来看你这个俘虏。

郑霍山说，说到底你也还是个国军旧人员，你有什么值得炫耀的？我脱砖坯靠劳动吃饭，心安理得。

汪亦适说，劳动也有高级劳动低级劳动。我劝你还是向组织说真话，不要害别人也害自己。

郑霍山说，你是想让我跟组织说你动员我起义？你做梦吧！

汪亦适说，一个人不说真话，夜里做梦都是噩梦。你心安理得什么，自欺欺人。你要是这样对抗下去，最终就是一堆臭狗屎。

郑霍山说，你滚蛋吧，我当我的臭狗屎，你当你的香饽饽，咱们井水不犯河水。

汪亦适说，好，我倒是要看看，你这个臭狗屎到底能臭到什么程度。

汪亦适说完就走了，走了几步，又转身回到郑霍山的面前说，郑霍山，我真不明白，你怎么这么不识时务。你还真的以为你是党国栋梁啊，国民党压根儿不认识你。现在解放了，我劝你还是擦亮眼睛，认认真真地想一想，当一个正直正派的人。

郑霍山说，大丈夫纵天下横也天下，郑某不吃嗟来之食。

汪亦适见郑霍山刀枪不入，再说无益，叹了一口气，悻悻地走了。

第三天中午吃饭的时候，学习班接到命令，投诚军官按自己专长和意愿，填报分配工作申请表。汪亦适毫不犹豫地给自己填报了“行医”的志愿。没想到结果来得这么快，当天下午，就来了几辆大卡车，把投诚军官学习班的人全部拉回到皖西城里。

让汪亦适做梦也没有想到的是，他和另外几个投诚者被卡车送到了他前不久才离开的杏花坞，他又回到了医科学校。不过这里现在不叫医科学校了，而被整编为解放军的荣军医院了。因为百废待兴，为了解决战争遗留问题，皖西城军管会临时成立了个荣军医院，暂时隶属皖西警备区。

晚饭后大家都被集合到礼堂里开会，主席台上明晃晃地坐着一排解放军的首长，肖卓然赫然跻身其中。皖西城军管会主任兼皖西警备区政委陈向真宣布荣军医院成立，然后念了一串干部任命名单，肖卓然是荣军医院的副院长，程先觉为医院的业务股长。陈主任还宣布，所有在皖西城解放战争中，主动起义或投诚的原国军江淮医科学校的师生，经过甄别，没有反动行为，积极拥护新政权，均可参加解放军，分配在荣军医院各个科室工作，军龄从即日算起。

汪亦适又惊又喜，他没想到他还可以在解放军的医院里工作，更没有想到他还可以参加解放军。

荣军医院虽然是军队医院，但编制是暂时的，性质属于半军半民，行政暂编在警备区管辖，服务范围囊括皖西地区党政军民。

这一夜，汪亦适睡得很不踏实，兴奋得辗转反侧。虽然他在三十里铺过的是半囚禁的战俘生活，但是经过管教人员对他们组织的学习，加上道听途说，也知道解放后的皖西城发生了很大的变化。待汪亦适他们回到杏花坞，城市用电用水恢复了，工厂的大烟囱开始冒烟了，青石铺就的街面上，家家张灯结彩，一派生机勃勃的景象。这时候汪亦适才惊出一身冷汗，庆幸自己那天上午没有感情冲动，没有拒绝到投诚学习班报到，庆幸自己走上了一条新生的道路。对比郑霍山，可以说是天壤之别了。这边已经发放了解放军的军服，那边郑霍山和楼炳光他们还要继续脱砖坯。

半夜里睡不着，汪亦适便爬起来试穿那身新军装。老实说，解放军的军装远远没有国民党的军装气派挺括，有些臃肿，而且料子很差，无非就是白洋布染上蜡黄，但是因为感觉不一样，汪亦适还是觉得新奇。他穿着军装在房间里来来回回走了几趟，把同屋的方得森和盛锡福都给吵醒了。盛锡福不高兴地说，汪亦适，你是怎么回事，你是升官发财了吗？

汪亦适说，我干吗要升官发财啊，我高兴我可以拿听诊器看病了。

盛锡福说，你别高兴得太早。我们这些人，虽然参加了解放军，但肯定都是监督改造的，想拿听诊器，恐怕为时尚早。

方得森把脑袋钻出被窝说，老盛你说话当心点，不要给自己找麻烦。

盛锡福说，我说什么了？我什么也没有说。解放军没有把我们划到反动派阶层，对我天高地厚了。我又没有说怪话，我当心什么？

方得森说，那你说什么监督改造的话？肖卓然亲口对我说的，穿上这身军装，我们就由同学变成同志了。

盛锡福说，同志也有远近亲疏啊。你看我们这些人，地下党当大官，起义者当小官，我们这些投诚的，当群众。既然是群众，那就要接受领导，这是事实吧？

方得森说，接受领导不等于监督改造，你不要混淆逻辑。

汪亦适说，监督改造也好，接受领导也好，我认为都是我们的福气。我们学医的，只要安分守己地把分内的事情做好，对得起老百姓，这就是我们天大的造化。

第二天早上，汪亦适好不容易才迷迷糊糊睡着，忽然被一阵清脆的军号惊醒。大家手忙脚乱，鸡飞狗跳地穿好新军装，跑出门一看，队伍已经开始集合，然后是分班报数，再然后就齐步走、跑步走。

新的生活就这样拉开了序幕。

在汪亦适的心里，天空是那样的晴朗，云彩是那样的鲜艳，远处的山川是那样的苍翠，近处的小河是那样的清澈。走在队伍里，他情不自禁地跟着哼起了歌——革命军人个个要牢记，三大纪律，八项注意……

2

肖卓然没能到军管会工作，而是到杏花坞当了医院的副院长，这使他多少感到有点失落，但这失落很快就过去了，因为医院的院长是老八路丁范生，正儿八经的野战部队团长，如此算来，他这个副院长也算是副团级了，在他这个资历上，已经是相当重用了。

早晨出操完毕，丁范生向他挥挥手说，小肖，走，我们到杏花坞转一圈，看看我们的根据地。

站在杏花坞东北角的高岗上，丁范生捋着胳膊感叹，哈，我们的医院可真大啊！战争年代，哪里有什么医院啊，到了一个地方，找一家院子大的民宅，就是医院了。解放战争时期，条件好了一点，到了一个地方，搭几个帐篷，就是医院了。

登高而望，杏花坞地盘确实不小，这里在国军征用之前，是皖西国立师范，有几幢小洋楼，掩映在梧桐丛中，灰墙红瓦，隐露一角。往南，波光粼粼的史河呈弧线由西而东，在朝阳中溢金流彩。

肖卓然说，丁院长，新政权成立了，人民翻身当家了，我们的医院要成为新型的人民医院。现在我们住的、用的，都还是国民党留下的那些破烂，我们要尽快改变这种状况，早一点清除旧社会的痕迹。

丁范生笑眯眯地看着肖卓然说，你有什么想法？

肖卓然说，那几幢小洋楼，都是国民党达官贵人住的，无论作为门诊还是病房，都不实用。等安顿好之后，我建议把它们拆除，盖一栋气象更新的医疗大楼，标志着这是人民的医院。

丁范生没有思想准备，想了想说，啊，那不是要花钱吗？

肖卓然说，是要花一些钱，但是值得啊。我们现在这个地方，说是医院，但是建筑七零八落，老百姓来看病，门都找不到。

丁范生来了点兴趣说，你说的这个医疗大楼都干什么用?

肖卓然说，我从画报上看，苏联的集体农庄都有体系化配套设施，一幢大楼四通八达，上下分工。工人农民看病，从挂号到就诊，再到治疗住院，就在一幢楼里全解决了。可以模仿。

丁范生说，哈，那个没有必要。苏联人娇气，动不动就上医院，我们哪有那么多病人？我们中国人都是钢筋铁骨。

肖卓然说，丁院长，说真的，你说我们中国人都是钢筋铁骨，这话不假，但这是精神上的。其实，我们最需要改善的就是医疗卫生条件。就拿我们皖西地区来说，要说没有病人，那是不了解情况。从医学的角度来看，两百多万人，至少有百分之九十患有疾病，只不过病有大有小，有轻有重。在旧社会，老百姓是根本没有看病这个意识的，一直是自生自灭。我们新中国要解放老百姓，最先入手的就是要改善他们的医疗卫生条件。

丁范生思忖良久说，小肖，你讲的，理是这个理，但是做不到。我们国家刚刚解放，方方面面都需要钱，我们现在不可能向政府要钱，我们只能自力更生，所以我们要树立长期艰苦创业的思想准备。以后，不要动不动就跟苏联比，他们有钱，我们是穷光蛋。

肖卓然感觉到，丁院长这是在批评他了。他很想说，可是我们不能永远当穷光蛋，也不会永远当穷光蛋。搞事业，就应该有远大理想，不能以穷光蛋为理由不做事，更不能以穷光蛋为荣。但是这些话他没有说出口，在丁范生这样战功赫赫的老八路面前，他感到自己还很渺小，还需要学习。尽管丁范生一口一个“小肖”地喊他，他也觉得顺理成章，仅仅是有点不受用。

肖卓然那时候确实有点向往苏联，他搜集了不少有关苏联的报纸资料，研究这个庞大的社会主义政权。苏联的集体农庄是那样的富饶，苏联的道路是那样的宽广，苏联的医院是那样的先进，苏联的教育是那样的普及！苏联的工人手里高举铁锤，苏联的农民怀里抱着沉甸甸的谷穗，苏联的孩子脖子上系着红领巾，脸上洋溢着幸福灿烂的笑容。相比之下，皖西的老百姓差得很远很远，市民们脸色灰暗，山民们瘦骨嶙峋，孩子们流着鼻涕，睁着茫然和渴望的眼睛……他希望这一切都尽快改变，他希望新政权成立之后的第一所人民医院迅速发展扩大起来，给多灾多难的父老乡亲打上第一支强心针。

但是，他预感到，从他同丁范生的第一次谈话中，就拉开了在建设目标和思路上的分野，并为他以后在政治上屡遭曲折埋下了伏笔。这是后话了。

3

汪亦适正式上班的时候，还没有明确的分工，中医西医齐头并进，混杂着上马。刚刚整编的医院设备也很简陋。汪亦适本来是学骨科的，但是被分配在名义上的内科，其实主要工作就是治疗肠胃病，因为部队南下官兵多，有不少人来到江淮，水土不服，闹肚子的事情经常发生。这种病看起来不费事，处方也无非就是藿香正气丸黄连素之类的东西。

上班的第二天上午，汪亦适看见了舒云舒。

舒云舒现在的身份是荣军医院的团委书记兼妇科主任，这当然是乱点鸳鸯谱，因为舒云舒在医科学校学的专业是麻醉，但是医院需要妇科医生，而且极缺，舒云舒又是女同志，自然而然地就成了妇科主任，其实这时候妇科连她在内只有两名医生和一名护士。

在给舒云舒分配工作的时候，肖卓然向院长丁范生提出异议，认为这是驴唇不对马嘴，结果被这个前野战军的团长驳回。丁范生说，不会不要紧，学嘛，过去我们还不会打仗呢，不照样打败了鬼子、打败了老蒋？你说舒云舒当妇科主任不合适，我也认为不合适，但是没有办法，现在缺的不是麻醉医生，而是常见病医生。我们这个屁股大的地方，没有几个大手术需要你来麻醉，我们这些特殊材料制成的人，也用不着麻醉，可是部队打仗打了那么多年，犯病的老娘们却是层出不穷。你要是给我弄个合适的人来，我立马让舒云舒去搞麻醉。

肖卓然说，我觉得舒云舒还年轻，她才二十岁，就当医院的妇科主任，太嫩了点。

丁范生胳膊一搾说，嫩？小肖，我跟你说，我十五岁参加八路，十六岁就是连长，你说嫩不嫩？我二十四岁当团长，一团打光了我当二团团长，二团打光了我当营长，组建新一团我又当新一团团长，我三年当了三个团的团长，中间还夹着当了半年营长。当团长我把我的团指挥得团团转，当营长我把我的营指挥得嗷嗷叫。你小肖也是年轻人嘛，你今年多大？哦，二十一岁，可是你已经是我们这个县团级医院的副院长了，已经是县团级干部了，那还不年轻？我跟你说，现在我们什么都缺，尤其是人才。我们新政权就要有这种魄力，把年轻人放在重要的岗位上，摔打他们、磨炼他们。什么是培养？大胆任用，放手使用，就是培养。

丁范生这么一说，肖卓然就不好坚持了，在这个老革命的院长面前，他觉得自己很渺小，尽管丁范生这一年也才二十八岁。

丁范生不仅驳回了肖卓然的建议，还在业务会上大声呼吁，要大力加强传染科建设，要大力加强肠道科建设，要大力加强妇科建设。丁范生的指导思想是，大楼不用盖，人才要培养，有了人才，没有大楼，就是搭帐篷，医院也是日龙日虎的。于是乎，舒云舒只好赶鸭子上架，临时抱着妇产科医书猛攻，中医的西医的一股脑儿往自己的脑子里灌。当然，丁范生并不是纯粹的大老粗，他也上过几天私塾，而且他打过日本鬼子，二十四岁就当了解放军的团长，这说明他不是等闲之辈。组织上把他放在这个知识分子成堆、问题成山的医院里当院长，是有道理的。丁范生一方面乱点鸳鸯谱，另一方面他也知道这是权宜之计，交代肖卓然等当地干部，招兵买马，搜罗人才，要尽快把荣军医院的功能健全起来。

在见到舒云舒之前，汪亦适首先见到的是程先觉。程先觉是陪同军管会陈主任的夫人姚大姐来看妇科病的。但是这时候肖卓然和舒云舒联系的妇科医生大都没有到位，只有一个男性妇科中医，还是个老头子，说话有点口齿不清。姚大姐是上海人，大学生，对中医持怀疑态度，希望能找一个西医看看。程先觉知道汪亦适家传妇科，便把姚大姐带到了内科。汪亦适询问了病情，面带难色地对姚大姐和程先觉说，现在设备还没到，再说姚大姐的这种病，也不宜马上做手术。先开点消炎药，外用内服并举，缓解一下，以后有了专门的医生和设备，再考虑做个小手术。

正说着话，舒云舒来了。与舒云舒同行的还有舒云舒的大姐舒雨霏。舒雨霏是正经的妇科医生，江淮医学专科的学生，刚刚毕业，已经被省会一家刚刚组建的部队医院录用了，但是架不住妹妹的软缠硬磨，计划调回皖西城，助妹妹一臂之力。姐妹两个正在医院的政工办公室里汇报，听说姚大姐来看妇科，对老中医的诊断不甚满意，就一路找了过来。

舒雨霏看妇科同汪亦适自然不同，敢问，问得也细，最后还拉上帘子，给姚大姐做了检查，如此这般，很快就搞清楚了病因和症状，开出方子，居然是一半西药、一半中药。舒雨霏说，姚大姐患的是妇科常见病——子宫肌瘤，目前我们国家这种病做手术的还不多见，治疗起来也比较麻烦。西药消炎，缓解症状，中药理气，活血化瘀是根本，补血也是必需的。平常多吃大枣、猪肝，以食疗辅助。

舒雨霏说得有条不紊，姚大姐也频频点头。姚大姐说，你小小年纪，就如此精通医道，很了不起。为什么不到我们皖西城来工作呢？

舒云舒说，我正在劝说大姐调回来，可是她已经在省城陆军279医院上班了，那边不放人。

姚大姐沉吟了一会儿说，省城那边人才多，应该支持我们发展基层医务工作啊。这样吧，我回去跟老陈说说，让他找找老战友疏通一下，争取把舒雨霏同志早点调进我们荣军医院来。

舒云舒说，那太好了。我大姐来了，我就解放了，不然，我这个妇科主任是要遭人骂的。

4

汪亦适和程先觉那天的对话很有意味。

女人们看病的时候，汪亦适和程先觉回避，在诊室外面的过道里站着说话。其实没有多少话说。程先觉跟汪亦适大眼对小眼，有点尴尬。程先觉说，亦适，山不转水转，没想到我们还能一起为人民服务。

汪亦适仰起脑袋，不看程先觉，看天。汪亦适说，人算不如天算，想当人上人，也不一定就要踩着别人的肩膀。

程先觉讪讪一笑说，这话刻薄了，不知道亦适兄何出此言。

汪亦适说，知人知面不知心。你我同学一场，我送你一句忠告，为官也好，做人也罢，长久之道，还是一个诚字。左右逢源，上蹿下跳，玩到最后，不是摔倒，就是累倒。

程先觉说，你这么说，好像我们之间有什么误会似的。

汪亦适说，蛇打洞蛇知道。不过，我不想跟你弄个是非曲直，我只是想告诉你，我们没有被抛弃，我们现在都是新政权的医生，人格和医德是我们的立足之本。

程先觉皱着眉头说，你这样一说，我就更不明白了。你这话里，分明是指责我人格和医德有问题。

汪亦适说，你自己想去吧。

程先觉说，路遥知马力，日久见人心。我程先觉是个什么样的人，不是你说了就定性的。

汪亦适说，程股长，我不想跟你扯陈芝麻烂谷子，但是现在我们业务归你管，你不能让我们老是给人治拉肚子治小肠气。

程先觉惊讶地看着汪亦适说，不治拉肚子小肠气，你还想干什么？难道你想当华佗？

汪亦适说，我是学骨科的，你们把我弄到内科，可是这内科也非驴非马。你哪怕让我看看心肺看看脾脏，也算是个正经活儿。像这样天天给人开方子治拉肚子，我这双手不就废了吗？

程先觉说，汪亦适啊，我跟你说实话，我们医院现在就是个大杂烩。丁院长说了，现在是初创时期，要教育我们的医生同志，不要分内科外科妇科男科，有病大家一起看、有药大家一起吃。

汪亦适愕然问道，丁院长真的是这么说的？这是什么话！我听着简直就是瞎胡闹。真的这么做，那不是草菅人命吗？救死扶伤，这是科学，怎么能允许这样乱弹琴！早知道是这样的医院，我还不如留在三十里铺脱砖坯呢！

程先觉说，汪亦适，这次我给你留个后路。你知道你刚才说的话是个什么性质的问题吗？

汪亦适稀里糊涂地问，你说什么性质？难道我说得不对？

程先觉说，看在你我同学一场，我得提醒你了。你是从国民党军医学校出身的，对于共产党的政策和领导思路还不是很清楚。你要关心形势，要研究共产党的方式方法，否则就可能栽大跟头。

汪亦适气呼呼地说，我说的是实话，医学是科学，怎么能说有病大家一起看，有药大家一起吃这样愚蠢的话！这是医院还是屠宰场？

程先觉本来是居高临下的，是带着教训的口吻对汪亦适说话的，一听汪亦适这么一说，吓得脸都白了，赶紧摆手说，汪亦适，老汪，请你打住，信口雌黄祸从口出啊……正在吓着，猛然看见肖卓然在门外出现了，面色阴沉地向这边走来，程先觉更是一头冷汗，赶紧把舌头拐了一个弯，陡然提高嗓门说，关于……口腔溃疡的问题，既不是你的专业，也不是我的专业，我们今天的争论是没有意义的！

汪亦适说，你干什么，为什么见到肖卓然就像耗子见了猫，肖卓然有这么可怕吗？

程先觉压低声音说，何必？你我都是需要脱胎换骨的人，这个时候，何必自找麻烦？老实点吧！

肖卓然走过来，发现二人神情异样，看看汪亦适，又看看程先觉，绷紧的脸突然松弛下来，笑着问，二位仁兄，一个横眉冷对，一个神色慌张，这是为何？

汪亦适正要说话，程先觉抢先一步说，我们在探讨业务，关于口腔溃疡的原因和症状。

肖卓然狐疑地看着程先觉，又看看汪亦适问，是吗，怎么弄出这么个生僻的课题来？

汪亦适说，他信口雌黄，他说你们当官的说，初创时期，有病大家一起看，有药大家一起吃。我认为这是胡闹！

肖卓然惊讶地看着程先觉说，真有这话？是哪个当官的说的？

程先觉头上的冷汗终于落了下来，绝望地看着肖卓然说，谁也没说，是我自己说的。因为现在条件艰苦，设备简陋。汪亦适向我要设备，要显微镜，我没法答复他，就拿这话敷衍他，谁知道这个死脑筋当真了。

肖卓然“哦”了一声，看着程先觉说，我们学医的，人命关天，说话办事要有分寸，不能胡说八道哦！

程先觉说，是是是，肖副院长，我记住了。

汪亦适冷眼旁观，一言不发。

肖卓然说，好啊，想当年我们“四条蚂蚱”，有三个走到革命阵营，殊途同归，革命不分先后，走到一起就是同志。只是，可惜了郑霍山，他要是在这里，我们的力量就会大大加强。

汪亦适说，郑霍山不是铁杆的反动派，他只是对新政权的政策不了解，被国民党的那一套鬼迷心窍了。如果你们真心重用人才，可以劝说他回到杏花坞来，当一个新军队的医生。

程先觉说，汪亦适，你政治上幼稚。郑霍山那个花岗岩脑袋，是你能说动的吗？

汪亦适说，我不认为郑霍山是花岗岩脑袋。相反，我认为郑霍山可能是我们中间最有前途的医生。

肖卓然怔了一下，看着汪亦适问，你是说，你就没有可能成为最有前途的医生，还有程先觉和我？

汪亦适说，都有可能，事在人为嘛。但从眼前的状况看，还是郑霍山最有可能。可是你们老是让他脱砖坯，还有比这更大的浪费吗？这比粮食烂在田里，还要让人痛心。

肖卓然说，汪亦适，如果派你去劝说郑霍山参加解放军，你估计他会答应吗？

汪亦适说，你是副院长，是解放军的红人，还是你亲自出马比较合适。刘备尚且能够三顾茅庐，你一个副院长，就算再日理万机，跑一趟三十里铺总不会太难吧？

肖卓然笑了，不怀好意地看着汪亦适说，哈哈，老同学你露馅了，你是不敢再去说服郑霍山了，经验教训啊。一个多月前，你就吃过他的大亏。难道你想让我也去碰一次壁？我告诉你，碰壁我不怕，但是我们现在不能劝说郑霍山参军。

汪亦适说，为什么？难道就因为他是俘虏？你们医院里不是也有俘虏作为留用人员吗？

肖卓然说，政审是一个问题，以郑霍山目前的表现和态度，政审肯定是过不了关的。但这还不是最要害的问题。

汪亦适说，那最要害的问题是什么？

肖卓然抬起头，向天上缓缓移动的云朵看了看，什么也没有说。停了一会儿才问，听说姚大姐在你们这里看病，好了没有？

程先觉说，还在里面，几个女人在嘀咕。

肖卓然说，怎么还会有几个女人？

程先觉说，舒云舒，还有她的大姐舒雨霏，听说要调回咱们皖西城，正在办手续。

肖卓然“哦”了一声，来了精神，手一挥说，走，看看去！

说完，领头往诊室方向走，程先觉和汪亦适只好跟在后边。走了几步，肖卓然停住步子，回过头来看着汪亦适说，以后说话要注意，什么你们医院、你们解放军、你们新政权，什么叫你们啊，现在是我们，人民当家做主，一切都是我们的。要有主人翁意识。再也不要说你们了，以免给人感觉离心离德。

汪亦适没有吭声。

5

直到几年以后，汪亦适才弄明白肖卓然当年说的“最要害的问题”是个什么意思。

在郑霍山的问题上，肖卓然自有自己的考虑。郑霍山顽固，对这样的人，做什么事情都不能急于求成，如果不是他心甘情愿做的事，或者他暂时还不想做的事，那他就会拧着来。你越是急，他越是不以为然，你说东，他偏往西。所以说，在荣军医院初创时期，没有重大医疗任务，不到万不得已，没有必要把郑霍山弄来捣乱。这个原因还在其次。其实，那天程先觉和汪亦适的争论，肖卓然已经看出端倪，新政权刚刚建立，医院也刚刚创建，百废待兴，千头万绪，忙乱之中，也往往漏洞百出。这个时候领导人的威信和政策的权威性，既是敏感的，也是脆弱的。如果这个时候把郑霍山生拉死扯地弄进来，这个嘴无遮拦的搅屎棍子一定会大放厥词，没准又是当年如何如何，在三十六师如何如何，当年薪金如何如何，待遇如何如何，设备如何如何。几个如何下来，不被打成反动派才怪。

依肖卓然的观察，解放军派到医院的领导都是胸怀大度的人，但是有一个问题，他们可以容忍对他们个人的诋毁，绝不会容许对新政权说三道四，这个时候，他们往往又是敏感的、狭隘的。而随着医院基础设施的完善、规章制度的健全、行政和业务秩序的规范，方方面面条件都成熟了，再把郑霍山这尊神请回来，擦亮他的眼，堵住他的嘴，他自然就没有那么多牢骚，也就没有那么多危险了。

肖卓然这一年虚龄二十一岁，以二十一岁的人生阅历和经验，能把问题想得如此周密，足可见肖卓然具有搞政治的天才，所以后来他被丁范生戏称为青年政治家，也就不足为奇了。

新组建的医院人才奇缺，为此丁范生很是着急上火，求贤若渴。当时的一个普遍做法就是在当地旧政权的医院里挖掘人才。在这个问题上，丁范生依靠的主要力量是肖卓然。肖卓然说，如果宋雨曾校长还在皖西城，这个问题就好办得多，宋雨曾德高望重，多年行医执教，桃李满天下，可以说一呼百应。问题是宋雨曾现在下落不明。

丁范生说，下落不明好啊，下落不明就有希望，你们给我找，挖地三尺也要找到。

肖卓然说，挖地三尺也未必能找到。我在皖西解放前夜，之所以坚持最后离开杏花坞，就是抱着最后一线希望，想得到宋校长的线索，可是没有结果。有一个说法是，他已经被军统秘密裹胁到江南，解放军过江之后，可能已经到台湾了。还有一个说法，说宋雨曾被裹胁到江南是不错，但是解放军南下之后，宋雨曾并没有跟随国民党溃军到台湾，而是被当地开明人士保护起来，又秘密地返回到皖西城，隐居一隅，静观时局。

丁范生比较倾向于后一种说法成立，让肖卓然组织寻找。肖卓然说，皖西地区所辖七个县，西南有大别山，东北有淮河，人口逾百万，城镇上百个，宋校长随便隐居在哪里，都是非常容易的事情。我们这样兴师动众地寻找，无异于大海捞针，除非他自己走出来。

丁范生说，像宋雨曾这样的人，虽然是名医，但毕竟也出任了国民党医科学校的校长，对新政权还缺乏认识，思想上有顾虑，如果我们不主动寻找，他一时半会是不会出现的。

肖卓然想想，丁范生的分析是有道理的。这时候肖卓然想起了一个至关重要的人。肖卓然对丁范生说，要想很快找到宋雨曾，有一个人可以帮忙。丁范生问是谁，肖卓然说，是舒云舒的父亲、皖西城医药大亨舒南城。

丁范生大喜，当天就让人备了厚礼——两只长白老山参，要肖卓然引路，前往舒家拜访。肖卓然说，去舒先生家拜访，最好把汪亦适带上。

丁范生问，难道汪亦适同舒先生还有什么特殊关系？

肖卓然回答说，两家世交。舒先生膝下无子，比较器重汪亦适。

丁范生说，那好，你跟汪亦适说，让他跟我们一起去拜访舒先生。小汪这个人，我看本质不错，多给他创造点条件，让他为新政权出力。

肖卓然去邀汪亦适同往舒家的时候，却被汪亦适拒绝了。汪亦适说，兵荒马乱，你我各自奔波，我没能在紧要时刻守护舒先生，心里有愧。我不去。

肖卓然只好作罢，回去跟丁范生说，汪亦适这个人，是个书呆子，不愿意介入社会活动，算了吧，让他一门心思搞他的学问吧。

丁范生当时没作声，看了看肖卓然，也就不再深究了。

6

舒家坐落在皖西城寿春街的东头，三进的徽式建筑，前一个院落为平房，类同北方的四合院，中间院子正房是两层小楼，砖瓦结构，两边木楼环绕，一方明晃晃的天井笼罩头顶，院子采光甚好。

舒先生这段时间深居简出。自从皖西城解放之后，军管会的领导也先后来拜访过。舒先生的四个女儿，其中有两个参加了解放军，二女儿舒云展成了电厂的技术员，小女儿舒晓雰在皖西新生报社参加了共青团，舒氏一家均先后走上了革命的道路。军管会的领导得知舒家的情况，深感钦佩，陈主任带着夫人姚大姐，给舒先生送来了一块巨幅匾额，上书“济民立身”四个大字，但是舒先生没有张扬，让人把这块匾额存放在药库里，一把锁锁了。

丁范生和肖卓然到达舒家，已是上午十点时分，他们没想到舒先生正在后院碾药。前堂掌柜通报之后，舒先生起身净手更衣，刚刚走出后院，肖卓然就迎了上去，恭恭敬敬地喊了一声“世叔”，向舒南城介绍丁范生说，这是皖西城荣军医院的丁院长。舒先生打量丁范生一眼说，如此说来，彼此同行。请——

落座之后，女佣上茶。丁范生左顾右盼说，久闻舒先生大名，晚辈来迟了。

舒先生说，丁院长军务在身，公务繁忙，不必多礼。

丁范生哈哈笑道，老先生风趣，晚辈也就释然了。

肖卓然说，舒世叔是皖西城著名开明贤达，对本党一向同情，支持革命事业，这是有目共睹的。我们从来视舒老为知己，我是喊他世叔的，原先江淮医科学校许多进步师生都是舒老家的常客。丁院长不必见外。

舒南城说，是啊，卓然此言不虚，老朽无为，但是绝不因循守旧。鄙弃黑暗，向往光明，也是我一生的追求。我的女儿在丁院长属下，用你们解放军的话说，老朽也是贵军家属了。

寒暄过后，彼此距离就拉近了，谈话很快进入正题。肖卓然说，丁院长此行，有三件大事请世叔帮忙。

舒南城说，老朽已经揣摩一二。一是贵军组建医院，需要招兵买马，老朽可以联络弟子同仁。二是有医还得有药，眼下战火刚息，药物奇缺，这药嘛，老朽还有不少存货，贵军需要，尽管派人来取就是了。

丁范生说，那就太好了，我们按市价支付费用。

舒南城说，此话见外了。新政权解民于倒悬，待我更是不薄，我也应该有所献礼。不瞒二位，我已经让人精选了三箱盘尼西林、两箱西医器械，还有大别山中草药，已按照常用配方炮制成药，正准备送往贵军医院。眼下已近冬末，春暖花开季节，也是常见病多发的季节，且经历了战争，人畜死伤，植被损毁，都将加剧瘟疫流行。此地多发疟疾、血虫、肺痨、肝肿等，宜早作对策。

丁范生感动了，把茶杯一放，动情地说，舒先生真是百姓的福祉，看问题看得久远，想问题想得仔细，令人钦佩、令人敬仰。我代表皖西城荣军医院，不，我代表皖西城新政权，不，我代表皖西地区二百三十八点三八万人民，向舒先生致谢！

说完，丁范生居然离座，面向舒南城，深深地弯腰鞠了个躬。

舒南城赶紧起身，一边作揖一边说，丁院长礼重了礼重了。老朽所为，不过是行医之人应为之事。我舒家有了今天，也是百姓养育之功。贵党贵军旨在为民，符合老朽内心愿望。做能做之事，做想做之事，其实在我，也是修行。各得其所，不必多礼。

重新落座之后，舒南城说，卓然，你和丁院长来，所说前两件事，老朽当尽力而为，但不知道第三件是什么事情？

肖卓然说，我们希望找到宋雨曾先生。而且我们知道，只要您老人家出面，找到宋雨曾先生并不难。

舒南城愣住了，看着肖卓然，很长时间才摇头说，这件事情难为老朽了。听说宋雨曾到台湾去了，难道贵军不知道这个消息？

肖卓然说，传说只是传说，并没有证实。我们分析无非有两种可能，一种是真的到了台湾，一种是留在皖西地区，隐居民间。我们希望是后一种可能。

舒南城微微摇头说，我当然希望他留在皖西，他如果真的留下来了，我是应该知道的。可是我这里一点音讯都没有，不太可能啊！

肖卓然说，或许宋先生对我军我党的政策还不了解，或许他有难言之隐。

舒南城沉吟片刻说，是啊，也许……不过，这也只是猜测而已。

丁范生说，宋先生被国民党所蒙蔽，这是我们可以想到的。但是，舒老您是了解共产党解放军的，一旦他在皖西现身，首先就会找舒先生，那时候，请舒先生转告我们解放军的诚意，我们衷心希望宋先生能够出山，能够助我们一臂之力。医术是没有党派的，也是不分左右的。我以十二年党龄向舒先生，也向宋先生保证，我们共产党实事求是，重在表现，我们只知道宋先生是江淮一代名医，绝不计较他曾经担任过国民党军队的医官校长。我们军管会已经做了调查，宋先生没有为虎作伥，是同情百姓支持革命的，因此军管会有内部决议，一旦宋先生出山，只要他本人不反对，我们会聘任他为荣军医院的首席顾问。

舒南城说，好好，共产党一言九鼎，丁院长掷地有声，只要宋先生找我，我一定劝说他面见丁院长。

7

汪亦适没有想到，自从他到荣军医院之后，作为一个骨科转内科的医生，他还要做手术，而他所做的第一个手术，居然是割阑尾。

患者是皖西驻军的一名班长，名叫李得海，李得海那天正在执勤，突然腹痛难忍，立马被送到荣军医院。经过诊断，是急性阑尾炎发作，为防止阑尾穿孔，需要马上做手术切除。李得海是解放战争中的英雄，院方对此很重视，指示业务股要不惜一切代价，保证李得海的生命安全。

本来，切除阑尾并不是大手术，但是医院当时条件有限，器械灯光消炎措施甚至包括针线等都很不完备，居然没有人敢挑这个重担。这时候程先觉提出来，手术由汪亦适做。病人抬到内科，汪亦适很恼火，指着内科的标志牌质问程先觉，你明明知道我是骨科医生，这里又是内科病房，为什么要让我做手术？

程先觉说，你不是一直梦寐以求要割阑尾吗？现在我把阑尾送来了，你怎么又打退堂鼓了？

汪亦适说，我是说过要割阑尾，但那是牢骚话，岂能当真？

程先觉说，医生说话，干系重大，岂能儿戏！

汪亦适说，我现在是内科医生，岂能越俎代庖？

程先觉说，丁院长说的，医术是没有党派的，也是不分左右的。病人不分贵贱，医生不分内外，我们荣军医院人人都要成为多面手。

汪亦适火了，一拍桌子说，真是荒唐，病人可以不分贵贱，但是医生必须分内分外！我不相信这是丁院长说的，这分明是你假传圣旨！

两人正吵着，没想到丁院长已经站在门外。丁院长一闪身，进了内科的诊室说，汪亦适同志，你这一句话犯了两个错误，第一，程股长没有假传，第二，他传的也不是圣旨，他传达的是一个人民军队医院院长对我们广大的医务工作者的起码要求。

汪亦适顿时傻眼了，嘴巴嚅动几下，嘟囔道，医生是有分工的，内科和外科是不一样的，就像中医和西医，有着本质的不同。

丁范生说，想当年，我们同鬼子作战，我们同蒋介石作战，我们的战士负伤了，我们的同志生病了，我们的连队卫生员一个人就能解决。我们的卫生员既是中医，又是西医；既是外科，又是内科；既是骨科，又是妇科。我们的卫生员，可以消炎止血，可以包扎扎针，还可以做手术。我们的卫生员，敢在战友的肚子里把打断的肠子接上。只要对党忠诚，什么样的人间奇迹我们都能创造出来，你信不信？

汪亦适张大了嘴巴，竟然无言以对。想了想才说，那是战争时期，情况特殊。特殊情况不适用于通常情况。

丁范生说，同志哥啊，不要以为丁院长是个白痴，丁院长是懂得道理的。什么叫特殊情况？我们现在就是特殊情况。现在我们的医院正处在低级水平，我们的设备处在低级水平，我们的医护力量处在低级水平，我们现在就是特殊情况。而事实往往是，人间奇迹就是在特殊情况下创造出来的。放手干吧同志哥，创造人间奇迹吧！

汪亦适被丁范生的一席话说愣了，傻傻地立在原地。他突然怀疑起自己来了，怀疑自己是否固执己见，是否像丁范生和肖卓然他们说的那样，老是犯教条主义的毛病。他突然产生了一种热血沸腾的感觉。是啊，什么人间奇迹不是由人来创造的呢？什么人间奇迹不是在特殊情况下创造的呢？丁范生的话错了吗？不，丁范生的话是那样的证据确凿，丁范生的话是那样情真意切，丁范生的话是那样的铿锵有力不容置疑！是啊，干吧，创造人间奇迹吧！

汪亦适不再抵制了，好在当年在江淮医科学校学过外科基础理论，简单的手术还是能够应付的。他在丁范生期待的目光下，在程先觉等人的密切注视下，认真地检查了李得海的病情，果然他很快就发现了病根，找准了阑尾的位置。然后是器械准备、药物准备、麻醉准备。

因为这是荣军医院的第一例手术，而且是由一个原国军医科学校的骨科军医学员实施，在荣军医院很快就成了新闻。有几个科室甚至组织观摩，看看这个国军的骨科军医是怎样向解放军的英雄动刀子的。

在观摩的人群中，还有舒云舒。舒云舒听说院长强令汪亦适做阑尾切除手术，颇为惊诧，因为她知道汪亦适所学的专业是骨科。但是，这段时间，连她自己也有些糊涂了，有许多事情，程序不是那个程序，分工不是那个分工，而且往往令人难以判断是非曲直。你按教程操作，往往不一定成功。你按领导的指示办事，哪怕是教程不允许的，但是偏偏就成功了。所以最近一段时间，丁院长经常把创造人间奇迹挂在嘴边，似乎荣军医院当前一个时期的主要任务就是创造人间奇迹。

在打开李得海的肚皮的一瞬间，汪亦适的手抖了一下，但是随着切口的张开，随着血液的渗出，他的注意力立刻集中起来了。他旁若无人地在李得海的肚子里翻检，并且准确地找到了那截多余的盲肠，他几乎连想都没有想，自然而然地掠了一刀，随后，他开始缝补刚刚被他切开的肚皮……

汪亦适的手术做得很成功。病人没有昏迷，也没有被麻醉醉倒。这个人不愧是个战斗英雄，汪亦适的手在他的肚子里翻检的时候，他居然还竖着大拇指对汪亦适说，别怕，咱这肚子，枪子儿都打不透！

汪亦适向他感激一笑，居然也说了一句连自己都不曾想到的豪言壮语。汪亦适说，忠诚党的事业，什么人间奇迹都能创造！缝上最后一针，直起腰来，他才发现，贴身衬衣已经被汗湿透了。

做完手术，丁院长看了看病号，病号状况良好，在病床上还想给丁院长敬礼，手都举到额前了，又被丁院长摁住了。丁院长说，好好休息，养足精神，迎接新的战斗！

李得海说，首长放心，割掉这个革命的负担，我会轻装上阵！

丁院长吆喝大家各自回到自己的岗位上，让病人歇着，但是没说让汪亦适歇着。这时候内科还没有专门的隔离观察室，整个医院刚刚有一个，但是设备不健全，还没有投入使用。汪亦适自然不敢歇着，他得守着病人。守到什么时候呢？没有明文规定，但是丁院长有规定，丁院长说，守到病人能够放屁为止。

丁院长为什么做这样的规定，这样规定是否有科学依据，谁也搞不清楚。但是那时候丁院长的话就是法律，就是政策，没有人怀疑丁院长的权威性。

汪亦适守在李得海的床前，感触很深。他觉得通过这个手术，前前后后发生的事情，不可思议，难以想象，但是又有一种神奇的意味，给他一种新鲜的感受。

李得海确实像个铁打的汉子，这点手术对他来说太小菜了，他既没有昏迷，也没有衰竭，他红光满面，神采奕奕，似乎刚才不是经历了一场手术，而是刚刚参加了一场婚礼。他不住地表扬汪亦适，说汪医生做手术动作麻利，快刀斩乱麻。他说他经历的手术多了，有一次同黄百韬的部队打仗，一颗子弹打进他的腮帮子里面，连队的卫生员像牙医拔牙那样把弹头给拔出来了，他说当时除了一罐子高粱烧酒，什么药也没有用。酒是连长交给他用来消炎解毒的，但是大部分都被他喝到肚子里去了。

那天坐在李得海的病床前，汪亦适的思想受到了很大的震动，被解放军英雄的精神所感染。李得海当然不是自我吹嘘，他身上有七处伤疤，他的肚子曾经被打穿过，腮帮子被打穿过，按照医生的看法，他早就是死了几次的人了。但这个人的生命力似乎特别的旺盛，似乎越打越结实，骨头越打越硬，皮肉越打越厚。同李得海面对面地坐着，汪亦适对丁院长的那句话就越来越信服了，只要忠诚党的事业，什么人间奇迹都能创造！

尽管李得海的状况很好，而且很快就能喝稀饭了，喝了稀饭谈笑风生，但是汪亦适不能离开。不要说能喝稀饭，就是能吃干饭，能从病床上爬起来上树，汪亦适也不能离开，因为李得海没有放屁。

汪亦适等待李得海的那个屁，等得好苦，一直等到天黑，窗外的月亮都升起来了，还是不见动静。晚饭他没有认真吃，值班的护士吴学敏给他带了一份窝头咸菜辣糊汤，他就在李得海的病床前因陋就简地解决了。

汪亦适自己也不是很清楚，他这天是怎么了，神经似乎有些不正常了。他顽固地，并且是发自内心地要等李得海放出那个屁来，既不是赌气，也不是勉强，他坚持并且心甘情愿地要等下去。也许他等的是一个实验的结果，也许他等的是一个精神的证明，更或许，他等的是自己人生态度变化的过程，反正他是决定要等下去，李得海不放出那个屁，他就绝对不会离开。

吴学敏一直劝他离开，说病人状况良好，食欲正常，完全没有必要把一个医生耗在这里。他始终不为所动。李得海醒着的时候他就听李得海讲故事，讲孟良崮和淮海战役，李得海睡着了，他就看着他那张坚强的脸庞出神，以至于后来吴学敏感觉他有点神不守舍，吴学敏甚至在他出去小解回来之后，支支吾吾地告诉他，放了。

汪亦适一脚门里一脚门外，追问放什么了。吴学敏只好硬着头皮说，放气了。吴学敏是刚刚从地方工厂招过来的，没有接受过正经的护士职业训练，所以还很腼腆。他追问吴学敏是真放了还是假放了，什么声音，什么气味，力度大小。三问两问，把吴学敏问得面红耳赤答不上话来，很快就露馅了。

实践证明，丁院长的论断是英明的，伤病员李得海肯定是要放屁的，只不过是个时间问题。李得海放屁的时候，汪亦适差不多已经在病床前守候了七个小时，他实在有点困了，差一点儿就打瞌睡了。幸亏他没有打瞌睡，就在他神情恍惚即将睡着的时候，他突然听到病房里，准确地说是从李得海的病床上，传来一阵奇特的响声——是一阵而不是一声两声，那声音起先有点像闷雷，结尾的时候有点像撕扯布匹，再后来，扑哧，戛然而止。

汪亦适睡意顿消，激动得攥紧了双拳。但是他没有被胜利冲昏了头脑，而是十分冷静地、从容不迫地把脑袋向李得海的病床边凑了凑，他要用自己的鼻子证实自己的耳朵。但是他很快就失望了，因为他没有闻出强烈的臭味，这个结果是很不理想的，不管是他的嗅觉出了问题，还是李得海放屁的质量出了问题，都是他所不希望的。

吴学敏也听到了那声响，而且此刻的吴学敏比汪亦适要超脱得多明白得多，因为她是局外人，没有多少文化，也就没有那么多心理活动。

汪亦适问，小吴，你听见了没有?

吴学敏说，听见了。

汪亦适说，是什么声音?

吴学敏说，是……就是……那种……声音。

汪亦适火了，大声问，到底是哪种声音?你形容一下!

吴学敏也火了，大声回答，就是放屁的声音，我没办法形容!

8

李得海住院期间，丁院长几乎每天都来过问情况，肖副院长和程股长更是频繁问寒问暖，连舒云舒也经常过来看望，因为这是荣军医院组建以来第一个钢刀见红的手术。

有一件事情一直埋在汪亦适的心里，那就是皖西城解放前夕的那封信。迄今为止，并没有人告诉汪亦适，那封信到底是不是舒云舒写的，是出于什么想法写的，是什么时候写的，是写给他一个人的还是一封散发多人之手的公开信。但是以汪亦适眼下的心境和处境，他不想刨根问底了。反正那封信也不是情书。汪亦适感到他和舒云舒之间的距离已经很大了，彼此很陌生了。

有一天晚上，汪亦适在医院里面的小花园里散步，正好遇见舒云舒姐妹和肖卓然。肖卓然一行三人从高坡往下，汪亦适从下往上。汪亦适想回避已经来不及了，迎上去又觉得不合适，于是踌躇不前。他想溜走，又觉得不妥，因为不光有舒云舒和肖卓然，还有舒雨霏。他自小同舒雨霏就很熟悉，那时候他就叫舒雨霏大姐。早年，一冬一夏两家互相走动，大姐给他的印象是风风火火，嘴巴很利，小时候护妹妹骂男孩，出口成章滔滔不绝。但是她从来没有呵斥过汪亦适，因为汪亦适小时候就彬彬有礼，女孩子在一起玩，也不排斥汪亦适。

肖卓然本来准备环绕花台，看见汪亦适，便站住了，等着汪亦适上来。

汪亦适也停住了步子。

肖卓然说，汪亦适，过来一起走。

汪亦适说，我想去商店买块肥皂。

肖卓然说，散会步再说。

汪亦适说，我不想在花园里散，我想出去走走。

肖卓然笑了说，汪亦适你小家子气哦。你不想看见我和云舒一起散步，但是你应该过来陪陪大姐啊。

被肖卓然这么一说，当真有点小家子气的感觉。但是汪亦适还是没动地方。

肖卓然带头，舒云舒姐妹跟着，说说笑笑朝汪亦适走了过来。汪亦适硬着头皮，招呼了一声“大姐好”，下面就没词了。倒是舒雨霏落落大方说，亦适啊，几年没见，更英俊了啊！听说你手起刀落，割阑尾兵不血刃啊！

汪亦适苦苦一笑说，大姐见笑了，医院条件有限，我也就只能割割阑尾了。

舒雨霏说，割阑尾有什么好笑的，也是为人民服务嘛！难道我们当医生的，希望我们的病人都是大出血肺结核？

肖卓然说，大姐说得好，平凡的，往往也是伟大的。

汪亦适不吭声了，面无表情地看了舒云舒一眼。

舒云舒说，亦适，难得见你有闲情逸致，一起走走。

汪亦适说，好吧。

肖卓然走到汪亦适的面前，关切地说，亦适，我看你精神不错，最近还顺当吧？

汪亦适说，还好。听组织安排，认真改造世界观。

肖卓然说，亦适，我看你适应蛮快的，这样下去，你很快就能成为医院的业务骨干，我和云舒都为你高兴。

汪亦适说，我没觉得我做过什么像样的事情。

肖卓然皱皱眉头说，你回过梅山老家没有？

汪亦适说，没有，但通过信。家里很好。

汪亦适说的是实话，虽然梅山距离皖西城不过两百里路，但是山高路窄，时下没有汽车，皖西城解放前他回老家可以坐轿子，顶不济的也有马车，但解放了，新政权取缔了轿子，马匹也多数充公了，回老家一趟，要走上两天两夜。汪亦适是在俘虏学习班里给家里写的信，那时候不敢多说，只说自己留在了皖西城，在解放军的学习班里受训，以后怕是不能当医生了，好的话，可以回家种田，不好的话，也许会坐牢。后来这封信被张管教看见了，张管教让他重新写，后面的内容改为，正在接受新政权的改造，脱胎换骨，重新做人，争取为人民服务的机会。张管教并且要他在信里教育家人，要服从共产党的领导，配合拥护新政权。他都照办了。

后来他也接到老父的来信，说家乡已是共产党的天下，也建立了新政权。后面还有两句，“家中一如既往，新政权以礼相待。望吾儿顺时应变，争取政府宽大，早日重操旧业。”见到这封信，汪亦适的心里才踏实下来。

说着话，队形就起了变化，肖卓然在前面走，汪亦适只好跟在后面，同舒氏姐妹自然而然地拉开了距离。肖卓然说，梅山搞土改了吗？听说要搞公私合营了，你们家是个什么情况？

汪亦适说，不知道。

肖卓然说，你不用担心，像你和云舒的家庭，都是本分的实业家庭，新政权对这样的家庭，只会帮助，不会伤害。

汪亦适说，顺其自然。

肖卓然见汪亦适谈话积极性始终不高，有点扫兴，说，汪亦适啊，虽然你表现还不错，但是我能看得出来，你的心情还不是很顺，观念还没有扭转过来。我跟你说，你要放开眼界，要多参加政治学习，多与群众接触。你看看这天，解放区的天是明朗朗的天。一个旧的世界一去不复返了，一轮朝阳正在东方的地平线上喷薄而出。我们将建设一个崭新新世界。对此你怀疑吗？

汪亦适说，我不怀疑。

肖卓然说，那你为什么总是暮气沉沉的？

汪亦适说，我对建设一个崭新的世界没有兴趣，那是你们的事情。我只是希望能够早点添置设备，理顺业务关系。我是个学骨科的，让我到内科当医生，然后又让我割阑尾。现在连我自己都搞不清楚了，我到底能干什么？

肖卓然哈哈笑着说，这个问题提得好。我们现在刚解放不久，还很不富裕。但是，我们不会永远穷下去。我已经写了一份报告给院党总支，准备派人到上海北京买设备，到时候或许你也要出马。有了设备，分工自然就明确了，科室医生各司其职，医护人员正规培训，中西内外泾渭分明，操作程序严格规范。医学是科学，在程序上不能随心所欲，在用人上不能用非所长，要按科学规律办事。到那时候，你还是搞骨科，舒云舒还是搞她的麻醉。我希望我们荣军医院能够在新组建的医院中最先走上规范的道路。

肖卓然说得激动，汪亦适听得有些发呆。他总是觉得哪里不太对劲，但是又不知道不对劲的根子在哪里，直到几个月后，听说丁院长狠狠地批评了肖卓然，他才明白，原来是肖卓然的想法同丁院长的建院指导思想产生了距离。丁院长始终都在强调，我们的国家刚刚从废墟上站立起来，我们的国家还很穷，我们要树立长期艰苦创业的思想准备，用最简陋的设备，做出最伟大的业绩。

当然，平心而论，汪亦适是赞同肖卓然的设想的。医院嘛，是一个讲究科学的地方，不能寄希望于神话，用最简陋的设备，可能有时候能做出一点成绩，甚至可能歪打正着做出相当的成绩，但是就医学领域而言，不太可能做出最伟大的业绩。

见汪亦适沉思不语，肖卓然说，算啦，我也不跟你说那么多了。但是有一句话我要提醒你，要加强政治学习，要熟悉党的方针政策，要了解国家大事。不能当一个糊涂医生。政治上糊涂，是当不好医生的。

汪亦适说，我就是因为政治上糊涂，才当了俘虏的。

肖卓然说，那是啊，一步之差，步步差，你要引以为戒。

说完，招呼舒云舒说，走吧，我们去会议室。

舒云舒向这边看了一眼说，卓然，你陪大姐先走一步，我有话要对亦适说。

肖卓然的表情僵硬了一下，看看舒云舒，又看了汪亦适一眼说，好吧，不过你们得快点，参加政治学习是一件严肃的事情，迟到了影响不好。

舒云舒答应一声知道了，肖卓然才向舒雨霏打了一个招呼，沿着林荫小道走出了花园。

舒云舒沿着花台转圈，汪亦适也只好跟着转圈。舒云舒说，亦适，有一句话我一直等你来问，但是你一直没有问。我不知道你是怎么想的。

汪亦适说，我没有什么好问的。

舒云舒惊讶地看着汪亦适说，难道，你没有接到那封信？我是说，解放皖西城前一天，夹在《为三民主义而战》里的那封信？

汪亦适老老实实地说，接到了，而且我也按照你的要求……那封信真的是你写的吗？

舒云舒，你说呢？

汪亦适说，你的字就是用左手写我也能认得出来。我的意思是说，信里的那些话，是不是你说的？

舒云舒赧然一笑说，那是一封以个人名义的公开信，里面有些措辞不适合你，那不是你我之间交流的口气，有些生硬了，你要理解。那是肖卓然，不，其实当时我已经在军管会城工部的临时办公室了，就是皋城大酒店里，内容是肖卓然打好草稿的。

汪亦适哦了一声说，这一点我已经想到了。其实，我真的是想投奔光明的。我还真的劝说了程先觉和郑霍山，只不过事与愿违，弄巧成拙。

舒云舒说，这个我知道。我很后悔没有在此之前把话跟你挑明，那天就在这个花园里吧，你要是能够多待三分钟，也许不会发生后来的事情。可是你太自负了，一叶障目，就是因为……

汪亦适说，因为什么？

舒云舒说，因为爱情。我知道你的心思，但是你知道，我和肖卓然已经明确了恋爱关系。可是话又说回来了，我们之间没有爱情，不等于没有感情，不等于我们在政治上不关心你。那天你要是听我把话说完，你跟我们一起行动，那情况又是另外一个样子。

汪亦适说，我现在这个样子就很好。

舒云舒停住步子，很在意地看了汪亦适一眼说，是吗，你说的是真话吗？

汪亦适说，你是知道的，我不说假话。

舒云舒说，我看你好像还是不顺心，心事重重的。

汪亦适说，从冬天到夏天，我可能还需要一个适应阶段。

舒云舒说，这倒是。在荣军医院工作，你是不是有点委屈？

汪亦适说，不，我觉得很好。只不过，我希望我们的医院早一点正规起来，尤其是业务建设，要有制度，有规矩。刚才我听肖卓然说了一番话，觉得他是有当领导的才干的。你跟他好没错。

舒云舒说，你说的是真心话？

汪亦适说，你知道的，我不说假话，尤其是对你，我不说违心话。

9

事情来得突然，汪亦适一点思想准备也没有。

李得海的阑尾手术做过之后，很快康复，第四天就活蹦乱跳地回到连队参加大别山剿匪去了，没想到在一个上午突然腹痛难忍，在地上打滚。连队卫生员不会开刀，但是连队卫生员还当真有些经验，给李得海检查了一番，言之凿凿地说，李得海的肚子里有东西，而且连队卫生员进一步推理说，李得海肚子里的东西是做阑尾手术时留在里面的，不是手术镊子就是纱布或者线头。卫生员说，里面要是没有东西，你们杀我的头！

虽然只是个连队卫生员，但他也是从战争中打出来的，战地救护火线抢险出生入死不知道从阎王爷的门槛里进出过多少遭，所以他的话很有权威性。

病人再次被送到荣军医院。

丁院长闻讯勃然大怒，立即指示肖卓然率领程先觉一干人等，如临大敌地来到内科，把一个星期前给李得海割阑尾时候的有关人员全都集中在饭堂里，查找原因，主要的目标当然是汪亦适。

汪亦适心里也不是太有底，虽然只是一个再小不过的手术，但是，这是他第一次割阑尾，而且器械护士和监控护士都不是护士学校毕业的，都是从工厂直接参军到医院，仅仅培训了一个星期就上岗了，搞得手忙脚乱，难免出错。所以说，肖卓然要他保证没有把手术器械或者杂物遗留在病人腹腔，他迟迟没有表态。他说，我拿不准，真的不敢保证。实在不行，打开腹腔再看看。

肖卓然无奈，只好如实禀报。丁院长拍着桌子吼道，他妈的国民党医生不安好心，对解放军的英雄没有感情，太不负责任了。枪毙！

肖卓然说，事情还没有搞清楚，恐怕不能轻率结论。

丁院长说，那就先关起来，给我审讯，到底是怎么回事！给我们的英雄肚子里埋下定时炸弹，是可忍，孰不可忍！

肖卓然说，关起来恐怕也不妥。当务之急是要解决病号的痛苦。我建议，还是让汪亦适做手术，打开看看。

丁院长痛心疾首，流着眼泪说，你就那么相信你的国民党同学？他要是存心破坏，随便一刀，还不把我们的英雄给谋害了。你能负得起责任吗？

肖卓然的脸一阵红一阵白，差点儿也拍了桌子，但是他忍住了，不卑不亢地说，丁院长你也说过，医术是没有党派的，也是不分左右的。医学是科学，不能感情用事。我建议送到军部医院透视一下，看看到底是不是遗留了东西。

丁院长说，那好，那就听你的，你亲自组织抢救。出了问题，你们一块儿上法院。

事情就这么定了。没想到肖卓然回到内科，把丁院长的决定传达了，汪亦适居然拒绝执行。汪亦适说，用不着送到军部医院。我回忆了，确实是遗留了一团棉球。我建议把腹腔打开，把东西取出来。

肖卓然气急败坏地说，汪亦适，责任重大，你不要赌气，稳妥起见，还是转院。

汪亦适说，我闯的祸我负责。我立下军令状，如果病人生命安全出了问题，我愿意偿命。

正在争执，丁院长亲自赶到了，恶狠狠地看着汪亦适说，那好，你就再来一刀。不过我告诉你，如果我们的英雄有个三长两短，那你也休想再吃军粮了。

汪亦适说好，然后平静地吩咐助手和护士做准备。

李得海的腹腔再次被打开，汪亦适的手在血淋淋的腹腔里缓缓游弋。他的心里有两个声音，一个声音说，快出现吧，你这个罪恶的家伙，你到底是什么，是棉球还是镊子，是纱布还是沙子？另一个声音说，千万不要啊，千万不要真的有什么遗留，我是一个受过专业教育的医生，倘若真的在做手术的时候把器械留在病人的腹腔里，那就是天大的丑闻，就算组织上不枪毙我，我的学术生涯也就到此终结了，今生今世，我还能做什么呢？

突然，汪亦适的脸颊痉挛了一下，他的手臂不动了，一动不动。

围观的人们都看到了这一幕，全体人员屏住了呼吸。丁院长和肖卓然也看见了，两行热泪从汪亦适的眼角流出，很快就汇成两条小溪。

汪亦适的右手从病人的腹腔里小心翼翼地抽出来了，夹在食指和中指之间的，是一团血淋淋的物件。丁院长迫不及待，抢上一步夺了过去，把那物件在自己的军衣口袋上擦了擦，这回大家都看清楚了，原来是一枚子弹头。丁院长愣住了，肖卓然愣住了，连汪亦适也愣住了。

肖卓然说，啊，怎么会是这样，这是怎么回事？

丁院长盯着汪亦适看了一阵子，突然挥拳打在汪亦适的肩膀上，失声痛哭，小汪啊，我对不起你，我早就该想到的。可是，不打仗了，我这脑子就糊涂了，我错怪你了……

汪亦适说，我饿了。

一旁的吴学敏说，汪医生两顿没吃饭了。

丁院长说，赶快，叫伙房煮几个荷包蛋，慰问我们功高劳苦的汪医生。

众人走了，留下李得海，仍然由汪亦适监护。程先觉走在最后，走了几步，又转了回来，凑到汪亦适的身边，神神秘秘地问，亦适，明明是弹头，你怎么说是留下了一团棉球？

汪亦适冷冷地看了他一眼，没说话，转身向门外走去。

以后搞清楚了，李得海腹腔里的弹头是在淮海战役中留下的，过去已经被腹腔的肌肉包裹。上一次因为做了阑尾切除手术，肌肉结构发生了变化，李得海在大别山剿匪战斗中，活动量大，弹头慢慢地游离出来了。

当天中午，丁院长召开了院务会，会议也没有什么主题，首先是检讨自己的官僚主义，冤枉了好人，号召医院当领导的，工作要深入，作风要扎实，处理问题要谨慎。然后话题一转，强调树新风立大志，艰苦创业。丁院长说，现在我们国家刚刚建立，帝国主义亡我之心不死，层层封锁，蒋介石残余势力疯狂破坏，我们面临着很大的困难。在这样的形势下，我们共产党员、共青团员要充分发挥先进模范作用，勒紧裤腰带干革命，为国家分忧，为新政权当好前哨。汪亦适同志就是一个很好的榜样，在艰难困苦的条件下，骨科医生做外科手术，快刀斩乱麻，挖出了埋在同志身体里的隐身炸弹，解除了阶级兄弟的痛苦。事实再一次证明，只要忠诚党的事业，什么人间奇迹我们都能创造，所以我们再也不要强调这难那难了。在我们共产党人面前，天大的困难也能一脚踏平！

丁院长这天情绪大起大落，此时可能过于激动，捋着袖子，慷慨激昂。讲到动情处，把桌子擂得咚咚响，茶杯在桌面上乱跳。

在丁院长发表宏论的时候，程先觉目不转睛，满脸虔诚，还不时地往笔记本上记录。

肖卓然也是正襟危坐，但是肖卓然没有记录。他毕竟是学医的出身，在新政权建立之后，他也经历了最初的激情和狂热，也曾充满了憧憬，幻想一夜之间战胜所有的帝国主义，明天一早起床，天下已是共产主义，有喝不完的牛奶、吃不完的面包。至于医院，就像苏联那样，全是先进的技术设备，诊断病情一览无余，做手术马到成功。但是，这些只是理想，而现实是严峻的。整个荣军医院，目前只有一台苏联援助的 X 光透视机，还有故障，没法使用。氧气设备根本谈不上。急救设备原先还有，是江淮医科学校留下的，但是被丁院长慷慨大方地送给剿匪部队了。舒南城老先生捐赠的一台 X 光透视机和两台显微镜，也被丁院长借给地方医院了。丁院长确实是个克己奉公的人，但是医院不能这么搞。

肖卓然几次提出，申请经费，购买设备器械，丁院长始终不以为然。丁院长的理论是，国家正穷，新政权举步维艰，这个时候，我们只有帮忙分担的义务，没有要钱添乱的权利。至于器械设备，能不用的不用，能修的不借，能借的不买。谁再提买设备的事，以反革命论处！丁院长把话说到这个份上，谁还敢轻言买设备？那不是搬起石头砸自己的脚吗？在这种指导思想下，荣军医院差不多就是一个叫花子医院，这就不能不让肖卓然忧心忡忡了。

这天中午肖卓然的精力还不是集中在设备上。他琢磨丁院长的话，有理想化的一面，但是在不同的环境里，也往往有真理的一面。此刻，他突然产生一个灵感，那就是地位和作用的关系问题。丁院长之所以出手大方把本院的设备一而再、再而三地拱手相让，是因为现在处在和平时期，荣军医院目前的任务就是为休整部队和当地居民打针发药，没有战斗任务，也没有抢险任务，把器材设备和药品支援大别山的剿匪部队天经地义，支援给担负新政权卫生防疫任务的地方医院也是天经地义。丁院长之所以现在不让提买设备，是因为没有钱，丁院长的意思是荣军医院克服眼前困难，自力更生，自创家业，这些都是无可非议的。而汪亦适从李得海身上挖出弹头这件事情，让肖卓然捕捉到了战机。

肖卓然粗粗计算了一下，从解放战争的战场上下来，留在皖西地区驻扎的部队，共有一个野战师、两个地方独立团、一个即将集体复员的水利师，总共将近两万人，这两万人的部队，从抗日战争打到解放战争，还有很多参加过土地战争的老红军战士，都是枪林弹雨出生入死的，在他们中间，像李得海那样体内留下隐患的同志一定不在少数。如果我们荣军医院率先行动，来一个人体炸弹大扫除，一方面为阶级兄弟解除痛苦，免去后顾之忧；另一方面，对提高荣军医院的声誉乃至地位，都是一件功德无量的事情。

在这次会上，肖卓然把自己的想法说了出来，他说得很细，首先他强调这是在丁院长的启发下，忠诚党的事业，我们什么人间奇迹都可以创造，那么，为两万多官兵进行一次普查，排除隐蔽在人体内部的战争遗留物，是完全可以做到的。但是肖卓然又强调，至少需要一台能够正常运转的X光透视机。

肖卓然说完，会场出现了短暂的寂静。程先觉不安地东看西看，当他把眼光落在丁院长身上的时候，吓了一跳，因为他看见丁院长似乎在那一阵工夫面红耳赤，大口喘气，牙帮骨哆嗦，胳膊上青筋暴突。程先觉不禁为肖卓然捏了一把汗，他不知道那个一阵风一阵雷的老革命会做出什么样的反应，他担心肖卓然的提议会激怒这个反复无常的老革命。

果然，丁院长站了起来，把拳头举到了半空，倏然砸下。桌面上一阵噼里啪啦乱颤，一只茶杯盖在程先觉的面前骨碌了几圈，落在他的脚下。程先觉心里一紧，想去捡那杯盖，犹豫了一下，终于没敢妄动。

丁院长的拳头长时间地停留在桌面上，目光炯炯，看着肖卓然，咬牙切齿地说，肖卓然同志，自从你来到荣军医院工作以来，多次暴露了你的小资产阶级的思想残余，多次表现出对革命大局理解不够、支持不够，多次表现出本位主义、山头主义、技术至上的思想，所以，党组织对你是不满意的。不要以为我们不了解你，我们在观察你、在考验你！

丁院长一言既出，举座皆惊，程先觉吓得脸都白了，连肖卓然也是目瞪口呆，茫然不知所措。

丁院长说，一个人犯错误不要紧，认识上走弯路不要紧，关键是要加强政治学习。学习能使我们进步，学习能使我们提高认识，学习能使我们迅速地回到正确的革命道路上，学习能使我们由愚蠢变得聪明起来，学习……

丁院长说累了，端起茶缸子咕咚咕咚喝了几口水，抹了抹嘴，正要接着说，又打住了，问肖卓然，啊，我说到哪里了？

肖卓然平静地说，学习能使我们由愚蠢变得聪明起来。

丁院长说，对啦，学习能使我们由愚蠢变得聪明起来，肖卓然同志就是例子。啊……你刚才提议什么？

肖卓然说，对皖西驻军进行一次身体普查，排除战争时期留在官兵体内的隐身炸弹——弹头弹片。

丁院长又拍了一下桌子说，对，就是这个，肖副院长的这个提议英明伟大，切实可行，充分体现了我们荣军医院对阶级兄弟的感情，充分体现了我们荣军医院对党的事业无比忠诚、高度负责，充分体现了我们荣军医院为国家、为新政权排忧解难！

肖卓然说，我还提议，至少要买一台能够正常运转的X光透视机。

丁院长把挥舞在空中的手臂停了下来，瞪着眼睛问肖卓然，你说什么？

肖卓然又重复了刚才的回答。丁院长愣住了，本来熠熠闪光的眼睛倏然黯淡下来，看着肖卓然说，你说什么，大声点，我耳朵聋，听不见。

肖卓然只好又大声重复了一遍。

丁院长伸出右手，往前拨拉耳朵，脖子向肖卓然的方向伸出很长，再次嚷道，你大声点，我耳朵背。

肖卓然不说话了，抱起膀子，面无表情地看着天花板。

第 三 章

1

春暖花开的季节，荣军医院为驻军官兵普查身体，清除战争时期遗留的“隐身炸弹”，终于拉开了序幕。

序幕是丁范生亲自拉开的。

肖卓然的提议，前半部分得到了丁院长的首肯和大力支持，至于买 X 光透视机的事情，丁院长装聋作哑不置可否，只好不了了之。在肖卓然看来，没有像样的 X 光透视机，其实排除人体内部遗留物的事情也就等于白说。

但是丁院长不这么认为，丁院长说，只要忠诚党的事业，什么人间奇迹都能创造。为了证明这是颠扑不破的真理，有一天丁院长亲自找到汪亦适，把自己的军上衣脱了，往床上一扔，捋起胳膊喝令汪亦适，来吧！

汪亦适被搞得晕头转向，迷迷糊糊地问，丁院长，你这是干什么？

丁范生说，你说干什么？排除隐身炸弹，首先从我开刀！

汪亦适说，这是哪里话？我没有透视，没有检查，怎么知道你的胳膊里有没有弹头弹片？

丁范生说，你是不知道，但是我知道。我这胳膊挨过三枪，刮风下雨就疼，你说这里面不是隐身炸弹是什么？

汪亦适说，我不能因为你刮风下雨疼痛就判断里面有东西。丁院长，这需要透视检查。

丁范生说，婆婆妈妈！检查什么，我说有就有，没有也有。

汪亦适说，医学是科学，不是以人的意志为转移的。做手术是用刀见血的，我把它打开了，里面要是没有弹片弹头，那不是让丁院长白白流血受苦吗？那我不成了反革命了吗？

丁范生嘿嘿一笑说，这是我给你下的命令，不管有没有，你都得执行命令。打开它，有了，取出来；没有了，缝上。就这么简单。

汪亦适说，这种事情不是我们行医者所为，我做不出来。

丁范生火了，一拍桌子说，汪亦适，反了你，你敢不执行命令？

汪亦适说，我首先得尊重科学。

丁范生看着汪亦适，看了很长时间才说，好吧，汪亦适，我求你了。我何尝不希望凡事都按照科学规律来，凡事都按照科学程序来？可是，你也知道，我们国家目前还很穷，我们的新政权还面临着许多困难，这个时候，我们就要灵活机动。如果我们凡事都强调科学，凡事都按照科学程序，凡事都要万无一失，那么我们什么事情都干不成。我现在交给你的任务，是在特殊时期的特殊任务。你干了，无非有两种结果，一种是干成了，皆大欢喜；一种是干不成，我们还可以重新尝试。可是你不干，那就只有一个结果，永远也干不成，永远也看不到成功的希望。

汪亦适暗暗吃惊，他没有想到，这个看似粗枝大叶的院长，内心世界居然会有这样的深谋远虑。汪亦适差点儿都快被他说动了。汪亦适说，但是，我如果把你的胳膊切开，如果没有弹头弹片，你痛苦是一方面，可是我的名誉会受到很大的质疑，这是一个医生最忌讳的。

丁范生说，比起党的事业，我们个人的生命都是渺小的，医生的名誉算什么？

汪亦适说，一个医生，往往把他的名誉看得比生命还要重要。

丁范生不说话了，沉思了一会儿，对吴学敏等几个助手和护士说，你们先出去一下，我和汪医生单独谈谈。

吴学敏等人鱼贯而出，丁范生亲自把门关上，鬼鬼祟祟地凑到汪亦适的面前，突然变戏法似的从裤兜里掏出一个物件，在汪亦适的面前晃了两圈。汪亦适的眼神跟着丁范生的手转动，眼珠子越瞪越大。原来捏在丁范生手里的，是一块花生米大小的子弹头。

汪亦适惊问，丁院长你这是要做什么？

丁范生扬扬得意地说，不明白吧，那我告诉你，这就叫兵不厌诈，虚虚实实，真真假假。你把我的胳膊切开，如果里面有东西，皆大欢喜；要是没东西，你把这个东西塞进去，揉巴揉巴，粘上血再取出来，那它就是我们取出来的第一颗人体隐身炸弹，不仅你的名誉不会受到损失，更重要的是我们的行动就有了先例。有了先例就有了楷模，有了楷模就有了号召力。别看这小小的子弹头，用好了，它就是我们冲锋的号角，是我们陷阵的动员令，是我们荣军医院大有作为的工作突破口。

汪亦适明白了，他为眼前这个年轻的老革命、这个钢铁般的汉子所感染，他的眼泪都差点儿被感动出来了，但他还是轻轻地摇摇头说，丁院长，你的意思我明白了，但是我不能这么做。

丁范生一把收回拳头，把那枚弹丸攥在手心，像公鸡一样伸着脑袋问，为什么？

汪亦适说，我是医生。

丁范生说，医生？医生怎么啦，医生就可以不听党的话？在孟良崮战役中，我的一个连长腿被打断了，皮还连着，我让医生拿刀砍，他就拿刀砍，就这样还救了那个连长。

汪亦适说，那是在战争中。

丁范生说，现在也是在战争中，我们现在要对付国内反革命的捣乱，要粉碎蒋介石反攻大陆的阴谋，要冲破帝国主义的重重包围，我们现在进行的也是一场看不见的战斗！

汪亦适踌躇了，踌躇再三，最后说，那这样，丁院长，我给你检查一下，如果真的有遗留，我就取出来，倘若没有，我是无论如何不能动刀的。

丁院长说，我觉得有。你就放心地切开，就按我说的做，没有再缝上，我保证保护你，这是我们两个人之间的秘密，到死都不说。

汪亦适再一次被感动了。

丁范生说的“两个人秘密”这句话，像子弹一样击中了他心中最软弱的部分。跟丁范生这样货真价实的老革命共同拥有一个秘密，而且是“到死也不说”，这个承诺既让汪亦适感到莫大的压力，也使他在突然之间产生了一种士为知己者死的豪气。汪亦适说，好吧，让我来看看你的伤疤。

丁范生胳膊上有三处伤疤，一处在手腕上，两处在大臂上。汪亦适仔细察看了伤势，很快就排除了一处，另一处伤疤虽然面积不大，但形状有点奇特，像个旋涡，四周有些放射形的皱褶。他用手捏了捏，丁范生说，疼。他再使劲捏捏，丁范生立马就龇牙咧嘴，咝咝地吸着冷气。汪亦适感觉手指触到了一个硬块，再一使劲，丁范生“啊呀”惨叫了一声。

汪亦适一阵惊喜，他没有想到，这真是歪打正着，踏破铁鞋无觅处，得来全不费工夫。凭直觉，丁范生的这处伤口里面，果真隐藏着一个遗留物。汪亦适的脑子一下子热了起来，放下丁范生的胳膊，转身打开了诊室的门，向门外正在探头探脑嘀嘀咕咕的吴学敏等人喊道，手术准备！

吴学敏惊讶地看了看汪亦适，但见汪亦适表情严肃，态度强硬，一吐舌头不吭气了，几个人屁儿颠颠地忙活去了。

手术的结果令人振奋，不是弹头，汪亦适从丁范生左大臂那团紧绷绷的臂条肌里面剥离出一块指甲大的弹片，咣当一声丢进废物盘里。

丁范生大喊，拿来给我看看！他妈的这是迫击炮弹的弹片，他妈的老子都不知道什么时候打进去的。汪医生啊，你真是华佗再世妙手回春啊，你还用什么X光透视机？你这双眼睛，简直就是X光透视机，不，比X光还X光！

汪亦适凭借肉眼，从丁范生院长的胳膊里取出了弹片，消息像长了翅膀，飞快地传了出去。这消息传了一个星期，一个星期内丁范生一直按兵不动。连行署专员兼警备区政委陈向真都知道了。陈专员给丁范生打电话问有没有这回事，丁范生得意地说，是啊，我的老政委，只要忠诚党的事业，什么人间奇迹都能创造。

陈专员说，这不是打仗，你丁范生再也不要胡来了。

丁范生说，老政委小看我了，我什么时候胡来过？

陈专员又问，那个做手术的医生是哪里的？

丁范生回答，报告政委，那个医生名叫汪亦适，是原国民党江淮陆军医科学校的高才生，被我军收编，表现非常出色。

陈专员在电话里沉吟片刻说，这倒是个值得注意的情况。建议你们医院党总支就这个问题专门研究一下，对汪亦适这样弃暗投明积极配合新政权的人，要重点培养，作为被改造好的典型宣扬，以点带面。

丁范生说，这个没问题，这个同志比较听话。

陈专员说，你们的清除隐身炸弹的想法很好，现在进入社会主义和平建设时期，我们有很多同志在战争中都不同程度地负过伤，下一步不打仗了，很多同志要复员到地方工作，我们不能让这些负过伤流过血的好同志带着身体的隐患回到家乡。你们要抓紧时间行动。我这里就给驻皖西地区的部队打招呼，让他们做好初步检查和登记工作，把伤病员陆续送往荣军医院接受清除工作。

丁范生激动了，对着话筒大声喊，是，保证完成任务！

陈专员说，你先别表态，你那个医院情况我知道，缺X光透视机，这项工作，没有X光透视机不行。我已经派人联系了，马上给你们装备三台X光透视机！

丁范生说，首长，X光透视机还是留给作战部队吧，我们的医生，忠诚党的事业，他们的双眼，就是X光透视机，不，比X光透视机还X光透视机！

陈专员说，扯淡！

2

程先觉跑到肖卓然的办公室里，向肖卓然汇报汪亦适为丁范生取出弹片的情况，肖卓然有点不太相信。肖卓然说，我们在江淮医科学校学的专业是医治战伤不错，但是除了郑霍山参加过三十六师蚌埠会战，有一定的临床经验以外，我们三个多数时间都是纸上谈兵。他汪亦适敢这么贸然下刀吗？这不是他的性格啊！

程先觉说，事情来得突然，丁院长连业务股也没有通知，直接到了内科，直接给汪亦适下的命令。不知道为什么，汪亦适居然接受了。我总觉得这里面有什么不对劲。

肖卓然说，是不对劲。丁院长是个老革命，他的激情大于理智，想法大于做法，不太讲究科学。我不否认汪亦适可以直接诊断出他的隐伤，但这是偶然的成功，是歪打正着。汪亦适无意中做了一件蠢事，为丁院长的主观盲动性推波助澜。我非常担心丁院长会把偶然的成功看成是必然的结果。现在我们连一台像样的 X 光透视机都没有，他就漫山遍野地吆喝要开展人体大扫除，要为革命功臣们清除人体隐身炸弹，我很担心骑虎难下。

程先觉说，我看这事还真说不准。你们不是说，只要对党的事业忠诚，什么样的人间奇迹都能创造出来吗？

肖卓然沉下脸说，什么我们！你听我说过这话吗？这话只有丁院长说，他老是搞不清楚和平时期和战争时期的区别，老是用战争时期的那一套来管医院。我们现在办的是医院，是讲科学的地方，没有设备怎么创造人间奇迹？异想天开，痴人说梦，不着边际！

程先觉吓了一跳，赶紧看看门窗，压低声音说，卓然，肖副院长，你小声点。

肖卓然不满地瞥了他一眼说，干什么？我们讨论问题，光明正大，为什么要鬼鬼祟祟的？

程先觉支支吾吾地说，背后议论领导，这不是你们说的那个……那个什么，犯自由主义吗？

肖卓然说，你说我犯自由主义？那好，我不搞会上不说会后乱说那一套。我要在院务会上公开地阐明我的观点，我们不能盲动，不能光凭热情办事，要尊重科学！怎么样，你有没有勇气说真话？

程先觉挠挠头皮，哭丧着脸看着肖卓然说，肖副院长，我……我建议你还是少当出头椽子，像丁范生那样的老革命，那是翻脸不认人的。

肖卓然说，共产党员襟怀坦荡，知无不言言无不尽。他丁范生功劳再大，他也不是军阀，也不能搞军阀独裁。不做亏心事，不怕鬼敲门，我怕什么怕？

后来，在院务会上，当丁范生提议要向上级打报告，组织驻军部队负伤功臣前来排除体内隐身炸弹的时候，肖卓然说，这项工作肯定是要开展的，问题是什么时候开展，怎么开展，由哪些人来开展。这些问题都要有预案，不能脑子一热，说干就干。我觉得现在时机好像还不太成熟，这件事情需要进一步的准备。

丁范生愕然问道，这件事情不是你最先提出来的吗，怎么出尔反尔？我们共产党人不能言而无信啊！

肖卓然说，不错，这件事情是我最先提出来的，但是有两个前提，一是我们必须拥有起码的X光透视机，二是必须对医护人员进行必要的培训。

丁范生捋起袖子说，要什么X光透视机？汪亦适同志凭借一双肉眼，硬是判断出我这里有弹片，实践出真知，果然就有，这不是很能说明问题吗？我再说一遍，只要忠诚党的事业，什么人间奇迹都能创造！

肖卓然说，丁院长，大道理是这个道理，可是具体到医疗，涉及生命安全，我们必须讲究科学。

丁院长冷冷地问，你是说我不讲科学？

肖卓然说，没有X光透视机，我们就等于是盲人摸象。我们不能拿着刀子在革命功臣的身体内部盲目地寻找，人命关天啊！

丁范生说，说我不懂科学，笑话！董存瑞手举炸药包去炸敌人的碉堡，你说是不是科学？不管是不是科学，他硬是把敌人的碉堡给炸了，这就是科学！你没有像汪亦适那样亲自尝试，你怎么知道我们的医生凭借肉眼就不能探测弹片弹丸？汪亦适他探测出来了，这就是科学！

肖卓然说，这只是偶然的例子，不具有普遍意义，不能作为范例！

丁范生说，我不管你什么偶然必然，你不要跟我咬文嚼字。我就认一个理，事实断是非，成败论英雄。就这么定了，程先觉，你们业务股起草一个报告，荣军医院向皖西地区所有驻军部队发出通报，我院拟为广大革命战争功臣解除痛苦，从下周一开始，接待负伤功臣，清查伤口，排除遗留体内的弹片弹丸。请各部协助，做好组织工作。同时，你们业务股抽调人员，向汪亦适同志学习，马上开展岗位练兵，人人争当排除隐身炸弹的业务能手。

程先觉的脑门沁出了冷汗，支支吾吾地说，好，好，我准备。

丁范生一拍桌子说，什么好好好，难道你有什么问题吗？

程先觉站起来，点头哈腰地说，没有，报告丁院长，我们……我们没有，没有问题。

丁范生说，有没有问题都可以直截了当地说，你绕那么大的弯子干什么？

程先觉说，没有问题，马上准备！

丁范生又转向医政处长、政治处主任、供给处长等人说，你们几个，有人出人，有钱出钱。啊，我们大家都是吃供给，都是穷光蛋，你们都没有钱，那不要紧，到时候给我当啦啦队，给做手术的医生们端茶倒水。

众人皆唯唯诺诺。

丁范生转向肖卓然问，肖副院长，你还有什么问题？

肖卓然说，我保留意见。如果必须很快开展这项工作，我想请假。

丁范生说，怎么，撂挑子？你肖卓然同志不至于这么小家子气吧？

肖卓然苦笑说，就算是吧。

3

荣军医院厉兵秣马要轰轰烈烈地开展“清除革命功臣体内隐身炸弹”活动的时候，郑霍山还在三十里铺的窑岗嘴脱砖坯。小城解放三个多月了，俘虏学习班的人大都作鸟兽散，有的查清了问题，表现进步，已经被新政权吸纳到有关工作岗位上了。有的志愿回到了家乡，参加当地的社会主义建设去了。也有极其个别的，被查出重大历史问题，加之隐瞒不报，妄图变天，暗中散布反革命言论，一经查实，送到监狱去了。剩下的，只有稀稀拉拉不到十个人，还在这里苦度日月。这里面就有郑霍山和楼炳光。

这些人也是五花八门，譬如楼炳光，说没有问题吧，正准备打发他回老家，学习班的领导就会接到一封莫名其妙的举报信，检举楼炳光在皖西城解放前夕做过某某坏事。领导便组织力量去查，一查，事是有那个事，但又不完全是那么回事。过了几天，再次准备遣散楼炳光，学习班的办公室里又会出现一封举报信，揭发楼炳光的另一件事。组织上本着高度负责的精神，还得认真核查。这样七查八查，耗去了不少时间，楼炳光只好老老实实地脱砖坯。

奇怪的是，像楼炳光这样的倒霉蛋还不是他一个，俘虏学习班里共有四个这样反复被揭发从而需要反复被审查的人。

郑霍山是另外一种情况。学习班给他的结论是“坚持反动立场，顽固不化”。这样的人，放是不能放的，送监狱吧，好像又没有查实有重大犯罪活动，关起来也不妥，只好暂时放在俘虏学习班劳动改造。

通过皖西专区城工部，肖卓然调阅了俘虏学习班管教人员同郑霍山的谈话。管教人员问，郑霍山，你在解放前杀过人没有？

郑霍山回答，我没有杀过人，但是我救过人。

管教人员问，救的是什么人？

郑霍山答，救的是军人。

管教人员问，是哪家的军人？

郑霍山答，是中国的军人。

管教人员问，是共产党的军人还是国民党的军人？

郑霍山答，国民党的军人我救，共产党的军人我也救。因为我是医科学校的学生，见习军医。

管教人员说，你老实点，明确回答，你救的是共产党的军人还是国民党的军人？

郑霍山答，我是国民党的医科学校的学生，见习军医，我救的当然是国民党的军人。如果你们让我变成共产党的医生，我肯定会救共产党的军人，这是常识问题。

管教人员说，你是否拥护新政权？

郑霍山说，我还没有看见新政权是个什么样子，谈不上拥护不拥护。

管教人员说，如果让你参加工作，你是否愿意接受新政权的领导？

郑霍山说，那要看新政权领导得好不好。新政权如果领导得不好，我为什么要接受？

肖卓然看了这份记录稿，就觉得郑霍山的问题麻烦了。新政权可以说给这个人很多的机会，但是都被这个搅屎棍子自己给搅黄了。

肖卓然并不是现在才想起郑霍山，早在他得知自己没有分配在政府办公室或者城工部的时候，在他到杏花坞参加荣军医院的筹备工作的时候，他就开始考虑郑霍山的问题了。他不喜欢郑霍山，不等于说他不需要郑霍山，但是郑霍山何去何从，不是他能说了算的。

肖卓然向丁范生告假，并非赌气撂挑子。“清除革命功臣体内隐身炸弹”的活动，是他首倡的，这件事情做好了，他功不可没。但是他担心出问题。就在那天会上，他又产生了一个灵感，这个灵感既能帮助医院解决设备问题，又能在政治上帮助汪亦适和郑霍山。应该说，肖卓然的出发点是很好的。他先找了汪亦适，意思言简意赅，陈述新政权的困难，医院面临的窘境，尤其是在没有 X 光透视机的前提下大规模地搞什么“清除革命功臣体内隐身炸弹”，可能会产生危险和负面影响，这一点汪亦适是很清楚的。现在新政权不允许向民间强行摊派，但是名流贤达自愿捐赠则另当别论。肖卓然向汪亦适反复强调并反复解释自愿和捐赠这两个概念，汪亦适不动声色地说，我明白了，要共产了。可是我本人一贫如洗，我们家的财产也不归我管。

肖卓然说，共产党的宗旨是为人民服务，达者兼济天下。我跟你说心里话，凭直觉，财产多了并不是好事，生不带来，死不带走，你要那么多财产干什么？强盗惦记，土匪惦记，毛贼也惦记。

汪亦适说，还有你也惦记。

肖卓然笑笑说，我跟你的情况差不多，我们家虽然比不上你们家大业大，但是也有良田近百亩，我这次不光是劝说你和郑霍山，我肯定是要拿大头的。我们四个原江淮医科学校的同学，要为新政权贡献一份厚礼，凑钱买一台X光透视机。

汪亦适说，家父管理钱财一向精打细算，不该花的一分不花。我心里没数，你是不是派我回去讨要？

肖卓然说，那是最好。不过眼下丁院长正在紧锣密鼓地要搞“清除革命功臣体内隐身炸弹”活动，你可能走不开。你写封信，我亲自登门游说。

在捐赠的问题上，汪亦适这里倒是爽快，但是到了程先觉那里，出了问题。程先觉说，肖副院长，你是知道的，在我们几个人当中，我的家境是最差的，不然当初也不会出现占郑霍山小便宜的悲惨情景。

对于程先觉，肖卓然就没有那么客气了，肖卓然居高临下地说，原江淮医科学校的学生，没有一个是贫民出身，你就算家境再差，拿一百块大洋总是可以的吧？我可警告你，钱财多了不是好事哦，要知道，破财消灾哦。

程先觉说，那我写封信试试，看看家里能不能省点出来。

肖卓然说，语气要严重一点，就说你已经被荣军医院开除了，正要送到法庭接受审判，让他们多拿点钱出来给你买个平安。

程先觉脸色极其难看地说，我怎么能撒这个谎，那不是要了我父母的命吗？

肖卓然说，谁说你这是撒谎。你被开除，接受审判，这是不远的事实。

程先觉吓得脸都白了，眼镜上霎时就蒙上一层潮雾，可怜巴巴地看着肖卓然说，我怎么啦，我哪里又犯错误啦？

肖卓然说，跟共产党同床异梦，心怀鬼胎，对同志阳奉阴违，明知有些做法非常错误，不仅不敢抵制，连自己的真实态度都不敢表达。这是什么行为？说轻点这是看共产党的笑话，说重了就是幸灾乐祸！

程先觉蒙了，张大嘴巴看着肖卓然说，啊，你是说丁院长那事啊？肖副院长，你要谅解我。我跟你的处境不一样啊，再怎么说，你是院领导，是老牌的地下党，你是自己人啊。我呢，我虽然是个起义人员，但我毕竟是从旧军队的医科学校出来的，你们，组织上对我不是考验使用吗？我哪里敢当出头椽子啊，我躲都躲不及啊！

肖卓然说，少废话，写信要钱，破财消灾！

自然，肖卓然不会当真让程先觉写信谎称自己如何如何，其实也是有话明说。几年后皖西专区划分成分，汪亦适和程先觉的家庭都因为曾经向新政权捐赠而被低划一等，可以说是肖卓然帮了大忙。

4

肖卓然带着程先觉去舒家接舒云舒的时候，舒南城正坐在后花园的亭子里闭目想事。听见管家通报说肖卓然和程先觉来了，舒南城睁开眼睛说，请他们先到后花园，爷们说说话。

肖卓然和程先觉一前一后进了后花园，按老规矩给舒南城行了个躬身礼。肖卓然说，这段时间事多，没来看世叔，礼数不够。

程先觉说，世叔，肖副院长这段时间确实很忙，日理万机。

舒南城摆摆手说，百废待兴，千头万绪，我心里还没有数？你们也别拘泥于礼数，做大事要紧。请坐。

肖卓然和程先觉落座。肖卓然说，新政权成立了，听说以后要搞公私合营了。舒家是大户，不知道世叔对于资产是怎样考虑的？

舒南城说，你们今天来得正好，我也想就这个问题向你们讨教一二。

肖卓然说，世叔过谦了，以世叔的胸怀和眼光，一定是有了计划。

舒南城没有马上回答，吸了几口水烟说，要说财产，毕竟是自家血汗，没有不珍惜的道理。舒家立身的准则是取之于民用之于民。家有万贯，吃饭不过一只碗，睡觉不过一张床。如果我们能用自己的财富造福一方，也是用得其所。

肖卓然说，世叔境界之高，在晚辈意料之中。家父若能有此胸怀，晚辈就放心了。

舒南城说，大势所趋，情势所迫，我们还是要识时务。人为财死，鸟为食亡，这是千年古训。但是又有多少人不明白这个道理，最后落个家破人亡身败名裂的下场。你们这些读书人，家境都很宽裕，用共产党的话说，是革命的对象。但是，要真的把祖祖辈辈积攒下来的财富拱手相让，也不是一件容易的事情。皖西解放前后，我也在想这个问题，怎么办？尤其是像你们肖家，世代耕作，面朝黄土背朝天，一粒汗摔成八瓣，省吃俭用，有了田产地产，转眼之间就成了别人的了，心里的弯子是很难转过来的。

肖卓然说，晚辈担心的正是这个问题。

舒南城说，卓然，先觉，我给你们讲个故事。我很小的时候，有一次随家父去给一个贪婪成性的富人看病，那个人病入膏肓，临死之前还念念不忘他的家产，让家里人把账簿抱在他的床前让他过目。第二天他死了，父亲悄悄地对我说，孩子，看看他的手。我看了，但是我不明白父亲的意思。回到家里，父亲对我说，你从他的手上看见了什么？我说我看见了死相，气血双无。父亲说，对了，你看见了他的手掌，他的手掌是摊开的。以后有机会你注意看看新生儿，那都是攥着拳头的。人都是这样，攥拳而来，撒手而去。父亲讲的这个道理就是我的人生信条，我们辛勤创业，并不是为了自己。共产党就算把我们的财富没收了，他也不是为了自己，为的也是老百姓。这个道理我们要想明白。

肖卓然说，世叔所言，深刻精辟。我将把世叔的教诲转述家父，促其觉悟。

程先觉木着脸说，我也担心家里不识时务，不过我们家的财产并不多。

舒南城说，再不多，也是百十亩地啊。先觉，你们这些当干部的，首先要深明大义，争取主动，识时务者为俊杰啊！

肖卓然说，仅凭晚辈之言，家父是不会轻信的。但是有了世叔这个态度，对于家父和很多财主，都是有感召力的。

舒南城说，今天是礼拜日，你们一大早进城，有何打算？

肖卓然说，我想请云舒和我们一起去看看郑霍山。

舒南城有点意外，哦了一声，沉吟片刻说，应该的，应该的。霍山这孩子，个性孤僻，但是出奇之人必有出奇之处。他眼下对于时局的看法还很懵懂，卓然，你是明白人，要多帮帮他。一条绳子上的蚂蚱啊，不能眼睁睁地看他往死路上蹦跶。你能有此举措，对我，对老宋，都是一个安慰。

肖卓然说，多谢世叔鼓励，我们尽力吧。

舒南城说，那我就不耽搁你们了，你们早点出发，三十多里路呢。见到郑霍山，就说我说的，好好改造，重新做人。什么时候解除审查了，就来找我舒南城。我有口干饭，绝不让他喝稀饭。

肖卓然说，晚辈记住了，我当力劝郑霍山洗心革面，争取早点宽大处理。

舒南城说，那你们去吧。

肖卓然和程先觉退出后花园，舒太太已经迎在门口了，见到肖卓然，笑逐颜开，她是早就把肖卓然当作女婿了。寒暄几句，舒太太就朝楼上喊了一声，老三，来客人了，下楼。

这一声喊不要紧，楼上几个房间门都开了，走出了四个豆蔻年华的女性，向楼下探头探脑。舒云舒是头天晚上回家过礼拜的，没想到肖卓然第二天一大早就追上门来，心里暖暖的，穿着一袭湖蓝色的旗袍，面如桃花款款走下楼，看着肖卓然，眉眼都是幸福。

程先觉见状，心里颇不是滋味，赶紧后退几步，假装欣赏廊柱上的楹联，嘴里还念念有词。

肖卓然就在天井里站着，对舒云舒说，今天我们要搞一个军事化行动，请你跟我去一趟三十里铺。

舒云舒问清楚意图是要去探视郑霍山，有点犯踌躇说，郑霍山那个人又臭又硬，你现在是领导干部了，去看他是不是合适？

肖卓然说，不管怎么说，我们也是一条绳子上的蚂蚱啊，世叔也不希望我们七零八落。新政权需要人才，如果我们能把工作做好，把郑霍山弄到我们医院里来改造，于公于私都是一件好事情。

舒云舒说，还是你想得远。既然这样，我提议多去几个人，皖西城解放后，我们姐妹都没有离开皖西城一步，为什么不可以大家一起去呢？我们还可以搞个篝火晚会呢。

肖卓然喜出望外，说，那当然好了，我请姐妹们到窑岗嘴打牙祭，中午吃史河沙椎鱼。

一问几个姐妹，无不雀跃。这几个月来，大家各自在自己的岗位上昏天黑地，外面的世界是个什么样子，都有些陌生了。大姐舒雨霏说，好，解放区的天是蓝蓝的天，我们跟着肖副院长，沐浴解放区的阳光。

舒云舒说，既然我们四姐妹都出动了，那就把汪亦适拉上呗，春光明媚，鸟语花香，也让我们的书呆子去透透气。先觉，你去打个电话怎么样？

程先觉说，那恐怕不行，书呆子现在是丁院长的大红人，成天都在忙活“清除革命功臣体内隐身炸弹”。再说，他清高，不一定愿意跟我们这些凡夫俗子成群结伙地玩。

舒云舒说，我怎么听这话酸溜溜的？程先觉你是起义人员，起点比汪亦适高，你可别歧视汪亦适哦。

程先觉脸一红说，云舒，你说到哪里去了。我这个起义人员有什么了不起，我还不是成天小心翼翼地过日子。

肖卓然说，你怎么知道汪亦适不愿意跟我们成群结伙去玩？你去请一下。

程先觉说，肖副院长，不是我不执行你的命令，我去请汪亦适，十有八九要碰钉子。这老兄不知道吃错哪味药了，见我没好脸。现在不是我歧视他，而是他歧视我。

肖卓然说，那你说怎么办，难道要我亲自去请？我脚踏车上还要带云舒呢。再说我已经出了医院，再回去让人看见不好。

舒云舒说，我看这样，卓然你和程先觉带上二姐和四妹，我和大姐去找汪亦适，我不相信他不给我这个面子。

肖卓然迟疑了一下，随即淡淡一笑说，也好，我带二姐，程先觉带上老四，我们在风雨桥头等你们。

这么说定了，大家就分头行动。舒氏四姐妹各自回到自己的闺房准备去了。

站在天井里面，肖卓然对程先觉说，以后说话要注意一点，你现在是荣军医院的业务股长，听说你已经写入党申请书了，要注意形象。

程先觉说，我怎么不注意形象了？我又没有散布消极情绪。

肖卓然说，在对待汪亦适的问题上，尤其要有君子风度。他虽然落个投诚的名分，但是我们不能因此自视高人一等。

程先觉讪讪地推推眼镜，沉默了一会儿说，卓然，有句话我一直想讲，但是……但是……

肖卓然不满地说，你怎么回事？老是这样婆婆妈妈的，共产党人光明磊落，有什么话不能说的？

程先觉说，我觉得你有必要提醒一下舒云舒，少到内科去。她这段时间老是到内科，同汪亦适接触得比较多……

肖卓然恶狠狠地盯着程先觉说，你这话是什么意思？

程先觉说，当然，我知道他们的关系是纯洁的，但是就怕别人有误会，这对你的形象是有害的。

肖卓然背着手说，先觉，我也提醒你，不要以小人之心，度君子之腹。舒云舒是什么样的人，我比你清楚。汪亦适是什么样的人，我还是比你清楚。汪亦适踏上革命道路，晚了一步，我有责任，云舒自责，此时此境，同志之间，交流切磋，都是正常的。

程先觉说，再说，他们两家的关系毕竟源远流长，而且他们两个青梅竹马……

肖卓然挥手打断了程先觉的话，冷冷地说，程先觉，你想说什么？我倒是要告诉你，你过去给舒云舒写了很多情诗，你以为我不知道吗？有的还很肉麻。就是在你已经知道我和舒云舒建立爱情关系之后，你还在写。你不服气我是吧，你想同我一决雌雄是吧。跟你说，在这个问题上，我自信得很！搞革命，你们不如我；谈恋爱，你们还是不行。正因为自信，所以我根本不计较你。舒云舒同汪亦适接触，我都放心大胆，你担心什么？你还替我吃醋，真是荒唐！

程先觉的脑门霎时就蒙上一层冷汗，讪讪地说，那都是过去的事情了，那时候我确实不知道……唉，我这真是搬起石头砸自己的脚，祸从口出，话多人贱啊！

肖卓然说，我早就公开说过，我肖卓然是共产党员，我要有共产党人的风度。解放前的事情，不要拿到解放后来说，过去的事情，不要拿到今天来说，我们对人对事的判断，都以他今天的表现为参照。这种事情，以后你再也不要说了，再说了，就是中伤同志，居心不良！

程先觉说，你是我们江淮医科学校同学的一面旗帜，是我们在新政权里的代言人，我是设身处地地维护你的形象，树立你的权威，我不愿意看见你的身上有任何污点。

肖卓然把手从背后拿到前面，眼睛看着程先觉的脖子，手指着程先觉的肚子，低沉而清晰地说，越说越不像话了，什么旗帜，什么代言人，你把我看成什么人了，你想搞小集团啊！这话以后更不能说，再说就是反革命！

肖卓然把话说得很重，犹如重锤落在程先觉的脑门上，程先觉傻傻地看着肖卓然，半天没有说出话来。

一路春风，一路叽叽喳喳，四辆自行车，沿史河大堤，迎着上午的太阳，颠颠簸簸，说说笑笑，一路向东驰骋而去。这真是久违了的惬意，自从皖西城解放后，这些出身不同、志向不同、路径不同的年轻人，殊途同归，还是走到一起来了。虽然眼下还是身份不同，但是，大别山下海洋一样无边无垠波涛汹涌的金黄色的油菜花，碎石公路两边嗡嗡飞舞的蜜蜂和花枝招展的蝴蝶，还有堤下那粼波闪烁浩荡东去的史河，给这些年轻人带来的新鲜感和新生感是同样的。无论是春风得意的肖卓然，还是随遇而安的汪亦适，抑或是心事重重的程先觉，还是晴朗透明的舒云舒，此刻真的感觉是融进了一个崭新的时代，未来的生活就像堤坝下面宽敞坦荡的大河，在他们的眼前铺展开来。

舒云舒似乎没有太费周折，就把汪亦适从荣军医院那间昏暗潮湿的宿舍里拖了出来，而且两个人既成事实地骑了一辆自行车。这个结果让肖卓然隐隐约约有一丝不快，但肖卓然就是肖卓然，在风雨桥头整队的时候，肖卓然大度一笑，大手一挥，满脸阳光地说，按现有队形，目标三十里铺，出发！

过了苏家埠桥闸，舒云舒朝前面喊，肖卓然，我们停下来唱歌吧！

肖卓然说，为什么要停下来？我们边走边唱。你起个头。

舒云舒说，那就唱《解放区的天》吧。

解放区的天是明朗朗的天，
解放区的人民好喜欢，

民主政府爱人民呀，
共产党的恩情说不完，
呀呼嗨嗨依格呀嗨……

起先是四姐妹加上肖卓然唱，肖卓然唱得很起劲，一边蹬着车子，一边上气不接下气地唱。渐渐地汪亦适受到感染，也跟着哼了起来。再然后，程先觉也唱了起来。程先觉的音调不准，但是他不在乎，就那么高一句低一句快一拍慢一拍地唱，有时候调门比肖卓然的还高。

汪亦适这天的心情出奇地好。如果说皖西城解放后耳闻目睹的那些事情使他对新政权的了解逐步加深的话，那么，今天这个没有任何政治功利色彩的郊游则使他幡然醒悟，他已经置身于全新的生活当中，而且他完全可以同这个新生活水乳交融。他已经是新生活的一个组成部分了，在这其中，他能够找到自己的快乐，能够找到自己的价值。他甚至一度为自己的逆来顺受、暮气沉沉而感到惭愧。

路上舒云舒问汪亦适，这段时间心情如何，汪亦适还是那句话，从冬天到夏天，太阳耀眼，空气灼热，但是他已经感受到温暖了。他希望他能迅速找到感觉，成为新政权的一个有用的人才。

舒云舒说，你的感觉找得不错，事实上你的行动已经走在我们的前面了。

汪亦适想了一下说，那倒不至于，但是我自己也觉得，我的行动已经走在我自己的想法前面了。也许，我一直都在被动地、被牵着鼻子走，但是只要上路，我就小跑。

舒云舒脆脆地笑说，你这个比方形象，看来你对自己是了解的。

汪亦适说，我不想被牵着鼻子走，我想自己驱赶自己。

舒云舒说，是啊，从冬天到夏天，是有一个过程，我也是，连卓然都是这样。但是，时间是一双有力的手，它会拉着我们跨过旧社会的门槛，首先是我们这些活人进入到新社会，最终，我们会连我们的思想、我们的情感一起走进新社会。你看，新社会的太阳是这样的明亮，新社会的河水是这样的清澈。如果我们走进人民当中，我们就会发现，新社会人民的笑脸是那样的清澈！

汪亦适说，真美啊，云舒你描述的新社会就是一首诗歌。

舒云舒说，是的，我们就是在写诗歌，我们用我们的劳动、用我们的创造，在抒情、在描绘、在建筑。我希望我的姐妹、我的父母、我的朋友，都能成为新社会的诗人，讴歌我们伟大的时代，创造我们幸福的生活。

汪亦适说，我真羡慕你，你像个天使。跟你在一起，我感觉天更蓝水更清。

说完这句话，他情不自禁地轻轻地叹了一口气。尽管这声叹息非常微弱，埋没在脚踏车叮叮咚咚的声音里，但是舒云舒还是敏感地察觉了。舒云舒坐在后座上，揽在汪亦适腰际的手轻轻地用了一下力。舒云舒说，亦适，我懂得你的心思，但是，我也不知道为什么后来会发生这样的变化，这也许就是缘分吧。我们是唯物主义者，但是在这件事情上，我只能随缘了。也许上天安排我们只能做好朋友而不是其他。其实我觉得我对你的亲近一点儿也没有减少，这样也许更好。

汪亦适无语，半天才说，从男人的角度讲，肖卓然是出类拔萃的。

舒云舒说，我不否认这一点，卓然不仅是个出类拔萃的男人，还是个出类拔萃的好人。有些事情你不知道，他的心胸就像这宽广的大河。

汪亦适说，我希望你的心情永远这样晴朗。

5

肖卓然一干人等赶到三十里铺的时候，已经是上午十点多钟了，郑霍山此时还在窑岗嘴脱砖坯。

事实上，自从俘虏学习班开展脱砖坯这项工作以来，郑霍山本人就没有像样地脱出几块砖坯。用管教人员的话说，郑霍山这个人一贯自私自利，偷奸耍滑。

郑霍山偷奸耍滑不是一般的偷奸耍滑，不是磨洋工，不是偷工减料，而是压根儿就不干。分工的时候，他坚持要跟楼炳光一个小组，因为楼炳光当过特务，怕新政权枪毙他，所以拼命表现，干活舍得扑下身子。对于郑霍山的消极怠工，在公开场合下楼炳光不敢发作，但是私下里两个人还是有斗争的。楼炳光说，郑霍山你这个人不厚道，两个人的活你让我一个人干，管教干部来了，你拿着铁锹比画得花团锦簇，好像活都是你一个人干的。管教干部走了，你连泥都不帮我铲一锹，你这狗日的太过分了。

郑霍山说，你也可以不干嘛，我又没有摁住你的头皮让你干。

楼炳光说，你是饱汉不知饿汉饥，站着说话不腰疼。你明明知道我有把柄在他们手里攥着，我能不干吗？我想落个顽固不化拒绝改造的罪名，让他们打断我的肋巴骨吗？我上有七十老母，下有五个幼儿，我想活命啊！

郑霍山说，那就没有办法了。你想活命，还想活好，又不想干活，天下哪有这样便宜的事情？

楼炳光说，我都快四十岁的人了，你才二十郎当岁，你有的是力气，闲着也是闲着，你这么偷奸耍滑，就不怕憋出毛病来?

郑霍山说，我有力气是不错，但是我的力气不是用来脱砖坯的。在国民党时代，我是江淮医科学校的高才生，就是共产党的天下，我也不相信他们会让我脱一辈子砖坯。我的手是用来做手术的，不是用来脱砖坯的。

楼炳光说，求求你了，你能不能在分组的时候，不要猫哭耗子表扬我，我不稀罕你的表扬。你越表扬我，管教干部对我的看法越差。

郑霍山说，那不行，我只有使劲地说你的好话，他们才有可能继续把我和你分在一起，一帮一，一对红，我们两个是一根绳子上拴的蚂蚱，跑不脱你也跑不脱我。咱俩相依为命同甘共苦。

楼炳光说，我们两个人的活，你不能总让我一个人干啊，我也这么大的年纪了。你看我这身汗，我都快累死了。

郑霍山说，一切反动派都是纸老虎，动不动就出汗。

楼炳光恨恨地说，他妈的郑霍山，要是早知道你是这副德行，想当初，老子在政训处的时候，随便给你捏个通共的罪名，就能把你的骨头捋软。

郑霍山说，好，这话可是你说的啊，这充分暴露了你的反动派嘴脸。一会儿管教干部过来了，我如实反映情况。

楼炳光立马老实了，凶狠的表情转眼之间就变得温顺起来，可怜巴巴地说，好了，你是爷，你是我大爷，你不干活有理。砖坯还是我来脱，行了吧?你就积积德，把我的无耻谰言当屁放了吧。

郑霍山说，你的每一个反动言论我都给你记着，什么时候你惹得我不高兴了，我就向管教干部反映你。好好干吧，为新政权建设添砖加瓦，争取早日获得宽大处理。

楼炳光说，他妈的我不知道前世造了什么孽，在这个要害的时候遇上了你这么个杀人不见血的魔鬼，我算倒了八辈子霉了。

郑霍山笑笑，扔掉铁锹，背起手，走进坯堆，煞有介事地东看西看，像是很在行地指指点点说，嗯，楼炳光先生，你这脱砖坯的水平有进步啊，坯面光滑，棱角齐整，看起来还真有点像样。看来国民党确实有眼无珠，让你这个脱砖坯的天才当特务确实是大材小用，早就该让你脱砖坯了。

楼炳光说，你不要说风凉话，国民党让你学医，也是大材小用，应该让你当特务，你当特务，比我不知道要狠多少倍。

郑霍山说，不过，我可警告你啊，和泥要均匀，兑水要适中，掺沙要符合比例，不能糊弄。不能驴屎球子外面光，里面一包老粗糠。这可是给新政权盖高楼大厦用的，要是金玉其外，败絮其中，让新政权的大楼倒塌了，那就是反革命。反革命是什么下场，你知道吗?

楼炳光不理他，继续挥汗如雨地干活。

郑霍山说，反革命的下场只有一个，叭，脑袋开花了。

楼炳光说，叭，你小子的脑袋早晚也会开花。

郑霍山说，只要你小子偷工减料，我就向管教干部告密，让你脑袋搬家，不管你家里有七十老母还是五个幼儿……正说着，他不说了，手搭凉棚朝东边看，看了一会儿说，好了，楼炳光你快跑吧，八成是你的事情真犯了，你看那边，黑压压的来了六七个解放军，没准是来拖你出去枪毙的。

楼炳光说，去你妈的，我又没做反革命的事，为什么要枪毙我？

郑霍山说，你是国民党特务啊，你过去做过杀人放火的勾当啊，解放军想什么时候枪毙你就什么时候枪毙你。

这本来是子虚乌有的事情，尤其是从郑霍山的嘴里出来，完全没有可信度，但偏偏楼炳光心虚，还真的紧张起来了，眼睛看着东边，腿肚子居然抖了起来。

郑霍山哈哈大笑说，看看，不做亏心事，不怕鬼敲门。你怕鬼敲门，就说明你做过亏心事。就凭这一条，你不好好劳动，我就可以揭发你。

一阵脚踏车丁零当啷的声音过后，来人走近了，纷纷下车。楼炳光愣住了，郑霍山也愣住了。

原来是肖卓然一行。

肖卓然、程先觉和汪亦适都穿着解放军的黄布军装，虽然不挺括，但是整洁，也很时髦。郑霍山情不自禁地低头看看自己，一套拖泥带水的蓝粗布制服，这是俘虏学习班配发的，不是囚衣的囚衣。郑霍山突然恼火起来，冷冷地看着肖卓然说，你们到这里来干什么，来看我的笑话？

肖卓然双手推着车子，率先迎了上去，和颜悦色地说，霍山，我们来看看你。

郑霍山说，有什么好看的，要猴啊？我正在接受劳动改造呢。老楼，接泥！

说着，扬起铁锹，铲了一锹，隔着两丈多远，向楼炳光的坯模抛去，稀泥四溅，肖卓然裤腿上立即出现几个斑点。楼炳光赶紧跑了过去，捋起袖子要给肖卓然擦拭，肖卓然动动腿，回避了。

程先觉说，郑霍山，你什么态度？我们大老远好心好意地来看你，你怎么不识好歹！

郑霍山头也不抬，继续铲着稀泥说，大路朝天，各走一边，你走你的阳关道，我过我的独木桥。

程先觉说，不是同志，我们还是同学，我们来看你，总得说几句话吧，起码的礼貌啊！

郑霍山说，滚蛋吧同学们，不要让我这个臭硬的国民党残渣余孽影响了你们的前程！

程先觉要上去辩论，被肖卓然阻止了。肖卓然说，哈哈，郑霍山真是被改造好了，劳动积极性很高啊，让他干吧，我们在这里等他，等他干累了，自然就歇下了。

郑霍山把铁锹一扔说，我已经干累了，不干了。

说着，蹲在地上，嘴里衔上一根草，一副十足的无赖相。

肖卓然说，好，郑大才子给我们面子了，大家都坐下，歇歇脚。

舒云舒选了一块相对干净的地方，刚要坐下，楼炳光凑了上来，把他的蓝色粗布制服垫在地上，对舒云舒说，舒云舒同学，还认识我吗？

舒云舒说，楼科长啊，没想到在这里又见面了，真是山不转水转啊！

楼炳光说，我接受改造，争取脱胎换骨，重新做人。

肖卓然说，那就好，革命不分先后，进步不论大小，只要接受新政权的领导，愿意为人民服务，我们都欢迎。

舒云舒坐下来，对郑霍山说，为什么就不能跟我们好好说话，我们是敌人吗？

郑霍山说，你们不是我的敌人，但我是你们的敌人。败军之将阶下囚，转眼之间两重天，神仙跟鬼不说话。

舒云舒说，什么乱七八糟的，郑霍山，你犯病了啊？你就没想到将来？新社会了，你要好好改造，做一个对人民有益的人。

郑霍山说，像我这样的战俘，能做对人民有益的人吗？

肖卓然说，如果不能，我们还把你当同学吗？共产党还改造你干吗？枪毙算了。

郑霍山说，无所谓，枪毙也比当汉奸强！

肖卓然大怒，呼啦一下站起身来说，他妈的郑霍山，你说谁是汉奸？就凭你这句话，让你脱砖坯一点也不冤枉，继续自绝于人民，只有死路一条！

舒云舒扯着肖卓然的裤腿说，卓然，别着急，郑霍山的德行你又不是不知道，咱们不是来跟他吵架的。

肖卓然气咻咻地坐下了。

一直没有说话的汪亦适这时候开腔了，他不是对郑霍山说的，而是对肖卓然说的。汪亦适说，皖西城解放了，同学就变成两个阵营了，现在不是过去同窗相处的情景了，彼此之间已经陌生了。我们中间有了隔阂，不是三言两语能够说得清楚的。肖副院长你是领导干部，能不能出面跟学习班的领导说一下，给郑霍山请半天假，我们找个地方，推心置腹地说说心里话。

肖卓然说，啊，是啊，亦适想得周到。郑霍山，你愿意跟我们一起到三十里铺喝茶吗？

郑霍山说，既然同学一场，干吗要喝茶啊，请我吃顿红烧肉吧，妈的馋啊！

肖卓然说，那好，你拾掇拾掇，我去给你请假。

郑霍山说，拾掇什么，我此一去难道就脱离苦海了吗？我还要回来脱砖坯。

这时候汪亦适注意到楼炳光的目光了，楼炳光的眼睛里充满了期待、充满了向往。舒云舒也注意到楼炳光的眼神了，用胳膊肘拐了肖卓然一下。肖卓然明白过来，沉吟道，啊，还有楼科长……

楼炳光满脸堆笑，马上点头哈腰说，不是楼科长，是楼炳光，是劳动改造的楼炳光。肖卓然同学，不，肖长官，不，肖首长……

肖卓然还在犹豫不决，拿不定主意怎么对付楼炳光。他从楼炳光可怜巴巴的眼神里看出来了，这家伙非常渴望跟他们到三十里铺去吃顿饭，既有生理上的需求，也有心理上的需求。这是个新情况，楼炳光不是同学中的一个，与“四条蚂蚱”没有关系，他的性质毕竟同郑霍山是有区别的。肖卓然说，楼科长，这个……

郑霍山看出端倪，一杠子横了进来说，楼炳光啊，你还想跟着去吃红烧肉？那不可能，我不会跟一个特务一起吃饭的。你就老老实实地劳动改造吧，不要乱说乱动，不要乱跑，今天全天的劳动定量，可就看你了啊！

楼炳光的嗓子眼儿咕咚一声，咽下一口晦气，不吱声了。

6

肖卓然到三十里铺管教委员会，出示了城工部开具的特殊介绍信，很快就为郑霍山请了假。管委会的人说，既然是老同学来做工作，又负有统战任务，我们自然支持。但是鉴于郑霍山还在监视劳动期间，不宜远出，最好不要离开窑岗嘴。肖卓然一口应承下来。说定了，一行人就到窑岗嘴街面上，找了一家饭馆坐了下来。座次也没有怎么考究，随便坐，郑霍山屁股对门，坐在下手。

肖卓然说，郑霍山，你上来坐，我们近一点好说话。

郑霍山不冷不热地说，你是新政权的长官，我是战俘，尊卑还是要的。

肖卓然说，今天两个小时之内，我们还是医科学校的同学，没有等级之分。再说，我们今天是来看你的，你是贵客。

郑霍山坚持不动地方，双手抱在胸前，不卑不亢地说，肖卓然，不，肖长官，你们大老远地跑过来看我，挺仗义的，可是我已经是臭狗屎了，我怕我不值得你们操心费力。

肖卓然说，第一，你别喊我肖长官，我们共产党都喊同志。当然，以你现在的身份喊我同志也不合适，你还是喊我肖卓然。

郑霍山说，那怎么行啊，那不乱了规矩了吗？

程先觉插嘴说，我们共产党喊长官都喊首长。

郑霍山皮笑肉不笑地说，那好，我以后就喊肖首长。那程先觉，我喊你什么？

程先觉说，你爱喊什么就喊什么，你喊我程咬金我也不在乎。

肖卓然不满地瞪了程先觉一眼说，第二，我们也没有打算让你做什么，我们就是来找你谈谈，沟通一下，让你对新社会增加点认识，帮助你思想转弯，争取早点解放，参加革命工作。

郑霍山说，我不想早点解放吗？哪个王八蛋想在这里脱砖坯。但是，天下者你们的天下，政权者你们的政权，不是我说了算的。

肖卓然说，什么叫天下者你们的天下，政权者你们的政权？天下是人民的，政权也是人民的，你要是思想转弯了，天下也是你们的天下，政权也是你们的政权。

郑霍山冷笑一声说，肖首长，你是给我吃定心丸吧，你又不是不知道，我是什么身份？我是共产党的敌人、解放军的战争对象。民国十七年，大别山闹红军，我的爷爷被赤卫队杀了。民国二十九年，我的大哥在信阳同共产党作战阵亡。民国三十七年，我在蚌埠三十六师担任过见习医官，抢救解放军的敌人。你说，像我这样的人，共产党能给我好果子吃吗？

肖卓然说，看来你对共产党确实缺乏了解，我们共产党不是你想象的那么狭隘，我们共产党是有远大目标的。首先，你的爷爷被赤卫队枪杀，有当时的历史背景，革命有革命的原则，一切反对革命的障碍，必须铲除。其次，据我所知，你的大哥并非是同共产党作战阵亡的，而是卖身当了汉奸被新四军除奸了。再次，至于你在蚌埠三十六师为国军当见习医官，又是另外一种情况，两军对垒，各为其主，情势所迫，身不由己，我们新政权会具体情况具体分析的。只要历史上没有重大问题，诚心拥护新政权，积极参加社会主义建设，一概既往不咎。

郑霍山沉默不语。

肖卓然说，霍山，据我观察，对于国民党的腐败，你也是深恶痛绝的，你不可能迷恋旧社会，旧社会不是人民的，不是我的，也不是你的。而新社会是我们大家的。我们的那些同学，也包括旧社会里那些遗老遗少，只要他不鬼迷心窍，他都能够感受到新社会的春风，都在争取新生，都在争先恐后地加入到新的劳动和创造当中。为什么独独是你视而不见呢？我们的新社会正在发生着翻天覆地的变化，工业建设、农业建设、水利建设、交通建设，教育、医疗、民主、法律，都在日新月异，一个火热的生活正在等待着我们。沉舟侧畔千帆过，病树前头万木春，霍山，睁开眼睛看看吧，只要你的思想能够转过弯来，能够回到人民的怀抱，新社会绝不会抛弃你，你一定能够重操旧业再立新功！你再也不能在这里脱砖坯消耗时光了！

郑霍山似乎有点动心，脸皮松动了一下，看着肖卓然，半天才说，肖首长，你说话算话吗？

肖卓然说，我什么时候说话不算话了？共产党一言九鼎，我肖卓然说话也不是随便说的。

郑霍山说，我是说，你说了，他们听你的吗，你能代表共产党吗？

肖卓然说，我就是代表共产党，我是心里揣着共产党的政策跟你说这些话的。再说，我们可以为你呼吁，向上反映，只要你配合，积极表现，我相信，你很快就会离开三十里铺，成为一个对人民有益的人。

郑霍山看着肖卓然，长时间地看着，像是想从肖卓然的脸上读出什么潜在的内容。

在肖卓然同郑霍山对话的时候，汪亦适和舒氏四姐妹始终静坐，像是观看一场激烈的辩论会。直到菜上来了，汪亦适才说，郑霍山，难得一聚，我们要感谢肖副院长的一片良苦用心。

郑霍山看了汪亦适一眼，没有表情。

程先觉说，郑霍山，今天我们见面，可以说是历史性的，你明白过来了，我们还有机会一起为人民做事。如果你继续自暴自弃，那就是自绝于人民，只能自食其果了。

郑霍山乜了程先觉一眼，冷冷地问，你是谁？

程先觉说，郑霍山，我是好心好意来劝说你走上革命征途的。识时务者为俊杰。

郑霍山冷笑着说，你算什么东西，你也配来教训我？真是虎落平川被犬欺，凤凰落毛不如鸡了。你既不是共产党，又背离了国民党，你就是一个变色龙，你有什么资格教训我？

程先觉血涌脑门，一拍桌子说，郑霍山，你注意一点，我背离国民党，是顺应时代潮流。你坚持反动立场，就是死路一条！

郑霍山看看程先觉，又看看肖卓然说，肖首长，你看，这个满嘴黄牙的人说我死路一条，那我还改造什么啊，你们把我枪毙得了。算了，我不跟你们磨嘴皮子了，我饿了，我要大吃一顿，免得黄泉路上挨饿。

说着，站起身来，不由分说抓过一条鹅腿，旁若无人地撕扯开了，快要举到嘴边的时候，胳膊拐了个弯，隔着老远递到舒云舒的面前说，舒云舒，虽然你在爱情上背叛了我，但是我不记恨你。你确实不能跟我好，跟我好那你现在只好留在三十里铺脱砖坯了。你跟肖首长好，肥水不流外人田，也还没有脱离“四条蚂蚱”，那是老天爷的意思。

舒云舒满脸通红，站起身来说，郑霍山，你胡说八道什么！你太野蛮了。

郑霍山嬉皮笑脸地说，我野蛮？肖首长都没有说我野蛮，我哪里野蛮了？有好吃的，先给女生，说明我有绅士风度哦。

肖卓然说，云舒，你别介意，霍山他心里有爱情，就说明他不是一个又臭又硬的反动派。

郑霍山说，肖首长这话我爱听，就冲着你这一句话，我跟你保证，在爱情问题上我从此不跟你较劲了。至于说，思想拐弯的问题，你让我再想想。

舒云舒说，郑霍山你以后不许胡说八道了，就算卓然不介意，你没有看见我还有三个姐妹在这里吗？

郑霍山说，我早就看见了，我嘴里说着废话，眼里盯着鲜花，这个跟你长得一模一样的人，就是你的双胞胎姐姐吧？

舒云舒说，你的眼力不错嘛。

郑霍山瞅着舒云展说，我们“四条蚂蚱”当年在府上借宿的时候，你在芜湖师专读书，那时候只知道你叫舒老二，不知道你比舒老三看起来更顺眼。我能问一下芳名吗？

舒云舒看看舒云展，舒云展看了郑霍山一眼，淡淡地说，我叫舒云展。

郑霍山说，舒展舒展，先舒后展，世叔怎么把它给颠倒了呢？

程先觉说，郑霍山，你在我们面前放肆我们不计较你，但是世叔的理你也敢挑？

郑霍山突然笑了，叫了起来，怎么没有酒啊，我三十天没有闻到酒味了。

肖卓然皱皱眉头，突然高声喝道，店家拿酒，拿一坛临水老窖来！

第四章

1

荣军医院“清除革命功臣体内隐身炸弹”的工作，之所以拖到两个月后到了夏末才展开，有两个原因，一是大别山的剿匪战斗还在继续，一部分部队又被抽调成立了水利师，部队来回动荡。第二个原因是肖卓然迂回了一下。

肖卓然写了一份调查报告，对荣军医院的医疗力量、设备情况进行了分析，并对皖西城驻军伤病员情况进行了统计，提出了一套完整的步骤和方案。肖卓然越过丁范生将这个报告呈交给行署陈专员，陈专员觉得这个报告很有见地，方法步骤也比较稳妥，就把丁范生和肖卓然叫去谈了一次话，要求荣军医院按肖卓然报告设计的步骤先行准备，不要盲目上马。

丁范生还想坚持，凸起眼珠子说，新政权日新月异，我们也不能束手无策。不能等。我们很自信，坚决完成任务。

陈专员说，没有设备，不能确定有没有战争遗留物，怎么做手术？

丁范生说，我们的医生有经验，肉眼一看一个准。

陈专员故意问肖卓然，是吗，你们的医生有这么神？

肖卓然说，那只是偶然的成功，不能作为科学依据。

陈专员说，是啊，做手术不是搞着玩的，要动刀见血的，打开了，里面没有弹片弹头，那不是让我们的同志白白挨刀吗？

丁范生说，打开十个，找到一个，就是胜利。

陈专员问肖卓然，你说呢？

肖卓然说，从医学的角度上讲，打开十个，找到九个都是失败。一方面，我们给那个白白挨刀的同志制造了痛苦；另一方面，对于一个医生来说，一次失败的手术，就是一生的阴影。所以说，万无一失的手术，既保护伤员，也保护医生。

陈专员说，这个要按科学规律来，不能盲目。

肖卓然说，商周时期就有了对医生的考核标准，十全为上，十之失一为次，十之失四为下，十次手术错了四次，这个医生就不能当了。

陈专员转向丁范生说，看看，老革命遇到新问题了。我认为肖副院长的意见非常有见地、非常讲科学。我们这些老革命要虚心了，不能老是按照战争的思路干哦。

丁范生阴沉着脸说，是！

出了军管会的大门，丁范生对肖卓然说，好啊小肖，看不出来，你还会借势压人呢。

肖卓然苦笑说，丁院长，我说服不了你，只好拉大旗作虎皮了。

丁范生对着太阳看了半天，突然轰轰烈烈地打了两个喷嚏说，在战争年代，要是有人在背后做我的小动作，你知道是什么后果吗？

肖卓然说，知道，枪毙！

丁范生笑了，得意地拍了拍肖卓然的肩膀说，知道就好。不过说实话，要把设备准备充分了，要把人员培训熟练了，这话从你的嘴里说出来，我听着不舒服，但是从陈专员的嘴里说出来，我觉得还真是这么回事。

肖卓然说，是啊，人微言轻，陈专员是权威，一言九鼎啊！

丁范生说，我看这个样子，你很快就人不微言不轻了。不过这是好事，年轻人嘛，随时都要挑大梁。

一个月后，两台苏式 X 光透视机和一批麻醉手术器械运到了荣军医院，这两台 X 光透视机中，有一台是陈专员协调过来的，另一台是肖卓然四处奔波从原国民党江淮医科学校留用人员的手中募捐过来的。

“清除革命功臣体内隐身炸弹”的工作，第一例手术指定由汪亦适实施，这是丁范生指定的，丁范生再三交代，只许成功，不许失败。这本来不是个大手术，有了 X 光透视机，有的潜藏在体内的弹头弹片直接就能看得出来，盲目性的问题基本上被解决了。但是因为几经风雨，加上丁范生大张旗鼓地宣扬，这项纯粹的业务工作又被赋予了浓厚的政治色彩，汪亦适还是感到了空前的压力，因此也格外谨慎。第一张片子拿到手上，反复研究下刀的角度、路线、深度以及摘除的细节，甚至还在伤口周围画了三个方案图。无疑，手术相当成功，干净利索，只用了半个小时，就从伤员的大腿上取出一块平均直径约两公分的弹片。

前十几例都比较简单，选择的伤员多数负过轻伤，通过 X 光透视机就能确认有无遗留和遗留位置，一般都在肌肉浅层。汪亦适一个上午做了三例，下午手熟了，做了五例，其中一次性地在一个伤员的体内挖出四块弹片和两粒石子。

丁范生一直在“排雷现场”，主现场就是汪亦适这里。汪亦适在做手术的时候，心里平静如水，只是在一天工作结束后，丁范生又让伙房给他做了四个糖水荷包蛋，端到他手上的时候，他才明白，他实实在在地为解放军、为新政权做了好事。

荣军医院“清除革命功臣体内隐身炸弹”的活动很快就在皖西驻军部队刮起了旋风，两万多人的部队里有一大半人都不同程度地负过伤，这一大半人里面又有一大半人怀疑自己体内有遗留残骸，有的部队甚至组建了重伤连、轻伤连、残疾连，陆续开到荣军医院做检查手术。

医院的两台 X 光透视机昼夜运转，检查出了上千名确实需要手术的人，而且这些伤员都希望由汪亦适亲自手术。汪亦适马不停蹄地工作，光手术刀就用废了一斤多重，一个月下来，挖出的弹片弹头和其他残留物装了半脸盆。到了最后，剩下的多是疑难伤情，有的弹片嵌在骨头里，有的深入到腹腔，接近心脏或其他内脏器官，位置高危，入刀路线要越过动脉血管和重要神经。手术难度越来越大，有时候一个上午只能做两台，有的则只能眼睁睁地看着弹片弹头埋在伤员体内，却无法下手。

即便这样，汪亦适还是声名大振，不知道是谁最先喊出来的，半年之后，汪亦适已经是皖西城内外闻名遐迩的“排雷大王”了。到了这个份上，不光是部队的伤员，那些在解放前参加过地下斗争的干部和民兵，也有不少人来找汪亦适“探雷”“排雷”。

现在，荣军医院的规范化建设已经得到了很大的加强，各科室的设备基本上名副其实了，医护人员也经过了正规的培训。肖卓然在院务会上提出，可以借鉴原国民党医科学校的做法，把行医和教学结合起来，一边救死扶伤，一边培训人才，一批在实践中成长起来的医生，同时在医护培训班里兼职任教。

这次丁范生没有反对，而是十分肯定地说，这个办法好，这就叫从战争中学习战争，战争年代我们就是这么做的。

肖卓然说，排雷成功，给我一个启发。我记得皖西城刚解放的时候，提出要把国民党留下的老房子推倒重来，建一座新大楼。当时你问我，建那么阔气的大楼干什么，劳民伤财。我细细一想，当时确实脑子发热，希望三年就建成社会主义。现在我倒是又有冲动了，如果有一天，我们富裕了，是可以考虑建一幢大厦。

丁范生说，成绩面前，要保持清醒头脑。建大厦干什么？

肖卓然说，就干一件事情，搞体检，把皖西地区的老百姓一个不落地体检一遍。

丁范生说，异想天开。老百姓没灾没病的，体检他干什么，不是瞎折腾吗？

肖卓然说，丁院长，从医学的角度看来，每个人都是病人，不过有大有小、有轻有重罢了。封建主义、帝国主义、官僚资本主义统治了我们几千年，老百姓很少有看病的机会，有病不知道，知道了没钱治。我们建设社会主义，解放人民群众，首先就要关注他们的健康，排除埋藏在他们身体内部的“地雷”。

丁范生听了，半天不吭气，好长时间才说，想法不错，再搞一次“排雷”，全民皆兵。

肖卓然欣喜道，这么说丁院长同意了？

丁范生说，同意，可是现在不现实。

肖卓然叹气着说，是啊，眼下条件是不具备，但是我希望这一天早日到来。

有一天早晨出操完毕，舒云舒跑来看汪亦适，红光满面，兴奋地对汪亦适说，亦适，我要告诉你一个好消息。

汪亦适洗着脸，头也不抬地说，我能有什么好消息？做手术成功，就是最大的好消息。

舒云舒说，比做手术成功还要大的好消息。

汪亦适说，你不会说给我介绍女朋友吧？

舒云舒说，比介绍女朋友还要大的好消息。像你这样业务拔尖、品格优良的人，还能缺少女朋友？你的好消息是政治上的。

汪亦适面无表情地说，难道说把我划到起义人员行列了，给我平反了？

舒云舒说，什么起义投诚的，以你现在的声望，你就是俘虏，也无所谓了。

汪亦适停住手，看着舒云舒说，那我就不知道这好消息是什么了，我就是希望能够把我的事情搞清楚，我当初是起义的，不是投诚的，更不是俘虏。

舒云舒说，现在对你来说，这些都不重要了，重要的是你在解放后的表现。那些东西丝毫不影响你的政治待遇。

汪亦适说，不，对我来说很重要，我不在乎政治待遇，我在乎事实。

舒云舒真诚地说，亦适，你怎么不明白啊！有了政治待遇，俘虏也好，投诚也好，起义也好，那都是历史了。入了党，历史问题也就迎刃而解了。

汪亦适正在擦脸的手停住了，把毛巾扔进脸盆里，看着舒云舒问，你是说，组织上要发展我入党？

舒云舒说，是啊，我是第二党小组的组长，组织上分工我当你和程先觉的入党介绍人。

汪亦适问，程先觉也要入党？

舒云舒说，是啊，程先觉已经写了六份入党申请书了，积极向组织靠拢。你虽然没有写入党申请书，但是组织上了解你，你是因为这段时间太忙了，所以丁院长，哦，不，我们医院的党总支书记丁范生同志说，对于汪亦适这样的同志，要有特殊的政策。

汪亦适怔住了，久久地看着舒云舒，眼睛有些潮湿。

舒云舒说，入了党，我们不仅是同志，更是先进组织的一分子，那时候我们有想法、有顾虑、有建议，都可以直接在党的会上提出来，就不会有那么多个人委屈了。

汪亦适半天没有作声，很长时间后才说，不，这个问题我暂时还没有考虑。

舒云舒疑惑自己听错了，声音都有些颤抖了，问道，什么，你刚才说什么？你再说一遍。

汪亦适看着东边逐渐洇开的朝霞，吐字清晰地说，这个问题我没有考虑。我觉得我条件还不成熟。

2

郑霍山出事的消息，最早是程先觉知道的。

程先觉到行署卫生局报统计，遇上了在医科学校时期的同乡同学方得森，方得森在地方医院工作，也是来报统计的。程先觉夹着公文包满面春风往里进，方得森夹着公文包低着脑袋往外出，面如死灰，神情慌张。程先觉说，那不是方得森吗，急急忙忙地干什么？

方得森见是程先觉，迟疑了一下站住了，鬼鬼祟祟地四处看了一圈说，是程先觉啊，你怎么来了？

程先觉说，奇怪，我怎么不能来？我跟你一样，是来报统计的。

方得森说，老程，你听到什么消息没有？

程先觉说，消息多了，革命形势大好，社会主义建设欣欣向荣、蒸蒸日上。我们荣军医院“清除革命功臣体内隐身炸弹”如火如荼，方圆三百里家喻户晓。

方得森说，你有没有听到什么不好的消息？

程先觉说，没有，我听到的都是好消息。

方得森东张西望，然后对程先觉说，你过来，我们到门外小河边说话。

程先觉说，我日理万机，哪有闲工夫跟你扯淡，有话就在这里说。

方得森说，你真的什么消息都没听到？

程先觉见方得森神情异样，也感到问题严重，扶扶眼镜说，到底出了什么事，如丧考妣的？

方得森说，我刚刚才在卫生局听说，俘虏学习班出事了，三名俘虏夺枪潜逃，被打死一名，李开基自杀未遂，已经被关到监狱了。楼炳光和郑霍山被送到公安局审讯了，据说都是叛乱分子。

程先觉吃了一惊，问道，你听谁说的？我们上个月见着他们，管教干部还说，只要表现好就可以从轻发落，为人民服务。

方得森说，现在情况变了，听说国民党特务破坏得厉害，大别山区暗杀了几个新政权的干部，他们还在淮河上游投毒，炸掉了解放军的兵工修理厂。还有国民党地下特务联络原医科学校的师生，准备潜逃到台湾去，已经有不少人上了贼船。不光是俘虏学习班的人受牵连，听说我们这些旧军队、旧政府的留用人员，都要受到审查。动静闹得这么大，你们军队医院消息灵通，怎么一点风声都没有听到？

方得森说得活灵活现，程先觉听得毛骨悚然，脸都木了，张口结舌地说，怎么会，怎么会，这不是节外生枝吗，这不是自取灭亡吗？你莫不是听错了？

方得森说，你认识裘法然吧，也是预干队的，原先留在卫生局防疫科当文员，现在你见不到了，听说也受了牵连，被隔离审查了。

程先觉木了半天，稳住神说，如此说来，他们都是上了贼船的才受牵连，我们又没有上贼船，有什么好紧张的？

方得森说，话是这么说，可是这么一折腾，所有旧军队、旧政权留用人员都要受到怀疑。

程先觉强打精神说，我不怕，我劝你也不要怕，不做亏心事，不怕鬼敲门。只要拿不出我上贼船的证据，他就是怀疑到天上去我也不怕。

程先觉说得慷慨激昂，表面上做出一副自信坦然的样子，但是，同方得森分手之后，他的心里还是压上了一块石头，而且这石头越来越重，以至于后来坐在张科长的办公室，递交“清除革命功臣体内隐身炸弹”统计表的时候，手都有点颤抖。

公事办完，张科长若无其事地问这问那，甚至还问到了医院喂了几头猪，尤其还提到了他和汪亦适是同学，似乎对汪亦适的情况比较感兴趣，对于他同肖卓然和汪亦适是同学这层关系也很感兴趣。张科长原先就是解放军师供给部的，现在也还穿着军装，这个时候的行署卫生局，实际是一个机构两块牌子，它还兼着警备区的卫生处。所以，张科长那些实际上平平常常的家常话，在程先觉此刻的心里，也变得不再平常了，好像句句都是旁敲侧击，句句都暗藏玄机。

程先觉在张科长的办公室里，支支吾吾，疲于应付，不一会儿脑门上就冒汗了。张科长这才发现程先觉的异常，关怀地问，小程，你怎么啦，是不是发烧了，要不要派人带你到机关卫生所看看？

程先觉点点头，又赶紧摇摇头说，没关系，我是太热了。

张科长奇怪地说，不会吧，这都秋天了，你看，我都穿上夹衣了。

程先觉说，我是激动的。

张科长更奇怪了，笑问，你激动什么？

程先觉说，我是……因为张科长表扬我们“清除革命功臣体内隐身炸弹”，我感到这是上级对我们的肯定和鼓舞，我们一定要戒骄戒躁、再接再厉……

张科长从自己的椅子上站起来，走到程先觉的面前，伸手摸摸程先觉的前额说，小程，我看你是真发烧了，还是到机关卫生所看看吧，回荣军医院还有好长一段路呢。

程先觉慌不迭地说，我没事，我真的没事。张科长，我已经汇报完了，我走了。

张科长说，我看你精神恍惚，就这样走行吗？

程先觉说，张科长，我是在你这屋里闷的，出了门就好了。

说完，夹起公文包就走，走到门口，想起来没有给张科长敬礼，又转身，人还没有站稳，就摇摇晃晃地给张科长敬了个礼。

程先觉骑着脚踏车回到荣军医院，没有马上到办公室，而是躲进自己的宿舍反思，前前后后，细细节节。首先，他排除了自己上贼船的可能性。从行署卫生局回来的路上，他曾经一度恍恍惚惚，大约是过于紧张，他疑惑是梦，真搞不清楚他自己是不是上了贼船，恍惚中似乎真的有人来找过他，许诺他到台湾必有重用，金钱美女升官发财，他恍惚也应承下来了，表示要见机行事。但是，坐在自己的宿舍里，他想明白了，没有，从来就没有这样的事，完全是幻觉，完全是被吓出来的。其次，他回顾了解放后这段日子自己的表现，一桩桩一件件，他唯丁院长马首是瞻，紧跟在肖卓然的屁股后面，他没有多说一句话，没有自作主张多做一件事情，对上对下一律笑脸相迎，对内对外统统毕恭毕敬，入党申请书他写了六份，积极向组织靠拢的决心表达得够充分的了。医院开展重大活动，譬如“清除革命功臣体内隐身炸弹”，虽然他没有像汪亦适那样在一线没日没夜地做手术，但是他作为业务股长，指导手术，协助培训，负责保障，接送伤员，后期监控医疗，也都做得滴水不漏。应该说，他没有留下什么问题。

那么，还有什么问题没有想到呢，没有了。

可是，无论如何，他的心里就是不踏实。

过了两天，果然有风声传来，说地方一些部门和机构，已经实行留用人员重新登记了。这无疑就是个信号。一时间，在旧政权和旧军队的留用人员中风声鹤唳，传言四起。其中一个比较普遍的说法是，共产党解放军刚刚解放皖西城的时候，出于稳定局势的需要，也出于急于恢复秩序的需要，暂时利用了旧政权和旧军队人员。现在，老蒋跑到台湾了，共产党的江山坐稳了，解放军腾出手了，开始收拾这些旧人员了。再加上旧人员当中确实有顽固的反动派，勾结大别山残余的匪特，煽动留用的原国民党军政人员和技术人员，暗杀新政权的干部，破坏城市设施，散发反动传单，这就使得共产党解放军对留用人员的信任度大大降低。重新登记，重新审查，重新甄别，完全是必要的。

程先觉思前想后，判断自己即将面临的问题。他一遍一遍地梳理自己方方面面的表现，没有什么把柄可抓，但是他还是心虚。他一直闹不明白他为什么会忐忑不安惶惶如丧家之犬。后来他总算有一点明白了，他没有做坏事，没有搞破坏，没有同匪特勾结，这都是事实。但是，这不等于他以前没有做过坏事，譬如国民党三十六师在蚌埠跟解放军打仗的时候，他作为见习医官，也曾经被派到前线去为国民党军队包扎伤兵，这就很有可能成为把柄。这样的事情肖卓然也做过，但是他能跟肖卓然比吗？肖卓然是共产党的地下党员，他去做那件事情，不仅可以理解是为了掩护身份，还有可能干脆就是奉命行事，到前线搜集国军情报的。

让程先觉略感安慰的是，这种事情汪亦适也做过，现在留用的人员中，很多人都做过，此一时，彼一时，那时候身份不一样，身不由己，不得已而为之，共产党解放军应该既往不咎，再说也罚不责众。

这样一想，程先觉就好受一些了，但还不是彻底解脱。终于有一天，他想起了一件事情，一想到这件事情，程先觉就不禁冷汗涔涔了。他想起的是皖西城解放前的一天，关于起义的那桩事情。程先觉并没有糊涂，那天本来是汪亦适劝说他起义，并让他先走一步，向解放军说明，汪亦适继续劝说郑霍山。按说，在这件事情上，汪亦适比他主动、比他做得多、比他功劳大。可是阴差阳错，鬼使神差，汪亦适迟迟未到。而就在他程先觉瞻前顾后、踌躇不前的时候，天上掉下个肖卓然，他一举成了起义者，而汪亦适从此成了俘虏。刚到三十里铺城市建设学习班的时候，他无比庆幸，他明白自己是一脚跨进了新政权，而汪亦适一脚跌入到烂泥坑。这也许就是命运使然，不是他程先觉能够预料的，更不是他能够主宰的。因此，在这件事情上他没有责任。

可是，仍然有问题，半夜里程先觉常常在梦中惊醒。

问题到底在哪里呢？

问题出在一句话上。

在三十里铺学习班的时候，他被称为有志之士、积极分子、解放功臣、人民朋友。他踌躇满志，春风得意，眼看着锦绣前程从远处款款飘来。就在这期间，汪亦适的管教干部去向他了解汪亦适在解放皖西城战斗中的表现，因为汪亦适声称自己是起义者，程先觉就是他劝说成功的。程先觉的脑子当时转了一下，不，他不能承认他是被汪亦适劝说的，他是主动的、义无反顾的起义者。既然他在见到肖卓然的时候没有说明他是汪亦适劝说过来起义的，那么现在他仍然不能这么说，将来也不能承认，否则就是对党隐瞒事实真相，否则就是不老实，否则就是贪天之功为己有。就这一念之差，导致他矢口否认他是汪亦适劝说起义的，从而也使汪亦适有口难辩。

将错就错，一错再错，短错扯出长错，小错酿成大错，终于不可收拾了。

终于，现在麻烦了。既然要重新登记，重新审查，重新甄别，那么这段历史会不会被挑出来重新说起，汪亦适会不会坚持？假如舒云舒、郑霍山、李开基等人都给汪亦适证明，假如共产党真的采取心理战术，或者严加审讯，他会不会把持不住说了真话，把那件事情的本来面目说出去？一旦说出去，他即便不被扣上欺骗组织的帽子，也一定会落个卑鄙小人的下场！

程先觉的精神苦难从此就开始了。

过了几天，又有消息传来，李开基并非自杀，他和另外一名被俘在训的原医科学校少尉见习医官当真接到大别山匪特的拉拢信，也确实萌发了潜逃的念头，结果被管教干部察觉。在李开基和这名医官潜逃的时候，皖西公安机关将计就计，联系部队暗地跟踪，击毙六名特务，其中包括潜逃的那位医官学员，抓获两名，李开基已移交司法机关审判。

郑霍山的问题属于另外一个性质，他是因为屡次写信揭发——实际上多数是莫须有罪名——楼炳光，终于被管教干部侦破，郑霍山的问题定性为“破坏劳动改造，企图搅浑水，以乱视听”。他被司法机关收审是不错，但是没有审出大的问题。他说学习班太枯燥了，他不堪忍受天天脱砖坯的生活，他想有点娱乐活动，反正楼炳光本来就不是什么好人，看看他的笑话，看他日复一日汗流浃背地脱砖坯，权当看大戏了。

据说司法机关很恼火，指责俘虏学习班半年的管教对这个人基本上没起作用，下一步只能劳教了。

3

肖卓然听说郑霍山要被劳教，十分惊诧，因为上次在三十里铺，虽然郑霍山阴阳怪气地跟大伙胡搅蛮缠，但是凭肖卓然对他的了解，其实他是外强中干，他以不配合、不妥协的外衣掩盖他的虚弱。郑霍山这个人并不像他表现得那样一切都不在乎。他在乎得很，他最在乎的，一是面子，二是台阶。

一个月前肖卓然组织了一支庞大的队伍到三十里铺去看望郑霍山，可以说是建设性的。皖西城刚刚解放，各种关系错综复杂，从旧社会过来的，人与人之间彼此戒备隔膜，包括丁范生在内的很多人都没有想到，肖卓然会带着那么多人去看望一个表现并不好的原国军见习医官。但是肖卓然就是去了，而且不是偷偷摸摸，是大张旗鼓，并且请郑霍山吃了一顿饭。这件事情本身就是一个耐人寻味的话题，持各种看法的都有。有的认为肖卓然虽然当了解放军医院的领导干部，但是旧的习气还没有克服，身上有国民党江湖的做派，毕竟出身于国军医科学校嘛！也有人认为，肖卓然在这时候向城工部提出要对郑霍山加强思想政治工作力度，拯救一个迷路的人，体现出了这个青年政治工作者的远见卓识，做了一件意义深远的事情。还有人认为，肖卓然此举是哗众取宠，争取人心。

丁范生对这件事情的看法与众不同。他关心的是，这个郑霍山是不是真像人们传说的那样，是原国军江淮医科学校数一数二的高才生。他现在需要人才。至于说郑霍山此人思想顽固，对解放军成见甚深，丁范生统统不在乎。丁范生的理论是，这个人只要有用，就搞过来用，我们共产党人什么人改造不了？笑话！我们的小米加步枪能把国民党的八百万军队都打得稀里哗啦，还改造不了一个郑霍山？那不是太阳从西边出来了！

肖卓然曾经详细地汇报过郑霍山的情况，信誓旦旦地向丁范生保证，这个人并无罪恶，实际上是一个在政治上没有太大追求的人。他的问题主要是性格上的，过于自信，刚愎自用，而且极其自尊。只要给他台阶，下上功夫，总有一天，他会就坡下驴，对于新政权的医疗事业有益无害。争取过来了，就多一份力量；放任不管，就多一份麻烦。

留用人员要重新登记，不是讹传。没过多久，军管会果然来了文件，传达到县团级以上干部，要求各行政部门、机关团体、事业单位、厂矿企业进行一次全面普查。重新登记的人员包括旧政权、旧军队遗留的公职人员。

所谓重新登记，是官方语言，其实就是政审。其内容包括审查、甄别、外调，重新登记的对象包括主动归附新政权的人员、起义人员和投诚人员。如此一来，程先觉也在重新登记之列，汪亦适自然更是必过此关，关于发展程先觉和汪亦适入党的计划，还没出头，便被扼杀在萌芽之中了。

程先觉必须说清楚的内容包括历史表现、家庭背景、起义的思想动机、起义见证人、起义过程等。按说并不过分，这些都是一个真正的起义者能够说得清楚的，但是程先觉在政治处谈过话之后，还是感到了很大的压力。本来，他已经被理所当然地划到了起义者的行列，并且顺理成章地享受了将近半年起义者的待遇，差点儿就被发展为党员了，没想到祸从天降，转眼之间就成了被审查对象，他完全没有思想准备。

而且，要让程先觉说清楚起义动机和起义过程，还真的不是一件容易的事情，他必须再一次隐瞒汪亦适劝说他起义的事实，这个错误既然已经开了头，就断无纠正的可能，一旦纠正了，他就真的是不老实，真的是欺骗组织了。就算在汪亦适的问题上他自己能够咬紧牙关，但是汪亦适会不会再把问题挑出来？汪亦适也需要保护自己，他不可能舍己为人隐瞒那个事实，他肯定要实话实说。那么组织上是相信汪亦适还是相信他？他拿不准。但是他感觉组织上有可能宁肯相信汪亦适而不一定相信他，因为汪亦适在近半年来的表现，已经不动声色地获取了多数人的好感。

后来的事实表明，汪亦适在接受审查的时候，的确是实话实说了。审查汪亦适的是医院的政治处主任于建国，在解放皖西城的时候，于建国是营教导员，率领部队攻打小东门的就是他，被郑霍山走火打伤的战士马三柱就是他的警卫员，要不是于建国及时喊了一声“枪口向上”，汪亦适早就一命呜呼了。于建国对汪亦适颇有好感，谈话的时候以礼相待。于建国说，汪医生，你不必紧张，一个政权消亡了，另一个政权建立了，对于留用人员进行历史和现实的梳理，这是正常的，这也是对同志负责。

汪亦适坦然地说，我不紧张，我反而感到高兴。共产党办事认真，实事求是，这让我感到安慰。

于建国说，其实你的投诚表现，我就可以作证。我们还没有交火的时候，就接到命令，说是守城的国民党军队里面有医科学校的学生，这里面有很多都是可以争取的对象，所以我们一直喊话，能不开枪就尽量不开枪。我听见了你的回答，目睹了你向我方投诚的全部经过，也判断出你是一个文化人而非铁杆反动派，所以我还交代部队要保护你，枪口向上。

汪亦适说，没想到还有这么巧的事情。我后来一直庆幸，那么密集的子弹，居然让我这个没有战争经验的人躲过了，原来是贵人相助。

于建国说，贵人相助谈不上，我们都是中国人，建设新中国需要你这样的读书人。至于投诚经过你可以不说了，我想听听你的投诚动机，是因为保存生命的需要还是因为别的什么？

汪亦适突然激动起来了，好像受到了侮辱，声音很高地说，于主任，你太小看我了，我既不是为了保命，也不是因为别的什么！事实上我在感情上是厌恶国民党的，是希望推翻旧政权、建立新社会的。我在皖西解放的前三天，就向我们的一位同志表露过我的心迹，得道多助，失道寡助，水能载舟，亦能覆舟。我不识时务，但是我不会违背天意。

于建国来了兴趣说，哦，这话是什么意思？

汪亦适说，就是弃暗投明的意思。

于建国说，你有没有明确地说过要弃暗投明，投奔解放军或者以实际行动迎接解放军进城？

汪亦适说，没有。

于建国说，你既然有这个想法，为什么不直接说出来呢？为什么要含糊其辞呢？要知道，同样的话，可以做不同的理解。

汪亦适说，因为我不知道这位同志就是地下党。

于建国说，能告诉我这位同志是谁吗？

汪亦适说，既然我和她说的话不能证明我有起义的动机，也就没有必要说出这位同志了吧？

于建国严肃起来了说，汪医生，我这是代表组织给你谈话，面对组织，我们应该知无不言。

汪亦适不吭气，他不想说出舒云舒的名字，他不希望把舒云舒扯进他的倒霉事情里面。

于建国说，为什么不能说出这位同志是谁呢？是不相信组织还是有什么难言之隐？

汪亦适说，都不是。因为我当时说的话确实模棱两可，再说出来没有意义。

于建国盯着汪亦适，长时间地观察他的表情。汪亦适经不住这样的目光，心里不禁有点发毛，神情也就不自然起来，两手揪着衣襟说，因为这个同志……因为……好汉做事好汉当，我的事情最好不要牵扯别人，尤其是没有必要的牵扯。

于建国笑了说，好，这里面可能有点私事，我们暂时不予追究。你接着说，你的关于起义的想法，还对谁说过?

汪亦适如获大赦，毫不含糊地说，解放皖西城的那天晚上，我接到一封起义号召信，要求我们到风雨桥头，那里有解放军接应我们，我劝说同宿舍的程先觉参加行动，他答应了。我又去找另外一个同学郑霍山，他……当时有点动摇，加上政训处的行动组长李开基的威胁，郑霍山迟迟没有下决心，这样就耽搁了时间。后来李开基让人给我们发了枪，出于无奈，我们只好跟他到了小东门。我是趁乱起义的，但是没想到你们的攻势那么猛，一步之差，起义没有机会了，我在投诚的过程中成了俘虏，后来的情况你都知道。

于建国问，你劝说程先觉和郑霍山起义的事情，有谁能够证明?

汪亦适说，他们都不承认，我也搞不明白，他们为什么不承认。

于建国说，这件事情还是说不清楚。不过，你投诚是事实，而且投诚之后表现很好，这是有目共睹的。只是，我们将继续调查。你要相信组织，我们绝不会放过一个坏人，也绝不会冤枉一个好人。希望你能放下包袱，继续工作。

4

政治处于主任同汪亦适谈话之后，再一次找程先觉谈话。程先觉还是一口咬定解放皖西城的前一天晚上，他是响应地下党的号召，主动前往风雨桥头起义的，肖卓然可以为他作证。于建国再三追问，在他前往风雨桥头之前，有没有同汪亦适接触。程先觉的回答是，在此之前我们两个人确实讨论过何去何从的问题，他说他接到地下党的通知，要我们去风雨桥投奔解放军，我当时就表态立即行动，他也说要去风雨桥，但是又有点犹豫，又说他要到图书馆还书。我等了他好长时间不见他回来，我还以为他直接去了风雨桥，再后来我听见枪声响了起来，我再也不能等了，拔腿就往风雨桥跑，路上还躲过了国民党的追兵。后来听说他被俘了，我很惊讶。不过，依我对汪亦适的了解，他对国民党军队是没有感情的。他这个人是个书呆子，虽然不问政治，但是从平时言谈中，也能听出来他对国民党军队是不满的，认为只有共产党才能改变中国。所以后来听说他被定性为投诚，我完全相信。要不是一念之差，或者不是因为什么事情耽搁了，他起义应该是完全可能的。

程先觉这次的回答是经过深思熟虑的，在要害的环节上既没有推翻原先的说法，同时也巧妙地说了一些有利于汪亦适的话，不像当初在三十里铺张管教问他的时候，一推三六五，功劳都是自己的，别人是个什么压根儿不管。这大约是对共产党的政策和方式有了一定的了解，不敢轻率从事的缘故。

但是于建国不理睬他的拐弯抹角，抓住了一个根本的问题穷追不舍。于建国问，你和汪亦适两个人，到底是谁最先提出到风雨桥头的？

程先觉琢磨了一阵子才说，是他最先说出了接应地点是风雨桥，我最先提出去风雨桥。

于建国问，也就是说，还是你最先提出去风雨桥？

程先觉说，我记得是这样的。

于建国盯着程先觉说，程股长，请你再次确认，到底是谁最先提出去风雨桥，这个问题很重要。我再给你一次机会，你要向组织说实话，否则，如果我们调查出同你的证词不相符合的事实，后果你恐怕也是清楚的。

程先觉紧张了，脑门上油光闪亮。他掏出手绢，擦了脑袋又擦眼镜，过了很长时间才结结巴巴地说，是他最先说的，不，是我最先说的，不，我们两个都说要去风雨桥。

事情到了这一步，汪亦适的问题才有了实质性的进展。

同程先觉谈过话，通过上级组织协调，于建国又到三十里铺，找正在司法机关接受审查的郑霍山和李开基谈话。这回，郑霍山也说了一半实话。

郑霍山说，那天晚上，汪亦适找到我，动员我跟他一起去风雨桥参加起义是不错，但是我怀疑他是到风雨桥去见舒云舒。这个人是情种，加上认死理，他什么事情都能干得出来。

其实这时候于建国已经知道汪亦适接到的那封起义号召信署名是舒云舒，也知道了解放皖西城的前三天同汪亦适谈话的人是舒云舒，还知道了这几个人同舒云舒的关系。

于建国问，你是不是也接到了舒云舒署名的起义号召信？

郑霍山回答说，是的，我一看就知道那是一封公开信，并不是写给哪一个人的。但是我没有想到是肖卓然背后指使的。肖卓然是一个隐藏很深的地下党，我们那时候一点都没有察觉。

于建国说，你不要东拉西扯，回答问题要有的放矢。我再问你，你既然也接到了舒云舒署名的号召信，又有汪亦适劝说，你为什么没有去风雨桥？

郑霍山说，那时候不了解共产党的政策，怕去了被杀头。

于建国说，照你说来，汪亦适确实是动员你起义了？

郑霍山说，你们希望我说他动员我起义，我就说他是动员我起义。

于建国火了，把铅笔往桌子上一扔说，什么叫我们希望？你要陈述事实！

郑霍山说，他说了起义的话，但是我也不知道真假！

同郑霍山谈完话，于建国又把李开基叫来。李开基说，千真万确，汪亦适是去动员郑霍山起义，我当时在场，我当时心中暗喜。我是有起义想法的，只不过那时候不知道汪亦适的话是真是假。长官、首长，你是军人，你知道的，战乱年头，人心难测，我不得不防，所以，我给他们发了枪，打算伺机临阵起义。

于建国说，行啦，你用不着给自己贴金了。不是你阻挠，汪亦适起义就成功了，你的问题铁板钉钉。

李开基说，我冤枉啊，我就迟了一步。首长，我是真心起义的啊，阴差阳错啊！

同这几个人谈完话，于建国就回去向丁范生做了汇报。丁范生肯定地说，我一眼就看出来了，汪亦适这个人是好人。既然是好人，你们弄个材料，给他定性为起义。

于建国说，没有那么简单。现在一切都很清楚了，汪亦适有起义的想法，但是没有起义的行动，想法代替不了行动，所以他只能定性为投诚。程先觉对起义动摇，但是他最终付诸起义行动，所以程先觉还是起义。

丁范生说，还是那个鸟结论，那你天天调查什么？

于建国说，我要是不调查，连这个结论也不能下。经过这次调查，就是正规的组织结论，就可以进行登记了。

丁范生摸着脑门说，起义也好，投诚也好，不都是回到我们的队伍里了吗？过去我们打仗，就算抓到俘虏，只要枪口一掉，立马就是同志，照样当连长、当团长。王二麻子不就是俘虏吗？现在是729团团长，他妈的比我还神气，管着一个武装野战团。

于建国说，还有一个问题。重新登记之后，还要重新参军。

丁范生愕然，瞪着眼珠子问，他们不是已经参军了吗？

于建国打开文件夹，在丁范生的眼前晃了晃说，现在有新规定，凡是在皖西城解放后的留用人员，过去由各单位自行征召的，均无在编军籍。部队要进行整编，一部分要集体复员，另一部分要重新办理参军手续。

丁范生说，那好，这件事情归谁管？啊，归政治处，那你们政治处就办吧。

于建国又打开了文件夹说，军区还有新规定，兵员问题要走向规范化，凡是留用人员参军，必须经过上一级党委批准。我们现在是双重领导，兵员问题归江淮军区管，所以还要报军区，这件事情行署和警备区管不了啦。

这段时间，不仅汪亦适备受煎熬，程先觉如坐针毡，就连肖卓然的日子也不好过。肖卓然没有想到，当初他挖空心思采取各种手段动员起义、归附、投诚的二十多个原医科学校的留用人员，在近半个月里都先后不同程度地受到审查。

有些人还比较坦然，像汪亦适，实话实说，让去谈话就谈话，谈完话该干什么还干什么。“清除革命功臣体内隐身炸弹”还有些后续工作，连地方都知道了，荣军医院在搞政审，原先国军医科学校留下来的那些人可能要被清除出去，汪医生可能要坐牢。

传说越来越玄乎，几乎到了风声鹤唳人人自危的地步。地方上有些参加过战争的游击队和民兵干部，有的火急火燎的要到荣军医院“排雷”，怕汪医生垮台了，他们体内的隐身炸弹就永无出头之日了。当然也有人另有想法，怕这个时候去做手术，就是送到菜板上的肉，万一汪医生想不开，狗急跳墙搞报复，往革命同志的身体里塞上棉球搁上一把镊子，那不就是做了牺牲品了吗？这种可能也不能排除。

希望赶在汪亦适垮台之前来找他做手术的人毕竟还是多数，所以汪亦适还是很忙，白天一台一台地接着做手术，那个用来盛弹片弹头和其他战争遗留物的脸盆，已经快装满了，每天还在叮叮当当地增加着内容。丁范生指示，这些东西不许扔了，必须保留，以后可以作为荣军医院初创时期工作成绩的见证。

有天晚上，肖卓然到汪亦适的宿舍里看望汪亦适，想跟他谈谈，摸摸他的思想状况。汪亦适见到肖卓然，神情有点淡漠。肖卓然说，我原先对这个问题估计不足，认为回到革命队伍就是革命者了，这说明缺乏经验，犯了小知识分子轻信幼稚的毛病。但是从大局上讲，从纯洁革命队伍的立场上讲，政审是必要的。有问题自然要说清楚，没有问题自然会水落石出。这不是坏事。

汪亦适说，我当然知道不是坏事，我倒是希望借这个机会把问题弄清楚。

肖卓然说，我知道你的历史是清白的，现实表现也很好。这个程序走完，就再也没有思想包袱了。

汪亦适说，我本来就没有思想包袱。我是学医的，国民党需要医生，共产党也需要医生。这一点我看得明白。

肖卓然说，你能够这样看问题，我真是感到欣慰。要是大家都能这样深明大义、泰然处之就好了。人与人不一样啊！

肖卓然感慨的是程先觉。程先觉在接受政治处谈话之后，就处在一种惶恐不安的状态之中，最初他怕谈话，怕于建国再找他，夜里睡觉，门外有动静，他就会支着耳朵半夜睡不着觉，有时候甚至会梦见来人抓他。可是自从那次谈完话之后，再也没有动静了。再到后来，程先觉又隐隐地盼望找他谈话，他总觉得前几次谈话他的表现都不是太让人满意，前后有些矛盾，有些不能自圆其说，东拉西扯、平白无故地把自己扯出很多把柄来，他希望组织上能够再听他解释解释。但是没有，组织上再也不找他了，这反而让他诚惶诚恐，不知道组织上对他到底是个什么看法。

白天程先觉还得去上班，多数时间都是在手术室里帮忙，有些小手术，他也亲自出马。他现在似乎已经意识到了，在医院这样的地方，还是搞业务比较吃香，即便政治上有点瑕疵，如果业务上有建树，一般来说地位是相对稳定的。在这一点上，汪亦适就是个例子。程先觉有点后悔刚到荣军医院的时候，不该贪那个虚荣，去当什么业务股长，万一这次重新登记过不了关，他真不知道往后会是个什么结果。而汪亦适就不一样了，自从到荣军医院，姿态就很低，做事不紧不慢，做人不卑不亢，手术一丝不苟，废话一句不说。丁范生对汪亦适印象很好，于建国对汪亦适也似乎很有好感，这可以从他不遗余力地了解汪亦适在皖西解放前一天的真实表现中看得出来。

这种状况大约持续了一个多月。后来情况终于明朗了，这次留用人员重新登记，虽然起因于大别山残匪叛乱，但其实还有更深的背景，并非是针对哪一个人，而是新政权成立后的一次必需的程序，通过重新登记，搞清历史问题，排除坏人，纯洁队伍，从而实现定编定岗。

但是有一个情况令荣军医院多数人始料不及。重新登记的材料报到江淮军区之后，经过政治部门严格把关，有些原先已经被批准参军的留用人员，又被清除出去了，这里面就有汪亦适。理由是，在参军这个问题上，首先吸纳地下工作者，其次吸纳起义者，至于投诚者和俘虏者，暂缓吸纳，以观后效。

5

与留用人员重新登记同步进行的，是各级机关和企事业单位公职人员的定编定岗，逐步实行国家干部行政级别和薪金制度。江淮省人民政府成立后，将荣军医院交给江淮军区，正式定编为陆军 705 野战医院，完全按照军队编制刷新，丁范生被正式任命为 705 野战医院院长，于建国为政治委员。上级派来一位老八路军医秦莞术担任副院长兼医政处长，原军管会卫生科长柴效锋为 705 医院副政委兼政治处主任。肖卓然后退一步，担任医政处副处长。撤销了妇科，舒云舒和舒雨霏都到内科当了医生。程先觉重新参军，没了职务，在医政处当了一名助理员。

汪亦适的军籍没了。

正式任命下达之后，肖卓然被当头敲了一棒，会后去找丁范生，满脸沮丧。丁范生说，怎么啦，委屈你啦？我们共产党人不讲职位高低，都是为人民服务。你虽然地下工作开展得不错，但是年纪太轻，又没有战争经历，组织上还算是重用了你。你要经得起考验。

肖卓然说，我个人无所谓，但是汪亦适他们怎么办？当初成立荣军医院的时候，吸纳了六个原医科学校的学员来当医生，他们在业务上都有一技之长，都是皖西军管会批准的。现在军装说脱了就脱了，怎么交代？

丁范生说，皖西军管会批准的不作数了。我原先还是军管会任命的院长兼政委呢，这个政委说不让兼就不兼了。一句话，革命军人一块砖，哪里需要哪里搬。

肖卓然说，道理是这个道理，问题是，他们已经不是革命军人了，就是他们愿意搬，也没有地方放啊！

丁范生说，这倒是个问题。他们现在不是军人了，留在医院没地方放，交给地方吧，又可惜了。我们找政委商量商量，看看怎么办。

于是就找于建国。于建国说，这个问题要开会研究。

当天下午，705 医院召开了正式成立后的第一次党总支扩大会议，其实除了院首长，被扩大的人员只有肖卓然一个人。于政委在会上说，对于这些特殊身份的人物，上级有指示，尽量交给地方，表现好的，医院可以推荐。

丁范生说，别人可以推荐出去，但是汪亦适是对我们医院作过贡献的，而且医术可以，一天可以做十几台手术。我们能不能保留？就这样让他走了，我也不忍心。

于建国说，还是推荐给地方的好。汪亦适有医术，一招鲜，吃遍天，到哪里都有用武之地。到了地方，他可以成为国家干部，正式的医生。留在我们 705 医院，说军医不是军医，说不是军医他又要干军医的活，关系不顺啊！

副院长秦莞术说，汪亦适这个人我也听说了，是个本分的医生。我们 705 医院虽然被定编为团级野战医院，但是业务力量还很有限。这样的同志如果能留下来最好。新的编制表上，我们不是有军工的指标吗？

肖卓然愣住了，因为他知道军工的指标是为了照顾老革命的家属子女才下发的，其工作多数同医务无关，譬如烧锅炉、站柜台、看收发、修水电，等等。但是，因为他不是总支委员，是列席会议的，不便发言，只好眼睁睁地看着几位院首长布局谋阵。

于建国说，军工指标不是给这些人准备的，虽然我们在编军人成家的少，家属子女少，但是，战争结束了，将来会多起来的。另外，汪亦适是医生，你让他当军工也未必合适。当了军工，你让他到哪里上班？是烧锅炉还是修水电？

丁范生挠挠头皮说，这确实是个问题。可是怎么办啊，真是他妈的难题，搞了个包袱。小肖，谈谈你的看法，你有什么高招？

肖卓然半天没吭气，他现在不是院首长了，坐在这里，就有些难受。有话想说，又不能像过去那样理直气壮，还得察言观色，苦不堪言。肖卓然说，我想，这件事情，最好能同本人见面，听听他自己的想法。

丁范生说，好，我们把情况说明，看看他自己是什么态度。

副政委柴效锋说，同个人见面是必要的，但是个人的意见只能供参考。如果他们提出，就留在705医院，那我们怎么办，给他们办理重新入伍的手续？

丁范生说，剥皮吃萝卜，剥一截吃一截。实在不行就推荐给地方医院。

后来就分工，由肖卓然找汪亦适谈话。见到汪亦适，肖卓然的鼻子一酸，眼泪差点儿都流出来了。汪亦适的军装已经脱了，现在穿着医科学校时期的国军旧军装，领花被抠掉，膝盖和胳膊肘都磨破了，打着补丁。

肖卓然首先从整编的大局说起，然后说到705医院的处境，最后劝说汪亦适，既然重新入伍已经不可能了，我看到地方医院工作也行。以你这半年在皖西城留下的名气，加上705医院的推荐，会给你一个好的安排。

汪亦适不吭气。虽然穿着旧衣服，而且多处磨损，但不知道汪亦适用了什么法术，补丁打得很齐整，衣服也洗得很整洁，好像还用开水茶缸熨过。

肖卓然说，我也没有想到事情会弄成这样。你有什么想法可以提出来。

汪亦适说，我不想去地方医院，你跟丁院长他们说说，让我留在705医院里当军工吧。

肖卓然吃了一惊说，亦适，你怎么会这样选择？到地方医院，你将是一个实力雄厚的医生，而留在705医院当军工，基本上就是……就是……就是……肖卓然“就是”了半天也没有说出个所以然来。其实他就差说出个“下等人”了，可是话到嘴边又咽了下去。

汪亦适淡淡一笑说，我知道你想说什么，但是我不在乎，我要留在705医院，把我的问题搞清楚。

肖卓然说，你还有什么问题没有搞清楚？

汪亦适说，我是起义者，不是投诚者，更不是俘虏。

肖卓然说，说这些已经没有意义了。你到了地方医院，当上医生，待遇一点不比在705医院差。

汪亦适说，我不是为了待遇。

肖卓然说，那你是为什么，难道仅仅为了一个说法？

汪亦适认真地点点头说，是的，就是为了一个说法。

汪亦适被正式聘为705医院军工的那天下午，舒云舒和大姐舒雨霏到汪亦适的宿舍帮他收拾东西。医院的单身军工都住在集体宿舍，那是原医科学校的工友们住的，在医院的西北角，一般都是七八个人住一间。

说是收拾东西，其实也没有多少东西可以收拾，一个旧皮箱就装了汪亦适的全部家当。

收拾的过程中，舒云舒和汪亦适都很少说话，无话可说，很沉闷。舒雨霏帮助汪亦适把蚊帐上的窟窿补了，扯着线说，亦适，你不要伤感，此处不留爷，自有留爷处。705医院卸磨杀驴，我们没有必要一棵树上吊死。

汪亦适说，大姐，我不伤感。

舒云舒说，大姐，话不能这么说，亦适是志愿留下当军工的。虽然有点委屈，但并不是组织勉强的。你们要体谅组织的难处。

舒雨霏说，什么难处，有眼无珠，要猴啊？

汪亦适默不作声，东西收拾完了，就扫地。地扫干净了，看看天，时间还早，又找了一块抹布擦拭门窗。这栋宿舍房是原先医科学校最好的房子，每一间都宽敞明亮，门窗上安了玻璃，里面还配有樟木家具。汪亦适一边擦拭，一边打量，还把一只合不拢的抽屉给修好了。

舒雨霏说，亦适你真是个讲究的人，房子就要给别人了，还这么细心维护。你是舍不得吧？

汪亦适说，那倒不是。这是我住过的房子，不能乱糟糟地留给别人。雁过留声，人过留名啊。

舒云舒看着汪亦适，心里有种说不出的滋味，眼睛有些湿润。舒云舒说，亦适，抽空回趟家吧，皖西解放大半年了，总是见信不见人也不行。

汪亦适若有所思地说，好，我是有这个打算。我要让家里知道，我还活着，我还留在皖西。

舒雨霏说，亦适你打算回梅山？那好，我跟你去一趟怎么样？我好长时间没有去你们汪家庄园了，还是十三岁那年去过，那时候到湖里采莲子，差点儿掉到水里去了，你记得不记得？

汪亦适笑笑说，记得。

舒云舒说，这样的大事怎么能记不得？你那时候根本不带我和亦适玩儿，说我们是跟屁虫，讨厌。结果，你和丰韵姐翻了扁舟，还是亦适回到庄园里喊的大人。没有亦适，说不定你已经没命了。

舒雨霏说，自从那次之后就再也没有见到汪丰韵了，她现在怎么样，听说嫁人了是吧？

汪亦适说，是的。

舒雨霏问，嫁了个谁？你二姐那么漂亮，又有文采，一定会嫁个如意郎君。

汪亦适说，我也没见过，听说是一个军官，那个人跑到台湾去了，二姐又回到梅山了。

舒雨霏说，亦适说定了，我跟你去梅山。我要去看看你二姐。

汪亦适说，山高路远，诸多不便，大姐你还是等以后交通发达了再去吧。

舒雨霏说，我去省里进修之前，给了一个礼拜的假，我闲着也是闲着。你为什么不想带我一起去？小时候你见到我就缠着我给你讲故事，难道忘了？

汪亦适说，我怕你走不动，再说，山里还有匪情。

舒云舒灵机一动说，有了，爸爸不是说要到梅山找汪伯伯商量建药厂吗，至少有马车，你们跟着爸爸，人多势众，彼此也有个照应，岂不两全其美？

汪亦适不说话了，他也觉得这是个好主意。如果没有马车，回趟家至少要徒步两天两夜，实在让人望而生畏。

6

郑霍山被判劳教三年。判了劳教的郑霍山又回到了三十里铺，还是脱砖坯。郑霍山再也没有办法偷奸耍滑了，因为楼炳光比他更惨，他被判了劳改，而且判了十年，属于重刑犯人，连砖坯都不让脱了，关在窑里烧砖，比脱砖坯要劳累得多，也危险得多。

郑霍山之所以被判劳教，除了现实表现不好以外，又被人揭发出许多反动言论，这些言论其实是过去说的，多数都是牢骚话。

关于郑霍山的牢骚话，有不少故事，其中有一个还比较著名。那还是在刚到三十里铺不久，起义学习班里有个人犯了羊角风，卫生所的医生没经验，手足无措，有人向管教人员报告，说郑霍山有祖传秘方治疗这种病，管教干部就把他叫了过去。其实这是有人故意为难郑霍山的，郑霍山的家庭是中医世家不错，但是强项在治疗肾病，而郑霍山本人学的是西医，动刀子打针的。好在郑霍山也懂点中医，脑子聪明，融会贯通，过去一看，把把脉，翻翻病人眼皮，掰开嘴巴闻闻，然后伸手向管教干部一摊掌心说，拿来。

管教干部不解其意说，拿来什么，我不知道拿什么药。

郑霍山说，不是药，是证明。

管教干部更加莫名其妙地问，什么证明？

郑霍山说，好人证明。

管教干部遇到了前所未有的新情况，想了半天才说，哪有这个证明啊，天底下有这种证明吗？

郑霍山站起身来，拍拍屁股说，没有好人证明，我为什么要给他治病？我怎么能知道他不是坏人？我要是给坏人治好了病，那我不是帮凶吗？

管教干部说，他是起义者，是我们的团结力量，我能证明他是好人。

郑霍山说，空口无凭啊。就算你能证明他从前是好人，但是你能证明他以后还是好人吗？我要是把他治好了，他以后欺男霸女怎么办，杀人越货怎么办？

管教干部说，岂有此理，这是什么逻辑！你当医生的，救死扶伤是你的职责，哪有先证明是好人然后才给人治病的，真是天下奇闻！

这句话被郑霍山钻了空子。郑霍山说，这话可是你说的啊，你们共产党说话不能信口开河啊！你说我是医生，那好，我现在就给他开方子治病，但是你得保证让我到医院里坐堂问诊。哪有医生天天脱砖坯的？我这双做手术的手，现在变成了泥瓦匠的手！

那个管教干部被郑霍山出了个难题，十分恼火，要不是怕违反政策，没准会给郑霍山一耳光子。当然，说归说，郑霍山后来还是把那个羊角风给治好了，而且治疗得很神奇。据说他只是在病人的身上点了几个穴位，病人就醒了，接着用了几味中药，这个病人半年没犯病，为间隔最长的一次。后来，三十里铺只要出现病号，卫生所搞不清楚的，多数都要问郑霍山。郑霍山有了资本，就开始摆架子，对管教干部说，哪有找泥瓦匠看病的？你们要是把我当医生看，就把我安排到医院，当一个名正言顺的医生，如果再不兑现，我只脱砖坯不看病了。

据说这也是郑霍山的一条罪状。

当然，还有比这更恶劣的。学习班里要学习，学习要写文章。别人都写，郑霍山不写。郑霍山说，要写就写新政权好，可是新政权让我这个学医的脱砖坯，有什么好！

管教干部说，让你脱砖坯是因为你现在是改造阶段，等你改造好了自然会人尽其才。

郑霍山说，难道脱砖坯就是改造？那我不可能改造好，等我把砖坯脱熟了，我也被改造成泥瓦匠了吗，那我不就更没有用了吗？

管教干部说，你要服从新政权的领导。

郑霍山说，我又不认识新政权，我为什么要服从新政权的领导？我怎么知道新政权就一定能让老百姓过上好日子？

管教干部说，新政权千方百计搞建设，你难道有眼无珠吗？

郑霍山说，国民党过去也说千方百计搞建设，蒋太子还在赣南搞新生活运动呢，结果搞得乌烟瘴气。我怎么知道新政权就能把皖西建设好？

就这一句话，郑霍山的反革命言论就是铁板钉钉了。

肖卓然在解放初度过了大半年踌躇满志的日子之后，迎来了一个漫长而苦闷的反思期。小城刚刚解放那阵子，他一门心思都在想着搞建设，所以他最早提出来要把国民党留下的小洋楼推了，盖一幢社会主义的医疗大厦。那时候在他的心目中，政治就是建设，建设就是政治，建设发展了，就是政治发展了。他是在建设的蓝图中寄托自己的政治抱负的，这同那些从战争中走过来的老革命的思路有很大的差别，同那些职业政治家的思路也有很大的差别，所以才导致了他在解放的前半年不遗余力并且忍辱负重地四处收罗人才。建设是需要人才的啊，没有人才建设什么？具体到医院，没有医生叫什么医院？

现在他明白了，这就是小资产阶级的革命幼稚病。

于建国刚到医院的时候，就人才问题跟他谈过一次话，于建国当时就说过，医术是重要的，但是思想是更重要的。他当时认可这个观点，但是没有上升到政治的高度。而相反，他对丁范生说的那句话，还比较认同——医术是没有党派的，也是不分左右的——丁范生这个最讲政治的老革命居然说出了这么一句不讲政治的话，以后在特殊时期成为他的一条罪状，应该说是不奇怪的。这是后话了。

以肖卓然对汪亦适、郑霍山等人的了解，这些人对政治都不甚了了，在政治上都是不堪一击的。国民党时代如此，共产党时代同样如此。他始终没有用政治的尺度来衡量这几个人，只是从道德的角度去衡量他们，他们肯定是能人，也可能是好人，但是他们不一定是新政权不可或缺的人。在这个问题上，他的认识同组织差了一步，因此才有后来的被动。

担任医政处的副处长之后，肖卓然有过短暂的情绪低落时期，并不是因为没有受到重用，而是感觉到自己对革命的认识有差距，对于自己的革命能力有了怀疑。但是随着定编定岗，随着机构制度的健全，也随着医疗设备的添置，医院逐步走向了规范化，工作任务多了起来。事多了，人忙了，这种低落的情绪也就逐渐消失了。他现在负责整个医院的业务计划、医疗监督和业务培训，只要有重要的医疗活动，譬如为皖西党政军干部体检、征兵体检，组织医疗队奔赴工厂、乡村和部队基层，他既是组织者，又是落实者。丁范生和秦莞术对他都很放手，秦莞术说他是一线指挥员，丁范生干脆说他是参谋长。

出现在医院里的肖卓然，通常是这样一副形象，里面穿着军装，外面罩着白大褂，胸前挂着听诊器。偶尔，他也会到诊室里为病人看病，还做过几例手术。不过多是小手术，譬如挖鸡眼，割痔疮、阑尾之类。他原来学的也是外科，偏重骨科，跌打损伤、错位脱臼之类的小毛病，治起来不在话下。他是一个充满了热情的人，而且很善于为自己寻找平衡，政治上的失落，很快就在业务活动中得到了弥补，因而，他仍然是一个朝气蓬勃的人。

汪亦适坚持不离开705医院，给肖卓然带来了很大的麻烦。他在向丁院长和于政委汇报汪亦适的态度时，丁范生说，我看可以，汪亦适这个人老实厚道，当军工没有什么不好。他一直坚持说自己是起义者，留下来，也许以后有机会甄别，真的走了，也许就是盖棺定论了。我同意汪亦适留下。

于建国说，对这个人，我也感到是个搞业务的骨干。但是有个问题不好解决。留下来安排在哪里呢，当医生吧，他不是军人。烧锅炉、修水电吧，不成体统，人们都知道汪亦适是“排雷大王”，是705医院的一块招牌，让他烧锅炉、修水电，会让别人戳我们脊梁骨的。

丁范生说，肖副处长，你主意多，你说说看。你能帮汪亦适找到合适他干的工作，我们就把他留下来，找不到合适的工作，我们还是把他推荐到地方工作，这也是对他负责。

其实于建国和丁范生的难题更是肖卓然的难题，这个难题他已经想了好几天了。肖卓然摸到了二位首长的态度，并不坚持要把汪亦适弄走，他的心里就有底了。肖卓然说，我倒是有个主意，不知道是否可行。我们解放军的医院，面向驻军基层官兵，也面向皖西群众。这个地方落后，有很多老百姓都不知道医院是个什么机构，不少人是头一次来看病，来看病也分不清东西南北，挂号不知道怎么挂，看病不知道找什么人。我估计这种情况要持续好几年。我们可以在大门口设一个咨询处，就让汪亦适当咨询员，其实就是就医指导。这样，既解决部队基层官兵和老百姓来看病摸不着门的问题，也解决了汪亦适的工作问题。

丁范生大喜道，很好，很好，我看可以。

于建国也说，这是个办法，这是个很有政治意义的设想，方便伤病员，服务老百姓，还发挥了汪亦适的作用，一举两得。

这样，汪亦适才被留在705医院。

汪亦适从梅山老家回来之后，第一天到咨询处上班，拿不准穿什么衣服。医院的医生穿军装，锅炉工和水电工穿劳动工装，护士穿白大褂，唯有他找不到得体的衣服。解放军的军装他是不能穿了，穿原先的国军军服显然更不合适。后来他想起来了，他的皮箱里有一套西服，还是去年舒云舒在南京买的，他和肖卓然每人一套。原先放在梅山老家，这次离开梅山的时候，舒雨霏帮他打点行李，把那套西服装进皮箱，没想到很快就派上了用场。

这天上午，咨询处首次开张。所谓咨询处，其实就是在传达室里摆一张桌子、一张凳子，桌子上放一块牌子，正楷大书三个字：咨询处。汪亦适西装革履，头发一丝不苟，皮鞋崭新锃亮，领结不偏不倚，坐在桌子后面，等待病患过来咨询，但是咨询者寥寥无几。

汪亦适有点纳闷，心想可能是病患中识字者不多，不知道咨询处是什么玩意儿，就去跟门卫交代，但凡有看病不清楚的地方，可以先来问他。门卫说，但凡来这里看病的，都不清楚，但凡不清楚的，都来问我，但凡来问我的，我都告诉他们去问你。可是他们到传达室缩头缩脑一番，又都溜走了。

汪亦适心想，奇怪了，我又不是怪物，难道怕我不成？

正想着，肖卓然带着程先觉来了。肖卓然一看汪亦适这身装束，先是一笑，然后眉头就皱起来了。程先觉想忍没有忍住，扑哧一下笑出了声音。

汪亦适感到有点伤自尊，表情僵硬地说，好笑吗？你们是不是觉得你们那身军装高人一等？

肖卓然说，哪里话！不过你这身打扮确实有点不伦不类。你没看看，周围是个什么环境，工作是个什么性质。你这样衣冠楚楚的，像个咨询员吗？简直就是大上海的新郎官，那谁敢来找你问事呢？看稀奇还差不多！

汪亦适说，我没有别的衣服。再说你们也没有规定咨询员穿什么衣服，难道要我穿长袍马褂？

肖卓然说，你要是穿长袍马褂还真搞对了，保管看病的都往你这里跑。

汪亦适说，我是不会穿长袍马褂的。

肖卓然说，那你可以穿普通衣服，中山装也行啊。

汪亦适说，我没有中山装。

肖卓然说，穿西服也不是不行，但是你用不着把皮鞋擦得这么亮，更不用打领带，你打了领带，别人不来问事，只顾看你的领带去了。

汪亦适说，荒唐，穿西服不打领带，那是什么穿法，那不是假洋鬼子吗？

肖卓然说，打了领带擦亮皮鞋，你就成了真洋鬼子了，假洋鬼子也比真洋鬼子好。

汪亦适被说住了，讪讪地说，那你说我穿什么？

肖卓然说，穿西服，不打领带，不擦皮鞋，把自己搞得越邋遢越好，越邋遢就越是接近群众。

汪亦适看着肖卓然，半天没有吭气。第二天上班，他穿了一套水电工穿的劳动粗布制服，这是他拿西服跟水电工换的。他那套西服是舒云舒当初花三十块大洋买的，而那套工装折合当时的人民币，一块洋钱都不值。后来舒云舒知道了这件事情，很是埋怨，说汪亦适你太不知轻重了，你这哪里是换西服啊，你是把我们的友情出卖了。

汪亦适淡淡地说，我穿那身西服，肖卓然看着不舒服。

舒云舒说，你胡扯，肖卓然比你度量大得多。你已经堕落成一个庸人了。

没想到汪亦适听了这话，非但没生气，反而咧嘴笑了说，我不仅是庸人，还是下人呢，你看看我穿劳动工装，像不像个劳动人民？

舒云舒说，像个猴子。你是高挑个，白净脸，举手投足都是文质彬彬的，走路连蚂蚁都踩不死。穿上这身衣服，才是不伦不类呢！

汪亦适不以为然地说，举手投足可以改嘛，我现在走路就比以前快了。我不能老是当小资产阶级，你说是不是？

舒云舒说，是个鬼！

舒云舒把汪亦适说了一顿，当天下午就去找那个水电工，用一块蓝士林布料，把那套西服又换回到自己的手里。那位水电工倒是爽快，说，我压根儿就不想要他这个鬼衣裳，这叫咱老百姓咋穿出去？可是汪医生他死乞白赖地要换。他是个好人，我不能不答应。你要是不换走，我还琢磨以后让老婆剪了给孩子当尿布呢。

不管舒云舒怎么看，但是汪亦适穿上工装之后，工作效率确实大大提高了。每天过来“咨询”的人还真是不少。有盘问大夫医术的，有了解对症的，也有找人的。

汪亦适忙得不亦乐乎。有时候遇到刨根问底的病患，七说八说，汪亦适就忘了自己的身份，干脆给病患诊断起来。诊断之后，再让病患去找某某医生，某某医生要是同汪亦适诊断得大致相同，病患就会放心地接受下一步的医治。某某医生的诊断要是同汪亦适的诊断有出入，这些病患就会缠着让汪亦适开药，有的甚至干脆要求汪亦适给他做手术。每到这个时候，汪亦适才会幡然醒悟，他不能给病患开药，更不能做手术，只得婉言相劝。下次“咨询”，尽量点到为止。

有一次来了一个伤员，是在大别山剿匪战斗中负伤的，一颗子弹打进了肋巴骨，离心脏很近。过去一直担任主刀的秦副院长带领医疗队到独立团去了，丁范生让肖卓然亲自做手术。肖卓然心里打鼓，上了手术台又停了下来，派程先觉把汪亦适叫了过去。汪亦适做这类手术多了，查看一番后心里就有了底。但是汪亦适坚持不上手术台。肖卓然说，亦适，救人要紧啊。我都不在乎丢面子了，你还要拿一把吗？

汪亦适说，我不是医生，怎么能做手术？如果是医生，我做出问题了，只是犯错误，可我不是医生，我做好了也是犯法的。

丁范生在一旁说，汪亦适，我命令你做，做出问题我负责！

汪亦适还是不肯。汪亦适说，国有国法，行有行规。我不是医生，既不能开药，更不能做手术。

丁范生说，难道你就这么眼睁睁地看着我们的伤员流血牺牲？你还有没有阶级感情？你敢违抗命令，枪毙！

汪亦适说，枪毙就枪毙，我不能坏了规矩。肖副处长，你做吧，这个手术是有点难度，但是你行，我在一边给你当助手。

肖卓然向汪亦适投来感激的一瞥说，好，你指导。

汪亦适在伤员的伤处画了一个路线图，确定了切口，打了麻醉，就让肖卓然下刀。肖卓然开始手有点抖，但是汪亦适始终不动声色。汪亦适没有异常表现，肖卓然就受到了鼓励，虽然中间停顿了几下，在汪亦适的提醒下及时地调整了角度和深度，手术还是比较成功地完成了。

从此之后，只要有难度稍大的手术，肖卓然就踊跃上马，但是汪亦适必须在场，这成了以后很长一段时间的惯例。

第五章

1

汪亦适的军工一当就是大半年。

突然有一天，传来消息说，美国和朝鲜打起来了，战火已经烧到中朝边境鸭绿江了，美国的飞机每天都在中国的领空上挑衅，中国要组织志愿军参战。

过了一些日子，果然有些部队调动了，集体加入志愿军。

再过些日子，全国性的声讨美帝国主义、保家卫国的运动就展开了。后方掀起了捐钱捐物的运动。汪亦适没有什么好捐的，又写信给父亲，动员家里捐钱。汪亦适在信中说，国家有难，匹夫有责。我们汪家虽然辛勤创业，但生不带来死不带走。皮之不存，毛将焉附，国家若不能维护尊严，一家之财产又有何用？家父不必踌躇，把拟划归我的那份悉数捐出，为国效力，遂我之愿，其恩远胜予我身外之物。

汪家首次捐钱三百块大洋，黄金一斤，中西药材若干。

在这期间，又有消息传来说，朝鲜前线战斗空前激烈，志愿军已经上去了十几个军。官兵消耗很大，医疗条件十分困难，将陆续抽调一些野战医院赴朝参战。

汪亦适这些日子心里七上八下。他虽然只是个军工，但是对于国家这个概念，他是不含糊的。童年的时候他痛恨日本鬼子，那时候他年幼，没有什么建树。现在美国鬼子打到家门口了，热血青年焉能无动于衷？他甚至想过要到前线去，一展身手，但是，他不是军人，这一点又让他感到郁闷。有时候甚至会有一种轻松的感觉，不是军人也好，这样就可以远离战争，落个清闲自在。

一天上午，汪亦适被叫到副政委兼政治处主任柴效锋的办公室。柴主任的办公室里还有丁院长、于政委、秦莞术、肖卓然等人。丁院长说，小汪，过来坐。

汪亦适迟疑了一下，站着没动。

于政委说，汪亦适同志，位子给你留着啦，请坐下。

汪亦适瞅了瞅，肖卓然的旁边果然有一个位子。于是走过去，神情茫然地坐下了。

于建国说，汪亦适同志，我先问你一个问题。你知道，自从咱们医院成立，你一共做过多少例手术吗？

汪亦适说，记不得了，没统计过。

于建国说，我们统计过。前七个月一共做手术六百二十一例，其中需要输血的较大手术一百二十四例，手术时间在两个小时以上的一百七十七例，战伤手术占百分之九十七。我们医院对五百名军队伤员进行了术后调查，其中术后痊愈占百分之九十八，略有不良反应者百分之零点五，术后仍有遗留者仅一例。这就是前天你和肖副处长一起重新做的那例。

汪亦适没有说话，静静地看着于建国。

于建国说，我说这些数字是什么意思呢，就是说，在我们皖西地区解放之后，作为一名医生，你的业绩是相当突出的。即使放在整个江淮驻军和地方医疗系统比较，这个业绩也是首屈一指的。

汪亦适有点震动，两手放在膝盖上，局促不安地说，我没有想到组织上把这件事情搞得这么清楚。

于建国说，那是当然，我们是共产党，共产党做事是实实在在的。我们衡量一个人，有很多方面，但有时候，数字也很能说明问题。现在我问你第二个问题，如果我们把你推荐到地方医院工作，让你立即担任主治医生，享受国家干部待遇，你能接受吗？

汪亦适怔住了，眼睛里刚刚泛起的感动的光芒，转眼就消失了，表情麻木地看着于政委说，为什么？

于政委说，你先回答我，能不能接受？

汪亦适说，我说过，我不要待遇，我只想做事。

于政委说，你可能对待遇问题还不是很清楚。这一步将决定你的一生，因为军工是合同制，合同随时都可能解除，而国家干部的身份是终身的。我们705医院是军队医院，军工的编制将不断削减，这对你个人来说是不公正的，我们不能让你老是当一个咨询员。

汪亦适半天没说话。沉默了一会儿才说，我是学骨科的，而且主要是战伤治疗，也有这方面的经验。到地方医院，我可能发挥不好。再说，我不在乎待遇，我要是在乎待遇，哪个医院都留不住我。

丁范生说，小汪这话不假。要是在乎待遇，他早就回家当公子哥了。

于建国说，那我再问你第三个问题，你既然不在乎待遇，能不能接受艰苦的生活？我是说，比705医院要艰苦得多的生活。

汪亦适略一沉吟说，那要看什么样的生活，只要值得，我就在所不辞。

于建国说，你既然表了这个态，我就给你打开天窗说亮话，我说的这个艰苦生活，是战争生活，是保家卫国的抗美援朝战争。根据上级指示，我们705医院要组织战地医疗队。汪亦适同志，我现在代表组织通知你，你已经是中国人民志愿军的一名军医了。

汪亦适疑惑自己听错了，情不自禁地慢慢地站了起来，看着于建国说，于政委，我没有听错吧，你是说我已经是志愿军的一名军医了？

于建国说，你没有听错。

汪亦适说，我想问个问题，可以吗？

于建国意外地看了汪亦适一眼，勉强地点点头说，可以。

汪亦适说，什么叫志愿军，是志愿参加吗？

于建国说，当然是志愿。怎么，你有什么疑问？

汪亦适想了一会儿说，我不志愿。

就这一句话，会场上的空气顿时就凝固了，汪亦适的态度出乎所有人的意料，甚至连他自己都感到有些突然。

于建国不动声色地看着汪亦适，又看看肖卓然。肖卓然正吃惊地，甚至绝望地看着汪亦适。肖卓然说，亦适，你再慎重考虑一下，这可是人生的关键一步啊。

汪亦适说，我是个医生，哦，不，我现在是一个军工。我参加志愿军能干什么呢？

肖卓然说，当军医啊！重新回到手术台上，这不是你的愿望吗？

汪亦适说，我想当医生，但是不等于想当军医。我不想再陷到政治斗争的是是非非中了。

这时候丁范生说话了，丁范生一说话，气氛就紧张了。丁范生把桌子一拍说，汪亦适，你他妈的真是死不改悔的国民党，你这个思想，简直就是反动派！组织上看错了你，还以为你是一个追求进步的人，没想到你贪生怕死！算了，离了张屠夫，不吃带毛猪。你不去也好，那就老老实实当你的军工吧。不过，我们有言在先，像你这种思想，就是当军工恐怕也当不长了，恐怕还得审查你。

汪亦适说，无所谓。

于建国说，丁院长，你不要着急。汪亦适，你也不要冲动。这件事情不是小事，你再考虑考虑。我建议你认真地体会组织的良苦用心。

肖卓然说，亦适，我知道你有情绪，思想一时转不过弯，我希望你冷静地再想想。705医院做出这样的决定，是深思熟虑的。

汪亦适说，我也是深思熟虑的。

汪亦适这么一说，就把退路堵死了，对话无法进行下去。丁范生痛心疾首，红着眼睛看汪亦适说，没想到没想到，我老丁革命革了十几年，还没有遇到这样不识抬举的人物。你倚仗什么？就你那点医术？你是不是还梦想着蒋介石反攻大陆，你还到蒋家王朝当你的国军中尉？

汪亦适正襟危坐，迎着丁范生的目光，一言不发。

于建国见出现僵持局面，皱着眉头说，哎呀，这是没想到出现的情况，我们本来认为这是顺理成章皆大欢喜的事情，没想到弄成了夹生饭。这都怪我这个政委，太主观了，太不了解情况了，太想当然了。要不，这件事情暂时不定，我们再重新考虑一下？

肖卓然说，于政委，这也怪我，没有提前同汪亦适沟通。这样吧，我单独找汪亦适谈谈，再向组织汇报。

丁范生说，谈谈可以，但是不能太迁就了。就是他志愿了，组织上也还得重新审查。

汪亦适离开柴效锋的办公室，恍如隔世。细细回忆刚才的行为，觉得很舒畅，总算理直气壮地释放了自己的情绪。但是再冷静一想，又觉得哪里不对劲。事实上，参加志愿军，到朝鲜战场上的事，他并不是没有想过，他甚至盼望有这一天。可是今天为什么一口回绝呢？连他自己都有些奇怪。

当天下午，肖卓然把汪亦适叫到自己的办公室，连开水也没有倒一杯，就开始发火。肖卓然说，我太意外了，这么个千载难逢重新做人的机会，你居然一口回绝了。你是怎么想的？

汪亦适说，这很简单啊，人各有志，我是有独立人格的，我不能因为你们认为这是好事，我也必须认为这是好事。我不能接受怜悯。

肖卓然说，这不是什么好事坏事的事，也不是什么独立人格的事，更不是什么怜悯不怜悯的事。

汪亦适说，第一，我不是共产党员；第二，我不是解放军军人。我为什么就不能有自己的想法呢？

肖卓然说，你不是党员、不是军人，这是事实。可你是中华人民共和国公民这不错吧？你要说你不是中华人民共和国的公民，我立马报告组织，那你的出路只有两条，一是离开中国，二是在中国接受审判。

汪亦适说，我当然是中华人民共和国公民。

肖卓然说，那不就行了吗！你是中华人民共和国公民，而我们的国家正在面临侵略的危险，美帝国主义亡我之心不死，在朝鲜燃起战火。你难道一点都不知道？

汪亦适说，美帝国主义在朝鲜打仗，关我什么事？

肖卓然怔了一下，一拍脑门说，糊涂，唇亡齿寒，这个道理你都不懂？你不是也写信给家里，捐钱捐物了吗？

汪亦适说，那是两回事。我可以捐钱捐物，可是我不想捐人，我想正正经经地当一个医生，不想掺和到战争里去。

肖卓然说，你参加志愿军，也是当医生，而且大有用武之地，你不能鼠目寸光啊！

汪亦适说，有什么用武之地啊？你们口口声声说实事求是，可是你明明知道我是主动起义的，并且冒着危险去动员程先觉和郑霍山，可是甄别来甄别去，还是给我下个结论投诚。什么叫投诚？我心里很清楚，就是投降的意思。我汪亦适什么事情都可以做，就是不投降。现在让我背着个投降的名分参加志愿军，我心里别扭。

肖卓然明白了，原来症结在这里。汪亦适这个人确实是一根筋，认死理。当然，汪亦适认的这个死理也确实有他的道理，投诚和起义的确不是一回事，要不，他也不会稀里糊涂地被搞成军工了。肖卓然说，亦适，我知道你有委屈，但是大局为重，我们要受得了委屈，不能斤斤计较个人得失。至于甄别的事情，以后还有机会。

汪亦适说，我希望现在就解决。

肖卓然火了说，汪亦适，你是要挟组织吗？你睁开眼睛看一看，现在是什么时候了？火烧眉毛了，你还在为自己的名分和待遇无理取闹，简直是不识时务。这个情况很复杂，程先觉和郑霍山都不认账，别的你又找不出证明人，你说怎么解决？

汪亦适说，我无理取闹了吗？我只不过提出我应该提出的问题。

肖卓然说，你说你是起义，第一，没有人给你证明；第二，你没有拿出行动，凭你自己说了就行了吗？

汪亦适嘟嘟囔囔地说，难道我就这么一直背着黑锅？

肖卓然说，现在让你参加志愿军，就是给你机会。只要你在保家卫国的战争中拿出行动，证明自己出淤泥而不染，起义也好，投诚也罢，过去的事情一笔勾销，一切问题迎刃而解。亦适，听我一句劝说，跟共产党走，你的人生道路还长得很。

其实汪亦适的心里早就动摇了，但是嘴上还是说，所谓志愿军，总得志愿吧，在我还没有志愿提出来的时候，组织上就已经决定了，这违背我的意志。而我想按照我自己的意志行事！

肖卓然坐在办公桌的后面，脖子伸得老长，像看一个鬼一样地看着汪亦适说，那你说说，你志愿不志愿？

汪亦适说，只要让我当医生，我就志愿。

肖卓然气不打一处来，叹了一口气说，你上午在会上把这话说了，不就什么事都没有了吗？害得我提心吊胆，而且还给组织上留下了极差的印象。

汪亦适说，上午并没有征求我的意见，而是直接通知我，我当然不能接受。难道还要我感恩戴德？

肖卓然说，汪亦适啊汪亦适，你真是……太书生气了啊，你抠什么字眼啊？

汪亦适说，我做人有自己的原则。

肖卓然说，那好，那我问你，你现在志愿加入中国人民志愿军吗？

汪亦适说，愿意。

肖卓然把手猛地举到半空中，好像要扇谁一耳光子，停顿一下又缓缓地落了下来，手背向着汪亦适，向外摆了摆，一副不耐烦的样子说，你自己去找政委吧，按照你的原则，正正经经地报名。

汪亦适说，那就算了，还是你帮我报名吧。

肖卓然说，他妈的，这个时候了还端着架子。我真服你了。

第二天医院就热闹了。随着抗美援朝战争向纵深推进，国内除了参战部队以外，另外组织了数十支战地医疗队，仅江淮军区就有八支。705 医疗队由 27 个人组成，政治处主任柴效锋担任队长，肖卓然担任副队长。队员中有程先觉，为正连级军医。汪亦适被江淮军区特批重新参军，定级为副连级军医。对此，汪亦适并没有表现出高兴，反而在肖卓然面前说，看看，其实组织上在没有征求我意见的情况下都把事情决定下来了，幸亏我志愿了，我要是不志愿，这不是强加于人吗？

肖卓然冷冷地说，你以为你是谁？该强加于你的，就是要强加。我跟你讲，参加了志愿军，一切行动听指挥，以后强加于你的事情还多着呢，你就等着闹别扭吧。不过我警告你，在战场上闹别扭，那是要执行战场纪律的。

2

本来医疗队中没有女同志，就在出发前的第三天，舒南城亲自来到 705

医院，向丁范生提出两条要求，一是让舒云舒和舒雨霏参加医疗队，二是让肖卓然和舒云舒完婚。丁范生感到事情不好办，就把于建国扯了进来。丁范生说，老前辈，在我们医院，凡是管人的事情，都是于政委说了算。他比我会管人。舒南城说，那好，就请于政委满足老夫这个小小的请求。

舒云舒参加705医疗队还不是太难办，好歹她本来就是705医院的人。舒雨霏的情况要复杂一些，她已经调到地方医院了，虽然在原单位报名参加了志愿军，但是暂时还没有被批准入伍。舒南城先是找到陈向真，把舒雨霏重新参军的问题搞得差不多了，然后再找丁范生。丁范生这里其实已经有松动了，又带着舒南城去找于建国。

于建国很客气。于建国说，第一条，我们非常感谢老先生深明大义、为国分忧，但是战争条件过于艰苦，我们医疗队暂时没有女同志参加，她们留在后方，照样支持前线。第二条，肖副处长同舒云舒同志的婚姻，是他们个人的事情，符合条件，组织上不会阻拦。但是肖副处长即将奔赴前线，此时完婚，是否合适，请前辈斟酌。

舒南城说，我就是冲着卓然要赴朝参战才做出这个决定。我舒南城厌恶战争，但是与洋人开战，保家卫国，我是一点儿也不含糊。有钱出钱，有人出人。老夫年迈，膝下无子，能为国效力的只有几个千金，老大老三，已从贵军，老话说，一个女儿半个儿，我把老大老三一起送去，就算送去了一个儿子。

于建国说，老先生，我们共产党男女平等，舒云舒和舒雨霏都是独立的军人，一个顶一个，两个顶两个，断无两个算一个的道理。

舒南城说，那好，那就让她们参加医疗队。至于老三和肖卓然的婚事，既然他们已经水到渠成，我看在赴朝之前办了更好，这样就算我舒南城为国家送去了一男两女。他们结婚了，一起赴汤蹈火，彼此也有个照应。

于建国还是为难，沉吟一会儿说，医院里的女同志都要求上前线，眼下我们一个也没有批准，如果让老先生的两位千金参加了，我们当领导的会授人以柄哦。

丁范生也说，女同志到前线，会有很多困难。老先生是不是再考虑考虑？

舒南城说，二位不用为难，我这里有尚方宝剑哦。说完，当真从皮包里找出一份文件，原来是陈专员的亲笔信。陈专员在信中说，舒先生乃皖西名流、民族资本家、医药界领袖，送女参战，意义远非多一人之力，而在树立楷模、鼓舞民心，体现民族同仇敌忾之决心，望丁、于二位同志成全舒先生的美意，云云。

陈专员是丁范生和于建国的老首长，又是皖西警备区的政委。老首长的话还是不能不听的。这二位也风闻陈专员同舒南城私交甚密，抗日战争时期陈向真的支队在大别山里打游击，舒南城曾暗中相助；皖西城解放前夕，陈向真是一三五师的副政委兼皖西地下工委书记，就是通过舒南城联络了皖西工商业，实现了对皖西城重点文物目标的保护和资产物资的转移，从而保证了解放军接收了一个相对完整的城市，能够以最快的速度恢复生产和生活。

丁范生说，哈哈，看来老前辈这是先斩后奏啊，我们不执行陈专员的指示，恐怕还有点说不过去呢。

于建国说，既然这样，我们还是尊重前辈的意见。不过，参加医疗队也好，完婚也好，总得征求他们本人的意见。再有，如果他们同意结婚，我主张就在我们705医院，按照战争年代的规矩办，移风易俗，一切从简。

丁范生说，那恐怕不行，舒先生是皖西工商界领袖人物，婚丧嫁娶，那都是要讲究排场的。前辈，你说是不是?

舒南城哈哈笑了两声说，实不相瞒二位，老夫确实有排场一番的想法，稻香楼都包下来了。老夫初衷也是借此机会向皖西工商界和民众表露老夫爱国的心迹，希望能够感召更多的人有钱出钱，有人出人。如果不符合贵党贵军的规矩，那还是按你们的意思办吧。

于建国想了想说，这件事情确实很特殊，特殊的事情办好了，会有特殊的意义，办得不好，也会有特殊的不良影响。这样，前辈你先在丁院长的办公室稍候，我现在就给江淮军区和陈专员打电话，我一定会把你的想法如实汇报，听听上级的意见。

舒南城说，好。

于建国分别给江淮军区政治部和行署陈专员打电话，江淮军区政治部副主任回话说，我看这件事情啊，一是要入乡随俗，二是要掌握政策，你们看着办吧。

陈专员的回话却很爽快，说，好事啊，工商领袖送女参战，临阵联姻，这不是鼓舞士气的最佳教材吗？至于说铺张浪费，他挣了那么多钱，你不让他铺张浪费，难道你想继承遗产吗？这不叫铺张浪费，他花钱，给我们的抗美援朝战争打气加油，有什么不好呢？我建议你们，认识到了呢，就积极配合。认识上不去呢，就睁一只眼闭一只眼。

于建国说，陈专员，我们保证，积极配合。

舒云舒和肖卓然的婚礼在皖西城引起不小的反响，因为这是小城解放以后为数不多的婚礼之一，也是唯一规格最高的婚礼，还因为这个婚礼有婚礼以外的意义。

前来捧场的人自然不少，多是小城工商界的头面人物，遗老遗少们，见面打躬作揖者流，就连远在梅山的舒先生的老朋友汪尹更也被请了过来，一路鞍马劳顿。

这天晚上，舒南城穿着一身中山装，红光满面，左顾右盼，抱拳致谢，口中一连声：承蒙关照，多谢捧场。

证婚人是705医院的丁范生，主持人是于建国，陈专员即兴发表讲话。陈向真说，肖卓然、舒云舒二位革命同志的这个婚礼，不同寻常，这是在特殊的时期、特殊的地方，一对特殊的革命战士的结合，它象征着我们的革命事业花好月圆，象征着我们的抗美援朝战争乘胜前进，象征着我们皖西社会主义建设蒸蒸日上，象征着皖西人民的生活日新月异。我们不仅要对一对新人致以衷心的祝福，我们还要特别祝福我们皖西工商领袖舒南城舒先生。舒先生高风亮节，每当国家民族多事之秋，数次慷慨解囊支持革命，抗日战争时期不顾个人安危多次向我新四军游击队伸出援手，解放战争中联合皖西工商名流，为保护皖西文物和恢复生产做出了不可磨灭的贡献。如今，鸭绿江边战火起，保家卫国成为全民族的吼声，舒先生毅然向国家保送两个女儿参战，又在出征之前举行这次别开生面的婚礼，旨在表达爱国奉献之心迹，可歌可泣！我今天送给舒先生对联一副，拿笔来！

大厅里一片寂然。陈专员仰首凝神，气运丹田，突然泼墨，一挥而就——

送女参战工商巨擘为国分忧
临阵联姻兄弟姐妹同仇敌忾

掌声四起。掌声中，婚礼进入主题，新人对拜，拜双亲，都是一如既往，只是把拜天地神明改为拜领导。

热闹声中，汪亦适正襟危坐，对身边的汪尹更说，父亲，恕儿不孝，儿子也报名参加志愿军了，这两天就要出征。

汪尹更看了儿子一眼，没有说话。

汪亦适说，我知道消息太晚，没有来得及跟你和娘商量。

汪尹更慢吞吞地说，自古忠孝难两全，先有国，后有家，是我们这些行医经商的人都明白的道理。只是，你是行医世家，学的又是医术，但愿在学业上有所长进。闻道有先后，术业有专攻。

汪亦适说，儿子铭记在心。

汪尹更说，战乱频仍，物是人非，你求学多年，独自在外，吃了不少苦头，受了不少委屈。为父了解你的秉性，外柔内刚。不过为父还是要交代你一句，凡事不可争强好胜，不做勉强之事，不做为难之事。

汪亦适说，儿子记住了。

汪尹更说，你去保家卫国，为父和你母亲并无异议，只有一事放心不下。你也到了婚娶之龄，至今尚未着落，委实是父母一块心病啊。

汪亦适沉默不语。

汪尹更说，婚姻爱情，自有缘分，可遇而不可求。早年为父已有察觉，你和三丫头青梅竹马两小无猜，为父有心提媒，唯恐添乱，未曾想坐失良机。今后在外，还得你自作主张。

汪亦适说，父亲放心，儿子心中有数。

这时候舒南城走了过来，对汪尹更说，福鼎兄，转眼之间，天地变了，孩子大了，你我也老了。

汪尹更说，鸿儒兄，新社会新气象，眼见得孩子们闯天下做大事，老了也甘心啊！恭喜恭喜！

舒南城说，亦适这孩子，自幼我就视为己出，疼爱有加。我原先也是希望汪、舒两家珠联璧合，只是，这姻缘二字不是我们做长辈所能左右的。我有四千金，福鼎兄你看中了哪个，老朽亲自说项。

汪尹更说，哈哈，鸿儒兄此情厚重，福鼎感激涕零。不过，现在是新社会了，婚姻大事，还是随缘吧。

舒南城说，不管你我两家是否亲家，几十年的交情是不能断的。福鼎兄方便时携嫂夫人常来城里走动走动。

汪尹更说，小脚女人，不愿抛头露面。不过，新社会万象更新，也是你我医药中人有所作为之时，往后，少不了到府上添扰。

见两位尊辈聊在兴头，汪亦适悄悄起身离座，到门外透气。天上一轮皓月如银盘。远处的史河，粼波荡漾。河岸上垂柳似波如烟，河心轻舟游弋，同岸上星星点点灯火交相辉映。

这正是深秋。遥想当年，孩提时代，每逢八月，舒家主仆必到梅山，大人们忙正事，非医即药，孩子们则另有天地，采菱角，荡秋千，读诗文，习耕作。那时候的光景就像这天上的圆月，清澈、透亮。孩提时代的汪亦适以为舒家和汪家就是一家，那时候真是不分彼此。想到这里，不禁一声叹息。

去年今日此门中，
人面桃花相映红。
人面不知何处去，

桃花依旧笑东风。

汪亦适正在伤感，身边传来抑扬顿挫的吟诵声。扭头一看，是程先觉。程先觉咧着大嘴，阴阳怪气地笑说，亦适兄，心里不是滋味吧？我也是。男人者，爱情的成功乃是最大的成功，爱情的失败乃是最大的失败。

汪亦适很恼火，恼火程先觉败坏了他的心境，更恼火程先觉的态度。汪亦适说，什么叫你也是？我跟你一样吗？

程先觉怔了怔说，啊，你是跟我不一样，你是失恋，我是失神。

汪亦适转身就走。程先觉跟在后面说，亦适，我知道你对我不满，不过，马上就要赴朝参战了，我们要团结啊！相依为命甘苦与共啊！

汪亦适说，我为什么要跟你相依为命甘苦与共，难道我想把我自己变成一个卑鄙的人？

程先觉说，这话说得太刻薄了吧，我怎么就是卑鄙了？我们就算没有同学这层关系，总是同志吧。你说不跟我甘苦与共，难道与我不共戴天？

汪亦适说，还是那句话，你走你的阳关道，我过我的独木桥。

程先觉说，你这个思想要不得，这是要吃亏的。

3

农历九月十九，柴效锋和肖卓然率领的 705 医疗队在安庆同江淮军区医疗总队会合，乘三辆卡车前往芜湖，然后搭乘轮船前往丹东。

705 医疗队进入朝鲜战场之后第一次执行任务是参加元山里战斗的救护工作。那正是第三次战役如火如荼的阶段，志愿军的两个团攻打美军的一个加强营，美军火力猛烈，志愿军装备低劣，两个团打一个营非常吃力，元山里高地久攻不下，伤亡严重。医疗队在二线阵地后面的红松洞开设救护所，一次进攻下来，就抬下来一百多号伤员。

医疗设备也很简陋，仅有两台 X 光透视机和三台呼吸机，手术台是门板搭建的，麻醉药和盘尼西林严重匮乏。医疗队有一口大锅，每天二十四小时沸腾，消毒基本上就靠这口大锅。

汪亦适现在进入到一个忘我的境界，每天要做二十多台手术。好在多数都是外伤，挖弹片弹头，止血缝合，这样的手术对于汪亦适来说已经是轻车熟路了，倒是不困难。

到了朝鲜战场，果然就没有内科外科、西医中医之分了，医疗队全体人员，除了柴效锋以外，包括妇科医生舒雨霏，也当然包括麻醉医生舒云舒，甚至还包括行政人员肖卓然，全部都是外科医生。遇到伤员多的时候，大家各自为战，一律拿手术刀，刮骨疗毒。倘若遇到大手术，则集体会诊，主刀通常都是汪亦适担任。每当这个时候，舒云舒就主动配合，给汪亦适当助手。

汪亦适从来没有提出过要让舒云舒当助手的要求，但是当任务来了之后，如果舒云舒不在场，汪亦适就会左顾右盼，迟迟不上手术台。后来还是程先觉发现了这个问题。有一天遇到一个断肢伤员，大家一拥而上，把准备工作做好了，汪亦适也穿戴完毕，但是临上台之前，又停下了，骨碌着眼珠子，大张着两只手，嘴里哈着气，手里却找不到器械。明明有一个助手和两个护士在场，这伙计仍然视而不见，嘴里念念有词说，怎么搞的，怎么搞的，还没有准备好。人呢？

助理军医陆小凤说，人都齐了啊，东西都准备好了。

汪亦适不理睬，眼神从陆小凤的肩膀上掠过去，嘴里还是嘀咕，人呢，怎么还不过来？

就在这时候，舒云舒满头大汗地跑了过来，从陆小凤的手里接过器械，交到汪亦适的手里。汪亦适这才如释重负，向舒云舒递去感激的一笑，伸了伸胳膊，做了个扩胸运动，然后从容不迫地上了手术台。

在原江淮医科学校的“四条蚂蚱”中，汪亦适和郑霍山多次参加过国民党军队的战地救护，充当过见习军医。程先觉和肖卓然的临床经验要相对少一些。肖卓然是因为有大量的社会活动缠身，他的主要精力是放在革命斗争中了。程先觉之所以临床机会少，是因为他基础理论课成绩平平，不被校方看好。那时候程先觉因祸得福，他倒不在乎不被看好，相反，他认为这是好事。像郑霍山和汪亦适，哪里有仗打，他们就被抽调到哪里。尤其是郑霍山，虽然名义上是学员，其实已经被校方当作老医生使用了。在国军三十六师里，都知道医科学校有个郑霍山十分了得。程先觉并不嫉妒他们，人怕出名猪怕壮，树大招风，出头的椽子先烂，这些道理程先觉全明白。像郑霍山这样哪里有战事就被抽调到哪里，当炮灰的概率要比别人大得多，这个账程先觉不用算就明白。

后来解放了，程先觉起义有功，起先分配在705医院当业务股长，搞业务管理保障，仍然不用到一线行医，那时候他春风得意，认为官场有戏，坦途在前。如果让程先觉选择终生当一个官员还是当一个医生，他自然选择前者。但是好景不长，因为大别山的敌特活动猖獗，引出了个重新甄别、重新登记，结果他也受了牵连，业务股长被莫名其妙地免去了，重新当了一名普通的医生。公正地说，这委实有点难为他了，因为自从当了业务股长，无论从思想还是从技术上，他就已经做了金盆洗手的打算，让他重返医疗一线，显然有些力不从心。也正是这个原因，到了朝鲜战场之后，他把自己的声调降成了低八度。别说他在这个领域没有优势，就是有优势，他也不会主动发挥，他不是汪亦适，他需要保护自己。在这里，他宁肯看着汪亦适风光，他甘心情愿地听汪亦适受表扬，也俯首帖耳地给汪亦适当助手。

在数次给汪亦适打杂之后，程先觉发现了那个秘密，那个甚至连汪亦适自己都没有察觉的秘密。那就是在他做手术的时候，如果是舒云舒给他当助手，他的状态就要好得多，他的动作就要敏捷得多，手术的效果也要明显得多。

程先觉发现了这个秘密，但是他没有暴露这个秘密，他把这个秘密作为一笔财富。而且，他利用自己的小组长的便利，不动声色地把舒云舒配合汪亦适，调度成了约定俗成的事情。

元山里攻打下来的当天，抬下一个重伤员，是主攻团的团长马到成，全身九处中弹，一条胳膊被炸断，到了汪亦适手上，已经快断气了。程先觉和陆小凤跑到伤员身边一看，一个说，没救了，另一个说，赶紧转送上一级战地医院。几个人围着伤员团团转，伤员浑身是血，无从下手。汪亦适没说话，看看伤员，也是一声长叹。

抬伤员的战士说，马团长的右胳膊本来没有完全炸断，只是把骨头炸断了，还连着皮，就这样马团长还带着部队冲锋，冲锋的过程中他嫌连着皮的胳膊碍事，拿刺刀把那条胳膊砍了下来，左手挥动手枪，率部继续进攻。

汪亦适听了这个战士的话，感到很震惊。他觉得当时有一股奇异的力量在支配着他，他甚至没有考虑后果，毅然决定：就地抢救，手术准备。

程先觉说，陆小凤负责麻醉，我来止血，张护士你快去把舒云舒叫来，由她助刀。

舒云舒很快就被叫来了，汪亦适看着舒云舒，没有说话，对程先觉说，失血太多，当务之急是输血，边输血边手术。汪亦适说这话的时候，态度是不容置疑的，完全是一个上级对下级或者说是权威对弟子的口气。

程先觉说，好，我全力保障。

抢救的过程中，一三五师师长王辉昆亲自赶到救护所，在汪亦适的身后焦躁地踱步，脸色铁青地命令，一定要把我们的英雄团长救活，不惜一切代价！

汪亦适没有理睬王辉昆，集中精力察看马到成的伤势，紧急组织输血，同时开始人工呼吸，继而对接断裂血管。汪亦适在抢救伤员的过程中，似乎已经完全忘记了自己仅仅是一个副连级军医，而俨然是一个号令三军的统帅，旁若无人，挥洒自如。按说这样的伤势在救护所是无能为力的，但是如果转送上一级战地医院，要经过三个多小时的辗转，也就等于宣判了伤员死刑。汪亦适当机立断，采取先重后轻，先保命、后手术的抢救方案，让伤员的心电图始终保持跳动。手术过程中，汪亦适偶尔直起腰，看一眼舒云舒，舒云舒马上就领会了意图，在汪亦适目光所及的地方进行切割摸索，避开血管，把最佳的下刀路线交给汪亦适，然后两个人一言不发地忙碌。

王师长心急如焚，情不自禁地在汪亦适的身后念叨，医生同志啊，你一定要救活马到成，他可是宋司令亲自点名的主攻团长，想当年他带着部队冲破日本鬼子三千人的铁壁合围，全连只剩下六个人，硬是保卫了边区政府。这次攻打元山里，他已经鏖战了三天三夜，全团死了六百人了……他要是死了，我怎么向宋司令交代啊！

血浆很快用完了。汪亦适说，输血不能停止！

王辉昆把胳膊一捋说，抽我的，我血多。

汪亦适说，首长，请您离开这里，不要妨碍我们抢救。

王辉昆说，我不说话了，但是请你用我的血。

汪亦适说，首长，您的血型不对。请您离开这里。

王辉昆说，我是他的师长，我和他的血是一样的，都是红的。

汪亦适不再理睬王辉昆，指挥助手和护士边输血边做手术。程先觉摊着血淋淋的双手大喊，A 型，第二输血队上。

这一次，汪亦适从马到成的身上共取出六枚弹头弹片，有一颗子弹打穿了马到成的腹腔，肠子都断了，也被汪亦适缝合了。

马到成后来没有死。在 705 救护所经过紧急处理之后，被送往兵团医院，终于在四天后恢复了神志。

4

第三次战役结束后，兵团卫生部的一名副部长亲自来到 705 医疗队，对柴效锋和肖卓然说，你们 705 医疗队简直创造了奇迹，像马到成这样的伤势，基本上没有救了，动脉血管都被打断了，血压已经降到了最低，浑身就像个马蜂窝似的，到处都是窟窿，居然让你们的医生给救活了。请你们把这个医生请来，我要看看他那双手。

后来就把汪亦适叫了过来。副部长一看汪亦适，吃了一惊说，啊，这么年轻，我还以为是一个老医生呢！

肖卓然在一旁说，汪亦适原先是国民党军队医科学校的高才生，是皖西城著名的“排雷大王”，做外科手术有好几百例了。

副部长说，我们的战地医生，做几百例外伤手术的并不罕见，罕见的是把手术做得这样天衣无缝。到了野战医院，基本上没有进行二次三次处理，简直是艺术。

汪亦适说，其实我也没有把握，死马当活马医，没想到就成功了。

副部长哈哈大笑说，好啊，死马当活马医，还就医活了。

跟副部长一起来的还有志愿军报社的记者，一个二十岁刚出头的小伙子，留下来认真地采访了汪亦适，问了很多问题。汪亦适说，其实很简单，我是个医生，救死扶伤是我的责任，遇到一个危重伤员，把他治好了，也是我的责任。

记者说，你原先是国民党的医生，救治共产党的伤员，这么用心用力，是不是爱国主义精神在起作用?

汪亦适说，我不是国民党，也不是共产党，我就是个医生。

记者说，但你是从国民党军队投诚过来的，从国民党军医到志愿军军医，总是有个思想转变的过程。

汪亦适说，我不是投诚过来的。投诚是没有办法的办法，是被动的，我是主动要起义的。

记者说，你为什么要起义? 是因为顺应潮流吗?

汪亦适回答说，我不喜欢国民党，仅此而已。

记者说，国民党是腐朽的，而你没有腐朽，出淤泥而不染，你积极投身到抗美援朝的爱国主义行动当中，这本身就说明了，你的思想已经经历了一次质的飞跃。

汪亦适说，我没有想那么多。但是，抗美援朝是保家卫国行动，我作为一个中国人，为保家卫国做点力所能及的事情，是天经地义的。

采访结束了，这位记者又同汪亦适聊了一会儿。记者说，现在国内已经开始土地改革和镇压反革命了。记者问汪亦适家庭是什么成分，汪亦适答不上来。记者说，你家有没有土地? 汪亦适想了想说，大约有几十亩土地。记者又问有没有财产，汪亦适说，多少应该是有一点的，我们家是药材商。记者说，那你家就是地主了，地主的土地和财产有很大一部分要分给贫下中农，你是怎么想的? 汪亦适说，没有想过，我觉得土地和金钱都是身外之物，没有不行，多了无益。不过，我们家的财产，都是祖祖辈辈靠血汗积攒下来的，不是靠巧取豪夺。难道这样来的财富也要分给贫下中农?

记者说，我们共产党的政策是耕者有其田，土地就那么多，你们有钱人占多了，穷人就少了，社会就不公平了。

汪亦适当时没有吭气。记者走后，他有几天都是心事重重的。他不是可惜他家的那些财产，他担心的是他的父亲汪尹更能不能认清形势，会不会心甘情愿地把土地和财产交出去。万一老人家想不通，跟新政权对抗，那就是螳臂当车了。他很想写封信回家，但是转念一想，父亲和舒世叔一样，都是开明的人，懂得人为财死、鸟为食亡的道理，也许用不着他提醒。再说，万一他们想不通，那就一定会有想不通的道理，也不是他写信三言两语能够说明白的。世事沧桑，难以预料，家里的事情，还是让长辈做主吧，一切顺其自然。这样一想，他就没有写信。

后来这位记者就写了一篇战地通讯，刊登在兵团的战地报纸上，名为《忘我工作的战地医生》，里面没有说到土地改革的事情，单单报道了汪亦适在解放皖西城之后，忘我为人民服务，勇挑重担，为解放军负伤官兵“排雷”的故事，又写到汪亦适在朝鲜战场上，克服重重困难，每天做二十多例手术的事实，尤其渲染了汪亦适救治马到成的经过。

半个月后，汪亦适从程先觉的手上看见了那张报纸。程先觉不无羡慕地说，亦适，这下好了。不仅你自己用行动证明了自己，也给我们这些从国民党军队过来的人争了光，扬眉吐气啊！

汪亦适说，莫名其妙。我就是干自己应该干的事情，干吗要东拉西扯？

程先觉说，听说支部正在酝酿，要发展你火线入党。

汪亦适怔住了，看了一眼程先觉说，你是听谁说的？不要信口开河。

程先觉说，这是真的。不仅要发展你入党，好像还要树立典型，号召志愿军医务人员向你学习。

汪亦适说，那就多余了。再说，入党是要经过本人申请的，我还没有申请，怎么发展我入党啊？

程先觉说，你太教条了，入党不入党，不是你说了算，而是组织上说了算。

汪亦适说，入党不入党，是我自己的事情，当然由我说了算。我还没有申请，怎么就发展了呢？你不要妄加猜测。

程先觉说，想当初，在皖西城，705 医院还是荣军医院的时候，你不就写过入党申请书了吗？

汪亦适说，此一时，彼一时，我那时候的想法怎么能代表这个时候的想法呢？

程先觉惊讶地看着汪亦适，半张着嘴巴，大黄牙上下磕了几下说，怎么，难道你不想入党？

汪亦适笑笑说，我想不想入党是我的事情，我不告诉你。

5

程先觉并没有信口雌黄，程先觉的消息是准确的。鉴于汪亦适在第三次战役中的表现以及舆论的影响，705 医疗队党支部的确已经把汪亦适的入党问题纳入到议事日程。支部委托副书记肖卓然找汪亦适谈话。

坐在朝鲜阴冷的山坡上，肖卓然讲了汪亦适的很多优点，说汪亦适在战争中的表现出人意料的好，医术医德都是一流的，这是有目共睹的。组织上认为时机已经成熟了。

汪亦适说，我没觉得我做了什么了不起的事情，我只不过做了分内的事情，我现在不想写入党申请书。

肖卓然说，你是什么意思？你不能居功自傲啊！

汪亦适说，你们认为我骄傲的时候，我恰好没有骄傲。我不是不想入党，但是我必须首先搞清楚我是什么人！

肖卓然瞪大眼睛看着汪亦适问，你说你是什么人？

汪亦适说，在我写入党申请书之前，我希望能够解决我的起义问题。我不希望自己是个投诚分子。

肖卓然说，岂有此理！汪亦适，我现在真的发现你居功自傲了，只要你做出点贡献，你就开始翘尾巴，就开始向组织讨价还价。

汪亦适说，怎么叫讨价还价？我的要求是合理的。

肖卓然说，我说过，这个问题很复杂，在国内都没有解决，在朝鲜战场上你让组织上怎么给你甄别？不要证明，不要调查，一笔勾销？我们共产党讲究黑白分明，一是一，二是二，不能因为你在这里表现好，你今天表现好，就一好百好。我劝你还是明智一点，不要辜负了组织的培养。

汪亦适说，那我也不想马上入党。

肖卓然说，到底是为什么？

汪亦适说，既然入党，我就要像个党员的样子。共产党是什么人，那都是英雄。我不配。

肖卓然说，亦适，我发现你这一年变化很大，经常有些思路让人摸不着头脑。

汪亦适说，我说的是真话。我在抢救伤员方面做了一点工作，这是责无旁贷的事情。到了朝鲜战场，可以说我对党的认识、对我们军队的认识有了很大的提高。譬如像马到成，这样的党员、这样的军人，那才是人中豪杰，才是顶天立地的男人。我要向他们学习。我觉得我仅凭现在这点成绩，还不足以成为党员。

肖卓然高兴地说，你有这个认识，说明你在思想上有了很大的进步。但是，革命分工不同，马到成在战斗当中是个英雄，你在你的岗位上也是英雄。再说，共产党员也不是十全十美的，入了党也还可以继续提高、继续完善。

汪亦适说，谢谢组织关心。我再想想。

战争间隙，医疗队随着志愿军一三五师进入风化里休整。汪亦适抓紧时机整理病例，一梳理，连自己都吃了一惊，原来在进入到朝鲜的三个月时间里，自己竟然做了大小七百多例手术。看着笔记本上的这个数字，汪亦适的心里突然涌上一种悲壮的感觉。

战争真是太残酷了，但战争也是一个熔炉，冶炼了那么多钢铁般坚强的人物，像马到成、像周一峰、像他过去认识的丁范生。这些人真的是特殊材料制成的，火烧不死，枪打不倒，刀砍不透。汪亦适印象最深的，除了那个砍下自己的胳膊仍然率部冲锋的团长马到成，还有一个叫周一峰的排长。他第一次被抬到救护所的时候，身上中了三块弹片，血肉模糊。汪亦适给他清洗伤口的时候，听他在昏迷中说梦话，一会儿低语，好像是在同亲人告别，爹爹，娘啊，请原谅孩儿不孝，我恐怕不能侍奉二老了，对不起了。一会儿大叫，左边，绕到左边，炸坦克的履带，把炸药包挂在履带上！

这个排长第一次没有死掉，没有想到，一个月后他又出现在救护所里，这一次负伤不重，只住了七天，但是由于伤处较多，体力很差，汪亦适已经做了医嘱，把他划到回国疗养的名册里。但出乎意料的是，在 373 高地战斗之后，这个人第三次出现在 705 医疗队的救护所里。这一次，汪亦适没能挽回他的生命。他被送到救护所的时候，已经没有呼吸了。送他来的战士说，周排长和他的排是在阻击敌人一个连的进攻中，弹尽粮绝，最后同敌人展开肉搏战，在杀死数名敌军之后，身上被捅了十几刀。

从周一峰的军装口袋里，找出了一张被血浸透了的回国疗养介绍信，那上面有汪亦适的签名。

汪亦适现在真的进入到一种自我反省、自我深思的状态。他对肖卓然说的那些话，不完全是冠冕堂皇的谦辞。他真的感觉到灵魂受到了很大的冲击。战争、人生、理想、爱情、生命、事业、英雄、懦夫……这些概念交织在一起，让他头昏脑涨。他曾经问过自己，如果自己是马到成和周一峰，他能像他们那样舍生忘死，能像他们那样目标坚定慷慨赴死吗？他想象不出来，也许，当他被一颗子弹击中的时候，他会坦然一些，他不会那么痛苦。然而，拖着伤痕累累的身躯，带着残缺不全的肢体，继续战斗而且英勇不屈，这就不是一般人能够做得到的了。你能吗？

他无法回答自己，想想都觉得恐怖。

休整阶段，上面来了慰问团，带来了很多物资，还有文工队来演节目。

让人惊喜的是，慰问团里还有个新闻记者，是皖西新生报社的舒晓雯。那阵子慰问团很多，基本上是对口慰问，原则上按驻军所在地区划分，所以皖西慰问团就找到了风化里，主要在一三五师活动。

舒晓雯的到来，使705医疗队的家庭气氛顿时浓厚起来了，舒氏四姐妹中来了三个，还有一个女婿肖卓然，加上一个同舒家世代交往的汪家子弟汪亦适，再加上一个生搬硬套、自称舒家门生的程先觉，连续好几天，医疗队差不多都是以舒家姐妹为核心开展活动。

舒晓雯带来了家乡皖西城建设的消息。当天下午，柴效锋安排她给医疗队的医务人员和伤员做了一场专题报告。在报告会上，舒晓雯神采飞扬、如数家珍：佛子岭水库开始兴建了，很快就要在梅山建设发电站，据说水力发电可以供给上海、安庆等城市；皖西城正在筹建农机厂，以后要生产播种机、收割机、拖拉机，要像苏联那样建设大型农场，农民将会住进集体农庄；还有化工厂、纺纱厂、食品厂、造纸厂等都在兴建或者筹建之中。

肖卓然和舒云舒并肩坐在人群中间，舒云舒兴奋地说，看看，小妹成熟了。时势造英雄啊！

肖卓然笑笑说，是啊，我们这个时代，就是英雄辈出的时代！

另一个地方，大姐舒雨霏对汪亦适说，亦适，你知道苏联的集体农庄是怎么回事吗？

汪亦适说，听说是农田国有，出工统一，吃大食堂，住砖瓦房。

舒雨霏说，那是多么美好啊，再也没有贫穷，再也没有剥削，再也没有差别，人人有饭吃，人人有衣穿，电灯电话，楼上楼下，孩子有学上，病人有医疗，老人有赡养，弱者有资助。天是那样的蓝，水是那样的清，人们的笑脸像鲜花一样灿烂。

汪亦适笑笑说，大姐，你们舒家真是革命家庭，都有浪漫主义气质。

舒雨霏说，你不相信这些能够实现？

汪亦适说，我当然相信。但是我觉得这很遥远。发电厂不是说建就能建的，集体农庄也不是一夜之间就能形成的。

舒雨霏说，你这么悲观？

汪亦适说，要知道，我们国家刚刚建立，还穷得要死。现在有很大的财力、精力都投放到抗美援朝战争中了。再说，民众素质也是个问题，众志成城，精诚团结，人心齐泰山移，这些话我们喊了几千年，可是人心齐了吗，泰山移了吗？所以说路漫漫其修远兮，还得慢慢来。

舒雨霏愕然地看着汪亦适说，亦适，你年纪轻轻的，没想到这么暮气。缺乏激情哦。

汪亦适淡淡一笑说，大姐，我很现实。

舒晓雰在报告中还说，家乡的土地改革正在轰轰烈烈地开展，城市的镇压反革命运动也在如火如荼地进行。那些对抗新政权，企图勾结美蒋特务的间谍和国民党残余势力，遭到了毁灭性的打击，我公安机关和民兵，抓获了大量的反革命分子，那些罪大恶极的，已经被人民群众镇压了。

舒雨霏问汪亦适，什么是土地改革？

汪亦适心事重重地说，我也不太清楚，可能就是把地主的土地分给贫下中农，还有减租减息吧。

舒雨霏说，是全分还是分一部分？是出卖还是拱手相让？

汪亦适说，我哪里知道啊，我又不是党员，这些情况我们是不知道的。你可以问问云舒，她是党员，有些内部文件是可以看的。

舒雨霏说，农村搞土地改革，那城市做什么？我们家的财产是不是都要分给老百姓啊？

汪亦适说，依此类推，应该是这样的。

舒雨霏沉默了，显然，她也有某种担心。

与舒雨霏和汪亦适的忐忑不安形成鲜明对比的是正在台上做报告的舒晓雰。这个热血青年穿着灰色列宁装，脸蛋儿在北方下午的风中焕发着鲜艳的红色，像是刚刚成熟的苹果。在报告的最后，这个十九岁的女青年，热血沸腾，热泪盈眶，“我们有充分的理由相信，在共产党的英明领导下，在不久的将来，我们皖西人民一定会实现劳有所得、居有所、食有物、行有车、娱有乐的美好生活。请最可爱的人放心，你们在前线抛头颅洒热血保家卫国，祖国人民一定会忘我工作，为你们建设好大后方，建设好一个千姿百态、富饶美丽的家乡，迎接你们凯旋！”

报告会结束后，一个断腿伤员拄着拐杖，金鸡独立，振臂喊起了口号，向家乡人民学习，英勇战斗，保卫社会主义建设成果！人在阵地在，誓死不后退，打败美帝野心狼！

一时间小小的山坳里口号声此起彼伏。程先觉不知道从哪儿弄了一些五颜六色的野花，抱在胸前，送给了舒晓雰。舒雨霏迎着舒晓雰说，小妹，你长大了，你讲话的时候，我都不敢相信这是我的那个跟屁虫小妹。

舒晓雰快乐地笑着说，大姐，时代在进步，我们也在长大。不过，比起你和三姐枪林弹雨、出生入死地保家卫国，我的进步还很渺小啊！

舒云舒拉着舒晓霁的手说，爸爸妈妈要是看见我们姐妹在朝鲜战场上相逢，不知道有多高兴。我们照个相吧。

舒晓霁说，好哇，我这有相机，谁来给我们合影？

肖卓然说，当然是三姐夫了，三姐夫当过照相师啊！

然后就合影，三姐妹合影完了，肖卓然又招呼汪亦适和程先觉一起照，再然后，舒氏三姐妹同医疗队和伤病员一起合影。

吃饭没有餐厅，医疗队长柴效锋关照，给舒家姐妹一个炮弹箱，几个罐头一摆，几把炒面一泡，就算宴席了。柴效锋给舒晓霁出主意说，你们舒家三朵金花都到前线来了，你可以写一篇报道，抗美援朝金达莱盛开，保家卫国三姐妹出征。

程先觉说，队长太英明了，古有花木兰，今有三姐妹。

舒云舒说，我们有什么好写的，要写就写那些战斗英雄。

舒雨霏说，英雄就在身边，前方有英雄，我们搞医疗的也有可歌可泣的事迹。

柴效锋说，对了，舒记者，你可以写写汪亦适同志，这个同志自从来到朝鲜战场，可以说超常发挥，在第三次战役中，先后做过几百例手术，为我们的官兵解除了很大的痛苦，受到了兵团首长的表扬。

舒晓霁兴奋地看着汪亦适说，亦适哥，真的啊？难怪爸爸说你德才兼备，我把你的事迹写成文章，爸爸和汪世伯一定会高兴的。

汪亦适说，算了小妹，我做的都是分内的事情，区区小事何足挂齿！要写，也等战争胜利之后。

舒晓霁说，亦适哥，这篇文章我一定要做，这不是为你个人树碑立传，这可以教育后方广大青年，激发爱国主义热情。

汪亦适说，小妹，你听说过“四条蚂蚱”的来历吗？

舒晓霁说，听说过，是我爸爸给你们命名的，意思是让你们同舟共济，振兴民族医药事业。我好像在三姐的闺房里见过你们“四条蚂蚱”的合影照片。你们倒是意气风发啊！

汪亦适苦笑说，那时候年轻嘛，有些不知天高地厚。

舒晓霁说，什么叫那时候年轻啊，这才过去几年，难道你们就老了？

汪亦适说，时代骤变，一日长于一年，我确实感到老了。

舒晓霁说，那你要调整心态，跟上形势。革命者永远是年轻。

汪亦适说，你看现在，我们那“四条蚂蚱”，已经有三条在抗美援朝战场上。而我们中间学业最好的，你知道在哪里吗？

舒晓雰说，不知道，学业最好的人自然应该在最好的地方吧？

汪亦适说，不，他在国内，在监狱里。

舒晓雰说，啊，我想起来了，就是那个花岗岩脑袋郑霍山，在三十里铺我们一起见过的。那是你们“四条蚂蚱”的败类。

汪亦适说，老四，话不能这么说。我希望你这个无冕之王帮我做一件事情。回到皖西城之后，到三十里铺监狱看望一下郑霍山，劝他痛改前非，争取宽大处理，早一点出狱，为新中国做点有益的事情。

舒晓雰说，那个神经病，值得你为他操心吗？我听说他非常不识好歹，好像还拖累过你，你干吗要管他的事？

汪亦适笑笑说，那是两回事。

6

随着战局的变化，皖西慰问团在风化里只待了两天就离开了，前往东线慰问另一支部队。就在慰问团离开的第二天，705 医疗队奉命前行到长泾河北岸待命。没想到就出事了，当天凌晨，长泾河志愿军防线遭到联合国军的猛烈冲击，志愿军两个团被冲散。

705 医疗队是最后撤出战区的，因为伤员骤增，二十多人的医疗队要承担三百多名轻重伤员的转移，任务十分艰巨，行动自然缓慢。在长泾河北岸的马连峒高地，同美军一个排遭遇，柴效锋和肖卓然率领警卫排同敌人直接交火，企图打开一条血路杀出去，但是因敌人火力太猛，突围不成，柴效锋阵亡。一颗子弹从肖卓然的左脸颊穿过，从此脸上落下了一道疤痕。

肖卓然率领警卫排剩余的十几名战士，连柴效锋的尸体也没有来得及抢回，就被逼到了山坳里，将近四百名医务人员和伤病员全都挤在马连峒西北角这块不到三百平方米凹凸不平的沟壑里。

汪亦适就是在这个环境里领略到肖卓然的指挥员风采的。

肖卓然和柴效锋组织突围的时候，医疗队由程先觉带领，沿马连峒西边的山道转移，待肖卓然返回，舒云舒惊叫着迎上去，要为肖卓然包扎。肖卓然说，不要大惊小怪，马上召开支部扩大会，吸收轻伤员中有战斗经验的干部参加。

舒云舒和程先觉等人便到伤员中询问，请干部举手，一会儿就过来了七八个轻伤员，其中有一三五师某部副营长冯国得、指导员严风海、副连长孙西峰。肖卓然让这几名伤员留下，其余人待命。会上肖卓然宣布柴效锋牺牲的消息，成立紧急党支部，由他担任支部书记，负责这支队伍的一切行动，冯国得为第一代理人，程先觉为第二代理人。由冯国得和严风海负责作战行动指挥，孙西峰负责组织重伤员自救，程先觉负责清理医药和弹药，砍树剥皮捆绑担架。

肖卓然从伤员中要到了一张作战地图，同冯国得一起分析了处境，认为以目前的战斗力状况，不宜马上突围。而现在栖身的这块山坳——肖卓然把它命名为红河谷，上面是悬崖，一面临河，一面是原始森林，地形险要，唯一的出路有一夫当关、万夫莫开之险，易守难攻，敌人的重装备无法逾越，即便是步兵也不好轻易通过。肖卓然的意见是，凭借天险，做好警戒，在此坚守，同时派有经验的轻伤员，分三批攀缘马连峒，寻找主力。若晚间同大部队仍然联系不上，则伺机向长泾河方向转移。冯国得等人完全同意肖卓然的分析和意见。

会后大家即分头行动，汪亦适和舒云舒、舒雨霏、陆小凤等医生被分为六个小组，对重伤员进行急救处理。程先觉组织轻伤员进行自救，并担负力所能及的护理工作。

这边没有出现突围的迹象，对峙的七号高地上的美军也就没有贸然进攻，两边形成对峙状态，都在虎视眈眈地窥视着对方的行动。没想到这一僵持就僵持了十多个小时。到了下午五点多钟，医疗队唯一的一部已经被炸毁了的电台，经过几个轻伤员鼓捣，居然有了电波，肖卓然大喜过望，指示那个号称电台班长的轻伤员调频搜寻，果然同一三五师师部取得了联系。师部也在着急寻找这支失踪的特殊队伍，指示他们，不要轻举妄动，就地坚持自救，等待援兵。师部的意见同肖卓然的设想不谋而合，这让肖卓然有了很大的自信。师部通报了战场情况，封锁红河谷出路的美军只有一个排，但是这个排同时也在我军主力的围困之中，他们同样进退两难。只要我方不轻举妄动，估计僵持局面暂时还是可以维持的。

肖卓然的伤口是汪亦适处理的。这次他没有让舒云舒担任他的助手，而是请舒雨霏为他助刀。肖卓然的脸颊有一处两厘米长、平均宽半厘米的粉碎性骨折。因为肖卓然坚持节省麻药，汪亦适在剥离碎骨的时候，舒云舒把自己的手放在肖卓然的嘴里让他咬，结果手术做完了，舒云舒的手完好如初，只有肖卓然的满脑门冷汗。

舒雨霏给肖卓然缝合伤口的时候，肖卓然说，大姐，会落疤吗?

舒雨霏说，你是学医的，还不清楚?

肖卓然笑了说，这下好了，多了个记号。

舒雨霏说，男人不像女人，脸上有伤疤，不掉价还加分。何况你还是志愿军的干部，多了块功勋疤。

肖卓然说，大姐你耳朵靠近一点。

舒雨霏疑惑地把耳朵靠近肖卓然的嘴巴，问，你要说什么，神秘兮兮的。

肖卓然低声说，亦适可爱吗?

舒雨霏的脸色立马晴转多云，瞪着肖卓然问，你是什么意思?

肖卓然狡黠一笑说，没有什么意思，就是问问。

舒雨霏说，亦适当然可爱，一点儿也不比你差。

肖卓然说，那就好。

舒雨霏说，莫名其妙。

除了粮食和弹药方面的困难，更严重的是缺水。从清晨到现在，伤员饮食需要水，清理伤口需要水，器械消毒需要水。水并不缺，长泾河里有的是水，但是那水可望而不可即，虽然只隔几里路，但是在那个环境里，犹如隔着千山万水。肖卓然让警卫排长派人到山下找水，果然找到了一个泉眼，但是这个泉眼同时也被美军发现了，美军也派出几个士兵来取水。警卫排长过来请示要打，肖卓然沉吟一会儿说，不能打，就这么一个水源，他们需要我们也需要，一打起来，他们用不成，我们也用不成，那大家只好同归于尽了。我们不能跟他们同归于尽。

想来想去，肖卓然让警卫排长把汪亦适叫过去交代说，咱们这里只有你和云舒读过教会中学，你去喊话，跟美国鬼子说，他们取水我们不打，我们取水他们也不要打。

程先觉在一边担心地说，这样行吗，美国鬼子会听我们的?

肖卓然说，你不了解美国鬼子，我们不想死，他们更不想死。我们跟他们搞个君子协定，他们也许会同意的。

后来汪亦适就跟着警卫排长潜到泉眼附近，选了一个位置向取水的美国士兵喊话，说两国作战，要有君子风度，打仗时拼命，停火时不打黑枪。

没想到美军士兵还真的听话，放下水桶，摇头晃脑地朝这边喊 OK，OK!我们不想见上帝。不要把水弄脏了。

汪亦适说，OK！让我们都健康地活着。

于是就出现了一个战场奇观。肖卓然派人取水，起先还采取交替掩护的谨慎态度，不敢轻信敌人的花言巧语。打了几次水，对方果然没有开枪，这边也就不用交替掩护了。

这次僵持，远远出乎双方的意料，因为大战局是僵持的，肖卓然也搞不清楚上面的总体意图，直到第二天下午，援兵还是不见踪影，敌人也没有撤退的意思，更不见进攻的迹象。连续几十个小时，围绕那眼小小的泉池，两边取水的人来回不断，只不过不打照面，你来我往，很是默契。

有一次，取水的战士还带来几听罐头、一包香肠。警卫排长拿到这些东西，不敢做主，就上交到冯国得手上，冯国得也拿不定主意怎么处理这些食物，还担心有毒，又交给程先觉，程先觉再送给肖卓然。肖卓然问程先觉怎么处理，程先觉说，扔掉，我们中国人有志气，不能接受敌人的恩赐。两军对阵，他平白无故地给我们东西是什么意思？是炫耀他们富足，还是奚落我们贫穷？

恰好汪亦适在场。汪亦适说，我看大可不必，这件事情不一定有政治阴谋。志气我们不缺，东西也不一定要扔掉。这些罐头都是好东西，伤病员需要营养，扔掉可惜。

肖卓然说，问题是不知道敌人有没有下毒。

汪亦适说，可以化验嘛，我们不是有检验仪吗？要是还不放心，我可以先尝。

肖卓然半天不吭气。

汪亦适进一步说，如果你们不放心，把东西交给我来处理好了。

肖卓然还是犹豫，不置可否。后来汪亦适自己动手，把两挎包东西拎走了，当天就开了一听罐头，吃了一根香肠。

夜幕降临，医务人员和伤病员相拥在树丛边上打盹。程先觉白天只分到三两炒面，饥肠辘辘辗转反侧，半夜里把汪亦适捅醒，发现汪亦适还活着，就向汪亦适要罐头和香肠。汪亦适说，休想，那是给伤病员吃的，我早就把它分到各小组了。程先觉说，你胆子也太大了，出了问题咋办？汪亦适说，只要你不中毒，就什么事情也没有，就算有事，枪毙我好了，你就不要受牵连了。

程先觉说，难道全分光了，连一点都没有了？你连肖卓然、舒云舒也不分一点？

汪亦适说，分给他们干什么，难道想让他们中毒？你别纠缠了，一点也没有了。

程先觉嘟嘟囔囔地说，我操，吃独食屙驴屎。

到了第三天中午，取水的战士带回来一些宣传品，无非是攻击中国军队参战之类。还有一些图文并茂的印刷品，是美军的《战场应急求生细则》，内容居然是美军投降办法，里面说，生命是第一重要的，倘若遇到危险情况，允许官兵向对方缴械投降。

程先觉说，他妈的这美国鬼子就是操蛋，你鼓励士兵投降，那他还能舍生忘死吗？

汪亦适说，这就是观念不同，他不忌讳投降，反而能保存实力，投降了回去还可以打仗，用不着死打硬拼。

肖卓然说，好像是这样，有的兵可以反复投降、反复逃命。

程先觉愕然问道，像这种贪生怕死的，上面也不追究责任？

汪亦适说，美国人跟我们的观念差异就在这里，他的人力成本消耗很大，死一个人就有很大动静，要花很多钱、费很多口舌才能解决，所以他们的原则是，活着就是胜利，能不牺牲就不牺牲。投降了不等于叛变，反正下级军官和士兵也不掌握什么军事秘密。我看这投降书，连投降后怎么讨好对方的话都教了。

程先觉说，这样的话，那还不成堆地投降？

汪亦适说，情况恐怕也不是这样的，战俘毕竟没有好果子吃，就算咱们优待俘虏，也没有香肠、牛奶伺候。再说，也不安全。因为美国军队不忌讳被俘，回去照样风光，所以他的俘虏反而卖国的少，当叛徒的少。举起手是俘虏，拿起枪照样打仗，没有精神障碍。

肖卓然说，汪亦适，你是怎么知道这些情况的？

汪亦适说，第三次战役前，我们收治了几个美军俘虏，聊天知道的。当然他们的话也不能全信。

肖卓然说，这个问题以后不要乱说了，不能长他人志气，灭自己威风。

程先觉说，就是，难道我们要羡慕他们当俘虏光荣？

汪亦适脸色一变，看了看程先觉，又看看肖卓然，一言不发，转身就走。

肖卓然把警卫排长叫来，让他交代取水的战士，再也不要把敌人的宣传品带回来了，同时，让警卫排也在纱布上写了一个大幅标语，保家卫国壮志凌云，正义之师必然胜利！

对方见到这个标语，再也不留罐头、香肠之类的东西了，但是宣传品照样留，还在纱布标语上涂抹一些凌乱的汉语词句，诸如“傻瓜”“想喝啤酒到这边来”“你们那里有女人吗”之类。

肖卓然带领的医疗队和伤病员在红河谷坚持了四天三夜，后来一三五师派出两个营，于凌晨偷袭了敌人的二号高地，另一个排沿长泾河岸穿插，终于把这支伤弱病残、弹尽粮绝的队伍救了出去。肖卓然随之被正式任命为705医疗队的队长，程先觉接任副队长。

7

汪亦适看到舒晓霁写的那篇题为《爱国主义精神使他焕发了青春》的文章，已经是抗美援朝第四次战役之后了。几十份《皖西新生报》先从国内寄到兵团部，然后层层传递，到了705医疗队，引起了一片骚动。那张报纸的内容多数都是705医院的事迹，其中篇幅最大的，就是这篇关于汪亦适的特写，还配有照片，照片上的汪亦适两只手背在身后，含蓄地微笑着。舒云舒首先看到了这篇文章，就招呼大姐赶快来看，舒雨霏一看，也很兴奋，就拿着报纸跑到汪亦适的坑道。汪亦适刚刚给一个朝鲜妇女检查完身体，吩咐护士给那个妇女拿了几种药，就坐在炮弹箱上跟舒雨霏一起看报纸。刚开始的时候，汪亦适的脸色就像照片里的人物一样微笑，但是看着看着，下巴就拉长了。

文章的结尾这样写道："目睹了新社会日新月异的建设，亲身体会了人民群众翻身做主的过程，在党组织的培养教育下，我们的汪亦适同志完成了由国民党军医到革命战士的转变，思想境界得到了很大的提高，将爱国主义精神和革命的英雄主义精神转化为取之不尽、用之不竭的动力，忘我工作，充分发挥人的主观能动性。在抗美援朝战争中，以自己的满腔热忱和精湛的医术，妙手回春，为几百名阶级兄弟解除了痛苦，挽救了他们的生命。实践再一次证明，我们共产党不仅能够打破一个旧世界，建设一个新世界，更能改造旧灵魂，建立新灵魂。"

舒雨霏说，怎么啦，这有什么不对吗？

汪亦适把报纸还给舒雨霏，没有搭腔。

舒雨霏说，亦适，到底怎么回事，跟大姐说说嘛。

汪亦适说，我还是要找肖卓然，一定要把我的问题甄别过来，我是起义者，我不是投诚者。

舒雨霏吃了一惊，看看汪亦适，又抖抖报纸说，到底哪里出了问题？难道这里面有不实之词？

汪亦适说，大姐，你没有看出来，小妹的文章里面，口口声声都是改造，都是新生，要不就是洗心革面、脱胎换骨，就差没有写痛改前非、将功赎罪了。为什么会这样？就是因为她也把我看成是国民党了，是迫不得已才投降的，是投降后才获得新生的。其实事情根本不是这样的，我是起义者，我起义没有成功，被郑霍山拖着慢了一步，就成了投降，还差点儿成了俘虏。就是这个问题，让我肩膀背着黑锅，脸上涂着污点，做什么事都要被戴上"改造""新生"的帽子，好像我是个变色龙，其实不是这样的，不是这样的！这不是事实！

汪亦适说得有些激动，脖子上的青筋凸现出来，耳朵根子都红了。

舒雨霏说，这件事情我是知道的，不过我看这篇文章，丝毫没有贬低你的意思啊，都是在介绍你的动人事迹啊！

汪亦适说，我不在乎表扬还是批评，我在乎事实。现在看来，这个被俘——不，这个投诚的帽子，好像已经牢牢地扣在我的头上了。不，我不甘心，我不是投诚，也不是什么真心诚意地投诚，我压根儿就没打算跟国民党走，我压根儿就是自己主动投奔光明的，我是个起义者，是个主动向往新政权的革命者。

汪亦适说着，居然很少见地把胳膊举起来了，攥着拳头在舒雨霏的面前摇晃。

舒雨霏怔怔地看着汪亦适说，亦适，你是不是哪里不对劲啊？是不是发烧了？

汪亦适也怔住了，回过头来，看着舒雨霏，突然把拳头放了下来，眼泪夺眶而出，嘴里喃喃地说，大姐，对不起，我失态了，我是有点不对劲，我病了。

后来舒雨霏单独跟舒云舒在一起的时候，把汪亦适那天的态度说了。舒云舒说，亦适这个人，性格有弱点，太较真了。这件事情都过去了，组织上对他已经仁至义尽了。他明明是被俘的，后来我们费了很大的力气给他重新调查、重新甄别，把他定性为投诚，已经功德圆满了，可是他一口咬定说自己是起义者。其实，起义者和投诚者有多大的区别呢？现在他在战场上表现出色，组织上已经考虑培养他火线入党了，入了党，过去的事情就一了百了。可是我听卓然说，他阴阳怪气的，好像还讨价还价，这就有点不合时宜了。

舒雨霏说，老三，我总觉得这件事情有点不对劲。亦适是我看着长大的，他是个读书人，性格有点孤傲、容易钻牛角尖是不错。可是，要说这起义和投诚没有区别，入了党就一了百了，恐怕也没那么简单。再说，亦适心里憋的那口气，还不仅仅是个名分、是个政治待遇问题，好像还有个……怎么说呢，好像还有一个个人的尊严问题。

舒云舒停住步子说，大姐，你是什么意思？

舒雨霏说，我也希望把事情搞清楚。亦适是个完美主义者，这件事情不能成为他心灵的阴影。这个阴影如果长期不能抹去，我担心他会不能自拔。你跟卓然说说，帮帮他，他毕竟是我们舒家的世交子弟啊。

舒云舒抬头看着天上的行云，沉默了一会儿才说，大姐，你恐怕不知道这件事情的来龙去脉，很复杂，也不是卓然一个人说了算的。我倒是希望你做做亦适的工作，劝他心胸开阔一点、视野长远一点。他在朝鲜战场上表现非常出色，组织上给了他很高的荣誉，还记了三等功，这足以补偿他所受的委屈。现在是战争时期，我们大家都应该拿出姿态，尽心尽力为战争服务，不要纠缠于个人的得失才是。他对你是尊重的，你这个大姐说话，比我们都管用。

舒雨霏说，好吧，我多说说他，不过，有了机会，我还是希望你们把他的问题甄别清楚。

舒云舒说，不说他了，说说家常吧。我们来到朝鲜战场已经快一年了，我真的想家了。父母年龄一天一天地大了，我们四姐妹，两个在战场上，一个小四风风火火地在外面抛头露面，二老该有多么担心啊！

舒雨霏说，是啊，听说国内在搞土改和镇压反革命，我们家是有资产的，也不知道会不会有什么变故。

舒云舒看了大姐一眼问，你听到什么了？

舒雨霏说，我没听到什么，搞土改和镇压反革命的事情我是知道的，你们不也在会上说过吗？

舒云舒笑了说，大姐，现在部队里有一些议论，多数是知识分子阶层有动荡，这些人大都出身于富贵家庭，也在担心共产。其实都是庸人自扰。譬如我们舒家，抗战中就是坚决的爱国者，出人出钱出医出药。解放初，又积极拥护共产党，组织皖西工商联合会，配合我党建立和巩固政权。这次抗美援朝，我们家出了三个人，不，应该说三个半人，小四不是也来了吗？像我们这样的家庭，第一，不是剥削者，第二，不是反革命，相反是革命的可靠力量，我们有什么担忧的？共产党难道还会革我们的命？笑话！

舒雨霏说，如此，那当然好了，但是，毕竟离家一年多了。小四上次来，匆匆忙忙，前呼后拥，连个说悄悄话的工夫都没有。

舒云舒说，那个毛丫头，现在是革命的积极分子。家里的情况，她未必就操心。

舒雨霏说，也不知道这仗还要打到什么时候，真希望早一天结束，回到咱们的皖西城，建设家园，侍奉二老。

沉默了好一阵子，舒云舒突然说，大姐，有一件事……我有两个月没有……话到此处，舒云舒不说了。

舒雨霏吃了一惊，看着舒云舒，发现三妹脸上飘着红晕。舒雨霏明白了，蹙着眉头说，怎么会，这个时候，你们真是荒唐，也不选个时间！

舒云舒苦笑着说，在丹东集结的时候，有一个礼拜我们住在一起，这种事情，不是我们说制止就能制止的。

舒雨霏说，那你们打算怎么办，就这么拖着，把孩子生在朝鲜战场上？

舒云舒说，我难死了。怎么办啊，我是来救治伤病员的，要是我自己把大肚子挺出来，那像个什么样子？那还要别人照顾，岂不是添乱？我真后悔不该急急忙忙地结婚。你和二姐都还独自一人，倒是让我这个老三占了先，都怨爸爸要出那个风头，搞什么壮行婚礼。

舒雨霏说，这件事情也不能怪爸爸，爸爸的出发点是好的，爸爸也没有让你们在战场怀孕啊！

舒云舒说，结了婚，这种事情能避免吗？不说了，跟你说你也不明白。

舒雨霏说，我是妇产科医生，我怎么不明白？

舒云舒说，就是因为你是妇产科医生，我才求你想办法。

舒雨霏说，想什么办法？打掉！

舒云舒不说话了，眼里突然涌上一层潮湿。

舒雨霏说，卓然他同意吗？

舒云舒说，他还不知道。我想独自承担这杯苦酒。

舒雨霏说，那不行，你必须告诉他，否则你负不了责，我更负不了责。

这件事情拖了一段时间，舒云舒犹犹豫豫，最后还是把情况告诉了肖卓然，肖卓然一听就傻眼了，挠着头皮说，你看这事弄的，是很麻烦啊。现在是战争时期，只能忍痛割爱了。

肖卓然有了这个态度，舒雨霏就开始给舒云舒想办法。舒雨霏对舒云舒说，入朝参战的时候，什么东西都想到了，就是没想到还要带人工流产的药。你们也不注意点，这兵荒马乱的，居然还有心思做那种事！

舒雨霏心直口快，因为是学妇产科的医生，在谈论这个问题的时候又是直来直去，说得舒云舒很难为情。舒云舒心里说，你不懂，这种事情兵荒马乱就能挡住的？天灾人祸也挡不住啊！但这话她终于没有说出口。

怕西药伤人，舒雨霏通过一三五师卫生科，搞了一些中草药，让舒云舒用了六服，总算终止了妊娠。据说这些用于人工流产的中草药，都是专门为首长准备的，还算平和。舒云舒流产之后，没有时间休息，紧接着要行军，营养也跟不上，身体明显瘦弱下来，已不见刚入朝鲜时明眸皓齿的俏丽模样。

8

舒云舒的话只说对了一半。她分析在国内土地改革和镇压反革命运动中，舒家的境况基本上是靠谱的。不久，兵团往坑道里送了一批信件，这些信件有很大一部分是经过后方审查的，审查的主要对象是来自那些前国民党军政人员家庭和资本家地主家庭的，尤其是那些在土地改革和镇压反革命运动中遭到冲击的家庭。审查的目的可以理解，因为在战争特殊时期，这些消息可能会引起前线的波动。

多数出身贫苦的官兵，接到家书后往往扬眉吐气，战斗精神呼呼上涨，与日俱增，因为这些官兵从家书里分享到了土地改革的成果，他们的家庭大都分到了土地、住宅和牲畜。党和政府已经把土地和牲口分给咱家了，咱还有什么可说的？一句话，英勇杀敌，报答国家！一时间，这种呼声传遍了作战部队。

但是，并不是所有的人都有这种感受。

在众多的信函里，汪亦适没有接到家信，这使他连日惶惶不安。没有接到家书，不能把部队辗转动荡、居无定所作为原因，因为其他人都接到信了。他分析，一个原因可能是家中在土地改革中遇到麻烦了，有些不便言说的隐情；第二个可能是家里寄了信函，而在后方就被审查扣留了。如果这两个原因存在，无论前者后者，都不是好事。

尽管心里酸楚，但是表面上看，汪亦适依然如故。在焦急的盼望中，他倒是听说肖卓然的家庭遇到麻烦了。

肖卓然收到的信函不是他的家里寄来的，而是寿春县肖庄镇人民政府的公函。肖卓然的家庭也是地主——试想，当初他们那些能够考上原国民党军队医科学校的学员，哪个家庭不是富户？没有百儿八十亩土地或者一定的工商实业资本，谁能养活一个两个乃至三五七八个洋学生？就连程先觉这样的，算是最穷的了，一年至少也有两百块光洋的进项——在土地改革中，肖卓然的父亲倚仗儿子在志愿军里做官，土地被分之后，又宣称秋后算账，散布说要等儿子回来，“吃了我的给我吐出来，拿了我的给我送回来”，结果，那些分到土地的贫下中农，夜晚又把肖家的地契偷偷摸摸地送了回去。肖卓然家乡寿春县肖庄镇人民政府对此十分恼火，致函肖卓然同志，通知他已经逮捕了他的父亲，“不日即交人民法庭审判，希望肖卓然同志胸怀大局，配合人民政府工作，推动家乡的土地改革工作顺利进行”，云云。

这封信实际上就是最后通牒。肖卓然一看就火了，他没想到他的家庭给他埋着这么大一颗地雷。接信当天，他把自己关到坑道的一个角落里，当着舒云舒的面，气急败坏地大骂，骂他的父亲鼠目寸光守财如命，两年前他就要求父亲破财消灾，疏财结缘，父亲反过来骂他是败家子，站着说话不腰疼，父亲紧紧捂住钱罐子不松手。好在解放后肖卓然当了荣军医院的副院长，为了添置X光透视机，他不仅串通汪亦适、程先觉和郑霍山写信动员家里捐钱，他自己硬是诱骗管家，窃走了家里的七百块银元。他的这次纯属偶然的做法，无意中给几个家庭带来了巨大的好处——这是后话。

骂完了自己的家庭，肖卓然又恼羞成怒地大骂肖庄镇干部：“他妈的老子在异国他乡打仗，冒着枪林弹雨，食不果腹、衣不遮体，他们居然在我的后院放火。是可忍，孰不可忍！我要告他们，他们才是真正的反革命，破坏抗美援朝，罪不容赦！"

舒云舒竭力劝说肖卓然不要冲动，要冷静分析、冷静处理。肖卓然说，我无法冷静，我怀疑这群反革命分子就是蒋介石派来配合他们反攻大陆的！我要给陈向真专员写信。

舒云舒说，信可以写，但是话要委婉，不能头脑发热。

肖卓然哪里听得进去，当即找来几张处方纸，呼哧呼哧地写了几页，措辞激烈，满腔情绪溢于言表。写好之后，根本不容舒云舒废话，即叫通信员送到一三五师师部，"火速军邮"。

两天下来，肖卓然就瘦了，胡子拉碴，眼珠子骨骨碌碌，阴沉得怕人，同原先那个山崩于前不乱、雷鸣于后不惊的、胸有成竹的、自信的青年革命者判若两人。

肖卓然的情况是程先觉告诉汪亦适的。程先觉的表情让汪亦适感到他有点幸灾乐祸。程先觉说，人吃五谷杂粮，谁都有软肋，这回我们的肖队长也沉不住气了。

汪亦适说，这么说，你们那个破落地主家庭没有什么问题了？

程先觉说，我们家早就衰败了，要不，在江淮医科学校里，我怎么老占你们的便宜呢？塞翁失马，焉知非福，我们家最多定个中农，我们不怕土改。

汪亦适说，有钱人不等于都是罪犯，君子爱财，取之有道，有的财富是劳动所得，未必都是赃物。你们家虽然衰落了，不等于没有剥削，你不要高兴得太早。

程先觉说，亦适兄，你也别想看我们家的笑话。在我们"四条蚂蚱"中间，就算我们家被划成地主资本家反革命，还有你们这些更有钱的家庭垫底呢，就是杀头，排队我也排在最后。

这边国内土改和镇压反革命运动带来的思想波动还没有平息，上面一个文件下来，又要搞战地"三反五反"，汪亦适居然成了"小老虎"。他的问题主要有以下几点：第一，他有一个半导体收音机，这是他在决定参加志愿军之后，花了三十块银圆兑换成人民币新币托人从上海买的。第二，他有一个留声机，这是伤员马到成团长从战场上缴获的玩意儿，马到成不会使用，派人送到705医疗队，"给汪医生解个闷儿"。汪医生本想退回，但是送洋机器的通信员转身就不见人影了，汪亦适丢舍不得丢，用没法用，背着这个没有唱片从而也没有声音的破留声机转战南北，这回终于派上用场了，给他当上"小老虎"助了一臂之力。第三，他有一个照相机，这还是四年前他的哥哥汪列斯从德国留学回来送给他的。老大的卡尔相机，他也带到战场上来了，本来是想用它拍摄一些外科手术照片，以作资料，但是来了之后才发现用处不大，因为缺乏显影定影设备，而且多数时间在坑道里，没有电没法用。除此之外，他还有一个皮箱、一双皮鞋。皮鞋是用来穿西服的，到了朝鲜战场之后，西服连一次也没有穿过，但是不到万不得已，扔掉也是不可能的。综合以上私人物品，揭发人给他归纳了一个别致的罪名——三机二皮，即收音机、留声机、照相机、皮箱、皮鞋。

匿名揭发信说，汪亦适同志是典型的资产阶级生活方式，他占有战利品不说，还浪费了大量的物力财力。每次部队转战，他都要动用一头骡子。如果用这头骡子驮载伤病员，就会减轻伤病员的负担，从而增强体力，从而……而他，却用骡子驮载他的这些资产阶级私人物品，这是对阶级兄弟缺乏感情的表现，这是对革命的抗美援朝战争态度不积极的表现……

如此七上纲八上线，汪亦适差不多就该上军事法庭了。

好在有肖卓然挡驾。肖卓然那些天情绪反常地差，不知道他倚仗什么，对于“三反五反”运动指导小组的态度阴阳怪气。肖卓然对运动指导小组长邱山新说，汪亦适算什么老虎？他那留声机是我让他留下的，是为了放中华人民共和国国歌给伤病员听的。他那个收音机是我让他买的，是为了收听毛主席的声音教育部队的。他那个照相机是我让他带来的，是为了拍摄手术资料用的。他的问题就是二皮，但皮箱皮鞋都是他自己的财产，而且没有用过公家的骡子。你们看着定性。

邱山新其实也不想找麻烦，坑道里打老虎，“三反五反”主要都是针对高级领导干部和管钱管物的人员，对知识分子的政策相对宽松，所以汪亦适的“小老虎”最终徒有虚名，但是“三机二皮”的绰号却从此传开了。

这件事情过后，肖卓然对汪亦适说，老兄，我都泥菩萨过河——自身难保了，还硬着头皮帮你解脱，你连个感谢的话都没有。

汪亦适说，我为什么要感谢？我本来就不是老虎。

肖卓然说，岂有此理，你怎么不是老虎？你本来就是老虎。你尿泡尿看看，全医疗队，不，全一三五师，从战士到师长，除了你，还有谁有“三机二皮”！还有谁成天把头梳得油光水滑！还有谁隔三岔五就用肥皂把衬衣领子洗得雪白！还有谁一天刷两次牙！还有谁敢公开叫嚷要洗澡！在红河谷那次，水源那么紧张，你居然还洗脸！你简直就是不折不扣的资产阶级分子！

汪亦适说，我又不是猪，我为什么不能洗脸？

肖卓然说，你要搞清楚，那点点滴滴的水，都是我们的战士冒着生命危险换来的。

汪亦适说，我比你清楚得很，我们跟美军达成协议了，我们的战士去取水，就不会有生命危险了。

肖卓然说，那也不能用水洗脸，我们的战士又打仗，又行军，还要负担物资，极度劳累。你怎么忍心用他们的血汗水洗脸！

汪亦适说，那好，以后不管遇到什么情况，我都自己取水洗脸。

肖卓然说，你看着办！

肖卓然替汪亦适解了围，汪亦适不仅没有感谢的表示，相反还给肖卓然提了几条意见，譬如好大喜功，请求任务不切合实际等。其中典型的例子就是每次战斗任务中，医疗队的配置总是强调靠前靠前再靠前。

肖卓然说，我们医疗队担负火线救护，哪里打仗我们就应该出现在哪里。难道你想躲得远远的？

汪亦适说，医疗队毕竟是医疗队，靠前配置可以，但是撤退的时候一定要有保障。把医疗队配置在一线，救护倒是方便，一旦转移，措手不及，好几次差点被包了饺子，组织撤离又给大部队增添很多累赘。红河谷那次，就是一个教训。

肖卓然不悦地说，亦适，我不知道你是站在什么立场上说话。红河谷那次是个特殊情况。我们的部队并不是总是撤退，并不是总是要遇险。一方面我们的部队经常开展进攻战斗，进攻战斗我们医疗队就要随时跟进。就是防御战斗，我们的部队也会随时反攻，随时开展小出击，我们医疗队还是必须跟上。你不懂军事，这个意见我不能接受。

汪亦适说，我是不懂军事，可是你也不懂。你不能把我们医疗队老是摆在一线。

肖卓然说，亦适，这个问题以后不要再说了，说出去别的同志会有误解。

汪亦适说，你明说吧，你是不是认为我贪生怕死？我是怕死，但是我并不贪生，我们不能做无谓的牺牲。

肖卓然说，没有什么无谓的牺牲，在战场上，怎么牺牲都是有贡献的。啊，这个问题不谈了。

这次谈话，让汪亦适心里很不痛快。他感觉肖卓然越来越听不进忠告了。自从红河谷突围之后，这个毛病就越来越突出。他想找舒云舒谈谈，转念一想，又算了。

“三反五反”搞了一段时间，新的作战任务又来了，部队一边行军一边“打老虎”。有一次途中休息，肖卓然和舒云舒正在搭建帐篷，舒雨霏打水路过，驻足观望，犹豫了一会儿，还是走近了帐篷，把肖卓然喊了出来，说是要单独跟他谈谈。肖卓然跟舒雨霏走到一棵树下，忐忑不安地问，大姐，有何吩咐?

舒雨霏开门见山地说，你们注意一点，最好分开住。

肖卓然丈二和尚摸不着头脑，愣了半天才明白过来，嘿嘿一笑说，大姐，我和云舒是夫妻，难得有在一起的机会，你怎么能让我们分开？老话说宁肯拆庙千座，不拆鸳鸯一对。

舒雨霏说，你看看云舒现在这样子，都是你蹂躏的。你不能光顾自己快活，就不管云舒的死活。一次流产，相当于大病一场。如果你再让她怀孕，那你就不是人了。

肖卓然脸上讪讪的，很尴尬，支支吾吾地说，大姐，你说得对。我一定注意，一定注意。

回到帐篷，舒云舒发现肖卓然神情很怪，关切地问，大姐找你谈什么了，还神神秘秘的，莫非是说汪亦适的事情。

肖卓然说，哪里啊，她是警告我。

舒云舒明白了，笑笑说，我这个大姐，真是个刀子嘴。不过她也没有恶意，只是委屈你了。我们未必听她的。

肖卓然坐在炮弹箱堆成的铺上，无精打采地半天没有吭气。

夜里钻进被窝，舒云舒想搂着肖卓然，肖卓然的生理反应也很强烈，舒云舒明显地感觉到了那种冲动，像海潮一样一浪高过一浪。两个人都睡不着，肖卓然的嗓子眼里不断发出咕咕噜噜的吞咽声，一会儿翻身下床想找烟抽，找不到烟又想喝酒。自然没有酒，找出了一小瓶工业酒精，想喝两口，拧开盖子又合上了。这东西是给伤员消毒用的，个人喝了就算贪污。再说，就算贪污喝两口，也解决不了那方面的欲望，没准还会更加旺盛。

见肖卓然难受舒云舒很心疼，下床扳着肖卓然的肩膀说，你要是实在忍不住，那就来吧。

肖卓然说，要是怀上了怎么办?

舒云舒说，管不了那么多了，我不能眼看你受熬煎。

肖卓然感动了，一把抱住妻子，两个火热的身体挨在一起，立即膨胀起来，此时真有啥都不管不顾的悲壮，四条腿杂乱无章地挪到床前，舒云舒一倒下，肖卓然就扑了上去，很像一头凶猛的饿虎。舒云舒那当口什么也不说，也不发声，肖卓然大喘着粗气，神经末梢被欲火燃烧得快要爆炸了，激情像是滔滔洪水，汹涌澎湃势不可当。眼看就要冲破最后的堤坝，随着舒云舒一声压抑的呻吟，肖卓然猛地翻身，一股洪流像高射机枪一样射向空中。

舒云舒好一会儿才披衣坐起来，看着肖卓然说，卓然，你怎么啦?

肖卓然一个鲤鱼打挺跳下床，坐在床沿上，双手使劲地揪着自己的头发，嘴里嘟嘟囔囔地说，我真该死，我太不道德了，我太自私了。

舒云舒伏在肖卓然的怀里说，卓然，别这样想。你不自私，你没有做错。都是该死的战争，把我们折磨成这样。

肖卓然说，我应该克制，我是个共产党员，应该有这个毅力。我不能让你再流产了，我不能蹂躏你了。我真担心，这次会不会命中啊！

舒云舒笑了，笑得满脸泪水说，我真想什么都不管了，尽情地在一起，放下一切包袱在一起。

肖卓然说，云舒，以后我们还是尽量避免住在一起，我真的怀疑自己的克制能力了。

舒云舒说，我不想跟你分开。能够跟你在一起，我还是要跟你在一起，哪怕再怀孕，哪怕再流产，哪怕就此涅槃了。

肖卓然拍着舒云舒的肩膀说，云舒，我的好妻子，让我们一起克服吧，等战争结束了，我们把这一切都补偿回来。

9

第四次战役之后，一三五师移防到三八线以南的平安里，立足刚稳，第五次战役就开始了。进攻的时候，一三五师最先往前猛进，等到后撤，就变成了殿后掩护的部队。敌人跟着屁股打了过来，一道防线抵御了一天，二道防线抵御了半天。到了第三道防线，不能再退了，再退就危及转移主力和东部战线了。

战斗异常艰苦，伤病员成群结队地涌向战地医院和医疗队。医药奇缺，人手奇缺。不仅汪亦适和舒氏姐妹要上手术台，连肖卓然这样的领导，也是边指挥边亲自抢救伤员。

一三五师在第三道防线坚持了六天，终于完成了掩护主力撤退的任务。但此时两翼都被敌人占领了，一三五师处于三面受敌的状态，情况十分险恶。

按照师部下达的撤退序列，705 医疗队是第一批撤离战区的。但是意外发生了。根据师部划定的路线，705 医疗队带着两百多名伤员撤退至高栗营地区的时候，蓦然发现，四周都是敌人，前进的道路和后退的道路全被封死了。

705 医疗队历史上最悲壮的一幕掀开了。

当发现陷入重围之后，肖卓然指挥报务员向师部报告了敌情，同时组织战斗。这次不像马连峒那次了，这次没有红河谷那样天造地设的天险可以固守，也没有冯国得那样一批身经百战的轻伤员，这一次带的伤员多数是重伤员。

不知道肖卓然从哪里搞了几匹战马，肖卓然带着警卫排，骑马勘察了数处地形，都是死路一条。在勘察中，医疗队和伤病员的队伍不断遭到炮击和敌军的袭击，伤员在不断增加。

师部最后命令，化整为零，分散突围。肖卓然把命令传达下去之后，伤员一片反对，纷纷要求，死也不离开队伍，化整为零，就等于把伤病员送到阎王爷的手里。

肖卓然再次组织了支部扩大会，广泛征求意见，最后决定，将在外君命有所不受，然后交代报务员，销毁收报记录，“没有收到关于分散突围的命令”。

这一次仍然动员了尚有战斗力的轻伤员，其中伤势最轻的连长李少君被任命为转移组长，对人员进行了战斗编组，共有四个梯次，警卫排为第一梯队，后续是机枪班、步枪排、手枪排，全体医务人员都拿起了武器。

夜幕降临，山坳里燃起了篝火。肖卓然站在队前作动员，说话不多，分量很重。肖卓然说，现在情况都摆在这里，我给大家指出两条路，第一条路是集中力量死打硬拼突围，前途有两个，一个是战斗中牺牲，第二个是冲出去了，保存了实力。第二条路是坐以待毙，前途也有两个，一是被杀，二是被俘，请大家选择。我不想命令，我尊重每个人的意愿。愿意跟我突围的向前一步，愿意留下的原地不动！

第一个站在肖卓然身边的自然是舒云舒，然后是程先觉、陆小凤……陆小凤居然也站在肖卓然身边，并且像舒云舒那样挽着肖卓然的胳膊，这使舒云舒感觉很不舒服。但此时此地，她也顾不得多想，还向陆小凤投去感激的一瞥。

肖卓然继续鼓动说，同志们请相信我，正是因为我们不怕死，所以死神才有可能退避三舍！我向大家保证，我本人将战斗到最后一刻，尽最大的努力迎击敌人，直到全体同志安全脱离险境！

舒云舒挽着肖卓然的胳膊说，我和我的丈夫永不分离，无论是活着还是死去。

几乎所有的人都向前，不是一步，而是紧紧地聚拢在肖卓然的身边，一层一层，密密匝匝。

肖卓然夫妇这么一搞，把战前气氛搞得很悲壮，把大家的血搞得很烫，士气空前高涨。

汪亦适站着没动。同汪亦适站在一起的舒雨霏碰了碰汪亦适的胳膊说，亦适，你在想什么，难道你想留下来当俘虏？

汪亦适还是没有动弹。在火把的映照下，汪亦适的脸上跳动着红光。他的眼神似乎有点迷离，似乎在眺望很远的地方，又似乎没有落在任何地方。

舒雨霏说，亦适，你不想突围吗？你是害怕了吗？如果你想留在这里听天由命，那我们就走了。舒雨霏说着，当真移动了脚步，向肖卓然的方向一步一回头地走去。只走了三四步，她又停下来，这时候她突然听到了汪亦适的声音。汪亦适的身体站得很直，目光仍然扑朔迷离，像是自言自语，像是在同夜空中某个肉眼看不见星星说话——我申请加入中国共产党……

汪亦适的声音不大，像是梦话，但是舒雨霏听清楚了，她疑惑自己听错了，侧耳细听，还是那句话——我申请加入中国共产党。

不仅是舒雨霏听清楚了，所有的人都听清楚了。汪亦适说的是：我申请加入中国共产党，为国家而战，为保卫我们的国家赴汤蹈火，直至流血牺牲决不反悔……

肖卓然激动了，舒云舒激动了，两个人一起扑倒在汪亦适的身边，肖卓然抓过汪亦适的手，起劲地摇晃着说，亦适，谢谢你，你太了不起了！这是高尚的选择，这是伟大的选择！

舒云舒说，好啊，这才是火线入党。亦适，让我们并肩战斗夺取胜利吧！

肖卓然说，亦适，谢谢你，我代表医疗队党支部接受你的入党申请，如果我们能够活着回到祖国，我将向组织报告你火线入党的详细经过。

汪亦适还是一副神情恍惚的样子，看着天边，梦游一般喃喃地说，我申请加入中国共产党。我将像一个共产党员那样去战斗，请组织上考验我。

肖卓然登上一个高坡，挥臂高喊，同志们，考验我们的时候到了，祖国人民在盼望我们胜利的消息，我们即将同凶恶的敌人浴血奋战，我们当中有很多同志将为我们的祖国英勇献身。也许，这就是我们最后的告别。我提议，不论是共产党员，还是共青团员，或者是非党团青年，让我们一起向我们亲爱的祖国宣誓——

没有回声，大家用熠熠闪光的眼神回应着肖卓然的提议。

肖卓然举起了拳头，“我是中国人，为了中华民族的尊严，为了捍卫祖国的利益，我将英勇战斗，赴汤蹈火在所不辞，直至流尽最后一滴鲜血……”

响声骤起，如同闷雷，在黑暗的山谷里传播回荡——我是中国人，为了中华民族的尊严，为了捍卫祖国的利益，我将英勇战斗，英勇战斗，英勇战斗，夺取胜利，夺取胜利，夺取胜利，夺取胜利……

宣誓完毕，肖卓然宣布开始行动，汪亦适又说话了。汪亦适说，等一等。

大家只好站住，回过头来看汪亦适。汪亦适说，这里有条小河，我提议大家都把脸洗一下。如果突围成功，让我们干干净净地面对明天的太阳。如果牺牲了，让我们的敌人看看我们有一张干净的脸。这张脸会让他们为之胆寒的！

别人还没有反应过来，肖卓然大声说，好！汪亦适同志这个提议很好！同志们，我们做好了必死的准备，那就从从容容。

肖卓然虽然过去很少直接指挥战斗，但是作为一个知识分子，对于战争艺术可以说心有灵犀。一年多的耳濡目染，使这个踌躇满志的青年革命者不仅产生了直接征战的激情，也赋予了他异乎寻常的战争智慧。

在这次战斗中，他创造了声东击西由西而东的战术。

晚上十一点，肖卓然在处方纸上写了一句话，交给报务员密码发出：枪炮响，突围始。这是最后的希望，期盼得到一三五师主力部队的接应。

一切准备停当之后，肖卓然一马当先，率领警卫排和机枪班从东北撕破口子，但是他们凭借的是骑兵的速度，并没有显示多少火力，而西南方向则传来隐约的嘈杂声，这就给敌人造成佯动的假象。本来西南方向就是敌人明松暗紧的防御重点，见东边行动可以，更加证实了西方可能的判断。就在敌人的炮火掉转基准射向之后，肖卓然抓住了紧紧十几分钟的间隙，率领三十余骑，突然杀了一个回马枪，在敌人阵地上展开了混战。早已蓄势待发的李少君和警卫排长于声光一个在前，一个在后，督促伤病员队伍快速通过。

脱离封锁之后，敌人调集几个连的兵力从三个方向包抄过来，好在有夜色掩护，白天把地形研究得比较透彻，肖卓然率领人马边打边撤。一三五师离此地最近的一个营接到命令前来接应，多数人最终回到了主力部队，可还是牺牲或者失踪了三十多人，这三十多人里面有汪亦适和舒雨霏。

第六章

1

关于汪亦适在朝鲜战场上的报道，郑霍山也看见了。

郑霍山现在仍然是三十里铺农场的一名劳教犯。

皖西城解放后，这伙计不是太服气，经常鼓捣一些恶作剧，糊弄一下管教干部，或者捉弄一下可怜巴巴的楼炳光。这些恶作剧尚且无伤大雅，但是后来他因为伙食问题同管教干部吵了一架，性质就起了变化。管教干部说，没有见过这么难伺候的俘虏，要是在战场上，老子一枪毙了你！

郑霍山火了说，你神气什么神气？等蒋委员长反攻大陆打回来了，老子给你上老虎凳！

就这一句话，惹出了天大的麻烦。司法机关的判决书是这样写的：郑霍山作为前国民党中尉军医，一贯敌视新生的人民政权，企图恢复失去的天堂，被俘后拒不认真改造，叫嚣反攻大陆，妄图变天秋后算账……郑霍山已构成反革命言论罪，判处劳动教育三年。

郑霍山百口莫辩，天天在严密的监视中苦度日月，生活标准一落千丈，体力劳动成倍增加。在这里他再也不能对楼炳光指手画脚了，再也不能在劳动中投机取巧了。分给他的那些棕麻，必须由他自己剥下来，自己用棒槌砸软，自己搓成绳子。据说搓麻绳原本是为解放台湾捆绑后勤物资做准备的。这里的管教干部可不像俘虏学习班的管教干部，这里没有那么多客气，动辄呵斥，错了就罚，有时候一天要搓一百斤麻绳。而伙食，别说每个月二斤肉了，连麸皮杂粮都吃不饱。管教干部说，现在抗美援朝的同志都吃炒面，你们这些劳教犯还想吃香喝辣？做梦去吧！

郑霍山哪里受得了这个！一个月下来，骨瘦如柴，形同活鬼。双手到处都是血泡，眼角挂满眼屎，惨不忍睹。

到了这个境界，郑霍山才后悔莫及，骂自己浑蛋，敬酒不吃吃罚酒，天大的傻屄一个。他后来无数次向监狱里的管教干部申辩，打架无好拳，吵架无好言。蒋介石又不是我的表叔二大爷，我为什么希望他反攻大陆？我已经当了解放军的俘虏，他就是反攻大陆成功了，也没有我的好果子吃。

管教干部说，那你为什么要说那样的话，你是不是真的对解放军用过老虎凳？

郑霍山冤枉得大叫，我嘴臭啊，我就是想刺激一下那个……那个同志，我们那时候是俘虏，是受优待的，政府每月给我们发二斤猪肉，可是我们连肉末都很少见，都被他独吞了，楼炳光缺乏营养，都患了青光眼。我不是盼望蒋委……不，我不是盼望蒋介石反攻大陆，我就是想刺激那个同志啊！

管教干部说，就算你是讲梦话，也是反动话。日有所思，夜有所梦，这种话别人怎么说不出来？它代表了你的心声。你的灵魂深处是反动的，这是你无论如何也抵赖不掉的。

郑霍山没话说了。他不得不承认，他在骨子眼里确实是反动的，确实是抵制新政权的。

后来郑霍山发现，搓麻绳固然是他力不从心的劳动，但还不是最折磨人的，因为搓麻绳还可以在院子里活动，还能见到几个像他一样的劳教犯，虽然规定劳教犯之间不能说话，但是看看也是好的，好歹是活人啊，偶尔还可以挤眉弄眼。

搓麻绳的任务完成之后，不知道为什么，有一段时间没有活了，听说管教干部当中有不少人被抽调去搞抗美援朝物资保障了，管囚犯的人少了，活儿也少了。

有一个月的时间，郑霍山除了外出干活，就是蹲在监舍里，连个老鼠都见不到。实在憋得难受了，他就抓住铁窗呼号，他要看报纸。管教干部在号子外面冷笑，你还看报纸？你是不是关心蒋介石反攻大陆啊！告诉你，没门！我们现在在进行抗美援朝保家卫国战争，志愿军已经打到汉城了，抗美援朝很快就结束了。我们腾出手来就要解放台湾，让你的黄粱美梦见鬼去吧！

终于有一天下午，管教干部把劳教犯们集合起来，宣布了一项新的任务，给每人发了一本小册子，是一本新编的中学课本，权且用来做劳教犯的教材。管教干部让大家认真学习，并且要交流心得体会。

课本里面有古文，也有白话文，还有诗词。郑霍山对诗词没有兴趣，幼年背诵唐诗三百首，手心不知道挨了多少板子。回到号子，连看都没看，他就把这本小册子扔到旮旯里了。

那是隆冬的上午，阳光从铁窗的缝隙里照射进来，温度一点儿也没有增加。郑霍山蹲在另外一个角落里，又冷又饿又闷。他现在后悔极了，他想他确实是鬼迷心窍了，居然跟着那个无能的蒋委员长一条黑道走到底，别说加官晋爵光宗耀祖了，现在连饭都吃不饱。后来他突然想到了死，他问自己，难道你真的想死吗？死而无憾？荒唐，凭什么无憾？他的人生真是鸡巴毛炒韭菜，被他炒得一塌糊涂。再往后，他又想到了女人。公正地说，郑霍山并不好色，过去他在江淮医科学校里，那么多国军女郎，有的还很摩登很时髦，他并没有放在眼里。那时候他只对舒云舒动心，因为舒云舒不仅漂亮，更有一种高贵的气质。舒云舒文静矜持，但是不乏热情，舒云舒对人友善，即便对待像他这样鲁莽的追求者，舒云舒也是笑脸相迎好言相慰。他曾经闯进女生区队当着很多人的面，邀请舒云舒在元宵节放假期间到戏园子去听黄梅戏，并且说如果她不给面子，他就天天跟踪她，只要发现她和谁约会，他就和那个人决斗。即便如此不讲道理，舒云舒也没有恼怒，而是和颜悦色地对他说，元宵节她要跟家人在一起，她并且说感谢他的盛情。

郑霍山想到了舒云舒，就想到了自己的命运。舒云舒到朝鲜战场的事情他是知道的，舒云舒同肖卓然喜结良缘他也是知道的。他的心里充满了仇恨，也充满了悲哀。他简直绝望了，他觉得他就像一个在斗鸡中被拔光了毛的公鸡，现在是一无所有了。

郑霍山认真地阅读那个课本，是在课本下发的第二天，因为管教干部有交代，第三天就要劳教犯们交流心得体会。郑霍山的课本，看了不到三分钟，呼啦一下就扔了老远。这时候他又想起了舒云舒，不知道舒云舒现在过得怎么样，在战场上，她那娇小玲珑的身躯是否受得了，肖卓然这个伪君子、骗子，对舒云舒到底是真心相爱还是玩弄？后来他就想明白了，无论肖卓然对舒云舒好还是不好，都是跟他没有关系的事情。肖卓然要是对舒云舒好，他心里酸；肖卓然要是对舒云舒不好，他心里疼。反正都不是好事。

又过了几分钟，他再次捡起课本硬着头皮往下看，一页一页地胡乱翻着，看不出个名堂。后来下雪了，从号子的铁窗缝隙里面飘进来大团大团的雪花。郑霍山的心里突然有了冲动，有了激情，扑到窗前，看那外面洋洋洒洒的雪花。这时候他的心里突然有一种奇异的感觉，有一种冲破樊篱的强烈的愿望。他突然想，他似乎应该好好地活着，体面地活着，有尊严地活着，而不是像这样猪狗不如地当劳教犯。这是为什么呢？难道是因为他看到雪花了，看到了苍茫茫一片洁白的天地，他的心灵在这飞舞的雪的海洋里得到了净化？

再坐下来，再翻开课本，再硬着头皮往下看。

就在这个时候，奇迹发生了。

他看到了另一场雪——

“北国风光，千里冰封，万里雪飘。望长城内外，惟余莽莽。大河上下，顿失滔滔……”

那个“雪”字把他的眼睛刺疼了。他不太懂得诗句的含义，但是他感受到了字里行间的一股奇异的力量正在猛烈地冲击着他、震撼着他。他没有对照注释去研究诗句的含义，他就是那么喃喃自语地吟诵——北国风光，千里冰封，万里雪飘。望长城内外，惟余莽莽。大河上下，顿失滔滔……

太神奇了，太神秘了！似乎有一道奇异的光芒，从乱纷纷漫天飞舞的雪花、从密不透风的思想的高墙外面，照射过来，开启了他笨重的心灵之门，五彩缤纷。

他爱上了那个叫“雪”的字眼，他爱上了围绕那个叫“雪”的字眼生发的那些句子。他不明白它们，但是它们唤醒了他。

那个落雪无声的上午，郑霍山只干了一件事情，就是吟诵那首诗。到了后来，他终于不满足于欣赏那首诗的文字和韵律，也不局限于体会那首诗的磅礴气势和铿锵有力的节奏，他渴望更深入地进入那首诗的境界，于是他开始研究注释。

郑霍山把那首诗词一字不落地背诵下来，包括标点符号。直到这个时候，他才想起来寻找诗歌的作者，他打开课本，先是把目光落在标题上，再然后，一个如雷贯耳的名字出现了，郑霍山被一束更加耀眼的光芒牢牢地钉在号子的砖地上，面如死灰。

2

郑霍山没有想到，在他坐牢之后，还有那么多人关注他，这里面不仅有汪亦适和肖卓然，还有舒南城和汪尹更，而且这两个老先生对他的关注，跟他的恩师、那个生死不明的宋雨曾有关。

舒南城、汪尹更和宋雨曾的交往，已经是历史了，就像“四条蚂蚱”一样，退回二十年，舒、汪、宋也是同学。

皖西城解放后，宋雨曾有很长时间生死不明。在舒云舒和肖卓然举办婚礼的那两天，舒南城同汪尹更曾经有过一次密谈。舒南城分析认为，宋雨曾很有可能没有跟随国民党军撤退，而是选择权宜之计退到了江南，但是在解放军打过长江，国军败退台湾的时候，宋雨曾一定会回到皖西城。

当时汪尹更没有正面回答，只是忧心忡忡地问舒南城，共产党得了天下，会不会杀富济贫？如果杀富济贫，我们这些人将会受到何等待遇？

舒南城信誓旦旦地回答，陈专员说，毛泽东主席有言在先，共产党不是李自成。缩小贫富差别或许会的，但是不会乱搞共产。我们已经成了新政权的依靠力量。

汪尹更说，那是眼前，共产党刚刚得到天下，需要收服民心，恢复生产。一旦江山坐稳，会不会翻脸不认人？

舒南城说，共产党也是人，像陈专员、黄书记这样的人，正人君子，怎么会有翻脸不认人之说呢？

汪尹更说，从个人角度讲，我接触到的共产党的官员文质彬彬，有儒雅风度，但是他们的政策会不会变化？我们怕的不是人，而是制度。一朝天子一朝臣，怕就怕时局变化，你我难以预料。

舒南城哈哈一笑，大大咧咧地说，福鼎兄，你又没有做过对不起共产党的事情，你怕什么？不要杞人忧天哦！

汪尹更看着舒南城，嘴巴动了动，没有说话。

舒南城说，我们虽然有些资产，但是按照共产党的说法，也是自食其力的劳动者。我们没有搞剥削压榨，国民党统治的时候没有为虎作伥，抗战时期，我们倾其所有支持抗战，皖西解放，我们积极配合解放军。土地改革，减租减息，也都尽其所能地支持。抗美援朝，我们捐款捐物，还送子女为国报效。像这样的家庭，共产党为什么要革我们的命呢？你不要庸人自扰。

汪尹更说，我跟你的情况还不太一样。土地改革，我们汪家世代积攒下来的六十亩地，只让留二十亩，家父不能接受，一病不起。听说接下来还要搞财产登记，房屋、牲口、药店都要充公重新分配。

舒南城说，这我也听说了。新政权嘛，个人的利益可能会受到一些损失。你我都是明白人。既然要搞社会主义，要建设新中国，要保证大家都过上幸福生活，那你个人要那么多财产干什么？让土匪惦记你？所以我的看法是，识时务者为俊杰，身外之物，拱手出让也罢。

汪尹更吃惊地看着舒南城，好半天才说，鸿儒兄，你跟我说实话，你是不是共产党？

舒南城一愣，随即哈哈大笑说，福鼎兄，你开什么玩笑？你看我像共产党吗？天下者共产党的天下，政权者共产党的政权，朗朗乾坤，一片红色，我要是共产党，我干吗要掖着藏着？那我早就告诉你了。不过，我们的孩子倒是有可能成为共产党。

汪尹更说，那依你看，亦适能够成为共产党吗？

舒南城说，当然可能。亦适这孩子，聪颖内秀，做事沉稳，在解放军的医院里当医生，勤勤恳恳，业务精湛，颇受好评。他是一个能够跟上时代的进步的青年，这一点我不会看错。你是不是希望有个参加共产党的儿子，给家门当一尊保护神啊？

汪尹更老老实实地说，我倒是真有这个想法，不然我也不会同意他到朝鲜打仗。这件事情，一直瞒着他爷爷，我们对他老人家只说亦适到上海求学去了。再有，亦适有这么个家庭背景，如果他被共产党接受，那也说明我们这样的家庭被共产党接受。这样，我们也安心一些。只是可怜了孩子，他性格内向，虽然早就独自求学在外，终归没有吃太多的苦。这一去，兵荒马乱枪林弹雨，真不知是个什么光景。每每想起，心乱如麻。可是我又不能挡住他的路，也许我一挡，就把他的前程毁了。

舒南城抽着烟斗说，福鼎，你想得太多了。不过，可怜天下父母心，我又何尝不是这样？每当想起老大老三将要去朝鲜战场，异国他乡，冰天雪地，枪林弹雨，我这心里也不是滋味。但是怎么办呢？国家兴亡，匹夫有责，你不去我不去，大家都不去，难道让美国人打到中国来？我们还是要识大体顾大局，打落门牙吞到肚子里。出征在即，我们做长辈的，在他们面前可不能把脸拉下来，不能让他们带着心事出征。

汪尹更说，这个我自然明白。

舒南城问，你知道不知道雨曾的下落？

汪尹更反问，你是不是听到了什么？

舒南城说，一年多杳无音信，但是我总觉得他没有离开皖西。

汪尹更说，你这样想，是不是有什么迹象？

舒南城说，皖西城解放的前一天，他来找我，留下一个皮箱。当时我问他是撤还是留，我分明听他说，我当然不会到江南去，但是我也不能给解放军当俘虏。那时候我就知道师范学校的校长黄岩是共产党的地下负责人，因为黄曾经暗示我们工商界要开展护城运动，防止国民党狗急跳墙搞破坏。我劝雨曾归顺解放军，我可以替他穿针引线。他当时很惆怅，说了句，我不走，但是也不能留。这话很费思量啊！不走，不留，那他到哪里去，难道飞天遁土不成？

汪尹更没说话，撩起长袍，摸出一个皱皱的信札，递给舒南城。舒南城疑疑惑惑地接过去一看，脸色大变，逼视汪尹更说，这么说他真的没走？

汪尹更说，我也不好说。这封信是亦适他娘从院子里捡到的。你看落款时间，已经有一个月了。

舒南城看着信说，他说江淮医科学校“四条蚂蚱”，三个已经弃暗投明，这说明他知道亦适他们的情况。剩下一个郑霍山，在医学方面有很高的天赋，学术俊才，如今身陷囹圄，殊为可惜，拜托我们利用社会地位和同共产党官员的关系，关照郑霍山。这又说明他了解近期情况。看来他真的没走。

汪尹更说，我也这么想。他说郑霍山并非政治中人，希望我们能够劝慰其认清形势，归顺新政权，做一个造福百姓的医生。我估计，这件事情只有你能出面。

舒南城沉吟道，为人师表，雨曾堪称楷模。泥菩萨过河，自身难保了，他还惦记着学生，难得，难得啊！不过这件事情做起来还是有难度的，我们见机行事吧。

3

机会是舒家幼女舒晓霁创造的。

舒晓霁这段日子忙得不亦乐乎。这个大户人家的掌上明珠，自幼备受宠爱，但是却没有养成娇滴滴、弱不禁风的毛病，具有很强的独立性，在性格上也颇为泼辣。舒家四姐妹，老二舒云展和老三舒云舒是双胞胎，性格也有点相近，舒云展似乎更内向一些，相对于舒云舒的工作姿态，她显得有些超脱，不太参加社会活动。老大舒雨霏和老四舒晓霁性格有点相近，都属于热情型的，不过老大的热情主要是体现在生活中，而老四的热情则主要体现在社会活动中。

从朝鲜战场回来之后，这个风华正茂的小姑娘感觉灵魂受到了一次洗礼，废寝忘食地投入到支前工作当中——参加各种募捐活动，到后方医院采访英雄，组织文艺节目，朗诵《谁是最可爱的人》和《三千里江山》，忙得不亦乐乎。她不仅是《皖西新生报》的记者，也是皖西抗美援朝募捐协会的理事。

父亲舒南城很支持她的工作，她的募捐活动多数都是从自己的家里开始的。直到有一天，父亲郑重其事地交给她一项任务，她才同父亲反目。父亲要她利用记者的身份，采访正在坐牢的郑霍山，并且借机给郑霍山捎点东西。小女儿说，嗬，那个反动派，还有不少人关心他呢。我在朝鲜，汪亦适也托我关照他。我才不做那种亲痛仇快的事情呢。

舒南城说，那个人是个读书人，不是反动派。

舒晓霁说，不是反动派他为什么不好好改造？不是反动派为什么把他关在牢里？我们舒家是红色资本家，我是共青团员，耻于同罪犯打交道。

舒南城说，你是共青团员，我还是共产党员呢。帮助改造可以团结可以为人民服务的人，是我们共产党人的职责。

舒晓霁歪着脑袋看父亲，怪笑着问，爸爸，你骗人吧，你什么时候成了共产党员啦？

舒南城狡黠地笑笑说，我是地下共产党员啊。

舒晓霁说，不信。地下共产党员在解放后都转到地上了，我怎么从来没有看见你参加党的活动？

舒南城说，这你就有所不知了，我是共产党的外围党员，为了方便在工商界开展工作，黄岩书记和陈向真专员指示我暂时不暴露共产党员的身份。

舒晓霁惊喜地说，真的啊，那爸爸我们是同志了。我以后喊你舒南城同志。

舒南城呵呵笑说，那不行，我的身份还没有暴露啊。我且问你，共青团员接受共产党员领导，这是事实吧？

舒晓霁说，是事实，可我怎么证明你是真共产党员呢？

舒南城说，你可以去问陈专员啊，他一定会告诉你真相的。

舒晓霁说，那不行，组织上指示你不暴露身份，我要是去问陈专员，那不是破坏组织规矩吗？

舒南城说，看来你还是很懂我们共产党规矩的。那么，接受我的领导也是规矩。你按我说的做，去采访一下郑霍山，向他宣讲党的有关政策，介绍你在朝鲜战场上的见闻，劝他迷途知返，好好改造，争取宽大处理，这不是对党有益的工作吗？

舒晓霁说，爸爸，你为什么对那个臭狗屎那么上心？

舒南城说，一根绳子上的蚂蚱啊，我不想看到他们分道扬镳。

舒晓霁虽然不是很情愿，但最后还是答应了去采访郑霍山。

跟舒晓霁一起到三十里铺劳教农场的是二姐舒云展。

劳教犯郑霍山的状况很差，蓬头垢面，表情很奇怪。从监舍里往探视室走来的时候，好像还有点瘸，表情也是一副死猪不怕开水烫的样子。直到后来见到舒氏姐妹，两眼才突然放光，而且那眼光就像狼，凶狠发绿。

舒晓霁说，喂，伙计，看什么呢，坐下谈。

郑霍山并没有坐下，而是闪动着狼眼往这边看。舒晓霁后来搞清楚了，郑霍山并不是看她，而是直愣愣地、肆无忌惮地看二姐舒云展。舒晓霁说，伙计，狗改不了吃屎啊！坐下来，我们要办公事了。

郑霍山斜了她一眼说，谁让你们来的？

舒晓霁说，组织。你知道吗，组织。你可以自绝于组织，但组织还是本着惩前毖后、治病救人的方针，要挽救你这个失足青年。

郑霍山说，我不是失足青年，不需要你挽救，你滚蛋吧。

舒晓霁说，要不是看在舒南城同志的面子上，我才不理你这个臭狗屎呢。

郑霍山的眼睛又亮了一下，不吭气了。

舒云展说，老四，你别这么刻薄，你要理解人家的处境。

郑霍山咧嘴笑了，看着舒云展说，好女人！

舒晓霁瞪着郑霍山问，你说什么？

郑霍山说，我不是说你，我是说她。你不够格。

舒晓霁差点儿又发作起来，被舒云展制止了。舒云展说，他都被关了快一年了，与世隔绝，他想说什么就让他说吧。

郑霍山这回没说话，向舒云展伸出了大拇指。

见郑霍山安静了，舒晓霁才清清嗓子，开始了教育工作。舒晓霁先是向郑霍山描述了朝鲜战场的形势，尤其是渲染了肖卓然、汪亦适等人的杰出表现，还将那张报纸展示给郑霍山看。

郑霍山根本不听她的，说，你们舒家，只有两个好人，除了世叔，还有舒云展。

舒晓霁说，你臭狗屎，我们舒家都是好人。

郑霍山说，至少你不是。

舒晓霁抖抖手里的报纸说，郑霍山，你看清楚了吧，沉舟侧畔千帆过，病树前头万木春。一样的国军医生、一样的学生，但是截然不同的表现。我们党的政策是，出身不由己，道路可选择。选择了认真改造服务人民的道路，就是康庄大道，前途无限，大有作为。选择了对抗破坏，就是死路一条。

郑霍山说，我没有对抗破坏，是别人对我对抗破坏。我要求加入中国共产党。

舒晓霁吃了一惊，呼啦一下站了起来，看着郑霍山，就像在看一个活鬼，问道，你说什么，你把刚才的话再说一遍。

郑霍山说，我要求加入中国共产党。

舒晓霁一屁股坐了下去，扭头看着舒云展说，二姐，这个人是不是疯了，有病啊，你摸摸他脑袋是不是发烧？

舒云展说，耐心点，听他把话说完。郑霍山，你说吧，你是怎么想的？

郑霍山说，没有什么可说的，我就是要加入共产党。

舒晓霁说，痴人说梦，异想天开。你现在是共产党的罪犯，你连起码的人身自由都没有，没有公民权，你还想入党？我才是共青团员！

郑霍山说，我跟你不一样。我可以为人民服务，你不行。

舒云展说，郑霍山，你想入党，那好，我问你，你拥护新政权吗？拥护中华人民共和国吗？

郑霍山没有马上回答，把脑袋仰起来，运了一口气才说，我拥护中华人民共和国，这是一个真正适合中国人口中最大多数的要求的国家制度，因为：第一，它取得了和可能取得数百万产业工人、数千万手工业工人和雇佣农民的同意；其次，也取得了和可能取得占中国人口百分之八十，即在四亿五千万人口中占了三亿六千万的农民阶级的同意；又其次，也取得了和可能取得广大的城市小资产阶级、民族资产阶级、开明士绅及其他爱国分子的同意……

舒晓霁目瞪口呆，和舒云展面面相觑。舒晓霁说，二姐，我们这是在哪里？

舒云展说，我们是在三十里铺劳教农场。

舒晓霁说，我们这是在做梦吧？

舒云展说，我也糊涂了，真的像做梦。

舒晓霁说，我们面前的这个人是谁？

郑霍山抢上回答说，热爱新政权、热爱共产党的郑霍山。郑霍山同志正在学习毛主席的《论联合政府》。

舒晓霁说，到底发生了什么事？

郑霍山说，立即下令全军放下武器，停止抵抗，本军可以保证你们高级将领和全体官兵的生命安全。只有这样，才是你们的唯一生路。你们想一想吧！如果你们觉得这样好，就这样办。如果你们还想打一下，那就再打一下，终归你们是要被解决的。

舒晓霁说，二姐，我看咱们还是离开的好，这个人神经有问题了，不可救药了。

舒云展目不转睛地看着郑霍山说，让他说。

郑霍山说，谁是我们的敌人，谁是我们的朋友，这是革命的首要问题。中国过去一切革命斗争成效甚少，其基本原因就是不能团结真正的朋友，以攻击真正的敌人。

舒云展说，等一下，郑霍山，你刚才这些话是从哪里听来的，是你自己想出来的吗？

郑霍山说，这是伟大领袖毛主席教导我们的。

舒云展更加诧异了，又问，你在号子里还能读毛主席的书？

郑霍山说，独立寒秋，湘江北去，橘子洲头。看万山红遍，层林尽染。

舒云展说，郑霍山，你告诉我，你没有神经错乱。

郑霍山说，我当然没有神经错乱。我是医生，我比你更清楚。

舒云展说，那你告诉我，这是怎么回事。

郑霍山说，我可以跟你说，但是我不想跟她说，你让她滚蛋，我就跟你好好说。

舒云展生气了，板下脸说，郑霍山，我们好心好意来看望你，你为什么要戏弄我们？你让一个姑娘家滚蛋，你太没有教养了，太没有礼貌了。

郑霍山说，她不是来看望我的，她是来训斥我的。我不是罪犯。

舒晓霁说，臭狗屎，我发誓，我要是再见到你，我就上吊自杀！

说完，她当真收拾起办公桌上的笔和纸张，气喘吁吁，摔门而去。

舒云展跟在后面喊，舒晓霁头也不回地说，那个臭狗屎爱上你了，把你当成舒云舒了，你去吧，单独听他胡扯，看看这个臭狗屎到底是哪里出了问题。

舒云展又往前追了两步，舒晓霁说，我在窑岗嘴等你。舒云展原地转了几圈，看看手里还有捎给郑霍山的东西，只好单独返回探视室。

4

郑霍山现在进入到一个神奇的境界。

自从那次管教干部发给大家一个课本，他从里面读到了毛泽东的那首《沁园春·雪》之后，他感觉到好像大梦一场。那是他有生以来第一次真诚地发自肺腑地佩服一个人。就那么几个汉字，经由那个被称为伟大领袖的毛泽东先生之手，就组合得那样富有动感、富有韵律、富有激情、富有力量。在一遍一遍地朗诵当中，他感觉自己好像吃了激素，通体舒泰。他甚至在那一瞬间产生了灵感，一首好诗，不仅有韵律美、形象美、建筑美，甚至还有医学美，甚至可以治病。

郑霍山在“文革”前也有个发明，利用好的文学作品治病。他在三十里铺“五七干校”当赤脚医生，除了“一根银针一把草”以外，他的医药箱子里，还装有《毛主席语录》《毛泽东著作选读》甲种本和乙种本。在望闻问切和开处方拿药之后，只要条件允许，他往往还会给病人朗诵一首毛主席的诗词，或者是某一篇他认为对病人心情有利的毛主席的文章。郑霍山这样做同后来的跳忠字舞、山呼万岁以及敲锣打鼓迎接“最新指示”的非理性的一窝蜂的行为有着本质的不同。他对于毛主席的崇拜是发自内心的，是不受任何功利左右的，是从艺术审美和哲学启蒙的大门走进这个领域的。直到后来全国人民掀起了轰轰烈烈的崇拜毛泽东的活动，他的独创被淹没了，他才开始怀疑自己确实走火入魔了，他并且因为纠正走火入魔差点儿再次被关进监狱——这是后话了。

冬天里，在他第一次读到毛泽东的诗词之后，他又三番五次地向管教干部申请借阅毛泽东的书。管教干部很奇怪，甚至担心他对伟大领袖的著作恶毒亵渎。后来他们发现，凡是借给郑霍山的学习材料，不仅没有丝毫损坏，而且保存得比别人的要好得多。以后在六七十年代有个流行的说法，“如饥似渴地学习毛主席著作”，这话用在别人身上多数是夸张，但是用它来形容郑霍山在五六十年代的学习精神，再恰当不过。无论条件多么艰苦，关押郑霍山的号子里都会有一盆干干净净的清水，每天劳动归来，郑霍山总是要先洗手，然后恭恭敬敬地摊开毛泽东的著作，或诗词，或选集，或语录，一字一句，一丝不苟，犹如雨露春风，点点滴滴，丝丝缕缕，进入心田。每当这个时候，他的心里干净极了，一尘不染，超凡脱俗，像是诵读《圣经》。

他觉得这个人太伟大了，这个人把人世间的什么事情都看明白了，国计民生，打仗写诗，工业农业，衣食住行，全都高屋建瓴，粪土当年万户侯，伟哉壮哉！就是从毛泽东先生的身上，他开始了解了共产党，共产党有这样的人当领袖，那还有搞不好的吗？也就是从这个人的身上，他开始对新政权、新中国刮目相看了。他相信这位伟人的话：“中国人民将会看见，中国的命运一经操在人民自己的手里，中国就将如太阳升起在东方那样，以自己的辉煌的光焰普照大地，迅速地荡涤反动政府留下来的污泥浊水，治好战争的创伤，建设起一个崭新的强盛的名副其实的人民共和国。”

从《中国社会各阶层分析》一文中，他搞清楚自己是谁了，自己本来是小资产阶级的一员，小商业家庭出身，但是后来又参加了国军，就成了反动派了。认识到这一点，他就开始改造，他甚至学习过《关于纠正党内错误思想》。

在郑霍山研读的毛泽东的著作中，最让他五体投地的还是《矛盾论》和《实践论》。毛泽东的关于两种宇宙观、矛盾的普遍性和特殊性以及主要矛盾和次要矛盾的论述，尤其是关于辩证法的学说，关于一分为二的学说，关于内因可以转化为外因、外因也可以转化为内因，好事可以变成坏事、坏事也可以变成好事的论述，让郑霍山感到醍醐灌顶、茅塞顿开。夜深人静回忆这一年多来的经历的时候，他对辩证法的理解就更加透彻了。想当初他对汪亦适动员他起义持暧昧态度，最终导致他被俘，继而又导致他以历史和现行双料反革命的身份身陷囹圄，这从表面上看是坏事。可是，如果没有这个经历，他怎么会有自我反省的机会，怎么会有读到毛主席著作的机会，即便有这个机会，又怎么会有如此刻骨铭心的感受和融会贯通的体会？

心中有了追求，郑霍山的日子就不那么难受了。他现在再也不会因为监狱里的茅房肮脏不堪难以下脚而同管教干部大吵大闹了。茅房肮脏不要紧，他可以克服，还可以亲自动手打扫。他利用劳动间隙时间，主动打扫厕所。他再也不会因为伙食油水太少而在伙房大发牢骚了。伙食太差，是因为物资短缺，他主动向管教干部提出，应该增加饲养猪羊，一部分用来改善监狱的生活，一部分提供给皖西党政机关。后来朝鲜战场传来消息，志愿军吃不饱，郑霍山又干脆提议，在监狱里开办食品厂、罐头厂，把劳教犯的劳动成果做成成品，运往朝鲜。郑霍山不光是积极地提建议，更是不辞辛苦地承揽了很多义务劳动。

郑霍山在做这些事情的时候，并没有想到这样会改变他的命运，因此他的劳动就是死心塌地的，不是瞻前顾后的。

三十里铺劳教农场的管教干部和领导惊异于郑霍山的突如其来的暴风骤雨般的来历不明的变化，缺乏思想准备。后来经过调查，发现这伙计居然写了几本学习毛主席著作的心得体会，字字句句，实实在在。灵魂深处闹革命，对自己一点都不留情，剖析了自己家庭的剥削本质，个人的人上人的腐朽观念，解放初对新政权和共产党的糊涂认识，破坏新政权发牢骚散布谣言的犯罪事实，无不清清楚楚记录在案。

三十里铺劳教农场的领导被感动了。说实话，他们不得不承认，这个劳教犯的革命的彻底性，襟怀坦白义无反顾的精神，刨根问底解剖灵魂深处阴暗动机的勇气，是他们中很多人都不具备的。

真正的革命者是无所畏惧的。

这话是谁说的？不知道。然而在50年代初，三十里铺劳教农场的领导就是这么评价79号劳教犯郑霍山的。

自从舒氏二姐妹来探视之后，郑霍山除了学习毛主席著作之外，手里又多了一本读物，是舒云展暗中交给他的一本《经络探微》。

郑霍山对中医本来是排斥的，他曾一度认为中医是故弄玄虚、装神弄鬼，但因为这本书是从舒云展的手里转来的，感觉就不一样。他不在乎书的内容，他在乎的是舒云展留在书里的气息。他太渴望女人了，即便是关在牢里，也挡不住他思春，那种欲望甚至更加强烈。他不是一个爱情至上主义者，过去他爱上舒云舒，丝毫不掩饰他对那具漂亮身体的感官需求，在他的心目中，那是一连串的人体器官的组合，娇嫩的嘴唇、坚挺的乳房、鲜艳的乳头、平滑的腹部、修长匀称的双腿……

惜乎哉名花有主。他蔑视肖卓然，但并不嫉妒。他终于见到了舒云舒的替身。她的那个双胞胎姐姐，比舒云舒一点儿也不差，甚至更文静、更矜持，好像还更像美女。他想象着出狱之后同舒云展约会，他再也不能那样无理取闹了，他要果断地采取行动，他要从根本上占有她。

在以后的漫长岁月里，他的生活变得劳累而又充实。他又有了自己想念的女人。他像如饥似渴地学习毛主席的著作那样如饥似渴地幻想着他和舒云展之间的种种事情，这种幻想让他激情倍增，也让他凭空多了出狱的迫切愿望。

夏天过去了，秋天来了。窗外的杨树哗哗地落叶。蓝天上，偶尔能看见南飞的雁群。他期盼着舒云展再来探视，然而三个多月过去了，舒云展还是没有来。这时候，他的心里充满了惆怅。突然有一天，他担心起来，他担心在他坐牢的这段时间，舒云展找了婆家，就像舒云舒那样，愚蠢地把自己嫁出去，嫁给一个像肖卓然那样金玉其外、败絮其中的白面书生，那他就彻底一无所有了。

舒云展带来的那本《经络探微》，郑霍山是几天以后才认真翻阅的。他不相信所谓人的身体就是宇宙的说法，更不相信天地人一脉相承的说法。但是他在翻阅那本医书的时候，突然看见了他熟悉的笔迹。那个笔迹让他震惊、让他惶惑。那是他崇敬的恩师宋雨曾的手迹。显然，这本《经络探微》已经被宋雨曾翻阅了数遍，书的四角已经起了卷毛。那些笔迹都是宋雨曾加上的注解和心得。这使他的感觉很矛盾。

某一天，郑霍山在百无聊赖中想到了辩证法，想到了《矛盾论》，想到了一分为二的辩证唯物主义原理。他产生了灵感，既然他不相信中医，那么他就可以把中医作为反面教材，凡是中医教程里他认为不科学的，他就可以沿着相反的方向找到科学的依据。

郑霍山就是这样开始了攻读《经络探微》，而且是同《矛盾论》和《实践论》交叉攻读的。几个回合下来，他就被书中出神入化的理论吸引了。渐渐地他开始改变看法，他可以怀疑中医，但是他不能怀疑宋雨曾。因为宋雨曾是从德国留学回来的，是受过西方科学教育的，是解剖专家，对于人体构造和生命组成比他要明白得多。这本《经络探微》不仅运用了中医原理，同时有西医论证。《矛盾论》和《实践论》照亮了《经络探微》，《经络探微》又印证了《矛盾论》和《实践论》。

5

远方的战争在不知不觉中改变着郑霍山的命运。

当前方的抗美援朝战争进入到如火如荼的高潮之后，后方的皖西三十里铺也能嗅到那种艰苦卓绝的战争气息了。劳教农场原先有个医疗所，渐渐地药品匮乏，因为前线需要量巨大，后方的医疗机构用药遭到大量减缩。劳教农场的干部看病拿药已经捉襟见肘了，在押的犯人生病自然就要靠自己坚持了。

这年的中秋节，劳教农场的王副场长召集劳教犯中的原医药人员开会，布置了一项新的劳教任务，从明天起，到大别山采药，研制成药，支援抗美援朝战场。

郑霍山听到这个任务，激动得眼泪都快流出来了。虽然他刚刚接触《经络探微》，对于中草药的知识还处于初级阶段，但他仍然蠢蠢欲动。后来王副场长宣布了行动计划和行动纪律，王副场长说，这是党和政府给你们悔过自新的机会，如果你们对祖国建设和抗美援朝做出贡献，那就给减刑创造了条件。但是——

王副场长说到这里停住了，威严的目光从劳教犯的脸上一一扫视，直到所有的劳教犯都把眼皮耷拉下去之后，王副场长才接着说下去，这次采集中草药行动，二十个小组分散在方圆一百多公里的山区，里面也许有土匪，还可能有国民党的残渣余孽。你们当中如果有人趁机逃跑，那就是自寻死路。

王副场长说到这里，还拍了拍腰间的手枪。

郑霍山被分配在第九小组，共有七个人，其中三个人是公安部队的战士。这个小组的负责人是劳教农场的干部张泗安，也就是两年前负责投诚学习班的那个张管教，过去因为汪亦适的问题，曾经同郑霍山打过交道，算是老熟人了。张管教对郑霍山还算客气，出发前小组开会的时候，张管教郑重其事地跟郑霍山说，小郑啊，你学习毛主席著作比别人用心，这一回，要用毛主席的光辉思想照亮我们采集中草药的道路，立下大功，争取减刑。

郑霍山老老实实地回答，是，我一定认真寻找。

然后采药大军就出发了，乘坐几辆卡车向南进发。中午在进山必经之路燕子河吃过饭，张泗安领来了几个人，竟然有他的恩人舒南城。

两年后出现在郑霍山面前的舒南城，穿着中山装，拄着文明棍，背上背着采药的背篓。

郑霍山见舒南城笑吟吟地向他走来，不知所措，拿不准该怎么称呼。张管教说，小郑你过来，舒会长说他认识你，让我们这个小组跟他走。

郑霍山迟疑了一下说，世叔，舒……舒先生好！

舒南城说，霍山啊，怎么生分起来了，还是喊世叔吧。

郑霍山支支吾吾地说，可是，我是戴罪之身……

张管教在一边说，小郑，这段时间，你们是自由的。舒会长听说我们三十里铺劳教农场组织大家采药，主动组织了医药协会的专家参加，还找了十几个药农给我们带路。这一路上，你们老熟人可以切磋切磋。舒会长年纪大了，你要照顾好。

郑霍山说，我会的。

舒南城说，到前面竹林里，你们每个人砍一根树枝，进山就是打蛇棍。遇到蛇，尽量不要打死，蛇胆蛇眼都可以入药，越是毒蛇，药性越强。

郑霍山说，知道了。

路上，瞅前后拉开了距离，郑霍山说，世叔，谢谢你派舒云展和舒晓雾来看我。大恩大德无以为报。

舒南城停住步子，扭头看着郑霍山说，那本《经络探微》读了吗？

郑霍山说，读了。一知半解。世叔，我想问宋校长……

舒南城在前面，头也不回向后摆摆手说，这个问题不要问。

走了几步，舒南城说，霍山，过去我听说你医学天分高，可是有些执迷不悟，在农场里待了两年，可惜了。让我看看你的手。

舒南城转过身来，郑霍山把他的双手摊在舒南城的面前。舒南城看着郑霍山的手说，是双当外科医生的好手。不过这两年劳动改造，骨节大了，老茧厚了。你的劳动教育期限还有两年，之后能不能到医院当一个外科医生，也是很难讲的。依老夫浅见，这两年你不妨先研习一下中医，农场这个条件还是有的。只要你听话，我跟他们说说，以后让你在医疗所里帮忙，给犯人看看病，就是给周围的群众看病，应该也是可以的，你愿意吗？

郑霍山说，我愿意，为人民服务。

舒南城似乎有些意外，再次停下步子，看着郑霍山。关于郑霍山的故事，舒南城过去听说过不少，正面的主要来自宋雨曾，在宋雨曾的心目中，这是个医学天才。负面的主要来自舒晓雾。舒晓雾自从跟郑霍山深谈过一次之后，就一口咬定这是个不可理喻的疯子、不可救药的臭狗屎。舒南城没想到能从郑霍山的嘴里说出这么高境界的话来。舒南城说，你有为人民服务的思想，这很好，诚心实意，坚持下去，必有好处。

郑霍山说，我记住了。世叔，舒云舒他们有消息吗？

舒南城说，前一阵子来信还算正常，近几个月没有消息了。烽火连三月，家书抵万金啊！

郑霍山说，我后悔我没有及时弃暗投明。如果那样的话，也许我现在也和他们一样在保卫我们的国家呢。

舒南城说，你有这个想法很好，说明劳动改造确实起了作用，很大的作用。不过，你现在能认识到这一点非常了不起，知耻后勇，亡羊补牢犹为未晚。你在家乡劳动改造，创造财富，也就是对他们的极大支援。

郑霍山说，我只能这样了。

说话间，已进入大别山脉胡家河，前面传来发现药材的咋呼。舒南城侧身指着一棵茄秧样的野草问郑霍山，知道这是什么吗？

郑霍山老老实实地回答，不认识。

舒南城说，摘片叶子放到嘴里嚼嚼。

郑霍山摘下一片叶子，放到嘴里，品尝了一会儿说，有点麻。

舒南城说，这是曼陀罗，在我们这里也叫北洋金花，世界上最早的外科麻醉药其实是我们中国的华佗发现的，关公刮骨疗毒，实际上就用了这种药草。《植物名实图考》说，广西曼陀罗遍生原野，盗贼采干而末之，以置入饮食，使之醉闷，则挈箧而趋，蒙汗药当即此类植物制成。据说《水浒传》里梁山好汉智取青面兽杨志，就是在酒里掺的这种药。此药同乌头等炮制麻沸散，可作外科手术麻醉。

郑霍山说，没想到中草药还有这么多典故。

舒南城说，那是啊，每一味中药都是有来历的。你再来看看这个，看看这棵松树，也许会发现什么。

郑霍山围着老松树，转了两圈，不得要领，茫然地看着舒南城。

舒南城笑笑说，千年之松，上有菟丝，下有茯苓。唐代大诗人李商隐诗云，草堂归来背烟萝，黄绶垂腰可奈何。因汝华阳求药物，碧松之下茯苓多。

郑霍山说，我明白了，这里有茯苓，但不知哪一块是。

舒南城说，古人曾说，茯苓千年以上者，变化为兔，或化为鸟，服之轻身，成就仙道。还有一种说法，松脂化茯苓，千年为琥珀。你看，这就是茯苓。说着，顺手一指，郑霍山果然看见了一块奇形怪状的附着物。

郑霍山说，成就仙道是什么意思？难道吃了这东西真的能长生不老？

舒南城哈哈笑道，我知道你不信，我也不信，这不过是夸张茯苓的功效而已。不过，茯苓这东西，确为历代医家和养生学家所重视，早在两千多年前《神农本草经》即有记载，久服安魂养神。尤其是魏晋和唐宋时期，已把茯苓作为延年益寿的珍品，苏东坡就是制作茯苓饼的高手，他在所著《服茯苓赋》记录了方法："以九蒸胡麻，用去皮茯苓少入白蜜为饼食之，日久气力不衰，百病自去，此乃长生要诀。"东坡先生到了六十多岁还有着惊人的记忆力和强健的身体，或许与常食茯苓饼有很大关系。

郑霍山说，惭愧惭愧，晚辈浅薄，过去对中医知之甚少，多有不敬。听世叔一席话，茅塞顿开。中医药知识真是博大精深，而且文化蕴涵深厚。

舒南城说，其实西医也好，中医也罢，个中还是有很多原理相通的。倘若能够贯通中西，取长补短，中医的发展也就更加科学、更加高明了。

郑霍山说，晚辈也有这个想法。盼只盼早点出狱，为人民服务。

第七章

1

高栗营突围第四天，肖卓然率领705医疗队同主力部队会合了，这时候才知道，就在那次战略转移中，由于情况突变，过于仓促，友邻部队有两个团都被联合国军打散了，有的整营整连地牺牲了。按说，一支火力单薄、行动不便的伤病员队伍，能够在敌人的重兵围困之下脱离险境，保存了百分之六十的生命，已经是不幸中的万幸了。为此兵团在战略转移的总结表彰大会上，还表扬了705医疗队，给肖卓然记大功一次。

但是肖卓然的心理负担依然很重。

高栗营突围的后期，曾经两次遭到敌人的炮火拦截，一路上三次遇到追兵。殿后的警卫排人员伤亡过半，拿枪战斗的轻伤员也牺牲了三十多个。这些都是正常的战斗减员。让肖卓然心里放不下的，还有四十多个人被打散了。一三五师七师主力撤回到红河谷一线，才有十九个人衣衫褴褛陆陆续续地归队，还有二十多人生不见人，死不见尸。

程先觉是最后一个归队的。

在高栗营突围战斗中，程先觉被指定负责一部分重伤员行动，在敌人的炮火中，这支行动严重迟缓的队伍被打散了。炮袭过后，程先觉按照预先规定的信号联系队伍，却发现身边连一个人也没有了。程先觉慌神了，拎着手枪在密林里像无头苍蝇一样来回转悠，直到天亮，东方露出晨曦，周围除了几具尸体以外，别无他物。

那一阵子，程先觉恐怖极了。离开了队伍，他感觉到自己是那样的孤独无助。没有别的选择，他只能凭借太阳判定方位，硬着头皮拖着软绵绵的双腿，醉酒一般摇摇晃晃向着他认为的正北方向运动。

刚走了几步，就听见不远处传来喊叫声和枪声。程先觉惊出一身冷汗，连滚带爬钻进一丛灌木，脸上又被荆棘拉出几道血口子。侧耳细听，他听出那是掉队的伤病员被敌人的搜山队伍发现了，敌人喊话，听声音好像是伪韩的军队。伤病员还击，里面夹杂着咒骂。打了一阵子，枪声停下来了，程先觉估计那几个伤病员牺牲了。

他不敢轻举妄动了，猫在灌木丛里，心脏狂跳不已，一阵阵几乎晕厥。半个小时后，周围复归寂静。程先觉稍微稳住神，开始考虑下一步路怎么走。

这时候充斥在他心里最大的情绪就是后悔，他不该到朝鲜战场上来。想当初，当肖卓然跟他说要报名参加志愿军的时候，他的内心是一百个不情愿，但是他没有马上表示退缩。因为那个时候他必须像肖卓然一样义愤填膺、慷慨激昂，他内心却存有侥幸，但愿这只是组织上的一个考验活动、一次思想动员、一次表态行动。后来命令果然下来了，医疗队真的成立了，他依然心存侥幸，寄希望于抗美援朝战争很快结束，也许他们还没有出征就凯旋了。可是，一道出征的命令很快就下来了，705 医疗队跟着一三五师雄赳赳、气昂昂地跨过了鸭绿江。身不由己，他只好安慰自己，自己是个医务人员，不直接到火线打仗，危险相对要小得多，到前线也是有惊无险。根据他的判断，如果经历了抗美援朝战争而又完整无损地回国，那他无疑是新中国的功臣之一，他的人生历史将留下光荣的一页，未来的前程从此铺下一条坦途。他的胆怯一次又一次地被侥幸心理掩盖了，同时，这种侥幸心理又一次一次地把他拖到战争的险恶泥淖。他哪里想到抗美援朝战争会这样激烈，705 医疗队会承担这样的风险。上次在红河谷，他已经魂不守舍了，已经乱了方寸，好在没有单独行动，好歹天塌下来有高个子，有肖卓然这样的文张飞首当其冲，他小心翼翼地跟在后面虚张声势，侥幸生还。红河谷之后，他天天在心里祈盼，早一点结束吧，这该死的战争。以他入朝半年多的经历，没有死掉，没有受伤，而且还数次完成了抢救伤病员和突围战斗的任务，至此已经功德圆满了，回国之后，他也有了光荣的资本了。他太不热爱战争了，哪怕这战争无上荣光，哪怕这战争千秋功德，哪怕这战争正义得可以拯救全世界。他不是肖卓然，他对肖卓然既不欣赏也不理解，尽管他对肖卓然唯命是从。站在人的立场上，他甚至认为肖卓然是个疯子，头脑发热，好高骛远，好大喜功，不计后果。什么理想，什么革命，理想和革命关他什么事情？他才二十多岁，人生的道路还很长，如果就这样让他葬身异国他乡，哪怕把全世界的荣誉都送给他，又有什么用处？他是无神论者，他既不相信神灵，也不相信轮回，甚至不相信人有灵魂。人的生命的唯一的存在方式，就是这具活生生的肉体，纤维、神经、细胞、骨骼、毛发、碳水化合物……

身陷绝境之中，程先觉甚至痛恨肖卓然。都是这个疯子，出了风头出馊主意，一步一步地带着大伙儿走到了战争的深渊，走到了生与死的风口浪尖上，命运之舟已经完全无法驾驭了，是直接驶向死亡的深谷还是漂泊在仍然深不见底的恐惧之中，那就只有天知道了。

当然，在他对肖卓然的痛恨中，还有一件让他耿耿于怀而又难以启齿的疼痛，那就是舒云舒。他当然知道，无论是作为一个国民党的军人还是作为一个共产党的军人，无论是从生活的角度还是从事业的角度，他都逊色于肖卓然。但这只是从表象看、从眼前看。肖卓然树大招风，可以得意一时，未必得意终身，未必能笑到最后。他甚至在内心赞成郑霍山的论断，肖卓然不过徒有其名，金玉其外，败絮其中。肖卓然是个花花公子，是头脑发热的时代的弄潮儿，最终会被时代的海洋淹没。舒云舒为什么会爱上肖卓然？是目光短浅，是女人的虚荣心在作怪，是缺乏理智的盲目选择。

但是，程先觉越是在心里把肖卓然贬低得一无是处，越是渴望自己就是肖卓然。肖卓然风光过，战斗过，爱过。这就够了。他已经拥有了那么一个美丽高贵的女人，他死而无憾了。一想到肖卓然同舒云舒结婚，一想到在朝鲜战场上肖卓然和舒云舒的恩爱，程先觉的心就隐隐作痛。

有一次，肖卓然和舒云舒一起搭建帐篷，居然还指挥程先觉给他们搬炮弹箱。那炮弹箱是用来充当床板的。程先觉扛着炮弹箱，就能想象出当天夜里发生在炮弹箱上面的事情。迄今为止，他还没有过性爱的经历。但是，他是学医的，他对男女之间的欢乐并不陌生。他满脸堆笑、满头大汗地扛着炮弹箱，帮肖卓然和舒云舒拼凑着夫妻生活的舞台，就像听到了舒云舒幸福的呻吟和肖卓然粗鲁的喘气，就像看见了舒云舒美丽的赤裸的身体在歌声中扭曲痉挛。那天夜里，他躺在距离舒云舒和肖卓然只有十几米距离的另一个帐篷里，辗转反侧，身体像火一样地燃烧。那时候他甚至产生过一个恶毒的念头，他甚至希望敌人在这个时候炮击，他希望看到肖卓然抱头鼠窜，他更渴望看见赤身裸体的舒云舒从帐篷里蓬头垢面夺路而逃。他希望那个时候他大显身手，他冲上去，他用他的毯子裹上舒云舒，抱着她冲出火海，冲出战地，冲到一个鲜花盛开的山冈。他幻想裸体的舒云舒依偎在他的怀里，给他一个深情的吻，把肖卓然还没有来得及进入的美丽的身体展示给他，然后呼唤他来吧来吧让我们走向极乐世界吧……

梦中惊醒，他的内裤已经喷满了黏黏糊糊的稠状物。

他没有感到羞耻，他只是感到了屈辱。

还有饥饿和寒冷。朝鲜的深夜，露水很重。程先觉的军装在突围之前被撕开绑担架了，只穿着一件衬衣，突围的时候一身冷汗，现在经过夜风一吹，硬邦邦的冰凉。

他就这样冷飕飕地抱成一团，在灌木丛里浑浑噩噩地度过了将近两个小时，终于挨到天亮。

林子里有鸟雀鸣叫，阳光从树干树梢的缝隙里射下来，在落满树叶的地面上溅射起一团一团扑朔迷离的光斑。这情景让程先觉受到了鼓舞。来到朝鲜战场之后，他们大都是在寒冷的冬天度过的，难得见到春天的阳光。这阳光似乎格外明朗，好像很长时间没有如此明媚了。这阳光使他突然有了冲动，他想起了另一个女人，似曾相识，似是而非。她不是舒云舒，但是她跟舒云舒有着千丝万缕的联系。她没有舒云舒的矜持，但她比舒云舒更有活力、更有激情、更有朝气。她在给他们做家乡形势报告的时候，她的眼睛顾盼生辉，洋溢着清澈的光芒。她的声音虽然还有点稚嫩，但是活泼清纯，富有感染力。前年秋天第一次见到她的时候，她还是个懵懵懂懂少不更事的小女孩。仅仅过去不到两年的时间，她就似乎长大了许多。时势造英雄，时势也造就女杰。程先觉大致计算了一下，舒晓雰今年应该十八岁了，正是妙龄时期。她对工作的热情，甚至比舒云舒还要高；她的才华，更是远远高于舒云舒。他记得那次去三十里铺看望郑霍山的时候，她坐在他的车座后面，路上还哼着小调，好像是《女驸马》的曲子。调子不是很准，别有韵味。在小饭馆吃饭的时候，她还给兄长姐姐们朗诵了艾青的诗：

> 假如我是一只鸟，
> 我也应该用嘶哑的喉咙歌唱：
> 这被暴风雨所打击着的土地，
> 这永远汹涌着我们的悲愤的河流，
> 这无止息地吹刮着的激怒的风，
> 和那来自林间的无比温柔的黎明……
> ——然后我死了，
> 连羽毛也腐烂在土地里面。
> 为什么我的眼里常含泪水？
> 因为我对这土地爱得深沉……

这诗歌从舒晓雰的樱桃小嘴里吐出，就如一串亮晶晶、水灵灵的葡萄，将他的心滋润了。

回忆往事，程先觉感到他的身体正在发生着奇异的变化，好像有一种力量在渐渐地注射进他的体内。舒晓雰那张焕发青春光芒的脸使他突然间产生了强烈的求生的冲动。一个小时后他决定勇敢起来，他不能在这里坐以待毙。他要把自己的命运交付自己掌握，剩下的生命他要自己支配。他试着动了一下身体，还好，除了被树枝剐破的地方，没有受伤。

肚子有点饿。从昨夜决定突围到现在，他只吃过二两炒面。身上已经没有任何可以入口的食物了。他想他必须找到部队，至少要找到被打散的同志，他不能也没有办法解决饥渴的问题。

他检查了一下手枪，枪里的子弹是满的。在昨夜的突围中，他没有战斗，他没有机会开枪。现在，枪里的七颗子弹可以防身。

重新上路的程先觉，虽然饥肠辘辘疲惫不堪，但是精气神明显地好多了。他首先找到了昨天钻进密林的那条小路，回忆起肖卓然确定的突围方向，然后走走停停往前行进。

不知道走了多长时间，还是没有走出密林。正行进间，隐隐约约听见不远处传来说话声音，他浑身的汗毛立刻奓了起来。显然，这里还是敌占区。恐惧重新涌上脑门。

说话声越来越清晰了，并且伴随着诡异的脚步声，影影绰绰地看见几个人在斑驳的光影里向这边摸索前进。逐渐走近了，他就听得更清楚了，说话声音有点耳熟，像是中国人说话，节奏分明，语速较快。他激动了，一阵惊喜，差点儿就站了起来，他估计那应该是昨夜突围中失散的战友。好在他没有冲动，他的腰还没有直到一半，他又多了个心眼，重新猫了下去。他们虽然说的像是中国语言，但是他们到底说什么，他无论如何也听不明白。等那几个人走近了，程先觉只看了一眼，就天旋地转。

那几个人穿着韩国军队的服装。

遇上韩国军队，比遇上美国鬼子还要可怕，这是程先觉此刻产生的第一个想法。因为他知道，韩国军队对俘虏比美国鬼子要残忍得多。凡是中国古人能够发明的酷刑，他们都会用，而且有过之而无不及。

这时候，那几个人也看见他了，一声呼啸，队形霎时展开，全都用上了战术动作，从几个方向向他包抄过来，一边靠近，还一边咋咋呼呼。这几句朝鲜话程先觉勉强能够听得明白，放下武器！缴枪不杀！

程先觉把手枪枪柄攥得发烫，他拿不定主意要不要反抗，一个声音在对他说，开枪吧，宁为玉碎，不为瓦全！另一个声音在严厉地对他说，住手！这一枪开了，必然招致杀身之祸！一个声音更加严厉地说，你还在犹豫什么，难道你想当俘虏吗？你想让舒云舒还有舒晓雾她们唾骂你苟且偷生吗？另一个声音强硬地说，好汉不吃眼前亏，识时务者为俊杰，放下武器，或许还有一条生路，留得青山在，不怕没柴烧！

大约半个世纪——在程先觉的感觉里，这段只有十几秒钟的时间不啻半个世纪——过去了，对方的搜索圈在不断地缩小。程先觉举着手枪的手在剧烈地颤抖。他终于没有开枪，他已经崩溃了，他的脑子在命令他的手开枪，可是他的手却无法执行这个指令。

那几个人围了过来，其中一个人已经远远地瞄上了他。程先觉闭上了眼睛。突然他感觉后背遭到了猛烈的一击，紧接着，他的脖子被扼住了。

2

程先觉遭到包抄的时候，汪亦适和舒雨霏离他直线距离不到一公里，就在山的另一面。

汪亦适一直紧随着肖卓然指挥的突围队伍前进。冲过一道封锁线之后，肖卓然收拢人员，稍事休整，然后通过电台向一三五师报告伤亡情况。一三五师政治部主任杨体仁告诉肖卓然，我军被打散了，落入敌手的人很多，这些人主要是伤员。杨体仁问肖卓然，被打散的有医务人员没有？肖卓然当时回答，还没有发现。

再往前转移的时候，汪亦适和舒雨霏在肖卓然的前面，陆小凤在他的身后。肖卓然边走边嘀咕，杨主任是什么意思，是不是担心落入敌手的伤病员？如果我们有两个医生跟他们在一起就好了。

汪亦适回过头来说，肖卓然你是什么意思，你是希望我们医务人员也落入敌手吗？

肖卓然说，亦适你怎么这样想？但是一三五师杨体仁主任问有没有医务人员落入敌手，他肯定不是随便问的。我考虑，伤病员落入敌手的太多。如果真的有医务人员在里面，对那些受伤的同志也有个照顾。

陆小凤说，肖队长，你是不是想把我们送到敌人手里啊？

肖卓然说，我不想把任何同志送到敌人手里，但是，一旦遇到紧急情况，我们不能死打硬拼，活着就是胜利，只有保存自己，才能消灭敌人。

舒雨霏说，肖卓然，我听你这话，还是希望我们束手就擒。

肖卓然说，大姐，你要是这样理解，也未尝不可。我只能跟你这样说，见机行事，保存实力。我们有那么多伤病员落入敌手，我们就算全部突围了，也不算胜利。我们医疗队的职责是同伤病员共存亡。

陆小凤说，我明白肖队长的意思了，万不得已的情况下，我们就放弃反抗，作为医务人员打进敌人内部，去照顾我们的伤病员。是不是这样啊，肖队长？

肖卓然说，我不会神机妙算，我不知道前面还会发生什么。我们不能在这里争论了，趁敌人还没有接近，赶快转移。

没想到这次转移，汪亦适和舒雨霏真的成了“打进敌人内部的医务人员”。

汪亦适之所以掉队，是因为舒雨霏。就在快要突破最后封锁线的时候，他突然发现舒雨霏不见了，他追到队首向肖卓然报告了，肖卓然那会儿工夫已经顾不上其他了，正在吆喝大家快速通过。肖卓然对汪亦适说，也许在前面，已经突围出去了。汪亦适分析，舒雨霏的行动不可能那么快，而且舒雨霏始终都跟他在一起，现在人不见了，只能理解为掉队了。

陆小凤说，肖队长，舒大姐是不是按照你的指示，打入敌人内部了？

汪亦适说，陆小凤，你简直反动，什么时候了，还说风凉话！

肖卓然说，不管是什么情况，都不能停留，继续前进！

汪亦适说，不行，我得留下来再找找，万一大姐掉队了，她一个女同志经验不足，麻烦就大了。

肖卓然想了想说，也好，不过你的时间不能太长，十分钟之后在指定位置会合。

汪亦适得令，就没有跟大家一起突围。当时天色已经微露晨曦，他分析舒雨霏有可能是在二道口误上了向东的岔路，便一个人回到了二道口。果然，沿着向东的一条小路，他发现了不远处有影影绰绰的人影。仔细听了一会儿动静，判断出这是医疗队的伤病员。汪亦适按照预先规定的暗号，拍了两下巴掌，再拍两下巴掌。那边回了三声巴掌，又回了三声巴掌。汪亦适直起腰，走过去一看，正是掉队的伤病员，有五个，加上舒雨霏一共六个人。

舒雨霏一见到汪亦适，眼泪都快流出来了，哽咽着说，亦适，我们跟大队走散了，怎么办啊？

汪亦适说，还能怎么办，追啊！

此时天色渐亮，林子里腾起乳白色的氤氲，弥漫着霞光。景色是好景色，但是大家却没有心思欣赏这清晨的瑰丽。几个人相互搀扶着，跟着汪亦适往前走。

伤病员中有一个人叫王二树，原来是国军三十六师的连长，也是被解放军俘虏的，在三十里铺俘虏学习班里跟汪亦适同过学，后来思想改造过来了，加入了解放军，当排长。汪亦适说，老王你打仗有经验，万一遇到敌人，由你指挥抵抗。王二树说，汪医生，这种情况，我再有经验也不行啊，总共只有三条长枪，大家腿脚都不便利。汪亦适说，可是真的有了情况，我们也不能束手就擒啊。王二树不吭气。汪亦适说，现在大队已经突围了，敌人肯定加强了警戒，天亮了，肯定要搜山。我们大家要做好思想准备，万一被发现了，我们就地抵抗，有枪的拿枪，没枪的扔石头。

说着，他往他的腰间摸了一下，这才发现，他的手枪不见了，想了半天才想起来，是在昨夜突围的时候，被肖卓然要去交给警卫排了。汪亦适说，我们宁死不当俘虏，真的到了最后关头，我们就全体自杀。

王二树说，就怕到那时候身不由己了。

舒雨霏说，情况再怎么紧急，自杀还是来得及的，不行我们就一起跳崖。

王二树说，哪有那么巧的事啊，到时候就怕没有悬崖让你跳。我们不要老是做牺牲的准备，还是赶紧找路吧。

汪亦适说，最坏的打算还是要有，不然遇到情况手忙脚乱。我看这样，老王你保存一颗手榴弹，这颗手榴弹不到最后关头不要用。到了最后关头，我们拼光所有的武器，大家就挤在老王的身边，老王拉线，同归于尽。你们大家同意不同意我这个建议？

伤病员们七嘴八舌地说，同意。

汪亦适说，那好，这也算是我们最后一次开会，向祖国表白心迹。然后继续搜索前进。

走了一个多小时，才找到二道口，汪亦适在前面搜索前进，刚要通过，却发现通道两边人头攒动，似乎有人埋伏。王二树说，这个路口不能走了，返回去。

大家掉转屁股，正要返回，枪声响了。王二树一边指挥几个携带武器的伤员进行还击，一边组织大家撤退。不知道为什么，敌人并没有实施猛烈火力，好像是在戏弄这伙志愿军的残兵败将，打打停停，追一阵松一阵。直到这伙人手里的枪再也不响了，再也没有手榴弹可扔了，追兵这才端着枪从几个方向围拢过来。

汪亦适说，真的到了最后的时刻了，怎么办？

舒雨霏说，还能怎么办？绝不能落到敌人手里。大家集中吧。

王二树说，大家都过来，谁不过来，就是苟且偷生，我先用这颗手榴弹炸死他！

这时候，有三个伤员面色沉重地向王二树靠拢了。还有一个伤员，突然蹲下，号啕大哭说，我不想死，我想活着回家，我爹还指望我给他传后呢！我不想死啊，我们……

舒雨霏厉声喝道，你想干什么，难道你想投降？

汪亦适说，大姐，算了，人各有志。我们大家靠拢吧！

舒雨霏说，要死大家一起死，谁也不能当软骨头！说着，居然从人群里冲出去，把那个蹲在地上发抖的伤员拖了过来。

这时候，美军的包围圈缩得更小了，他们似乎已经发现这几个志愿军弹尽粮绝了，所以也不开枪，就那么端着枪慢悠悠地向这边围拢，有个士兵居然还吹起了口哨。

汪亦适说，大姐，我们的最后关头到了。

舒雨霏说，亦适，大姐跟你死在一起，不后悔。

汪亦适说，这时候如果肖卓然他们从鬼子背后打过来就好了。

舒雨霏说，最后的幻想。亦适，你真是个书呆子。

汪亦适苦笑着说，再也改不了啦。说到这里，眼睛一闭，两行泪水像断了线的珠子，从脸上滚滚落下。攥着舒雨霏的那只手，微微颤抖。舒雨霏感觉到了这一点，也在手上用了力，两只手紧紧地交织在一起。汪亦适喊道，老王，拉吧！

没有回答。汪亦适睁开眼睛，看见王二树举着手榴弹的手也在颤抖。汪亦适说，老王，不能再犹豫了，敌人不开枪，就是想抓活的，我们不能让他们得逞。

王二树说，汪医生，我下不了手啊！

舒雨霏说，老王，你这是怎么啦，难道你想让我们当俘虏？

王二树突然一下子瘫软了，手榴弹从手上掉了下来。汪亦适正要弯腰去捡，一个物件从天而降，踢飞了手榴弹。汪亦适抬起头来，发现四周呼呼啦啦一下子出现了几十支枪口。这边有几个伤员还想反抗，早已被美军冲上来，一阵拳打脚踢，全被缴了械。

这时候走过来几个美军军官，其中一个上尉、一个少校，还有两个少尉。上尉向少校叽里咕噜了一阵子，少校似乎有点踌躇，上尉于是继续叽里咕噜。汪亦适听明白了，上尉说的是，重伤员没法带，就地枪毙，轻伤员押到战俘集中营去。见少校迟迟不表态，上尉不耐烦了，耸耸肩膀，两手一摊，嘟囔两句，然后向士兵一挥手，几个美军士兵便荷枪冲向这边。一个美军走到舒雨霏的面前，刚要动手，舒雨霏出其不意地啐了他一口。这个美军士兵擦擦脸，居然嬉皮笑脸地要摸舒雨霏的脸。

汪亦适挺身而出，站在了美军士兵的面前，用英语说，战争是男人的事情，请你注意你的人格，不要侵犯女性。

这个美军士兵愣住了，美军上尉也愣住了，少校在一旁不动声色地观看，并不表态。

上尉说，先生，你会说英语？

汪亦适说，懂得一点。

上尉说，告诉你的同行，积极配合联合国军的行动。

汪亦适说，请你们尊重《日内瓦公约》，不要虐待放下武器的人。

上尉耸耸肩膀说，难道你还希望成为胜利者的座上宾？

汪亦适说，我只希望你们履行人道主义的承诺。

上尉说，好吧，不过，一旦你们有反抗行为，我们将视为战斗仍在继续。

汪亦适说，放过女人，我们跟你走。

上尉说，异想天开。战场上没有女人，只有敌人。

汪亦适说，拿开你们的脏手，不要碰她！

上尉说，这个女人漂亮吗，谁有兴趣？

美军士兵哈哈大笑，前仰后合。那个一直阴沉着脸的少校开腔了——先生们，注意管好你们的嘴巴和阴茎，这里的每一个战俘都有可能传染麻风病。

舒雨霏问汪亦适，这个杂种说什么？

汪亦适说，他诽谤我们有麻风病。

舒雨霏突然向少校骂了一句，去你妈的，你妈才有麻风病！

3

走在被押解的路上，程先觉也有一丝庆幸。就在敌人包抄的时候，他的本能驱使他僵硬了右手食指，那一枪终于没有打出去。如果他当时开枪了，现在他的尸体已经开始腐烂了。而现在他仍然活着，虽然被捆绑了双手，但他的脚步仍然实实在在地踏在朝鲜的山路上。他应该把这个结果视为一个小小的胜利。只有活着，才有然后。那么，假如他开了那一枪呢，后果必然是导致万箭齐发，他的身体会被打成马蜂窝。

经过两个多小时的艰难跋涉，程先觉的脑子已经清晰了很多，由最终的绝望、恐惧、麻木而逐步恢复了思维能力。他在暗中观察押解他的韩国士兵，那些人的表情告诉他，他是绝不可能逃脱的，他们的眼睛和枪口基本上指向同一个方向，如果他敢轻举妄动，那么，三米之内，他就会应声倒地。他现在唯一的指望就是一三五师的伏击部队出现。有好几次，走在狭窄的山路上，或是树荫浓郁的地方，他都似乎看见了那里正埋伏着一支精兵强将，就在他路过的时候，一双有力的大手从天而降，把他拖向密林深处，然后枪声大作，押解他的那些韩国士兵像秋风扫落叶一样稀里哗啦遍地翻滚，然后解救他的队伍带着他飞速前进，夺路而逃。

然而，这毕竟是黄粱一梦。现实的景况是，他被反绑着双手，被韩国士兵推推搡搡地押解着，屁股上还不时挨上几枪托。他想，这韩国士兵真是与众不同，他绝不会只打你一下，只要你挨了一枪托，必然后面还有两枪托，韩国士兵打人以三为单位。

还有一点让程先觉犯嘀咕的是，这里分明已是美韩占领区，但是押解他的韩国士兵还是大路不走走小路，有时候还钻丛林，鬼鬼祟祟的。大约走了两个小时，程先觉基本上体无完肤了，脸上、胳膊上、腿上，被荆棘划出许多口子。但是程先觉对于疼痛已经麻木了，他有更重要的问题需要思考——生存还是死亡。如果决定了死亡，问题就简单了，只要瞅准机会，纵身一跳，跳进万丈悬崖，也就一了百了了。但是，有好几次机会，都被他放弃了，他没有勇气纵身一跳。他决定继续活着，他信奉那句中国民间的说法，好死不如赖活着。既然决定继续活着，他就必须思考怎样才能活着，如果能够不失气节、不失尊严地活着，当然求之不得。但这是痴人说梦。已经被俘了，要想活着，首先就有可能丧失气节，至少也要放弃尊严。他手里没有情报，他不掌握战争机密，他唯一能够跟敌人交换的，就是他的气节和尊严。他必须向他们表达求生的欲望，必须对他们卑躬屈膝，必须服从他们的奴役。他还有一丝侥幸，那就是敌人已经判断出来了他是没有利用价值的人，敌人把他抓了去，并不指望从他这里得到什么有用的情报，很有可能干脆把他扔到战俘营里，让他做苦力、挖战壕、扛炮弹。这样，他至少可以保留一份气节，然后伺机逃脱，那就是最好的结局了。

就这么老鼠一般钻来钻去，饥肠辘辘，头昏眼花，腿软胸闷。直到黄昏时分，一行人才到了一个不知名的小山村。那里面居然有一些老百姓。那几个韩国士兵把他捆在一棵树上，然后就开始寻找食物。找到食物之后，他们在一旁大吃大喝。程先觉不敢喊叫，只是用恳求的眼光，望着那些这会儿完全忽视了他的存在的士兵，不断地吞咽口水。后来有一个年纪稍微大一点、看起来像长官的韩国军人，对一个士兵说了几句话，那个士兵很不情愿地站起身，给他送来了一点东西。程先觉刚开始的时候还没有明白过来，吃了两口，觉得情况不对——这是炒面啊，这是中国的炒面啊，美国军队和韩国军队都不会吃这种低劣的食物，只有志愿军才享受这个待遇，朝鲜人民军在迫不得已的时候也吃这个。程先觉睁开血肉模糊的双眼，重新打量这几个韩国士兵，重新打量这个小山村，突然喊了起来，同志，同志，我是中国人民志愿军！

那几个士兵怔住了，年纪稍大的那个长官走近程先觉，看着他的志愿军军装，然后又叫过来一个士兵，像是翻译，翻译对那个长官说，好像真是中国人。

长官说，是中国人，你为什么不早说？我们也没有告诉你我们是朝鲜人民军的游击队，抓捕你的时候你为什么不反抗？难道你本来就打算放弃抵抗，本来就打算投降韩国？

程先觉心中暗暗叫苦不迭，申辩说，我也猜测你们可能是人民军的游击队，可是拿不准，我得观察啊，我得试探啊，我得见机行事啊！

长官说，我们有理由怀疑你是韩国军队的奸细。你说你是志愿军，你为什么不战斗？

程先觉说，误会啊误会，这完全是误会！

长官看着程先觉，突然笑了，哈哈大笑说，啊，中国人民志愿军，这真是阴差阳错啊。请问志愿军同志，你的部队番号是什么，驻地在哪里，现在转移到了什么地方？

程先觉刹那间又如腾云驾雾，突然一阵毛骨悚然。这时候他又糊涂了，既然他没有依据证明这几个人不是韩国军队的士兵，他又怎么能因为他们吃炒面就轻信他们是朝鲜人民军呢？

4

自从高栗营突围之后，肖卓然就陷入到一种莫名的烦躁之中。舒云舒始终和风细雨地安慰他，一次又一次地说，别着急，战场上什么事情都有可能发生。也许在某一个清晨，也许在某一个夜晚，他们也许会像天外来客那样出现在我们的面前。但是，肖卓然不这样想，肖卓然是一个唯物主义者。一三五师派出的六支小分队秘密进山侦察了十二天，又收容了四批共二十二名伤病员，但是这里面仍然没有汪亦适和舒雨霏。

有一天，肖卓然没头没脑地对舒云舒说，被俘，牺牲，只有这两种可能。你希望是哪一种？

舒云舒沉重地说，这两种可能都不是我所希望的。我希望他们还活着，并且没有被俘。

肖卓然说，可能吗？他们是人不是神。敌人梳篦式的搜山连续搞了半个多月，他们又不是孙悟空会七十二变，他们怎么可能躲得过，怎么可能藏得住？如果他们还活着，他们要吃饭，要喝水，要行动，不可能不被敌人发现。所以说，要么是牺牲了，要么是被俘了。

舒云舒说，也许，被朝鲜阿爸基或者阿妈妮救下了，现在正藏在某个山洞里，阿爸基或者阿妈妮早出晚归给他们送饭。

肖卓然说，神话，仍然是神话。你是把中国抗日战争的故事搬过来了。高栗营一带是敌占区，那里的老百姓不是死于战火，就是被强制迁移了。

舒云舒说，也许还有地下游击队嘛。

肖卓然不作声了。平心而论，他也希望这样，希望有一支神出鬼没、飞檐走壁的朝鲜人民军的游击队，在某个地方、某个时间，发现汪亦适、舒雨霏他们，然后神不知鬼不觉地把他们转移到某个地方，再然后，直到有一天他们红光满面地出现在705医疗队的驻地。

但是，二十多天过去了，这种美梦一般的现实却一直没有出现。

程先觉倒是完整无损地回来了。

后来程先觉终于搞清楚了，捕获他的那几个人当真是朝鲜人民军的游击队成员。只不过这个游击队因为一直在山里钻来钻去，不太了解志愿军的情况，再加上语言不通，因此才在相当长的时间内一直把他当作韩国的奸细，当作一个伪装者。

搞清楚程先觉的身份，朝鲜的游击队先是把他送到人民军军团部，再送到志愿军兵团部，然后辗转回到了705医疗队。

程先觉的归队，让肖卓然和舒云舒喜忧参半，喜的是一个同志安然无恙，同时也让他们看见了其他同志返还的希望。忧的是，又过去了几天，汪亦适和舒雨霏他们仍然没有消息。如果他们没有遇上人民军游击队，或者被俘，那么生还的可能性就越来越小了，微乎其微。并不是所有的人都能像程先觉那样走运。

程先觉回来之后，大家让他介绍死里逃生的经过，程先觉声情并茂，给大家讲了他是怎样掉队的，又是怎样摆脱敌人追捕的，怎样英勇战斗的，最后是怎样被人民军游击队搭救的，过程惊险而神奇。肖卓然当时微笑不语。

单独在一起的时候，肖卓然问程先觉，你最后见到汪亦适和舒雨霏他们是在什么时候？

程先觉说，好像是在二道口之前。

肖卓然问，这么说，你是过了二道口之后才掉队的了？

程先觉说，应该是。

肖卓然说，你后来遇到敌人了吗？

程先觉信誓旦旦地说，我当然遇到了，我本来不想开枪的，但是他们发现了我，我只好开枪，边打边跑。

肖卓然说，你命中敌人了吗？

程先觉说，我想应该命中了，因为我听到了惨叫，好像命中了一个，也好像是两个。

肖卓然说，你当真听到了惨叫？是那种被击中之后发出的惨叫？

程先觉觉得不对劲了，很不高兴地看了看肖卓然，肖卓然也正用不怀好意的眼神看着他。程先觉气愤地说，难道我还能撒谎，我为什么要撒谎？

肖卓然说，那你说说，你听到的惨叫是美军的还是韩军的，是加拿大的还是土耳其的？

程先觉脸红脖子粗地嚷嚷，你肖卓然是什么意思，你是不是怀疑我的战斗表现？你要是不信，你可以找人民军游击队调查。

肖卓然说，他们能给你证明吗？你同敌人英勇战斗的时候，难道他们在场？难道他们袖手旁观见死不救？你说找他们调查，不符合逻辑啊！

程先觉顿时语塞。憋了好大一会儿才说，就算他们不能给我证明什么，但是你也不能平白无故地怀疑我啊。我既不是叛徒，又不是俘虏，你凭什么怀疑我？

肖卓然皮笑肉不笑地说，我怀疑了吗？啊，我是怀疑了，我怀疑的不是你，而是逻辑。

程先觉傻傻地看着肖卓然说，肖卓然，你太……太阴险了，你对同志缺乏起码的感情。你不要过分了。我也是从死人堆里爬出来的，我吃苦受罪是你所想象不到的，而这一切都是你造成的。汪亦适和陆小凤都给你提过意见，不要每次战斗都把医疗队设置在最前沿，可你刚愎自用，只顾自己争功，不顾实际情况，不顾医疗队和伤病员的安全。上次红河谷和这次高栗营受到的损失，你有不可推卸的责任。

肖卓然说，是吗？我有责任？那好，我的责任我负，但是我要搞清楚，你到底是不是英勇战斗了，是不是真的向敌人开枪了。哈哈，真是神话，还听到了敌人的惨叫。可是程先觉我告诉你，送你回来的游击队员给我们写了信，你的手枪里七发子弹完整无损。这你怎么解释？

程先觉顿时呆若木鸡。

肖卓然说，记住，逻辑！你程先觉的所作所为，还有很多不符合逻辑的地方哦。以后不要瞎吹牛了，听没听到惨叫并不重要，重要的还有更加不符合逻辑的事情。

肖卓然说完，扬长而去。

程先觉的噩梦从此开始了。

黄埠津战役之后不久，志愿军摸准了敌人的意图，变换了战术。一三五师稳住了阵脚，同联合国军的一个团形成僵持，玩起了坑道游击战，并经常开展小出击活动，积小胜为大胜。美军陆军依仗的空中优势和重磅火力打击渐渐不灵，一三五师则越打越顺手，偷袭战、破袭战渐入佳境，炉火纯青。这年秋天，一三五师以积极防御的方针，陆续消耗了当面之敌将近三个营的兵力，受到兵团的通令嘉奖。

这段时间，705 医疗队的状况也大为改观。肖卓然接受了教训，认真反思了自己的问题，确实有好大喜功、急功近利的毛病。虽然嘴上不承认，但是心里还是很内疚的。将近半年过去了，汪亦适和舒雨霏等人仍杳无音信，这使他常常彻夜不眠。而就在这样芒刺在背的日子里，还发生了既糟糕又尴尬的事情——舒云舒再次怀孕了。

最初听到这个消息，肖卓然气急败坏地说，怎么搞的，跟你说注意注意，还是怀上了，你是怎么注意的，存心捣乱吗？

舒云舒委屈地说，这能怪我吗？主动权又不在我手里。

肖卓然说，以后睡觉不要脱衣服！

舒云舒说，这怪衣服什么事？有条件了还让我穿棉衣睡觉，我不习惯。

舒云舒有两套丝绸睡衣，非常高级，这是从国内带来的。舒云舒一直不习惯部队发的那种大裤衩和汗衫。这种丝绸睡衣不仅质感光滑细腻，穿在身上如同流水，而且视觉效果非常美妙。只要条件允许，一般肖卓然和舒云舒都是住在同一顶帐篷或者坑道里，夜晚睡觉，舒云舒穿上睡衣，肖卓然挨上了，就辗转反侧，自己跟自己激烈搏斗一番，多数是“克制”二字占上风，但是不可能每次都能克制得住，有时候抱着侥幸心理，或者在关键时刻采取措施，久而久之，一次不慎，前功尽弃。

肖卓然说，那就分开睡，你还是到女同志集体帐篷住。

舒云舒说，我也是这样想啊，可是每次听见你在集体帐篷外面来来回回地踱步，听见你咳嗽，我就知道你想了，知道你难受了。你难受了，我心里也难受。

肖卓然说，他妈的，真是折磨人。难道没有什么办法制止这种事情发生？

舒云舒说，怀上就怀上吧，大姐给我弄的药，我还留了一些，上次高栗营突围的时候，轻装都没有轻掉。

肖卓然看着舒云舒，突然眼圈一红，一把抱过舒云舒说，我他妈的真不是人，我是畜生！我原先认为我是多么革命多么坚强，可是我怎么就控制不住呢！要是再流产，要是大姐知道了，不知道该怎么骂我。

舒云舒说，骂也不怕，我是多么希望她能够知道，能够面对面地骂我啊！可是她在哪里呢？

一颗眼泪扑簌一声落在肖卓然的手背上，肖卓然扳过舒云舒的脑袋，舒云舒已是泪流满面。

肖卓然长叹一声说，云舒，我现在真的知道我的致命弱点了。也许真像他们说的，这都是我好大喜功造成的。我可能真的不配当这个医疗队队长。

舒云舒说，你千万别这么想，这都是战争造成的。战争环境里，生离死别家常便饭啊，这怎么能怨你呢！

肖卓然说，我有时候真想给上级打个报告，请上级派个医疗队队长来，把我顶出去，到战斗部队当一个连长，哪怕排长也行。我要带着我的部队去打仗，我要带着我的部队重返高粟营，踏遍那里的山山水水，寻找我们的战友，寻找大姐和亦适。

舒云舒说，我知道你的情绪，可是这不现实。

肖卓然说，也许这个想法能成为现实。难道你不相信我的指挥作战能力吗？

舒云舒说，我相信。但是你为什么要去当指挥员呢？你是个医疗队队长啊！

5

又是冬天了。

汪亦适戴着大口罩，穿着一身美式手术服，站在克拉克西的身后，看着这位美军少校军医在患者的胸腔里搜肠刮肚。克拉克西的嘴唇在口罩的后面嘟嘟囔囔说个不停，抱怨弹头打得太深，就像深海里的沉船，简直没法打捞。克拉克西同汪亦适开玩笑说，你们中国军队的枪手，具有外科医生的精确，能让子弹从最佳路径进入人体。给美军士兵做手术，实际上就是上解剖课。

汪亦适的表情很麻木，他似乎不太习惯在这种场合开玩笑。

克拉克西说，看见没有？美国人的心脏好像比中国人的心脏体积大，包膜却比中国人的薄，这大约就是美国人比中国人心胸开阔的原因。

汪亦适说，美国人也有心脏小的。

克拉克西的手在患者的腹腔里停住，似乎在用劲抠着什么，嘴里说，天哪，难道是上帝的恩赐，这东西离心脏不到三毫米。密司特汪，注意止血。

汪亦适操着止血钳，捏住了一根血管。

克拉克西说，密司特汪，你知道这个倒霉的家伙早餐是什么吗？

汪亦适说，牛奶蛋糕。

克拉克西说，不是。这个家伙早餐至少吃了三个橘子、两个鸡蛋、一根火腿肠。他妈的，他的胃可真大。这颗子弹完全应该打进他这硕大的胃囊，那样的话，我们的手术就会方便得多。

汪亦适没说话，他觉得这个美军伤兵落在克拉克西的手里，千真万确是活受罪。他很想说，我倒是希望子弹直接射进他的心脏，这样我们就不用做手术了，但是这话他没有说出口。作为一个东方人、一个医生，他不能说出这样的话，他不是克拉克西。

克拉克西就是汪亦适和舒雨霏等人被俘的时候在场的那个美军少校。他是个外科医生，那天由哈达姆上尉率领小分队护送前往美军维丽基地任职，恰好在路上与汪亦适等人狭路相逢。以后克拉克西曾经同汪亦适说，你是上帝赐给我的礼物，在那天上午，我的心情糟糕透了，我可不想去什么活见鬼的维丽基地，我不想给那些脏乎乎的士兵做手术。我的妻子快要分娩了，而我的前线服役时间已经满了，我想回国守在我妻子的身边。该死的麦克阿瑟把战争搞得一塌糊涂，我和我的朋友乔治医生居然被延长了前线服役时间，仅仅增加了二十美元的薪金！

那天，克拉克西的心情确实不好。在美军后方基地，他还同基地分管医疗勤务的马德森上校吵架，他说他发誓要报复“那些不会打仗而又自以为是随便延长别人服役期的白痴”，“但愿中国军队的子弹能够打进你的脑袋，那样我就可以把你的脑浆取出来看看那里面是不是装进了石灰石”。马德森上校不跟他一般见识，皮笑肉不笑地对他说，我完全同意你的做法，不过那要等一段时间。你现在必须马上到维丽基地去，那里的士兵像需要玛丽莲·梦露一样需要你。

就在克拉克西满腹牢骚前往维丽基地的途中，二道口的桥梁被转移的志愿军给炸毁了，哈达姆分队只好弃车徒步，绕道行进，不料在行进途中巧遇志愿军的两名医务人员和五名伤病员，哈达姆兴奋异常，像是吃了激素，指挥分队对志愿军伤残者进行围剿。克拉克西对于哈达姆的行为很反感，说这个家伙在正面跟志愿军战斗部队交锋的时候，从来就是个怕死鬼，已经投降过两次了。现在面对战斗力薄弱的医务人员和伤病员，他倒来劲了。“道德品质很差，就像你们中国农村的匪徒。”克拉克西在汪亦适面前这样评价哈达姆。

克拉克西惊异于汪亦适在身处险境时候的镇定和从容，尤其当美军士兵装满了子弹的枪口对着他胸膛的时候，他还能理一理自己的头发，摸摸自己的风纪扣，还能用那样平静的口吻和节奏说话。

“战争是男人的事情，请你注意你的人格，不要侵犯女性。”就这简单的几句话，让克拉克西对这个中国军人刮目相看。在押解的路上，汪亦适的腰板是挺直的，表情是坦然的。克拉克西问他，你是基督教徒吗？

汪亦适说，我不是基督教徒，但是我过礼拜日。

克拉克西不解地问，这是什么意思？

汪亦适说，我在教会中学读过书。我的老师是个基督教徒，也是美国人。不过，那是传播信仰和知识的美国人，跟你们这些人面兽心的家伙截然不同。

克拉克西问，人面兽心是什么意思？是不是就是说，有着人的五官，而有着兽的内脏？

汪亦适说，你也可以这么理解。不过我们中国说的人面兽心，这个心不是指器官，而是指人的道德品质。

克拉克西说，很有趣。我不管什么道德品质，我很喜欢人面兽心这个说法，我希望我有人的五官，而有一颗雄狮的心脏，那样我就会有一个更大的发动机。如果跟你们中国军队交战，见势不妙，我就像雄狮一样奔驰在草原上，这样就不会吃枪子了。

哈达姆跟在后面说，我也很想人面兽心，我不仅需要一颗雄狮的心脏，我还需要一根犀牛的阴茎，这样的话，我的女人就再也不会离开我了。说着，哈达姆还用手指了指自己的下体，比画了一个下流的动作。

流氓！

骂声是从舒雨霏的嘴里骂出来的。

克拉克西问汪亦适，她说什么？

汪亦适说，她说你们是肮脏的变态者、臭狗屎。

克拉克西哈哈大笑说，啊，好啊，中国人的想象力一点也不比美国人差啊，人面兽心，肮脏的变态者、臭狗屎，还有什么……狗日的，是否就是狗与狗之间的性交？啊，太丰富了。

克拉克西乐不可支，哈哈傻笑。哈达姆和几个士兵，也是嘻嘻哈哈，笑个不停。

从一块巨石旁边走过的时候，舒雨霏拉拉汪亦适的袖子说，我骂他们流氓，他们为什么那么高兴，你是怎么翻译的？

汪亦适说，我告诉他们，你骂他们是肮脏的变态者、臭狗屎。

舒雨霏说，那他们还笑！这帮美国鬼子，都是神经病！

汪亦适说，是的，他们就是神经病。跟他们说不清楚。不过，这个克拉克西比想象的美国鬼子要好对付，没准可以利用他逃跑。

舒雨霏说，莫非你有计划了？

汪亦适说，暂时还没有。依我们目前的身体状况和战斗力状况，就是逃跑，也跑不远，只能白白送死。现在我们没有必要激怒他们，只要我们没有行为表现，估计他们不会把我们怎么样。看样子是要送到集中营去，也许那里还有我们的同志，到时候再想办法。

舒雨霏说，就怕到了集中营把我们分开，我担心这些人面兽心的家伙对女同志下手。

汪亦适说，我也担心。不过克拉克西提醒了我，你可以装疯卖傻，把自己弄得很脏。另外，关键时刻可以患病。

舒雨霏问，你有办法吗？

汪亦适想了一会儿说，办法是有，不过太痛苦了，我不想让大姐的身体受到伤害。

舒雨霏说，糊涂，难道你忍心让大姐受他们糟蹋？

汪亦适说，到时候再说吧，也许情况没有那么糟糕。

舒雨霏说，你现在就告诉我，到时候恐怕就来不及了。

汪亦适欲言又止，终于没有说。汪亦适最后说，我也没有想出好办法，我再想想。

汪亦适这么一犹豫，就没有把装病的诀窍告诉舒雨霏，以至于导致舒雨霏自己采取了措施，并因此而破相，使汪亦适后悔莫及——这是后话了。

汪亦适等人被押解到维丽基地，从此开始了劳工生活。但是汪亦适并没有像其他战俘那样当劳工，要去给美军挖工事搬运物资，汪亦适在集中营里居然当起了医生。二十多年后中国大陆搞起了“文化大革命”，“文革”中有个新生事物叫作赤脚医生，肖卓然、郑霍山和程先觉都曾一度担任三十里铺农场的赤脚医生，肖卓然戏谑地说，你们那算什么新生事物？早在朝鲜战场上，汪亦适就当过美军集中营的赤脚医生，要不是那段经历，他能有今天这个名气？肖卓然说这话并没有恶意，但是在汪亦适听来却像揭了疮疤，为此同肖卓然闹得很不愉快——这也是后话了。

汪亦适当上集中营的“赤脚医生”，得益于克拉克西。

维丽基地是美军在萨迪克地区部署的一个中型后方基地，其中有弹药转运站、食品转运站和兵运供给站，同时还有一个容纳三千人的集中营和二线医院。基地的劳工主要来自集中营或者是雇佣的印度人。医院主要承担美军一个师、加拿大一个营、土耳其一个旅的救护任务，同时管辖集中营的医疗所。克拉克西既是基地医院的外科医生，同时又是集中营的医疗所主任，他的这个职务给汪亦适带来的方便是空前的。

果然不出所料，到了集中营之后，舒雨霏被送进了女俘监舍。维丽基地的女俘不多，她们要做的事情也不多。这里的美军要比战斗部队的士兵差劲得多，纪律松弛，自由散漫，面对女性，犹如饿狼，调戏强奸女俘的事情经常发生。舒雨霏在舒氏四姐妹里，不算漂亮，但也不丑，刚刚进入监舍不久，就被一个白人中士盯上了，动手动脚不说，还公然撕扯衣服。舒雨霏在第一次同这个中士的搏斗中，要不是众女俘蜂拥而上，差点儿就吃了大亏。

女俘监舍里有个小小的组织，二十几个人抱成一团，拒死不服从单独提审。但是美军士兵也有高招，总是能寻到机会下手，在一次放风中，白人中士带着两个士兵对舒雨霏突然袭击，把她拖到一间库房里，企图轮奸。舒雨霏挣扎着一头撞向铁窗，人没有撞伤，却拿到了武器，她抓起了一块破碎的玻璃，横冲直撞，吓得几个美军士兵抱头鼠窜。这次白人中士又没有得逞。回到监舍，庆幸之余，舒雨霏当机立断，用玻璃在自己的左脸颊划了一条长长的口子，弄得满脸是血。女俘监舍的临时党小组长何方撕下一块床单，写了一条“强奸女俘，死有余辜”的标语，挂在监舍的窗前。男监舍的男友看见了，发出一片怒吼，搞得集中营司令约翰逊大为光火，把那个白人中士叫过去，扬言如果再不收敛，就把他送到医疗所里交给克拉克西，请克拉克西医生切除他的阴茎，白人中士这才老实了一阵子。

在汪亦适的眼里，克拉克西统治的集中营医疗所，根本就不像个医疗机构，而像个屠宰场。给战俘做手术，生命很难得到保障。汪亦适曾经亲眼看见这个对人面兽心津津乐道的美军医生蛮横地对待战俘伤员，他的那双毛茸茸的胳膊，从伤员的腹腔里捞出来，经常是血淋淋的。他居然可以在不施麻药的前提下，拿剪刀直接剪开志愿军伤员的皮肤。汪亦适那时候差点儿没有拿手术刀割开克拉克西的喉管，但是他克制了，他担心那样做会招致更大的报复，会导致更多的伤员送命。

后来汪亦适就渐渐地发现，这个克拉克西也有值得称道的一面。他对于重伤员的动作虽然粗鲁，但那主要是他认为“无可救药”的；而对于一般的轻伤员，如果是他认为“有医治价值”的，他还是比较认真的，其判断力和准确性都堪称一流，技艺精湛，程序考究，用药娴熟。虽然有时候嘴里骂骂咧咧，抱怨工作量太大，咒骂该死的麦克阿瑟、克拉克和李奇微把战争搞得一塌糊涂，但是只要一上手术台，这伙计立马就像变了一个人，表情凝重，两眼放光，举手投足虔诚而又从容。后来习惯了，汪亦适就发现了，这个毛茸茸的美国佬热衷于挑战，特别喜欢做大手术和难手术。真正进入手术状态，他刀下的无论是黄种人还是白种人，就似乎没有区别了，都是一堆原材料，供他这个艺术家开肠剖肚地展示他的精湛医术。克拉克西对待病人的态度，多数不是由病人的地位和人种决定的，而是由他们的伤势和病情决定的。他尤其喜欢那些从未见过的伤势和病情，要是解决了一个疑难杂症，克拉克西就会很高兴，手术也很潇洒，一边做着手术，还一边吹着口哨。他那双毛茸茸的大手并非刽子手，就像天生的外科之手，在对接血管的时候，即便在显微镜下，那双手也是纹丝不动的，令人叹为观止。

通常的情况下，作为一个阶下囚，汪亦适只能在集中营的医疗所里当“赤脚医生”，住在一间由克拉克西出面弄来的单独的监舍里。在给战俘治疗的时候，克拉克西逐渐放手，让他单独完成手术。这些手术对于汪亦适来说，并不算复杂，而且还有个有利条件，即便是集中营医疗所这样的地方，也比当初705医院刚刚组建的时候医疗设备要好得多，有些设备第一次使用生疏，但是经克拉克西指点，很快就融会贯通了，很快就游刃有余了，手术效率很高。做小手术，他的技艺一点也不比克拉克西差。

克拉克西很快就发现了这个情况。汪亦适做手术的时候，他在一边细细地观察。有一次下了手术台，他晃着脑袋对汪亦适说，如果你不是中国人，你完全可以成为一个一流的外科医生。汪亦适淡淡一笑，没作声。汪亦适心里想，为什么非要不是中国人，我是中国人，我照样可以成为一个一流的外科医生。克拉克西说，这该死的战争让人讨厌至极，却给我们这些外科医生带来了前所未有的机遇。如果没有这场战争，我们有可能终生也做不了这么多手术。汪亦适还是淡淡一笑，他想，我宁愿放弃这个机会，也不希望延长战争。

克拉克西对于汪亦适的风度和悟性十分欣赏，到了第五次战役前夕，伤病员骤然增多，集中营医疗所的医生也全力以赴回到基地医院，克拉克西甚至向负责维丽基地医疗勤务的马德森提出请求，让汪亦适跟随他到基地医院，作为他的特别助手。

鉴于克拉克西超群卓越的医疗技术和不屈不挠的骂娘精神，马德森批准了他的要求，但是交代他，绝不能让这个中国人单独操刀，防止这个中国人利用美军的轻信伤害美国士兵的性命，必须严格监视。克拉克西当面连连答应，心里不以为然。回到维丽基地医院，他完全按照自己的思路使用汪亦适。克拉克西根本不相信汪亦适会做出拿手术刀取美军士兵性命的事情，他是从一个外科医生的角度去理解另一个外科医生，而不是从一个军人的角度去理解另一个军人。

事实证明，克拉克西的感觉是对的。汪亦适当然有利用手术刀进行战斗的想法，但这想法稍纵即逝，只是一个偶然的念头而已。当他站到手术台上的时候，他就像克拉克西感觉的那样，心静如水、超凡脱俗。那个时候，他就是个医生，没有任何杂念。

直到有一天，晚餐的时候，另一名被克拉克西弄到医疗所来当清洁工的战俘悄悄地塞给他一张条子，这一切才开始改变。纸条上写的是：韬光养晦，创造良机。

汪亦适知道，集中营的地下组织已经注意到了他现在的特殊便利。只不过，他现在还不知道，这个良机指的是什么，是破坏敌人的基地还是寻机逃脱。他估计后者的可能性较大。

6

汪亦适和舒雨霏在集中营里度日如年的时候，程先觉的日子也不好过。自从他被人民军游击队送回705医疗队之后，不久就有一块石头压在他的心上。这就是肖卓然那天跟他说的，逻辑出了问题。

程先觉搞不明白的是，游击队把他送到人民军军团部，军团部又把他送到志愿军兵团部，再从军里到师里，再到705医疗队，经过这么烦琐的过程，应该说他在突围那天的真实表现，尤其是细节，不会再为人所知了，这就是他敢于胡编乱造夸夸其谈的原因。但是他没有想到，肖卓然会一针见血地指出，他被游击队擒拿的时候，“手枪里七发子弹完整无损”。肖卓然道出的这个细节，像一颗炸弹，瞬间就把程先觉炸蒙了。他妈的这真是聪明反被聪明误，这真是智者千虑，必有一失，这真是搬起石头砸自己的脚。他程先觉不是政治工作者，不是军事指挥员。他既没有政治工作者的敏感，也没有军事指挥员的敏锐。说到底，他就是一个谈不上高明也说不上愚蠢的医生。而在这件事情上，他表现出了十足的愚蠢乃至荒唐，他简直就是一个白痴。

他不知道肖卓然是怎么获悉这个情况的。难道就像在国内那样搞了外调？难道人民军把他的表现写成了书面材料通过组织程序交到肖卓然的手里了？倘若真是这样，那还有更让他担心的事情。

他事后后悔不迭，就在他被他误认为是韩国军队包围的那一瞬间，他不仅是七发子弹没有打出一发，他好像还举手投降了。他对自己当时的表现完全没了自信，他甚至记不得他有没有在被押解的路上向游击队员做出投降的暗示，但是他没有反抗，而是老老实实可怜巴巴地跟着“韩国”军队走，这是不可辩解的事实。这些情况如果都到了肖卓然的手里，那无疑就成了今后决定他命运的隐身炸弹。

肖卓然是什么人？自命不凡，自以为是，刚愎自用，一向以坚定的布尔什维克自居，以新中国的主人、以别人的救世主自居，肖卓然高高在上俯瞰芸芸众生，肖卓然的眼睛里容不得沙子。倘若、倘若……程先觉简直不敢往下想了。

就从那天开始，程先觉再也不夸夸其谈了，再也不卖弄他是如何英勇战斗了，再也不敢神气活现地以受苦受难的功臣面貌出现了，再也不敢同肖卓然平起平坐了。肖卓然分配给他的一切工作，他都无条件地接受，并且竭尽全力地做好。他现在没有别的选择，他只有重新回过头来，老老实实地提高业务能力，老老实实地当一个医生。

汪亦适至今生死不明，医疗队的外科医生力量受到重创。肖卓然如丧考妣，医疗队气氛沉闷。每当重大作战任务来临、分配任务的时候，肖卓然都要长吁短叹。程先觉看出了肖卓然的虚弱，也找到了消除肖卓然的恶感、博得肖卓然好感的办法，那就是尽心尽力地工作，一门心思钻研业务。如果有一天他能取代或者部分取代汪亦适，能够完成或者部分完成汪亦适过去所承担的那份重任，那么肖卓然或许会不计前嫌，或许会逐渐淡忘他的那些不光彩的行为。久而久之，或许会重新给他以信任，把关系修补到出国之前那种程度。对付肖卓然这样的人，他没有别的办法。作为决定作用，作用决定地位，地位决定感情。除此之外，别无他法。

在一个相当长的时期，程先觉都是夹着尾巴做人的。主意拿定了，方向明确了，也就有了动力。那段时间，他多次参加救护活动，他再也不敢提意见指责肖卓然把医疗队配置靠前了，他有好几次向肖卓然建议靠前靠前再靠前。虽然肖卓然现在已经不再是热血青年了，但是他对于程先觉的变化还是持友善态度，程先觉不再畏畏缩缩、不再瞻前顾后，程先觉似乎在突然之间变得勇敢起来了。

这期间肖卓然多次向一三五师，并通过一三五师政治部向军部和兵团部反映，705 医疗队还有三个医生、两个护士和十六名伤员在高栗营战斗中失踪，请求上级同美军和韩国当局交涉，从集中营里查找。但是这个请求没有被批准。两军开战，战火频繁，此时还不是找人的时候。

这年春节前夕，舒南城老先生随着皖西地区第三批慰问团来到了朝鲜战场，而且还带着四小姐舒晓雰，这是她第二次到朝鲜战场采访了。

这次是由皖西地区专员陈向真亲自带队。

那几天，705 医疗队的驻地充满了节日气氛，慰问团不仅带来了一批药材，也带来了家乡父老乡亲的心意，大枣、花生、鸡蛋，装了满满三辆汽车。

舒南城来的时候还不知道舒雨霏失踪的消息。在 705 医疗队住了两天，还是没有见到大女儿，心里就不禁犯起了嘀咕，不过表面上还是不动声色。

最犯难的当然是肖卓然和舒云舒。肖卓然作为 705 医疗队的最高领导，他必须面对这样的现实，纸里包不住火，关于舒雨霏失踪的事情，他早晚要向老人家汇报，可是他不知道话该怎么说，该从哪里开口。他只能自责。白天，他在人前春风满面，布置工作，主持接待，应对采访，从容不迫，面不改色。可是当这一切结束之后，他的心里就空荡荡的。他有好几次在慰问团临时下榻的帐篷前徘徊，想鼓起勇气进去向岳父大人陈述事实，但是就在快要接近帐篷的时候，他又退缩了。

他没有想到最先把这层纸捅破的是四妹舒晓雰。

慰问团到达的第二天夜晚，肖卓然检查警戒之后回到自己的帐篷，发现岳父已经在里面了，舒云舒和舒晓雰哭得泪人一般。舒南城则端坐如雕像，看不出内心有多大的波澜，只不过手中的烟斗滋滋燃烧，一明一暗地映照着那张慈祥的沧桑的脸。

肖卓然一脚门里一脚门外，一看这个情景就明白了，老人家已经知道了。

舒南城看见肖卓然进来，居然还向他笑了一下说，卓然，进来吧，我们爷们说说话。

肖卓然进门，找了一个炮弹箱坐下，半晌无语。

舒南城说，情况我都知道了。你们也用不着隐瞒爸爸了。爸爸是个经过世面的人，晚清、民国、抗战、解放，爸爸一关一关都过来了，经受得起，担待得起。

肖卓然抬起头来，看着舒南城手中的烟斗说，爸爸，这都怪我没有经验，我没有关照好大姐。

舒晓雰愤然说，肖卓然你是怎么搞的，你一个医疗队的队长，连个女人都保护不了，把大姨子都丢了，你这个医疗队队长称职吗？

肖卓然说，是不称职。可是……

舒晓雰说，可是什么？我听医疗队的同志说了，确实是你的责任，你好大喜功，每次争取任务，不顾医疗队的实际情况，老是叫嚣靠前靠前再靠前！你自己倒是立功了，却把很多同志弄丢了。

肖卓然说，小妹，你说的有些是事实，有些也不完全是。战争条件下，有许多情况不是我们能够想象出来的。

舒晓雰说，那你自己为什么没有失踪？你把自己保护得一根头发都没有少。你居然还让三姐两次怀孕、两次堕胎！

舒南城突然发作，把简易桌子拍得噼里啪啦。舒南城说，小四，有你这么说话的吗？闭嘴！

舒云舒面红耳赤，也按着舒晓雰说，老四，你是从哪里听来这些乱七八糟的？

舒晓雰说，我是记者，我消息灵通得很！肖卓然我跟你讲，你不要自以为是。你在朝鲜战场上，有功，也有过。你们705医疗队，很多同志对你都是有意见的，你要好好反省！

肖卓然抬起头来，愕然地看着舒晓雰，半天才说，小妹，怎么这么严重，难道我真的犯下不可饶恕的错误？好像不是吧！

舒南城说，卓然，别跟她一般见识。你小妹是被娇惯坏了，无法无天，谁都敢训。小四，你放尊重一点！

舒晓霁说，爸爸，你不知道，你和三姐一样，对肖卓然过于袒护了。家族的袒护，往往也能助长骄横。你们不要光看见他的成绩，也要看到他的不足，这样对他有好处。

肖卓然说，说得好，小妹，振聋发聩，醍醐灌顶。说实话，自从皖西解放以来，还没有谁这么跟我说话，小妹你是第一个，谢谢你的提醒。现在想来，大姐失踪，确实有我组织指挥不当的原因。

舒南城说，这怎么能怪你呢，你已经做得很好了。我从国内出来，经过兵团、军部和一三五师师部，志愿军首长们知道我是你的岳父，可以说对你是人见人夸。你做得已经很好了。至于雨霏没有消息，在战争中也不是什么离奇的事情。战争嘛，什么事情都可能发生。不过，我们总得知道结果吧，活着，应该见人，死了应该见尸，现在这么不明不白，确实让人揪心。

肖卓然说，爸爸，我的心情和您一样，我甚至希望到战斗部队当一名连长，我甚至多次想带人回到高栗营寻找他们。

舒南城说，孩子话！你虽然还年轻，但你是独当一面的医疗队的队长，不能意气用事。好在现在还没有确切的牺牲的消息，这就是希望所在。还有一点，雨霏失踪了，还有亦适也失踪了，我希望他们能够在一起。我的这些孩子，小时候同汪家的孩子相濡以沫、情同手足。他们如果能够在一起，彼此有个照应，对我们也是个安慰。

肖卓然说，但愿如此。爸爸你放心，一旦有了机会，我会不惜代价去寻找他们。

舒南城说，在这件事情上，我宁肯请老天爷帮忙。

7

705医疗队同维丽基地相距不到五十公里，但是关押在这里的舒雨霏无论如何也想不到，她的父亲会在这个严寒的冬季千里迢迢地来寻找他的大女儿。

舒雨霏疯了。自从那个白人中士强奸未遂之后，舒雨霏的行为就开始怪异起来。一个主要的特征就是乱吃东西，逮住什么吃什么。开饭的时候，她第一个冲向饭桶，伸出双手，大把大把地往嘴里捧稀饭，全然不顾滚烫，两手都是水泡。下次再开饭，白人中士只做一件事，就是看管舒雨霏，防止她再把手伸向饭桶。

舒雨霏不光形同饿狼，还脏得要命，不洗澡，不刷牙，不洗脸，浑身散发着难闻的气息。每次白人中士从她身边走过的时候，都要捂着鼻子。白人中士说，倘若不是看在上帝的面子上，他真想一枪把这个肮脏的中国母猪毙了。

白人中士胡扯，他当然不是看在上帝的面子。他如果胆敢枪毙一个羁押人员，活着的羁押人员就有理由要求约翰逊枪毙他。

汪亦适给克拉克西打下手，这个汗毛孔粗大的美国佬还是讲点感情的。他似乎很欣赏汪亦适，也就格外关照。在克拉克西的斡旋下，汪亦适的待遇比一般的羁押人员要好得多，不仅可以吃小碗饭，有时候克拉克西高兴了，还会给他一根火腿肠、一块巧克力什么的。瞅准机会，汪亦适会把火腿肠交给清洁工，托他捎给监舍里的重伤员。巧克力他留下了，有机会就往舒雨霏那里捎一块，更多的则被他积攒下来了。

本来，克拉克西是安排汪亦适吃大碗饭的，被汪亦适婉言谢绝了。汪亦适说，我饭量小，吃小碗饭就行了。教授既然有此善心，能不能把我省下的那一份，让给我的姐姐？

克拉克西看着汪亦适，狡黠地说，你是说那个疯女人，她是你的女人吗？

汪亦适苦苦一笑说，就算是吧。

克拉克西哈哈大笑说，OK！OK！那就让她吃小碗饭吧，我来交涉。

后来果然让舒雨霏吃小碗饭。开饭的时候，汪亦适注意地观察了舒雨霏的动静。虽然她有了吃小碗饭的待遇，而不像其他羁押人员那样依旧喝稀饭吃杂粮，但是她仍然不放弃从饭桶捞稀饭的机会。汪亦适那天亲眼看见，开饭的时候她照样直奔饭桶，白人中士一边拉扯一边呵斥，滚开，滚开，你这个贪吃的母猪，你去吃你的白米干饭去，你用不着来抢稀饭了！

舒雨霏哪里理会他的话！她左冲右突，甚至还拳打脚踢，一旦挣脱，就不屈不挠地冲向饭桶。

这一幕，看得汪亦适心如刀绞，眼泪差点儿夺眶而出。他竭力控制着自己，迈步向舒雨霏走去。他想她即便疯了，也不会认不出他来。他想这个时候他应该出现在她的身边，他甚至可以对她说，他爱亲爱的大姐，如果可能的话，他希望大姐能够成为他的新娘。他想，也许他这个突如其来的念头会像一剂良药，没准能够开启她那备受摧残的心灵，也许会唤醒她的思想、唤醒她的理智，甚至有可能使她恢复正常。

他一步一步向舒雨霏走去的时候，他看见正在凶猛打捞稀饭的舒雨霏好像意识到了什么，她的动作停止了。她慢慢地转过身，慢慢地抬起头，慢慢地睁开那混浊的双眼。只在刹那间，四目相对，犹如闪电，汪亦适看见了两束清澈纯洁的光芒。她甚至飞快地向他做了一个手势。

他顿时明白了，两行热泪滚滚而下，转身离去。

汪亦适在维丽基地接受集中营地下组织的第一道指令，是营救一三五师二团政委安至深。安至深也是在高栗营地区作战中被俘的，被关押在特号里，因拒不接受美军的自首要求，受尽酷刑。特号监管尤其严格，一般战俘根本无法接近。安至深的身体状况和想法，外界也无法知道。地下组织要求汪亦适凭借克拉克西的信任，利用“赤脚医生”的便利，第一步先把安至深从特号转移到普通监舍，得到战友的照料，同时由他指挥战俘越狱行动。

汪亦适接到指令后，一筹莫展。依他的身份，特号同样不允许他接近。想来想去，汪亦适把他当初打算教给舒雨霏的办法用在安至深的身上。仍然是通过在医疗所当清洁工的那位同志，让清洁工想办法往特号里送进一批放了辣椒末的醋，嘱咐安至深适时喝下去。安至深依计而行，结果呛住了，咳嗽不止，几乎晕厥。安至深被送到医疗所诊治，汪亦适就有办法了。像这种咳嗽咳得面红耳赤的患者，美军医生能躲就躲，通常交给战俘医生自己处理。汪亦适给安至深做了 X 光透视，肺部有大面积阴影，初步诊断为肺结核。医疗所里没有传染病专科，克拉克西皱着眉头问密司特汪怎么办。汪亦适说，按说这种病应该隔离，可是在这里隔离，没有专人照料，你不能让我也传染上。我一旦传染上，谁来给你当助手呢?

克拉克西想想，密司特汪说得有道理。自从来到维丽基地，密司特汪确实帮他减轻了不少负担，那些脸色有传染疾病嫌疑的伤员，基本上都是密司特汪处理的。克拉克西说，那你说怎么办?汪亦适说，这种病活不了多久，如果放在医疗所里等死，就会给他们留下话柄，教授您可能会落下谋杀战俘的罪名。不如把他交给战俘，让他们自己照料，死在他们中间，大家都没有非议。

克拉克西盯着汪亦适，愁眉苦脸地想来想去说，这个主意是个好主意，但是这个人不是普通的人，把他转移到普通监舍，要通过集中营司令约翰逊的批准。

汪亦适说，我认为约翰逊司令应该批准这个提议，如果他知道后果的话。

后来克拉克西就找约翰逊交涉。约翰逊一听安至深得了肺结核，脸上立即露出恐惧的表情，马上就说，教授，这个犯人现在成了病人，病人住在什么地方，应该由医生来决定。

安至深顺利地住进了普通监舍之后，汪亦适又偷了一些药品，通过清洁工传递过去。一个星期过去了，安至深虽然还在咳嗽，但这时候已经是假装了。

在那些变节的人当中，就有当初同汪亦适一起突围未成的王二树。王二树是小队长，为了争取吃中碗饭，甚至打过自己的战友。王二树有一次因为肚子疼到医疗所看病，汪亦适借机对他说，老王，你行啊，转眼之间就成了反共斗士了，你就不打算回国了，你就不怕战友们要了你的命？

王二树说，汪医生，我也是万般无奈。我得活着啊！我知道那一次在高粟营，我没有把手榴弹拉响，你们就看不起我了。可是我得说实话，我真的不想死。

汪亦适说，你这样出卖国家，出卖战友，生不如死。我劝你还是悬崖勒马，再也不要为虎作伥了，那是要遭报应的。我们中国有一句老话，你恐怕并不陌生，不是不报，时候没到啊！

王二树阴着脸说，汪医生，你就不怕我向克拉克西告发你？

汪亦适说，明人不做暗事，我既然说了，自然不怕你告发。你想想，我还有什么好怕的？自从高粟营那次拜托你拉手榴弹那时候开始，我就做好随时牺牲的准备了。

王二树说，你是条好汉，咱们还是井水不犯河水吧。

这次事情过去了几天，无论是集中营司令约翰逊还是克拉克西，都没有对汪亦适做出反常举动。汪亦适断定，王二树并没有告发他。这说明王二树良知未泯，还有起码的底线。于是他又进一步断定，这个人还是可以利用的。而这个人一旦为我所用，就会发挥很大的作用，因为他的行动相对自由。后来汪亦适托王二树给监舍里的战友捎东西，先是给舒雨霏捎巧克力，给安至深捎火腿肠，都没有出现意外。汪亦适的胆子渐渐地大了起来，又让王二树往集体监舍里捎带药品，有一次甚至让他捎进去两把剪刀，居然也都成功了。

王二树有一次对汪亦适说，汪医生，我知道你想做什么，我可以帮你。倘若你们成功了，我只有一个要求，把我为你们做的事情向组织汇报，不要为难我的父母妻儿。

汪亦适说，你难道就没有想到要回去？

王二树哭丧着脸说，我哪里还敢回去啊！我是个俘虏，而且确实给敌人帮凶了，我回去就是死路一条。如果能活着，我打算到台湾去。再回去，那就只能等到反攻大陆了。

汪亦适说，你真是鬼迷心窍了。蒋介石的八百万军队都被打跑了，他怎么反攻大陆？

王二树说，没办法，上天无路，入地无门，听天由命吧。

汪亦适说，王二树，我相信你还有良知，你也为我们做了很多好事。我劝你不要做梦了，跟我们一起干吧，我向你保证，你回去不会受到歧视的。

王二树半天不语。后来医疗室里来人了，王二树才说，我再想想。反正你放心，我不会再做亏心事了。

8

这一年大雪纷飞，整个江津湖地区一片白雪皑皑，交通堵塞。皖西慰问团被滞留在705医疗队，打算同伤病员一起过年。

这个安排非常符合舒南城的愿望。

在705医疗队的这些日子，老先生的内心波澜起伏。白天看医务人员和伤病员联欢，包饺子，玩击鼓传花游戏，老先生也会发出开心的笑容。但是，夜深人静，万籁俱寂，老先生就会大睁着双眼，遥望漆黑的异国的天空。

医疗队驻扎在一个山村里，舒先生打听过，这里离当初发生高栗营战斗的那个地方大约有六十里路。然而这六十里路对他来说却是那样的漫长、那样的艰险。每天，他都在想象着那条路的形状，穿过多少丛林，跨越多少山峦，经过多少溪流。

想着想着，老先生的泪水就会无声无息地流淌，就像他想象中的溪流。

平心而论，他不是一个自私的人。舒氏药行从祖上传下来，已有很大的基业，始终一脉相承，信奉一个“诚”字。大别山里遍地都是宝，天麻、皖参、何首乌、凌霄花、紫丁香，还有蝉衣牛黄、鳖甲麝香……日月天地赋予那方水土无穷的宝藏。舒氏药行作为皖西最大的药材商家，经营信条一是薄利多销，二是急人所难。每逢灾年，或是旱灾，或是洪涝，或是瘟疫，舒家总是捐药赈米，救民于倒悬。舒家的财富是大别山的，取之于民，用之于民，养之于民。这种长远的博大的经营胸怀，丝毫没有影响药行的发展，反而日渐兴隆。人们信任舒家，依赖舒家，有病愿意到舒家治，缺药要到舒家买，薄利多销赢来细水长流，终至财源滚滚。清朝末年，江淮巡抚姜永昌赠舒家匾额一块，上书“首善之家”。民国元年，同盟会元老柏文蔚送舒家石碑一方，上书“妙手回春　山高水长”。抗战期间，新四军将领彭雪枫赠舒家锦旗一面，上书“忠厚传家久　诚信继世长”十个大字。到了皖西解放，又有新政权的专员陈向真亲笔题匾。可以说，几十年的风风雨雨，舒家坚如磐石，就像深山老玉，越擦越亮。别说在皖西地区，就是整个江淮，像舒家这样的不倒翁也是绝无仅有。

舒南城感戴人民政府海纳百川的胸怀，感激新政权领导礼贤下士的作风，向往共产党描述的人民当家做主、万众一心建设社会主义新中国的美好前景，所以义无反顾地支持支持再支持，直至把自己的两个女儿和一个女婿都送到了抗美援朝保家卫国的战场上。

可是，他的大女儿如今却无影无踪了。

大女儿不是他最疼爱的。大女儿出生的时候，也是他最忙碌的时候。那时候他刚刚接手管理舒氏药行，连续几年辗转于全国各地参加药材贸易，采购名贵药材，出售皖西珍品，鞍马劳顿，方兴未艾。等大女儿稍稍大了一点，又爆发了抗日战争，他和众多的热血青年一样，义愤填膺，他的弟弟脑子一热，弃商从军，考进黄埔军校，直接跟鬼子干上了。要不是老父亲苦苦哀求他留下来为舒家支撑门面，那时候他也很有可能参加新四军。他都已经跟彭雪枫手下的参谋联系了，但是那个参谋认为，像他这样的民族资本家的大少爷，要参加新四军不是小事，必须有老太爷同意才行，而且他的年龄也偏大了一点。那一年他已经三十四岁了。虽然他后来没有参加新四军，但是抗战的事情并没有少做，舒家多次给彭雪枫的部队秘密采购、运送药材，甚至还做了一些分外的事情，送棉衣、送粮食。有两次差点儿被鬼子发现，差点儿送了命。那时候他哪有时间当慈父呢?

直到大女儿十二岁了，从皖西国立高小毕业，他才发现他必须为女儿的学业操心了。他征求好友宋雨曾和汪尹更的意见。宋雨曾劝他把大女儿送到教会中学，先读英语，以后出国学习西医。汪尹更也赞同这个意见。但是把这个意思跟老太爷说了，老太爷坚决不同意。老太爷说，什么西医?妖言惑众，异端邪说。女孩子学那洋夷之术非驴非马。还留洋?那不是往坏里学吗?老太爷这么一说，他就没有坚持，最后选择了江淮医学预科学校，攻习妇科。其实这是个折中的选择，因为预科学校的妇科专业此时已是中西合璧了。之后，他让老三投考教会中学，是瞒着老太爷的。

大女儿学非所用，参军成了一名军医。这是没有办法的事情，这是战争的需要。好在基础原理是一样的，大女儿性情略微急躁，没有别的爱好，是一个心无旁骛地做学问的人。过去在705医院，后来在705医疗队，其医疗技术都是名列前茅的。据说，她在朝鲜战场上，多次跟汪亦适配合，其水平仅在汪亦适之下，而在三女儿和程先觉之上。

可是，如今她在哪儿呢?

无人之际，舒先生向南眺望，那里除了白雪皑皑还是皑皑白雪，莽苍苍天地一色。而在那无边无垠的冰雪的覆盖之下，既有舒先生的悲痛，又有他的希望。有时候他幻想着冰雪消融，阳光普照，云蒸霞蔚，在一片绚丽的彩虹中，他的大女儿戴着他给她带来的厚厚的皮手套，张着两手，哈着热气，喊着爸爸，款款飘来，扑到他的怀里。

雪终于停了。

但是天气的转变并没有给舒南城老先生带来福音，而随着雪过天晴，降临在舒先生头上的，居然又是一场灾难。

沉默了半个多月的美军飞机又来轰炸了。他们似乎发现了这片山坳里隐藏着一支厉兵秣马的志愿军部队，或许得到了这里还有国内慰问团的情报。一个上午，出动三批十八个架次，对一三五师驻地进行狂轰滥炸。一三五师地面部队仓促应战，虽然缺乏防空火力，但是由于敌军过于骄横，低空挑衅，还是让一三五师的步兵抓住了战机，二团三营的一名姓初的副连长，把轻机枪架在自己的肩膀上，挑逗敌机，玩起了老鼠戏猫的游戏，打下了两架敌机。消息传来，一三五师和705医疗队一片欢腾。

舒晓雰是新闻记者，这件事情对她而言又是近水楼台，她岂肯放过这个独家新闻？她向慰问团长陈向真请求任务，要在第一时间采访那位姓初的副连长。陈向真指示肖卓然做好保卫工作，肖卓然派出两个警卫员，遭到舒晓雰的拒绝。后来程先觉自告奋勇，要陪同舒晓雰去，舒晓雰才没有反对。

程先觉现在的心态有点儿复杂。自从出现了“逻辑问题”之后，他就变得谨慎起来，这个谨慎主要体现在嘴巴上，不乱说了，不吹牛了，也不瞎表态了。凡事三缄其口，扎扎实实做学问，业务上有了很大的长进。

他越来越明白了一个道理，在肖卓然的手下谋事，他是绝不能掉以轻心的。这就像鲁迅先生说的，运交华盖欲何求，未敢翻身已碰头。想当初在风雨桥头，在他举棋不定踌躇不前的时候，肖卓然及时地出现了，在一个相当长的时期，他都是暗自庆幸，这个人就是他的福星，就是他的救命稻草。但是随着时间的推移，他越来越不这么认为了。他开始分析肖卓然的动机，肖卓然带着他走向新政权，这是事实。可是肖卓然对汪亦适的新生也是不遗余力，甚至对于郑霍山那样人所共知的反动派也是苦口婆心，这是为什么？肖卓然对汪亦适和郑霍山的精神施舍，首先就让程先觉减轻了对他的感激之心，因为他不是唯一享受到肖卓然的阳光雨露的。其次，肖卓然在解放后成为领导干部之后，所暴露出来的自命不凡，所摆出来的一贯正确、一马当先的架势，越来越让程先觉感到压抑。同样是江淮医科学校的学生，同学一场，凭什么他就颐指气使，凭什么都是他在发号施令？即使是在舒云舒的面前，他也似乎从来不给程先觉留情面，动不动就训斥：连这个问题都解决不了，你还配当业务股长吗？或者是：这是常识问题，不懂你去问汪亦适！

很没有面子啊，很伤自尊啊！

肖卓然为什么悲天悯人，为什么对所有的人都怀有恻隐之心，这原来是程先觉的一个不解之谜，但现在他好像有点明白了，肖卓然想当英雄，想当霸王，想当曹操，天下英雄尽入彀中，尽管他们现在还算不上什么英雄。前提是，这些人必须俯首帖耳，必须唯命是从，必须唯他的马首是瞻，必须是在他的麾下效力。这些人既不能是强者，不能盖过他的风头，又不能是弱者，英雄不能只统治一群白痴和叫花子。

“逻辑错误”事件使程先觉走过了一个漫长的反思过程，也促使他开始了从本能的“识时务”到理性的“领风骚”的探索。他不能久居肖卓然之下，那么他的第一步就必须对肖卓然毕恭毕敬。这是一个悖论，这里面充满了玄机。

在最近的几个月里，程先觉充当了705医疗队主力医生的角色。他发现，汪亦适的失踪，使他的才干得以充分体现，使他的潜能得以充分发挥。他勤勤恳恳，谦虚谨慎，尽心尽力，对伤员如亲人，做手术像专家。舒云舒说他找到了自我。连肖卓然也在支委会上说，战争考验了我们，也锻炼了我们，战争使我们成熟起来了，程先觉同志就是一个很好的例子。

程先觉过去同舒晓雰并不熟悉，仅仅是两年前去探视郑霍山的时候与其有过一面之交。那时候的舒晓雰还是个稚气未脱的小女孩，像个没有成熟的青果子，倏忽之间，小女孩长大了，满嘴的理想信仰，文章写得行云流水，演讲作得花团锦簇。这真是时势造英雄啊！

在一三五师三团，舒晓雰采访了那位黑黝黝的初副连长和他属下的机枪手，询问他们在战斗中的表现，捕捉他们心灵深处的思想火花，挖掘他们革命英雄主义和爱国主义情操，每一个细节都不放过。舒晓雰的问题是那么得体，舒晓雰的采访思路是那样的清晰，舒晓雰切入问题的角度是那样的巧妙，使得程先觉很有感慨。是的，我们大家都成熟了，肖卓然说得没错，战争考验了我们，也锻炼了我们。

在舒晓雰采访的时候，程先觉就在一旁观看，静静地，一言不发，像是欣赏一场精彩的演出，目光里有欣喜，有赞许，还有一点儿……慈祥。

舒晓雰察觉到了这一点。采访结束后，在返回的路上，舒晓雰说，程大哥，你现在好像比过去说话少了许多，没有那样活泼了。

程先觉说，是吗，你采访，我插不上话啊。

舒晓雰说，不过，你这个样子挺有风度的。男人啊，沉稳一点更有魅力。

程先觉的心呼啦热了一下，向舒晓雰看了一眼，很矜持地微笑，很矜持地点点头。这个矜持，连他自己都感动了，也许他真的变得稳重起来了。

舒晓雰在前面走，程先觉静静地跟在后面。遇到脚印被雪掩埋的路段，程先觉就主动上前，用树枝探路，还时不时地伸出手来搀扶舒晓雰一把，动作恰到好处，自然得体。有一次舒晓雰一脚踏空，叽里咕噜从坡上滑了下去，舒晓雰吓得大呼小叫，程先觉二话不说，纵身扑了过去，拽住了舒晓雰的胳膊，两个人一起滚出老远，直到程先觉用脚钩住一棵松树，这才停了下来。两个人站起来，全都成了圣诞老人，两人相视而笑。

舒晓雾说，你们江淮医科学校的“四条蚂蚱”，差别真是很大啊！

程先觉沉吟了一下问，怎么个差别法？

舒晓雾说，三个人成了志愿军的医生，一个还在劳教农场改造。那个反动派莫名其妙，居然提出加入共产党，真是异想天开。

程先觉诧异地问，你见到郑霍山了？

舒晓雾说，见到了，还写了一个专访。劳教农场的人说这个人改造得很彻底，不仅积极参加劳动，还认真学习毛主席著作。听说土改中把他家划成富裕中农，他主动纠正说，他们家有钱有田有店面，至少也是个富农，算是剥削阶级，应该清算。

程先觉愕然问，啊，还有这种事情，奇怪了，不可能啊！郑霍山哪里会有这样高的觉悟？

舒晓雾说，我也觉得奇怪，我怀疑他是不是受了刺激，精神不正常了。可是你跟他谈正经事的时候，也看不出有什么不正常。农场的领导也说他是正常的。他好像对我二姐情有独钟，每次见面，色迷迷地盯着看，也不知羞耻。从这一点看，倒是真有点不正常。

程先觉说，恰好这个现象是正常的。这个人就是这个品性，做什么事都是直来直去，赤裸裸不加掩饰。过去追你三姐就是这样明火执仗，差点儿跟肖卓然决斗。他现在是把你二姐当作你三姐了。

舒晓雾说，他郑霍山一个劳教犯，居然还惦记上我二姐了，真是痴心妄想。

程先觉说，小妹，这话可不能妄下结论。以他现在这个身份，看起来是没有可能，但是你不能不让他想。再说，郑霍山现在这样积极表现，没准就是爱情的力量在起作用，他是不是想提前释放，放开蹄子追你二姐啊？

舒晓雾嘎嘎地笑了起来，可能吗，你觉得可能吗？我们家怎么会接纳这样一个莫名其妙的家伙，我们家又不是神经病！

程先觉说，爱情这个东西，往往不是我们用世俗的眼光能够看明白的。怎么没有可能呢？或许在你认为最没有可能的地方，恰好隐藏着很大的可能。

舒晓雾不笑了，停住脚步，傻呵呵地看着程先觉说，啊，你说的还真……挺哲理的。要是真的这样，那就有好戏了。我听我三姐说，我大姐对汪亦适就有点朦朦胧胧的意思，如果有一天他们突然出现了，成双成对，那我们家就热闹了。舒氏三姐妹嫁给了医科学校的三条蚂蚱，还有一条蚂蚱……

话到此处，戛然而止。舒晓霁的脸扑哧一下涨得通红。

程先觉恍然大悟，不知道接下来的话该怎么说。本能告诉他，他可以接着舒晓霁的话茬说下去，还有一条蚂蚱和一个小妹，顺理成章啊！也许舒先生当初说的一根绳子上的“四条蚂蚱”，那根绳子指的就是舒家也未可知，没准还真是一种暗示呢。

但是理智告诉他，不能这样说，这样说太唐突了。舒晓霁只是在政治上追求进步，在爱情上，她还是个不谙世事的小丫头。如果唐突了，把话说僵了，把小丫头惹恼了，没有退路了，那就麻烦了。那他面对的不仅是肖卓然的轻视，还有更严重的后果。

在那个重要的时刻，程先觉站稳了脚跟，保持了应有的风度。他扶扶眼镜说，小妹，天色不早了，我们得趁天黑之前赶回去。

舒晓霁恢复了常态，羞赧一笑说，好的。

此时天色将晚，西边出现了暗红色的晚霞。程先觉担心再晚了看不见脚印会迷路，一个劲儿地埋头疾步前进，舒晓霁则在后面一路小跑。

快要抵达705医疗队驻地的时候，远远地看见一个苍老的身影茕茕孑立，舒晓霁认出来那是她的父亲。自从来到朝鲜，知道大姐失踪的消息之后，短短的十几天工夫，父亲就显得格外苍老，而且多愁善感。这时候他一定是担心小女儿的安危，不知道在这里已经守候多长时间了。舒晓霁心中一阵酸楚，叫了一声爸爸，就飞奔过去。

舒南城看见女儿安然无恙，舒心地笑笑，对随后而来的程先觉说，谢谢你啊小程，老四给你添麻烦了。

程先觉说，哪里，我陪小妹走一程，听她讲国内社会主义建设情况，耳目一新，受益匪浅。

舒南城说，我们皖西的变化是很大。这该死的战争早点结束吧，让我们的孩子都平平安安回到祖国建设新皖西吧！

舒晓霁说，爸爸，又伤感了吧！别在这儿冻着了，我们回去吧。

舒南城笑笑说，好。

几个人刚刚往驻地村庄走了十几步，意想不到的事情发生了。先是听到一阵嗡嗡的声音传来，程先觉搭手遮住晚霞余晖，循着声音看去，发现有两架飞机如同苍鹰向驻地村庄俯冲过来，程先觉惊叫一声，不好，快跑！拉着舒南城就跑。没有跑到三十米，炸弹就落了下来。这时候担任警戒的几个战士也往这边冲，一边冲一边大喊，卧倒，赶快卧倒！

舒南城完全没有经验，不知道卧倒是怎么个卧法，正在茫然四顾，一颗炸弹落在近处。就在即将爆炸的一瞬间，程先觉犹如猛虎下山，纵身扑了过去，把舒南城压在身下。

敌机呼啸而过，远处腾起一连串的火光。舒晓霁惊叫着扑到父亲的身边，哭喊着、摇晃着。舒南城睁开眼睛说，我没事，赶快看看小程怎么样了。

这时候才发现，程先觉已经倒在血泊之中。

不久就搞清楚了，敌机这次行动，是一次蓄谋的报复计划，在志愿军意想不到的地点和意想不到的时间内实施偷袭。偷袭的结果是一三五师后方部队受到了很大的损失，伤亡了一百多人。舒南城先生躲过一劫，也负了轻伤，腿上嵌进两块弹片，额头也被擦伤了。程先觉背部中弹，好在不在致命处，右肋骨打断一根，右手掌被削掉一块，丢了小指、无名指和半截中指。

9

美军利用日暮偷袭一三五师的消息，汪亦适是听王二树说的。

这年秋季，爆发了举世瞩目的上甘岭大战，战争形势发生骤变，迫使美军再次举行板门店谈判。

在这样的形势下，美军决定撤销维丽基地，计划将集中营被俘人员转移到汉城。机会终于来临。

汪亦适从王二树处得到情报已是下午了，这天夜里美军守备部队一个营将秘密前往青木川搬运掠夺的朝鲜皇宫财物，至少有三个小时维丽基地兵力空虚，只有两个连分五处把守。王二树对汪亦适说，我把这个情报出卖了，我也就没有退路了。这是最后一个机会，我跟你们一起行动。

汪亦适从身上摸出一包药粉，要求王二树送到三号监舍，不久三号监舍就传出呼救声，美军看守跑到医疗所向克拉克西报告说，一名被俘人员突发急症，大汗淋漓，满地打滚。克拉克西不耐烦地说，密司特汪，去割掉他的阑尾。你们中国人的阑尾，总是这么脆弱。

汪亦适求之不得，背起药箱，堂而皇之地进了三号监舍，向安至深作了汇报。安至深分析，以敌人留守的兵力，冲出维丽基地的把握很大，关键是冲出之后，敌人必有追兵，方圆二十里，都是敌人的防线，若要取得暴动全面胜利，还必须有接应部队。据安至深掌握的情报，我军距离维丽基地最近的部队也有三十多里路，派人前去联系没有可能，因为在暴动之前，这里飞出一只麻雀都会招致炮击，而且容易打草惊蛇。

商量的结果是，不能等待接应部队，自己单独干，见机行事，逃出一个算一个。

当晚，美军守备部队一个营果然出动，为了防止关押在集中营的志愿军官兵察觉，敌人采取的是细水长流的办法，以排为单位，制造巡逻的假象，一个排一个排地转移，另以一个排环绕基地，遮人耳目。

此时，集中营地下组织负责人安至深指挥两百名由共产党员和共青团员组成的“神州突击队”做好一切战斗准备。

汪亦适从医疗所里拎出了十瓶酒精，交给了相对自由、活动在监舍外面的难友。十二个人组成突击队先遣班，分四路同时行动，打掉了美军的四处岗哨，同时对敌人的军火库和汽车进行爆破，吸引敌人的注意力。

汪亦适的具体任务是在医疗所里放火。医疗所大火燃起来之后，爆炸声不断。“神州突击队”借机冲出监舍，同一个连的美军展开近战肉搏，最终夺取枪支五十余支。

到此，胜负已见端倪。这些昔日在枪林弹雨中纵横驰骋的战士，在集中营里过了将近半年，犹如困兽一般，一旦脱离樊篱，便爆发出不可遏止的战斗欲望。手里有了枪，而且是美式机关枪、美式冲锋枪、美式特种枪，那还了得？如鱼得水，如虎添翼。

战斗队形是早就暗中操练过的，前面有机关枪开路，中间有冲锋枪护卫，伤员有担架，病号有搀扶，打的打，跑的跑，有条不紊，井然有序。这情景不像是暴动越狱，而很像是一场势均力敌的阵地战。

汪亦适最后一眼看见克拉克西，是在他即将离开维丽基地的二道防线之前。在一片冲杀声中，克拉克西茫然不知所措，傻乎乎地看着两军交战，任凭身边弹如蝗飞。后来一个美军少尉把他拖到伙房里，很快就被汹涌而来的志愿军战士俘获了。

汪亦适看到克拉克西的时候，他正被两名战士推搡着踉踉跄跄地往前走。克拉克西看见汪亦适，像是看见了救命稻草，嘴里不停地喊，密司特汪，密司特汪，快来救救我，这些野蛮的人，不尊重我！

汪亦适走近了，对扭住克拉克西的战士说，松开他。

克拉克西说，密司特汪，请你告诉我，这一切都是怎么回事？

汪亦适说，克拉克西先生，对不起了。谢谢你教给我很多东西，也谢谢你给了我很多方便。但是，你不能给我自由，不能给我中国人的尊严，不能给我们和平，所以，我们要战斗。

克拉克西说，我们都是上帝的孩子，和平的信仰是没有国界的。你们不应该这样对待一个上帝的孩子。

汪亦适说，用你的和平思想去教育你们的那些士兵吧，想想那些畜生的所作所为，上帝会厌恶他们的。

克拉克西说，我理解你们，但是你不应该，用你们中国人的话说，恩将仇报。

汪亦适说，我们之间没有恩怨，只有战争。如果你真的追求和平，请跟着我们走，我可以保证你的安全。

克拉克西说，你们是逃不掉的。不要忘记了，这是联合国军的天下。

汪亦适说，这里是朝鲜的土地，现在是志愿军的地盘。

部队已经快要全部通过了，安至深从后面走了过来。安至深问汪亦适，汪医生，你打算怎么处置这个美国佬？

汪亦适说，带着是累赘。

安至深说，那就消灭。说着就拔出了手枪。

克拉克西惊恐地看着汪亦适，蓝色的眼珠子都变绿了，密司特汪、密司特汪地乱叫。

汪亦适说，他是医生，而且放下武器了。根据《日内瓦公约》，我们不能加害俘虏。

安至深犹豫了一下说，那怎么办，带走？

就在这时候，意想不到的事情发生了。一个原先当过战俘小队长的败类不知道从哪里钻了出来，此时义愤填膺，似乎对眼前的这个美国鬼子有着深仇大恨，横起一杆枪瞄准克拉克西说，什么《日内瓦公约》！这些狗日的什么公约都不遵守。为了给兄弟们报仇，我毙了这个狗日的！

说着，就要扣扳机。汪亦适来不及多想，伸手架起了这个小队长的步枪，子弹擦着克拉克西的头皮飞了出去。克拉克西翻了一下眼珠子，咕咚一声瘫倒在地上。

汪亦适说，安政委，我请求放了克拉克西。毕竟，他不是一个拿枪的军人。

安至深犹豫了一下，看看汪亦适，再看看克拉克西，然后说，好吧，我们中国人应该比美国人有风度。

汪亦适说，克拉克西先生，你听明白了，我们既不杀你，也不带你走。你自由了。但愿我们今后不要在战场上见。

克拉克西一骨碌从地上爬起来，拍着屁股喊，OK！OK！密司特汪，但愿我们能在美利坚或者美丽的中国相见，我会邀请你到我的家乡得克萨斯州，那里有透明的葡萄酒和美丽的姑娘！

第八章

1

抗美援朝战争打到第三年年底，郑霍山被提前解除了劳教。

郑霍山终于迎来了他人生的春天。在三十里铺劳教农场里他读到了毛泽东的几篇文章，读得茅塞顿开、汗流浃背，他再也不能轻视新政权了。过去之所以轻视、蔑视乃至仇视，是因为无知。那时候他压根儿就不知道新政权是干什么的，在国民党的宣传里，新政权就是陈胜、吴广、李自成、洪秀全，是妄图打天下坐江山作威作福的泥腿子。

毛泽东的文章让他明白了新政权是干什么的了，毛泽东主席说，中国的命运一经操在人民自己的手里，中国就将如太阳升起在东方那样，以自己的辉煌的光焰普照大地，迅速地荡涤反动政府留下来的污泥浊水，治好战争的创伤，建设起一个崭新的强盛的名副其实的人民共和国……

郑霍山深深地信仰毛泽东。自从他被舒南城从三十里铺劳教农场保释出来，获得监控劳动的半自由以后，他跟着采药大军，走遍了大别山方圆几百公里。不论是城市还是乡村，不论是山区还是平原，尽管战争留下的痕迹还没有完全抹平，老百姓的生活仍然穷困，但是，人们的脸上有了红晕，眼睛里闪烁着希望的光芒，再也不是过去那种无助的、绝望的、茫然的表情了。大别山区红旗飘扬，采茶的民歌清脆悠扬，佛子岭修建水库的劳动大军，勒着麻绳搓成的裤带，抛着沉重的石夯，喊着整齐的号子，打地基，筑石坝。

饥饿仍在持续。

贫穷仍在蔓延。

但是曙光就在前面，歌声里充满了生机。

舒晓霁所在的《皖西新生报》里面有一句话，旧社会把人变成鬼，新社会把鬼变成人。那张报纸郑霍山反反复复地看，那里面大都是新社会建设的功绩和旧社会的遗老遗少们洗心革面改造进步的故事，那里面有很多“鬼变成人”的活生生的例子。郑霍山在读这些报纸的时候，常常苦笑，常常傻笑。他真的一度认为自己就是个鬼，没有思想，没有血肉，没有感情，甚至没有面孔。而现在，他有了思想，毛泽东先生的著作让他知道了新中国是老百姓的新中国，舒南城的关怀让他感到了新政权的温暖，舒云展春风化雨般的话语让他体会到了人间温情。

郑霍山从前对于中医不以为然，他是个无神论者，总觉得中医里面有一些说不清道不明的东西，有一些玄玄乎乎的东西。中医治病，望闻问切听起来头头是道，但经不住刨根问底，中药调理阴阳气血，也有一套理论，但同样看不见摸不着。他只能认为，中医药学靠的是经验，是日积月累的病例举证，而从原理上讲，含混不清，杂乱无章。

在大别山采药的时候，有一次他把他的这个看法同舒南城说了，说中医是知其然，不知其所以然。

舒南城想了一会儿说，是的，我们的生活就是这样的，都是知其然，不知其所以然。你认为西医就知其所以然了吗？郑霍山说，西医相对要明白一点，胃病就是胃病，肝病就是肝病，心脏病就是心脏病，炎症就是炎症。哪里有了问题，要么是一刀割去，要么是药攻病灶，头疼医头，脚痛医脚，直来直去，明明白白。而中医往往头疼医脚，脚痛医头，有点弯弯绕。

舒南城说，你说西医明明白白，我且问你一个再简单不过的问题。你说，我们身上的血，它为什么是红的而不是绿的？

郑霍山顿时语塞，半天也没有回答，最后才支支吾吾地说，这个问题，恐怕也不是西医能够说明的。

舒南城说，看看，你们西医，动不动就输血、验血，还换血，可是你就搞不清楚这个血到底是怎么回事。这么一个小问题，也是基本的问题，你们西医都搞不明白，其实也是知其然，不知其所以然。你说中医头疼医脚，脚痛医头，这正说明中医在探索病理药原方面的进步。中国有句老话，牵一发而动全身，为什么会牵一发而动全身？因为经络相关，血脉相连。殊不知，人的生命是个宇宙，头疼医脚，脚痛医头，正是追本穷源，即所谓治本。而你们西医所谓的头疼医头、脚痛医脚，却往往只是治标，就好比割韭菜，割了一茬又长一茬。

郑霍山仰脸想了一会儿说，晚辈浅薄了。

舒南城说，你浅薄，长辈也厚重不到哪里去。我姑妄说之，你姑妄听之。关于中医西医，各有一套路径，前者往往曲径通幽，后者可能直奔要害。但老朽以为，这二者并非风马牛不相及，中西合璧，并非单指建筑。

郑霍山说，世叔所言极是，晚辈受益匪浅。

舒南城说，你过去对中医认识不足，是因为接触得少。你学的是外科，但外科并不等于就是西医，西医也并不等于就是外科。其实中医西医，有很多相通的地方。你有西医基础，如果能掌握中医理论，那就如虎添翼了。

郑霍山茫然问，世叔所言，中医也可以做外科手术？

舒南城说，当然，中医做外科手术比西医要早一千多年。其实华佗就是中医外科的鼻祖，在东汉末年就能开肠剖肚，能切除病人腐烂的肠子，而且最早使用麻醉药，就是麻沸散。可惜因为他不愿意成为曹操的御医，被关进牢里。华佗在牢里专门写了一套外科手术的著作，后来因为无法传世，一怒之下，一把火烧了，狱卒上前抢救，只救出一本兽医专著。可以说，是专制集权毁了中医，使得我们中医的外科技术比西方滞后了不知道多少年。

郑霍山说，我过去也听宋校长说，西医最早的手术，没有麻醉药。没想到我们的麻醉药比他们早那么多年。

舒南城笑说，他们怎么没有麻醉药？我跟你说，有。什么呢？西医早期的手术，施行麻醉的办法说来令人难以置信。做手术之前，拿一根大棒子，把病人打晕，让其失去知觉，或者是给他放血，让病人昏迷。往往手术还没有开始，病人就奄奄一息了。

郑霍山说，太野蛮了。

舒南城说，是野蛮，但是这种野蛮的行为也开启了西医的快速发展之路。

郑霍山说，听世叔这么一说，晚辈很受启发。中西比较，中医讲究定性，西医讲究定量。我想跟世叔改学中医。

舒南城说，你要走的道路，最好是中西结合。

以后舒南城去三十里铺看望郑霍山的时候，又给他捎去一本对他此生至关重要的中医典籍，插图是一张人体裸画。舒南城说，我和你的宋校长曾师从江南名医完白树木先生。依完白先生的理论，人体其实就是一个宇宙，山川河流田地草木好比人的骨骼血液肌肤毛发。外部各自独立，内里实则相通。水涸则山枯，山枯则草木不生，草木不生则水土流失，饥荒即为疾病，天地人皆同此理。诚然，这些看法只是一种比照，完白先生继承前人医药成果，发现人体经络之间的物理联系，所谓牵一发而动全身即是这种联系的依据。人有病，色、相、气、味以及纹、形、体、态皆有变化，如若内服之外，加以刺激、烤灼、熏燎、推拿等手法，其效无疑更佳。这些东西你若掌握了，无论是学习中医还是西医，也无论外科还是内科实践，都有好处。

郑霍山说，我这段时间揣摩，已经有了一些体会。特别是读毛主席的书，深刻地领会到，事物发展的根本原因，不是在事物的外部而是在事物的内部，在于事物内部的矛盾性。用这个思想指导医学，我明白了内因决定外因的道理。人的生命也是个宇宙，所谓病邪，多数来自于内部矛盾的演变。如果我们能够抓住这个规律，及时地解决或者防范这个矛盾，患病的机会就会大大减少。

舒南城说，很好，你能融会贯通举一反三，果然悟性很高。你在三十里铺的这两年，闭门读书内省，反而因祸得福，清清静静悟出了不少东西。现在外有保家卫国战争，内有百废待兴建设之役，正是政府用人之际，若你愿意轻装上阵，或可造福一方。

郑霍山沉吟一会儿，叹道，晚辈何尝不想融入新的生活，只不过戴罪之身，身不由己啊！

舒南城说，贤侄不必多虑，共产党重在表现。我听说三十里铺囹圄之人，多有积极表现争取宽大处理者。你倘若真能回心转意，识时务者为俊杰，世叔愿意为你奔波。

郑霍山说，晚辈遵命。

舒南城后来果然以皖西工商联合会的名义向三十里铺劳教农场乃至皖西地区行政公署反映了郑霍山的思想变化，三十里铺劳教农场也将郑霍山的表现向上作了汇报。鉴于郑霍山在政治上逐渐觉悟，有要求进步的表现，行动上积极配合管教干部，并且利用一技之长，在狱中为劳教人员甚至为附近百姓看病行医，颇得民众好感。皖西司法机关重新审理郑霍山案卷，决定减刑一年零两个月，提前释放，并赋予公民身份，恢复政治权利。

郑霍山从三十里铺农场被释放后，先回了一趟老家。还好，家里在土改和“三反五反”中都没有受到太大的冲击，家庭成分被定为上中农。这也得益于当年肖卓然纵横斡旋，串联江淮医科学校诸同学之家庭，捐款捐物支援705医院购买X光透视机，当时郑家捐洋钱两百元。在划分成分时，这两百元的捐款算做支持新政权，有功则奖，免除价值其二倍的田产，不在成分划分估算范围，否则的话，他家至少也是个富农。

家中虽然对新政权的看法不尽相同，但是新政权没有像过去国民党宣传的那样六亲不认杀富济贫，还是依据客观事实，劳动所得仍然受到保护，小康之家仍然小康，这让郑霍山再次刮目相看。

从老家返回皖西城之后，郑霍山直接到舒皖药行上班了。舒皖药行，属于公私合营性质。舒南城的股份占了四成，另有几家包括梅山的汪尹更、寿春的赵朗轩等人合占了四成，皖西行署的股份占了两成，舒南城为董事长，行署派了一个干部魏石开，担任药行的副董事长兼党支部书记。药行里原先就有五六个共产党员，舒南城本人也提出把舒家的股份完全充公，自己作为一名公职人员领取薪金，但是他的这个请求被陈向真专员婉言谢绝了。陈专员说，公私合营是一种形式，是我们改造资本家和利用资本的一种手段，这种手段在新民主主义到社会主义的过渡时期，是非常必要的。并不是所有的资本家都有舒先生这样的胸怀。我们接受你们舒家充公了，对其他的民族资本家就构成了压力。到那时候，不是提倡也是提倡，不是命令也是命令了，那样就会给新政权的稳定带来负面影响。如此一说，舒南城才暂时放弃了将其资产充公的念头。

郑霍山到舒皖药行任职，自己提出作为私方人员，但舒南城想来想去，还是劝郑霍山拿政府的津贴，算是政府方的工作人员。虽然政府方的工作人员比私方雇用人员分红收入少了将近十倍，但是舒南城设身处地地为郑霍山着想，他考虑的不是收入，而是有更深的打算。

几经坎坷，郑霍山终于修得正果，在皖西城舒皖药行里担任一个门市部的经理，成了一个“被改造好的人”。

五十年代的皖西城，医和药是一体的。郑霍山的职责一方面卖药，一方面跟舒皖药行的老大夫张先生学习行医。舒南城偶尔也要到各门市部厅堂里坐诊，并且亲自指导炮制配方。每逢舒南城和张先生望闻问切的时候，这伙计格外留心。有一次张先生发现了郑霍山的床头有一本线装书《经络札记》，里面用蝇头小楷密密麻麻地记录着研习心得。另有一本《舒皖药行医例存疑》，张先生留了个心，认真翻阅了后者，居然是对舒皖药行诊治的病例进行的跟踪调查。张先生大惊失色，悄悄地把这个情况向舒南城报告了。舒南城抚须沉吟片刻说，暂勿惊动，且看他有何主张。几个月之后，舒南城正犹豫着要不要把郑霍山叫来盘问清楚，没想到有一天郑霍山自己毕恭毕敬地捧着那本《舒皖药行医例存疑》找到了舒南城，从那本自编的册子一百多例病案中找出三十多例，其中有肝、肾、胆、肺等疑难杂症，向舒南城进言道，世叔，我看世叔和张先生等前辈用医用药半年有余，受益匪浅，每一味都不虚妄，而且下药度量程序十分讲究，辩证一说，充分体现。但是晚辈仍感欠缺，其实许多病症，内治固然治本，但若配以外部发力，往往可以速见神效，且减缓元气损伤。

舒南城听闻此言，心中为之一动。内病外医，也正是他多年悉心揣摩的课题，只是理论上没有依据，临床缺乏实例，生怕无的放矢，一直不敢轻举妄动。过去他了解的内病外治仅限于拔火罐、刮痧之类。凭多年行医经验，他知道郑霍山并非妄语，而且已有迹象表明，这小子在这方面已经掌握了可作依据的学说，甚或有了临床经验。

舒南城说，好，霍山，你不仅开窍了，而且入门了，更难得的是深入了。

内病外医，很有学问，我希望你有所建树。

郑霍山说，有世叔耳提面命，我想应该能够摸索出一些经验。

从此之后，舒南城对郑霍山更是刮目相看。坐堂时就让郑霍山侍立左右，望闻问切之余，一老一少切磋外治之法。两个人后来还合作创造了驰名江淮的五极针法。

2

程先觉因保护和抢救慰问团领导而且负伤，立了个二等功，伤愈归队后官复原职，再次被任命为705医疗队的副队长。

汪亦适和舒雨霏跟随安至深暴动成功后，辗转回到了一三五师驻地。经过短暂的审查，政治上清白，行动上有功，都受到了表扬。但是有一个问题让舒雨霏耿耿于怀，他们归队之后，并没有马上回到医疗队，而是留在一三五师后勤机关。集中营回来的同志十六个人，编成了一个随营学习班。战斗间隙，政治部的同志来讲课，还是不厌其烦地了解情况，还有点继续审查的意思。

经过一段日子的调养，舒雨霏的脸上又泛起了红晕，精神气又足了。不知道是在集中营里装疯装出了习惯，还是精神当真受到了刺激，这位大姐的脾气明显见长，动不动就打抱不平。在接受审查期间，她居然把一三五师派来审查的干部骂了一顿，骂人家没良心，“老子在敌人窝里差点儿送命，他们这些后方的人倒好，吃饱了喝足了，神气活现地来整我们这些功臣来了。好像他们就是坚贞不屈，他们就是组织。我们这些吃了千般苦、受了万般罪的人，反倒成了怀疑对象。亲痛仇快啊！”

汪亦适说，大姐你也用不着计较，这不是哪一个人想整我们，这恐怕也是组织程序。

舒雨霏说，什么组织程序？看看他们那副居高临下的样子，让他们到集中营里蹲几天试试，能不能经得起毒打，能不能保持气节，还很难讲呢！他妈的就连程先觉跟我们说话也是公事公办的，什么真金不怕火炼，什么要相信组织，一副官腔，什么玩意儿！

汪亦适默然。

在接受审查的日子里，肖卓然和舒云舒也到随营学习班来看望汪亦适和舒雨霏。肖卓然倒是不打官腔，反复说，你们受委屈了，都怪我，一将无能，累死三军。我的组织指挥不当，不光让你们差点儿送命，还有委屈。我惭愧。

舒云舒说，大姐，亦适，你们要想开点。我们相信你们的气节。但是，毕竟有那么一段时间，你们是在队伍之外。只要你们把在集中营的表现说清楚、说充分，你们就是功臣。不过，我提醒你们，一就是一，二就是二，既不能夸张，也不能隐瞒，一个细节失真，后果就不堪设想。

舒雨霏说，老三，你这话是什么意思？我们为什么要夸张，为什么要隐瞒？我们就是要给你说说我们坚贞不屈的斗争经历，就要给你们说说我们忍辱负重的过程。在集中营里，我装疯卖傻，放弃人的尊严，丢丑现眼，就是为了保住气节。亦适韬光养晦，委曲求全，为暴动做了大量的关键性的工作。暴动回来的三百二十二人，有目共睹，还审查什么？难道进了集中营就一定是叛徒？太不尊重人了！早知道回来还要受侮辱，他妈的我当初真的不如自杀！

舒雨霏说激动了，滔滔不绝，瞪着眼睛，像个村妇在骂街。舒云舒吃惊地看着大姐，有点不知所措，把求援的目光投向肖卓然。肖卓然说，大姐，别冲动好不好！我们都不是三岁两岁的孩子了，说话要讲道理，要有理智。

舒雨霏一声冷笑说，理智？你们没有受过那份罪，没有受过那份屈辱，你们当然理智，站着说话不腰疼。我要是站在你的位置上，我比你还理智你信不信？

肖卓然的表情有点难堪，向汪亦适看了一眼说，亦适，你看这件事情闹的，我们好心好意来看你们，反而成了出气筒了。

舒雨霏说，我们问心无愧！谁也休想对我们居高临下，休想！

肖卓然和舒云舒对视一眼，谁也没再说什么。

汪亦适走近舒雨霏说，大姐，卓然和云舒没有别的意思，你别动气，事情总会搞清楚的。姐妹之间不要伤了和气。

舒雨霏看着汪亦适平静的样子，瞬间就变了口气，温柔且妩媚。舒雨霏说，亦适，你是个读书人，我是怕伤你自尊心啊！我不跟他们斗，你就更委屈了。

汪亦适淡淡一笑说，大姐，我是个读书人，但我不是个书呆子。我能经得起！

这次会见之后，肖卓然和舒云舒再也没到随营学习班来了。舒云舒对肖卓然说，大姐真是变了，可能是在那边受到刺激了，我怀疑她真的有点神经兮兮的。

肖卓然说，你看出来没有，大姐现在只听汪亦适的话，哪怕她在骂娘，汪亦适一句话就能让她心平气和。她口口声声地我们你们，俨然同汪亦适是一条战线了。

舒云舒说，我也看出来了。卓然你说，大姐和亦适之间会不会……

肖卓然说，完全有可能，患难见真情啊！

舒云舒说，可是大姐比亦适大三岁。再说，我们舒家和汪家是世交，亦适自小就是把大姐当作姐姐的。如果成了那种关系，我觉得，我觉得……舒云舒字斟句酌，不知道该怎么往下说了。

肖卓然说，你觉得什么？你觉得不合适？你怎么会有这样的感觉呢？

舒云舒说，我也说不清楚，可我总觉得好像哪里不对劲。

肖卓然说，我倒是觉得你的这种感觉不对劲。大姐都二十五六岁的人了，早就该嫁了。亦适和我同年，也是当婚的人了。他们如果能够在一起，应该是一件美满的事情。

舒云舒说，大姐个性刚强，脾气古怪，我觉得她和亦适在一起好像不太匹配。

肖卓然说，大错特错！什么叫匹配，难道你希望大姐也找一个个性刚强、脾气古怪的人，那才叫匹配？那不把家当战场了吗！

3

板门店谈判之后，志愿军部队陆续回国。

一三五师参加了第五次战役，并在远程配合了上甘岭战役，肖卓然率领705医疗队到一线保障。

在维丽基地暴动中，安至深指挥大家缴获了不少枪支弹药。汪亦适什么也没有要，连手枪都没有要一把，但他还是发了大财。战斗结束后，他向安至深请求，给他一个排的兵力，帮他抬医疗器械和药品，X光透视机、呼吸机、抢救机搞了一堆，连氧气瓶都运了回来。这些东西在第五次战役中派上了大用场，有了这些先进的设备，汪亦适就如鱼得水了，手术精确率自不必说，效率也大大提高了。

审查结束后，医疗队的工作不仅得到一三五师的肯定，而且再次得到了兵团首长的表扬。肖卓然在战场上宣布汪亦适火线入党，也被认可了。肖卓然十分亢奋。有一次居然跟舒云舒说，看看，什么叫坏事变成好事，汪亦适就是。虽然被美军抓去关了大半年，可是你看，不仅把美国鬼子的技术学来了，还弄回来这么多洋玩意儿，汪亦适简直就是盗火的普罗米修斯！如果大家都能像汪亦适这样，我巴不得再搞两次突围，再被他们抓去几个人！

舒云舒说，这话可不能往外说啊。我大姐倘若知道了，又该说你站着说话不腰疼了。

上甘岭战役即将结束的时候，一三五师就接到预先号令，做了凯旋归国的准备，705 医疗队奉命随行。直到这个时候，汪亦适和舒雨霏等人才回到了705 医疗队。随着他们回到医疗队的，每个人还有一张组织结论：经调查了解，某同志在离队期间，未改变立场，未丧失气节，未发现异常表现，经受了残酷考验。某某某同志为暴动归队做出了积极的贡献。经一三五师政治部研究决定并报上级政治机关备案，某某某同志仍回原单位工作，职级待遇同前。在汪亦适的档案里，还多了一张卡片，那便是肖卓然在战场上宣布他火线入党的记载。

如此一来，汪亦适和舒雨霏等人就算正式归队了。第二天，705 医疗队就上了火车。

这一路上，火车上的人真是百感交集。不同的人有不同的想法，同一个人在不同的时间内也有不同的想法。有激动、庆幸、向往、思念，也有悲伤。

汪亦适独坐一隅，两眼投向窗外，目光有些空洞。他的手里捏着一团酒精棉球，下意识地擦着手背手指，一遍一遍地擦。似乎直到这时候，他才开始有了安全感；直到这时候他才真切地感受到，他活着回来了；直到这时候他才开始有了生活的求知欲望。他想知道的东西太多了，梅山老家的父母、庭院里的栀子花、705 医院的就医咨询室……

还有皮箱里的那套白色的西服。

这套西服，自从那年舒云舒把它送给了他，他只穿过一次，照了一张相，就再也没有穿过了。它在皮箱里，跟着他辗转到江淮各地，又来到了朝鲜战场，红河谷突围的时候，他没有丢下它。高栗营撤退时一度丢失，但是被骡马驮了回来，舒云舒把那个皮箱保存起来，最终又回到他的手里。他现在已经拿不准还合不合身了，他好像瘦了。即便仍然合身，他也不知道将来还有没有机会穿了。

将来，将来是个什么样子？将来应该是美好的，就像歌里唱的，将来的天是明朗朗的天，将来的地河清海晏，将来的大别山姹紫嫣红，将来的皖西城阳光明媚，将来的生活应该飘荡着欢歌笑语。

可是，可是……汪亦适此刻的心里并没有欢歌笑语，居然还有一丝淡淡的怅惘，像是飘在心头的云絮，时隐时现，若即若离，萦绕飘浮，挥之不去。

肖卓然过来了，看看汪亦适手里攥着的酒精棉球，再看看他投向窗外的目光，挨着他坐下。

亦适，你在想什么？

汪亦适断开思路，扭头看看肖卓然，淡淡一笑说，千头万绪啊！

肖卓然说，有没有想到一件大事？

汪亦适说，未来的一切，对我来说可能都是大事。

肖卓然说，你看，这窗外快速倒退的松树，这扑面而来的热风，这天高云淡的山川河流，都在向我们欢呼。我们伟大的新中国，正张开博大的胸怀，迎接我们这些赤子啊！

汪亦适笑笑。

肖卓然说，工作，工作，我现在满脑子里想的就是这两个字。没想到刚解放，就被派到战场上了。两年多啊，如果不是战争，这两年多的时间我们要做多少事情啊！我们完全可以把705医院建设成像苏联老大哥集体农庄那样的医院，设备齐全先进，病房窗明几净，人员训练有素，环境美如花园。

汪亦适说，不是还有丁院长他们在后方搞建设吗？

肖卓然说，哈哈，他们不行。他们是老革命不错，打仗可以，建设医院不行。我们有了国家，有了政权，有了经济，就不能再搞那种游击医院了。一切都要按照苏联老大哥的先进样式来。

汪亦适有点意外地看了肖卓然一眼，没有说话。

肖卓然说，亦适，我需要人，我需要医术一流的专家作为705医院建院的栋梁之材。你基础好，两年前在皖西“排雷”，已经赫赫有名。此次出国作战，虽然你被抓到了集中营，但对你我来说，因祸得福。我知道，你在集中营里是作为特殊人员对待的，你给美国鬼子当过助手，你使用过当今世界最先进的外科设备，也见识过一流的外科手术。这一趟集中营，你简直就是留了一次学。第五次战役中，你给伤员做手术，我在一边看，心里很有感慨。你把美国佬的技术学来了，设备运来了，你简直就是老天爷给我们派到鬼子窝里的普罗米修斯！

汪亦适说，你是这么看的？

肖卓然说，我就是这么看的。作为一名领导者，我必须从最不利的事情里面看到最有利的因素。老革命们有一句话，叫作从战争中学习战争，这句话同样适用于我们，我们在战争中提高我们的业务水平。

汪亦适没有说话。平心而论，肖卓然说得对，肖卓然看问题的角度是出奇的。在汪亦适的问题上，迄今为止，还没有人像肖卓然这样看这样想。汪亦适突然有点感动，也有点激动。他觉得肖卓然真的是一个领导者的坯胎，而肖卓然这样的人担任领导，无疑能够做成很多有用的事情。

肖卓然说，亦适，我知道你现在心情不是很好。我跟你说，我们做男人的，既要拿得起，还要放得下。那片战场已经被我们远远地甩在身后了，让那些委屈也好，郁闷也罢，统统地，远远地，被我们甩在身后吧。我们轻装上阵，从头开始吧！

肖卓然说得慷慨激昂，脸色红润。汪亦适多少感到有点意外。肖卓然是个热血青年，经常有舍我其谁马革裹尸的慷慨，这是汪亦适知道的。但是，像今天这样具体到705医院的建设问题，甚至直言不讳地说那些老革命不行，大有取而代之的架势，这还是第一次。

直到火车在郑州换车头，休息的时候，乘坐另一节车厢的舒雨霏过来告诉他，肖卓然已经被正式任命为陆军705医院的副院长了，而且定级为副团级。据说丁院长老病复发了，肖卓然回到705医院后，要全面主持工作。汪亦适这才明白，肖卓然要大展宏图了。

4

一三五师部队回到皖西城，已经是出发的第十天了。离开郑州之后，部队换乘汽车，这下就热闹了。汽车都是卡车，有黄黄绿绿的老军车，有油漆斑驳的客用车，也有改装的电车。过了三十里铺，在离城三里的杏花坞，部队下车整队，将从风雨桥头徒步进城。

天上下着蒙蒙秋雨，城西大道上，数万民众冒雨夹道欢迎。

穿着中山装的郑霍山也在欢迎的人群里。他举着一柄油纸大伞，给舒南城挡雨，自己的后背却湿了一大片。

舒家两姐妹在雨中奔波，舒晓霁胸前挎着一架老式德国卡尔相机，跑前跑后，舒云展被她呼来唤去，给她遮镜头，帮她选角度。

舒南城伫立雨中，一言不发。

郑霍山此刻的心情，就像中药里的五味子，什么滋味都有。这人头攒动的欢迎大军，欢声雷动的欢迎场面，在风雨中飘扬猎猎抖动的旌旗，让他有一种恍若隔世的感觉。直到这个时候，他才真正地意识到，改朝换代了，他这个从旧社会走出来的人，现在是站在新社会的大街上了。

风雨桥就在百米开外，就在郑霍山的视线之内。风雨桥啊风雨桥，一步之差，人生道路的起点就是天壤之别！

这段时间，郑霍山作为皖西专区录用的公职人员，在舒皖药行里当了一个门市部的经理。白天他是敬业勤恳的，收药、验药、炮制成药、售药，一丝不苟，从无差错。说实话，他并不想成为一个公职人员，他更愿意成为舒南城的私方雇工。这倒并不是因为私方雇工的薪水比公职人员多出将近十倍，他郑霍山不在乎钱，他是见过大钱的，而在于对于舒南城的感恩戴德和信赖。朦朦胧胧中，他也愿意成为舒家的一员。

自从当年在三十里铺农场见到舒云展之后，他的心里就萌生了一个念头。那时候他并不爱舒云展，但是他想获得舒云展，最初的念头甚至有报复的成分。你舒云舒有什么了不起，你看不起我，甚至憎恶我，但是并不是所有的人都憎恶我。你想摆脱我？没门！倘若我成了你的姐夫，我照样在你的眼皮子底下晃荡，让你天天恶心，我就是一只癞蛤蟆，长在你的手背上，让你看着恶心又甩不掉。但是，渐渐地，这种报复的心理被另一种异样的感觉取代了。舒南城的不厌其烦的关怀，对他的心灵是一种冲击。这个慈祥的而且睿智的老先生，给他的关爱是真诚的也是行之有效的。他不能不感激，也不能不敬仰。然后是，那个沉默寡言的舒云展，对他的帮助是不动声色的，又是无微不至的。在他还在三十里铺劳教农场坐牢的时候，她没有嫌弃他，她跟他的谈话是平等的，是尊重他的人格的，不像那个盛气凌人的小老四，也不像那个一本正经的小老三。在舒家四姐妹里面，最有淑女气质的就是老二舒云展。终于有一天，在舒云展秉承父命给他送药的时候，他鼓起勇气问了舒云展一句话，舒二小姐，你经常来看我这个劳教犯，难道就不怕别人说闲话？

舒云展微笑着说，什么劳教犯？出身不由己，道路可选择。父亲说你是怀才不遇，将来是大有作为的。

郑霍山说，你也相信我会有作为？

舒云展说，我为什么不相信？别人都说你是江淮医科学校的高才生，比肖卓然、汪亦适他们还要略高一筹呢！

郑霍山叹了一口气说，此一时，彼一时啊！我如今已是阶下囚，略高一筹又有什么用？

舒云展说，你不要这样想。你是一个行医之人，只要你觉悟过来，政府是不会抛弃你的。

郑霍山突然问了一句，舒老二，假如我释放了，能够为老百姓做事了，你会怎么看我？

舒云展说，我？我当然求之不得啦！

郑霍山说，你为什么求之不得？

舒云展的脸唰地一下红了，低下头，想了一会儿才说，我们是朋友啊，我当然希望你好了。

郑霍山抓住机会，穷追不舍说，我关心的是，你会抛弃我吗？

舒云展愣住了，一时不知道该怎么回答才好。郑霍山笑了说，舒老二，叶公好龙啊！

舒云展半天没有回过神来，过了好长时间才说，你说的我不懂。

郑霍山说，你等着吧，我会让你懂的。

自那以后，舒云展就再也没有单独到三十里铺探望郑霍山了，而父亲并没有察觉，时不时地派她给郑霍山送药送书，有时候还送吃的东西。她弄不明白父亲为什么对郑霍山如此关心，只能理解为受人之托，那个人应该就是杳无音信的宋雨曾。父命难违之下，她只好生拉死扯拽着小妹一起去，结果常常被小妹奚落。舒晓霁有一次毫不留情地说，二姐你是怎么回事，难道你是看上了那个劳教犯？我警告你二姐，你要是把劳教犯引回家，可别怪我跟你划清界限啊！

被小妹这么一说，舒云展自然恼怒。可是奇怪的是，她越是恼怒，越是在心里恨恨地谴责小妹，越是觉得小妹的话好像戳到了她的痛处。这种感觉很奇怪。在舒家四姐妹其他几个人的眼睛里，那个郑霍山简直一无是处，简直不可救药。而恰好是一无是处和不可救药的郑霍山，越来越引起了她的好奇、注意、兴趣，乃至好感。一无是处往往是表面现象，出奇之人必有出奇之心。一个当年在江淮医科学校有口皆碑、叱咤风云的人物，怎么可能一无是处？怎么可能不可救药？这种活思想在脑子里转久了，她居然发现她惦记上了那个郑霍山，居然一日不见，如隔三秋！

舒云展内心的这些微妙的变化，郑霍山自然不会看不出来。他在舒皖药行供职，每天要向舒先生禀报白日的生意状况，多半都是他到舒家。低头不见抬头见。现在舒云展见到郑霍山，多了几分客气，却少了几分随意。客气之中有了几分见外，见外的里面多了几分矜持。而这矜持，实际上就是未雨绸缪。

此刻，郑霍山举着大伞为舒南城遮风挡雨，眼睛却落在舒云展身上。他不知道，肖卓然等人的凯旋会给这个家庭带来什么，也没有想好，在往后的日子里，他该怎样和肖卓然相处。

终于，远远地看见了雄壮威武的队伍，唱着战歌，雄赳赳气昂昂地踏上了风雨桥头。

雨在下着，风在刮着。队伍越来越近，风雨桥头两边的人心里都在烫着。陈向真已经驱车往返风雨桥头几个来回了，他同一三五师的首长和705医疗队的主要领导都已经见过面了，这会儿重新回到欢迎队伍的前列，继续履行着欢迎总指挥的职责。忙里偷闲，陈向真转脸对舒南城说，舒先生，今天整个皖西城都是激动的，但是最激动的恐怕还是您老人家啊！

舒南城点点头，微笑道，按说应该是，不过老朽这心里还算平静。

陈向真说，舒先生是经过大世面的，心中波澜不形于色啊！

舒南城说，陈专员夸奖。不过年纪多了一把，油盐多用了几斗，有了些定力而已。

说话间，队伍已经逼近，前方大乱，鼓乐骤起，鞭炮腾飞，彩屑如雨，烟雾缭绕。大队人马井然有序齐步通过，两边依次是一三五师首长、各团首长和医疗队的领导。陈向真率领皖西地区党政军主要领导和社会贤达名流纷纷上前，握手寒暄，一一接见。路两边口号此起彼伏——欢迎英雄归来！向志愿军英雄学习，致敬！感谢最可爱的人！等等。挥动的拳头如同一片摇曳的森林。

就在这一切都在热烈而有序地进行着的时候，意外的事情发生了。只见队伍里飞出一个人来，径直奔到舒南城的面前，抱住老先生，号啕大哭。来人是舒家大小姐舒雨霏。起先大家都当是父女相见，悲喜交加，哭一场也是情理之中，岂料舒雨霏哭起来就没个完，眼泪鼻涕抹了父亲一身，而且哭得一阵紧似一阵，哭得呜呜咽咽，上气不接下气，乃至脸色泛青，手脚冰凉。

舒南城察觉不对劲了，扳起女儿的肩膀说，雨霏，雨霏，你是怎么啦？活着回来，应该高兴才是啊！

舒雨霏说不出话来，只顾山摇地动地号啕。舒南城紧张了，茫然四顾，又问，怎么啦孩子，难道，难道云舒她，她，她没有，回来吗？

说这话时，舒先生的嗓门也有些异样，居然几分颤抖、几分嘶哑。

爸爸，我回来了！

恍惚中，舒先生听见身边不远处，一个甜甜的声音响起，举目望去，老三舒云舒背着背包，就在对面笑吟吟地看着他，老三面如桃花，神清气爽。

舒南城久久地看着老三，久久地拍打着老大的肩膀，禁不住老泪纵横，泪水婆娑中，笑着说，孩子们，都回来了，回来了，好啊，孩子，别哭了，咱们回家吧！

这边上演亲人团聚的一幕，那边忙坏了舒老二和舒老四。舒晓雰上蹿下跳，冒着秋风秋雨，一口气拍了两个胶卷，这才由舒老二拽着，找到了父亲和另外两个姐妹。舒老二说，这个场面千载难逢，赶快给我们家拍个照片啊！

舒老四应了一声，蹦蹦跳跳地跑过来，只来得及同大姐和三姐打了个招呼，就开始选角度调焦距。一切准备就绪了，正要按下快门，却又停住了，捧着照相机，抬头向舒南城的身后喊，喂，郑先生你闪开点，没看见我们在拍全家福吗？你挤在镜头里算是怎么回事啊！

举着油纸大伞的郑霍山遭此呵斥，顿时尴尬起来，举着伞不知所措。正要把伞交给舒云舒，被舒云展一把拉住说，你就站在这里！舒云展对舒晓雰说，老四，你就这么照，人家在给爸爸打伞呢！

舒晓雰瞪了舒云展一眼，想要发作，又忍住了，口气很冲地说，那好，你也站进去，站在他前面！

5

当天晚上，舒家灯火通明。

舒家这顿晚宴，自然是特意为两个巾帼女儿和一个女婿洗尘的，但是舒南城吩咐，把汪亦适和程先觉也请了过来。汪亦适参加舒家的家宴，顺理成章，因为两家是世交。程先觉能够有此殊荣，也无可厚非，因为在前线他曾经掩护过舒先生。

这一天忙坏了舒家的女主人舒太太，小老太太起先一个劲儿抹眼泪，抹得不可开交。舒晓雾说，妈妈您是怎么回事啊，大姐三姐都回来了，你应该高兴啊，老是哭算什么？

舒南城说，孩子，你妈妈流的是高兴的泪水，喜极而泣啊。

菜上齐了，大家纷纷落座。舒先生在上手坐了，招呼肖卓然等人，来吧来吧，都是自家人，就不要客气了。

肖卓然左顾右盼说，大姐，云舒，你们挨着爸爸坐吧，我们几个随便坐。

舒太太在一旁说，卓然，你是他们的头儿，你就挨着你爸爸坐吧。

程先觉也说，肖副院长，你先坐下，我们就好坐了。

肖卓然不肯，说，既然是家宴，就不能按级别了。大姐，你坐首席，亦适也往上边坐。

汪亦适站着没动，也没有说话。舒雨霏大大咧咧，一屁股坐在下手说，我过去在家吃饭就是这个位置，我还坐我的老地方。

这时候舒太太出面了，拉着肖卓然往首席上推，嘴里说，卓然，不管你们谁是上级下级，在家里，你还算是新姑爷呢，你就挨着你爸爸坐吧。

肖卓然见岳母亲自出面，不好违拗，半推半就地坐上了首席。舒太太把舒云舒按在肖卓然的身边，又拉扯着程先觉说，小程，在前线要不是你，老头子恐怕就没命了，你挨着左边坐。

程先觉看看肖卓然，肖卓然没有看他，举着一双筷子假装欣赏那上面的雕饰。程先觉又看看舒南城，舒南城微笑着说，来吧小程，不要客气了。

程先觉受到鼓励，再加上小老太太推推搡搡，也就顺势坐了下去。剩下的汪亦适和舒氏几姐妹，不再客套，各自选了个位置，汪亦适刚要坐下，舒雨霏起身一把拉住他说，亦适，跟大姐坐一起。

舒南城说，亦适，上来坐，离世叔近一点。

舒雨霏说，爸爸，上边都是当官的，就让亦适坐我旁边吧。

舒雨霏话里有话，搞得汪亦适坐也不是，站也不是。舒南城也觉得气氛有点不对，收敛笑容看着老大，想说她两句，又忍住了。白天在风雨桥头老大那一场歇斯底里的恸哭，让舒先生愁肠百结。他从女儿的哭声当中，感受到了那种难以言说的委屈，那不是一般的委屈，那是一种自尊心受到了极大的伤害之后才可能出现的万念俱灰的表现。他不知道大女儿遭遇了什么，但是他能掂量出大女儿的心灵遭受了怎样的伤害。

舒南城说，亦适，你大姐让你坐她旁边，你就听她的吧。反正不是外人。

汪亦适说，好的，世叔。小时候吃饭，我也是坐在大姐的身边。说着，走到舒雨霏身边，在她的右手边上坐下了。

汪亦适一坐下，舒云展和舒晓雰随便落座，大家就算定位了。舒家的保姆刚把酒坛子打开，舒南城突然想起了什么，问老伴，郑霍山在哪里？

舒太太说，我让孙掌柜去请了，回话说家宴他就不参加了。他有事先回去休息了。

舒南城的脸色立马就变了，叹了一口气说，我下午忙着，分明跟你说过，让你亲自出马跟他说，晚上到家里来吃饭，你怎么能让孙掌柜去请？这孩子自尊心极强，现在卓然他们从朝鲜战场立功凯旋，郑霍山性格敏感，本来就有自卑感，你派一个雇工去请，他能来吗？这分明就是把人拒之门外啊！

舒太太见老头子说得严重，不敢替自己辩护，摊着两只手，嗫嗫嚅嚅地说，哎呀，孩子们九死一生地回来了，我是高兴得昏了头。咋办啊，我再去喊喊？

舒南城说，大家都坐上了，再说这小子恐怕在食堂已经吃饭了，再喊他也不会来了。

舒太太很尴尬，看着舒南城苦笑说，那你说怎么办？

肖卓然给岳母解围说，郑霍山在哪里？让孙掌柜给我带路，我去找他。

舒南城左顾右盼说，也好，你们都是同学，驷马难追啊。今天欢聚一堂不容易，卓然你亲自出马去请一请也好。

肖卓然说，好的，世叔。你们大家稍等片刻，我去去就来。

肖卓然说着，起身离座。拎起外套正要出门，忽然听到一声冷笑。

舒晓雰说，哪有那么多的礼数？三姐夫，你以为你是705医院的副院长就有好大的面子吗？郑霍山是什么人？郑霍山是你们江淮医科学校的高才生，是皖西医学界的天才，是目空一切的臭狗屎。我劝你还是算了，不要自找没趣。我们今天是家宴，凭什么非要这个搅屎棍子来掺和？

舒南城一听这话不是话，一拍桌子说，老四，你怎么能这么说话？

舒晓雰说，我说得一点儿也没错。他郑霍山现在就是舒皖药行的一名职工，充其量不过是一个雇员，凭什么要妈妈亲自去请？孙掌柜去请已经给了他面子了，他还摆谱，分明是给脸不要脸。

舒南城越听越不像话了，脸色都变青了，指着舒晓霁正要发作，舒云展开腔了。舒云展说，老四，话不能这么说。你是新政权的记者，无冕之王，是受过良好教育的，要学会尊重人。

舒晓霁瞪着眼睛看着舒云展说，我怎么不尊重人了？我们尊重人，也得看看他是否值得尊重。

舒云展说，郑霍山怎么就不值得尊重了？虽然他有毛病，但是在新社会他改造得很好。来到舒皖药行，也是爸爸的得力助手。今天的家宴，他们当初的同学，四个来了三个，把他请来，也是功德圆满的事情，你又何必说那么多过头的话？

舒晓霁说，我是替妈妈抱不平。就因为这个搅屎棍子妄自尊大，还让爸爸说了妈妈一通，犯得着吗？

舒太太一看两姐妹唇枪舌剑地干上了，有点慌神，阻止道，你们别吵了，你爸爸提携郑霍山的心情我们都理解，你爸爸说我两句没什么，确实是妈妈没有安排妥帖。说完这话，又期期艾艾地看着舒南城说，要不，我带卓然去找一找，也许他还没有吃饭。就是吃过饭，请来坐坐，他们同学一场叙叙旧，也是情理之中。

舒南城说，好，卓然跟你妈妈去一趟，好好说说，争取把他请来。就说我舒南城失礼了，请他接受老夫一杯道歉酒。

舒南城说完，肖卓然和舒太太刚要出门，迎头闯进一个黑影，站在门槛内，向舒南城深深地鞠了一躬说，舒会长，舒世叔，不用请了，我自己来了。

众人定睛看去，是郑霍山。此刻的郑霍山，泪流满面。

6

医疗队从朝鲜战场带回来许多医疗设备，最先进的都是汪亦适等人从美军维丽基地搞回来的。这就使得医疗队的同志回来之后，颇有一些衣锦还乡的感觉。

丁范生因为战伤发作，一边工作一边理疗。对于肖卓然归建，满心欢喜，交代肖卓然，要把医院的领导重担挑上去。分工的时候，还特意强调，肖卓然有文化懂业务，又在朝鲜战场上受过锻炼，表现很好，是栋梁之材，要放手使用。

以后肖卓然才听程先觉说，在他们离开705医院这两年里，丁范生同政委于建国闹得不可开交。丁范生坚持白手起家，美其名曰为国家分忧，医院的业务基本上还是战争年代那一套。丁范生脑子一热，就要往外派一个医疗队。脑子一热，就把上面分配的医疗设备指标让给了地方医院。于建国争夺医院的领导权，坚持党总支书记有最后的拍板权。丁范生不吃那一套，私下里说，有些同志不懂业务，还要到处插手。什么最后拍板权，乱弹琴！我是一院之长，在705医院，我说了算！话传到于建国耳朵里，于建国自然很恼火，放出话来，什么不懂业务，谁懂业务？他那两下子，挥挥大刀片子还凑合，搞医院整个一窍不通，来当医院院长纯粹是乱点鸳鸯谱。

两个一把手把关系闹到这个份上，医院的风气自然就好不起来。一会儿是丁范生占了上风，丁范生身边的人便多了起来；一会儿上面发话了，要加强党的领导，加强思想政治工作，于建国占了上风，于建国身边的人又多了起来。秦莞术是个纯粹的业务干部，只负责医务工作，两边和稀泥。其实他对医院建设是最有发言权的，可他偏偏手里没有权，要听这两个从枪林弹雨里打天下打出来的一把手吆五喝六。有一次因为一个干部提升的问题，丁范生同意把他从司药提升为连级军医，于建国坚决不同意，在会上争得面红耳赤。丁范生历数这个干部如何如何优秀，当初在淮海战役的时候就是模范卫生员。于建国则坚持说，这个人在药房不能坚持原则，把很多好药送了人情，这样的同志不仅不能提拔，还要调离药房，建议调到军人服务社当管理员。丁范生气急败坏，把桌子拍得咚咚响，指着于建国的鼻子说，我们在淮海战场上出生入死的时候，你在哪里？你对同志还有没有感情？

于建国也把桌子拍了起来，声色俱厉地说，要反对宗派主义。我们不能搞老上级老下级的庸俗关系。战争年代我们要互相照顾，但是不等于和平时期还要搞互相包庇。现在我们705医院的风气很不好，谁是一三五师的，谁是地方部队来的，谁是留用人员，都快搞成小集团了。在这个问题上，你丁范生同志要负主要责任！

丁范生暴怒，张口就来了一句，妈那个巴子，你说谁搞小集团，老子毙了你！

于建国拍案而起，厉声喝道，丁范生，你不要撒野！这是党的会议，不是市井街头！

一次党总支会议被开成了两军对垒骂街吵架，这是705医院建院以来前所未有的，也从此拉开了705医院两派斗争的序幕。事情后来闹到皖西地区专员兼警备区政委陈向真那里，陈向真把两个人都叫去，黑着脸把他们训了一顿。陈向真说，这都是战争留下的后遗症，没有仗打了，你们这些赳赳武夫的皮就痒了，就不安分了，就争权夺利了。你们是把自己的同志当敌人，还想打肉搏战是不是？找不到北啊！

于建国姿态稍微高些，先做了个自我检讨，说我这个政委没有水平，没能够把一班人团结住，我负主要责任。但是丁范生这个同志确实不好相处，动不动就摆老资格。我恐怕很难和他弄好团结。我要求组织上把我们分开。

丁范生气呼呼地说，要滚蛋你滚蛋，反正我是不会离开705医院的。这个医院是我一手创建的，我生是705医院的人，死是705医院的鬼。老政委您看着办吧。

陈向真最后采取了个权宜之计，先是把于建国送到省委党校学习，待志愿军医疗队归建，索性让丁范生离职养伤，让肖卓然全面主持工作。丁范生一看势头不对，后退一步，主动让权，一是落实陈向真的意图，二是向肖卓然做出姿态，笼络肖卓然的感情。此刻丁范生似乎有些明白了，和平时期的建设不比打仗，他一个人说了算的时代一去不复返了，而在今后漫长的岁月里，对于他丁范生来说，争取到年轻人肖卓然的支持，将是至关重要的。

哪里料到，肖卓然上任伊始，就旗帜鲜明地站到了他的对立面上去了。

当初丁范生坚持要提升为主任军医的那个司药名叫张宗辉，是陆小凤的丈夫。这两个人的婚姻有点传奇，据说陆小凤在报名参战之前，其兄罹患重病，送到705医院治疗，就是这个张宗辉，以陆家同乡的身份，鞍前马后地照顾，同时还搞了很多别人无法搞到的奇效药品。陆小凤心存感激，有一次夜里，两人同时离开陆兄的病房，闪进了张宗辉的宿舍，当夜就把生米做成熟饭了，直到后来陆小凤报名参加了志愿军，与肖卓然和舒云舒结婚前后脚的时间，陆小凤和张宗辉也结婚了。

7

肖卓然在705医院做的第一件事情就是建章立制。

705医院虽然组建几年了，也有了一些规章制度，像政治学习制度、思想汇报制度、组织生活制度等，但多数都是属于意识形态管理方面的。具体到业务工作，有一个医务会议制度。遇到重大任务，或者紧急任务，都是医务会议讨论决定。肖卓然调阅了他们离开医院到朝鲜战场之后的医务会议记录，发现这两年的医务会议开得很不规范。有时候讨论的是大事，有时候讨论的是小事，连给什么病人用什么药、哪个科室增加器皿之类鸡毛蒜皮的小事也上医务会议讨论。而讨论的结果，往往都是一把手拍板，不是丁范生说了算，就是于建国说了算。个人的意见成为会议的决议，因此在讨论的过程中，与会人员往往都是提前摸清了一把手的态度，以一把手的意见为意见。这样的会议，其实就是一种形式，走的是过场，开不开结果都是一样的。而无论是丁范生还是于建国，对于医务都是外行。在处理医务问题上，往往凭借自己的直观感觉，或者说凭着自己的好恶。譬如说在购买医药的问题上，因为皖西医药界出了个“土改积极分子”马富金，马富金是个民间郎中，在土改中不仅把自己家里三十亩农田地契交给了土改工作队，而且积极揭发检举别人家藏匿的财产，所以成了“土改积极分子”。丁范生从《皖西新生报》上看见了马富金的事迹，脑子一热，在医务会议上提出来，“用人要用这样的人，买药要买他家的药”。不仅把马富金家里囤积的几十种中草药悉数收购，还将马富金本人聘请为705医院的编外采购员。

肖卓然越琢磨越觉得这件事情做得很荒唐。后来组织调查，705医院花了人民币新币一百多万元从马富金家里采购的中草药，有一大半根本就不算中药，充其量不过是民间巫婆神汉跳大神使用的所谓的“神草圣木”。这些东西别说药效，往往还可能起反作用。

肖卓然当即做出批示：一、立即停止使用从马富金家购买的中草药；二、立即解除聘请马富金为705医院编外采购员的合同；三、立即建立药品采购制度，除了从军队医疗卫生系统和皖西公私合营医药公司正规系统进货以外，一般不从民间采购，确实需要的特效药和特种药，必须经过专门的鉴定组和定价组，履行鉴定和定价程序。这些药品的使用，必须由鉴定人员和定价人员签字，为的是，如果在医药质量和价格上出了问题，责任明确，谁违规谁吃不了兜着走。

重新担任业务股长的程先觉，拿着这份批示，小心翼翼地问，是不是……是不是可以先问问丁院长？

肖卓然眼睛一瞪说，问什么问？现在是我在主持工作。先斩后奏，事情就做成了。我们去问他，他要是不同意，就搞成夹生饭了。

程先觉说，我觉得还是应该先征求一下丁院长的意见。他要是不同意，可以慢慢做工作，总比这样把生米做成熟饭要好。

肖卓然满脸的讥讽说，程先觉，你可真会察言观色啊！你还是小看了我这个常务副院长。我跟你说，像丁范生那样的老八路，在医院这样讲究科学、讲究知识的地方，他是行不通的。涉及医疗问题，我就是要说了算。你要是觉得我的意见没有办法执行，那好，你可以把它交给你们业务股的赵医生，从现在开始，他代理你的职务，直到你能毫无保留地执行我的命令为止。

程先觉推推眼镜，不屈不挠地说，我个人进退去留无所谓，但是我劝你还是做事慎重一点。丁范生是老革命，他定下来的事情如果被推翻了，他肯定不舒服。他就在本院住着，低头不见抬头见，为什么就不可以先汇报一下呢？他知道都不知道，你就把他全盘否定。他事后知道，连台阶也没有一个，他就是同意也不同意了。

按说，程先觉的话并非没有道理，而是入情入理。但是肖卓然就是听不进去。肖卓然压根儿没有把程先觉的话当一回事，同程先觉谈话的当天上午，就在院务会上宣布了他的批示。秦莞术等人都是搞医的，比较单纯，认为肖卓然的意见是对的，二话没说就同意了。

会议还没有结束，程先觉就知道一场好戏要开始了。程先觉在会上没有发表自己的意见，他把自己的目光躲在厚厚的眼镜片后面，他在琢磨肖卓然。他百思不得其解，肖卓然并不是一个鲁莽的人，这是一看就能明白的问题，你新官上任就烧三把火，而且你毕竟还是个副职，丁范生还是705医院的一把手，你逞什么能？这不是明摆着跟丁范生唱对台戏吗？难道仅仅因为你从战场上下来，档案里多了几张立功卡片，就足以同丁范生分庭抗礼？那也太幼稚了。丁范生是什么人？丁范生打的仗比你做的梦都多，比起丁范生身上的伤疤，你那几张立功卡片就是擦屁股纸。

程先觉揣摩出肖卓然的真正用意是一个月以后了。一个月以后当肖卓然的一系列建章立制的意见被705医院党总支正式通过的时候，程先觉才恍然大悟。肖卓然就是要顶风而上；就是要在丁范生还来不及反击的时候把他的管理思想公布于众，形成既成事实，防止他的建院方略胎死腹中；肖卓然就是要以这种强硬的姿态在705医院的政治舞台上正式亮相。

8

丁范生离职住院，就住在本院的一外科。一外科开辟了几个高级病房，并且有专门的小灶，其生活开销从供给制的医院大食堂中支出。丁范生等人住进来之后，小灶的厨房成天烟熏火燎，每天都要做十几个人的饭菜，因为和丁范生同住在高级病房里的另外三个老革命的家眷也进城了，每家至少有一个护理亲属。另外，每天都有人来看望。丁范生等老革命好客，供给制的习惯是有福同享，有难同当，有饭大家一起吃。

程先觉跟在肖卓然的屁股后面到高级病房向丁范生汇报的时候，丁范生的病房里还有一个人，是陆小凤的爱人张宗辉，张宗辉的脑袋离病床上的丁范生很近，似乎在讲着悄悄话，很私密的样子。丁范生面前的小茶几上，放着五颜六色的水果和点心，好像是张宗辉送来的。程先觉从病房小门上面的玻璃窗上看见了这个情景，马上转身把肖卓然拉到一边说，看样子有人已经来汇报了，这个时候，恐怕丁院长正在火头上。我看是不是可以这样，你先不要出面，我先去探探口气，吹吹毛毛雨再说。

肖卓然背着手说，何必？君子坦荡荡，小人长戚戚。我做事向来敢作敢当，从不掖掖藏藏。他既然知道了，我就开诚布公地把我的想法和盘托出。

程先觉说，人怕当面，事怕当时。万一他一时不能接受，发作起来了，彼此都不好下台。

肖卓然挥挥手说，多虑！你把丁院长看成什么人了？丁院长是老革命，老革命是有觉悟的，也是有胸怀的。不要以小人之心，度君子之腹。

说完，拨开程先觉，撩起长腿，走到丁范生的病房前，连门也没敲，不由分说就推开了。

丁范生正在听张宗辉叽叽咕咕，见肖卓然突然出现，吃了一惊，愕然地看着肖卓然，半天才回过神来，冷笑一声说，肖副院长，你日理万机，还有工夫来看我这么个老弱病残？

肖卓然站定，两只手叠在肚子上，话是对丁范生说的，眼睛却居高临下地看着张宗辉。肖卓然说，我是来向丁院长汇报的。我估计在我还没有通过组织程序正式汇报之前，已经有人把上午的院务会决议向丁院长打小报告了。

丁范生说，胡说，你肖卓然是什么意思？我是个住院的人，难道同志们来探视一个病人，也是打小报告？

肖卓然说，要不，我在外面等一会儿，等张宗辉同志探视完毕，我再进来？

张宗辉面红耳赤，马上站起来说，不，不不，肖副院长，丁院长，你们谈工作吧，我先走了。

丁范生说，你急什么急？肖副院长也是来探望我的，我毕竟还是705医院的院长，肖副院长是我一手提拔起来的干部，难道连这点感情都没有，你说是不是啊，肖副院长？

肖卓然当然听出了丁范生的冷嘲热讽。肖卓然说，我是公私兼顾，既是来探视的，也是来谈工作的。张司药你的话说完没有？说完了，你可以回避了。

张宗辉尴尬地笑笑说，我的话说完了……其实也没有多少话说，丁院长是我的老首长，我就是来看看。

丁范生看了肖卓然一眼，捏起一颗瓜子，嗑开，津津有味地咂咂嘴说，是啊，我当营长的时候，他就是营部的卫生员，我身上有三处伤口都是他第一个处理的。我当团长，他在团里卫生队当医生。淮海战役的时候，有一次他硬是把我从死人堆里扒拉出来。要不是他发现我还有一口气，同志们早就把我活埋了，那我就成烈士了。你说这样的感情是什么感情？这不是同志情阶级爱是什么？有些人就是心术不正，硬是要把我们的关系说成是小集团，是可忍，孰不可忍！

说话间，张宗辉已经溜到门口，回头看了丁范生一眼。丁范生挥挥手说，好吧，小张，以后常来看我，老部下看望老首长，合情合理，天经地义，看看哪个王八蛋敢栽赃诽谤！

张宗辉出门之后，丁范生说，肖副院长，今天你是不速之客啊，门都不敲一下就闯进来，这不是你们知识分子的礼节啊！

肖卓然说，那我退回去敲门，等丁院长允许之后再进来。

说着，就要出门。

丁范生说，扯淡，我这个大老粗，没有那么多臭讲究。坐下，说，来找我要说什么事？

肖卓然坐下，又招呼程先觉坐下，然后淡淡一笑说，我有理由相信，我要说的话，其实丁院长已经知道了。

丁范生靠在病床上，面无表情地看着肖卓然，看了一会儿才说，笑话！我又不是你肚子里的蛔虫，你想说什么，我怎么知道？我什么也不知道。

肖卓然说，那好，我再正式向你汇报一遍。

然后把事情的经过一五一十地说了，尤其是上午通过的三点决议，陈述得十分详细。他本以为丁范生会暴跳如雷，没想到丁范生如此平静。丁范生说，你的意思是，以后本院就没有采购的权力了？

肖卓然说，有，但不能靠个人大笔一挥就决定了，必须通过鉴定和定价。

丁范生说，那谁来最后决定？

肖卓然说，制度一旦建立，我们领导干部就可以腾出手来，放手靠制度约束。

丁范生沉默了一下，然后说，肖副院长，你是不是认为在买药这个问题上，我丁范生有贪污行为？

肖卓然说，丁院长，要我说实话还是说假话？

丁范生脸一黑说，你是什么意思，难道你真的认为我有什么违法乱纪的行为？

肖卓然说，我说真话，我绝对不认为丁院长在收购马富金药材和使用马富金方面有私人利益。但是，这仅仅是指今天以前。我相信丁院长今天能够保持一个共产党员的觉悟，不等于我相信丁院长明天仍然能够保持；我相信丁院长在这件事情上大公无私，不等于相信丁院长在那件事情上大公无私。

丁范生说，哦，你还是不相信我这个老革命，那你相信谁？

肖卓然说，我连我自己都不相信。我只相信制度。我们不能让个人的权力太大，谁也不要去争那个最后的拍板权。我们共产党人也是人，是人不是神，我们不可能永远那么明白、永远那么纯洁。用制度管人，而不是用人管制度，这也是对我们大家包括对你这样九死一生的老革命的保护。

丁范生突然发作，一拍床沿说，岂有此理！你肖卓然太过分了，你想造反吗？你想夺权吗？门都没有。你野心太大了，我早就看出来了，什么是制度管人？花言巧语，兵不血刃，抢班夺权！不行，我要出院，我不能再住下去了，我要回到我的办公室，今天晚上就召开总支会议！

说着，当真从病床上跳下来，手舞足蹈地喝令程先觉，还愣着干什么？帮我收拾东西，我现在就要上班！

程先觉和肖卓然面面相觑。

9

在一个春暖花开的日子里，汪亦适和舒雨霏结婚了。

汪亦适娶舒雨霏，是汪舒两家都没有想到的。事情最初还是汪亦适挑明的。

归建后的第一个春节前，汪亦适回到了梅山老家。

爷爷卧床已经半年了，老人家得的是肺气肿。好在汪家世代行医，有办法调养。若是普通百姓家这样的耄耋老人，恐怕早就升天了。在汪亦适归建后的半年里，汪尹更几乎衣不解带，伺候着老父亲，才使老人有机会大睁着眼睛跟孙子见面。

汪亦适坐在老人的床前，爷爷拉着孙子的手，什么也不说，只说，回来就好，回来就好，回来早早把孙子媳妇给我娶回来，趁我还有一口气，给我一个四世同堂。

汪尹更说，父亲放心，我和孩子他娘已经拜托鸿儒兄了，请他在皖西城里物色一个。只要是安分人家的孩子，哪怕穷一点丑一点都行。

老太爷说，穷点好，丑点好。男人三件宝，丑妻薄田破棉袄。二十几岁的人了，耽搁不得，正月十六就办，正月十六是黄道吉日，诸事吉祥。

汪尹更说，父亲大人不要着急，我们这里刚刚求人家做媒，连女方是谁都还没有搞清楚，正月十六怎么办呢？

老太爷喘着气说，那我不管，我正月十六要见到我的孙子媳妇。

爷爷真的老了，爷爷已经八十三了，过年就是八十四。皖西老话说，七十三八十四，阎王不请自己去。汪尹更那些天心里毛毛的，跟儿子说，亦适，你爷爷的话你也听见了，这件事情怎么办啊？你听你爷爷喘的，我真怕他熬不过这个冬天。

汪亦适不说话。

汪尹更说，亦适，听说你在前线当了英雄，是最可爱的人。古时候有美女爱英雄一说，报纸上讲，城里的女青年争先恐后地要嫁给志愿军英雄，你就没有一个两个相中的？我和你娘都是开明的人，主张你们自由恋爱。

汪亦适笑笑说，我不是什么英雄。

汪尹更说，那至少也是功臣啊。听你世叔说，陈向真专员在英模大会上点了你的名，说你和雨霏都是皖西人民的好儿女。好儿女应该有人相中啊！

汪亦适说，父亲，你是不是想给爷爷冲喜啊，咱们家是不信神的。

汪尹更说，咱们家不信神是不错，但是咱们家是最信精气神的。如果你有自己相中的，那就赶快定下来，给你爷爷一个惊喜。如果没有，我这就给你世叔拍电报，尽快定一个。

汪亦适说，父亲，难道你真的想在正月十六把儿子的婚姻大事办了？那也太仓促了吧？

汪尹更说，是有点仓促，委屈你了，孩子。不过，你心里如果有现成的，则另当别论。

汪亦适想了想，眼窝有些湿润。老子看着儿子，心中大为不忍。他知道，他的这个儿子吃过很多苦，受过很多委屈。汪尹更说，儿啊，你也别太为难，咱们再想想办法。你爷爷他老糊涂了，一糊涂就不讲道理。咱们再想想办法。要不，咱们办个假的，先哄哄他老人家。

汪亦适没有作声，两行热泪突然滚滚而下。

汪尹更吓坏了，上来摸着儿子的脑门说，儿啊，你怎么啦，你是不答应吗？你是不情愿吗？一切都还没有定下来，咱们再商量吧。

汪亦适说，父亲，不用再商量了。爷爷年事已高，来日无多，老人家辛辛苦苦一辈子，最后就是想见孙子媳妇，我不能欺骗他老人家。再说，也用不着欺骗。

汪尹更大喜，揉了揉眼睛说，儿啊，为父没有听错吧，你答应了？

汪亦适说，儿子答应了。

汪尹更半天才回过神来，又问，这么说，你心里有人了？

汪亦适说，儿子心中有人了。

汪尹更说，那好，你说吧，为父为娘都相信我的儿子，是谁我们都认了。不管她是谁，我们都明媒正娶排排场场。你说出她是谁家的闺女，姓甚名谁，家住何地，我这里就给你舒世叔拍电报，还是请他当大媒。

汪亦适说，就是舒世叔家的。

汪尹更顿时僵住，僵了半天才长叹一声说，儿啊，为父知道你的心事，三丫头和你确实很般配，可那已经是人家的人了，缘分啊，咱不能强求。儿啊，你莫不是得了相思病？你醒过来吧，咱们不急了，咱们从从容容慢慢儿地寻，咱再找一个脾性相貌都像三丫头那样的好不好？儿啊，你不能再糊涂了。

汪亦适说，父亲，你别担心，我没有糊涂，我没有患相思病。我说的不是三丫头，我心中的人是大姐。

汪尹更再一次疑惑自己的耳朵出了毛病，眼睛眨巴了好长时间，弓着腰问儿子，亦适，你说什么，你再说一遍，你相中的人是谁？

汪亦适说，是舒家大姐，舒雨霏。

汪亦适和舒雨霏的婚礼是在梅山船儿冲举办的。按照当地风俗，这年的正月十六，在船儿冲汪家祠堂办了三十六桌酒席。前来庆贺的，除了汪舒两家亲朋好友，还有皖西专区的专员陈向真，705 医院来了十多个人，丁范生和于建国都参加了婚礼。

童颜鹤发的汪老太爷那天离开了病床，居然不咳嗽了，穿戴整整齐齐，长寿眉下的一双老眼炯炯有神。听说陈向真专员来了，专员相当于过去的知府大人，颤颤巍巍地要跪下去磕头，陈向真和梅山县县长佘文周赶紧上前搀起。陈向真说，老人家，我们共产党的干部都是人民的公仆，不兴磕头作揖。

老太爷耳朵倒是不聋，但是话没有听明白，大声问，大人说甚，公仆是甚？

佘文周县长说，公仆就是勤务员，是给老百姓办事的。

老太爷还是没有听明白，又问，是给老百姓办案的？那还是衙门啊！三年清知府，十万雪花银，那就是好官啊！说着又要磕头。

空气一下紧张起来了——老人家糊涂了，说着说着就不着调了。站在老太爷身边的汪尹更和舒南城对视一眼，想要上去把话题扯开。陈向真却不介意，向他们摆摆手，和颜悦色地对老太爷说，老人家，这么跟您说吧，我们这些共产党的干部，既不是官员，也不是衙门，我们就是来给您老人家当晚辈的。我们是人民的儿子，人民就是我们的父母。

老太爷说，自古知府县衙是父母官，哪有父母官给平头百姓当儿子的？你这官啊，不是假的，就是当不长。

老太爷这一句话，就像平地里响了个炸雷，把一百多号喝喜酒的人都炸蒙了。众人大气不敢出一声，都在暗中捏了一把汗。汪尹更说，父亲，外面风冷，快让贵客进屋吧！

陈向真环顾四周，爽朗地笑道，好啊，我们这些公仆，一到船儿冲，老人家就给我们上了一课。

汪尹更说，请陈专员海涵，家父年事已高，老糊涂了。童叟无忌啊！

陈向真笑笑说，汪先生不必多虑。谁说老人家老糊涂了？老人家清醒得很。余文周同志，你我口口声声说我们是人民公仆，可是我们这些公仆衣冠楚楚，前呼后拥，高高在上，哪有不干活的公仆？老人家看在眼里呢。

余文周说，我们这些公仆今天是来喝喜酒的，是来做客的，当然不用干活。

陈向真笑道，你是说，平常你就干活了？

余文周说，当然，农忙季节，我们县里的干部全部下派到农村，帮助农民干活。

陈向真说，好好，好，天地之间有杆秤，秤星就是老百姓，满天的星星都在看着我们啊！我希望我们的干部都能像个真正的公仆，不是一天两天，也不是一年两年，夙兴夜寐永不欺心。要让老人家相信我们，相信一辈子。

掌声四起。

参加汪亦适和舒雨霏的婚礼，当然少不了“四条蚂蚱”中的另外三条。以后程先觉说过这样的话，陈向真这个人确实是真共产党，确实是帅才，任何场合都是宠辱不惊游刃有余——这是后话了。陈向真于九十年代末在江淮省城逝世，除了官方的吊唁团，皖西市老百姓两千多人自发陆续到省城为这位皖西市的老革命、后来的省长送行，哭声一片。陈向真夫妇一身清廉，没有任何不明财产，引起一家国外媒体的强烈兴趣。经反复调查，此情属实，非官方粉饰。陈向真现象一时被传为美谈——这也是后话了。

10

有一次开会，程先觉发现了一个非常微妙的情况。

不知道是从什么时候开始的，医院的小会议室里也出现了座次。原先召开中层以上会议，几个主要领导虽然也坐在中间，但是都很随意。这次坐在左边，下次也可能坐在右边；今天张三坐在李四旁边，明天也可能坐在王五旁边。但是自于建国从省委党校回来之后，好像大家的位置就相对固定了。

固定是从肖卓然开始的。

会议室里有一张长方形条桌，以往，通常是丁范生和于建国并肩坐在中间，他们的两边分别是副院长、副政委、医政处长和政治处主任，副院长和医政处长依次坐在丁范生一侧，副政委和政治处主任依次坐在于建国一侧，两边相对平衡。自从肖卓然升任副院长而且是常务副院长，这个平衡就不可能维持了。因为肖卓然是第三把手，肖卓然坐在谁的旁边，谁就可能坐在中间的位置。

前几次开会，肖卓然一直是坐在于建国的旁边，这样一来，于建国的左边是丁范生、秦副院长和医政处长，右边是肖卓然和副政委、政治处主任，于建国正好处于核心位置。丁范生对这个情况似乎有所察觉。这天下午开会的时候，肖卓然进门稍微迟了一点，负责会议记录的办公室主任指着丁范生旁边的空位置喊，肖副院长，您的位置。肖卓然停住步子，看了看说，为什么要把我的椅子搬到这里？这里光线不好，我还回到我原来的位置。说着，亲自动手，又把椅子搬到了于建国的身边。于建国坐着没动，微笑着说，好，就坐这里。

丁范生也坐着没动，但是丁范生的脸黑了，仰起脑袋，看着天花板，半天没有说话。

这天的例会，研究的内容很多，有调整骨干力量的，有确定新的业务、财经、人事制度的。会议由于建国主持，医政处长和政治处主任分别介绍各项议程的起因和预案，丁范生一律充耳不闻，也不表态。于建国说，现在表决，不同意的发表意见和建议。

然后大家就七嘴八舌，多数都是无关痛痒的意见，也就是说，都表示同意。于建国最后把眼睛投向丁范生问，老丁，你的意见呢？

丁范生说，什么，你说什么？我没有听明白。再说一遍。

于建国只好让政治处主任和医政处长再复述一次。复述完了，丁范生不仅没有表态，而且把眼睛闭上了，好像还微微地打起了呼噜。那天中午他喝了不少酒，满会议室都是酒气。

于建国见不像话，用胳膊肘拐了拐丁范生说，老丁，老丁，丁院长，大家都等着你表态呢，你不能打瞌睡啊。

丁范生睁大了眼睛说，谁打瞌睡了，我打瞌睡了吗？我清醒得很。

于建国苦笑说，你不打瞌睡，你把眼睛闭上干什么？

丁范生打了一个酒嗝说，笑话，我眼睛闭上就是打瞌睡吗？我眼睛闭上了不等于思想也闭上了，我清醒得很。我在思考，你们提出这些方案，我要不要同意。什么叫重大开支？花二十块钱就叫重大开支？花二十块钱就要进行预算，就要开会研究，那要是遇上紧急情况怎么办？遇上重大任务怎么办？那不是要天天开会吗？所以啊，我想来想去，你们的这个制度我不能同意。

于建国愕然问，怎么，老丁你怎么出尔反尔？会前酝酿的时候，你不都是同意的吗？你还表态说，好，要把好关，收紧口子，为国家节约每一个铜板，怎么转眼之间就变卦了？

丁范生又打了一个酒嗝说，你既然说，会前酝酿我就同意了，那你还开会干什么？

于建国说，会前酝酿是为了取得一致，上会讨论是为了形成决议。这是常识问题。

丁范生说，什么常识问题？这叫搞小动作。以后开会议事，一就是一，二就是二，上会讨论就是上会讨论，不能提前密谋。

于建国说，我们主要领导不取得一致意见，上会还不是打乱仗？

丁范生说，打乱仗就打乱仗，打乱仗总比不打仗要好，打乱仗可以让大家充分发言，充分争论，充分发扬民主。倘若我们主要领导会前就定了调子，大家还愿意说真话吗？就是不同意也同意了，那么，这个总支扩大会也就成了聋子的耳朵了。我不能当聋子的耳朵，你们也不能当聋子的耳朵，你们大家说是不是？

丁范生说完，居然笑了，幸灾乐祸地看了看于建国，笑眯眯地向四周看了一圈。目光所到之处，中层干部们回报的表情很怪。有的一脸严肃，有的点头微笑，笑着笑着，看一眼于建国，又戛然止住，顿时成为僵尸。

这次总支扩大会，什么事项也没有形成决议。用丁范生的话说，会风不正，一事无成。丁范生说，什么叫会前酝酿，会前酝酿就是搞小动作。什么叫民主，民主就是把前因后果计划打算全都告诉参加会议的人，让全体有资格表决的人各抒己见畅所欲言，知无不言，言无不尽。

这分明是胡搅蛮缠无理取闹。于建国憋了一肚子气，可是有些话又说不出口。分明是出于医院长远建设的合情合理的规章制度，仅仅因为一个程序问题，就被丁范生这狗日的给搅成了夹生饭。而且从理论上讲，丁范生的话还不太好公开驳斥。这狗日的简直就是反党，简直就是曲解党的民主集中制，简直就是出卖党内秘密。

会后，肖卓然问程先觉对这次会议的看法。程先觉说，卓然，我建议你不要风头太健，丁范生这个人表面上看是大老粗，其实内心一点也不粗，搞政治玩花招，老辣啊，于建国对付他都不一定是对手。

肖卓然不以为然地说，机关算尽太聪明，反误了卿卿性命。玩这种雕虫小技，早晚要摔大跟头。

程先觉说，我劝你还是要跟丁院长搞好关系，他不仅是老革命，对你也是很栽培的。现在医院已经有人议论了，说你忘恩负义小……话到此处，程先觉又打住了。

肖卓然说，还说什么了，小人得志？哈哈，随他们怎么说。我肖卓然是什么人？是革命者。革命者视死如归，我还能被流言蜚语所击退？一个革命者的步伐，是任何力量也挡不住的。

程先觉说，这话倒有点像丁院长说的，只要我们有一颗爱国红心，什么人间奇迹都能创造。如出一辙啊！

肖卓然说，不要牵强附会，我和他不是一个意思。他那是主观盲动，我这是革命自信。

程先觉说，那你也犯不着跟丁范生剑拔弩张啊！你跟于建国不一样，他们都是老革命，上面都有大红伞。而你呢，光有热情和理想，搞政治是危险的。

肖卓然陡然变色，厉声喝道，程先觉，闭上你的狗嘴，关上你那两颗大黄牙，不要在我面前搬弄是非。你把我们共产党的领导干部看成什么啦？政客、阴谋家、伪君子？你简直是包藏祸心，说你反党一点都不过分！

程先觉顿时哑口无言，傻傻地看着肖卓然，一句话也没有，心里却在恨恨地骂，他妈的，你肖卓然活脱脱一个大白痴，要不是因为长期在一个锅里吃饭，龟孙愿意跟你这么掏心窝子说话。自以为是，运气好你牛戻，遇到运气差的时候，我保证你喝凉水都硌牙，你就等着吧。

11

对于丁范生，肖卓然的感情越来越复杂。一方面，他不断地提醒自己，丁范生是一个有过赫赫战功的老革命，同时对自己也有知遇之恩。想当初刚来705医院——那时候还叫荣军医院的时候，他对丁范生粗中有细的工作作风、严于律己身先士卒的献身精神，由最初的不能接受到理解，到由衷地敬重。可是，他还是不能和丁范生水乳交融。他渐渐地明白了，他同丁范生不是一路人。丁范生是个感性的革命者，他是个理性的革命者。在革命这条道路上，方向虽然一致，走法却不尽相同。要么是他校正丁范生的步伐，要么是丁范生拖着他前进，而无论是改变丁范生或是被丁范生改变，都是不可想象的。

从朝鲜战场回来之后，他对丁范生的看法又降了一个层次。这个口口声声为国家分忧、为革命节约每一个铜板的老革命，在住院期间，享受高级病房不说，还开了小灶，经常邀集老战友在小灶里吃吃喝喝。这不是腐化堕落是什么？不是贪图享受是什么？战争年代你吃过苦立过功不错，但是这不等于你就可以无原则地消耗国家财产。

那一次，因为订立制度问题，肖卓然同丁范生发生了严重的冲突，他甚至想到了辞职。在丁范生叫嚷着要出院之后，他冷静下来了，他决定同丁范生战斗到底、他绝不能被丁范生吓倒，绝不能因为个人感情放弃原则。

丁范生果然提前出院了。当天晚上并没有召开总支扩大会，因为于政委在省委党校学习，肖卓然不同意开会，秦副院长出差，政治处主任在市里参加一个会议，总支扩大会根本开不起来。

那一夜，肖卓然不知道丁范生是怎样度过的，但他自己却是辗转反侧，几次翻身下床找烟抽，一如当年在朝鲜战场为了克制生理需求半夜找酒喝，以至于舒云舒穿着睡衣摸他的脑袋，舒云舒说，现在好了，现在我们有了工具，有了药，我们再也不用忍受那样的折磨了，你还熬煎什么呢？

他说，你不懂，我不是又想那个了，我现在一点儿也不想那个了。

舒云舒吃了一惊，蹲下来问他，你怎么啦？你过去是那样的旺盛、那样的充满激情，你……是不是哪里不舒服？

他说是啊，心里不舒服，不知道是我出了毛病还是丁范生出了毛病！这真是一个泥腿子，外行领导内行真的是一件很痛苦的事情。怎么会这样啊，怎么会这样啊，我们的事业为什么会有这么多出人意料的事情？

舒云舒不仅吃惊了，更加紧张了。舒云舒说，你小声点，你可不能有这样的思想，不要说说了，想都不能想，想想都是错误的，想想都是有危害的。

他说，不行，我得想，你知道我是一个认真的人。凡是不明白的事，不让我想是不可能的。

舒云舒说，那你就想吧，可你千万不能把你的想法说出去。

他说，为什么，难道我要戴着假面具吗？

舒云舒说，不是戴着假面具，是因为你的真面具还没有做好。

第二天早上，丁范生就派程先觉把他叫到院长的办公室。院长办公室在二楼，他的办公室在三楼，就几步的路，但是丁范生就是不来找他。他路过丁院长办公室的时候丁范生也不理他，他刚刚上楼，程先觉就被派过来了。他看着程先觉的脸，那上面什么都没有，一副公事公办的平静模样。他觉得好笑，你老丁摆谱啊，搞这一套干什么，兴师动众，耀武扬威，你还是虚弱啊，你要是真理在手，你就用不着搞这些花架子了。看我，光明磊落，从容不迫。你能做得到吗？

在丁范生的办公室里，丁范生坐在黄漆办公桌后面，连座都没有让，开水也没让勤务员倒一杯。肖卓然只好硬着头皮自己坐下，等待丁范生发作。果然，丁范生一开口，屋里的空气就有了火药味。这正是隆冬季节，外面雪花飘飘，室内煤炉子上烧着开水，整个房间弥漫着二氧化碳。丁范生说，肖副院长，翅膀硬了啊，敢于斗争了啊！

肖卓然不卑不亢，没有吭气。

丁范生说，你知道我昨天夜里在做什么吗？

肖卓然说，我又不是诸葛亮，不会神机妙算，不知道丁院长在做什么。

丁范生说，你应该知道的，知己知彼嘛。我告诉你，我昨天夜里在骂你，把你的祖宗八代都骂了。小人得志，张狂轻薄，出风头，阴谋家，野心狼，踩别人的肩膀，登自己的阶梯。啊，肖卓然，你觉得我说的这些是事实吗？

肖卓然苦笑说，也许吧，我的嘴脸，有时候我自己都看不明白。

丁范生说，说真的，那一阵子我对你充满了厌恶。可是骂着骂着，我觉得不对劲，我和肖卓然怎么啦？是阶级敌人吗？不是。有杀父之仇吗？没有。有夺妻之恨吗？没有。那么肖卓然要干什么？原来是要抢班夺权，是要发号施令。所有问题的症结都在这里。

肖卓然说，丁院长，我没有想那么多，我就是想做点事情，就是想扭转一下风气，就是想让医院的建设走向规范化的道路。

丁范生踱着步子说，哦，你是那么清正廉明，我还真没有想到。可是，你想让医院走上规范化的道路，难道我丁范生就是绊脚石，就是不齿于人类的狗屎堆？你想规范我就不想规范？我想规范，但是我不知道从哪里下手。你既然提出来从制度下手，只要你说得对，我难道会执迷不悟？你为什么就不能先跟我通气，得到我的理解，争取我的支持，那不就顺理成章了吗？

肖卓然老老实实地说，程先觉曾经提出，要先向你汇报，但是我怕你们这样的老革命脾气大，一旦在你这里说不通，就搞成了夹生饭，事情反而更复杂了。所以……

丁范生说，所以你就利用了你主持工作这么个小小的机会，先把生米做成熟饭。既给我一个下马威，同时也以一个铁腕强硬者的身份登上 705 医院的政治舞台。你是不是这样想的？

肖卓然如坐针毡，汗流浃背，支支吾吾地说，丁院长，我不认为……

丁范生突然停止踱步，回过头来，一双鹰隼一样锐利的眼睛盯着肖卓然说，肖副院长，你认为什么？你不要太自以为是了。请你记住，在 705 医院，我是一把手，你想做事，只要是正确的，我就会支持。得不到我同意，你做任何事情都是休想！

肖卓然小心翼翼地说，那我们刚刚通过的几项决议，您是不是同意？

丁范生说，在我缺席的情况下，你们做出的任何决议一律无效。如果你想下这个台阶，重新打一个报告，我可以同意开会，重新研究。

肖卓然的脸皮顿时僵硬。

第九章

1

汪亦适很奇怪程先觉为什么会请他到稻香楼吃狗肉。他的原则是尽量不做无功受禄的事情，况且他对程先觉的印象很差。汪亦适回家后把程先觉要请他吃狗肉的事情跟舒雨霏说了。舒雨霏说，他那个人，小气得要死，他为什么要请客？

汪亦适说，我就是觉得奇怪啊。

舒雨霏说，去，不吃白不吃。但是，咱们只吃他的，不给他帮忙。

汪亦适惊讶地问，你怎么知道他有事需要咱们帮忙？

舒雨霏说，我的傻弟耶，你也不想想，程先觉那样的抠门，一分钱夹在屁股里，八架盒子枪都打不下来。平白无故，他干吗要请你吃饭？我算准了，他必然有事需要你帮忙。而且我大致揣摩出来了，他需要帮的是什么忙。

汪亦适一头雾水说，什么，你揣摩的是什么？

舒雨霏说，我不说，你先答应他吃请，并且说我和你一起参加。

汪亦适为难地说，我不知道他要我帮什么忙，怎么能答应他？他要是提出我办不到的事，我怎么回答？

舒雨霏说，你不要管，一切有我。

汪亦适说，这就更不合适了，他只提出单独请我一个人，也没有说带夫人，你去不合适。

舒雨霏说，那你就跟他说，我和你同行，要不行就算了。

汪亦适不吭气。

舒雨霏说，亦适我跟你讲，你是个老实人，跟这些人打交道，你不如我。以后他们有事找你，你一定要先跟我商量，好吗？

汪亦适想了想说，好的。

汪亦适听舒雨霏的话，是发自内心的。自从他和这位昔日的大姐喜结连理，两家长辈在惊愕之余，无不拍手叫绝。过去他们谁也没有想到这个结局，当这个结局突如其来的时候，他们突然发现，这样的结局再好不过了。汪家的理论是，门当户对，世代姻缘。舒家的理论是，女大三，抱金砖。舒汪两家世交，终于在第三代联姻，实在是天意如此。

成亲之后，汪亦适和舒雨霏在705医院有了自己的小家。白天两口子各上各的班，晚上回来，一同做饭，一同吃饭，一同散步，说不尽的恩爱，说不完的甜蜜。他们还是过去的称呼，汪亦适还是喊舒雨霏“大姐”，舒雨霏仍然喊汪亦适“小弟”。偶尔去舒家，丈母娘看着大女儿大女婿，眉眼里全是笑。舒雨霏嫁给汪亦适，比舒云舒嫁给肖卓然，更要让老两口称心如意。

突如其来的爱情和措手不及的婚姻，给汪亦适带来的是前所未有的惊喜。婚后的汪亦适，有了很大的变化。那双经常紧锁的眉头逐步展开，笑声不再压抑，有时候高兴了，竟然哈哈大笑，一如当年在朝鲜战场结识的那个克拉克西。笑是真笑，是发自内心的快乐，是无遮无拦的幸福。偶尔，小两口也开开玩笑，说话间多了些风趣，多了些幽默。在舒雨霏撒野撒娇的时候，汪亦适甚至跟在后面学会了几句粗话。会说几句粗话的汪亦适，发现婚后的生活其乐无穷。

当天汪亦适把舒雨霏的意思跟程先觉说了，说你请客可以，但是我得把话说在前面，我是什么忙也帮不上的。

程先觉说，你说这话小看程某了，难道我请你吃顿狗肉，就一定有事相帮？老同学，老战友，从朝鲜回来，就没有吃过狗肉，打打牙祭而已。

汪亦适说，你是知道的，我从来不出门吃饭。我吃饭必然与大姐同座。

程先觉怔了一下，但旋即笑了说，亦适果然功德圆满，你和大姐恩爱真是让人眼红。既然大姐来了，好事成双，能不能让大姐在四姐妹里再带一个来？

汪亦适回家把这话跟舒雨霏说了。舒雨霏哈哈大笑说，看见了吧，这小子一张开他那张黄牙嘴，我就知道他嗓子眼里是什么货色。这下露馅了吧？我告诉你亦适，他想加盟舒家，他想跟你一样，也成为舒家的女婿。

汪亦适直着眼睛看着舒雨霏，愣了半晌才说，怎么可能，怎么可能？他相中了谁啊？

舒雨霏说，他相中了舒老四，想当我们的小妹夫呢。

汪亦适又愣怔了一会儿才说，大姐，你对这件事情怎么看？

舒雨霏说，癞蛤蟆想吃天鹅肉，痴心妄想啊！

汪亦适木着脸说，大姐，既然你是这个看法，咱们也帮不上忙，我看这顿饭咱们就不吃他的了。

舒雨霏说，糊涂，干吗不吃？不吃白不吃。再说，癞蛤蟆想吃天鹅肉，没准还真能咬一口呢。你又不是不知道，程先觉在朝鲜战场救过爸爸，爸爸对他有一种特殊的感情。这件事情我们不知道也就罢了，既然知道，就不能袖手旁观。我们也得深入了解情况，就算你对舒家负一次责嘛。

舒雨霏如此一说，汪亦适也不好说三道四了。

赴宴的时候，汪亦适穿上了那身西服。没想到几年一过，西服略微嫌小。汪亦适说，看来我还得过一段苦日子，古人崇尚瘦吾身而肥天下，我这衣带渐窄不是好事啊，显得很不忧国忧民啊！你看肖卓然，当了官，却反而瘦了，这才是人民公仆的形象。

舒雨霏说，难道你们都要当肖卓然？都要衣带渐宽才是忧国忧民？有人为了当官，为了发财，也是呕心沥血衣带渐宽，不足取也。你就这个样子很好，这个样子才能够体现社会主义的优越性。

舒雨霏穿的是一身旗袍。这是当新娘的时候婆家置办的，上好的梅山丝绸，安庆的裁缝量身定做，十分得体，穿在舒雨霏的身上，为这位向来给人风风火火印象的少妇，平添了几分淑女风姿，袅袅娜娜。因为有了这身旗袍，举手投足也多了几分妩媚，同以往那种雷厉风行的样子判若两人。

走在路上，汪亦适问舒雨霏，是不是把舒老四也邀请了？舒雨霏但笑不语。到了稻香楼，一身青年装的程先觉早已在门楼间恭候，看见汪亦适夫妇，程先觉一边打着招呼，一边向二位的身后东张西望。汪亦适对舒雨霏耳语道，你有没有把舒老四请来？你看这家伙抓耳挠腮的样子，挺可怜的。

舒雨霏说，我们家老四是那么好请的？不过你放心，我替他请了一个比舒老四还要重要的人物。

进了包厢，程先觉又是张罗倒茶，又是分发点心，眼里看着汪亦适两口子，眼睛却骨碌碌往门外直瞅。汪亦适说，老程你东张西望干吗？大姐给你请了一个重要人物，你不用这么神不守舍的，一会儿人就到了。

程先觉大喜过望，又是鞠躬又是作揖，嘴里一连串地叫着大姐，说大姐真是火眼金睛明察秋毫，先觉的一点小心思都在大姐的股掌之上，还望大姐多多美言，成全先觉一片痴情。

舒雨霏说，宁拆寺庙千座，不散鸳鸯一对，成人之美，延年益寿，更何况事关我的妹妹，我当然不会麻木不仁。

程先觉满脸堆笑说，大姐，您真是我们的好大姐。此事如果能成，今生今世，先觉当效犬马之劳。

舒雨霏说，那怎么可能？犬马之劳是个什么样子，享受了你的犬马之劳，那不是要折我的寿吗？

程先觉的脸呆在那里，似笑非笑地说，大姐，我这只不过是打个比方而已，而已……说到这里，察言观色，又不知道往下该怎么说了。

汪亦适说，老程，别那么肉麻好不好？窈窕淑女，君子好逑，天经地义，无可厚非，你干吗那么奴颜媚骨的？

汪亦适这么一说，程先觉非但没有感到尴尬，反而找到了感觉，抑扬顿挫地说，亦适兄，你是饱汉不知饿汉饥，站着说话不腰疼。你现在有了大姐这样端庄贤惠的大家闺秀，你过着比蜜还要甘甜的生活，你哪里知道我们这些光棍的甘苦？我奴颜媚骨一点怎么啦，我是为了爱情奴颜媚骨，为了心中的天使奴颜媚骨。君不闻意大利诗人老裴名句，生命诚可贵，自由价更高；若为爱情故，二者皆可抛。

舒雨霏说，你说什么，哪个老裴，真有这样的诗吗？

汪亦适笑笑说，他信口雌黄，裴多菲的诗是：生命诚可贵，爱情价更高；若为自由故，二者皆可抛。他断章取义。

程先觉说，老裴的诗歌固然很经典，但是也有值得磋商之处，没有爱情，哪有自由？没有爱情，自由又有什么用处？改头换面，更有通理，无伤大雅，用之不俗。

几个人正说着话，茶博士在门前通报，舒小姐光临，楼上请！

程先觉一听这声喊，愣怔怔地看着舒雨霏和汪亦适。舒雨霏说，还愣着干什么，快去迎接啊。

程先觉回过神来，噢了一声，腾的一声从椅子上跳起来，大踏步向门外走去。刚走到门口，也是一身旗袍的舒云舒出现了。

程先觉在突然间表情就僵住了，傻呵呵地看着舒云舒，又回头看看舒雨霏和汪亦适，那副神情就像屁股上刚刚挨了一针青霉素。

舒云舒说，怎么，不欢迎？大姐说你请客，让我来凑个热闹打个牙祭。看你这个样子，好像不欢迎。

程先觉的脑子一片空白，像是被一盆冰水迎头泼下，整个人都是僵的。

舒云舒说，看来真的不欢迎呢。我是自作多情了。那好，我这个不速之客还是滚蛋吧。

程先觉这才如梦初醒，赶紧上去拦住舒云舒的去路，嘴里念念有词，哪里啊哪里，云舒，我这是太意外了、太惊喜了、太……程先觉语无伦次地说着，竟然情不自禁地又往舒云舒的身后东张西望。

舒雨霏说，别再探头探脑了，今天就是我们几个来吃请，你要是觉得冤枉，我们立马拍屁股走人。

程先觉哭也不是，笑也不是，一张马脸似笑非笑，嘴里说，大姐，这是什么话啊，您把我程先觉看成什么人啦，两位……两位姐姐……嘿嘿，云舒，大姐，亦适，谋事在人，成事在天啊！来的都是客，贵客啊！今晚一醉方休！

程先觉的表情急剧变化，终于变幻出鲜花一片，语无伦次，手忙脚乱，声音高了八度。

舒雨霏说，那你还磨蹭什么？上菜啊！

程先觉反应过来，摘下眼镜，冲门口气壮山河地喊了一嗓子，半斤牛肉，一斤狗肉，老酒一坛，上来！

以后汪亦适曾经委婉地说舒雨霏，这样做是不是有点过分？程先觉这个人无非就是爱算计一点，说到底也是为了生存。这个人比起解放前，有了很大的进步。在朝鲜战场上能够舍身救人，说明他的品质还是很好的。

舒雨霏说，我其实并不是要捉弄他。他追求的是我的小妹。舒老四那个人你是知道的，娇生惯养，喜怒无常。她怎么会看得上程先觉？一口大黄牙，油嘴滑舌的。我把老三叫来，一是给这个程先觉一点儿警示，劝他知难而退；二是考验他一下，如果他真的死心塌地，那他就不会在意我们使绊子，他就会不屈不挠。

汪亦适服气地说，没想到大姐还这么深谋远虑。

舒雨霏说，大姐嘛，长姐如母，我娘是旧社会过来的人，不懂新生活，我多操点心是应该的。我们家老四我了解，她不需要婚姻，她只需要爱情，而且是革命爱情。

汪亦适不作声。

舒雨霏问，你在想什么？

汪亦适说，时间过得真快，转眼之间，解放五六年了，我们都成家立业了，连小四都到了谈婚论嫁的年龄了。倘若肖卓然知道程先觉的举动，不知该做何感想。

舒雨霏说，我估计他会持反对意见，肖卓然不喜欢程先觉。

汪亦适说，我看还算可以。公正地说，肖卓然是个事业心很强的人，心胸也很宽阔。我们过去对他有成见，主要是因为他太傲慢了。这几年历练下来，好像比过去懂得人情世故了。

舒雨霏说，他是个理想主义者。我担心老三跟着他，以后要受罪。

汪亦适惊讶地问，大姐你怎么会这么想？肖卓然是要做大事的。

舒雨霏说，老话说，枪打出头鸟。他这么不管不顾的，动不动就是原则，动不动就是规章制度，得罪了很多人。有权有势的时候耀武扬威，大权旁落的时候，恐怕就要吃亏。

汪亦适说，难道，你听说了什么？

舒雨霏说，我什么也没有听说，但是我了解皖西这块地方的人心，落后、愚昧、自私。像肖卓然这样横冲直撞，是行不通的。我把话撂在这里，以后你会看到。

2

这段时间，肖卓然确实很出了一把风头。虽然在制定各项制度的时候，遭到了丁范生软硬兼施的阻挠，但丁范生阻挠的并不是规章制度的本身。那次丁范生擅自出院重新掌权，第一步是全盘否定了肖卓然搞的几项制度，然后重新开会，亲自主持，美其名曰修改完善，实际上并没有改动几个条款，然后，丁范生把袖子一捋说，我看可以，这样就更合情合理了。拿过来，我签字。

直到这个时候，肖卓然才恍然大悟。原来丁范生的气并不是冲着规章制度来的，而是冲着这几项规章制度的诞生过程。他后悔当初没有采纳程先觉的意见，如果当初就到病房，先向丁范生汇报，也就不会有后来的周折了。

从此以后，肖卓然但凡想做什么事情，必然先去向丁范生汇报。他同意的，自然一帆风顺；他不同意的，肖卓然要么自己死缠烂打，要么派医政处长或者程先觉去软缠硬磨，直到丁范生同意为止。这样就形成了一个约定俗成的惯例，只要705医院出台什么政策，做出什么决议，上马什么项目，最后的决议必须有丁范生的签名，尽管他把他自己的名字写得张牙舞爪。

解决小灶问题是肖卓然遇到的空前难题。丁范生虽然不住高级病房了，但是高级病房仍然存在，小灶的厨房也还照样冒烟，丁范生偶尔活跃其中，咋咋呼呼，吆五喝六。肖卓然每次看见小灶的餐桌上高朋满座，心里就很不是滋味。他甚至觉得这简直就是挑战，不是跟他挑战，也不是跟于建国挑战，这实际上就是个人权力向组织挑战，不良风气向规章制度挑战。当面是没有人说的，但是群众有意见却是大家心照不宣的。

705医院现在已经有了七个科室，一百多张床位，各科室陆续成立了党支部，医院党总支也将升格为党委。开党代会选举党委会的前几天，医院主要领导开会酝酿党代会筹备情况，会上没有太大的分歧。第二天，政治处主任李绍宏到肖卓然办公室坐了一会儿，突然问，肖副院长，这次选举，要确定党委书记和副书记，你有什么看法？

肖卓然怔了一下，脱口而出，过去一直是丁院长担任书记，难道会有什么变化？

李绍宏说，过去是党总支，丁院长是医院的创始人，来得早，于政委来的时候还是政治处主任，所以丁院长的书记就顺理成章地当了下去。现在不一样了，现在要成立党委了，政治委员担任党委书记一直是我军的一个传统。

肖卓然说，既然有规定，当然是按规定来，反正书记也好，副书记也好，都是组织分工，重大问题还是集体研究。我对这个问题没有个人意见。

李绍宏进一步说，丁院长和于政委都是当事人，不可能让他们先表态。你是常务副院长，你总该有自己的倾向吧？

肖卓然说，不是还有选举吗？让代表们行使民主权利吧。

李绍宏说，肖副院长对这种选举还不了解，党委委员是选举的，党委会明确之后，书记和副书记是由委员们推举的。

肖卓然还是不明白，问，推举是什么意思？

李绍宏说，推举嘛，就是大家在一起商议的意思，每个党委委员都要表态。

肖卓然这才摸着一点头脑，也就是说，在委员会产生之后，委员们要坐在一起开会，委员们要发言，表明自己的态度。当然也可以不发言，不发言有两种解释，一是对别人的意见表示保留意见，另一种解释是默认。

3

这天晚上肖卓然翻来覆去睡不着，反复琢磨选举和推举这两个动词的含义，咀嚼李绍宏话里的弦外之音。他分析李绍宏在这个时候说出来“政治委员担任党委书记一直是我军的传统”这句话，不可能只是李绍宏自己的思想，背后应该还有于政委的意思。但是，在会上如果让他主动提出来——听李绍宏的意思，他还应该首先亮明观点，这就让他有些为难了。

第二天中午在食堂吃饭的时候，碰到了陆小凤。陆小凤过去一直归肖卓然直接领导，在前线又是医疗队的成员，对肖卓然一直很崇拜。陆小凤看看肖卓然周围没有人，端着碗过来了，两人相视一笑，算打了招呼，然后各吃各的。陆小凤说，肖副院长，祝贺你啊，听说你要当党委副书记了。

肖卓然吃了一惊，瞪着陆小凤说，哪里来的小道消息？我是副院长，怎么能当党委副书记？

陆小凤说，那你说谁当党委副书记？

肖卓然反感地说，这个问题不是你问的，也不是我回答的。你吃你的饭，吃完滚蛋。

陆小凤嘴一撇说，有什么大不了的？下半年丁院长就要调走了，所以这次肯定是于政委当党委书记，你们两个副院长，都是副书记。全院都知道了，还保密？

肖卓然傻眼了，把筷子往桌子上一放说，你胡说什么，犯自由主义！全院都知道了，我怎么没有听说？

陆小凤说，你呀，你是什么人？你是昂首阔步刀枪不入的革命者，谁敢去跟你说这些小道消息啊！我跟你说，要不是因为你年轻，丁院长调走之后，你就可能直接接班了。可是啊，听说有人在上面告状，说你年轻气盛，目中无人，不尊重老革命。所以呢，你只好再等一等。肖副院长，我跟你说这些，绝对没有讨好你的意思，我就是希望你这样年轻有为的同志早挑大梁。705 医院搞好了，我们大家都跟着沾光，你说是不是？我们再也不能让那些大老粗统治 705 医院了。好在他就要回到野战部队了，705 医院以后还应该回到专家的手中。

肖卓然半天没有说出话来。看着这个过去一直被他忽视的女军医，这才发现，原来陆小凤还很漂亮。特别是在她义愤填膺的时候，脸蛋儿红红的，苹果脸上沁着汗珠，平添了几分妩媚。

肖卓然说，小凤同志，也许你的话有道理，但是我不允许你犯自由主义。我们都是从朝鲜战场下来的，是受过考验的，要讲原则。

吃过饭之后，肖卓然的心情久久不能平静。午休躺在床上，两手托着脑袋，两眼瞪着天花板。陆小凤的话，他不全信，但也不是全不信。关于丁范生调走的事情，在 705 医院早已不是什么秘密了。据说上级屡屡接到建议信，反映丁范生倚老卖老刚愎自用，利用职权贪图享受腐化堕落，等等。但是，传闻毕竟只是传闻，日复一日，丁范生还盘踞在 705 医院，粗声大气，指手画脚。

肖卓然不喜欢丁范生，丁范生是老革命，也是大英雄，然而，大英雄不等于能当医院的院长。丁范生当这个医院的院长，这几年只做了两件事情，一是土法上马，把医院变成了游击队；二是感恩戴德，把过去的老战友、老同事、老上下级，都搞到 705 医院来享清福。丁范生的这一套，跟过去的山大王基本上没有太大的区别。

肖卓然想到这里，就为自己在即将召开的党代会上的态度定了调子——支持于建国，抑制丁范生。

没想到当天晚上形势突变，程先觉来了。程先觉一反过去唯唯诺诺的表现，一进肖卓然的宿舍就对舒云舒说，云舒，你该上夜班了，我要向肖副院长汇报工作。

舒云舒不高兴地说，别忘了我是你的革命引路人，有什么话还要背着我？

程先觉不卑不亢地说，那是两回事，我有情况要向肖副院长单独汇报。

肖卓然向舒云舒笑笑说，云舒，程先觉这个人心眼儿小，有你在场，他有心理障碍，你就回避一下吧。

舒云舒说，哼！

舒云舒走后，程先觉开门见山地说，肖副院长，今天你是不是同陆小凤谈话了？

肖卓然说，中午在食堂见面，聊了几句。

程先觉说，是轻描淡写地聊，还是推心置腹地聊？

肖卓然说，随便拉了几句家常。你什么意思？

程先觉说，当真是家常？肖副院长，在这个时候，同这样的人见面，你认为是偶然的吗？不，你现在是常务副院长，是705医院的三把手，举足轻重，你可不能随便叙家常。

肖卓然说，程先觉，你不要疑神疑鬼风声鹤唳。难道我当了常务副院长，同志之间连话都不能说了？

程先觉说，我基本上可以断定，陆小凤跟你说了，丁院长很快就要调走了，医院里要配两个党委副书记，本来你是下一届的院长候选人，但是由于有些大老粗在上面反映你有野心，所以院长一直暂时未定。

肖卓然大惊失色说，你是怎么知道的？

程先觉说，先别问我是怎么知道的，我跟你说，这个陆小凤不是一般的人，她说话可不是随便聊天的。她现在四处散布这个话，就是要撵丁范生滚蛋。即便在党委选举的时候不能把丁范生拉下台，也要把他的票数搞下来，臭他，让他当不成党委书记。

肖卓然沉吟了一阵子才说，陆小凤的爱人张宗辉是丁范生的老部下，丁范生对张宗辉一直很关照，陆小凤对丁范生这个态度，令人费解，不符合逻辑啊！

程先觉说，是不符合常规逻辑，但是它符合特殊逻辑。张宗辉是丁范生的老部下不错，陆小凤是张宗辉的老婆也不错，但是，你知道陆小凤和于建国是什么关系？

肖卓然又沉默了一会儿才说，程先觉，我还是那句老话，你不要疑神疑鬼，不要以小人之心，度君子之腹。

程先觉说，肖副院长，我现在必须保护你，但是我不告诉你为什么。我要提醒你，705医院现在有一个动向，要驱丁推于，而这根本就是幼稚。你还不知道，这些人把驱丁推于的主要希望寄托在你的身上。我现在提醒你，不能意气用事，不能轻举妄动。话我就说到这里，你肖副院长是聪明人，你自己把握吧。

程先觉说完，就起身告辞了。肖卓然冲着他的背影说，程先觉，我劝你还是把心思用在工作上，不要在领导之间搬弄是非。

程先觉回过头来，笑笑说，如果没有一个好的工作环境，我怎么好好工作？我恐怕连饭都吃不上。肖副院长，三思而后行啊！

4

郑霍山无数次对自己说，我要是把她搞到手就好了。我一定要把她搞到手。我们的目的一定要实现，我们的目的一定能够实现！

郑霍山现在是公私合营舒皖药行第二门市部的政府方经理，虽然政府方职员比私方职员薪水少得多，但是比起肖卓然、汪亦适他们那些实行供给制的军人们，手里还是阔绰得多。但郑霍山绝不请客，郑霍山现在是学习毛主席著作的积极分子，哪里有毛主席的文章，单行本也好，合订本也好，或者选集选读语录，只要发现，就不遗余力地购买，晚上如饥似渴地阅读。他太崇拜这个人了，这个人的文采、这个人的胸怀、这个人的雄辩、这个人的气度、这个人的远见卓识，无不在郑霍山的内心深处打上深深的烙印。《中国社会各阶级的分析》这篇文章，他差不多倒背如流。

早在三十里铺劳教的时候，郑霍山对照自己的家庭，就确认了，自己的家庭就是个富农家庭，这样的家庭当然是革命的对象。奇怪的是，那时候郑霍山并不恐慌，也不悲哀。如果是毛主席要革他们家的命，那就是历史的潮流使然，是谁也挡不住的，是天经地义的，是罪有应得的，他应该坚决支持而不是反对。后来在土改中，他们家果然被划分为富农，他接到信后欣喜若狂，因为他还听说了，伟大领袖毛主席就是富农出身，他跟伟大领袖出身于同样的家庭，无上荣光，无比自豪！

除了崇拜伟大领袖毛主席，现在郑霍山还崇拜一个人，那就是舒老二舒云展。虽然有前科，有前劳教犯的身份，但是郑霍山并不自卑。他的心中有一轮光芒四射的红太阳，那就是毛主席。毛主席说了，出身不由己，道路可选择。恩格斯是资本家出身，但他是革命的领袖，只要听毛主席的话，做对人民有益的事情，富农出身也照样可以革命，照样可以谈恋爱，照样可以娶妻生子。

是在汪亦适的婚礼上，郑霍山萌发了这样一个决心：一定要把她搞到手，一定能够把她搞到手，下定决心，愚公移山。今天失败了，还有明天；这次碰壁了，还有下次。

现在的郑霍山已不是当年医科学校的郑霍山了，历史的经验值得注意，他不能用拦截舒云舒的办法去拦截舒云展。拦截舒云舒的经验教训就是引起了舒云舒的恶感，加快了舒云舒投向肖卓然怀抱的步伐。他不能因为自己的粗鲁把心爱的人推给自己不喜欢的人。郑霍山左右权衡，反复分析利弊，最后决定放下架子，给汪亦适一个机会，让这老兄帮他进行一次火力侦察。

5

汪亦适现在是705医院的外科主任。归建一年多来，医院的设备逐渐配套，医护人员也逐渐正规，科室分工尽可能地明确，汪亦适的职责主要是做大手术，涉及胸腔、腹腔甚至开颅手术，在705医院非他莫属。在一年多的时间内，汪亦适再次声名大振。连省城的几家大医院，也经常派车派人来接他前去会诊。

汪亦适知道自己做手术的水平神奇般地提高来源在哪里，就在维丽基地，在同克拉克西相处的日子里。他有一个问题一直没有搞清楚，那就是对于克拉克西的判断。用敌人、自己人、好人、坏人、中国人、外国人这些概念来诠释克拉克西，显然都不准确，都是管中窥豹，都是以偏概全。那么，克拉克西到底是一个什么样的人呢？汪亦适百思不得其解，最后得出一个结论，克拉克西就是一个人，一个有着西方民族优点和缺点、既愚蠢而又智慧的、形象并不好看的洋人而已。

他有理由相信，远在大洋彼岸的克拉克西也会经常把他想起。他有时候甚至有点内疚，感觉他有点对不起克拉克西。跟那些相对凶残的人面兽心的敌人相比，克拉克西的身上似乎多了一些率真、多了一些读书人的稚气，而他不得不利用克拉克西的稚气去欺骗他——这样说不恰当，用一句军事术语来解释他的行为，毕竟是两军对垒，兵不厌诈乃是战争中的谋略，不得已而为之。

好在战争终于结束了，那个性欲十分旺盛的美国佬再也用不着成天抱怨没有起码的性生活了。娇妻幼子，天伦之乐，实际上是东西方民族都需要的。他此刻在干什么呢，是在得克萨斯州他的农场里养花种地，抑或是在某个美丽的黄金海岸进行沙滩浴？他那双毛茸茸的大手在手术台上是那样的灵巧、那样的准确、那样的自信！他的性格开朗得不可思议，即便在战争的环境里，也充满了美好的遐想。克拉克西显然没有经历过太多的苦难，他对汪亦适的忧心忡忡满脸悲戚不能理解，他是按照他的生活阅历来判断这个中国人的内心世界，这就难免失之偏颇了。假如，假如有一天，在几十年后，在一个非战争的环境里，在一个友好的而不是敌对的环境里相遇，回忆几十年前的交往，也许克拉克西会向他提出很多不解之谜，也许他会开诚布公，也许他会继续缄默。但他希望那时候进入一种知无不言的状态。时间是最有力的武器，时间能够化解很多东西，包括仇恨和悲伤。

郑霍山找到汪亦适的时候，汪亦适正在做手术，对于郑霍山突然造访有些意外。在休息室里，汪亦适见到的郑霍山穿着一身整洁的中山装，左边上衣口袋上，还别着一枚毛主席的像章。汪亦适瞥了郑霍山一眼，觉得这个人现在变得有点不伦不类。

汪亦适问，你是来找我吗？

郑霍山说，我当然是来找你。

汪亦适说，是来借钱还是兜售你的药材？我告诉你，我们医院的采购权，全都是制度管着。

郑霍山笑笑说，我用得着向你借钱吗？你那几个津贴，不够我一顿饭钱。

汪亦适说，那我明白了，你想辅导我学习毛主席著作。我听说你现在是学习毛主席著作的积极分子，是你们地方医药系统政治学习的标兵。你的心得体会文章，我们705医院还组织讨论过呢。

郑霍山说，灵魂深处闹革命，我们都要好好学习毛主席著作。毛主席的话，放之四海皆真理，颠扑不破，为无数事实所证明。

汪亦适说，别的我什么都相信，就是不相信狗能改掉吃屎。我就不相信你这个反动透顶的国军中尉，居然有这么高的境界？

郑霍山急了，面红耳赤地说，你这叫什么话？我怎么反动透顶啦？那时候我们一样都反动，都当了几个小时的国军中尉，你也不比我好到哪里去。

汪亦适说，我怎么不比你好到哪里去？我比你好到天上去了。我去动员你起义，你顽固不化不说，还差点儿拖累我当了俘虏。你说，你那一枪是不是故意开的？

郑霍山说，天地良心，我倒是想故意开枪，可是我会吗？那千真万确是走火。我要是撒谎，天打五雷轰。

汪亦适不说话了。停了一会儿才说，你来找我，有何贵干？

郑霍山说，我想请你帮一个忙。

汪亦适说，你现在是药材公司的经理了，富得流油，神通广大。我一个穷丘八，能帮你什么忙？

郑霍山说，你别东拉西扯，你知道我找你帮什么忙。

汪亦适说，我不知道。你这个人，三分像人，七分像鬼，我哪里知道你的肚子里有什么花花肠子！

郑霍山怔怔地看着汪亦适，突然说，我们的目的一定要达到，我们的目的一定能够达到！

汪亦适说，你搞什么鬼？

郑霍山说，老汪，你现在是舒老的乘龙快婿了，而且舒老一直器重你，你能不能帮我在舒老面前试探一下，看看他老人家对我现在是个什么态度。

汪亦适说，哈哈，这真是太阳从西边出来了，你郑霍山那么清高、那么自负，怎么会求人帮这个忙？你难道想给我岳父当干儿子？那我就不用打听了，我岳父对你印象很好，几乎美好，你给我岳父当干儿子没有任何问题，以后你就是我的小舅子了。

郑霍山说，哪个龟孙要当你的小舅子，我要当就当你的一条船。

汪亦适没有听明白，问道，你说什么，一条船？一条船是什么意思？

郑霍山说，一条船都不懂？亏你是皖西人，一条船就是连襟。

这回汪亦适听明白了，听明白之后反而傻眼了，凸着眼珠子看郑霍山，就像看一个活鬼，看了半天才说，郑霍山啊，你还贼心不死啊，还惦着舒云舒啊，肖卓然知道了，扒你的皮。

郑霍山说，扯淡！我惦着舒云舒干什么，舒云舒都快生孩子了，我惦着她给她当接生婆啊？

汪亦适说，那你怎么跟我当连襟？

郑霍山说，我惦着舒云展。

汪亦适倒吸一口冷气说，他妈的，这到底是怎么回事？是你出了问题还是我出了问题？怎么都惦记上我的姨妹了？郑霍山，你休想，就你那德行，给我岳父当狗腿子还凑合，当女婿，定然没门！

郑霍山说，汪亦适，你尊重点！我怎么没门？我告诉你，我和舒云展已经私订终身了，就差老爷子一句话了。你去吹个风，摸摸老爷子的态度，事成了，我承你的情，以后低头不见抬头见，我尊重你，高兴了喊你一声大姐夫。如果你不帮我这个忙，我自己也会跟老爷子挑明的。到那时候，你在我眼里什么也不是。

汪亦适说，郑霍山，你到史河滩上尿泡尿照照，你那张丑恶的嘴脸，配娶舒云展吗？

郑霍山说，人不可貌相，海水不可斗量。我尿过了，也照过了。我这张嘴脸怎么啦？我这张嘴脸是国军江淮医科学校高才生的嘴脸，是宋雨曾校长欣赏珍爱的嘴脸，是舒南城老先生推崇备至的嘴脸，是皖西卫生医疗系统学习毛主席著作积极分子的嘴脸。我怎么就不配娶舒云展？我请你帮忙是看得起你，只不过想多个台阶、多个同盟。你不帮忙拉倒，我自己照样有办法。

汪亦适说，那就请你自便吧。说完，拎起外套，就要往手术室方向走。

郑霍山一步跨上去拦住说，汪亦适，成人之美，何乐不为？

汪亦适说，我不能祸害舒云展。

郑霍山叫道，什么叫祸害舒云展？我有情，她有意，情投意合，我们的爱情不比你和舒雨霏的质量差！

汪亦适说，既然这样，那你让舒云展自己跟她父母挑明不就行了吗？干吗要让我绕弯子！

郑霍山说，你不了解舒云展，舒云展是大家闺秀，性格内向腼腆，不像舒云舒那样老谋深算，也不像你们家那口子母夜叉，更不像舒老四那样没心没肺。舒云展……说到这里，话头戛然打住。

汪亦适盯着郑霍山问，你说谁家那口子是母夜叉？

郑霍山看汪亦适脸色严肃得吓人，有点心虚，支支吾吾地说，我是说大姐她，她是一个心直口快……刀子嘴豆腐心的人……

汪亦适说，郑霍山我警告你，以后这样的话如果我再听到，我就把你的输精管给结扎了。看见没有？

汪亦适说着，张开手掌，手心里竟然魔术般出现了一枚银光闪闪的手术刀。

郑霍山说，老汪你干吗那么认真啊！我不说了还不行吗？改日备酒谢罪。

汪亦适说，那我也不会帮你，你另请高明吧。

郑霍山说，为什么，难道你希望我破罐子破摔，希望我一辈子打光棍吗？难道你希望再回到从前吗？我告诉你，我们的目的一定要达到，我们的目的一定能够达到！

汪亦适停住步子，嘿嘿一声冷笑说，郑霍山，要我帮你不难，老实说，我去探我岳父口风最合适不过了。不过，你要回答我一个问题。

郑霍山警觉起来，目光游弋着问，你要问什么问题？

汪亦适说，你说老实话，皖西城解放的前一天晚上，我是不是动员你起义了？

郑霍山挠挠头皮说，时过境迁，你现在已经是705医院的大红人了，再翻老账没必要了，反而把自己弄得很被动。

汪亦适逼视着郑霍山，咬牙切齿地说，郑霍山你这个披着人皮的狼，你给我拍着胸膛说，是不是？

郑霍山的眼睛眨巴了几下，皮笑肉不笑地说，记不得了，实在记不得了，你说是，就算是吧！

汪亦适说，郑霍山，就凭你不讲人话这一点，别说我不能帮你忙，就算你自己把老爷子说通了，我也给你破坏掉。我绝不允许舒家的女儿嫁给一个只讲鬼话不讲人话的人，绝不！

6

就在705医院党总支升格为党委、丁范生担任书记之后不久，解放军实行了军衔制，丁范生为上校院长，于建国为中校政委，肖卓然被授予少校军衔，程先觉任大尉业务股长，汪亦适为外科主任、上尉。

一夜之间，军人们的服装漂亮起来了，校官们穿上了马裤呢，肩膀上银光闪烁，浑身上下笔挺。开始的几天，有些人穿着笔挺的军装有些不习惯，一举一动不自然。譬如丁范生。丁范生过去没有穿过皮鞋，一直是草鞋、布鞋过来的，穿着皮鞋就迈不好步子，马裤呢军装穿在身上，走路弯不下腰，坐下去跷不起二郎腿。尤其受罪的是脚，穿着皮鞋走路很生硬，有点找不到路的感觉，好像地不平，走了几天，八字步也出来了，脚上还打了几个泡。最初他以为是号码小了，就让供给处调了一双大的，岂料还是穿不进去，脚后跟倒是宽宽敞敞的，脚趾头照样被挤成一团，血泡照样还是打着，走路照样还是瘸着。

于建国见丁范生样子难受，给他出主意说，老丁你那双脚不是穿皮鞋的脚，你走着难受，别人看着也难受，有损解放军上校的形象。建议你干脆买双新布鞋算了。

丁范生狐疑地看着于建国，于建国一身笔挺的马裤呢挺合身，领口露出一圈雪白的衬衣，皮鞋擦得锃亮。丁范生恨恨地、笑逐颜开地说，于政委，你是说咱大老粗就不配穿皮鞋？嘿嘿，从战争中学习战争，从穿皮鞋上学习穿皮鞋。挤脚不要紧，只要有决心，挤了这一次，还有后来人。我这皮鞋是穿定了。

于建国说，出身不由已，鞋子可选择。你老丁不穿皮鞋也是老革命，也是战斗英雄，干吗要跟自己的脚过不去？

丁范生说，我不是跟自己的脚过不去，我是要让那些企图看老革命笑话的家伙阴谋破产。国民党一个排都没有把我的蛋咬了，我就不相信一双皮鞋就把我打趴下。于政委，你就等着吧。

丁范生后来找到了肖卓然和汪亦适。丁范生说，我这双脚是革命的脚，是战斗的脚，是胜利的脚。但是老革命的脚遇到了新问题。我虽然没有参加过两万五千里长征，但是这双脚在抗日战争时期，在解放战争时期，也是跋山涉水逢山开路遇水架桥。这双脚对中国革命是有贡献的。现在穿不上皮鞋，你们说怎么办？

肖卓然和汪亦适面面相觑。肖卓然说，恐怕还是皮鞋不合适，丁院长，这个问题我们没有办法解决，唯一的出路就是换皮鞋。

丁范生摇摇头说，换过，换过四双了，但是都不行。现在看来，不是皮鞋的问题，是脚的问题。我这双脚，是为中国革命做出了牺牲的，爬山路，急行军，那时候要同日本鬼子和国民党的四个汽车轮子比速度，没日没夜，有路没路都要跑，跑得前面大后面小，基本上是残废了。你汪医生是皖西著名的“排雷大王”，我就不相信，我这双脚的问题你就没有办法解决。

汪亦适稀里糊涂地问，丁院长，你说怎么解决？

丁范生说，做手术啊，你不是皖西一把刀吗？

汪亦适说，我现在是外科医生，开肠破肚还可以，矫正骨骼我不行。你这个手术我做不了。

丁范生眼一瞪说，这是什么话？开肠破肚都行，还修不了个脚？

汪亦适恼火地说，我是外科医生，不是修脚匠！

丁范生说，革命只有分工不同，没有高低尊卑之分。只要我们对革命事业有感情，什么样的人间奇迹都能创造。肖副院长你说是不是？

还没有等肖卓然搭腔，汪亦适呼啦一下站起来了，面红耳赤地说，丁院长你太官僚了。我是当医生的，救死扶伤是我的职责，我没有给你修脚的义务。

肖卓然说，亦适你不要着急，丁院长并不是说让你给他修脚，而是希望你能给他矫正畸形。

汪亦适说，肖副院长，这是我的工作吗？

肖卓然说，不是，当然不是。丁院长，我建议你还是从鞋子的问题上考虑，而不要打脚的主意。

丁范生说，鞋子我已经试了四双，你还要我怎么样？我只能从脚的问题上打主意。

汪亦适说，这算什么老革命老英雄？仗势欺人是第一，削足适履是第二。你这样的老干部，不配当705医院的院长。

丁范生顿时火了，桌子一拍说，汪亦适你放肆！我只不过是请你来帮我想想办法，并没有命令你给我做手术。我怎么就不配当院长啦？我只是提出给自己的脚做手术，既没有犯官僚主义的态度，又没有耍军阀，你为什么要上纲上线？岂有此理！

汪亦适说，不可理喻！

丁范生没听明白，瞪着眼睛问，你说什么？

肖卓然说，汪医生的意思是，这个手术不在他的业务范围。

汪亦适看了肖卓然一眼说，对不起，我还有事，我先走了。

丁范生说，有事，你有什么事？上班时间，你有没有事我比你更清楚。你要是不服从命令，我可以让你马上就没有事情做。

汪亦适已经走到门口了，听见这话，站住了，缓缓地回过头来，脸色铁青地看着丁范生说，丁院长，你把刚才的话再说一遍。

丁范生见汪亦适满脸怒气，一触即发，也有点紧张，但还是强作镇静说，汪医生，我们是军队，一切行动听指挥。你不要动不动就要你的知识分子臭脾气。

汪亦适说，我们是军队，是人民军队，不是占山为王当土匪。你也不要动不动就要山大王的威风。

说完，摔门而出。

汪亦适离开之后，丁范生看着肖卓然，肖卓然看着天花板。丁范生说，肖副院长，你看见了吧，你们知识分子就是这样，倚仗肚里有墨水，谁也不放在眼里。

肖卓然说，丁院长，话也不能这么说。汪医生的脾气是大了一点，但是他的话也不是完全没有道理。他是个外科医生，你让他给你治脚，这本来就是牛头不对马嘴的事情。让一个医生修脚，对他的自尊心是有伤害的。

丁范生说，我让他治脚，并没有让他修脚。再说，就算修脚又怎么啦？我们现在是新社会，只有分工不同，没有高低贵贱，难道修脚就不是为人民服务了吗？还是封建残余在作怪。我看要整风，要在知识分子中间进行思想整顿。要教育我们的医生，放下架子，一切从最基本的开始。只要是为人民服务，不管做什么事情，都是无上光荣。你说是不是？

肖卓然说，丁院长你说得对，但是用人得用在地方。你让一个木匠去打铁，也是为人民服务，但是他打不好铁，为人民服务就很难落到实处。

丁范生说，笑话！木匠怎么就打不好铁了？我原先是放牛娃，我还会打仗呢。只要我们端正思想，木匠可以打铁，铁匠可以打仗，炊事员可以当医生，医生自然也可以修脚。什么样的人间奇迹我们都能创造。

肖卓然怔怔地看着丁范生，半天才说，丁院长，你说放牛娃可以打仗，这是事实。可那是在战争时期，是特殊情况，是没有办法的办法。我们不能把特殊情况当作普遍情况处理。

丁范生说，你说没有办法的办法是什么意思？谁也不是天生打仗的料，谁也不是天生当医生的料。我知道现在流行办军校，讲究科班出身。但是我跟你说，这些东西没有用。国民党的军官多数上过黄埔军校、保定军校，可是照样被我们打得屁滚尿流稀里哗啦。小鬼子投降了，国民党逃跑了，我们这些放牛娃成了新中国的主人。从战争中学习战争，我们共产党能够打天下坐江山，靠的就是这个！

肖卓然不吭气了。他现在越来越发现这个丁范生不是过去那个丁范生了，不再是那个枪林弹雨身先士卒的解放军团长了，也不是那个在医院初创期间艰苦创业的工农干部了。这几年，随着条件的改善和医院的扩大，医院越来越像医院了，院长也越来越像院长了。院首长的小院里，不仅配备了勤务兵，还配备了首长小灶。丁院长甚至还抹上了雪花膏。医院里办起了军官俱乐部，晚上灯火通明。丁院长穿着一双镣铐似的皮鞋，也抱着女护士大踏步前进。一二三四，四三二一，左冲右突，耀武扬威。尽管脚上打着血泡，但丁院长的眉头都不皱一下，跳得精神抖擞红光满面。

肖卓然说，丁院长，如果仅仅是你的脚的问题，我觉得让汪医生做手术的确不合适，我再给你想想办法。

丁范生说，难道你还有更好的办法？

肖卓然苦笑了一下说，我再想想吧。

丁范生说，那好，肖副院长你就动动脑筋。我这也不完全是为了自己。我军中高级干部多数都是从战场上摸爬滚打下来的，我估计，实行军衔制之后，多数人都是脚大于鞋，不是前半截大就是后半截大。造鞋厂是根据号码生产的，我们不能给国家增加负担，不能要求按照每个人的脚生产皮鞋，只能是脚适应皮鞋，不能让皮鞋适应脚，这也是为国家分忧。再说，就算我们改了皮鞋，但是你也不能眼看我们这些老革命一辈子长着一双蒲扇脚，还有个阶级感情在里面嘛，你说是不是？

肖卓然木着脸说，是。

丁范生说，最好让外科研究一下。当年汪亦适——汪亦适这个同志嘛，有缺点也有优点，不能一棍子打死，你说是不是？汪亦适同志当年就是在没有做过外科手术的情况下，勇挑重担，敢吃螃蟹，首发命中，一举成为名震江淮的“排雷大王”。还是那句话，只要我们有为人民服务的思想，什么人间奇迹都能创造。这件事情做好了，为我军广大官兵改造蒲扇脚，同当年为战争创伤排雷同样重要、同样光荣。你说是不是？

肖卓然说，是，丁院长高瞻远瞩，你说得对。

丁范生说，那我就不多说什么了，你们再想想办法。

肖卓然说，好，我一定好好想办法，想出一个最好的办法。肖卓然说这话的时候，表情和声音都很奇怪，都有一点咬牙切齿的味道，但是丁范生并没有察觉。

7

对于授上尉衔，汪亦适倒是没有太大的异议。他觉得这是一件无所谓的事情，他当的是医生，即便不给他授衔，他也可以照样看他的病。但是舒雨霏却耿耿于怀，舒雨霏找到政治处主任李绍宏说，凭什么？我们家亦适同肖卓然和程先觉都是同时参加革命的，我们家亦适在朝鲜战场上还立过二等功，凭什么肖卓然授衔少校，程先觉授衔大尉，而我们家亦适才授衔上尉？是他们的贡献大，还是他们医术比我们家亦适高明？

李绍宏耐心地解释说，舒雨霏同志，你说你们家亦适和肖副院长、程股长他们同时参加革命，这不是事实。肖副院长过去是地下党，他参加革命从1947年就开始了。程先觉同志是皖西解放时主动起义的，而汪亦适同志是投诚的。按照授衔条令，原则上起义人员比投诚人员高一阶军衔。

舒雨霏说，什么叫投诚？程先觉起义就是我们家亦适动员的，我们家亦适不仅动员了程先觉，还去动员郑霍山。都是郑霍山这个顽固不化的国民党拖累的，我们家亦适才耽误了起义的时间。你们组织上为什么不实事求是？

李绍宏说，我们组织上只看事实，不听胡说。你讲的没有事实依据。

舒雨霏火了，拍着李绍宏的办公桌嚷嚷说，你们组织上难道都是双目失明？我们家亦适是什么样的人，难道你们不清楚？为什么明明知道我们家亦适冤枉，不给他平反昭雪？

李绍宏好脾气，不急不躁地说，关于人的问题是一项严谨的工作，我们制定任何标准，都是以事实为准。我个人不否认你反映的情况有真实的一面，但是我们做干部工作必须量体裁衣，依据就是干部履历的记载。这个问题你找我没有用，组织上早有结论，我个人无能为力。

舒雨霏说，有眼无珠，你们都是有眼无珠。

李绍宏苦笑着说，没有办法，现在组织上让我这个有眼无珠的人来当这个政治处主任，我也觉得确实有眼无珠。你舒雨霏同志有能耐，你让组织上把我这个政治处主任交给你来当，我求之不得。

舒雨霏说，狗屁，你以为我稀罕你那个官？你屁也不是。别看你是少校，你连我们家亦适一根手指头都不如。

李绍宏说，那是当然，要不，你怎么会嫁给汪亦适同志而不是嫁给我呢？我当然连你们家汪亦适同志的一根手指头都不如。

舒雨霏和李绍宏吵架的事情汪亦适并不知道。

戴上军衔的第三天上午，汪亦适受皖西第一人民医院的邀请，作为专家去为一个疑难重病患者会诊。参加各大医院会诊，已经成为汪亦适的家常便饭，如果是大手术，会诊之后，汪亦适还得亲自操刀。这次也不例外。患者是皖西行署的民政局长，汪亦适看了透视片子，又询问了患者的情况，初步诊断为胸积水。手术之后证明，汪亦适的诊断是对的。

做完手术，已是下午两点，匆匆吃完工作餐，正要返回705医院，离开病房，迎头遇上舒南城和郑霍山。舒南城说，亦适，换了军装，人精神多了。你这是什么官阶啊？

汪亦适还没回答，郑霍山阴阳怪气地说，三个豆，上尉。汪亦适你进步不快啊，1949年你就是中尉了，忙乎了六七年，在朝鲜差点儿弄了个残废，只加了一个豆。

汪亦适冷冷地看了郑霍山一眼，没有理睬他，转向舒南城说，世叔，这段时间我和大姐都有点忙，没有回家看望二老。

舒南城说，忙好啊，忙着说明工作重要，忙着充实。你们也不用惦记我们。我们也有很多工作要做。逢年过节回去看看就行了。

汪亦适说，世叔到医院来做什么？有病人在这里吗？

舒南城说，这话要问郑霍山。郑经理跟几家大医院都订了合同，中医药材基本上都是我们舒皖药行供应。为了确保诚信，我们每半个月就要到医院调查临床情况。

汪亦适笑笑说，哦，是这样啊。郑霍山这个国军医科学校的高才生，自命为未来皖西外科第一把交椅的西医天才，居然成了中药贩子，真是时也命也。

正说着话，皖西第一人民医院的姚副院长从老远迎过来了，握着舒南城的手热情地寒暄，招呼大家到会议室喝茶。汪亦适想走，舒南城说，亦适，你是医生，也听听我们舒皖药行的情形嘛，不要走，一起喝茶。

汪亦适觉得不好回绝，只好说，那好，我也长长见识。

到了会议室，坐定，姚副院长就开始向舒南城介绍情况，无非是药材质量上乘，价格合理，薄利多销，供货及时，医护人员和患者都很满意，感谢舒先生一如既往为病患着想。

趁姚副院长和舒南城谈得热烈，汪亦适压低声音对郑霍山说，你这个狗腿子，还真是无孔不入，帮资本家把生意打点得不错啊！你想以此讨好我岳父，打我姨妹的主意，我跟你说，休想！

郑霍山嘿嘿一笑说，这话你说了不算，我说了也不算，应该是咱们的泰山说了算。

汪亦适说，无赖！什么叫咱们的泰山，那是你的泰山吗？

郑霍山说，现在不是，暂时不是，将来必是。汪上尉你别神气，别看你现在穿这身小孩屎一样的黄皮，肩膀上扛着三个豆，可是老泰山不一定总是宠着你。当我正式成为舒家乘龙快婿之后，老泰山的家我能当一半，你信不信？连肖卓然都不是我的对手，总有一天，我会让老爷子对我言听计从，那时候，我就是你们的半个老泰山。

汪亦适说，你这个反动派，狼子野心不小啊，可是你在做梦！不过，看在你还披着一张人皮的分上，郑霍山先生，我得提醒你，为人民医院提供药材，不是一件随便的事情，不能当奸商哦！抗美援朝战争中，有的药材商向志愿军销售药材，以假充真，以次充好，那是要枪毙的。

郑霍山说，汪亦适，你可以小看我，但是你不能小看舒皖药行。你讲这话，其实就是诋毁咱们的老泰山，我把这话转告老爷子，没准他会照脸扇你两耳光子。

汪亦适说，哈哈，你这个反动派，不是造谣生事，就是告密点火。悉听尊便！

郑霍山说，我犯不着去告你的密。不过，我也得提醒你，我郑霍山现在不是什么反动派。我虽然在公私合营企业工作，但我是皖西行政公署正式录用的国家职工，从一定程度上讲，我是国家政权的代表。用你们当年的那一套说法，你甚至可以认为我是组织上派遣到私营企业里的地下工作者。

汪亦适说，哈哈，我这个人是无神论者，过去一向不迷信，但是我现在总算相信这个世界上确实有鬼了。

郑霍山说，莫名其妙，你什么意思？

汪亦适说，一个活生生的鬼就坐在我的身边，就在我的耳朵边上说着鬼话。你也算地下工作者？你要是地下工作者，那我岳父成了什么？我岳父难道是国民党？你说话要放尊重点！

郑霍山说，这个你吓不住我。咱们的泰山是什么人？咱们的泰山当然不是国民党。咱们的泰山是红色资本家，身在曹营心在汉，他老人家才是我党最大的地下工作者。

汪亦适说，闭嘴！什么我党，国民党吗？

郑霍山说，我党是共产党。虽然我现在还不是我党党员，但是我写了入党申请书，我已经是我党的外围同志了。

汪亦适说，郑霍山，我跟你说一句真心话你听不听？

郑霍山说，你说吧，你就是说鬼话我也照样洗耳恭听。毛主席教导我们说，虚心使人进步，骄傲使人落后。

汪亦适说，你要是能够入党，我就把这个茶杯吃下去。除非共产党的眼睛被鬼蒙住了。

郑霍山眼睛一骨碌，做鬼鬼祟祟状，然后贴在汪亦适的耳边说，汪亦适，我可以把你这话理解为反党言论，我报告给你们705医院，可以判你八年刑你信不信？

汪亦适说，你报告吧，但愿有人相信你的鬼话。

这边一直叽叽咕咕，那边舒南城和姚副院长也谈得投机。聊了一阵，舒南城说，啊，你们这两个老同学好久不见了，还真有不少话啊。

汪亦适说，世叔，你们有公干，我可以走了。

姚副院长说，汪医生你急什么急？你是我们第一人民医院的救星，今天正好令尊大人也来了，晚上请你赏个光，一起吃顿饭怎么样？

汪亦适为难地看着舒南城，舒南城说，吃饭倒是不必了。不过，我想让亦适跟我们一起听听医院对舒皖药行药材的使用情况。亦适，方便吧？

汪亦适连忙说，好，我听世叔的。

8

肖卓然为丁范生想的办法有两个，一个是向政委于建国反映，丁范生院长的思想现在已经腐化堕落了，已经到了是可忍孰不可忍的地步了。要挽救同志，要教育干部，要改变风气，要阻止丁范生同志继续向贪图享受腐化堕落的泥坑继续滑下去，要对他大喝一声，悬崖勒马回头是岸。肖卓然想出的第二个办法是向皖西警备区党委写信，还是反映丁范生的问题。

当天夜里，肖卓然翻来覆去睡不着觉，反映丁范生的问题，他的决心是下了。舍得一身剐，敢把皇帝拉下马。共产党员，革命军人，反映问题，光明磊落。一想到这里，肖卓然就有点激动，就有点天地正气凝于心间的冲动和豪迈。这是上半夜的感觉。

到了下半夜，肖卓然的想法又有一些变化。他想到了后果。后果是什么呢？如果丁范生的问题反映上去了，被上级重视了，丁范生受到处理了，轻则批评，重则处分，再重则被撤职查办，那么，别人会怎么看他肖卓然？忘恩负义，过河拆桥，抢班夺权，邀功讨赏？这些也许都无所谓，他是按照一个革命者的原则来决定自己的行为，他不在乎别人说什么，他不能看别人的眼色行事。

这段时间肖卓然每天都是很晚入睡，医院里的事情太多，医疗上的、人事上的，还有科室建设、人员培训、后勤供给。丁范生倒是放权，甚至在中层领导会上说，你们只要对肖副院长负责就行了，请示汇报一律找肖副院长。看起来肖卓然的权力很大，但是他的权力仅仅限于鸡毛蒜皮的小事，譬如说修建院墙、给后勤更换炉灶、给医护人员发放劳保、维修医疗设备，等等。但凡大一点的举动，还是得向丁范生汇报，尤其是人事权和财务权。

这两年705医院进了一批从医科大学毕业的学生，但是一直当实习生，跟在老医生的后面当助手，有些甚至就是当护士用。事实上经过半年的考验，有些已经完全可以胜任主治医生的工作，肖卓然非常希望尽早把这些人放到一线去锻炼，报了几次方案，都被丁范生束之高阁。丁范生说，这些洋娃娃懂啥，纸上谈兵差不多。各个科室的老医生，多数都是从战争年代过来的，经验丰富，先带一带再说。

肖卓然说，早一天让他们独当一面地工作，就能早一天充实业务力量。像这样老是让他们当助手、当护士，那他们永远也没有提高的机会。

丁范生不以为然地说，你没有打过仗，你不知道战争有多么锻炼人，战争中锻炼出来的医生，都可以以一当十，连卫生员都可以做手术。

肖卓然心里说，我怎么没有经历过战争？我在朝鲜战场上是705医院的医疗队队长，战场医疗我比你懂得多得多。但是这话他没有当着丁范生的面说，跟丁范生基本上没有道理可讲。

还有一件让肖卓然如鲠在喉的事情就是军官俱乐部。705医院还不富裕，设备和住院条件都很差，但是军官俱乐部却被丁范生收拾得花里胡哨、张灯结彩，还配备了皮沙发，购买了留声机。晚上跳舞的时候，还有牛奶、面包、汽水。丁范生这个土包子本来吃不惯牛奶、面包，但是为了跟上形势，硬着头皮往下灌。为了打造这个俱乐部，丁范生还穿着皮鞋跑到南京参观了几支部队的俱乐部，回来后就要重新装修，振振有词地说这是按照苏联老大哥的模式，要学习社会主义的先进做法。

肖卓然在会上说，苏联老大哥有很多好的传统，苏联卫国战争最艰苦的时期，斯大林连自己的口粮都限量了。我们中国红军长征的时候，彭德怀的部队搞到了一碗猪肉，彭德怀舍不得吃，送给了朱总司令，朱总司令舍不得吃，又送给了毛主席，毛主席也舍不得吃，又送给了伤病员。我们为什么不学这些好的呢？

丁范生说，你说得对。抗战的时候，在鲁西南反扫荡，我三天三夜没有吃饭，警卫员搞到了一块煎饼，我没有舍得吃，一块二两重的煎饼分给七个战士，我连挨都没挨。可那是战争年代艰苦时期。现在全国解放了，新政权像鲜红的太阳一样照亮了东方的地平线，巍然屹立在世界的东方。我们有了营房，有了汽车，有了电，有了粮，难道你还想让我们继续忍饥挨饿？那种吃不饱穿不暖的日子一去不复返了。我就是要改善我们的生活，让我们的敌人看着我们这些土包子、看着我们这些革命的功臣大块吃肉大碗喝酒。让那些看不起我们的、想压榨我们的家伙们见鬼去吧！

丁范生自己搞了一个规定，医院首长灶每天补助三斤肉二斤鸡蛋。起先于建国也不同意，但后来不知道为什么也睁一只眼闭一只眼了。当时规定的团首长小灶标准，每人每天平均二两肉，在小灶就餐的团级干部，总共只有七个人，一下子超出了一斤六两。怎样解决这一斤六两猪肉和额外的鸡蛋呢，小灶管理员绞尽脑汁，恨不得把自己身上的肉挖出来。当然他自己的肉丁范生不吃，那他只好发挥自己的聪明才智了。他的聪明才智也很简单，那就是跑到各科室甚至荣军病房的二类灶化缘，大家轮流摊派。管理员对各科室和荣军病房的司务长也有话说——大家都是从战争年代里过来的，战争年代咱们丁院长是怎么对待大家的？丁院长的腿疾是怎么得的？不就是那次在渡淮河的时候冻的吗？他自己的狗皮褥子都给伤病员了。你知道丁院长的痔疮是怎么得的吗？抗战的时候，没有粮食吃，吃玉米秸，拉不出屎，把屁眼儿都挣破了，才落下个痔疮。这样的领导，也没有别的嗜好，难道不应该多吃二两肉吗？

战争年代过来的司务长们，对丁院长都有深厚的阶级感情和同志友爱，二话不说，就割一块肉交给小灶管理员。

小灶的餐桌上，基本上保持四菜一汤，两荤两素，汤是鸡蛋小菜汤。肖卓然每次在小灶吃饭心里都受着煎熬。别的姑且不说，单是想想舒云舒那张营养不良的脸他就受不了。舒云舒现在正在妊娠阶段，她在医护食堂就餐，那个食堂的标准是每个干部每天平均半两猪肉，三天一个鸡蛋。就这点东西，还要经常被组织号召捐一点给重病号，时不时地被首长小灶的管理员割走一点。舒云舒回家对肖卓然说，基本上半个月见不到猪肉，平时菜里连油星子都见不到。因为工作忙，又不能老是回娘家。就算回娘家，也不能大吃大喝，不能让二老知道他们在医院里连起码的营养都得不到保障。

后来肖卓然就知道于建国为什么不坚持反对小灶了。于建国三十多岁的人了，进城后娶了个女大学生，女大学生吃不了粗茶淡饭。有一次吃饭的时候，于建国郑重其事地说，我们吃小灶，每个人都有自己的标准。我的这一份，我只吃一半。留下一半，我带回家。

于建国讲这话的时候，丁范生正在吃油条，半截在嘴里，半截在嘴外。

丁范生看了于建国一眼，想说什么，又没有说。肖卓然注意到了，于建国碗里的饭菜果然比别人少一些，差不多就是一半的分量，早餐最明显，别人是两个鸡蛋，于建国的盘子里是一个鸡蛋。

肖卓然心里很有感慨，觉得于政委还真是个怜香惜玉的人。他也很想效仿于建国的做法，每天省下几块肉、省下一个鸡蛋带回去给舒云舒增加营养，但是又觉得抹不开面子。对小灶餐厅进行补助，他是持反对意见的，要不是因为没有地方吃饭，他连小灶的门都不愿意进，他怎么能把小灶的东西拿回家呢？

但是他的心理很不平衡。有时候他甚至想，既然已成事实了，抵制也抵制不了，我为什么还要充当正人君子？舒云舒也是对革命有贡献的，现在有孕在身，我为什么就不能把我的一份分给她？

想是想了，但是做不到。他毕竟不是于建国那样的老干部。后来有一天他发现，于建国的盘子里的食物并不比别人的少，不知道是从什么时候开始的，于建国的盘子里也是两个鸡蛋了。他听一个炊事员说，丁院长有交代，说于政委虽然顾家重了一些，但他是老革命。对于老革命，还是要讲感情。于政委娶了一个大学生很不容易，让大学生多吃一个鸡蛋，算不上什么原则问题，以后就不要从于政委的定量中扣除了。

知道了这个情况，肖卓然就彻底地打消了从小灶往家里带东西的念头。有一回舒云舒妊娠反应重了，忍不住对肖卓然说，想吃苹果。她说她后悔当年在朝鲜战场上怎么不多吃一点苹果，朝鲜的苹果多好啊，含糖量大，水分充沛，咬上一口，哎呀，满肚子都是甜的。

肖卓然那天下了决心，骑着自行车跑了三十多里路，把皖西城大街小巷快跑遍了也没有买到苹果，只买了二斤酸杏子，就那也被舒云舒狼吞虎咽地吃了下去。

这件事情后来被丁范生知道了。丁范生居然让自己的老婆齐秀芬送来了十斤红彤彤的苹果，把舒云舒激动得热泪盈眶。齐秀芬说，吃吧，这都是组织上给的，人民给的。你们家肖副院长也真是，口口声声说为人民服务，难道我们这些当家属的就不是人民？该吃的还得吃，想吃的就要想办法吃。

舒云舒发自肺腑地说，谢谢啊谢谢齐大姐，也谢谢丁院长。

齐秀芬说，先别说谢。这件事情呢，你最好不要跟肖副院长说，免得肖副院长说我们多吃多占。

舒云舒怔了一下，马上堆起笑脸说，怎么会呢？我们家肖卓然又不是没心没肺，还不知道人情世故吗？

齐秀芬说，舒大夫我跟你说啊，我们老丁就是认为你们家的肖副院长不懂得人情世故。成天原则党性的，好像全705医院就他一个是布尔什维克，别人都是绊脚石。你得劝劝他，识时务者为俊杰，好汉不吃眼前亏。

这些话舒云舒本来是不想对肖卓然说的，但是后来一琢磨，齐秀芬的话里有话，尤其是后两句，还有点分量，舒云舒就警觉起来了。

肖卓然当天晚上回家，看见家里有苹果，眼珠子瞪得老大，像是看见了鸡蛋长出一条腿来。舒云舒起先还有点犹豫，支支吾吾地说是娘家派人送来的，肖卓然说，那太好了，帮了大忙了。等这一段忙完了，咱们进城好好谢谢二老。

舒云舒说，你还有个忙闲的时候？全705医院就你是大忙人，日理万机啊。我身子重了，你回家就晚了。

肖卓然讪讪地笑着说，云舒，你是知道我的。我当个常务副院长，压力大啊。再说，丁院长是个甩手掌柜，加上业务不熟，我得把这一摊子支撑起来啊。

舒云舒说，卓然，你以后不要再说丁院长业务不熟的话了。他怎么不熟了，他都当了五六年院长了，怎么不熟？再说，他是当院长的，你让他拿听诊器做手术就算业务熟了？他是一把手，会领导就行了。你呢，是个业务领导不错，但是也不能自以为是，你还得尊重丁院长。

肖卓然听舒云舒一连串说出这么多话来，有点意外，说，怎么，你是不是听说什么了？

舒云舒憋不住，最终还是把齐秀芬送苹果和齐秀芬的话一五一十地说出来了。

肖卓然听了，半天不语，双手枕着脑袋，看着报纸糊的天花板，突然就叹了一口气。舒云舒说，怎么搞的，这么心事重重的？

肖卓然说，云舒，我跟你说，我现在真的有些糊涂了。这个丁院长，你说他不是个好干部吧，他在战争年代英勇作战，为中国革命立下了汗马功劳。就是来当院长那几年，也是艰苦朴素，一心想做对国家对人民有益的事情。可是这两年，我发现他变了，变得很啊，变得让人不能相信。多吃多占，占到了医护人员和荣军病号的头上了，太过分了！

舒云舒说，你不要这样想，这样想很危险。老干部们在战争年代吃尽了苦头，现在条件好了，享受一点也是应该的。

肖卓然说，对了，你这样说我就似乎找到答案了。你说，他是不是因为过去有功，过去吃苦太多，就有点吃亏的感觉，要把这个亏补回来？

舒云舒说，他不一定想得这么多，但是补偿补偿也是应该的。

肖卓然说，什么叫补偿？我们干革命，不是为了个人，大道理上讲是为了解放全人类，至少要让全中国人民过上好日子。可是现在我们的老百姓并没有都过上好日子，他们就这样迫不及待地补偿自己，这不是过分是什么？毛主席在解放前夕就告诫全党，不要当李自成，不能当陈胜、吴广，可是我看丁院长这个样子，真的有点像李自成。你说说看，他这苹果是从哪里来的？是他自己掏腰包买的吗？绝对不会。我跑遍了皖西城的大街小巷都没有买到苹果，这苹果肯定不是正常渠道来的。他们在搞特权。我要在民主生活会上提他的意见。我不能允许我们的领导同志搞特殊享受。

舒云舒紧张了，捂着肖卓然的嘴说，卓然，这话怎么能这么说啊，祸从口出啊！

肖卓然拿开舒云舒的手说，云舒，你担心什么？你现在怎么变得这么谨小慎微，像个家庭妇女似的，瞻前顾后，患得患失。要知道，当年你也是热血青年，也宣誓要抛头颅洒热血，为人民大众不惜牺牲自己一切。

舒云舒被刺痛了。肖卓然居然说她是家庭妇女，这使她分外伤心。她当年是慷慨激昂过，是有过要为人民贡献一切的决心。可那与其说是一种信仰，不如说是被爱情点燃的理想。士为知己者死，女为悦己者容，这是青年人的重要的行为准则，而肖卓然居然完全不理解这一点。舒云舒坐起来说，卓然，是的，那时候我是热血青年，是不管不顾，是有无所畏惧的精神。可那时候我还是个小姑娘，那时候我还是衣食无忧单枪匹马的学生。可是现在不一样了，我身为人妻，将为人母，我要过日子，我希望有一个幸福的家、安定的环境，我不希望你在外面横冲直撞，我需要安全。

肖卓然愣愣地看着妻子，惊愕地张大嘴巴说，云舒，你怎么啦？难道，难道，你认为我们现在不安全？

舒云舒半天没说话。

肖卓然说，云舒，你太多虑了。我们现在是新社会，人民的天下，朗朗乾坤，光天化日。我无非就是对个别同志有点看法、有点意见。同志之间工作中有点矛盾，是很正常的。我们党的民主集中制原则，也是提倡同志之间开展批评与自我批评，这完全是光明正大的，有什么好担心的呢？

舒云舒说，卓然，听我一句话，不要锋芒太露。做事还是要讲循序渐进。特别是要尊重老革命。

肖卓然想了想说，云舒，我问你一句话，你是不是认为丁院长是一个坏人？

舒云舒说，你怎么会这么想，我认为丁院长是一个好人。

肖卓然说，那不就行了吗？丁院长是个好人，好人就不会打击报复。我给一个好人提意见，就是帮助好人，有什么不对的呢？

舒云舒语塞。过了一会儿才说，好人也是有缺点的。你是一个常务副院长，你老是盯着好人的缺点干什么？你难道真的是迫不及待抢班夺权？

这回轮到肖卓然语塞了。

第十章

1

程先觉听说丁院长找他谈话，既惊且喜。

自从医疗队从朝鲜战场回来，他就注意到了丁院长的细微变化，丁院长越来越像705医院的院长了。当然，丁院长本来就是705医院的院长。过去的丁院长，整个一个泥腿子，业务上插不上手，他也决不闲着，总是爱到各科室转悠，看看大家是不是都在干活。看到大家都在忙活，他就很高兴，心里很踏实。有一次丁院长到业务股，看见助理员盛锡福在烤火，木炭火塘边上煮着开水，丁院长的脸当时就拉下来了。丁院长问，这天冷吗，还用得着烤火？你怎么不去干活？

盛锡福立马立正说，我今天值班，现在没有什么事情做，就是处理临时事务。

丁院长说，怎么没有事情做？我们705医院所有的同志都为建设社会主义添砖加瓦，干得热火朝天，你怎么能躲在值班室里烤火呢？既浪费人力，又浪费木炭。你要是实在没有事情做，到外科打打下手，递递手术刀，给病号打打针，洗洗绷带，扫扫地也行啊。

盛锡福耷拉着眼皮说，那都是护士干的，我又不是护士。再说，我还要值班。

丁院长说，值班？值什么班？你吃的是公家的粮食，穿的是公家的衣裳，怎么能在这里喝茶烤火呢？就算没有什么要紧的事情，也不能虚度时光，你看看报纸学习《人民日报》社论也行啊！下次让我再见到你无所事事，我就把你派到大食堂去劈柴火。

盛锡福说，我不是没有事情做，我在这里等待临时性任务，也是工作。

丁院长说，下次到科室里等。边等边帮忙，多一个人就多一份力量，你懂不懂？

盛锡福说，我懂了，我先学习一会《人民日报》社论。

后来705医院上上下下都摸准了丁院长的脾气。上班的时候，哪怕什么事情也没有，但是只要听说丁院长驾到，大家就立即行动起来，擦窗子的擦窗子，扫地的扫地。有的病房明明刚刚查完，但是一个眼色下来，医生护士又披挂齐整，再到病房走一遭，医护办公室和病房都是一片忙碌景象。

这时候丁院长就会红光满面，满意地点头，遇上医护人员，还会问长问短，啊，辛苦了啊，好好工作啊，趁年轻多做贡献啊！

丁院长不光巡视各个科室的病房，也巡视其他角落。早晨起床，他参加勤务连早操，早操完毕，他就背着手散步，从门诊室到住院部，从各个科室再到机关办公室，然后是汽车库、骡马圈、大食堂、南营门、北操场、家属区，一个早晨下来，丁院长把医院的每个角落都要走上一遍。白天如果不开会，没有什么大事，他还会到科室去帮忙，医生的事情他做不来，护士的工作他也做不来，他就索性当清洁工，挥舞拖把擦拭楼道，清洗楼道里的痰盂。

于是医院里就有人说，丁院长真不愧是老革命，觉悟高，风格高，艰苦朴素，本色不变。

那时候是肖卓然第一次当副院长，对此却不以为然。有一次程先觉跟他说，丁院长指示，要搞个政策，领导干部要参加义务劳动，卫生区划片包干，党委成员每人一片。

肖卓然一听这话就有些来气，阴着脸说，打扫卫生是院领导做的事情吗？丢了西瓜捡芝麻！医院院长有院长的事，吃着公家的小灶，拿着国家的薪金，去当清洁工，这才是最大的浪费！清洁工谁不会当，把他的薪金拿出来，可以从乡下雇十个清洁工。

不知道是这话传到了丁范生的耳朵，还是别的什么原因，705医疗队离开医院一年多，回来之后，不仅丁院长不再提领导干部打扫卫生的事了，他本人也很少出现在科室和大食堂了。丁院长现在多数时间都坐在他的办公室里，他的办公室里有一张从旧专署里搬来的皮革沙发、一把藤椅。实行军衔制之后，丁范生的军装永远是笔挺的，衬衣领口永远是雪白的。当时有很多人都不习惯吃牛奶面包，但是丁范生很快就习惯了。丁范生说，这一切都是组织上发的，组织上既然发给我们了，就有发给我们的道理。我们这些当领导的，再也不能做那种鸡零狗碎婆婆妈妈的事情了。我们要想大事，要规划705医院的长远建设。

丁范生是这么说的，也是这么做的。他确实搞了一个长远规划，这个规划的基调正是曾经受到他批评的肖卓然当年的论调，不过，丁范生的想法比肖卓然那时候的想法还要大胆、还要具体。在他的规划里，医院要盖一栋十八层大楼，要盖一个能够容纳一千人就餐的大食堂，要办一个饲养场，能够同时圈养两千头生猪、一千头奶牛、一万只下蛋母鸡。

那段时间，足足有三个月，丁范生很少在科室或医院其他角落里出现了。他坐在他自己的办公室里，坐在那张虽然陈旧但是仍不失威严气派的藤椅上，凭借初小文化底子，拿着铅笔在马粪纸上涂涂抹抹。业务上的事情有肖卓然管着，人事思想上的事情有于建国管着，后勤生活都有人各负其责。他的工作只有一个，那就是在各类报告、请示上，批示“同意”或者“不同意”。剩下的时间，他就在琢磨他的《关于705医院五年规划的初步意见》。当然，他也不是完全闭门造车，有时候他会叫人到他的办公室，听他高谈阔论，顺便听听别人的意见。丁院长叫去谈话的人很杂，有他看着顺眼的人，也有他看着不顺眼的人，有医务人员，也有行政干部，但是有两类人不在他的召见范围，一是中层以上的领导，二是女同志。

丁范生再也不是过去那个挽着裤腿挖菜地的丁范生了，再也不是那个口口声声要当小学生、要为医生专家当服务员的丁范生了。丁范生终于修炼成了丁院长，他找到了自己的位置，他找到了自己要干的事情。他在向他的部属介绍他的关于705医院建设宏伟蓝图的时候，信心十足，精神抖擞，口若悬河，滔滔不绝。他偶尔谦虚一下，表示要听取你的意见，你千万不要当真。在这个问题上他只相信自己。

程先觉是第一个被召见的中层干部，他的惊喜就是因为这个。在院长办公室里，丁院长抽着纸烟，踱着方步，器宇轩昂，侃侃而谈。程先觉正襟危坐，心里暗暗打鼓。盖十八层大楼干什么？705医院是部队团级医院，任务就是为皖西驻军服务。现在皖西驻军只有一个师和分区的一个独立团，全部加起来也不过一万人。按照丁院长的描述，十八层大楼，有将近一千个床位，那么也就意味着驻军部队可以轮流派出十分之一的人来住院。如果说这还不算太离谱的话，那么，要盖一个能够容纳一千人就餐的大食堂干什么，养两千头生猪、一千头奶牛、一万只下蛋母鸡干什么？那样的话，705医院还是医院吗，那不成了农场、饲养场了吗？再说，看丁院长用铅笔画成的规划草图，未来705医院的十八层大楼已经画到医院围墙外面一里路了，一千人就餐的大食堂已经被安排在史河的边上了，那都是杏花坞农业合作社的地盘，有的还是耕地。

程先觉心里想，这哪里是远景规划，简直就是异想天开。看丁院长这个派头，他哪里是705医院的院长，他简直就是孙悟空，他至少也是皖西专署的专员或者警备区的司令。不是专员或者司令，这些事情连想都不敢想，更别说做了。

但是程先觉是不会把心里话说出来的。丁范生说，程股长，你是大知识分子，你对我的规划有意见没有？

程先觉说，院长高屋建瓴啊，远见卓识啊，实事求是啊，我能有什么意见？我坚决拥护。

丁范生大手一挥说，呃，知无不言，言无不尽嘛，这只是一个初步设想，还要你们这些知识分子集思广益嘛！

程先觉说，我认为丁院长的想法太高明了、太了不起了。不过，这样宏伟的计划，要实施起来会有很多困难。财力上的、人力上的、地皮上的，等等等等。我愿意做一个马前卒，为了实现我们705医院的宏伟计划，抛头颅，洒热血。

丁范生高兴了，嘿嘿一笑说，好啊，先觉同志，你有这个态度，说明你对党的事业是忠诚的。你说的困难，那是不假。但是，你要相信组织，只要我们的路线方针对头了，什么样的人间奇迹都能创造出来。当年我们用小米加步枪跟国民党的八百万军队干仗，结果怎么样？全副美式武装，武装到牙齿的国民党八百万军队，还不是照样被我们打得稀里哗啦？

程先觉说，丁院长是指挥过千军万马的，丁院长说什么人间奇迹都能创造，那我们就一定能够创造。我本人坚决服从命令听指挥，丁院长指到哪里，我就打到哪里。

丁范生眯起眼睛，乐呵呵地看着程先觉说，啊，先觉同志，看来你是真心拥护这个规划了。

程先觉说，我拿我的党性担保，我坚决拥护。我认为我们705医院广大干部战士都会坚决拥护的。人心齐，泰山移。我相信，在丁院长的领导下，我们没有什么克服不了的困难，我们什么人间奇迹都能创造！丁院长，请看我的实际行动吧！

程先觉说得激动，慷慨激昂。说着说着，情不自禁地站了起来，眼睛里泪光闪烁，连丁范生都被感染了。丁范生没有马上回答，而是深情地凝视着程先觉，过了很长时间才把自己的大手按在程先觉的肩膀上说，好，很好，非常好！

程先觉立正站立，向丁范生敬了个军礼，字正腔圆地说，丁院长，请下命令吧，我想从现在开始就接受任务。

丁范生再一次拍了拍程先觉的肩膀说，好，很好，非常好！但是，现在还不是时候，先觉同志，你说得对，人心齐，泰山移，现在的关键问题就是人心不齐，要解决这个问题，需要时间。

程先觉做义愤填膺状，气愤地说，这样科学的无懈可击的规划，难道还有什么人不同意？那就是螳臂当车自不量力，搬起石头砸自己的脚！对这样的人，只要丁院长下命令，我可以赤膊上阵跟他面对面地做斗争。

这回丁范生没有拍程先觉的肩膀了，而是长时间地看着程先觉，从头看到脚。看见程先觉的衬衣领口毛了一块，丁范生伸出手去摸了摸说，先觉，我们现在是解放军的军官了，你艰苦朴素是好的，但是要注意军官仪表，不能让资产阶级看我们的笑话。我看我们两个个头差不多，我那里有一件新洋布衬衣，晚上我让通信员给你送去。

程先觉受宠若惊，一连声说，丁院长，哪能啊，我自己有薪金，这个礼拜我就去买。丁院长，您千万不要太费心了。

丁范生说，见外啦？同志之间还分什么你我？战争年代，吃的是一锅饭，睡的是一床被，困难的时候，裤子都是伙着穿。

程先觉眼中再次泪光闪闪，这回好像是真的。程先觉说，丁院长，您太像老革命了，不，您就是我们最亲最敬的老革命。你不仅为705医院的建设呕心沥血，头发都熬白了，您还设身处地地关心下级，您……程先觉说到这里，话头戛然而止，因为他看见丁范生的脸色变了，变得深沉凝重。丁范生说，你说什么？我头发都熬白了？我的头发白了吗，我老了吗？

程先觉目瞪口呆地看着丁范生，眼泪终于夺眶而出，他噙着眼泪说，丁院长，您千万别在意，我是打个比方。您还不到五十岁，您正年轻，风华正茂啊！虽然您为革命工作操劳费神，但是，但是，革命者永远是年轻啊！您看上去最多也就四十五六岁。

丁范生说，他妈的，你程先觉什么眼神儿？老子今年才三十五岁。

程先觉的脸色刷地一下变白了。

2

舒云展和郑霍山谈恋爱的事情终于从地下转到地上。

最早察觉这个事实的是舒家老四舒晓雾。皖西人民广播电台成立之后，舒晓雾从《皖西新生报》调到皖西人民广播电台工作，既是记者，又是编辑，同时仍然是《皖西新生报》的兼职记者。整个舒家，就数舒晓雾自由，因为她有没完没了的采编任务，多半时间都是在皖西城乡奔波，哪里有重大活动，哪里有社会新闻，哪里就有舒晓雾活泼的身影。舒晓雾主持的《皖西夜话》节目，探讨生活，宣传政策，讨论苦闷，倡导自由恋爱，声情并茂，不知道打动了多少人的心。这个节目使舒晓雾一举成为皖西明星。

舒晓雾没有想到，她会在自己的家里采访到一条重大新闻。那天下午她从皖西纺织厂采访回来，路过舒皖药行史河路药店的时候，突然下起了阵雨。舒晓雾灵机一动，拐进了药店，一来为了避雨，二来顺便买一点胖大海。舒晓雾不仅长得漂亮，而且有一副好嗓子，音色圆润清纯、悦耳动听。自从当了播音员，舒晓雾就从不大声说话了，平时非常注意保养嗓子，同时苦练普通话。

史河路药店的经理就是郑霍山。舒家四小姐光顾药店，让药店工作人员手忙脚乱。舒晓雾现在已经是皖西城家喻户晓的明星了，舒家过去的店员伙计都为此感到自豪，原来明星就在他们的身边，他们是看着明星长大的。在明星的童年，他们还抱过明星呢。

药店当班的店员是个老伙计，认识舒晓雾，又是抹板凳又是张罗找点心。舒晓雾说，张大叔别忙活了，我就是想配点药，一会儿就走。

张老伙计吃了一惊问，四小姐你咋啦，头疼还是脑热？你可不能病啊，你一病，皖西的老百姓就没魂了。

舒晓雾说，我没病，我想买点胖大海养嗓子。

张老伙计这才放心了，眨巴眨巴眼睛说，中药养人，但是也得合理配方。俺们郑经理研制的养音丸，成分有蜜蜂、黄芷、枸杞，远比胖大海性能久远。我给你找找。

舒晓雾说，你们郑经理还真的用心了，居然研制中成药了，不简单啊！

张老伙计说，那当然，俺们郑经理是科班出身的医生，融会贯通，举一反三，中医西医病理药理都通。

舒晓雾笑笑说，张大叔，我不要什么养音丸，您老人家给我配两剂胖大海，我当茶喝就行了。

张老伙计说，四小姐，你是信不过我们郑经理？我们的养音丸是经过卫生局批准的。

舒晓雾不耐烦了，说，那好，那你就看着给我配一点吧，我先试试。

张老伙计应了一声好，屁儿颠颠地忙活去了。舒晓雾四下打量药店，突然发现从马路对面走过来两个人，这两个人共用一把雨伞，相互依偎，样子十分亲密。舒晓雾正纳闷着那个女的怎么眼熟，忽然就看见了，那是她的二姐舒云展，而那个男的正是她深恶痛绝的郑霍山。

这正是梅雨季节，阵雨在这边下着，夕阳在那边亮着，雨中晚霞，金光四射，真所谓西方太阳东边雨，城市的轮廓在阵雨和夕阳中交相辉映，犹如一幅海市蜃楼的油画。而雨中的那两个人，无疑就是这幅绝妙油画的主题。

那一瞬间，舒晓雾就知道，悲剧发生了，她的二姐不可救药地爱上了那个死乞白赖的前劳教犯。仅凭这夕阳，仅凭这阵雨，仅凭这雨中伞下四条腿弹奏的幸福陶醉的步子。

舒晓霁想躲开已经来不及了。

果然是舒云展和郑霍山。舒云展进门，看见舒晓霁正冷冰冰地看着她，目光里甚至带着几分蔑视。舒云展说，老四，你怎么在这里？

舒晓霁说，我为什么不能在这里？这是国营舒皖药行的分店，我不当资本家的小姐，还不能来买药吗？

郑霍山当然知道舒晓霁气愤着什么，抱起膀子，居高临下地看着舒晓霁说，小妹，你需要什么，我可以派人给你配制，可以送回家，也可以送到电台。

舒晓霁扭脸说，谁是你小妹？我什么都不需要，我只需要你离我二姐远一点。

郑霍山嬉皮笑脸地说，已经不可能了。就算我答应了，你二姐也不会答应。我们已经恋爱了，正在商量结婚。用不了多久，我就是你的二姐夫了。

舒晓霁勃然大怒，要不是想到了自己是个播音员，差点儿就喊出来了。舒晓霁竭力地保持镇静，看着舒云展说，我现在还喊你一声二姐，二姐你说，他说的是人话还是鬼话？

舒云展说，老四，不要这样，你听我说……

舒晓霁突然将手里的报纸往地上一摔说，够了！看看你那个样子！你不是我的二姐了，近朱者赤，近墨者黑，你也是鬼了。说完，气冲冲的就要走。

这时，她却被郑霍山挡住了去路。郑霍山还是抱着膀子，还是居高临下地看着舒晓霁，声音不高，语调平和。郑霍山说，舒晓霁同志，你是皖西人民广播电台的播音员，你的声音传遍了皖西的大街小巷山山水水，也传到了我郑霍山的耳朵里。你的声音是那样的甜美，你讲述的人生道理是那样的动人，你描述我们的未来生活是那样的美好。可是，难道这一切都是谎言？我们都是新中国的青年，我们都有自由恋爱的权利。你有什么资格阻挠我和舒云展同志的正当恋爱？你有没有勇气让我到电台播音室参加你的《皖西夜话》节目，像你多次主持的节目那样，讨论一下我和舒云展的爱情，到底犯了哪条王法？

舒晓霁说，你不配！

郑霍山说，我追求的是你二姐而不是你。我配不配，你说了不算，我向你二姐求婚，她接受了，我们的恋爱就受宪法保护。她不接受，我用不着你阻挠，自动滚蛋。

舒晓霁恶狠狠地看着舒云展说，你这个败类！你不再是我二姐了！

舒云展也火了，厉声说，老四，你为什么要这样？

舒晓霁说，我是为了捍卫我们舒家的荣誉，也是为了你这个败类的将来。

舒云展说，那好，老四我告诉你，我和郑霍山谈恋爱，不会对我们舒家的名誉抹黑。如果你们认为是抹黑，那我可以离开舒家，也可以改名换姓，不沾舒家的光。至于说我的将来，那你就更可以放心了。我对我的将来十分乐观。

舒晓霁说，恋爱？你们有什么爱可以恋的？这个人简直就是个无赖，你不要被他的花言巧语所迷惑。我劝你悬崖勒马！

舒云展说，我喜欢听他的花言巧语，我不会悬崖勒马的。你问我们有什么爱值得恋的，我很难跟你讲清楚。但是我现在可以让你看一个小小的事实。你看看这把伞，你看看我，你再看看郑霍山。一把伞下，他浑身湿透，我衣衫整洁。

舒晓霁瞪着眼睛问，这能说明什么问题？这就是你们的爱情？

舒云展说，对，这就是我们的爱情。

3

程先觉看着镜子里的那个人，恶狠狠地说，你以为你是谁？你他妈的就是臭狗屎、马屁精、奸臣、混账王八蛋！你去献那个殷勤干什么？你去讨那个好干什么？你去攀那个高枝干什么？他会欣赏你吗？他会相信你吗？他会给你一根剩骨头吗？休想！

程先觉把自己骂了个狗血喷头体无完肤，但还是抹不去心头的阴影。跟丁范生打交道，他付出得太多了，不光有随机应变的聪明才智，不光有见风使舵的技巧，还有自尊心。他的自尊心算什么？在丁范生那里，他就是一个跑堂的，一个店小二。店小二是没有自尊心的，随你呼来唤去。

有很长一段时间，程先觉都处于惶惶不安的状态之中。白天上班的时候，他察言观色，发觉周围的人好像都知道了那件事情，都知道他拍丁范生的马屁拍到马腿上了，结果被马踢了一脚。别人看他的眼神，都有些暧昧，有些不怀好意，有些幸灾乐祸。于是乎，程先觉的日子就不好过了，神情恍惚，工作经常出错。有一次收发员来送文件，他把名字签到人家登记簿的封面上。还有一次总机班转来电话，他上来就说，你们造谣，全是诬蔑，我程先觉从来没有做过那样的事情。搞得总机班的女战士一头雾水。女战士定定神说，程股长，肖副院长的电话。程先觉这才回过神来，刚喂了一声，就听肖卓然在电话那边说，程股长，你怎么啦，谁诬蔑你了，为什么要诬蔑你？程先觉惊出一头冷汗，支支吾吾地说，我以为又是总机班的女兵开玩笑……

肖卓然说，开玩笑？总机班的女兵跟你有什么玩笑可以开的，难道你又给人家写情书？程先觉你小心点，你大小是个领导干部，要注意形象！

程先觉哑巴吃黄连，恨不得扇自己两个耳光子，心里恨恨地想，他妈的人倒霉了，放屁都砸脚后跟，撒谎也不看看对象。

肖卓然的电话是从驻军一三五师打过来的，一三五师一个连队出现了食物中毒现象，肖卓然让他通知内科，马上做好巡诊的准备。

这件事情过后，程先觉越想越窝囊，肚子里好像有一股无名之火，不知道往哪里撒。有一天在饭堂里碰上了勤务保障连的副指导员秦冬梅，一下子就找到了发泄对象。程先觉说，秦副指导员，你是分管电话总机的吧，你们总机班怎么不遵守操作规程，保密工作是怎么搞的？

秦冬梅说，我们的工作没有做好，程股长你可以批评，但是你得具体点啊，我们到底怎么没有遵守操作规程了，保密工作到底怎么啦？

程先觉没好气地说，这边还没有接线，那边就听得清清楚楚。按照常识，总机班接线员应该先向客户通报电话是谁打来的，征询一下客户是否可以接过来。可你们倒好，我这边还没有表态，还在布置别的工作，那边就听得一清二楚。你们是故意捣乱吗？

秦冬梅说，你这样说我明白了。程股长你误会了，我们总机班的操作规程是，下级找上级，一定要先通报打电话的是谁，要征询上级首长是不是可以接过来。如果是上级找下级，那就二话不说，直接接通。程股长你批评的问题，我们一定要查接线记录，是哪一天，几时几分，谁找程股长。查出违规现象，我们一定严肃处理。

程先觉看着秦冬梅，愣了半晌，然后扶扶眼镜说，算了算了，我记不得是哪一天了。

程先觉郁闷的日子持续了很长时间，在这段日子里，他的感情也发生了很大的变化，越来越觉得丁范生这个人不怎么的，说到底大老粗就是大老粗，喜怒无常，反复不定。有一次他跑到汪亦适家里跟汪亦适唠叨丁范生的规划，觉得可笑极了，滑天下之大稽。他之所以敢于在汪亦适面前说丁范生的坏话，是因为他知道汪亦适对这些东西麻木不仁，而且汪亦适寡言少语，不会出卖他。

汪亦适对程先觉一直是不冷不热的态度，对于丁范生的所谓远景规划也没有太大的兴趣，只是顺口说了一句，如果他是真心想做事，我看他的想法倒也没有什么不妥。但是这样的人是靠不住的，也许这并不是想法，而只是说法。

程先觉说，想法和说法有何不同？

汪亦适说，如果是想法，就有可能去做；如果只是说法，就只能是说法，只说不做。

程先觉说，我看丁范生他是找不到事情做，但是又不甘心，所以鼓捣出这么个远景规划，前不着店后不靠村。他的意思是向大家表明，别以为我是大老粗没有事情做，我要做的事情大着呢，可是你们不让我做，我有什么办法。

汪亦适说，他好像没有你想象的这么高深吧？他没有读过几天书，哪有你那么多韬略啊！

程先觉说，你说对了，正是因为他没有文化，所以他才可能投机革命。我现在想明白了，干革命没有文化是不行的，没有文化就没有信仰，没有信仰就没有目标。没有明确的人生目标和远大理想，所以他忽冷忽热，忽左忽右，让人摸不着头脑。你简直搞不清楚他到底喜欢什么，到底反对什么。他赞成什么和反对什么，都不是自己的感情，而是凭着需要，凭着外部环境的需要。

汪亦适不动声色地看着程先觉说，程股长，你不去好好地工作，你老琢磨丁范生赞成什么喜欢什么，你想干什么？

程先觉愣了一下，突然意识到自己的话太多了。能说的说了，不能说的也说了；该说的说了，不该说的也说了。虽然汪亦适清高，不屑于家长里短，但是倘若……更何况隔墙有耳呢！程先觉警觉起来了，探头探脑地说，亦适，我今天说的话，就是一点个人的看法，你可千万不要……

汪亦适说，你没有必要把你的内心世界告诉别人，你的心理很不健康。

程先觉面红耳赤地说，亦适你误会了，我是说，咱们同学之间的议论，千万不能告诉大姐，她嘴快，无遮无拦的……

程先觉还没有说完，就不敢往下说了。汪亦适凛然地说，程先觉我警告你，我们家不欢迎你来串门，以后少来！

说完拂袖而去，进到里屋把门关上了。

4

舒云展和郑霍山谈恋爱的事情经舒晓霁披露之后，在舒家引起轩然大波。舒太太开始还不相信是真的，火烧眉毛一样把舒云展召回家里，一问，舒云展旗帜鲜明地表态，是真的，正要跟二老商议，准备在当年的秋天结婚。

舒太太闻听此言，差点儿没有晕过去。一个劲儿埋怨舒南城，都是老头子糊涂，说什么爱护人才，给人一条生路，七弄八弄，把郑霍山弄到舒皖药行，哪里想到是引狼入室呢？

舒南城的心情有点复杂。对于郑霍山，他并不排斥，他甚至还很器重，一直认为此人是堪造之才。这种看法最初是受宋雨曾的影响，后来就是自己的判断了。但是，惜才和同情是一回事，给自己当女婿则另当别论。毕竟，郑霍山是蹲过大牢的人，皖西的老百姓对蹲过监狱的人有个十分刺耳的尊称，叫劳教犯。舒家已经是皖西德高望重的红色资本家了，世代经商行医，不说流芳千古，也是众人拥戴。如今要招个劳教犯当女婿，实在让人难以接受。

舒太太说，把卓然和云舒叫回来，他们都是当干部的，有知识，听听他们的意见。

舒南城沉吟一下说，可以，要商量，还应该把亦适和老大叫回来。

舒太太说，叫他们干什么？亦适一个书呆子，这种事情拿不出主意。老大疯疯癫癫的，满嘴放炮，更拿不出好主意。

舒南城不高兴了，脸一沉说，什么话！老大怎么疯疯癫癫的啦？老大吃了多少苦、受了多少委屈，你知道吗？老大是刀子嘴豆腐心，心里比你这个老太婆明白得多！

舒南城有了这个态度，就把肖卓然等人悉数召回，很正式地开了一个家庭会，到会的有老两口、肖卓然夫妇、汪亦适夫妇，还有舒晓雰，一共七个人。舒云展作为当事人，没有接到开会的通知。舒南城说，事情就是这个事情，你们也考虑一下，既要照顾到我们家的声誉、这件事情的后果对你们的影响，也不能完全忽视老二和郑霍山的感情。昨夜我整夜没有睡着，前八百年后五百年胡思乱想。这件事情真是让我为难了。好在你们都成家立业了，我们老了，以后相处，还是你们姊妹兄弟，他们是个什么结果，关系最深的也是你们姊妹兄弟，所以，我决定听听你们的意见。

舒太太说，卓然你是大干部，你先说说看。

肖卓然在回城的路上就知道这件事情了，也和舒云舒商量了对策。舒云舒的态度很明确，郑霍山这样的人绝不能进入舒家。肖卓然和舒云舒基本上是同样的看法。肖卓然说，郑霍山作为一个被改造好的或者是可以改造好的人，发挥他的能力，为人民工作，我一百个赞成。但是，以他这样的身份，好像有点……不太合适。

肖卓然说完了，大家都不吭气。

舒太太说，卓然你接着说，你是不是不同意？

肖卓然说，师母，我觉得仅仅我们在这里商议，好像还缺点什么。现在是新社会，提倡自由恋爱，世叔又是皖西著名的民族资本家、开明人士，凡事深明大义。我们在这里商量，好像有点包办的意思。

舒晓霁接上说，肖卓然你要搞清楚，我们家不仅是民族资本家，还是红色资本家，这是陈专员在大会上说的。

肖卓然说，那就更要慎重了。红色资本家更不能包办了。

舒南城吸了两口水烟，看着汪亦适说，亦适，你看呢。

汪亦适说，是啊，像缺席审判。

舒雨霏说，亦适说得对，我看应该把郑霍山和老二叫过来，听听他们的意见。

舒太太说，老大你糊涂，那成什么样子了，三堂会审啊？

汪亦适说，大姐没有糊涂，至少也应该把舒云展请回来，她是当事人啊！

舒晓霁说，在这个问题上，没有民主可言。二姐受郑霍山的蛊惑，正在热恋中，当局者迷，她的话听不得。

舒南城左顾右盼，感觉到大家的话似乎都有些道理，问题还是得不到解决。舒南城说，怎么办呢？我也感到很棘手了。没想到事情会是这样。卓然你见多识广，身份和地位都不一样。你拿个主意。

肖卓然挠挠头皮说，我认为在这个问题上，欲速则不达，是不是可以冷处理一下？要不这样，大姐、云舒、小妹，你们姐妹三个找二姐谈谈，亦适你找郑霍山谈谈，做做工作，看他们能不能放弃。

汪亦适说，肖副院长，你希望他们放弃吗？

舒云舒说，这不是明摆着的吗？父亲是红色资本家，我们姐妹四个，两个共产党员，一个共青团员，肖卓然是党的领导干部，亦适你也是党员。如果二姐真的和郑霍山结婚了，我们舒家成了什么了，那不是国共合作了吗？

汪亦适说，云舒你说这话不妥当。党的政策是，出身不由己，道路可选择。当初你不是也加入过三青团吗？肖副院长还是国民党员呢。

舒云舒的脸涨红了，哀怨地看了汪亦适一眼说，亦适，这不是一回事。我是当过三青团员，卓然也当过国民党员，可你明明知道，那是组织上分配的工作，是打进敌人内部。

汪亦适说，我没有揭老底的意思。再说，招女婿又不是选干部，家庭出身和个人身份不能作为首要条件。

舒晓霁说，汪亦适，你是什么意思，这么说你是同意我二姐嫁给郑霍山了？

汪亦适说，我说过这话吗？

舒晓霁说，你的倾向就是这个意思。

汪亦适说，我本人不喜欢郑霍山，但是我喜欢不喜欢没有用。我倒是同意肖副院长的意见，先冷处理一段时间，分头找他们谈谈，也听听他们的意见，就算是考察吧。

舒晓霁说，还谈什么谈！再过半个月他们就结婚了，没准我二姐已经上了郑霍山的当了，你们还在这里清谈！

舒南城把水烟筒往八仙桌上重重地一放，提高嗓门说，老四，你太放肆了，有这么跟姐夫说话的吗？

舒雨霏说，姐夫算什么，姐姐都可以不放在眼里！老四你是不是担心郑霍山这个劳教犯成了你的姐夫，会让你背上复杂的社会关系？据我所知，国家干部档案里，不用填写姐夫一栏。

舒晓霁说，大姐，这么说，你是同意二姐嫁给郑霍山了？

舒雨霏说，我说了吗？我什么也没说。我就不应该说。上有二老，下有老二，我们在这里起什么哄？我们凭什么来决定老二的爱情和婚姻？我看我们都应该闭嘴。

舒晓霁说，我们是二姐的姐妹，我们当然有责任也有义务帮助二姐，何况她现在陷入其中，已经不清醒了。

舒雨霏说，老四，你认为你清醒吗？你能清醒地解决老二的问题吗？

舒晓霁说，我至少不能袖手旁观。

舒雨霏说，那你就是棒打鸳鸯？你小小年纪，怎么这么守旧、这么霸道？

舒晓霁还要争辩，舒南城挥手制止了。老人家听出来了，舒晓霁和舒雨霏唇枪舌剑，其实代表了两种意见，这两种意见表面看起来是针锋相对的，但并不是实质上的对立。舒雨霏虽然在遏制舒晓霁，并不等于她就接受郑霍山；汪亦适虽然态度模棱两可，也不一定就赞成郑霍山。老人家能够感觉到，抵制郑霍山是全家一致的意思。

舒南城说，我觉得卓然说得对，先等一等，你们分头找他们谈谈，我也找老二谈谈。

舒晓霁说，爸爸，不能再犹豫了，事不宜迟啊。咱们家今天开了这个家庭会，二姐早晚会知道，没准还有人会通风报信呢。如果我们今天没有一个明确的意见，二姐和郑霍山就会抱有侥幸心理，他们会继续向我们这个堡垒进攻。所以我提议，来个表决，就是找他们谈，也要带着表决的意见跟他们谈，众志成城，施加压力。

舒南城看着小女儿，突然出乎众人意料地笑了，笑得好像还很开心的样子。舒南城说，哈哈，我们的掌上明珠，我们的老闺女，还真的长大了，做事瞻前顾后很有章法了。表个决就能给他们压力了？

舒晓霁说，我们全家的态度，应该是有分量的，他们敢置若罔闻？

舒南城东看看西看看，然后说，卓然，你的意思呢？

肖卓然苦笑着说，我们怎么能把二姐的人生大事拿来表决呢？这又不是民主生活会。云舒你说呢？

舒云舒旗帜鲜明地说，我看可以。家庭民主也是一种民主。现在是新社会，多数人的意见对他们应该有压力。

舒南城再次点上火，咕咕噜噜地吸上几口，吐出一屋子烟草味道，然后说，我们老了，确实老了。你们说要表决，那就表决，管他起不起作用呢。老婆子你说呢？

舒太太还没有来得及表态，舒晓霁已经把手举起来了说，我提议，不同意我二姐嫁给郑霍山的请举手。

舒云舒一看，箭在弦上不得不发了，也举起了右手。然后是舒太太。舒雨霏说，亦适，咱们也举手吧，我确实不想让郑霍山成为我的妹夫。

汪亦适没动。

舒南城说，卓然，你得表态。

肖卓然说，我的态度明确得很，郑霍山成为舒皖药行的分店经理我觉得很好，但是我不希望他成为我的姐夫。

说着，肖卓然把手也举起来了。舒雨霏拉着汪亦适的手要往上举，汪亦适说，大姐，没有意义，不能这样做。舒雨霏说，那好，亦适抹不开面子，我举双手，算是代表我们两口子。

汪亦适说，大姐，在这个问题上，你不能代表我。我弃权。

舒晓霁数了数人头说，七个人，六个人反对。

汪亦适说，纠正，五个人反对，我弃权。

舒晓霁说，好，就算你弃权。爸爸，难道您同意？

舒南城笑笑说，老四，我也弃权行不行？

舒晓霁说，别人弃权可以，但是您不能弃权。您的意见举足轻重。如果二姐和郑霍山知道您弃权了，他们会变本加厉的。

舒南城左顾右盼，突然把水烟筒往八仙桌上重重一放说，胡闹！表什么决？这种事情是我们表态能决定的吗？传出去都是笑话！今天搞了一场闹剧，这件事情再也不要出去说了。家庭会到此结束。

5

程先觉第二次接到丁院长要单独接见他的通知之后，比过去坦然多了。这段时间他一直在观察、在反思。观察和反思的结果是，他没有必要在丁范生面前卑躬屈膝。丁范生这个人是个粗人，粗人有粗人的逻辑和行事风格，他和丁范生不是一路人，他受不了丁范生那种高高在上、颐指气使的做派。从长远的角度看，丁范生这样的大老粗，在705医院这样知识分子成堆的地方，兔子尾巴长不了，而真正能够主宰705医院的，不远的将来就是于建国，更远的将来有可能是肖卓然。有了这个看法，程先觉就给自己的态度定位，不卑不亢。他甚至还想，你丁范生没有什么了不起的，你充其量不过是个工农干部，你的那个所谓的长远规划草案，说到底不过是叫花子想当皇帝的女婿，痴人说梦而已。如果丁范生再次给他高谈阔论，他即便不予驳斥，也决然不会像上次那样唯唯诺诺满口赞扬了。他得保持他的人格。他得表明他不是一个傻子，该把脊梁挺直的时候，他还是要把脊梁挺直。

可是后来的情况同程先觉的设想大相径庭。

程先觉走到丁范生的办公室门口，喊了一声报告，里面传出一声威严的回应——进来。程先觉一进门，看见丁范生披着黄呢子军装上衣，正在煞有介事地看报纸，头也不抬，完全是目中无人的样子。程先觉心里一虚，情不自禁地将两条腿一并，穿着皮鞋的脚后跟咔嚓发出清脆的响声，然后毕恭毕敬地、一丝不苟地、非常合乎标准地给丁范生敬了个礼。

丁范生这才放下报纸，看着程先觉僵硬的、迟迟没有放下的敬礼的右臂，再看看程先觉的双脚，突然咧嘴笑了。丁范生说，稍息吧，绷这么紧干什么？我们同志之间都是阶级兄弟，公开场合下我们是上下级，规矩一点是应该的。现在就我们两个人，没有必要拘束。来来来，请坐。

丁范生的语气和语言都是亲切的热情的，反而让程先觉感觉不真实。他委实搞不清楚丁范生又把他叫来是为什么。在谜底没有揭开之前，他可不敢掉以轻心。

丁范生说，小程，你知道我这次叫你来是为了什么吗？

程先觉心里一紧，脱口而出，不知道。

丁范生说，啊，不知道？这说明你很不敏感哦。

程先觉无言以对，他不知道丁范生说的敏感是什么。

丁范生说，程先觉同志，你在705医院，是不是同哪位领导干部闹过意见？有没有得罪过什么人？

程先觉的头皮刷地一下就紧了起来，脑子噼里啪啦地连续转了十几圈，也没有想出这是怎么一回事。和哪位领导干部闹过意见？开什么玩笑，他又不是神经病，他为什么要和哪位领导闹意见？别说领导，就是一般的医护人员，他也不会去得罪。不知道丁院长此言究竟从何而来。他实在想不出他得罪过谁，不过话又说回来了，人非圣贤，孰能无过？天知道他在什么时候因为什么事情在不经意间就把人得罪了，他完全是蒙在鼓里也未可知啊！

见程先觉满脸愁苦，丁范生大度地笑笑说，啊，是这样的，有人给我反映，说你呢，在背后说过，外行不能领导内行，像705医院这样的地方，应该让那些懂得业务的同志来担任院长。啊，是不是啊？

程先觉心里惨叫一声，他妈的怕有鬼偏偏鬼就来了。这话他说过吗？打死他他也不敢说，但是他在心里就是这么想的。705医院很多人心里都是这么想的。程先觉说，丁院长，我也听过这样的议论，但是这话不是我说的，我可以拿脑袋担保，您可以调查，如果我说了这话，您可以枪毙我。

丁范生说，枪毙？哈哈，现在不是战争年代了，我哪有那么大的权力啊！可是有人跟我反映，就是你亲口说的。如果没有说，那么我可以把这个同志找来对质，你有这个胆量吗？

程先觉又蒙了，连他自己也怀疑起来了，那句大家共同的心里话，他真的难保没有在谁面前流露过。可是，到底是谁把他出卖了？出卖他的那个人从当中能得到什么好处呢？一句话差点儿就从程先觉的嘴里吐出来了，他差点儿就痛不欲生了，差点儿就坦白了——对不起啊丁院长，这话我没有说过，但是我也是这样想的，我这样想是不对的，是对老革命缺乏感情，是小知识分子的错误思想在作怪——且慢，程先觉心里的这番话还没有说出口，它们已经涌到嗓子眼儿了，它们就在程先觉的嗓子眼儿上等待最后的指令。一个声音告诉程先觉：说吧，坦白从宽，抗拒从严，说出来争取个主动，然后再向丁院长老老实实地交代，还有哪些人说过这样的话，还有哪些人说过比这还要严重的话。这个声音刚刚落下，另外一个声音又响起来了：镇静！你只是在心里这样想过，并没有当着别人的面说出来。你怎么知道丁院长不是试探你呢？也许丁院长用相同的手段试探过很多人，只有那些真的把这话讲出来的人才会经不起考验，你既然没有说出口，丁院长又不是孙悟空，他不可能钻进你的肚皮偷听你的心里话。你有什么好说的？想想不要紧，只要没出声，过了这一关，就是可靠人。

见程先觉咬紧牙关一言不发，丁范生说，啊，看来这些议论并非别人造谣，你是不是还说过，我们有些领导干部，居功自傲，天天大鱼大肉吃香喝辣的，多吃多占。

他开始有点明白了，丁范生并没有抓住什么把柄，完全有可能是在试探他。丁范生的马脚暴露了，因为关于领导干部多吃多占的话题，他程先觉不仅没有说过，他连想都没有想过。肖卓然过去议论这个问题的时候，他的心里还在想，连长连长，半个皇上，大炮一响，白银十两，更何况丁范生这样的老牌正团级军官，行政十五级啊，比县长还大，他多吃一点东西算什么？

想到这里，程先觉的心里有了一点底气，开始琢磨以怎样的方式表白和洗清自己，脑门转眼就是大汗淋漓，甚至连呼吸也急促起来了。

丁范生有些意外，他大约没想到他的话会在程先觉的身上发生这么大的反应。丁范生说，程先觉你怎么啦，就是说了，也无所谓哦。我们革命干部，都有表达自己看法的权利，你用不着这么紧张。

程先觉突然上前一步，大声说，不，丁院长，我这是紧张吗？我这是气愤！我痛恨那些栽赃诽谤我的家伙，我更痛恨那些对老革命、对领导干部不尊敬的家伙。像丁院长您这样的老革命，在战争年代出生入死，为了新中国抛头颅、洒热血，您吃了多少苦、受了多少罪啊！像您这样的老革命，虽然文化程度不高，但是你比那些文化程度高的人有觉悟、有见识、有胆量、有魄力。您设计的那个705医院远景规划，就是十个大学生他们也拿不出来。在咱们705医院，八个副院长也顶不上您一个。您这水平，别说当705医院的院长，您就是当皖西的专员书记，也是绰绰有余啊！

丁范生惊讶地看着程先觉义愤填膺、慷慨激昂的样子，突然伸出手来，在程先觉的脑门上摸了一把说，程先觉，程股长，小程，你怎么啦，你是不是发烧了？

程先觉说，丁院长，我没有发烧，我说的全是心里话，我对您的敬仰是真诚的啊！不知道是哪个伤天害理的，会栽赃我诬陷我，我想他一定是嫉妒我，所以就破坏我和丁院长的关系。丁院长，我向您表态，我怕的不是您打击报复，我最恨的是我的真诚遭到了亵渎。丁院长，我愿意对质，请您把那个人叫来，我程先觉是个什么人，一时三刻立见分晓！

程先觉当真是被激怒了，眼睛是红的，脸皮是紫的，脖子上的青筋是凸起的，声音是嘶哑的。

丁范生终于被感染了，大手一挥说，唉，小程，先觉同志，这件事情就是说说而已，你用不着大惊小怪。对质嘛，就不必了。我跟你说，我就是因为不相信你会说出这些奇谈怪论，我才找你谈的嘛。我如果相信了，我根本就不会跟你说，我就悄悄地观察你、考验你了，你说是不是啊？好了好了，你别激动了，这件事情嘛，就算过去了，就算放狗屁了！我们谁也不再提了。

程先觉说，我请求组织上一定要查个水落石出，否则我死不瞑目。

丁范生说，啊，有这么严重吗？那我就告诉你，根本就没有人来反映，是我考验你的。这一个多月来，我作过调查，说那些奇谈怪论的大有人在，但不是你程先觉。你程先觉工作勤恳，处事谦虚，做人谨慎，群众对你反映不错，老同志们对你评价也很高。实践证明，你和那些小知识分子不一样，你具备了当一个领导干部的主要基础。我丁范生没有看错，我们705医院党委没有看错，从今往后，你程先觉就是705医院领导干部的重要培养人才，就是我们的第二梯队！你听明白了没有？

风云突变，程先觉恍然如梦。他知道这不是梦，这是活生生的事实。这就是丁范生的风格，这样处理问题符合丁范生的逻辑。明白了这一切，程先觉感到一股暖流从他的脚心处冉冉升起，焐热了他的双腿，灼烫了他的心脏。只不过，这个时候，他还没有意识到丁范生的话意味着什么，他的感受更多的是激动，这激动是因为他被排除了嫌疑，他没有被丁范生划到对立面上，仅此而已。

直到离开丁范生的办公室，直到拖着麻木的双腿回到自己的宿舍，直到如释重负地躺在他的黄漆木板单人床上，他才回过神来，一点一点地品味丁范生的话，突然他意识到了，他的人生的又一个重要时刻到来了。他将再一次获得新生，一如当年在风雨桥头稀里糊涂地掉转方向，这个方向将通向一条阳关大道。

6

半个月后，程先觉背着丁范生的一双皮鞋上路了。此行是到皖西城寻找著名的皮鞋匠黄皮鞋，黄皮鞋其实也是皖西城唯一的皮鞋匠。

那天丁范生同他推心置腹之后，他就开始琢磨，如何报答丁院长的信任。想来想去，他决定从小事做起，而丁范生目前当务之急要做的小事就是怎样把脚穿进皮鞋里，一身马裤呢上校军服穿在身上，下面却蹬着一双布鞋，委实不成体统。丁范生为此既苦恼又自卑。难道能让这种小事长期困扰丁院长吗？不能。难道他程先觉连这点小事都不能帮丁院长解决？能啊，他完全能。

左思右想，他想到了他的奶奶和母亲。奶奶和母亲的双脚都是三寸金莲，她们是怎样做到的呢？不用问，程先觉也知道，那是用粗布裹出来的，是用板子夹出来的。当然，他不能让丁院长裹脚，也不能用板子夹丁院长的脚，那种削足适履的蠢事丁院长不会干，他也不能干。但是他可以削履适足啊，为什么不可以把皮鞋修了穿？这是再简单不过的事情了。过去为什么没有想到？还是因为没有感情啊！套用丁院长的话说，有了感情，什么样的人间奇迹都能创造。

自行车行驶在通往皖西城的碎石马路上，程先觉的心里充满了阳光。丁院长红口白牙说的——从今往后，你程先觉就是705医院领导干部的重要培养人才，就是我们的第二梯队！这话就像春风，就像春雷，掷地有声，振聋发聩。第二梯队意味着什么？意味着很快就要进入领导班子，要么是副院长，要么是医政处长，哪怕是副处长也行啊，也是个正营级，总比这个业务股长要好得多。股长股长，屁股的股，长疮的长，俗不可耐！

这个时候，程先觉自然就有理由想想舒晓霁了。他已经给舒晓霁写过三十多首情诗了，他花了半个月的薪金买了一个收音机，每天夜里都要听《皖西夜话》节目，每周都要把他听《皖西夜话》的心得体会化作情意绵绵的诗歌，装进信封，投进邮筒，飞向城里，飞向梦中的情人。可是，直到现在，他还没有收到舒晓霁的只言片语，他除了听舒雨霏转告舒晓霁委托带过来的那两个字以外，再也没有得到舒晓霁的任何消息。舒晓霁让舒雨霏带过来的那两个字是：恶心。

他不在意，因为舒晓霁还年轻，舒晓霁还不懂得男人。冰冻三尺，非一日之寒；不入虎穴，焉得虎子。美好的爱情需要耐心、需要耐力。舒家现在有个肖卓然做范本，眼光自然很高，堡垒自然坚固。这是好事啊！虽然已经二十六岁了，但是程先觉不急，他坚信一条，最后到手的，往往是最好的。如果丁范生的承诺能够兑现，如果他能当上副院长，那他就同肖卓然平起平坐了。不，他一定会比肖卓然更风光。他绝不会像肖卓然那样锋芒毕露、横冲直撞，他一定会做得八面玲珑、滴水不漏，更何况，他还有丁范生的直接支持呢！丁范生作为一个劳苦功高的老革命，深得上级首长器重，否则你就很难解释他为什么会来当705医院的院长，否则你就很难解释那么多人告状而上级仍然重用丁范生。有消息说丁范生迟早要当皖西警备区的副司令员，如果是真的，丁范生不可能让肖卓然接他的班。只要他努力，他当上705医院的院长并不是梦想。到那个时候，即便舒晓霁执迷不悟，也由不得她了。舒先生会对他刮目相看，肖卓然和汪亦适都得听命于他。这点工作还做不好吗？

程先觉的车子蹬得飞快，一边驰骋一边还哼着黄梅小调。二十多里路程，坑坑洼洼的碎石路面，不到四十分钟就到了。

丁范生的那双皮鞋不仅花去了程先觉一个月的薪金，还拖累他在半个月内屁儿颠颠往城里跑了三趟。黄皮鞋说了，这个鞋修不了，哪有修新皮鞋的？再说，把前掌加宽，后跟垫高，连底子带帮子都得换皮子，等于重新做了。

程先觉苦苦哀求说，重做就重做吧，我骑车二十多里路，你总不能让我空手回去吧？这可是政治任务哦，完不成政治任务我是要受处分的。

黄皮鞋说，啥叫处分，是不是杀头啊？

程先觉说，比杀头好不到哪里去。

黄皮鞋说，哦，那我再看看，我不能让你丢脑袋是不是？不过，你这双皮鞋确实难弄，皮子是好皮子，线子是好线子，针脚都是机器扎的，功夫是大功夫。皮子线子加功夫，你给十块洋钱吧。记住，只要龙洋，不要大头。

程先觉倒吸了一口冷气说，我的爷，我从哪里给你搞十块龙洋？我只有人民币。

黄皮鞋说，我不要人民币，我只要银子。只要宣统以上的，不要袁大头。

程先觉心里把黄皮鞋的祖宗八代都给骂了，狗日的一个皮鞋匠，比资本家还黑啊！但是程先觉嘴上却说，好吧，十块龙洋就十块吧，你得赶紧弄，我们领导急着要穿呢。

黄皮鞋说，我要是一天两天能弄好，一天两天能挣十块龙洋，那我不是发大财了吗？你别心疼，你没有吃亏，没有十天半月，弄不好它。

程先觉说，十天半月可不行，我下个星期天来取，不然我们领导会生气的。

黄皮鞋说，那好，你再加一块龙洋，我夜里少睡觉。

程先觉心疼得直哆嗦，然而此刻也顾不了那么多了，只好咬紧牙关答应下来，说好了，下个周日一手交钱，一手交货。可是到了下一个周日，他的十一块龙洋还没有凑齐，只筹到九块，东拼西凑又带了三块袁大头，想抵充两块龙洋，岂料黄皮鞋眼皮一耷拉说，解放军同志得守信用啊，说要龙洋就要龙洋，凭啥拿大头来？

程先觉说，三块大头兑换人民币，比两块龙洋要贵出好几块钱，你不吃亏啊！

黄皮鞋说，说的就是。我不吃亏，但是我也不能占解放军的便宜啊，你说是不是？

程先觉气不打一处来，愣了半天才问，黄皮鞋，你家是什么成分？

黄皮鞋说，这个我也不知道。我说是贫农，公家说是平民。你问这个干啥？

程先觉说，我看你像个剥削阶级，你哪里是黄皮鞋，你简直就是黄世仁！

黄皮鞋说，黄世仁是谁，不认得，跟咱家不是一宗的。你说咱是剥削阶级，那太抬举咱了，有剥削阶级蹲在大街上修皮鞋的吗？

程先觉说，你别给我油嘴滑舌，要是放在战争年代，我就——说着，用手比画了一个手枪射击的动作。

黄皮鞋笑了说，枪毙？嘿嘿，连修皮鞋的都枪毙，那多浪费子弹啊！

程先觉说，好了，我算领教什么叫流氓无产者了，你这样的，就该送到三十里铺劳教农场去。

黄皮鞋说，还真让你说对了，三十里铺咱去过啊。去年偷女人，被关了二十天，不干活也有饭吃。后来人家干部看咱能吃，加上号子里太挤，又把咱放出来了。你要是看得起，再把咱送去白吃二十天。

程先觉说，你等着吧，老子明天就给你送两块龙洋来，再不给鞋，我就砸了你的黑店！

7

郑霍山和舒云展不以人的意志为转移，坚定不移地把他们的爱情向前推进了一步，搞了个订婚仪式。

以后得知舒家专门为他召开家庭会的事情，郑霍山对汪亦适说，看看，什么叫重要，我就很重要。你们结婚，屁都不放一个。我们结婚，惊天动地，本人不以为耻，光荣得很。

郑霍山同汪亦适说这话，是在705医院汪亦适的宿舍里。郑霍山第一次到汪亦适和舒雨霏的小家来，听说舒雨霏身体不适，还带来两盒他自己研制的静心丸，说这东西有养血调气的功效。一般妇女用了，有病治病，没病养颜。

舒雨霏中午在科室加班。两盒包装低劣的东西放在桌子上，汪亦适说，什么乱七八糟的，这是医生的家！

郑霍山说，这不是乱七八糟的，这是皖西医药界献给社会主义的一份厚礼，最新成果。

汪亦适说，你要是想来收买我，那你就错了。

郑霍山说，我干吗要收买你啊，我们很快就会成为连襟了。毛主席教导我们说，不管你们相信也好，不相信也好，我们是一定要打过长江去的。

汪亦适说，舒家历史上最大的悲剧就发生在现在，一个冰清玉洁的女孩子从此落入魔掌，我对此深表痛心。

郑霍山说，这话你当着舒云展的面说试试。舒云展认为她将是四姐妹当中最幸福的人。舒老大嫁了一个呆子；舒老三嫁给一个傻子；舒老四本人就是一个疯子，天知道她最后会不会嫁给一个痞子。只有舒老二，嫁给一个时代骄子。

汪亦适推了推眼镜，看着郑霍山，很少露出笑容的脸终于绽开了笑容说，时代骄子，你是说你？天哪，这个世界上竟有如此无耻的人！你郑霍山干吗要在舒皖药行卖药啊？你可以去打仗。

郑霍山说，你什么意思？

汪亦适说，你这脸皮，厚得像城墙铠甲，刀枪不入。你去打仗，迫击炮都拿你没办法。

郑霍山说，不管你怎么骂我，但是在舒家召开家庭会的时候，你爱憎分明，立场坚定，仗义执言，勇于弃权，这说明你这个人是有正义感的，我得说声谢谢。

汪亦适仰起脑袋，看着一脸认真、一脸真诚的郑霍山，嘿嘿一笑说，郑霍山先生，你说我爱憎分明、仗义执言？谁告诉你的？我没有表示反对是不错，但我只是对这种家庭会议决定女婿的做法不赞成，这并不等于说我投了你的赞成票。

郑霍山说，你为什么不能投我的赞成票？我郑霍山心地善良，为人正派，勤奋好学。我在我的工作岗位上是学习毛主席著作的积极分子，是新政权服务行业的标兵，是皖西医药界屈指可数的科研能手。我研制的胃益汤、舒肝丸、养音丸、正骨丸，都是经过药检部门认可的。我为什么就不能成为舒家的女婿？

汪亦适说，什么这个丸那个丸，还有大力丸狗皮膏药呢！我警告你，别搞那些江湖骗子的一套糊弄老百姓。作为一个医生，最重要的是要讲医德。

郑霍山说，我的医德绝不比你们705医院的医德差。我敢对我的药负责，这是科学，中医药科学。

汪亦适说，我还不知道你那两下子？无非就是食补药补，错了无害，对了有益。你就是钻我们新政权医药学还不发达的空子，弄些似是而非的东西哗众取宠！你这个反动派，不仅沽名钓誉，还赚老百姓的黑钱。

郑霍山说，汪亦适，你这么说就是狗眼看人低了！你不要按照你过去对我的误解看我的今天，我郑霍山现在不是过去的郑霍山了，我不是国军中尉军医了，我是新社会改造得最彻底、改造得最成功的范例。这话不是我说的，是皖西陈专员说的。我现在已经向党组织呈交了第三十二份入党申请书了。用不了多久，我郑霍山就是中共党员了。

汪亦适说，那你去当你的中共党员吧，我没有时间跟你扯皮，我要去吃午饭了。拿走你的东西。

郑霍山说，我骑着自行车大老远地赶过来，你也不请我吃顿饭？就让我饿着肚子再蹬二十里？

汪亦适说，我为什么要请你吃饭，我们是什么关系？

郑霍山说，即便暂时不是连襟关系，我们过去总是同学吧。你不请我吃饭也行，我可以请你，我的薪金不比你的少。你们医院旁边有没有饭馆？

汪亦适说，郑霍山我再问你一次，你说真话，皖西解放前夕，我是不是去动员你到风雨桥头起义？

郑霍山愣了半天说，汪亦适你老是问这个问题干啥？你是不是说，如果我不承认你动员我起义，你就永远不帮我？

汪亦适说，我不能帮一个不讲真话的人。

郑霍山说，那好，我告诉你，你的记忆出问题了，你产生了幻觉。皖西解放前夕，你确实没有动员我到风雨桥头，你是动员我到江南去。

汪亦适像遇到了活鬼，脸色发青，嘴唇哆嗦，盯着郑霍山看了半天才说，好吧，你走吧，你滚蛋吧，别让我再碰上你！

郑霍山嘻嘻哈哈地说，亦适，何必这样耿耿于怀？我跟你说，起义如何，俘虏如何？现在我们不都是一样吗？都是人民的勤务员嘛！程先觉倒是起义了，我看他也不比你我进步到哪里去，何必较那个真？

汪亦适说，什么你我？你是你，我是我，我能跟一个反动派同流合污吗？滚蛋，离开我的家！

郑霍山说，那好，你既然这么无情，那我就跟你说实话了，你别以为我是来巴结你的，我只不过是顺便来看看你。我和舒云展的婚是结定了，你们这些平庸之辈螳臂当车没有用！你不请我吃饭不要紧，你还请不动我呢。我今天中午是你们丁范生院长的座上宾，你信不信？

汪亦适怔了一下说，你就是蒋委员长的座上宾我也不稀罕，只希望你赶快滚蛋。

以后汪亦适搞清楚了，郑霍山说了很多鬼话，但这一次他还真的没有说鬼话。他确实是丁范生请来的客人，穿针引线的是程先觉。

程先觉为丁范生修皮鞋，取得了一定的成效。经过改修的皮鞋穿在丁范生的脚上，当真比过去合适多了，但是脚指头还是挤压得厉害。丁范生发誓要完成从布鞋草鞋到皮鞋的革命，新社会新气象，他不能老是穿着马裤呢军装而蹬着一双土里吧唧的布鞋。穿了几天，丁范生白天风度翩翩地出现在医院的公共场合，晚上回家，脱下皮鞋，袜子和脚指头粘在一起，血肉模糊，很快就感染了。丁范生好面子，绝不会在医院暴露这个事实，穿着皮鞋疼得要命，脸上仍是若无其事。程先觉看在眼里，急在心里，听说郑霍山研制了一种速效白药，消炎催生效果都好，就去找郑霍山合计。郑霍山说，我有这个药是不假，但并不是所有的感染化脓都可以用的，你得把病人带来我看看。

程先觉说，这个不太好办，病人行走不方便。

郑霍山说，那就没有办法了，我不是江湖郎中，我是有处方权的医生。你不让我看病人，我是绝不会开药的。

程先觉抓耳挠腮地说，这个病人不是一般的病人，要保密的。

郑霍山说，对于医生来说，病人都是病人，没有高低贵贱之分。你不相信我，那就另请高明吧。

后来程先觉把自己的计划向丁范生汇报了，丁范生哈哈大笑说，啊，你说那个郑霍山啊？我听说了，是皖西医药界有名的学习毛主席著作的积极分子，听说搞中西医药结合，弄出了不少新东西。到农村根治血吸虫病他也起了不小的作用。这个人不简单哦！

程先觉说，那能不能把他请来给丁院长治疗脚伤？

丁范生眼睛一瞪说，为什么不可以？我倒要见识见识这个积极分子。但是不要请他来，我去。

两天之后，经过程先觉的暗中运作，丁范生果然出现在舒皖药行史河路药店。程先觉并没有告诉郑霍山，这个烂脚的人就是丁院长，郑霍山也没有问。郑霍山查看了伤情之后说，这个毛病不难治。要是放在六年前，给我一把手术刀，我就能把你的脚削平。

丁范生说，那现在行不行？

郑霍山说，现在不行。现在政府给我定的职称是中医药剂师兼主治医生，我只能按照中医的规矩办。不过，你这么大年纪了，再像过去女人裹小脚那样恐怕不行了，你那骨头硬得像生铁，脚跟鞋对抗，脚烂了还可以再生，而你那皮鞋早晚会被你戳出窟窿。

丁范生说，他妈的，难道我丁范生这一辈子就只能穿布鞋？我是上校军官啊，老是穿布鞋像什么样子？

郑霍山假装吃了一惊说，啊，您就是丁范生啊，大名鼎鼎的丁院长啊？您当然不能一辈子老是穿布鞋，您要是同意705医院使用舒皖药行研制的十类新药，您这个脚我负责治疗，我负责您穿什么鞋什么鞋合适。

丁范生大喜过望，说，真的？你真有这个本事？

郑霍山说，很简单，我不光能把你的炎症治好，我还可以矫正你的脚型，不用动刀子，我开二十剂敛骨散，保证你穿上皮鞋如履平地。

丁范生说，我是705医院的院长是不错，但是我们军队医院的制度非常严格，医药采购有专门的技术小组，不是我一个人说了算的。

郑霍山说，这个您放心，我们的新药是经过政府药检部门化验的，有合格证书。解放军的医院应该支持新生事物，只要丁院长用了我的药，向你们的技术小组说明效果，事实胜于雄辩，这件事情就成了。

丁范生说，那好，你就下手吧。

半年后的事实证明，经过郑霍山的调理，丁范生的脚型果然得到了矫正。丁范生穿着合脚的皮鞋，亲自到705医院药材采购技术小组，往办公椅子上一坐，把脚跷到办公桌上，两边摇晃着说，同志们请看，这就是舒皖药行为我们705医院研制的新产品。它的意义不仅在于使一批老革命能够顺利地穿上皮鞋，我认为它对于加强战备都有好处。我们打台湾还是要跑路，还是要跑出一些蒲扇脚来。有了敛骨散，我们什么样的皮鞋都能穿。

丁范生不仅让705医院大量采购了舒皖药行由郑霍山主持研制的十种药材，还主动提出自己充当郑霍山的证婚人，自告奋勇去做舒家的工作。假如不是不久精兵简政开始了，郑霍山很可能会穿上解放军的军装。

丁范生曾经问过郑霍山，假如把你调到705医院来工作，你接受吗？

郑霍山说，那要看让我干什么工作，我不能被肖卓然领导。

丁范生瞪着眼珠子说，肖卓然是常务副院长，你不想被他领导，难道要领导他？在这个医院，能够领导他的，只有我这个院长，难道你想当院长？

郑霍山说，我不想当院长，也不想被肖卓然领导。我可以给你们搞一个中医药研究所，或者办一个药厂也行。

丁范生说，那不行，我们这是军队医院，我们的编制是上级规定的，跟你那个舒皖药行不一样。

郑霍山说，那我们说这些不是废话吗？

丁范生说，小郑我跟你说，是金子，埋在泥里都放光，以后有了机会，我们就争取在一起工作。

郑霍山私下里跟程先觉说，你们这个鸟院长，本事不大，牛皮倒很大，我看你巴结他没有什么用处，他什么事情也做不成，除非去种田。

程先觉说，你不要蔑视我们领导，我们领导一句话发出去，你那个医药公司随时可以开你的斗争会。

通过含辛茹苦的努力，程先觉终于获得丁范生的信任，当年年底，程先觉被任命为705医院的医政处副处长。

再过两年，已经成为右派的程先觉揭发郑霍山拉拢腐蚀老干部，用麻醉药加薄荷蒙蔽病人，致使丁院长的脚后来出现了严重的内风湿，丁院长后来在一次抗洪抢险中差点儿牺牲，郑霍山罪责难逃！

同样成为右派的郑霍山辩解说，敛骨散确实不能矫正脚型，药效仅限于麻醉，施用此药，一方面是为了减轻丁院长的肉体痛苦，另一方面是通过心理作用，稳住丁院长的情绪。矫正脚型，最终靠的还是鞋与脚的对抗，物理挤压。敛骨散是政府药检部门审查合格的，临床试验是有效的。

第十一章

1

丁范生的脚总算能穿上皮鞋了。可是风光了不到两年，突然来了一道命令，野战部队一三五师换防调离皖西城，705 医院从军队序列中划出，交给地方，作为皖西第三医院。原 705 医院的军职人员集体转业。

丁范生想不通啊，自从当年他在皖南老家参加了新四军，他就是组织上的人了。他从来没有想到他会离开组织，会脱掉军装。医院其他人都换装了，有的穿了中山装，有的把领章帽徽和肩章摘掉，穿着光屁股军装。只有丁范生还穿着上校军服，蹬着那双历尽千辛万苦的皮鞋。他甚至觉得集体转业的事情根本就是一个梦，或者是上级把事情搞错了。他就这么穿着一身武装整齐的上校军服去找地委书记陈向真发牢骚，没想到，被劈头盖脸地训了一顿。

陈向真说，你想不通？我还想不通呢！我原来还兼任警备区的政委，我的薪金都是从警备区领，我的住房用车都是警备区的。这下不再兼职了，我的军装也脱了，薪金一下子降了三十元，原来住小红楼，现在住招待所。可是你说怎么办？不服从命令？闹个人主义？那好，你就闹吧，你要带头，我跟你一起闹。

丁范生愁眉苦脸地看着陈向真说，老政委你别挖苦我，我也知道一切行动听指挥，可是我人服从了，我这心里疙瘩解不开啊！你想我一个日龙日虎的解放军团长，指挥千军万马冲锋陷阵，身上打一百个窟窿我都不会装孬，可是我怎么就成了第三医院的院长了呢？组织上还真的认为我丁范生没有用了吗，真的要抛弃我吗？

陈向真把桌子一拍说，混账话！让你当第三医院的院长怎么就是抛弃你了？让你当这个院长，已经是非常重用了！你老丁掰着手指头算算，皖西解放以后，有多少干部转业到地方工作！你不要以为你打过几个漂亮仗，你就是天下第一号功臣了。我们有好几个团长政委，有的还是老红军，照样转业了，有的去当了农场场长，有的在园林当保卫科科长，还有的在殡仪馆工作，火化尸体。你凭什么，就是因为你读过两年书，你还以为你是大知识分子？

丁范生说，我宁肯去当农场场长，我也不想当第三医院的院长。

陈向真说，你不想当院长？我跟你说，你还真的不适合当这个院长。你以为组织上都是傻子？这几年你丁范生作了一些贡献是不错。皖西刚刚解放的时候，你勒着裤腰带带领大家艰苦创业，白手起家拉起了荣军医院，筹建了我军在皖西的唯一的野战医院，这是有目共睹的。可是后来呢，医院建成了，条件改善了，你就浑浑噩噩了，居功自傲，目中无人，在医院里搞“一言堂”，耍军阀作风，贪图安逸享受，多吃多占。你们医院的群众对你早就有反映了，你还执迷不悟！

丁范生目瞪口呆，瞬间冷汗就出来了。

陈向真说，你的问题我也有责任。以前705医院是警备区和专区双重领导，我这个专员兼警备区的政委，工作重心是在地方。百废待兴千头万绪，我们往往因小失大，抓了物资建设，放松了人的改造。我们掉以轻心啊，我们太相信我们的同志了。我们认为，社会主义刚刚进入初级阶段，我们的各级干部都是经受战争考验的，都是党的忠诚战士，在困难的时候都能够自觉地为党分忧。哪里知道羊群里就出了个骆驼？我们个别人就在我们放松教育、放松管理的时候，开始腐化堕落了。

丁范生大张着嘴巴，可怜兮兮地看着陈向真，张口结舌地说，老政委，没有这么严重吧，我还是艰苦朴素的啊！我的生活都是按照标准来的，我享受的都是该我享受的。革命成功了，进入社会主义了，你总不能还要求我像过去那样小米加步枪吧？

陈向真冷笑一声说，艰苦朴素？你那也叫艰苦朴素？看看你的皮鞋，比镜子还要亮堂。你丁范生这几年别的本事没有什么长进，倒是学了一手擦皮鞋的过硬功夫啊！

丁范生说，这皮鞋是组织上发给我的，我得爱惜啊。我要是老是穿着一双脏皮鞋，那不是丢社会主义的脸吗？

陈向真说，老丁你把脑袋伸过来，离我近一点。

丁范生莫名其妙，骨碌着眼珠子看着陈向真。陈向真鼻子抽动两下说，老丁你说老实话，你的脸上是不是还搽了雪花膏啊？

丁范生的脸扑哧一下红了半边，躲躲闪闪地说，我这张脸，饱经风霜，粗枝大叶。可我是医院的院长，我也不能老是一副大老粗的形象，我总得斯文一点吧？

陈向真笑了，笑得很怪，似笑非笑，手指头点着丁范生的鼻子说，老丁啊老丁，真有你的，你可真能出洋相！皮鞋是组织上配发的是不错，可那也不是让你天天穿在脚上耀武扬威的，更不是让你冒充斯文的，你以为武大郎戴上眼镜他就是知识分子了？皮鞋是发给你整肃军容、威严礼仪的，不是让你天天磨蹭舞厅的。你逮住组织上发给你的皮鞋往死里穿，这也是一种浪费！

丁范生红头紫脸地说，老政委，我，我没觉悟，我没有想那么多。您要是认为我穿皮鞋是对国家的浪费，那我以后不穿了就是了。

陈向真说，栽赃！我说过不许你穿皮鞋了吗？你给我听着：一、院长先当着，必须当好。再有人反映你贪图享受多吃多占，我立马撤了你。二、皮鞋可以继续穿，但是再不允许进舞厅了。你们那个军官俱乐部立即封了，改造成业务学习室。三、雪花膏坚决不许再抹了。如果让我再发现你脸上有雪花膏，我就让你手下的医生往你脸上搽酒精给你消毒！听明白了没有？

丁范生两脚一靠，咔嚓一声，给陈向真敬了一个礼说，听明白了。

陈向真说，从今往后，705 医院不再是解放军的序列了，完全交给地方政府管辖。要教育全体同志，从思想上和行动上，都要完成这个转变，要尊重地方领导。

丁范生说，我们尽力做好，请老政委放心！

陈向真说，首先你自己就要做好。不仅要尊重地方领导，还要研究工作方法。以后不再是军队医院了，就不能再搞强制命令那一套了。医院是个知识分子成堆的地方，你的职责，不仅是管理，更重要的是服务。我们是公仆，不是官僚大老爷，不能居高临下吆五喝六。

丁范生的冷汗又出来了，说，是，我记住了。

陈向真说，要讲科学，以后再也不要动不动就说，只要我们忠诚党的事业，什么人间奇迹都能创造这样的话了。这不科学，不要让人家说我们的丁院长是个二百五！

丁范生眼珠子又骨碌一圈子说，报告老政委，这话我还要说，人的因素是第一的，人定胜天，只要我们忠诚党的事业，什么人间奇迹都能创造。

陈向真说，扯淡！什么人间奇迹都能创造？我们要尊重知识、尊重科学、尊重人才。以后，再也不要搞“一言堂”了。党务工作，多听听于建国的；业务工作，多听听肖卓然的；家里的工作，多听听老婆的。听明白了没有？

丁范生这次没有马上回答，立正站着，看着陈向真办公室里的那张中国地图，看了半天才说，听明白了。

2

陈向真的话，丁范生并没有完全听明白，但是有一点他搞明白了，那就是他被人告了一状。而这个反映他的人，最大的可能性有两个：一个是于建国，一个是肖卓然。

最近一段时间，有种种迹象表明，肖卓然越来越不听招呼了。集体转业的命令下达后，705 医院多数人怨声载道，陷入一片混乱，肖卓然却平静自若。在党委会上，肖卓然还说过这样的话，医院本身就是个事业单位、服务机构，转业到地方，进入到一个新的管理系统，对克服官僚主义和主观主义也许会有好处。

对于肖卓然的话，丁范生是理解的。肖卓然的弦外之音是，705 医院由于过去是军队医院，他老丁的那一套行政命令强制手段仍然有效力。而以后交给地方，不执行作战任务了，业务干部的地位和作用就要上升了，他老丁的那一套就不灵了。

几年以后，丁范生坦诚地说，上级决定 705 医院集体转业的时候，他之所以如丧考妣惶惶不安，之所以在内心深处抱着很大的抵触情绪，确实有担忧自己的权威会受到挑战的成分。

丁范生的担忧并非空穴来风，应该说他是有政治敏锐性的。就在 705 医院集体转业之后没过多久，丁范生再次感受到了威胁。秋天皖西卫生系统召开“五年计划”协调会，要各个医院上报项目。丁范生把程先觉叫到办公室，程先觉看完通知说，丁院长，您太英明了、太有远见了。您当年亲自拟定的那个《关于 705 医院五年规划的初步意见》，现在该大白于天下、大放异彩了。

丁范生矜持地笑笑说，先觉同志，你也不要一味表扬，你再推敲推敲，要尊重科学哦。

程先觉说，好，我不过从文字上推敲，大政方针还是丁院长把关。

程先觉熬了几个通宵，充分发挥他的强项，把当年给舒云舒、后来给舒晓霁写情书情诗的本事拿出来，其主题以当年丁范生梦想的那个宏伟蓝图为基础，就第三医院的基础设施、业务范围、人才引进等方面进行了大胆的设想。洋洋洒洒写了一万多字，既有理性的规划，又有抒情的展望，在他笔下的未来五年的第三医院，将是一座花园式的、别墅式的、比苏联还要苏联的社会主义的新型医院，全套的先进设备和保障通道，一流的手术设备和医疗技术，患者住进这个医院，可以充分体验到社会主义的优越性。

草案拿到常委会上，多数人保持缄默，因为当时有个口号，“人有多大胆，地有多大产”，全国各条战线上都在捷报频传，社会主义建设蒸蒸日上、日新月异。在这样的大背景下，丁范生的宏伟蓝图歪打正着地迎合了当时的气候。即便是觉得有些离谱，但大家还是不好轻易否定。

只有肖卓然提出异议。肖卓然说，我同意盖十八层大楼，也同意按照苏联医院的方式改造住院部。但不是现在，至少应该是在十年以后。现在盖十八层大楼干什么？过去我们还有一个野战师需要保障，现在成了地方医院，是皖西地区六个医院的其中的一个，担负的任务有限，皖西的患者，需要住院的、能够住得起院的，全部加起来送到我们的十八层大楼里，也装不满。我觉得我们的规划还是应该从实际出发，从我们医院的职能和患者的需要出发。

丁范生说，肖副院长，如果我没有记错的话，当年荣军医院刚刚成立，一天早晨出完操，我们两个在杏花坞东北角的高岗上聊天，你那时候就跟我说，要彻底改变皖西地区老百姓有病不医、有药吃不起的状况，要像苏联那样，建设高耸入云的医疗大楼。那时候我认为根本就是天方夜谭，你还不高兴，认为我是土包子。没想到将近十年过去了，你怎么也变成土包子了？

肖卓然苦笑道，那时候我还年轻，过于理想化，确实不符合实际。

丁范生说，那时候你都有那样的朝气，你跟我说，可以暂时做不到，但是一定要想到。我们国家发展了十年，我也想了十年，现在我想明白了，我们再也不能让我们的病人有病不医、看病找不到门了，再也不能让我们的父老乡亲到了医院就像进了收租院，像狗一样嗅来嗅去、转来转去、问东问西了，我们就是要提供一个挂号、诊断、治疗、住院一体化的医疗大楼，我提议把它命名为康民大厦。

肖卓然说，如果说建设好的医院，我认为这个草案仍然是保守的。我本人不仅希望把医院建设成花园式、别墅式，不仅希望有全套的先进设备和保障通道，一流的手术设备和医疗技术，我甚至还希望办起自己的新药研制机构和制药厂，能够生产出价廉物美的特效药，能够保证患者、保证我们的人民长生不老。可是现在做不到啊！

丁范生瞪着眼珠子说，那你说什么时候能做到？

肖卓然说，依我们目前的经济情况，一年两年不行，三年五年可能，十年之内准行！

丁范生说，保守，你太低估人民群众无穷无尽的创造力了。一万年太久，只争朝夕。我们不能再等了，我们要立即行动起来，只要我们忠诚党的事业，只要我们有正确的路线方针，什么样的人间奇迹都能创造。

肖卓然说，丁院长，话是这么讲，搞动员，鼓舞士气可以，但是真的实施起来，并不是所有的人间奇迹都能创造的。我们又不是孙悟空，就算我们大家再忠诚党的事业，我们的路线方针再正确，我们也不会七十二变啊！别的不说，经费怎么办？

丁范生说，要什么经费？自力更生，丰衣足食。地方现在在大炼钢铁，我们为什么不可以？我看了一下，我们的仓库里有那么多报废的汽车、器材、工具，我们每个家庭都可以捐献一些多余的钢铁制品，我们如果在设计上更合理一些、更节省一些，钢筋的问题就可以解决一部分。先盖一幢七层大楼，绰绰有余。

丁范生讲完，大家面面相觑。丁范生得意地说，同志们，难道这不是事实吗？人心齐，泰山移啊！

肖卓然说，要完成这个规划，还不光是钢筋的问题，就基础设施而言，还要砖瓦水泥。

丁范生说，这个问题更好解决。还是那句话，自力更生，丰衣足食。我们第三医院有干部职工二百多人，搞义务劳动，自己脱砖坯，自己烧水泥。

肖卓然不吭气了，表情奇怪地看着丁范生。

丁范生说，肖副院长你怎么不说话了？你是同意呢还是不同意？

肖卓然说，丁院长，我有些糊涂了，我想保留意见。

丁范生说，那好，我们表决。同意我们这个大发展计划的请举手。

到场的包括于建国在内的七名党委委员，除了肖卓然以外，全都举手同意。不过于建国提出来，原则上同意，细节上还要推敲。

会议结束后，肖卓然回到家里，舒云舒把饭端上来，肖卓然望着饭菜发呆。舒云舒问，你是怎么啦？工作上遇到什么不顺心的事吗？

肖卓然说，何止不顺心，简直是窝心。

舒云舒再问，肖卓然却把话题岔开了，说，吃饭吧，吃饱喝足不想家。

当天晚上，程先觉登门拜访，披露了一个爆炸性的新闻，说郑霍山要和舒云展结婚了，并且将由丁范生做证婚人，郑霍山下一步要调到第三医院工作了，丁院长提名他担任中医科主任。

舒云舒手里挽着毛线，她在为两岁的女儿织毛衣。听了程先觉的消息，停下手说，怎么会这样啊？他们那个订婚仪式，妈妈根本没承认，爸爸也回避了，怎么说结婚就结婚了？

肖卓然坐在饭桌前抽烟，没有说话。

程先觉说，我也没想到，丁院长这个人会对郑霍山这么看重。

肖卓然说，哦，你是不是有点酸溜溜的感觉啊？郑霍山不是你引进来的吗？

程先觉说，我介绍他们认识不错，但是我没想到他会把郑霍山调进来。郑霍山当了中医科主任，他还会把我们放在眼里吗？

舒云舒把毛线套在肖卓然的手腕上说，你是不是搞错了，郑霍山一个劳教犯，怎么能到第三医院来当中医科主任，况且他的专业是西医外科。

肖卓然说，云舒你别这么说，郑霍山是前劳教犯。而且他改学中医，成功地实现了中西结合，现在已经是岳父大人最看好的中医了。

舒云舒说，那也不能丁院长一个人说了算，总得征求你这个分管业务的常务副院长的意见吧？这太不正常了。

肖卓然说，这年头，是不按常规行事的。有什么大惊小怪的，只要有决心，什么人间奇迹都能创造，别说郑霍山到第三医院当中医科主任，在丁院长那里，就是公鸡下蛋，都不算新闻。

舒云舒说，你是怎么啦？为什么这样说？

肖卓然不理舒云舒，转向程先觉说，丁院长是个好人，是个想做好事的老革命。但是我们都知道，丁院长是一个激情大于理性的人，是一个充满了革命的浪漫主义的人。丁院长有什么奇思妙想都不足为奇，我奇怪的是，那么一个荒诞的想法，居然就由你程先觉变成了白纸黑字。我更奇怪的是，党委会上，大家都装聋作哑。程先觉，你认为丁院长的想法真的能够实现吗？

程先觉说，肖副院长，你是指规划建大楼的事情？

肖卓然说，还能有什么事情？

程先觉眨巴眨巴眼睛说，肖副院长，卓然同志，你希望我说真话还是假话？

肖卓然说，说真话、说假话随你的大小便，但是我不想听鬼话。

程先觉说，肖副院长，你是一个领导干部，你参加革命比我早，按说你比我有眼光、有经验。可是，有时候啊，愚者千虑，必有一得，傻子也有聪明的时候。要我说真话，那我就说，丁院长的想法是一厢情愿，目前是不可能实现的。但是，话又说回来了，现在是大发展年代，人有多大胆，地有多大产。丁院长的想法虽然脱离实际，但至少出发点是好的。

肖卓然把手腕上的毛线扯出去，猛地摔到舒云舒的怀里，霍然起身说，你程先觉到底还是说鬼话！出发点是好的有什么用，空想、幻想谁不会？我们搞社会主义建设，不能光凭一厢情愿。你们这样做，第三医院以后的工作怎么做？难道你真的希望我们大家都不上班了，搞义务劳动，炼钢铁、脱砖坯就能把第三医院建设成苏联老大哥那样的新型医院？简直是痴人说梦！

程先觉说，肖副院长，识时务者为俊杰，现在不是讨论能不能的时候，而是讨论说不说的时候。有些事情，可以不做，但是不能不说。说了不做，说明有想法，说明不保守。有了想法，即便现在不做，将来也会做成。但是连想都不想，那就永远没有做成的时候。扪心自问，我本人并不认为丁院长的想法都是异想天开，我认为早晚会有这一天。第三医院建设成新型的社会主义医院，只是早一天晚一天的事情。我和你的分歧就是在什么时候建设的问题，而在必须建设的问题上，我们并没有分歧。

程先觉不卑不亢的一席话，振振有词，掷地有声，竟然把肖卓然说愣了。肖卓然像不认识一样地看着程先觉，突然笑了，说，程先觉，老程，我真是小看你了，你离医学越来越远了，离政治却越来越近了。我——祝贺你的进步。

程先觉说，肖副院长，你可以讽刺我，但是我还得提醒你，智者千虑，必有一失啊。睁开眼睛看看吧，现在是什么时候了，沉舟侧畔千帆过，病树前头万木春啊！

3

郑霍山后来果然被调到第三医院当了中医科的主任。人还没有到任，先把婚结了。婚礼定在第三医院的小礼堂举行，形式是个茶话会。婚礼请柬发到汪亦适的手里，汪亦适一时不知道该怎么办。舒雨霏说，这还有什么说的，眼看他们已经把生米做成熟饭了，这个妹夫，你接受也好，不接受也好，反正是他了。

汪亦适说，不知道岳父岳母是个什么态度，你最好回家问问，或者跟舒云舒商量一下。

已经是深秋了，傍晚刮起了风，空气中有些潮湿的气息。两个人坐在小院里正发着愁，舒云舒和肖卓然一前一后地过来了，舒云舒进门就说，大姐，亦适，这件事情怎么办好啊？

舒雨霏明知故问，什么事啊，慌里慌张的，像天塌下来一样。

舒云舒说，看来二姐真的要嫁给郑霍山了，婚礼还在第三医院举行，就在我们家门口给我们难看。

舒雨霏说，是啊，还搞茶话会，不摆酒席了，像老革命一样新事新办呢！你们参加不参加啊？

舒云舒说，不参加吧，那就难堪了。全院谁不知道新娘子是咱们的姐妹，咱们不参加，那不等于把家丑往外扬吗？

舒雨霏说，那就参加呗，哪有自己的姐妹出嫁不捧场的？我们不仅要去，还要积极地去。这一年多，老二顶住了多大的压力啊！父母压，社会压，咱们姐妹袖手旁观，还冷言冷语，可怜老二孤军作战，真的不容易啊！

舒雨霏说得动情，说着说着激动了，眼泪唰唰往下掉。

舒云舒说，大姐你也别激动，我们做的是有点过分，可是二姐她自己也有责任，她给我们舒家出了多大的难题啊！

舒雨霏说，什么难题，她不就是自由恋爱吗？她不就是爱上了郑霍山吗？回过头来说，郑霍山也没有什么不好，又不是什么毒蛇猛兽，还是皖西医疗卫生系统的先进工作者呢！我们干什么要那么道貌岸然地阻挠人家？想想心里都不是滋味，我们太对不起老二了。你们要是还讲亲情，就跟我一起进城去看老二。

舒云舒惊问，啥时候？

舒雨霏说，现在。明天人家就举行婚礼了，还有别的时间吗？

舒云舒问汪亦适，亦适，你的态度呢？

汪亦适说，在我们家，我听大姐的。你们家谁说了算？

肖卓然说，我觉得大姐说得有道理。郑霍山即便是不齿于人类的狗屎堆，但是二姐还是我们的二姐，在她困难的时候我们确实应该拉她一把。问题是在过去这么长的时间里，我们一直在保持沉默。现在去是不是迟了一点，有没有急功近利的感觉？

肖卓然说这话是基于这样的考虑，关于郑霍山调到第三医院来当中医科主任的情况，他事前知道，但并不是通过组织程序，而是先从程先觉的嘴里听到的小道消息。这个小道消息让他很不舒服，不舒服的原因并不完全因为他认为郑霍山来当中医科主任不合适，而是因为这件本来连影子都没有的事情，等他听到小道消息的时候，就基本上既成事实了，也就是说，丁范生一个人就把这件事情大包大揽了。在会上，他的思想很复杂。一方面，他也为郑霍山高兴，郑霍山洗心革面这么多年，终于修成正果，这也是他希望看到的。但是问题的另一方面是，这只是丁范生一个人的意见，事前根本没有同任何人商量，就连他这个常务副院长也蒙在鼓里，就直接由办公室拿出商调意见和调配方案，而且在会上的所谓研究，实际上就是个走过场，这让肖卓然感到非常不能接受。

医院划归地方之后，没有政委编制了，于建国担任党委书记，前不久又参加社教工作队下乡去了，医院的事情虽然是集体决策，但是基于丁范生的资历和地位，其实除了他肖卓然，没有谁会唱对台戏。但凡需要表决的事情，有的采取无记名投票，有的鼓掌通过，有的举手通过。至于采取哪种方式，全看事情的难易程度，同时取决于丁范生的兴趣。对于这样的决策方式，肖卓然是深感忧虑的。

在对待郑霍山的问题上，肖卓然的态度表现得比较暧昧，因为这次根本就没有搞什么投票表决之类的过场，丁范生让院办主任李绍宏介绍了郑霍山的基本情况，然后就说，情况就是这么个情况，连陈向真书记都说，郑霍山同志是思想改造成功的范例，加上我们第三医院中医科一直缺乏骨干力量，现在归地方了，这方面要加强。把郑霍山同志调来，顺应形势，符合政策。大家议一议，如果没有什么大的意见，就这么往上报吧。

然后大家就七嘴八舌地议论，自然多数都是赞成的。副院长秦莞术说，我也听说了，这个郑霍山在皖西中医药界挺有名气，来我们第三医院工作是件好事。医政处长周梦蝶和供给处长张迈新都表示同意。据说李绍宏本来是对这件事情持不同意见的，但是自从于建国脱产下乡之后，李绍宏想当副书记的愿望落空，这个人的原则性就不像过去那样强了，不知道丁范生事前跟他许诺了什么，他在会上对于郑霍山的问题也是一反常态地积极支持。如此一来，就是大势所趋。

肖卓然最后说，我同意郑霍山调到第三医院来工作，但是不是马上就当中医科的主任，我看还可以斟酌一下。是不是先当一段时间副主任，考验一段时间再说？

丁范生说，肖副院长，你是怎么啦？我记得皖西刚刚解放的时候，你多次跟我谈过，这个郑霍山人才难得，用得好就是一块宝，用得不好就是一堆草。现在万事俱备了，还考验什么？什么叫培养，提拔重用就是最好的培养。人家表现好了，我们就要重用，我们不去重用，难道留给资产阶级重用？

肖卓然说，我没有意见了。

事实上，在郑霍山的问题上，肖卓然一直觉得哪里不对劲。这不是郑霍山的问题，而是医院的用人程序出了问题。正是因为有了这个心理障碍，所以肖卓然这几天一直拿不准该以怎样的态度面对郑霍山，甚至还产生了此时看望舒云展有急功近利的担忧。

舒雨霏说，什么叫急功近利？我们去看自己的姐妹，想白天去就白天去，想半夜去就半夜去。肖副院长你要是认为不妥，你可以不去，老三也可以不去，我和亦适去就行了。

舒云舒说，那怎么行啊，让大姐你一说，我也觉得挺对不住二姐的。卓然，我们一道进城吧，我现在就想见到我的二姐。

肖卓然说，好，我去找两辆脚踏车。

舒雨霏说，天都快黑了，路面本来就不好走，看样子还要下雨。坐上你那脚踏车，能把屁股磨出茧子，你不心疼自己，也不心疼我们老三？

肖卓然说，大姐那你说怎么办，难道徒步进城？

舒雨霏说，徒步哪行啊？你是排头的副院长，你就不能摆摆官谱，把医院的小汽车调给我们用一下？

肖卓然说，那怎么行，我从来不用公家的车子办私事。

舒雨霏说，哦，那你真是天下一字号的清官了。可是我们这件事情，说是私事它是私事，说是公事它也沾边。我们不是到郑霍山家里去吗，第三医院的中医科主任啊！

肖卓然想了想，还是说，不妥，说到底还是私事。我去找脚踏车吧，你们等着。

肖卓然说完就走。舒雨霏对舒云舒说，你们家的肖副院长，真是真正的布尔什维克。

舒云舒说，他就是那个性格，不过也好，收敛一点不会犯错误。

正说着话，程先觉来了。程先觉也是因为接到了郑霍山的请柬，来探探舒雨霏和汪亦适口气的。见舒云舒也在，很高兴地说，啊，这么说肖副院长也接到请柬了，这下就好办了。

舒雨霏说，什么好办不好办的？

程先觉说，见风使舵啊！肖副院长和你们两口子是什么态度，我也是什么态度。我跟你们一样。

汪亦适说，这是我们的家事，你怎么能跟我们一样？

程先觉讪讪地笑着，走近汪亦适，压低声音说，你们的家事，用不了多久也是我们的家事。

汪亦适嘿嘿一笑说，恐怕是痴心妄想吧，你以为你可以成为第二个郑霍山啊？门都没有。

程先觉东张西望说，哎，你们都杵在这儿干什么，肖副院长呢？

舒云舒说，去借脚踏车了。

程先觉问，借脚踏车干什么？

舒云舒说，进城去看二姐，明天她就是新娘子了。

程先觉说，真是死脑筋，这么晚了，借什么脚踏车！那段鬼路，一半人骑车，一半车骑人，你让肖副院长把医院的吉普车调来不就行了吗？

舒云舒说，卓然那个人你又不是不知道，自己开会都骑脚踏车，他什么时候让我们坐过公家的吉普车？

程先觉说，啊，是了是了。可是怎么办呢？程先觉的嘴里说着，脑袋转着，突然一拍脑门说，有了，你们先聊着，我去办点事。说完，慌里慌张摆摆手，一溜烟走了。

过了十几分钟，肖卓然回来了，推着一辆脚踏车，老远就对汪亦适说，亦适，你也帮帮忙，到秦副院长家把他那辆车子推过来。咱们四个人，至少需要两辆。

汪亦适说，秦副院长那辆脚踏车太破，根本就带不了人。你这辆也不行，你是想让大姐坐大梁还是让舒云舒坐大梁？太硌人了。

肖卓然说，那你说怎么办？我一个副院长，跑东跑西觍着脸跟人家借东西，你站着说话不腰疼，还挑三拣四。

汪亦适说，我又没有让你去借车子，是你自作主张，与我什么关系？再说你当副院长的脸大，你去借也是应该的。

肖卓然说，好好好，你有理，我再去找找行不行？

汪亦适说，算了，那段路难走得要命，弄个脚踏车还是个累赘，不如从杏花坞街上租个马车。

肖卓然说，亦适，你可真是少爷做派，租马车要多少钱，用得着吗？

汪亦适说，你不愿意出，我们可以两家分担，一家出一半，或者去的租金你们出，回来的租金我们出。

肖卓然说，还不仅仅是钱的问题，是影响不好，解放军租马车进城像什么样子？

汪亦适说，肖副院长别忘了，我们已经不是解放军了。

肖卓然说，那也不能掉价，打死不坐马车。依我看，什么车也不要了，十公里急行军，野营拉练得了。

舒雨霏说，我是没问题，但不知道老三能不能吃得消？

舒云舒说，这算什么？在朝鲜战场上，卓然带领我们，一夜走了六十公里，不照样跟上了吗？

舒雨霏说，那是在战场啊，那时候你才二十郎当岁，现在大家都是三十开外的人了。再说，这天恐怕要下雨。

舒云舒说，那也不要紧，我没有那么娇气。

意见一致，大家就往外走。刚走出大门，就听后面传来喇叭声。停下步子一看，是医院的救护车。程先觉从副驾驶的位置上探出头来问，肖副院长，你们这是干吗，散步啊？

肖卓然说，这鬼路散什么步？我们进城办事。

程先觉说，啊，那怎么不骑车子？正好啊，丁院长让我到郑霍山家里把他的铺盖先搬过来，搭你们一程如何？

肖卓然喜出望外说，啊，还有这么巧的事情？我们就是到郑霍山那里去的。这就叫有福之人不用忙，上车吧！

4

终于下雨了，秋风秋雨。

这段日子，舒云展如坐针毡。自从她和郑霍山恋爱的事情公开之后，她的日子就很难过了。母亲扬言要跟她断绝母女关系，小妹舒晓霁甚至骂她贱货不要脸，老大老三一致反对。她在舒家，已经成了人民公敌了。好像只有父亲有恻隐之心，但是父亲也没有公开支持，只不过没有参与“围剿”她罢了。

转眼之间，她和舒家生分了。最初一段日子，礼拜天她还回去看看父母。母亲旗帜鲜明地跟她说，你不跟姓郑的一刀两断，你妈就跟你一刀两断。你以后没有这个妈，我也没有你这个闺女好了。

母亲讲这话的时候，她可怜巴巴地看着父亲。父亲吸着水烟筒，一声接一声地叹气。后来她回家的次数越来越少了，她都有大半年没有见到几个姐妹了。她的性格不像老大那样泼辣，不像老四那样勇敢，似乎也不像老三那样有主张。她性子慢，重感情，说话慢声细语，做事有条不紊，可是家里对她的婚姻大事竟然普遍反对，一不留神就成了众矢之的，她就沉不住气了。平心而论，她对于郑霍山并没有爱到地老天荒的地步，最初是对这个人有些同情，然后有些好感。郑霍山不厌其烦地给她写信打电话，不屈不挠地向她发起爱情的攻势，她有些招架不住了。终于有一天郑霍山强行拥抱了她、吻了她，她也没有太多的反感，稀里糊涂地就被这个人俘虏了。这毕竟是她的初恋，她没有经验可循。渐渐地，她和这个人已经分不开了，渐渐地，一日不见，如隔三秋了。郑霍山虽然为人处世有些怪癖，但是郑霍山对她还是一往情深的。郑霍山聪明好学，悟性很高。听郑霍山给她讲他学习辩证法的体会，给她讲自然辩证法和社会辩证法的结合，给她讲辩证法原理和中医药原理的结合，她往往茅塞顿开。终于，她对他的感情由好感上升到敬佩甚至爱慕的程度。郑霍山在舒皖药行的工作是一流的，不仅善于经营，也善于管理，尤其是他自己研制的那些新药成果，在皖西医疗卫生系统很有影响，连续两年被评为先进工作者。郑霍山说，他的成绩，大的方面应该归功于伟大领袖毛主席，是毛主席的辩证法为他指明了前进的方向。小的方面，应该归功于她，是她的温情点燃了创造的激情，鼓舞了他攻关的斗志。可是这样一个人，他到底有什么过失，到底有什么卑贱之处让舒家不能接受呢？说到底，就是他的那个“前劳教犯”的历史包袱。可是郑霍山他现在已经不是劳教犯了，他已经是皖西医疗卫生系统的先进工作者了，既然政治上都没有被一棍子打死，那么难道他就没有恋爱结婚的权利？他已经二十七岁了，作为中华人民共和国的公民，他应该有这个权利。

事实上，在压力最大的那段时间，在母亲口口声声要和她一刀两断的日子里，在小妹口口声声骂她贱货、骂她不要脸的日子里，她也曾动摇过，也曾想过，为了一个郑霍山搞得众叛亲离合算不合算。有几次她都想和郑霍山摊牌，她想对他说，要不，我们分手吧，天涯何处无芳草，离开我，你的生活也许会更幸福。可是，每当她欲言又止的时候，她就会看见郑霍山那双热切的眼睛。一个声音马上就会在心中响起，不能！这个人够不幸的了，这个人的过去已经声名狼藉了，自己刚刚帮助他从失望和绝望的陷阱中挣脱出来。他的伤口还没有完全愈合，我不能再往那上面撒盐。每当这个时候，她就变得坚强而决绝，义无反顾，越是想到家庭的压力，就越是觉得郑霍山的无辜。到了最后，她基本上不回家了，长期住在发电厂的集体宿舍里。

现在，最后的决战到来了，明天她就要和郑霍山结婚了。第三医院的丁院长看重郑霍山的才华，披荆斩棘地把郑霍山的工作关系调进了第三医院，并且让他当了中医科的主任，这对她是个鼓舞，至少说明她爱的不是一个白痴。丁院长拍着胸脯说，他要亲自到舒家游说，他要做二老的工作，说服他们接受郑霍山。她想象不出来，会不会有什么效果。父亲对郑霍山也是很器重的。矛盾的是，让郑霍山这样一个“前劳教犯”给他当女婿，哪怕感情上不排斥，面子上也过不去啊！

同宿舍的同事去图书室了，剩下她独倚窗前，望着在风中摇曳的杨柳，一丝浓郁的忧伤袭上心头。她想到了郑霍山，不知道这个人此刻的心情是怎样的。通过几年的接触，她了解他，他看起来桀骜不驯，实际上内心敏感而脆弱，多愁善感，只不过他是以玩世不恭的态度掩盖了真实的灵魂。他一再提出结婚，她一再推迟。他表面上嘻嘻哈哈，内心却焦躁不安。他怕失去她，他不能失去她，他已经没有什么好失去的了。他一旦真的失去她，那对他的打击将是致命的，那她就是世俗的帮凶，她再一次把他推向心灰意冷的境地。

这时候，她是多么希望见到大姐啊！在四姐妹当中，大姐吃苦最多，受的委屈最多。虽然大姐也先后几次软硬兼施地劝她和郑霍山分手，但是她知道，大姐有一副柔肠侠骨，只要她坚持到底，大姐就有可能最终支持她，给她温暖。这时候她就有点埋怨郑霍山过于自尊、过于自强，她几次提出到第三医院去找大姐，都被郑霍山阻止了。郑霍山说，没有用的，他们是饱汉不知饿汉饥，他们不会理解我们的爱情的。从来就没有什么救世主，一切都靠我们自己。

就是郑霍山的这个态度，堵住了她去向大姐、向老三和老四求情的道路。

这时候她突然想到了一个可怕的前景，假如明天在她和郑霍山的婚礼上，她的家人都避而不见，那该是怎样的情景？那她成了什么？成了孤家寡人，成了被抛弃的孩子，成了舒家的叛逆。她真的想成为被舒家扫地出门的不屑之女吗？不，她做不到，她承受不了这样的绝情。她必须行动，她要去第三医院，哪怕老三不给面见，只要见到大姐，哪怕给大姐下跪，她也要争取大姐出席她的婚礼，全世界都可以唾弃她，但是只要大姐一个人出现，那她就不是一个人孤军作战了，背后站着大姐，就等于站着舒家。

现在还来得及，尽管外面的雨越下越大。郑霍山给她买的凤凰牌自行车就在楼下。她刚刚学会，还不熟练，上下车还经常摔跤，但是现在顾不上那么多了。那辆小巧的女式自行车，就是她今晚的救命稻草。

舒云展决心定下，想给郑霍山打电话，可是走到传达室门口，她又决然地否定了这个念头。以郑霍山的秉性，他是不会同意的，他的座右铭是我行我素，宁肯天下人骂我，我绝不求天下人。

舒云展不再犹豫了，从二楼的楼梯口拖出自行车，凭借院墙跨上去，摇摇晃晃地冲进雨中。还没有走出发电厂的大门，就看见一辆白色的救护车迎面驶来，似乎在老远的地方刹了一下车，走近了又刹了一下车，终于停了下来。舒云展想下车，是由于不熟练，趔趄了一下便摔倒了。待她从雨中爬起来，老远便看见郑霍山像猎狗一样向她扑来，一把抱住了她，连声问，云展，你怎么啦，你没事吧？

舒云展挣脱郑霍山说，我没事，你怎么来了，你不是还要加班吗？

郑霍山说，加什么班，我明天就要当新郎了。云展，你看，谁来了？

舒云展顺着郑霍山手指的方向看去。这一看不要紧，眼泪就像决堤的洪水，汹涌澎湃，和滂沱大雨汇在一起。

从救护车上下来的，是她的父亲和母亲，后面跟着大姐、三妹，还有肖卓然、汪亦适和程先觉。

舒云展一边哭喊叫着爸爸妈妈，一边向那边跑去，扑进父亲的怀里。舒南城抚着舒云展的肩膀，老泪纵横，泣不成声说，孩子，孩子，爸爸不好，妈妈不好，什么都不要说了，什么都不要说了。

5

舒晓雰没有参加舒云展的婚礼，不是因为她不想参加，而是因为她太忙了，她走不开。

就在舒云展同郑霍山恋爱不久，舒晓雰也猝不及防地陷入到热恋之中。

她走不开不是因为热恋，因为她热恋的人是皖西人民广播电台的著名主持人鸿声。鸿声并不是每天都要和舒晓霁在一起，事实上鸿声能够躲开舒晓霁的时候，就会坚决躲开。鸿声有自己的女朋友，名叫潘小雨，也在电台工作，也是一个主持人，而且是著名主持人。潘小雨的著名，除了因为她有一副声情并茂的好嗓子，还因为她长相非常平庸，嘴唇发青，脸色发暗，面部好像还有点歪斜。关于潘小雨，皖西有一个促狭的笑话。说有一个浪荡子弟，每天坚持收听潘小雨主持的新闻节目，后来这个二流子打听到潘小雨的住处，就偷偷地跟踪。有一天两个人打了个照面，这个人看了潘小雨一眼，扭头就跑。不久广播电台的黑板报上就出现了一首打油诗，致潘小雨——听见你的音，想坏我的人；看见你的人，吓坏我的魂。

出奇的是，就是这么个丑女，居然得到了皖西最有声誉、最具才华的著名男性主持人鸿声的青睐。而且更离奇的是，在两个人的关系中，鸿声是主动的，是追求者，潘小雨是被追求者。于是乎，舒晓霁的愤愤不平似乎就在情理之中了。舒晓霁和鸿声同在文艺组，潘小雨则在政治组。表面上看不出潘小雨和鸿声之间有多少联系，但是舒晓霁知道，如果三天之内鸿声没有约到潘小雨秘密约会，鸿声就会魂不守舍，工作中常常走神。舒晓霁最初对这件事情只是好奇，只是想知道这件事情的真相，但越是留意，她对鸿声的爱慕就越是多了一分。终于有一天，她发现她已经在不知不觉中爱上了这个风度翩翩、文质彬彬的主持人。而鸿声对这位年轻漂亮、活力四射的女同事似乎很不在意，他的情商主要都在为潘小雨活跃着。他越是不在意舒晓霁，便越是激发了舒晓霁的战斗欲望。终于有一天，在下班之后，舒晓霁拦住了正要匆匆忙忙离去的鸿声。以下是他们在那天傍晚的对话。

哦，小舒同志，有什么事情吗？

有啊，我有一段莎士比亚的台词，感觉朗诵的时候音色不准，你能不能帮我矫正一下？

哦，那是可以的啊！明天上班的时候吧。

上班时间，人来人往不方便啊！我认为那段台词应该在明月之下，在河水之岸朗诵，才能产生韵味。

啊？（鸿声显然犹豫了一下，可能还推推眼镜看了舒晓霁一眼）啊，那你说什么时候呢？

今天晚上，月明风轻，我们去史河公园怎么样？

啊，不行不行，啊，你是知道的，我今天要和小雨共进晚餐。为了这顿晚餐，我已经往她的办公室跑了两天了。

鸿声，你能不能告诉我，潘小雨到底有什么魔力？你为什么这么死乞白赖地爱上一个丑女？

啊，你说什么？（鸿声显然吃了一惊，显然动怒了，声音提高了）你没有权利这么说话，同志之间要互相尊重。你这样背后诋毁同事，很不道德哦！你问我为什么爱上小雨，那是我的私事。打听和干扰同志的隐私，是触犯法律的哦。你让开，我要走了。

鸿声，你是个傻瓜？你为什么不看看你面前站着的是谁？

哦，知道啊知道啊，是我们皖西人民广播电台的记者兼播音员，我的同事。

我难道仅仅是你的同事？

啊？你说什么，你不要当我的同事，难道你要调走？

你浑蛋！

啊，你说什么，你怎么能骂人呢？一个女同志，尤其是在广播电台这样高级文明的地方，骂人太没有修养了。

鸿声，你就不怕被那个丑女吓掉你的魂？

啊，你说什么，这样说太不道德了。（鸿声显然被激怒了，并且不再装疯卖傻了，他似乎严肃起来，逼视着舒晓雾）难道那个……舒晓雾，缺德的打油诗是你炮制的？

哈哈，哈哈，就是我的杰作，你把我怎么样？

哦，我不能把你怎么样，但是我会向台里的领导汇报。太可怕了，太恐怖了，魔鬼就在我们的身边。

这件事情的结果好戏连台，一出接着一出。舒晓雾原先以为鸿声只是威胁她，为了摆脱她。没想到这个傻瓜第二天早上真的找了电台的领导，郑重其事地报告了这件事情，而且鸿声还宣称，皖西人民广播电台不应该有这样道德败坏的工作人员，如果不把此人调离，那他自己和潘小雨就卷铺盖滚蛋。

电台领导觉得这件事情很让人为难。舒晓雾虽然没有鸿声那样著名，业务上有些稚嫩，但她是后起之秀，而且她主持的《皖西夜话》已经是家喻户晓了，皖西的山山水水都有她那委婉动情的声音，把她调离了，怎么向皖西几百万听众交代？要知道，组织上培养一个播音员并不是容易的事情，而在那个年代，更换播音员简直就是政治行为，弄得不好就会产生政治影响。

当然，舒晓雾是不能替换的，但是鸿声和潘小雨更是不能替代的。且不说鸿声在电台里以一当十，须臾不可缺少，就是一个潘小雨，那也不能随便更换了。你不说出理由，随便更换一个新闻播音员，那消息比更换专员传得还快，那是能够轻易动的吗？

电台领导反复找鸿声和舒晓雾谈话，找鸿声谈主要是劝他大人大量，消消气，原谅年轻人的无礼。找舒晓霁谈，主要是了解她为什么要写那首打油诗，动机是什么？

舒晓霁说，这还不是明摆着的？吃醋呗。我爱上了鸿声，可是他和那个丑八怪乱搞男女关系，我气不过，编首诗臭臭他们！怎么样，那首打油诗才华横溢吧？

电台领导说，舒晓霁同志，你知道这里是什么地方吗？这是广播电台，是皖西最有文化、最有影响力的新闻机构。你是一个受过良好教育的、深受皖西人民喜爱的播音员，人类灵魂的工程师，你怎么能做出这种低级趣味的事情来？

舒晓霁说，播音员怎么啦？播音员就不是人啦，播音员就不能追求自己的爱情啊？播音员只有在播音的时候才是人类灵魂的工程师。不播音的时候，播音员就是一堆肉。

电台领导说，看在你对电台工作还有点贡献的分上，这次从轻处理，你写份检查，再向鸿声和潘小雨道歉，也不一定在正式场合，他们原谅你就行。

舒晓霁说，写检查可以，可是你让我写什么？那个打油诗根本不是我写的。道歉就更不必了，我没有写打油诗，我道歉什么？

电台领导说，那你为什么说是你写的？

舒晓霁说，我说着玩的，气气鸿声那个榆木疙瘩。

电台领导勃然大怒，把桌子拍得咚咚响，吼道，舒晓霁你怎么这样啊？想想几年前，你是那样好的一个同志，对革命事业无限忠诚，工作朝气蓬勃，可是转眼之间，你就像变了一个人，变得我们大家都快认不出来了。难道你过去的表现都是伪装？

舒晓霁哈哈笑着说，台长，你都四十岁的人了，你怎么连这个问题都不懂？我现在的想法和过去不一样了，那时候我需要革命，而我现在需要爱情。

台长说，你说这话简直反动，难道爱情和革命是对立的吗？

舒晓霁说，你才反动！爱情和革命当然不是对立的，可是你这里有什么革命？除了让我们这些播音员天天胡扯说我们的粮食钢铁多少多少，比美国多多少，比英国多多少，还有什么正经事情？几年前我对革命事业无限忠诚、朝气蓬勃是不错，因为那时候我们要建设美好的皖西城，建设无比优越的社会主义制度。可是这么多年过去了，皖西被你们建设成什么样了？他妈的什么高级文化机构？到现在还让我们这些高级文化人上公共厕所，别说抽水马桶，就连陶瓷蹲坑都没有，整个厕所里全是氨气，到处都是粪便，苍蝇撵着屁股叮，我好几次差点儿晕在里面了，你们知道吗？

台长大惊失色说，厕所里还能把人熏倒，那你也太资产阶级了。

舒晓雾说，我不管什么阶级，我要求上厕所不被熏晕总不算过分吧？不改善厕所，我宁肯辞职回家。我家里就有抽水马桶，还是从德国进口的呢。

后来，电台领导开了会，商量处理舒晓雾。商量来商量去，开除吧太重了，调离吧舍不得，最后只好找鸿声和潘小雨做工作。潘小雨说，舒晓雾同志年轻，可能因为情绪所致，加上家庭条件优越，个性过强，说几句过头话，我们大家都不必在意。她的业务很好，听众反映不错，何必因为一点小事让广大听众蒙受损失呢？

鸿声说，她写那首打油诗，简直道德败坏，恶毒至极，你还包庇她！

潘小雨说，那首打油诗根本就不是她写的。我知道是谁写的。区区小事，何必计较呢。

6

郑霍山和舒云展的婚礼如此这般进行的时候，舒晓雾正被勒令在皖西人民广播电台的宿舍里进行反思。二姐结婚的消息她已经知道了，如果她据此请假，电台领导也不会不放她一马。但是她不想请假，她不想看见那对狗男女，更不想出现在那种场合里，无论那场合是冷清还是热闹。

程先觉在郑霍山的婚礼上坐立不安。他本来认为这次能见到舒晓雾，或者说舒云展的婚礼会刺激舒晓雾也未可知。但是舒晓雾自始至终没有出现，舒南城几次让肖卓然给舒晓雾的单位打电话，一会儿回答舒晓雾在开会，一会儿回答在录音，后来干脆回答说下乡采访了。

屈指一算，当年的“四条蚂蚱”，现在只剩下程先觉一个光棍汉了。程先觉这才产生了危机感，不知道自己哪里出了问题。就连劳教犯郑霍山都后来居上了，都有了热乎乎的小家，而他这个起义的革命功臣、丁院长嘴里的第三医院最有前途的后备干部，竟然还是茕茕孑立，不禁有些伤感。他很想溜出婚礼去看看舒晓雾到底在干什么，但是他不敢。

郑霍山和舒云展结婚后，第三医院给他们分配了一套住房，是原先705医院的营职干部宿舍，同汪亦适和舒雨霏前后两栋，隔着院子喊就能听见。刚开始住进去的时候，舒雨霏说，你们刚搬来，冷锅冷灶的，就不要开火了，我多做一口饭就行了。

郑霍山说，那也行啊，我们交伙食费。

舒雨霏说，哪里来的规矩，一家人吃饭还要钱？

汪亦适说，大姐，吃饭交钱是共产党的规矩，为什么不收呢？郑经理是拿过高薪的人，他不能白吃我们的。

郑霍山说，哈哈，汪少爷真的被改造好了，懂得过日子了。

有一件事情让舒云展挺感动的，婚前郑霍山拼命狂追她的时候，虽然火力很猛，有时候还动手动脚的，但是从来不动真的。有时候郑霍山想进一步，她稍稍正色，郑霍山就不敢轻举妄动了。

这一切都留到了婚后。新婚那天，客人散去，两个人回到洞房，舒云展已经做好了充分的准备，她将在今天这个夜晚，把自己完整地交给这个人，但是等了很久，不见动静。郑霍山像一棵树一样伫立在窗前，看着外面的满天繁星出神。

舒云展说，霍山，天不早了，休息吧。

郑霍山还是没动。

舒云展说，霍山，你怎么啦？我们苦苦等待苦苦追求的幸福时光终于来到了。

郑霍山说，等等，云展，你知道我的心吗？我的心里此刻波涛汹涌。

舒云展说，我知道。

郑霍山说，你听见了吗？

舒云展说，听见什么？我什么也听不见。

郑霍山说，你听，你听。

舒云展说，我还是什么也听不见。

郑霍山转过身来，凝视着舒云展，神情肃穆，双拳紧握。郑霍山说，我听见了，我看见了——在苍茫的大海上，狂风卷集着乌云。在乌云和大海之间，海燕像黑色的闪电，在高傲地飞翔……暴风雨！暴风雨就要来啦！这是勇敢的海燕，在怒吼的大海上，在闪电中间，高傲地飞翔；这是胜利的预言家在叫喊——让暴风雨来得更猛烈些吧！

舒云展瞠目结舌地看着郑霍山，郑霍山张开双臂，猛扑过来，把她紧紧地抱在怀里，大颗大颗的泪珠落在她的头发上。

郑霍山忙里偷闲，参观过肖卓然和汪亦适的卧室，回来后说，他妈的一个假革命、一个书呆子，居然把卧室搞得那么土。人活着活个什么劲？一个是吃，一个是睡。一个是进口问题，一个是出口问题，卧室哪能将就？

舒云展说，我不懂，你想怎么样就怎么样。

郑霍山亲自动手，指挥舒皖药行他的老伙计，把里间的卧室重新粉刷了一下，还贴了白纸，挂上了不知道从哪儿弄来的一帧油画，还安了一个洋式台灯。每晚做功的时候，郑霍山要把台灯开着。舒云展坚持关灯，不关灯就不脱衣服。郑霍山说，我们是夫妻了，夫妻之间行房事，连老天爷都管不着，关灯干什么？互相看着脱衣服，也是房事的一部分。关上灯，黑灯瞎火的，脱了衣服就做功，那不叫房事，叫交配。

舒云展拗不过他，只好半遮掩地依了他。最初几次有些拘谨，渐渐也就习惯了。但是有一点舒云展很排斥，新婚的前个把月，郑霍山差不多每天都要求做功。舒云展说，哪有这么频繁的，好像结婚就是为了做这个，动物似的。

郑霍山说，我算了一笔账，我和肖卓然是同庚人，他比我早结婚六年，就算一个礼拜一次，一年也是五十多次，六年他比我多快活了三百多次。不行，我得把这个亏损补回来。

郑霍山说这话的时候正伏在舒云展的身上做功，舒云展过去没有听过这样赤裸裸的话，听了这话耳热心跳，一骨碌翻起来说，流氓！没想到你还有这么流氓的思想！

郑霍山说，你问问你大姐三妹，夫妻之间讲这话算流氓吗？

舒云展说，我听说这种事情做多了，伤身体。

郑霍山说，这你就不懂了，说房事伤身体，那是民间的误传。其实从中医学原理上说，合理的房事不仅对身体无害，反而有益。《黄帝内经》和《素女经》都有这方面的记载。我研究了一下，人在做功的时候，全神贯注，即所谓的聚精会神，全身经络张弛有致，血脉喷涌，气流环绕，对于通经舒络大有裨益。古人云采阴补阳就是根据这个原理。

舒云展说，天哪，你怎么懂得这么多，好像你是专门研究流氓学问似的。

郑霍山说，这怎么是流氓学问呢？就算流氓，也是红色流氓。我过去学的是西医，懂得人体结构；现在学的是中医，懂得人体精气。我研究房事的健身之道，这正是行医者的本分，丝毫没有流氓的意思。我跟你说，把房事的问题研究透了，才是医生的基本功。没有这个基本功，都是半瓶子醋。

舒云展想反驳，但是又想不出合适的理由，于是不再吭气，任他在身上实践他的健身理论。

如此频繁地做功，舒云展最担心的是受孕，因为她在发电厂上班，同第三医院一个在城东，一个在城西，相距将近三十里。过了二十天婚假，她就得去上班。

舒云展暂时不想要孩子。有天郑霍山和汪亦适加班，舒云展在大姐家吃饭，支支吾吾地把担心告诉了舒雨霏，舒雨霏愣怔了半天，突然说，你等等，我给你一样东西。

舒雨霏跑进自己的卧室，稀里哗啦把几个抽屉翻了个底朝天，终于摸出个纸包裹，捧出门外，里三层外三层地打开，看得舒云展云山雾罩。纸包裹终于完全打开了，里面露出几个橡胶制品。舒云展问，这是什么?

舒雨霏说，这上面有字。

舒云展说，是洋文，看不懂啊。

舒雨霏不说话，拿出一个橡胶制品，找出入口嘴对嘴吹了几下，橡胶制品立即膨胀起来了。舒云展看明白了，笑笑说，啊，原来是气球。这气球蹊跷，怎么下面还有个奶嘴呢?

舒雨霏扑哧一笑说，傻丫头，这哪里是气球，这是那个。

舒云展还是一头雾水，傻呵呵地问，那个是哪个?

舒雨霏见说不清楚，便用手比画，伸出左手大拇指，把橡胶制品套上去，然后说，看见了吧，房事的时候就这样，精虫进不了人体，不就避孕了吗?

舒云展起先没有回过神来，愣愣地看着舒雨霏一动一动的大拇指，突然明白了，臊得面红耳赤，捂着眼睛说，大姐你真是，从哪里搞的这个鬼东西，赶快烧掉。

舒雨霏说，你怕什么怕，这又不是妖魔鬼怪！这是当年我在集中营从美国医生那里偷来的。那时候老三两口子在朝鲜，也是不控制，一不小心就怀上了，吃了不少苦头。后来我在维丽基地，有一次到医疗所进行例行检查，那个金发娘们检查老娘下体的时候，手指头上就戴着这个东西，她是防止我们这些犯人有传染病。我趁她不在意偷了一个，放风的时候拿给亦适看。他懂英文，一看就知道了，这东西叫避孕套。我后来偷了不少，本来是为老三准备的，但是等我们暴动成功回到部队，一三五师已经结束战争任务了，这个就没有给老三。没想到现在又派上用场了，真是老天爷帮助我们姐妹啊。

舒云展说，难怪你和大姐夫到现在还没有孩子，原来用这个。

舒雨霏说，胡扯。我们根本没用这个东西，你大姐夫想孩子想疯了，哪里还搞什么避孕啊!

舒云展愕然道，啊，原来是这样啊，你这个妇科医生都没有办法吗？莫非在朝鲜战场身体受到了损伤?

舒雨霏笑笑说，我告诉你老三，我在集中营的时候，是个人见人烦的疯婆子，所以得以守身如玉啊，这一点亦适最清楚。我怀疑是他出了问题，他的自尊心强，这层纸我一直不敢捅破。

后来就有好戏看了。当天晚上散步之后，郑霍山火急火燎地洗了，就催促舒云展动作。舒云展说，以后要有制度了，再做功，你得先把这个戴上。

郑霍山看见舒云展的手里拿着一个怪里怪气的橡胶玩意儿，眼睛瞪得老大问，这是什么东西？

舒云展像舒雨霏那样，大拇指跷着，一动一动的，含笑说，你先别问是什么，戴上就知道了。

郑霍山还是一脸茫然，戴上，戴在哪里，难道做功还要包扎大拇指？

舒云展赧然一笑说，当然不是包扎大拇指，亏你还是个医生，还是个研究房事健身的中医，连这个都不知道。这叫避孕套，是阻隔那个的。

郑霍山看了半天，一把扯过那个叫避孕套的物件，左瞅右瞅，揉成一团，二话没说就扔到垃圾簸里，嘟嘟囔囔地说，居然让我戴这个，难道你想让我和橡皮做功？

舒云展心疼得直跺脚，慌里慌张地从垃圾簸里找出避孕套说，岂有此理，你怎么不分青红皂白就扔了？这是大姐当年冒着生命危险从美国鬼子那里偷来的，中国还没有呢。

郑霍山稀里糊涂地问，大姐她偷这个干什么，难道她和汪亦适做功还用这个？

舒云展说，瞎说！大姐他们两口子一直想要孩子，哪里还用这个？霍山，我觉得我们现在要孩子还早了一点，我要上班，将近三十里路啊，风里雨里，要是怀上孩子，你让我怎么办呢？

郑霍山说，我都二十七岁了，放在旧社会，差不多都可以三世同堂了。父母年事已高，盼孙子望穿秋水。我们要吧，怀上了，我们就搬到发电厂住，我来回跑。

舒云展听郑霍山这么一说，就动摇了，想了想才说，那就依了你，我也不想让你戴上这东西。

两个人达成一致，继续做着功课，大约是明确了下一步的目标，舒云展放松了，配合郑霍山，把这一次的功课做得酣畅淋漓。做完了，并肩躺在床上，品味着肌肤相亲的滋味，郑霍山问道，你刚才说什么，你说大姐和汪亦适想要孩子想疯了，那他们为什么没有动静？

舒云展起先不肯透露，转念一想，郑霍山钻研中医，说不定有些经验，便把白天大姐对她说的话说了一遍。郑霍山静静听完，嘿嘿一笑说，哦，原来如此。

舒云展说，你是中医，又有这方面的理论，你能不能帮他们想想办法？

郑霍山说，我当然能想办法，但是我不帮他们想。

舒云展说，为什么？

郑霍山说，你看汪亦适对我是个什么态度？我调到中医科工作，这是组织上对我的信任和关怀，别人都向我祝贺，可是他呢，不阴不阳，不冷不热，好像我抢了他的饭碗。本周例会上，丁院长表扬中医科开端很好，进入程序化很快，他汪亦适却跟别人说我郑霍山好大喜功，就会做表面工作。医院选工会委员，他当着我的面也没有在我的名字下面画圈。我凭什么帮他？

舒云展说，你们之间的恩怨，已经是历史了。你难道就没有对不起他的地方？再说，你帮的也不仅是他，还有我大姐啊！你别忘了，在我们最需要支持的时候，是大姐最先挺身而出站在我们身边，如果没有大姐的奔走呼号，哪有全家出动的圆满结局啊！

郑霍山双手枕着脑袋说，你这样一说，还真是这么回事。可是你不知道汪亦适是个什么人，他万事不求人。尤其是这种事情，他自己不说，你主动贴上去，他不承情还不说，弄得不好就是热脸贴冷屁股。我连给他检查的机会都没有。

舒云展说，你要是诚心，我来想办法。他听大姐的。

郑霍山说，好吧，看在你和大姐的面子上，我就帮他一把。不过这事得保密。

7

星期天三姐妹相约回娘家，这下热闹了，老太太眉眼里都是笑，指挥保姆张妈杀鸡卤肉。皖西解放之后，舒家的仆人逐年减少。到了最后，只剩下一个张妈，还是早年舒太太嫁给舒南城的时候从娘家陪嫁过来的。跟舒太太跟了快三十年了，嫁给舒皖药行的老伙计董邦才，老两口现在都还在舒家做活。舒家这几个千金，都是张妈带大的。过去仆人多的时候，别人忙粗活，孩子总是由张妈亲自带。张妈和舒家这四个小姐感情很深。

舒雨霏姐妹三人到了娘家，先向父母请安，寒暄几句之后，也到厨房看望张妈，张妈高兴得眼泪都快出来了，说，这下好了，这下好了，小姐们都远走高飞了，平时一年半载都不回来，一下子回来三个，你们都到堂屋去说话吧，这里有我。

舒雨霏说，今天中午吃饭人多，我们都来帮忙。

张妈说，帮什么忙，细皮嫩肉的，你们不是干这些粗活的料，别把手弄皱了。

舒云舒说，张妈，都解放这么多年了，您别叫我们小姐了。大家都是劳动人民，身份平等。

张妈说，平等？那是你们说的。别看张妈大字识不得一箩，道理还是懂的。不管世道怎么变，主人就是主人，仆人就是仆人，没有这个规矩就不成方圆了。

舒雨霏说，你要说主人和仆人的话，那现在倒过来了，云舒是共产党员，共产党的干部是人民公仆，劳动人民是社会的主人，所以按道理说，张妈你现在是社会的主人，老三这样的仆人应该干活，您老人家就歇着吧。

张妈说，老大你别给我弯弯绕，你让我歇着让三小姐干活，那不是折我的寿吗？去去去，都别在这碍手碍脚，各回各房。你们那些闺房啊，我隔三岔五就要整理一遍，就是等你们回来。

舒云展说，我们的房间有什么好待的，冷飕飕的。张妈，我们现在都成家了，都是家庭妇女了，连烧锅做饭都不会那怎么行？你让我们一起干吧，大姐现在都是做菜能手了，抵得上咱家原来的李大厨。

舒雨霏说，少夸我，你们在医院剥削我的劳动，回家还把我推到前面啊。你们跟张妈学吧，我得去看看我的东西少了没有。说完，屁股一扭走了。舒云舒看着舒云展说，我看大姐还是有点不对劲，有时候说话说得好好的，说变脸就变脸。

舒云展看着舒雨霏的背影说，大姐性格是有点变化，不过还算正常。她小时候就很要强啊。

舒云舒的孩子——两岁的肖创造现在寄养在姥姥家里。平时没有人跟她玩，这回家里来了这么多人，把小家伙乐坏了，怀里抱着一堆玩具，蹒跚着摇晃着，一会儿跑到堂屋，扎进姥爷的怀里，一会儿跑到后院，跟妈妈和姨妈撒娇。

爷儿几个则在堂屋里喝茶聊天。舒南城吸着水烟筒，虽然表面谈笑风生，但眉宇间总是遮掩不住淡淡的忧虑。他在担心老四。

一大早老两口得知几个女儿女婿回家，很是兴奋，老太太一遍一遍地往广播电台打电话，舒晓雰说，他们回去了关我什么事？我不回，我还要加班呢。

舒太太说，你已经一个多月没有回家了，难得几个姐姐姐夫都回来了，你不能老是没完没了地加班啊。

舒晓雰说，什么姐夫，那里面还有劳教犯呢。

舒太太无奈，把老四的话学给老头子听了。舒南城半天才说，这个老四啊，都是被惯坏了，任性到了没有人味的地步。什么劳教犯？老二都能跟他过日子，你当小妹的，井水不犯河水，你凭什么跟人家作对？太不懂事了。你再去给她打电话，就说我说的，再不回来，就不要回来了。

老太太没有办法，只好再去打电话，电话倒是打通了，电台传达室的老耿师傅说，舒晓霁有交代，她在背节目，任何人的电话都不接。

老头子听了这话，一声叹息，再也不说话了。

汪亦适结婚几年了，舒雨霏的肚子老是平平，心里暗暗着急。这次回到舒家，看见肖创造玩得开心，情不自禁地说，有个孩子真好，就像小动物似的，可爱。

肖卓然说，亦适，你是站着说话不腰疼，有了孩子有乐趣，但也是累赘，半夜里把屎把尿，还要喂奶，弄得觉也睡不好，第二天上班，老想打瞌睡。

汪亦适说，那是自然，有得有失嘛。看着孩子，再累也是轻松的。

郑霍山说，肖卓然你要搞明白，你不光是一个干部，你还是一个丈夫、一个父亲。为自己的孩子吃点苦头你都满腹牢骚，那怎么行啊，不负责任啊。

肖卓然说，我倒不是发牢骚，我认为我们还年轻，现在正是为国家报效出力的时候，有个孩子会影响很多精力。能迟要孩子更好。

郑霍山说，你这话说得没道理，我们为国家出力报效是为了什么，不就是为了下一代吗？为了让他们过上幸福美满的生活。可是如果我们大家连孩子都不要，即便我们把社会主义建设成功了，谁来享受呢？

肖卓然说，老郑，我说过我们大家都不要孩子了吗？我只是说我本人，可以迟一点要孩子。

郑霍山说，你说这话还是自私。你想迟要一点是你的自由，可是你为二老想过吗？二老都是年近花甲的人了，膝下无子，闺女们眼看一个个嫁出去了，剩下老人冷冷清清。我们要给二老分忧，以后搞个规定，每家生了孩子，第一个姓舒，满岁后送到二老跟前，由二老抚养，成为二老的孙子孙女，喊二老爷爷奶奶。

郑霍山这个话题来得唐突，不仅肖卓然和汪亦适没有思想准备，就连舒南城也愣住了。舒南城放下水烟筒说，霍山，你怎么能这么说，这不妥啊。就算你们有这个心意，你们都有自己的父母，哪能这么轻率地搞这个规定呢？

郑霍山笑笑，很认真很虔诚的样子，看了看肖卓然和汪亦适，不紧不慢地说，世叔您不用担心，我们这几家都是开明家庭。我这个提议也不是随便说的，我想了很久。我们这“四条蚂蚱”，如果当初没有世叔在宋雨曾校长面前竭力荐举，也不会进入江淮学堂；如果没有世叔忧国忧民的思想，也不会有我们的改变和进步。吃水不忘挖井人啊，世叔和师母把你们的掌上明珠都交给我们了，我们能为二老做点什么呢？我看也就是给你们一点天伦之乐了。

汪亦适和肖卓然听郑霍山振振有词声情并茂的一番话，全傻眼了。舒南城说，霍山，这个话题以后不要再说了，你让老夫无言以对啊。

郑霍山说，世叔您不用客气，亦适和卓然都是孝顺之人，也是明白之人。我相信我的提议会得到他们支持的。你们二位说是不是？

汪亦适瞪着郑霍山，一言不发。

肖卓然愁眉苦脸地看着郑霍山说，老郑，照你这么说，肖创造现在就得改名啦，改成舒创造了。

郑霍山说，当然要改，但不能改成舒创造。一个女孩子，叫什么创造啊？难听得很。一个孩子，能不能创造，不是起了名字就能解决问题的。我们舒家是红色资本家，更是医药世家，深得大别山奇花异草的灵气，我看我们的孩子以后都要以大别山的花卉为参照。

肖卓然说，那你说我的孩子该叫个什么名字？肖玫瑰，不，舒玫瑰？

郑霍山说，你们的孩子，妈妈是舒云舒，舒云舒性格贤淑，起个相对平和的名字比较妥当。舒玫瑰不是给你的孩子取的，那是给舒老四留的，老四性格火暴，就像带刺的玫瑰……郑霍山正说得起劲，猛抬头看见舒南城脸色不好看，马上停住话头，改口说，肖副院长，我建议你的孩子取名舒蔷薇比较合适。

肖卓然脸色一暗，嘿嘿冷笑一声说，郑霍山，我的家让你当了一大半了。给孩子改名的事情，你说了不算，我说了也不算，还有云舒那一关呢。

说完，起身说，世叔，我到院子里走一走，好长时间没有看后花园了，我去转转。

舒南城一看气氛有点僵，顺水推舟说，好啊，陈书记上个月还派人来栽了几棵观赏橘呢，果子正大，你们兄弟都去赏一赏。

郑霍山说，世叔，我还是陪您说话吧！中医科的有些问题，我还想向您请教。

汪亦适看也不看郑霍山，站起来说，老郑，没有世叔，就没有你老郑的今天，你是得跟世叔说说心里话了。我也出去走走。

肖卓然在前，汪亦适在后。进了后花园，肖卓然东张西望，汪亦适却一脸的怅惘，心事重重的样子。肖卓然说，亦适，你怎么啦？

汪亦适看着花园墙头上的一只鸟，恨恨地说，阴谋，他妈的简直就是蓄谋已久突然袭击！

肖卓然吃了一惊说，谁，亦适你说谁啊？

汪亦适说，还能有谁，那个搅屎棍子呗。他妈的现在倒学会察言观色拍马溜须了，而且是拿别人的东西做人情！

肖卓然说，妈的，我也没有想到，他会突然提出这个问题。不过这也不是什么大事，世叔未必当真。再说，就算是真的，也没有什么不好。讨厌的是，他拿这个问题讨好，确实别扭。

汪亦适说，居心不良啊居心不良，这个人现在越来越世俗，越来越会投机了，越来越会迎合了。我看老头子现在确实对他高看一眼，就像丁范生那样。这很可怕。

肖卓然笑笑说，没那么严重吧？他郑霍山一条小蚂蚱，还能兴风作浪？他说他的，我们不理他就是了。好鞋不踩臭狗屎，你干吗要生那么大的气？

汪亦适仰起下巴，没有吭气。

中午伙食自然很好，蚌虾银鱼红烧肉全上来了，还有舒云展亲手做的板栗烧公鸡、舒雨霏做的茭白炒肉丝，几碟凉菜，色彩缤纷，白的是菱角，绿的是凉瓜，红的是洋柿子，黑的是山木耳，可谓色香味俱全。舒家的酒自然是好酒，以往的岁月，定点从蓼城临水糟坊供应的头曲，用山泉和稻麦玉米等杂粮酿制，经舒南城亲自配方，辅以部分药用香料，号称临水玉泉。坛子打开，满屋飘香。

老爷子很高兴，招呼大家入座。舒家没有清规戒律，开饭的时候没有男女尊卑，一律就座。但是这一回在座次上出了问题。过去的习惯，因为肖卓然是第一个结婚的女婿，每次吃饭的时候，都被推到老头子的右手边上，也就是所谓的首席。以后渐成惯例。舒家几个闺女结婚后，场面上同桌过几次，多数都有外人在场，譬如汪亦适结婚的时候，郑霍山结婚的时候，都有党政军官员，那时候，要么是新姑爷首席，要么是党政要员首席。但这次不同了，家宴里同时出现了三个女婿。丈母娘一开始就没有搞对，照例把肖卓然往首席上让。肖卓然大大咧咧，一屁股就坐下了。没想到郑霍山斜刺里一杠子横过来说，肖副院长，你坐错位置了。在皖西第三医院你是副院长，可在家里，你排行老三，你的那个位置是汪亦适的，他是大姐夫。

肖卓然顿时尴尬起来，赶紧起身说，是的是的，老郑说得对。一边说着，一边往老头子的左边移动。

汪亦适说，什么老大老二的，那个位置你郑霍山坐吧，我是不会动地方的。

郑霍山说，那不行，不能坏了规矩，虽然我对你有意见，但在家里你是大姐夫，位置还是不能坐错的。

汪亦适不再理他，端坐不动。

肖卓然说，老郑说得对，我是该让这个座。说着，已经移到老丈人的左手，一头冷汗，刚坐下来，郑霍山又发言了，嬉皮笑脸地说，那还不是你的位置，我是二姐夫。你这个副院长，回到家里，应该按照家庭的排序，委屈你坐在我的下手。

肖卓然站起身，手足无措，面红耳赤。其他的人也都不知该说什么好，但是所有人的眼睛里，包括舒云展的眼睛，都喷射着愤怒的光芒。

汪亦适说，肖卓然，你坐在那儿不要动。郑霍山，你现在不是老三，你是老大，你坐头座该行了吧？

郑霍山说，断断不可。你要不坐头座，那麻烦就大了，我们大家只好站着吃饭了。

汪亦适说，我不能随你摆布，我就坐在这里，哪里也不去。

眼看形成僵局，大家都不知道怎么办。尽管心里把郑霍山骂得狗血喷头，但是郑霍山说的话也并不是完全没有道理。

最后，大家把目光都落在老爷子的脸上。闹成这样，没有老头子出面是收不了场了。舒南城的脸上像雕刻一样没有表情，只有腮帮子在突突地抖动，老太太生怕老头子拍案而起，紧张地说，她爸！

舒南城咳嗽了一声，果然站起来了，但是他没有发火，而是看着汪亦适说，亦适，霍山说得有道理，你过来！

老头子的声音不高，但是话语里透着威严，同时眼神里还有恳求。汪亦适没有办法，气呼呼地站起身，恶狠狠地回头看了郑霍山一眼，压低声音说，妈的，真不愧是搅屎棍子。你等着，我再也不会跟你同桌吃饭了。

8

过了春节，皖西专区的五年计划指标下达了，其中有一项内容，原则上同意了丁范生的《第三医院今后五年建设纲要》。这正是大发展时期，一位副专员在这个纲要上批了如下文字：大发展需要大行动，第三医院的这个纲要，体现了我们皖西人民建设新型医院的革命精神和克服一切艰难困苦的斗争勇气，我们希望第三医院的广大革命群众积极行动起来，为早日把第三医院建设成皖西第一所新型的社会主义人民医院而奋斗！

第三医院的这个报告呈送专区的时候，陈向真书记正在省里参加一个学习班。有小道消息说，陈书记可能是犯了错误，正在省里写检查呢。但没过多久，等第三医院的报告副本回到医院的时候，那上面也有陈书记的批示：精神可嘉，眼光远大，量力而行，循序渐进。

有了这个批示，丁范生就得到了尚方宝剑，先后几次召开会议，讨论实施。首先上马的就是康民大厦，成立基建办公室，筹集资金，调配人员。由原供给处处长担任基建办公室主任，程先觉担任副主任，另抽调张宗辉、盛锡福一干人等作为办公室成员，拉开架势要在短时期内建设一所新型的、现代化的医院。

情势所迫，肖卓然只能保留意见。肖卓然在会上提出，搞建设我不反对，但是医院的业务工作不能受到影响，医务人员不能去搞义务劳动。把废旧的器材汽车，包括一些报废的医疗器械拿去炼钢也可以，但是不能发动工作人员砸锅卖铁。

丁范生说，这要看情况。通常情况下，我们当然要保持医院的正常工作秩序。但我们现在面临的不是通常情况，而是社会主义的大发展。非常时期应该有非常的秩序。哦，我们大家都在为医院的大发展建设添砖加瓦汗流浃背，你们那些知识分子医生专家们，就忍心袖手旁观？

肖卓然无言以对。想了想又说，盖大楼不像农民盖房子，结构、外观和建材使用，要符合科学，要请省里的建筑设计院进行论证。

丁范生说，论证什么？战争年代，我们的小米加步枪能够打败国民党的美式机械化装备，那时候找谁论证设计了？只要我们忠诚党的事业，什么样的人间奇迹都能创造。土法上马，白手起家，这就是我们的优良传统。

然后会上做了分工，肖卓然和秦莞术负责医院的正常业务工作，丁范生和李绍宏负责康民大厦的基建工作。丁范生亲自担任实现五年计划领导小组组长，李绍宏为副组长。

康民大厦的位置，选择在杏花坞周边的荒山。这块地皮土改后即被划归国有，丁范生的五年计划既然被专区批准，也就等于被国家批准了。征用这块土地果然一路畅通无阻。同时，专区也拨了一批款子，虽然离实际需要差了十倍还多，但是却给丁范生等人极大的鼓舞。基建办公室里经常彻夜灯火通明，群情激昂。

为了解决技术问题，程先觉出谋划策，从皖西廉价招募了三十多个泥瓦匠，号称新鲁班土专家，研究地势，设计样式。周边的群众听说第三医院要盖大楼，能够造福一方，也空前踊跃起来了。听说钢筋不够，有不少人还主动捐赠废铁废钢，送到基建办公室的炼钢炉里。

丁范生看在眼里喜在心里。这一切说明什么？说明人民群众拥护我们的建设，说明在人民群众中，蕴藏着极大的热情和创造力。有这样强大的后盾，什么样的人间奇迹我们不能创造？在那如火如荼红旗招展的岁月里，丁范生甚至一度产生怀疑，怀疑自己的胆子还不够大、自己的魄力还不算大。看这架势，别说是一栋十八层的大楼，就是两栋，也不是没有可能。人心齐，泰山移啊！

肖卓然接受了经验教训，虽然让他主抓业务，但是稍微大一点的工作，都必然要去向丁范生汇报，即便是一些鸡毛蒜皮的小事，他临机处理了，事后也要向丁范生报告。譬如采购器械药材，若是按照惯例，他可以直接批准，但是每周一次的例会上，都要一一汇报。汇报的好处很多，不仅可以得到丁范生的支持，也可以得到他的信任。集体领导下的分工负责制度，最终还要由丁范生说了算。

翌年春末夏初，康民大厦——皖西第三医院新楼奠基开工。此后的几个月，丁范生基本上都在工地上。有时候事急，肖卓然便到工地上请示，目睹几百名工人忙碌的身影、红旗招展的场面、大干快上的气氛，连肖卓然都产生了幻觉，都对自己的疑惑产生了疑惑。工地上那种你追我赶志在必得的场面，在不知不觉中感染了肖卓然。是啊，人民群众的力量是无穷的，革命者的创业精神是无限的，可是自己为什么老是忧心忡忡呢？不相信工农干部，不相信人民群众，这太可怕了。

产生疑惑的不仅是肖卓然，就连郑霍山这样四体不勤、五谷不分的人，居然也对基本建设产生了兴趣。有好几个星期天，他都带着中医科的轮休人员到工地上参加义务劳动。有一次郑霍山还跑到外科，动员汪亦适也去搞义务劳动。汪亦适不冷不热地说，我是医生，开肠剖肚可以，你让我到工地上干什么，还不够添乱呢。

汪亦适西装革履，头发一丝不苟，身上一尘不染，确实不像个搞体力劳动的人。

郑霍山皮笑肉不笑地说，汪大少爷，皖西解放都快十年了，思想改造也搞了快到十年了，你还是改不掉你的资产阶级少爷的作风。别以为只有你是医生，也别以为当医生就不能做体力劳动。毛主席教导我们说，卑贱者最聪明，高贵者最愚蠢。我看你这资产阶级的生活方式很要不得，你为什么就不能投入到火热的建设当中？难道你还妄想回到旧社会，去过你那衣来伸手，饭来张口的资产阶级生活？

汪亦适说，去你妈的，你少给我唱高调！你这个劳教犯，想当年在三十里铺脱砖坯脱了几年，你天生就是个脱砖坯的天才，你去脱砖坯，也算人尽其才，我去干什么？

郑霍山说，你难道没有脱过砖坯？我听说当年成立荣军医院，我们的组织火眼金睛，把你这个混进革命队伍的人清除出去。你还当过医院的合同工，搞过收发呢。革命者能上能下，难道你就只能养尊处优？

汪亦适说，郑霍山我提醒你，我在皖西解放以后，是走过一段弯路，但是迫使我走这段弯路的，你也起了作用。你这个披着人皮的狼，不知道做过多少坏事。别以为你现在摇身一变蒙了一张人脸，你就是人了。不，你还是鬼。当初有人说，旧社会把人变成了鬼，新社会把鬼变成了人，你认为这是真的吗？在我看来，这个说法很不科学。我看到的是，人就是人，鬼就是鬼，有的鬼甚至比过去更加穷凶极恶。譬如说你，伪装进步，假装积极，欺骗领导，骗取爱情，你得到了很多你不该得到的东西。但是你要记住，假的就是假的，纸里包不住火，早晚有一天，组织上会剥去你的画皮。

郑霍山瞪着眼睛看着汪亦适，他从来没有听见汪亦适一次性地讲这么多话。汪亦适讲完了，郑霍山突然笑了起来。郑霍山说，啊，新社会真是把鬼变成人了，没想到一向两耳不闻窗外事，一心只读洋人书的我行我素的汪大少爷，现在也是满口政治名词了，真是令人刮目相看啊！你说得都对，其实现在我们都是鬼，不过鬼也分三六九等。我现在是革命的鬼，是进步的鬼，是为人民服务的鬼。而你呢，还是一个资产阶级的残渣余孽。你们这些海鸭啊，享受不了生活的战斗的欢乐：轰隆隆的雷声就把你们吓坏了。蠢笨的企鹅，胆怯地把肥胖的身体躲藏在悬崖底下……只有那高傲的海燕，勇敢地，自由自在地，在泛起白沫的大海上飞翔！

汪亦适说，你在叽咕什么，你患了神经病啊！

郑霍山说，卑贱者最聪明，高贵者最愚蠢，肉食者鄙——这话你可不要瞎反对哦。这是毛主席说的。

汪亦适说，你这种人也配谈高贵聪明？你整个就是一个搅屎棍子。

郑霍山嘿嘿一笑说，我不能跟你扯皮了，我要参加义务劳动去了，我要投入到火热的建设当中去了，我要去做同风雨搏击的海燕了。你好好擦你的皮鞋梳你的头吧，你就躲在家里乘凉喝茶吧！等我们把新型的住院大楼建成之后，让你这个躲在阴暗角落里的企鹅瑟瑟发抖吧！

汪亦适说，哈哈，小丑唱起了主角，小鬼当起了阎王，真是滑天下之大稽。郑霍山你会唱《国际歌》吗？

郑霍山说，我可以倒背如流。你想干什么？

汪亦适说，那你把最后两句唱一遍。

郑霍山说，哈哈，我为什么要唱？我为什么要唱给你这个资本家的少爷听？我要是唱也要到工地上唱给广大劳动人民听。

汪亦适说，你不唱我唱。旧世界，打个落花流水，奴隶们起来，起来，一旦把他们消灭干净，鲜红的太阳照遍全球！

郑霍山说，你要把谁消灭干净？

汪亦适说，一切像你这样的跳梁小丑！

9

以后肖卓然想了很长时间也没有想明白，他当初写的那份材料，到底是怎么流落出去的，又是怎样到了专区的杨副专员手里的。对于建设所谓新型的医院，他有不同意见是不错，但那是在一年前。那时候他没有感受到这种大干快上的氛围，没有看到全院全医疗卫生系统乃至全皖西地区轰轰烈烈的建设高潮。那时候他担心技术问题、担心资金问题、担心业务和正常工作会受到影响。他何尝不想建设一所新型的现代化的医院呢？作为一个长期负责业务工作，具体说来也就是负责医疗健康的主管领导，他比丁范生更懂得建设一座宽敞的现代化的住院部的重要意义。但是，他必须面对现实。

肖卓然曾经在会上针锋相对地对丁范生说，我为什么要保守？我和病人有仇吗？我何尝不想让我们皖西的父老乡亲拥有一所像苏联那样先进的医院？我甚至希望我们拥有比苏联还要先进、还要科学的医院。可是我们眼下做不到，我们皖西地区还不富裕，有的地方老百姓连饭都吃不饱，我们的物力财力都跟不上，这时候我们建设这样的医院，简直就是穷兵黩武。我不是不同意建一座像样的住院大楼，在我的心目中，皖西第三医院的住院大楼比你们规划的还要宏伟，还要先进，还要现代化。但不是现在，而是将来。一年两年不行，三年五年可能，十年八年准成。而现在，我们只能做我们力所能及的事情。

在那次会上，丁范生一如既往地驳斥了他。丁范生说，悲观主义永远是革命的绊脚石。你认为不可能的事情还有很多。第三次反围剿的时候，红军队伍里就有人提出井冈山红旗到底能打多久的悲观论调。红军当年长征到陕北，只剩下三万人，那时候谁能想到我们最终打败了国民党，最终取得了政权？当年学骨科的汪亦适同志第一次做外科手术，也有人提出疑问，结果怎么样，这个同志当时就成了声震皖西的“排雷大王”，现在已经是我们皖西，不，已经成了江淮地区赫赫有名的外科大夫，成了赫赫有名的汪一刀，这不也是你肖副院长当初没有想到的吗？

肖卓然说，那是个特殊的例子，我们不能把特殊现象作为普遍现象，情况不一样。

丁范生说，有什么不一样？我看都一样。当初我就提出不分内科外科，不分中医西医，你肖副院长也是极力反对，还散布不利于团结的话，什么外行领导内行，指挥打仗可以，搞医院建设不行，等等，我计较你了吗？没有。我认为你的出发点是好的，你还是不了解我们革命者。我们革命者刀山火海都敢上，我还在乎你的闲言碎语？事实怎么样？事实证明，我丁范生的工作方法是对的。汪亦适原来不是学外科的，而他现在成了著名的外科医生；郑霍山原来是学西医的，而他现在成了皖西地区的中医专家。我们用人，从来就不因循守旧。同样，我们做事，也从来就不因循守旧！

经过多年的锻炼，丁范生现在远远不是十年前那个卷着裤腿、动不动就捋起袖子的丁范生了。肖卓然曾经听程先觉说，丁范生现在不仅读毛主席著作，而且还在攻读《资本论》。肖卓然想想都起鸡皮疙瘩，因为《资本论》连他都看不明白，丁范生居然还边读边写心得体会。

丁范生一天一天地在肖卓然的心目中神秘起来了，也一天一天地高大起来了。后来在一个相当长的时期，只要肖卓然感到自己的思路和丁范生的思路产生分歧，他就会竭力地控制自己、反思自己。在他发现他不了解丁范生的同时，他也发现他甚至并不了解自己。他经常提醒自己，不要过高地估计自己，更不能过低地估计丁范生那样的老革命。在那群人的身上，似乎真的蕴藏着一种神奇的力量，真的有一种说不清道不明的特异功能。他们确实可以创造奇迹，而且他们已经创造了奇迹。

自那次会后，对于第三医院建造十八层大楼的事情，肖卓然再也不擅自发表公开意见了，尽管他自己仍然很矛盾。有时候在半夜他想，我要阻止这种不科学不理性不切实际的事情，好大喜功劳民伤财，不仅对皖西建设无益，而且很有可能带来危害。但是到了第二天早上，他又有可能改变主意，因为他现在已经搞不清楚是丁范生缺乏理性还是他自己缺乏想象力。也正因为有了这种矛盾的心理，所以他的那份修改了无数遍的《关于第三医院工作盲目性的几点反映》始终没有出笼，始终都锁在他自己的办公桌抽屉里。

令他始料不及的是，就在医院新楼奠基不久，杨副专员剪彩剪下来的红绸子还挂在基建办公室的门头上，建筑工地还是一片你追我赶夯声震天的景象，突然有一天，他正在外科同汪亦适会诊一名病人，程先觉脸色惨白地闯进汪亦适的办公室，几乎是结结巴巴地向他报告，不知道发生了什么事，丁院长雷霆震怒，拍着桌子要他马上到院长办公室。

肖卓然揣着一颗七上八下的心，到了丁院长的办公室门前，门是大开着的，但肖卓然还是敲了敲门。丁院长在里面咆哮说，这个人还没有被你整死，你要是有脸，就进来面对面！

肖卓然进去了，丁范生瞪着他足足有十秒钟，然后突然把一个文件夹打开，扯出里面的几张纸，啪的一下扔在肖卓然的面前。

肖卓然默不作声地把那几张纸捡起来，他看清楚了，那正是他改了无数遍的《关于第三医院工作盲目性的几点反映》，里面的内容主要是对建造十八层住院大楼提出质疑，同时也对丁范生的官僚主义工作作风和贪图享受的生活作风进行了反映。

肖卓然茫然地抬起头来，看着丁范生，半晌没有说话。

丁范生说，知人知面不知心，没想到你肖卓然还会来这一套，背后捅刀子。

肖卓然说，这个材料的确是我写的，我一直想在会上公开交给你，但一直犹豫，不知道怎么会出现在这里。

丁范生说，好汉做事好汉当，你自己不知道？

肖卓然老老实实地说，不知道，出鬼了。

丁范生说，是人是鬼，人明白，鬼也明白。

肖卓然说，你是说我背后告黑状？我没有。但是，既然已经到了这个地步，那我也表明我的态度，我有向上级领导反映个人想法、看法和意见的权利。

丁范生说，你有权利搞我的黑材料吗？谁给你的权利？

肖卓然说，这不是什么黑材料，这里面哪一件不是事实？我有反映事实的权利。

丁范生拍着桌子吼道，你再也没有这个权利了。我宣布，从现在开始，你不再是第三医院的常务副院长了，你到中医科报到吧。从今天开始，程先觉同志接替你的职务，他将作为第三医院的副院长，主持医院的业务工作。

肖卓然愕然地看着丁范生，禁不住怒火中烧，一字一顿地说，我的常务副院长是专区任命的，你没有这个权力！

丁范生冷笑一声说，专区？谁是专区？你等着吧，专区组织部的任免通知很快就到了，不出一个星期。在此之前，你可以同程先觉同志搞好交接，也可以休假。

10

这个夜晚，是肖卓然的不眠之夜。

消息很快传到舒云舒的耳朵里，舒云舒晚上做了两个菜，肖卓然喝了几杯闷酒。吃饭的时候舒云舒说，看来这一切都是真的了。

肖卓然苦笑说，我做梦也没有想到，我一腔热忱干革命，会落到这个地步，真是天上掉下来的横祸。

舒云舒说，我前思后想，塞翁失马，未必是坏事。你得挺住啊！

肖卓然说，我有什么挺不住的，你还担心我会自杀？那是不可能的。在朝鲜战场，泰山压顶，我也没有倒下。我这个骆驼，是不会被一根稻草压弯腰的。

舒云舒说，那就好。你也别想得太多，换个工作环境也许更好。这些年，你在第三医院到底是个什么样的人，天地之间有杆秤，群众的眼睛是雪亮的。

肖卓然说，不说这个事了，吃饭吧，吃饱了不想家。

嘴上说得轻松，但是肖卓然的心里还是很乱。晚饭他也吃得很马虎，喝了两杯闷酒就喝不下去了，索性把碗筷一推，坐在院子里抽烟，看着满天的星星发呆。

舒云舒不放心，搬了小凳坐在他的身边劝他说，天涯何处无芳草，当医生就当医生吧，咱们本来就是学医的，离开领导岗位，也还是照样工作嘛。

肖卓然说，解放十年，我一直都在从事行政领导工作，业务已经生疏了，当医生已经力不从心了。你看我还适合到哪个科室工作？留在办公室，丁院长不同意，难道你让我去受汪亦适和郑霍山的领导？

舒云舒说，我看你到外科比较合适，亦适是个做学问的人，为人也谦和，再说他这些年在外科方面很有建树，可以帮助你。

肖卓然不痛快地说，帮助？我一直都在帮助他们，现在倒落了个被帮助的地步！

舒云舒说，卓然，我说一句话你别不爱听，月亮还有阴晴圆缺呢，大丈夫能屈能伸，不就是个副院长吗？不让当咱们就不当，我们用不着为这点小事一蹶不振。

肖卓然逼视着舒云舒，呼啦一下站起来吼道，什么一蹶不振，我一蹶不振了吗？我是在为我们的医院着想，我是在为我们的同志着想。现在这个样子，完全是长官意志，完全是个人说了算，完全是主观盲动，搞浮夸，唱高调。医院连起码的医疗条件都不具备，一下子呼呼啦啦上马去建十八层住院大楼，就算摔锅卖铁建成了，又有什么用？有那么多技术力量吗？有那么先进的医疗设施吗？有那么多的病号吗？简直是发疯、发狂、发昏！

舒云舒说，卓然，你小点声！现在就是这个形势，大家都在争先恐后地大发展，咱们不能戴个落后保守的帽子。

肖卓然说，什么大发展？人无远虑，必有近忧。我看这样下去，用不了多久恶果就会显现出来了。我们共产党人讲究实事求是。好事能变成坏事，坏事也能变成好事，这就是我们的辩证法。我被撤职并不是坏事，这样会更超脱一点，可以搞调查研究。等我把情况了解清楚了，我还是要反映，我要向专区陈书记汇报，不行就到省里，直至中央。

舒云舒说，卓然，你消消气，我看我们暂时还是安安分分地把眼前这一步走好，我们不能拿鸡蛋往石头上碰。

肖卓然说，妇人之见！什么叫拿鸡蛋往石头上碰！我肖卓然有了看法，就应该向组织襟怀坦白，我为的是医院建设，并不是为了个人的功名利禄。革命者是无畏的！

舒云舒说，卓然，我劝你还是冷静一点。我们的孩子快上学了，我真怕你有个三长两短。好在现在问题定性还不严重，还有回旋余地。

肖卓然说，云舒，我现在唯一感到对不起的就是你和孩子，让你们跟着受委屈了。可是怎么办呢？我不能因为顾及家庭就放弃了我的原则。做人是应该有原则的。

舒云舒说，我并没有让你放弃原则，我只是希望你能冷静一段时间。丁院长那个人是有度量的，也是一个好人。你们之间并没有个人恩怨，只有工作分歧，而且过去他是那样的赏识你。只要你弯一下腰，低一下头，丁院长他不会把你怎么样的。

肖卓然说，云舒，你是说让我妥协？我做不到。我可以忍受委屈，可以敬重他，但是我不能拿原则做交易。眼看我们的同志，眼看一个老革命陷入盲目自大、唯我独尊的泥坑，我不能患得患失、袖手旁观。他是被所谓的大发展冲昏了头脑，他的眼睛已经被虚幻的胜利和繁荣蒙蔽了，我们应该帮助他。我同他争论，就是帮助。我有权利也有义务向上级表明我的观点。

舒云舒说，卓然，我也糊涂了，我真的不知道谁对谁错了。但是，现在你被撤职已经成了事实，我们还是要面对现实，适应这个事实。

肖卓然说，我可以适应，让我下放农村种田我都可以适应。你先睡吧，我得梳理梳理思路。

第二天上班，肖卓然没有到办公室，而是去了康民大厦工地，然后又去各个科室转了转。这是他作为常务副院长最后一次巡视他的工作辖地。显然，他的情况在第三医院已经不是什么秘密了。在骨科病房走道里，迎面碰上陆小凤，陆小凤老远看见他，似乎犹豫了一下，好像想避开，但是没有退路，只好硬着头皮迎了上来，表情怪怪的，似笑非笑打着招呼说，肖副院长，气色不错啊！

肖卓然说，我又没有七老八十，难道我已经老态龙钟了吗？

陆小凤说，那件事我们都听说了，肖副院长，咱们也是老战友了，当初我好心好意关心你，说了几句体己话，没想到让你大动肝火，好像你是我们医院最纯洁的布尔什维克，不食人间烟火。其实大家都是吃五谷杂粮的，何必那么正人君子？你在台上，耀武扬威，一旦下台，门可罗雀。那滋味不好受哦。

肖卓然心里恨恨地想，妈的，没有比这个女人眼皮更浅的了。肖卓然说，陆小凤，谢谢你的好意。你估计我现在是个什么心情？你看我这张脸，照样春风得意，照样精神抖擞。你以为你能看到我的笑话吗？那你就错了。我不当副院长了，我当医生，你还得给我当助手。

陆小凤站住了，看着肖卓然，居然笑了，笑得很妩媚的样子说，肖副院长，你这样说真的让我很意外，像个顶天立地的男人，宁死不屈，宁折不弯。我就佩服你这样的人，以后有什么事需要我陆小凤帮忙的，你尽管说。

说完，又媚笑了一下，一扭腰肢，从肖卓然的身边擦肩而过。

肖卓然的心，直到现在才真的不舒服起来。他妈的，连陆小凤都敢这么跟他说话了，都这么居高临下了，都这么带着施舍带着怜悯了，好像老子真的就成了叫花子似的。他很想把陆小凤叫回来说她两句，可是话到嘴边又算了。他虽然不喜欢她，但是她的话里确实也没有太多的恶意。

走到外科，一路上自然有不少熟人，就连病号都有不少认识的。第三医院的病号对肖副院长还是很感激的。以往的岁月，他经常巡视各科室的情况。对于危重病人，或者家庭经济条件特别困难的，他总是关照，力所能及地给予帮助，所以不少患者和家属都把他看作是大善人。病号和家属并不知道他即将被撤职，见到他还是一如既往感恩戴德地打招呼。这使他心里一阵温暖，也一阵难过。

从外科二诊室路过的时候，发生了一点意外。护士黄歌群看见肖卓然从门前走过，追着屁股喊，哦，这不是肖副院长吗？听说你高升了，要到专区当卫生局长了，祝贺你呀！

肖卓然站住了，转过身来看着黄歌群，冷笑一声问，你是什么意思？

黄歌群说，听说你工作调动了，像你这样坚持原则一丝不苟的干部，一调动准是升官，你得给我们发一根香烟吧。

肖卓然说，无聊，你不觉得无聊吗？

黄歌群说，我无聊？我看你肖卓然不仅无聊，而且缺德！你以为你铁面无私啊，就两支葡萄糖，你降了我男人半个月的工资。我的孩子才六个月，连鸡蛋都吃不上。苍天有眼，让你这么个伪君子丢了官是好的。像你这样心狠手辣的人，没有断子绝孙就便宜了你！

黄歌群骂得突然，骂得痛快，骂得起劲，骂得唾沫横飞，惹得楼道里马上涌来一群围观的人。肖卓然愣住了，他没想到黄歌群会这样肆无忌惮，这完全是泼妇骂街。一股怒气终于爆发了，肖卓然逼视着黄歌群，竭力压低声音说，黄歌群，你把你刚才的话再说一遍。

黄歌群陡然停住，看着肖卓然，有点心虚，但还是不甘示弱，大声说，我再说一遍，你能把我怎么样？你还敢打人？你肖卓然不要嚣张，我们占了公家两支葡萄糖的便宜是不错，你肖卓然也不干净。你也是人，你老婆也怀孩子，你能保证你没有用公家的药，你能保证你们家没有从小灶弄猪肉鸡蛋？你有权有势可以处分我们，现在清算你的时候到了。你也有今天啊！

肖卓然差点儿就把拳头挥出去了，差点儿就破口大骂了。就在这时，他看见了周围的群众，有医院的医务人员，也有病患和家属。一个声音猛地在耳边响起，肖卓然，你是怎么啦？大风大浪你都经过了，难道一个泼妇的无理取闹就让你乱了方寸？镇静，不能失态，好鞋不踩臭狗屎，越是这种时候，越是要保持风度。不当官了，你还是革命干部，你还是共产党员，不能混同于一个自私自利鼠目寸光的老百姓。

肖卓然攥紧的拳头又松开了，四下里看了看，然后对黄歌群说，小黄，我只跟你说一句话，我肖卓然坚持原则是永远不会改变的。你要是觉得冤枉，你想报仇，那就来吧！

说完，扫视众人一眼，背起手，昂首挺胸地走了。

11

对于舒家来说，这一年的夏天是个多事之秋。最初是老四舒晓霁因为散布消极言论，受到处理，调到寿春县广播站工作。接着是舒南城心脏病发作，住进了医院。再接着，就是肖卓然了。

几天之后，皖西地委组织部的干部任免通知果然下达了。

组织上给肖卓然的定性是，争权夺利，闹不团结，诬告领导，阻碍第三医院的大发展。处分结论是，撤销党内外一切职务，下放科室，以观后效。

通知宣布的当天，肖卓然闭门不出。舒云舒说，卓然，无所谓了，下放科室当医生也不是坏事。这些年你在第三医院当领导，业务上丁院长是个甩手掌柜，你没少受累。换个岗位，心平气和地做学问，落个清静。

肖卓然说，是啊，我也这么想，可是我的左脑子这么想，右脑子不答应。我没有犯错误，为什么当作犯错误处理？

舒云舒说，那你说怎么办？对抗也不是事啊！你得把办公室腾出来，程先觉还等着上任呢。

肖卓然说，我偏不腾，我看他敢把我的东西卷出来？

舒云舒说，你心情不好，在家休息，我去清理办公室。不管怎么说，风格还是不能丢的。

肖卓然想了想说，那你去吧，我的办公室也没有什么东西了，把个人的东西拿回来就行了。

舒云舒知道肖卓然心里难受，怕他面子上过不去，趁大家都还没有上班，她自己到院办收拾肖卓然的东西去了。

舒云舒一边整理东西，一边落泪。她也搞不清楚，肖卓然到底犯没犯错误，犯的又是什么错误。没有比她更了解肖卓然了。肖卓然确实是一腔热血想把工作做好，想把医院建设好。可是在一夜之间，他怎么就成了“阻碍医院的创造性建设”了呢？

肖卓然的办公室很简洁，一张四处漏风的办公桌，案头上堆积着各种文件、资料，甚至还有病例。一个军用茶缸，已经掉了几块搪瓷。舒云舒睹物思人，心里很不是滋味。

正忙乎着，程先觉出现了。程先觉说，云舒，其实你没有必要这么急急忙忙地收拾卓然的东西。你这么做，倒是显得有点小家子气。

舒云舒说，程先觉，你是什么意思，你不是等着这间办公室吗？

程先觉说，我知道你和卓然心里都憋着气，甚至认为我在这件事情上也扮演了不光彩的角色。可能你们误解了我，我虽然也认为卓然在有些问题上过于认死理，但是对他的人格我还是钦佩的。这次他下我上，我真的觉得很尴尬。

舒云舒说，是吗，当副院长不是你一直梦寐以求的事情吗？

程先觉说，我是希望自己在政治上进步，但是我并没有想过要踩着卓然的肩膀上去啊。看来你们对我的成见太深了。

舒云舒说，程先觉我跟你说，肖卓然不是个鸡肠小肚的人。当初皖西解放的时候，他一直知道汪亦适、郑霍山和你对我的感情，但是他没有从个人感情和利益的角度出发，在稻香楼饭店，他一再跟我说，这几个人都是有志青年，都能够为新中国出力报效，绝不能让他们受国民党的蒙蔽，绝不能让他们稀里糊涂地跟着国民党走。就是他，向军管会汇报，把你们几个作为重点统战对象，把你们留在皖西，然后让我给你们写信。要知道，那时候他也不过才二十岁，他的胸襟、他的远见，是你们很难想象的。皖西解放以后，先是为了筹建荣军医院，后来建成了705医院，再后来，他带着我们到朝鲜战场，虽然也有一些失误，但那并不是为了个人贪功，他是一心扑在战争胜利的希望上。别人不了解，我最清楚，肖卓然是真正的共产党员，是一个先天下之忧而忧、后天下之乐而乐的人。我说这些，你不会认为我王婆卖瓜——自卖自夸吧？

程先觉说，云舒，你以为我不了解肖卓然？当局者迷，旁观者清。肖卓然的优点我不跟你说了。但是我提醒你，肖卓然也有他的弱点，有些还很致命。他太理想化了，作为一个领导者，过于书生意气，这就是他走到今天的原因。他被撤职，我的心情也很复杂，但是从长远看，这确实未必是坏事。皖西解放这十年，他的路太顺了，似乎他伸出脚来，就有一条阳关大道铺到他脚下，这种顺利助长了他的自信，自信到了目中无人的地步。我承认我嫉妒过他，也承认我想取而代之，我甚至希望我就是他。可是，我从他的身上也吸取了教训。政治是复杂的，当领导，他缺的是成熟。

舒云舒惊讶地看着程先觉，她没想到程先觉会把问题看到这么深的层次。这差不多是皖西解放后她第一次同程先觉说这么多话，而且说得这样推心置腹。过去她是看不起程先觉的，总觉得这个人见风使舵左右逢源，总觉得这个人没有骨气、没有原则，同肖卓然简直判若两人。她和肖卓然都一度认为这个人是投机革命。但是现在她对程先觉刮目相看了，程先觉有心机，而且就领导素质而言，他的成熟并不比肖卓然逊色。只不过在过去的岁月里，他没有肖卓然那样的机遇罢了。

舒云舒收拾整理肖卓然的书籍资料的时候，程先觉也自然而然地插手帮忙。正在忙乎，李绍宏从门前走过，探头向里面张望，犹豫了一下，走了进来，打招呼说，啊，是舒云舒同志，程先觉，啊，程副院长也在这里啊，你们收拾东西啊？这里面，啊，最好还是由肖副院长，由肖卓然同志自己整理为好，有些东西啊，可能还涉及秘密呢。

舒云舒听明白了李绍宏的话，站起身来冷冷地说，李主任，你是不放心我们啊？一个地方医院的副院长的办公室，能有什么秘密？我跟你说，我们都是当过军人的，真正的秘密我们接触得不比你少。

李绍宏并不尴尬，笑笑说，那是啊，可是我们虽然是地方医院，也是县团级，肖卓然同志过去是有看秘密文件资格的，这个嘛，最好还是请肖卓然同志亲自处理为好。

肖卓然就在这时候出现在门外。肖卓然进门，抱起膀子看着李绍宏说，李主任，你不要担心，我的文件都锁在抽屉里，登记造册，一份不少。你让保密员过来，我完整移交。

第十二章

1

程先觉就任第三医院副院长之后，主要工作仍然是抓康民大厦的建设。随着工程的进展，很快就出现了问题。先是预算的资金出现了短缺，专区计划拨款迟迟没有到位，因为这时候皖西地区出现了严重的自然灾害，专区紧急调集资金到外地购买粮食；接着，第三医院的大食堂也停火了，各家各户回到家里做饭，原先计划募捐的钢材成了泡影；再接着，义务劳动的人数越来越少，因为自然灾害带来的饥馑从农村蔓延到城市，没有人再有富余的力量来搞义务劳动了。最后，从各县抽调来的土专家和新鲁班，陆续开溜。康民大厦只打了个根基，就光秃秃地晾在那里了，风吹日晒，一片凄凉。

丁范生急红了眼，停工三天，嘴角呼啦啦起了一串水泡，带着程先觉一干人等，跑专区，跑卫生局，跑各县，甚至跑到自己的老部队求援，要人，要钱，要钢材。一句话说到底，只要能把康民大厦盖好，求爷爷、告奶奶的事情他全干。

可是这一切都无济于事了。跑了一个多月，丁范生仍然是两手空空，脸上却平添了几道皱纹和若干晦气。

肖卓然在外科当了一名医生。公正地说，他现在已经很难成为一个外科医生了。手术刀拿在他的手上，就像小学生捏着铅笔，笨拙而且颤抖。通常情况下，汪亦适是不会让他单独做手术的，就连割阑尾、割胆结石这样的小手术，他也只能打下手。当初他被撤职的时候，还器宇轩昂地对陆小凤说，我就是当医生，你也只能当我的助手。而现在的事实恰好相反，往往是陆小凤担任主刀，他给陆小凤打下手。有一次遇到一个因水械斗致伤的农民伤号，肋骨断裂，因失血过多，汪亦适亲自组织抢救，完了之后让他缝补伤口，刚缝了两针，汪亦适的脸就拉长了，面无表情地说，这是缝伤口吗？就是给裤子打补丁，针脚也太大了。陆小凤，你来。

陆小凤当时就在他身边，朝他妩媚地笑笑，接过家伙，一边缝一边看着他说，肖副院长，当领导的也是人而不是神，你可别以为缝补伤口谁都能干，这里面也有学问呢。

肖卓然感到无地自容，心里恨恨地骂，他妈的真是虎落平川被犬欺，凤凰落毛不如鸡。但是他不敢骂出口，人家陆小凤的动作确实比他熟练，伤口确实比他缝得缜密。

还有一次，给皖西银行一个副行长做扁桃体摘除手术。汪亦适在旁边指导，让他主刀。路径确定好之后，他颤颤巍巍地在病人脖颈子上划了一道口子。没想到一紧张，划深了，刀锋差点儿把病人的颈动脉挑断了，当时血喷如注，他吓得脸色苍白，束手无策。汪亦适冷冷地看他一眼，不容置疑地喝了一声，闪开！然后接过手术刀，二话不说，上阵就是一刀，那刀锋就像一道彩虹，准确利落，基本上没有费什么周折，就把病人的扁桃体摘出来了，啪的一声扔在他手里的盘子上。什么叫游刃有余，什么叫快刀斩乱麻，汪亦适就是。他看汪亦适站在手术台上，简直就是一个胸有成竹的将军，简直就是一个风度翩翩的元帅，面无表情，神情专注，目光炯炯，神采奕奕。他自愧不如。

后来，汪亦适每次做手术，都要把他带在身边，一边示范，一边讲解，讲神经血管，讲肌肉脂肪，讲腹腔内脏，讲骨骼组织。

那种时候，他是虔诚的，是谦虚的，是毕恭毕敬的。然而下班回来，他的内心还是充满了屈辱。他妈的，老子一个堂堂的常务副院长，过去一直是运筹帷幄的，过去一直是决胜千里的，现在倒好，看汪亦适那眼神，简直就是老师对学生，不，简直就是权威对学徒，还不，简直就是老子对儿子。

有一次程先觉到外科检查工作，正遇上汪亦适在班前会上发脾气，话是对陆小凤说的，说当了这么多年医生，连个片子都看不好，人的脊椎有几根骨头都不知道？把颈椎骨当成脊椎骨，天大的笑话！

陆小凤讪讪地说，这个病人不是我经手的，医嘱也不是我下的，你冲我发什么火？

汪亦适说，我跟你说过，有的同志业务生疏，不能完全放手，要搞好传帮带。你倒好，也当起甩手掌柜来了。

站在一旁的肖卓然说，老汪你要批评我就直接批评好了，用不着拐弯抹角的。我的业务是生疏，但我不会造成医疗事故的，这不是在请教你吗？

汪亦适说，老肖你要放下架子，你确实得沉下来钻研业务了。不然的话，就算你以后东山再起，那你也外行了，不能当丁范生啊！

这句话把肖卓然气得半天没说话，只是狠狠地出了一口重气。班前会后，程先觉跟着肖卓然进了他的办公室，肖卓然一屁股坐在椅子上，看着程先觉一句话也不说。程先觉说，老肖，忍口气吧，老汪这个人你是知道的，认死理。业务上的事情，他说什么就是什么！

肖卓然说，哼，你老程用不着来做我的工作，你也不算什么好人。这几年你跟着老丁，毫无原则，推波助澜。这个医院要是被搞垮了，你也有不可推卸的责任。

程先觉说，老肖，我好心好意来安慰你，你怎么不识好歹，拿我出气啊！

肖卓然说，我是拿你出气吗？你太高看自己了。我跟你说，我肖卓然是不会低头的，是不会让你们怜悯的。你程先觉给我记住，鹰有时候比鸡飞得还低，但是鸡永远飞不到鹰那样高。

程先觉被搞了一肚子晦气，以后有机会把肖卓然的话跟汪亦适说了。汪亦适笑笑说，还是不甘心啊。老肖这个人，心高气盛，前面的路走得太顺，这个时候给他点颜色看看，不是坏事。

肖卓然也想发愤图强，经常夜里熬到两三点，把过去的医书找出来看，看骨骼解剖，看人体组织。但是理论上明白了，实际操作又是一回事。冰冻三尺，非一日之寒啊！

舒云舒看他吃力，又知道他要强，怕他走火入魔，怕他急火攻心，出主意说，你十年没有搞医了，再回过头来学外科谈何容易。外科都是拿刀练出来的，亦适练了十年，不知道开了多少肠剖了多少肚，不知道手上有多少血，他的技术是血肉浸泡出来的，你怎么能赶上他？

肖卓然说，我不是想赶上他，可是我总不能老是打下手吧？我过去当副院长的时候，一直强调领导干部要精通业务，领导干部不能当外行，现在让我下来了，没想到我也成了外行，这叫我怎么面对啊？

舒云舒说，其实你到外科工作并不合适，但我知道你的想法，你是想证明自己，当领导就要当一个出类拔萃的领导，当医生就要当一个妙手回春的医生，所以你就把目标盯着亦适，你内心里甚至想超过亦适，超过亦适也就等于超过了皖西所有的医生，是不是这样啊？

肖卓然不说话，他很惊讶舒云舒把他的心思揣摩得这么透彻。有些问题他原先没有细想，但是一经舒云舒点破，他不得不承认，就是这么回事。

舒云舒说，卓然，我们还是现实一点，你想超越亦适，不是没有可能，但是不是在外科方面，你不能拿你的弱项同亦适的强项抗争。你有你的强项。

肖卓然说，那你说我的强项是什么？

舒云舒说，我记得当初在江淮医科学校的时候，宋雨曾校长曾经断言，你的悟性很高，有创造力，比较适合搞中医。按照我的理解，西医是理科，需要很强的逻辑思维；而中医是文科，需要很强的形象思维。事实上那时候上基础课，你的中医理论分数总是比西医理论分数高。

肖卓然披衣而起说，云舒，你是说我适合搞中医？可是我都三十岁了，半路出家，还不是差了一大截子？

舒云舒说，前有车后有辙啊，郑霍山是什么人？郑霍山过去在江淮医科学校的时候，是西医高才生，对中医不屑一顾也一窍不通，可是你看现在，已经成了皖西中医界的权威了。时势造英雄啊！

肖卓然似有所动，他确实感到跟汪亦适学外科难度太大。至于汪亦适的轻蔑的眼神、陆小凤之流冷嘲热讽的态度，那都不是问题，他能承受得起。关键的问题是他终于感觉到在西医这个领域，他实在差距太大了，等他重新入门了，没有三五年不行，等他像汪亦适那样成为著名的外科大夫，没有十年八年不行。他能等到十年八年吗？不能，时不我待，他现在必须以最快的速度证明自己。

肖卓然沉吟了好一阵子，他突然又想到了另外一个问题，拍着脑门说，不行，我不能到中医科工作，我宁肯在汪亦适手下当学徒，也不去中医科。

舒云舒说，是不是不愿意在郑霍山手下工作？

肖卓然不说话，双手枕着脑袋看天花板。

舒云舒说，郑霍山这个人表面上看阴阳怪气，其实并不是坏人，而且当初在他的问题上，你费了不少心，他都劳教了，你还带着我们大家去看望他。在他提前释放的问题上，我们大家都起了作用，他不会一点记性都没有吧？

肖卓然说，算了云舒，难道你让我去找郑霍山讨情？那我是万万做不到的。这个事情不要再提了，我还是好好给汪亦适打下手吧，就算给陆小凤打下手也行。我不能让郑霍山这个搅屎棍子看笑话。

几天之后，舒云舒瞒着肖卓然，找到了郑霍山。舒云舒说，霍山，卓然现在遇到难题了，他调到外科工作，并不合适。外科理性强，他荒废了十多年，在外科很难有所作为。

郑霍山说，舒云舒同志，你是什么意思，你是说他在外科混不下去了，就到中医科来混？你以为中医科是收容站吗？我跟你说，西医是科学，中医更是科学。毛主席教导我们说，一个中餐，一个中医中药，是中华民族对人类世界的伟大贡献，也是我们这个民族繁衍得如此庞大的秘密所在。

舒云舒说，所以卓然也想学中医。

郑霍山嘿嘿一笑说，异想天开啊！科学这东西，来不得半点含糊。你们家肖副院长如果搞不了西医，那就更搞不了中医。你想什么好事啊！

舒云舒本来就是带着忍辱负重的心情来找郑霍山的，也做好了被他奚落的思想准备，但没想到这伙计说话这么刻薄。舒云舒说，郑霍山你少给我摆你权威的臭架子，中医怎么啦，我们家卓然过去在江淮医科学校，中医基础考试，分数比你多得多！

郑霍山嘿嘿一笑说，你说江淮医科学校？嘿嘿，此一时，彼一时啊，那时候你还是我梦中的情人呢，可是那时候的事情能算数吗？

舒云舒气得脸都青了，杏眼圆睁瞪着郑霍山说，郑霍山，你放尊重点，你可以当无耻之徒，但是我还要维护我二姐的面子呢！有你这么说话的吗？

郑霍山说，我这么说话怎么啦，我说的话全是事实。毛主席教导我们说，看一个人的过去，就知道他的将来。肖卓然过去就不是当医生的料子，他天生就是当官的料子。我劝你不要瞎操心了，你要是有精力，还是跑跑路子，让你们家老肖官复原职才是正经的事。我告诉你，他既当不了西医，也当不了中医，他就适合当官。如果他不能官复原职，他连兽医都当不了。

舒云舒说，郑霍山，我算看透了你的狼心狗肺了，落井下石，恨人不死。你不要得意，也别想看笑话，我们家卓然是不会沉沦的，是不会被眼前的困难击倒的。

郑霍山说，舒云舒同志，舒老三同志，三姨妹同志，你激动什么，你干吗生那么大的气？你误会了，我并不是看你的笑话，我说的是真话。我再说一遍，你们家老肖既不适合当西医，也不适合当中医，他就适合当官。我说的是心里话，信不信由你。

舒云舒说，狗嘴里吐不出象牙，我会信你的话？见你的鬼吧！我真后悔我们没有坚持到底，居然让二姐嫁给了你这么个卑鄙小人。

郑霍山不急不恼，嬉皮笑脸地说，那我劝你不要后悔，在我们中医处方里，后悔药是毒药。再说你后悔又有什么用呢，是你二姐嫁给我，不是你嫁给我，你坚持到底也只能坚持嫁给你们家老肖，与我何干？

舒云舒说，我不再跟鬼说话了。

说完，扭头就走，泪水霎时夺眶而出。

2

舒晓霁被下放的第二年，程先觉终于恋爱了。

程先觉的恋爱对象是皖西专区杨副专员的妹妹，市工会的干部。长相一般，人很老实，是年二十四岁，在60年代初这个年龄也就算大龄青年了。介绍人是丁范生。

自从丁范生殚精竭虑搞起来的康民大厦停工之后，他就像变了一个人。有时候是清晨，有时候是傍晚，他会独自踱步到康民大厦工地上，望着一堆断垣残壁发呆。这里在半年前还是红红火火，一派你追我赶的大发展景象。仅仅过了一个秋天，又过了一个冬天，山河依旧，物是人非。现在的工地，说建筑不是建筑，说废墟不是废墟。七拼八凑搞来的钢材早已被搬空了，水泥被附近的老百姓偷去换粮食吃了，工地旁边用来炼钢的小钢炉也被拆除了，整个工地只剩下横七竖八的几道根基，裸露着钢筋，像是秋风扫落叶剩下的干枯的树枝。

丁范生面对这个破败的场面，心如刀绞。

丁范生再也不像过去那样穿着闪光锃亮的皮鞋了，他现在又穿上了布鞋，上衣也不再是崭新的银灰色中山装了，而是把压在箱底的战争年代的粗布军装找出来穿上了。当然，胸兜里也不再插上两支钢笔了。

程先觉和杨俞玫认识，不是丁范生特意介绍的。丁范生那段时间几乎天天往专区跑，主要是往杨副专员的办公室和家里跑，他去讨要专区拨给第三医院的那笔钱。丁范生的官没有杨副专员大，但是他的资格比杨副专员老。干部定级的时候，他的行政级别比杨副专员高一级。所以他在杨副专员面前用不着卑躬屈膝，当然也不能居高临下，他采取的是软硬兼施的方针，天天去。

杨副专员被缠急了，只好实话实说。杨副专员说，这笔钱当初计划给你们第三医院搞建设是不错，但那是账面上的。那时候搞大发展，我们恨不得一夜之间建设一个崭新的比苏联还要苏联的社会主义皖西城。那时候不光你们第三医院，还有第一医院、第二医院、中小学、师范学校、广播电台、棉麻公司、粮食局，哪家都在计划大上马大发展，我们专区都支持，都拨款，账本子都用了两本。可是哪里想到形势变得这么快，帝国主义掐我们的脖子，修正主义掏我们的口袋，老天爷砸我们的锅。全专区一百二十多万人口，有百分之六十已经断顿了，没米下锅了。我们的钱，为了恢复生产，买种子都不够。你们还想盖十八层大楼，简直就是趁火打劫！

丁范生听愣了，愣了半天不说话。但是以后他还往杨副专员家里跑，再跑就不是要钱了，而是交钱。他把自己的伙食标准降下来了，把自己的工资省下来了，交给杨副专员，希望组织上拿这个钱帮助那些揭不开锅的人。

杨副专员说，专区已经搞了几次募捐了，可是这点钱能起什么作用呢？杯水车薪啊！

程先觉第一次跟丁范生到杨副专员家里，丁范生向杨副专员介绍说，这是我们第三医院最有作为的副院长，政治上很成熟，工作也很勤恳。杨副专员当时看了程先觉一眼，没有作声。

丁范生说，我们那个大发展的计划，就是这个年轻人设计的。康民大厦的具体工作，也是他抓的。程副院长很有魄力。

杨副专员说，小程是学医的还是学政治的？

丁范生文不对题地回答，两手抓，两手都硬。在战争中学习战争，当医生可以，当领导也行。

杨副专员问，你们那个肖卓然被撤职之后表现怎么样？

丁范生说，这个同志很有才华，就是骄傲。现在在外科当医生，表现倒是很谦虚。

杨副专员说，嗯，往往就是这样，佼佼者易折。这样的同志，放到基层锻炼锻炼也好。

然后就问起了程先觉的家庭背景、个人历史、文化程度、业余爱好，等等。

后来才听说，杨副专员有个大龄妹妹，正在找对象，大约是觉得程先觉条件合适，所以就多问了几句。

知道了这个情况之后，丁范生问程先觉，程副院长，如果说组织上交给你一个任务，啊，就是说，去跟杨副专员的妹妹处对象，你干不干？

程先觉心里咯噔一下，没有马上回答。不仅因为他心里还惦记着舒晓雰，更重要的是，他还没有见过杨副专员的妹妹。凭直觉，他觉得像杨副专员这样的背景，和他的妹妹交朋友应该是不成问题的。可是她为什么成了问题呢？要么就是品格上出了问题，要么就是长相出了问题。给杨副专员当妹夫并不是一件坏事，但是如果娶上一个母大虫或者丑八怪，又不能算一件好事。

琢磨了半天，程先觉才回答，丁院长，如果是组织上交给我的任务，我可以试试。

丁范生笑笑说，这种事情，怎么试啊，一试就试出毛病来了。

程先觉说，难道丁院长想……啊，想通过同杨副专员结亲的办法把拨款落实了？

丁范生说，是啊，如果你成了杨副专员的妹夫，那我们第三医院就可以近水楼台了，那我们的住院大楼不就有希望了吗？

程先觉忧心忡忡地说，可是，听杨副专员的口气，现在相当困难啊，有那么多实际问题。

丁范生说，那么多实际问题总要解决。解决别人的问题是解决，解决咱们的问题也是解决。解决一个是一个，你说是不是？

程先觉说，丁院长说得有道理。如果真的能起作用，我愿意奉献我自己的青春。

丁范生听了，奇怪地看了程先觉一眼，好长时间才伸出巴掌，往程先觉的肩膀上拍了一下说，算了，小程啊，就当是开玩笑吧！老百姓连饭都吃不饱，我们在这个时候还怎么忍心与民争利呢？盖什么康民大厦啊，我真是鬼迷心窍了，我真是被胜利冲昏头脑了，我真是祸国殃民啊！

程先觉越听越不对劲，扭头一看，丁范生竟然是满脸泪水。程先觉惊呆了。

3

在皖西第三医院，人人都知道汪亦适和舒雨霏两口子相敬如宾。最初大家很不习惯汪亦适老是喊自己的老婆“大姐”，觉得很别扭。舒雨霏也曾经委婉地劝说汪亦适改口，汪亦适说，那你让我喊你什么，喊老婆不尊重，喊爱人酸，就喊大姐，习惯了。

舒雨霏最终习惯了，别人也就习惯了。

汪亦适虽然不苟言笑，但是作为一个技术权威，他没有架子，对待病人，表面上看不出多么亲热，医疗上却从不含糊。不管是老百姓还是当官的，到了他这里都是一样，所以他的人缘极好。

也有例外。

有一次地委组织部的李部长带着他的舅舅来看病，点名要汪亦适做手术。汪亦适看了之后说，这个病不在内脏，也不在主要器官，就是腹腔有个囊肿。这样的手术，肖卓然就可以做。

李部长认识肖卓然，知道这是个下台的副院长。过去他对肖卓然还很器重，但是让肖卓然给他的舅舅做手术，他还是不放心。交代秘书反复跟院方交涉，要汪亦适亲自动手。

副院长程先觉跑到外科，恭恭敬敬地跟汪亦适周旋了半天，汪亦适就是不肯。汪亦适说，肖卓然经过半年的锻炼，已经有了很大的提高，做这种囊肿切除手术，已经绰绰有余。我这里有肝硬化手术，有食管息肉手术，都是大手术。

程先觉说，老汪，咱们是共产党的医院，对共产党的领导要有感情，你怎么就这么死板呢？

汪亦适不高兴地说，什么叫死板？我这里给谁做手术，是看病情，而不是看官大官小。你程副院长要是不放心，你亲自给部长的亲戚做手术好了。

程先觉知道汪亦适油盐不进，多说没用，只好跟李部长撒谎说，汪亦适最近一段时间因为营养差了，视力跟不上，怀疑患了青光眼。为了部长亲戚的安全，还是换别人做。

李部长说，怎么搞的，连外科主任的营养都跟不上，难道吃不饱吗？

程先觉老老实实地回答，现在定量供应份额越来越少，汪亦适一家伙生了个双胞胎，雇了一个奶妈，家里生活十分困难。

李部长听了，半天不语，交代程先觉说，程副院长，医院的政治思想工作要加强。我们的技术权威，是国家的财富，但是不能翘尾巴，要加强他们的思想改造。

程先觉听了这话，脸都快吓白了，又跑到妇科去找舒雨霏，把这件事情的前因后果跟舒雨霏说了。哪里想到，舒雨霏的态度更是蛮横。舒雨霏说，岂有此理！医院谁给谁做手术，是由医生决定的，不是由当官的决定的。他以为这是种田修水库啊？

舒雨霏说这话的时候，舒云舒也在场。舒云舒现在可没有舒雨霏这样的底气，忧心忡忡地想了半天对舒雨霏说，大姐，话也不能这么说，我觉得亦适在这件事情上也太较真了。就一个囊肿手术，半个小时的事情，他做了不就完了吗？何必惹领导发火？

舒雨霏说，你们不了解亦适，别看我们亦适对你们家肖卓然不冷不热，实际上他是在创造条件锻炼你们家卓然，多让他临床实践，让他早一点摆脱下台的阴影。再说，他们外科，哪一类的手术由哪一级医生做，都是有规定的。亦适不是一个见风使舵的人。

程先觉说，大姐，你是批评我吧？在你们的眼睛里，我就是见风使舵的人，你们甚至可能把我当上副院长，都归结是我见风使舵的结果。我也不争辩，总有一天，你们会明白我的良苦用心。作为一个主持业务工作的副院长，我既要保护汪亦适，还要保护肖卓然。大姐，云舒，你们想过没有，如果亦适坚持不肯给李部长的亲戚做手术，这就得罪了领导一次。如果，万一卓然做手术不成功，或者不理想，或者让领导的亲戚多受罪吃苦，那就不是得罪一次两次了。就算你们家亦适是权威，你们家亦适不负直接责任，可是卓然呢，怪罪下来，那不是雪上加霜吗？

舒雨霏听程先觉说得有条有理，不觉得愣了。其实舒云舒的担心，也正是这个问题。舒云舒说，大姐，亦适只听你的，你劝劝他，灵活一点，亲自操刀，给李部长的亲戚做个手术，不要让卓然冒这个险，就算我求你好吗？

舒云舒这样一说，舒雨霏才觉得，这件原本属于小事的事情，还是一个大事。舒雨霏说，亦适听我的是不错，但那都是工作以外的事情。工作以内的事情，他未必听我的。

程先觉说，你跟他说，总比我们跟他说强啊！

舒雨霏瞪了程先觉一眼说，你是副院长，你给他下道命令不就行了吗？

程先觉苦笑说，我这个副院长，在别人眼里是个领导，可是在你们家老汪那里，屁都不是。你们家老汪刀枪不入，别说我小小的副院长，就是丁院长给他说话，他也未必买账。一物降一物，能跟亦适讲话的，还是大姐您啊！

舒雨霏说，你少给我甜言蜜语。我就豁出我这张老脸去试试，不过丑话说到前头，要是碰了钉子，你们可得给我备酒压惊。

舒雨霏话是这么说，留了点余地，但是心里还是很有数的，汪亦适对她基本上言听计从。这个人在家里是个甩手掌柜，大事小事好事难事概不插手，连自己的工资是多少都搞不清楚，有几条裤子更是没数，全由舒雨霏一手张罗。休假回家，打点亲戚朋友，过年采购，孝敬双方父母，也都是舒雨霏一手操办，汪亦适从来问都不问。一言以蔽之，汪亦适的家基本上全是由舒雨霏当的，虽然工作上的事她从来不插手，但是偶尔插一次手，他未必就一点都不通融。

舒雨霏在前，舒云舒和程先觉在后，一路快步到了汪亦适的办公室。汪亦适正在跟陆小凤和肖卓然交代什么，见这一干人等进来，惊愕地问，大姐，什么事？

舒雨霏看了看陆小凤，陆小凤笑笑，知趣地退出门去。舒雨霏说，你们几个回避一下，我单独跟亦适说。

包括肖卓然在内的几个人，面面相觑，鱼贯而出。

汪亦适更惊讶了，甚至有点紧张，说，大姐，怎么回事，出了什么事情了，这么紧张？

舒雨霏把门关上说，亦适，那个李部长亲戚的手术，你就做了吧！

汪亦适的嘴张得老大说，大姐，你怎么管起这个事情了？

舒雨霏把程先觉的意思、舒云舒的意思，还有她自己的意思，娓娓道来，讲清楚了这件事情的重要性，讲清楚了他不做手术而让肖卓然做手术的危害性。

汪亦适听完，表情奇怪地看着舒雨霏，居然笑了，说，大姐，一件平平常常的医疗业务事情，怎么搞得这么复杂？都上升到政治的高度了。如果我们看病治病需要分三六九等，那这还是人民医院吗？

舒雨霏说，大道理是人民医院，还有小道理，人民医院也不能绝对公平。再说，李部长的亲戚也是人民啊！

汪亦适说，是啊，他是人民，但是我让肖卓然给他做手术，就是履行我们的职责啊！

舒雨霏说，万一……万一李部长不高兴怎么办？

汪亦适说，他高兴不高兴关我什么事情？我们做事有我们的规章，不能看他高兴不高兴。

舒雨霏说，我知道你清高，你的规矩别人不能越雷池一步。可是这件事情弄得不好会牵连到肖卓然。他现在正在走下坡路，你不能让他承担这个风险。

汪亦适说，首先，这个手术完全没有风险，肖卓然现在完全能够胜任；第二，既然你们说要取悦李部长，让肖卓然做这个手术，成功了，皆大欢喜。没准还会有利于肖卓然呢。

舒雨霏说，亦适，你就不能听我一句吗？就算我求你了。我已经在云舒和程先觉面前夸下海口，说你可以亲自做这个手术，你要是不给我这个面子，我怎么向他们交代啊！要不，我给你跪下？

舒雨霏说着，就要屈膝。汪亦适连忙上前扶住，嘴里忙不迭地说，大姐，大姐，你站住，像什么样子！

舒雨霏弯着腰说，你不答应做手术，我就不起来。

汪亦适松开手，愣了半晌，长叹一声说，好吧大姐，我答应你。

那天舒雨霏和汪亦适对话的时候，肖卓然和程先觉等人就在办公楼外面的梧桐树下，肖卓然对这一帮子人突然来找汪亦适也感到意外，问程先觉这是怎么回事。程先觉便把情况说了，肖卓然听完，沉吟半天才对舒云舒和程先觉说，你们就这么不相信我的能力？为了这么一点小事，就兴师动众地来给亦适施压，好像我真的成了废人。

舒云舒说，这不是相信你不相信你的事情，关键是李部长已经点了亦适的名。就算你医术再高明，就算你做手术万无一失，也是吃力不讨好。

肖卓然气愤地说，像什么样子，连看个病也要倚官仗势，一个小小的囊肿也要专家亲自主刀，我们的医院成什么了！不行，我得去找亦适，不能妥协！说着就要往汪亦适的办公室去。舒云舒一把拉住肖卓然说，卓然，你不能再像过去那样横冲直撞了，你现在都这个处境了，你就忍一忍吧。

程先觉也说，卓然兄，退一步海阔天空啊。何必呢，这又不是什么大事，你就让亦适看着处理吧。

肖卓然说，我们有很多规矩，就是从小事上打开突破口的。你老程现在是副院长了，我把话说在前面，如果我们的领导干部都成了小绵羊，用不了多久，我们的人民医院就不是人民的了，就成了达官贵人以权谋私的黑窝了。

程先觉说，卓然兄你别发火，照顾领导干部也是我们医院应尽的义务。

肖卓然说，什么应尽的义务？《医疗卫生管理条例》对各级干部享受什么待遇，都有明文规定，但是没有哪一条规定，地委组织部长的亲戚还要享受什么待遇，他的待遇和普通老百姓应该没有任何区别，挂号看病，对症吃药，他凭什么点名我们的外科主任亲自主刀，仗势欺人啊！不行，我们还是应该规范起来，凡事都得按规矩来！

肖卓然发起牢骚来，情绪饱满，语调慷慨，好像他不是在发牢骚，而是在做报告，引经据典，咄咄逼人。

程先觉木着脸看着肖卓然，再看看舒云舒，舒云舒紧张地看着肖卓然，再看看程先觉。程先觉心里说，他妈的他还以为他是常务副院长啊，这狗日的简直是疯了，他如果再坚持，老子就不和稀泥了，让他去得罪李部长去，咎由自取啊，我已经仁至义尽了。

好在肖卓然只是发发牢骚而已，并没有真的去找汪亦适。

大约等了十分钟，汪亦适的办公室门打开了，舒雨霏从里面红着眼睛走出来，程先觉和舒云舒赶紧迎了上去，舒云舒急切地问，怎么样了大姐，说通了吗？

舒雨霏说，亦适那个人，你还不知道，是那么好说通的吗？你去试试。

舒云舒的眼泪都快急出来了，说，这怎么办啊？那个李部长指名道姓要亦适给他的舅舅做手术，可是他偏偏拧着。要是让卓然上，万一有个三长两短，那卓然的前途不彻底完了吗？

舒雨霏说，哦，你担心你们家卓然的前程，就不担心我们家亦适的前程？

舒云舒说，你们家亦适他是专家啊。这点小手术，他闭着眼睛也能做了，他的前程有什么问题？

舒雨霏说，好了好了，你们也别提心吊胆了。给一个组织部长的舅舅做手术，你们也吓成这个样子，太没出息了。亦适说了，下不为例。

舒云舒转忧为喜说，这么说，他同意啦？

程先觉说，那当然，大姐出面，他再不同意，那也太不近人情了。

舒雨霏说，程副院长，亦适也说了，小官怕大官，他不怕，以后这种事情再也不能发生了。

这件事情给肖卓然很大的刺激。肖卓然以后同汪亦适说，人民医院为人民，这个原则必须贯彻始终。我们第三人民医院要有我们自己的风格，就是平民化，从最底层关怀入手。

汪亦适笑笑说，老肖，你跟我说这话没用。

肖卓然回过神来，倒也坦然，说，亦适，你不要认为我现在不当副院长了，人微言轻了，就不敢说话了。我跟你说，我肖卓然只要还在医院一天，我的思维就不会闲着。我感觉这个医院，还是应该由我来领导。

汪亦适说，我也是这样认为。你希望我帮忙吗？

肖卓然说，你能帮什么忙，我又不想让你开刀。

汪亦适说，我不仅可以帮助你恢复副院长的职务，还可以帮你直接当上院长。

肖卓然惊讶地看着汪亦适说，你怎么还有这个本事？是不是通过做手术结识了哪个大人物？

汪亦适笑笑说，不是，要想让我帮你的忙，你得先帮我的忙！

肖卓然警惕地问，你指的是什么，还是要解决你的起义问题吗？

汪亦适狡黠一笑说，不是，是另外的忙。如果你帮忙让我当上省长，我保证马上让你的想法实现。

肖卓然说，我操，这不是废话吗？

4

肖卓然给汪亦适打下手打了半年，外科业务方面有了很大的长进。他毕竟是江淮医科学校的学生，虽然过去不像郑霍山和汪亦适那样专心致志做学问，毕竟还是有些基本功底的。半年之后，肖卓然渐渐地对外科产生了兴趣，也似乎渐渐淡忘了东山再起的念头。但是李部长的亲戚来看病的事情，就像一根闪闪发光的银针，一下子又扎进了他的敏感穴位。

这段时间，受大气候影响，皖西地区政治形势风云变幻，一会儿有人犯错误，一会儿有人去坐牢，一会儿有人被下放。第三医院原来是军队医院，多数干部都是军转的，再加上是业务单位，受到的冲击相对要少一些。肖卓然虽然从领导岗位上下来了，但是关注政治气候的习惯还是没有改变。每天下班回家，总是要看一会儿报纸，多数都是舒云舒从程先觉那里要来的旧报纸。

忙里偷闲，肖卓然写了一篇文章，名为《人民医院为人民，群众公仆一视同仁》，以地委某一部长亲戚看病一例，批评了有些领导干部利用职权，搞特殊化，扰乱医院正常工作秩序的现象。呼吁医疗卫生单位建章立制，严格遵照操作程序，同时也呼吁各级领导干部自觉遵守有关规定，按照规定的待遇享受医疗服务，不得直接或间接地给医院施压，尤其是反对滥用职权搞特殊化。文章写好后，想投到《江淮日报》，被舒云舒察觉了，苦苦哀求，肖卓然才暂时没有轻举妄动，把文章锁进了装衣服的樟木箱子。

自然灾害的第二年夏天，有一天晚上下班，肖卓然拖着疲惫的身躯，刚刚走到自己的家门口，还没进门，后面蹿上来一个人，拍着肖卓然的肩膀说，肖老弟，跟我走。

肖卓然回头一看，原来是丁范生。肖卓然不解地问，丁院长，你找我有什么事？

丁范生说，我请你喝酒。

肖卓然说，这年头了，哪里还有酒喝啊！再说，我离开领导岗位已经快一年了，跟丁院长也没有什么共同语言啊。

丁范生说，你没有，我有。跟弟妹打个招呼，我请你到杏花坞街上吃狗肉。

在杏花坞一家集体办的小饭馆门前，丁范生敲门敲了几分钟，才把门敲开。老板认识丁范生，苦笑着说，丁院长，这都啥年头了，店里啥也没有啊！

丁范生说，凉水有吧，我今天就是来喝凉水的。

老板见挡不住，只好把丁范生和肖卓然放进门去。

狗肉自然是没有的，完全喝凉水当然也是不可能的。进了饭店，丁范生从自己的裤兜里掏出一瓶临水老窖，往桌上一放说，肖卓然同志，今晚就着凉水，咱哥俩把这瓶酒喝了。

肖卓然看出了丁范生的反常，不动声色地说，丁院长，我已经一年没有尝到酒味了。肚子里除了麦麸饼，一点油水也没有，恐怕喝不了酒。有话你就说吧！

丁范生喊来老板说，没有肉，你还没有大白菜？

老板说，大白菜也没有，有白菜根。

丁范生说，好，把白菜根洗洗，切成细丝，放点盐。还有什么？

老板说，不瞒丁院长，还有两个鸡蛋，是留给孩子他娘催奶的。

丁范生说，那算了，给孩子催奶的东西我们不能吃，吃了老天爷不答应。还有什么？

老板说，还有半斤麦麸子。

丁范生大喜道，好好好，我这二十块钱买你半斤麦麸子，你不吃亏吧？把麦麸子贴成饼，有油放油，没油放盐。

老板答应一声，进去张罗去了。

肖卓然说，丁院长，你找我来，到底是什么事情，让你这么破费？

丁范生看着肖卓然，嘴巴动了一下，眼圈一红，赶紧把脸扭过去了，从裤兜里摸出一根弯弯曲曲的烟卷，点燃，狠狠地吸了几口，然后说，肖老弟，等一会儿再说吧，没有酒，我开不了口。

十几分钟后，老板就把东西端上来了，除了麦麸饼和凉拌白菜根，居然还有一盘切成丝的西瓜皮。丁范生把酒瓶盖咬掉，咕咚咕咚往肖卓然面前的大碗里倒了半瓶，再把剩下的倒进自己的碗里，举起碗对肖卓然说，先喝酒，后说话。

肖卓然没动。

丁范生端起大碗，像牛饮水一样灌了几口，放下碗盯着肖卓然说，肖卓然，肖老弟，你是不是看不起我？

肖卓然说，丁院长，我想知道你今天要对我说什么。

丁范生说，你难道不知道？你肖卓然学识渊博，这一年来韬光养晦，皖西地区的事情你知道一大半，第三医院的事情你全知道，你怎么能不知道我今天要对你说什么？

肖卓然说，我确实不知道。我这一年来一直在给汪亦适打下手，我想努力当一个好医生。上个月我刚刚通过了主治医生的考试，以后，我就在外科打发我的时光了。

丁范生又喝了两口酒，抹了抹嘴巴说，是吗，如果真是这样，那我就看错人了。你知道我此刻想起了什么吗？我想起了一首诗，我文化不高，但是我记性好。小时候听大书，那首诗叫什么来着？勉从虎穴暂栖身，说破英雄惊煞人。巧借闻雷来掩饰，随机应变信如神。是不是这样啊肖老弟？

肖卓然站起身说，丁院长，我现在是个医生，我在工作中如果有错误和缺点，你可以批评处理我，但是你用不着这样奚落挖苦我。我不是刘备，你也不是曹操，今天也不是煮酒论英雄的日子。我们都是共产党的干部，光明磊落，胸怀坦荡。有事说事，没有事情，我要回家了。我的妻子和孩子，还在等我一起喝稀饭呢。

丁范生说，你说什么，喝稀饭？啊，我知道，也是麦麸子掺槐树花。我的常务副院长，我的立过战功的同志，为了第三医院辛勤工作了十几年的好同志，我的好兄弟，带着他的老婆孩子，只能喝麦麸掺槐树花的稀饭，我这个院长还配当下去吗？我他妈的多吃多占，我他妈的贪图享受，我他妈的不是人，我就是血吸虫！

肖卓然完全没有思想准备，丁范生把酒碗一举，仰起脑袋喝个精光，然后把碗往墙上一摔，蹲在地上号啕大哭，哭得肖卓然目瞪口呆手足无措，回过神来，想劝说或者制止。但是丁范生哭得惊天动地而且密不透风，他根本插不上嘴。

丁范生哭着说，肖卓然同志，我错了，我真的错了。过去你批评我，我不以为然。我认为新中国成立了，皖西解放了，革命成功了，我们这些脑袋别在裤腰上活过来的老革命，就应该享福了，就应该吃好的穿好的。我们已经给了人民很多很多，现在是该老百姓养活我们的时候了，我们要把战争年代吃的亏补回来。正是因为有了这个思想，所以我才反感你的批评，甚至发展到了打击报复的地步。可是，这一年的事实教育了我，我没有想到革命的路还有那么长，我们的任务还远远没有完成，我们的老百姓还那么贫穷！我们到底给了他们什么？吃麦麸，吃槐树花，这还算好的。在蓼城农村，我亲眼看见一个孩子因为吃糠拉不下屎，肛门挣得稀烂，血肉模糊。一个村里三十个人得了肝炎，我们却束手无策，眼看着他们病死饿死。我们医疗队的同志二十个人每天总共只有五斤小米，还捐出去一半，可还是杯水车薪，谁也救不活啊！

肖卓然明白了。丁范生春天就向上级提出来，带医疗队下乡，上个月终于成行。他以为他是救世主，他可以解救那些正在饥饿和疾病的死亡线上挣扎的老百姓，可是当一个个活生生的人在他面前死去，而他作为一个行政十四级的老革命，作为人民政府领导的医院院长，却只能眼巴巴地看着，除了号啕大哭，他还有什么办法呢？丁院长受到了严重的刺激。

肖卓然说，丁院长，饥饿是普遍的，天灾人祸，我们谁也没有办法，你不要太伤心了。

丁范生不哭了，抬起头来说，什么天灾人祸？人祸大于天灾，我就是制造这人祸的一个分子啊！

肖卓然说，丁院长不必过于自责。就算人祸，我们基层干部也不能负主要责任。

丁范生说，我们推波助澜啊，我们都是帮凶啊，我们没有给组织上帮好忙啊！丁范生说着，举起了那个空酒瓶，在头顶摇晃着说，肖老弟，你知道我最近在干什么吗？我天天都在反思，天天都在抠我的嗓子眼儿。我恨不得把我多吃多占的东西都吐出来，还给老百姓，多救几条命。我给自己算了一笔账，从 1953 年 705 医院设立小灶以来，我们医院领导大吃大喝，加上请客，这种酒每天至少喝两瓶，而酿造这种酒，每瓶需要二十斤粮食。每天四十斤粮食，每年一万多斤，七年，将近十万斤粮食被我们当作水喝了。还有大鱼大肉，折合成粮食，我们医院领导干部这些年来，往少里说，也浪费了五十万斤粮食。

肖卓然说，丁院长，你别这么想，那些东西也不全是你一个人浪费的。

丁范生目光似乎有些呆滞，哽咽着说，如果这些粮食不被我们吃掉，不被我们变成大粪，如果这些粮食储存在仓库里，今天拿出来，能救活多少生命啊！可是，可是，我们这些败类，我们这些寄生虫，把它都变成大粪了……

丁范生的声音突然低沉下来，又蹲了下去，头也垂了下去。肖卓然吃了一惊，赶紧上去扳他的肩膀，一边扳一边喊，丁院长，你怎么啦?

丁范生说，肖老弟，我没醉，我比任何时候都清醒。我这里有一份检查，你帮我看看，还有哪些问题没有说清楚的，加上去，交给组织。我不能再当这个院长了，你是第三医院最合适的院长人选。我的将来，就在蓼城农村了，我在那里赎罪，我用我的劳动、用我这颗心来弥补我的过失。如果有一天我死了，我希望你在追悼会上说一句，这是一个犯了错误但是知错就改的人，那时候如果我还有党籍，请你验证我是否已经合格。

丁范生说着，又从裤兜里掏出一大卷皱巴巴的材料，交到肖卓然手上说，你今晚就看，明天就到地区交给陈书记，他从党校学习回来了，就说我无颜以对，我到农村去了，我赎罪去了。陈书记说过，天地之间有杆秤，秤星就是老百姓，我现在就去找秤星去了，我希望有那一天，我把我的罪赎了，他还能说我丁范生是个好同志，那我死亦瞑目了。

肖卓然大为震动，捧着那份材料说，丁院长，你这是何必！你有这样的胸怀，既然已经认识到问题了，何必要走这个极端呢? 现在正是困难时期，第三医院也是人心惶惶，你这时候离开，你以这样的方式离开，无论是对组织还是对群众，都是不负责任的。

丁范生说，拜托了，我只能以这样的方式离开，否则我就走不掉。长痛不如短痛，我是个共产党员，我知道什么叫组织原则，但是我现在更需要的是，我要证明我还是不是个共产党员，我还能不能当一个共产党员。肖卓然同志，过去我对你不理解，误会过，也嫉妒过，还打击报复过，但是我最终认清了你，你对党的事业忠心耿耿，光明磊落，有远见也有能力。如果早一点听从你的意见，也不会有今天的悔恨。

肖卓然说，丁院长，我们都是共产党员，我尊重你的选择，钦佩你负荆请罪主动要求处分的风度，我也可以把这份检查呈交给地委，但是我希望你在上级处分之前，不要离开第三医院，不能造成混乱。明天你继续上班，例会上的问题还要形成决议。当务之急的粮食问题，还得拿出解决意见。你得答应我。

丁范生终于把眼泪抹干了，坐在凳子上，看着肖卓然，眼睛里居然涌上几分慈祥的光芒。丁范生说，我没看错，肖老弟，事实上你现在已经开始主持第三医院的工作了。我答应你。

肖卓然说，在这件事情没有结果之前，消息不能对外扩散。

丁范生说，它是我们两个人之间的秘密。

肖卓然说，我们都争取做一个真正的共产党员吧，请你接受我真诚的祝福，作为一个老革命，作为一个拥有如此磊落胸襟的老共产党员，你将成为我的楷模。

四天后，地委书记陈向真和地委组织部李部长来到了第三医院，宣布一项任命，撤销丁范生第三医院院长和党委书记职务，降职为第三医院副院长，肖卓然同时担任第三医院院长和党委书记。

当天晚上，丁范生约肖卓然散步，肖卓然知道丁范生心情沉重，有些话也想和他聊聊，就答应了。两人并肩溜达到康民大厦的工地，看着一片狼藉的大厦根基，丁范生说，卓然同志，我现在无官一身轻，受了处分，也解脱了，心里很干净。只有这一件事，我感到很难受。由于我头脑发热，搞了这么个大而无当的工程，不上不下，劳民伤财。这个烂摊子留给你，我真的很难过，对不起了。

肖卓然说，老院长，你也别太自责了。说实话，这件事情我也有责任，当时没有阻止。不过话又说回来了，你主张搞一个宏伟的康民大厦，从事情的表面上看，是受当时大发展气候的影响，但从本质上讲，出发点并没有错，我们的医院，也确实需要一个新型的住院大楼。所有的问题就是一个时间问题。错在时机不成熟，时候没到，物力财力跟不上。但这并不等于说我们就不需要。现在你主持打的这个根基，不是废墟，以后时机成熟了，条件具备了，我们还是要把它建成。我说过，一年两年不行，三年五年可能，十年八年准行。让我们一起努力吧。

肖卓然说得推心置腹，很动情。丁范生的眼睛湿润了，凝视肖卓然很久才说，卓然同志，你这样说，我的心里就好受了。我看出来了，虽然你比我年轻，但是在工作上你比我成熟。我吃亏就吃亏在文化程度太浅，缺眼光，也缺思想啊！第三医院，就应该交到你这样的同志手里。

肖卓然动情地说，谢谢老院长，你对我的鼓励，也是对我的压力，以后有了难题，我还是要请老院长指导。

丁范生说，指导谈不上，有了意见，有了建议，我会当面向你提，就像你对我那样，知无不言，言无不尽。有了重大任务，你肖院长一声令下，我丁范生一马当先。

肖卓然说，一言为定。

丁范生自请降职之后，在程先觉结婚的第二天，带领一个由年轻医务人员组成的医疗队，长年辗转于皖西地区广大农村，后来落户在蓼城桥头乡，在70年代初期的一场抗洪中，身先士卒，筑坝抢险，因劳累过度，晕厥摔下大堤，腰脊断裂，从此瘫痪——此为后话。

5

肖卓然上任伊始，就着手解决粮食问题。从药材仓库里清理出一百多种共四千多斤中药材，装了六卡车，前往浙江沿海地区，换取海带和其他水产品，同时发动部分医务人员，由郑霍山担任总指挥，进入大别山，指导和帮助山区群众寻找可食用植物，使得第三医院在最困难的时期，没有饿死一个人。

有一天开会，肖卓然布置近期业务培训和考核，要求从德能勤绩等方面全面衡量。肖卓然打着凌厉的手势说，各科室要在近年分配的大学生里面，尽快培养出两至三个能够独当一面的专家。我们的医院，要人才辈出，人才济济，而不能技术垄断。那种专家独霸一方、一人离开地球不转的现象再也不能继续下去了！

郑霍山在下面用胳膊肘拐拐汪亦适说，听听，这是在讲你呢。人家在你手下也就是锻炼几个月，你就以为可以骑在人家头上作威作福了。看看，现在就给你下马威。

汪亦适说，少来这一套。我看他是在说你。你小子落井下石乘人之危，把舒云舒都气哭了。你得当心点，老肖收拾人也是心狠手辣的。

郑霍山说，看见没有，上个月这个人的脸还是绿的，眼珠子也是黄的，舒老三跑去找我，说怕他得了肝病。看看，现在是红光满面，眼珠子炯炯有神，一口气呼出三尺开外。那桌子再让他拍上一年，非砸个窟窿不可。

汪亦适说，其实，给老肖这样的人治病，最好的方子就是提拔使用，比特效药还灵验。

程先觉结婚，是在肖卓然担任院长的第二个星期。程先觉向肖卓然汇报说，他已经有了对象，是杨副专员的妹妹，见了几次面，双方感觉不错，请示肖院长，能不能批准他结婚。

肖卓然说，你早就该结婚了。三十出头的年纪了，还打光棍，简直丢社会主义的脸。不过现在是困难时期，你结婚想铺张也铺张不起来，还是从简吧。医院给你补助十斤小米。

程先觉说，过去规定，县处级干部结婚补助三十块钱，三十块钱能买三百斤大米。你不能当上院长就破坏这个规矩。

肖卓然说，你是知道的，我这个人没有别的优点，就是爱认死理。我过去说过，执行规定要一丝不苟，现在我还重复这句话，严格按照规定来，补助你三十块钱。行吗?

程先觉说，我当然拥护。

到了下午，程先觉又哭丧着脸跑到院长办公室说，算了院长，还是补助我十斤小米吧，三十块钱现在只能买三斤小米，钱成纸了。

肖卓然哈哈大笑说，你程先觉不是会算计吗?这回是聪明反被聪明误了。你既然坚持按照规定办事，我这个院长当然更不能违反规定，补助你十斤小米是不可能的。两条路：一是按规定补助你三十块钱；二是拿三十块钱，按市价买三斤小米给你，再买七斤小米算借给你。

程先觉说，我选择第二条。

然后就举行了婚礼。也是在第三医院的大会议室里，摆了数量有限的花生糖果。杨副专员等人参加了，新郎新娘各自家里来了几个人，医院的同事们去热闹一场，就像开了一次大会。

在程先觉的婚礼上，郑霍山送去的礼物别出心裁，是一盒他自己研制的"阳泉"，说明书白纸黑字写着，专治举而不挺，挺而不坚，坚而不久。

这盒药引起一点小小的麻烦，要不是碍着副院长兼新郎的面子，程先觉差点儿就同郑霍山吵起来了。在一片哄笑声中，郑霍山面不改色心不跳，振振有词地说，现在是困难时期，我们大家的身体都有问题。男女之事，人皆有之，但不能竭泽而渔。这种阳泉，不是壮阳药，也不是补阴药，它是我们在困难时期既保证提高房事质量，同时又保护身体不受过多榨取的补充药品。

医院里的人对于男女之事并不陌生，平时荤的素的玩笑也开一些，但那都是在背地里的悄悄话。像郑霍山这样在大庭广众之下里三层外三层地高谈阔论，还是第一次，尤其还当着新娘的娘家哥哥杨副专员的面。程先觉当时脸上就有一些挂不住，走近正在扬扬得意卖弄风骚的郑霍山，压低声音说，老郑你搞什么名堂，你是来臭我的还是来卖狗皮膏药的?

郑霍山嬉皮笑脸地说，程副院长，你也是医生，怎么这么封建，这是科学你懂吗?你今晚就可以进行临床试验，明天把体会说给我，这也是帮助科研。

程先觉气不打一处来，瞪着眼睛说，滚你的蛋，我的婚礼不欢迎你。

郑霍山说，他妈的，我是你拿请帖请过来的，现在居然让我滚蛋!我偏不滚!

程先觉正要发火，肖卓然从主桌上走过来了，沉着脸说，程副院长，郑主任，别吵了，像什么样子!

程先觉和郑霍山这才停止争吵。肖卓然说，郑霍山送的礼物，没有恶意，这药品也是经过药检部门确认的，但是你送的场合不对，尤其不应该夸夸其谈。这种场合老是谈房事房事的，你不觉得别扭？

郑霍山说，拳不离手，曲不离口。我们当医生的，人身上那些物件干什么用的，什么不是清清楚楚？房事是人生最重要的事情，为什么要遮遮掩掩？我跟你们说，房事的问题不解决，别的问题解决得再好也是白搭。

肖卓然说，你少说两句，憋不住回家说去！

郑霍山说，我在推销我的产品，你作为院长，应该表扬我的敬业精神。回家有什么说头？回家我就直接用了。

肖卓然说，越说越不像话了，哪里像个中医科主任！

郑霍山说，那你说我像什么？

程先觉一竿子插进来说，还能像什么？流氓！

郑霍山正要发作，肖卓然手一挥说，程副院长，亏你还是医生，医生应该有医生的判断标准，不能动不动就上升到流氓的高度。

程先觉说，他送这东西确实不合适。

肖卓然说，你希望他送你十斤小米，可是他有吗？他能送你这个东西，也值十斤小米。你们不要扯淡了。婚礼开始了，各就各位。

郑霍山朝程先觉不怀好意地笑笑说，好，听肖院长的指挥。谁再捣乱，当心肖院长把他的那个给那个了。

程先觉咬牙切齿地说，好，等老子过了这一关，有你的好看。

程先觉结婚之后，买了一双高级皮鞋，底子很硬。有一次在外科手术室外面，正好被肖卓然碰见。肖卓然听着声音不对，对程先觉说，老程，你过来。

程先觉不知就里，昂首挺胸地过来了。肖卓然侧耳聆听，听着橐橐的声音，然后笑着说，老程，你下班后到我办公室去一下。

程先觉中午到肖卓然办公室，本来以为他有什么大事要交代，没想到肖卓然给他讲了一个故事，肖卓然说，你认识方得森吗？

程先觉说，认识，原先在卫生局工作过，同学啊。

肖卓然说，对了，他现在是医药公司供销科的科长，他老婆是个土包子。结婚的时候，据说方得森从南京给她买了个丝绸裤头，被他老婆骂了一顿。说有钱应该花在明处，买个裤头穿在里面谁也看不见，裤头用白洋布缝一个就行了。方得森一听是这个道理啊，丝绸裤头穿在里面是亏了。后来你猜他是怎么做的？

程先觉说，知道，他写了个条子，贴在他老婆的屁股上——内有高级丝绸裤头一条。

这当然是个笑话，是皖西医疗卫生系统好事之徒为了挖苦那些摇身一变成了假洋鬼子的干部，捕风捉影添油加醋编排出来的。程先觉老老实实地回答了，看见肖卓然正阴阳怪气地盯着他那双油光锃亮的皮鞋，这才明白上当了。

肖卓然说，我们是医院，规定上班不许穿高跟鞋，不许穿硬底皮鞋，你难道不清楚？

程先觉说，那是针对医生护士的，没有说行政干部不许穿皮鞋。

肖卓然说，那我现在口述一条补充规定，你记录——为了保持正常工作秩序，第三医院所有干部职工，上班期间一律不得穿高跟鞋和硬底皮鞋。此规定于今天晚上下班之前传达到所有人员。

程先觉东张西望，嘟嘟囔囔地说，这又不是什么大事，干吗要这么兴师动众的？我好歹也是个副院长，难道连一双皮鞋都不能穿？

肖卓然说，我不管你什么副院长副股长的，今天下午，如果我再发现你穿着皮鞋招摇过市，我就禁止你出入业务科室。听明白了没有？

程先觉见肖卓然不像是开玩笑，心里一虚，赶紧回答，听明白了。

这件事情后来传出去，就有人借此做文章，把肖卓然描述得无所不管，就连人家夫妻房事都管。因为肖卓然曾经在会上说过，现在条件好了，营养足了，我们有些同志不思进取，两口子天天晚上不到八点就上床了，一年生一个孩子。只顾照顾孩子了，哪里还有精力工作啊？照这样生下去，用不了二十年，我们皖西地区就人满为患了。

6

郑霍山这几年在中医药研究方面，建树颇丰，尤其是养生健身之道，搞得炉火纯青。第三医院虽然是综合医院，后来还设立了心血管科、内分泌科、神经科等，但是在60年代之前，这些科室基本上都是以中医诊断为主，郑霍山大显身手，几乎哪个科室有了疑难杂症，都要请他去会诊。因此在三年自然灾害的年头，郑霍山家里的伙食总比汪亦适和肖卓然的家里强得多。

到了60年代中期，除了基本的中医理论，郑霍山还有一个天大的成就，那就是对于性学的研究。他不仅熟读《黄帝内经》《素女经》等中国古代典籍，不知道他从哪里还搞了几本外国的性学著作，其中还有外文插图版。外文他看不懂，整个第三医院只有汪亦适和舒云舒学过英文。有一次他去找舒云舒请教，舒云舒把书一打开，看见插图先就面红耳赤了，一把把书扔得老远，再也不理他了。他跟在舒云舒的屁股后面喊，这不是什么流氓书，这是科学，你不要封建。舒云舒头也不回地说，你那科学我看不懂，另请高明吧。

郑霍山没有办法，只好去请教汪亦适。汪亦适翻翻书说，性学是一门科学不错，但你这玩意儿不是科学，你这玩意儿就是流氓书。这是房事十八招，如果让保卫科的人看见你在鼓捣这玩意儿，判你个流氓罪都是有可能的。

郑霍山这才知道，他用二十斤粮票买来的这个小册子，当真是一本黄色书籍。二话没说，一把火烧了。

郑霍山不仅从理论上探讨性学，而且很注重在实践中加以运用。夫妻过生活的时候，他总是向舒云展提出这样那样的要求。舒云展不肯，他则振振有词地说，这是科学。人不是动物，人与人之间最本质的交流就是房事，最应该讲究的也是房事。生活水平高不高，主要是看两巴，下面那一巴的生活水平比上面这一巴的生活水平还重要。现在是自然灾害困难时期，上巴的问题不好解决，提高下面那一巴的生活水平还是有可能的。

舒云展跟郑霍山结婚几年了，已经习惯了他的歪理邪说，往往在事后还觉得他的歪理邪说有创意，有煽动性，所以舒云展对郑霍山的理论和实践总是半推半就地配合着，每每到了高潮的时候，郑霍山会发出奇奇怪怪的低沉的喊叫——这是勇敢的海燕，在怒吼的大海上，在闪电中间，高傲地飞翔；这是胜利的预言家在叫喊——让暴风雨来得更猛烈些吧！

有一次高潮过后，郑霍山吧嗒着嘴，好像意犹未尽，突然问了舒云展一个奇怪的问题。郑霍山说，有一个问题，中西医理论都没有涉及，那就是感应问题。按照西方科学，生命与生命之间，应该有一种看不见的联系，尤其是血缘相近的人，一个人受到大的刺激，另一个人似乎也应该有生理反应。

舒云展对他的话总是似懂非懂，问道，你是说，人与人之间，有灵魂联系？

郑霍山说，说灵魂，好像就是迷信，其实我看不是。按照牛顿的说法，世界是物质的，生命也是物质的，那么也可以这样理解，灵魂也是物质的。你说，我们在做那个事情的时候，在你进入高潮的时候，你的双胞胎妹妹会不会有感觉？

舒云展一骨碌从床上翻下来，拽起枕头就要砸郑霍山，嘴里骂道，你真是流氓啊，你的脑子都装了些什么？

郑霍山双手挡住枕头，一本正经地说，你别急啊，这是科学，我在跟你探讨科学道理呢。正好你有个双胞胎的妹妹，方便我们进行实例考察。你抽空问一问。

舒云展说，问你个鬼！这种流氓问题，也亏你想得出来。

郑霍山说，我是搞医的，我的问题都是从医学的角度出发，跟流氓没有关系。你要是不问，我只好调查别人了。

舒云展说，那你调查别人吧。不过我警告你，你得小心点，别让公安机关又把你抓到三十里铺，第二次当劳教犯。

舒云展嘴里虽然这么说，心里居然还是让郑霍山埋下了一个疑点。有时候姐妹单独在一起，她真想问问，他们两口子房事的时候老三会不会有反应。可是这种话又说不出口。想来想去，后来舒云展找到了另一个捷径。有一次她问舒云舒，前天夜里她有没有感到不舒服。舒云舒惊讶地说，你是怎么知道的，我前天下半夜心口疼，疼得直冒汗，卓然差点儿都叫救护车了。后来疼了一阵又消停了，我怕二老知道了担心，叮嘱卓然不要对外说，他还是说出去了。

舒云展心里暗想，看来郑霍山真的是在搞科学研究，这个人研究科学已经到了掐指妙算的地步。前天夜里，她自己发了高烧，快四十度了，郑霍山给她打了针，到了天快亮的时候烧才退下去。早晨没起床，还一个劲儿做噩梦。而昨天上午她们姐妹都得到消息，老父亲心脏病犯了，前天夜里抢救了大半夜。

至此之后，舒云展对郑霍山更加佩服了，佩服到了崇拜的地步。在她心目中，聪明绝顶，大智若愚，无所不能，这些词汇大都跟她的丈夫有关。她再也不担心他被公安机关抓去坐牢了。

郑霍山和舒云展夫妻生活是很美满的，这也就推动了他们的大生产运动。到了60年代中期，他们已经生下了七个孩子，其中有两对双胞胎。这个结果对于巩固郑霍山的中医名家地位起到了很重要的作用。郑霍山到处宣扬说，实践出真知，事实胜于雄辩，我们家的双胞胎，不是天上掉下来的，完全是我们用毛泽东思想武装头脑，运用科学的中医知识指导生活的结晶。

汪亦适婚后数年无嗣，几近绝望。舒雨霏暗中找舒云展，舒云展软硬兼施，让郑霍山配了几服中药，放在菜里让汪亦适在不知不觉中吃了下去。半年后舒雨霏怀孕，也是一对双胞胎，而且是龙凤胎，一男一女，举家大喜，满城风雨，郑霍山也因此声名大振。整个皖西地区，基本上没有人不知道第三医院有个中医郑霍山，郑霍山可以指腹定子。凡是找郑霍山看病的，不能怀孕的都可以怀孕，想要男孩就是男孩，想要女孩就是女孩，想要几个就是几个。

这话越传越神，郑霍山差不多一度成了皖西地区的“送子观音”了，以至于在二十年后肖卓然说，郑霍山为皖西的计划生育工作制造了严重的恶果。直到三十年后郑霍山才说了实话，其实汪亦适的生育能力根本没有问题。那对双胞胎并不是他的医术起了作用，而是舒家的女儿有双胞胎的基因，他只不过尝试着把这种基因调动起来发挥作用，没想到还真的见效了，也算是歪打正着吧。

后来郑霍山自己写了一本书，名字很大胆，就叫《提高夫妻生活水平》，里面就房事的起源、性质、发展过程、与情感的关系等进行了阐述，里面还运用了很多辩证法原理。在技术层面上，就房事之前的情绪准备、酝酿、时机、饮食、灯光、音乐等，也进行了具体的分析，里面穿插了很多实例，并配有插图。江淮人民卫生出版社已经纳入出版计划了，但是因为后来发生了“文化大革命”，这部尚未出笼的著作就被纳入毒草范围，连同郑霍山本人一起，被打翻在地，再踏上一只脚——这是后话了。

7

60年代中期，是皖西第三医院真正的大发展时期。自然灾害结束了，生产恢复了，大别山又是姹紫嫣红，农村人民公社兴修水利，大搞农田基本建设。皖西城雨后春笋般地多出了许多工厂，如机械厂、化肥厂、毛纺厂、造纸厂、拖拉机厂等，城市人口不断增加。

舒南城在50年代中后期的政治运动中，作为一个地方资本家，受到了一定的冲击，在皖西工商联的会议上做了几次检查。但当时的运动主要是针对党内干部，舒南城是民主人士，经陈向真书记和地委巧妙保护，没有被划到右派行列。此后，舒皖药行逐渐减退个人股份，多数并入皖西专区医药公司。到了60年代初，舒南城对皖西医药事业的贡献被重新宣扬，当选为皖西政治协商会议副主席。此时的舒南城，已经是三世同堂儿孙绕膝，舒家老宅里差不多可以办一个托儿所，有肖卓然和舒云舒的大女儿舒蔷薇、小女儿肖豆蔻、儿子肖川芎，汪亦适和舒雨霏的龙凤双胞胎大儿子汪茯苓、小儿子汪琥珀、女儿舒银杏，郑霍山的双胞胎老大舒当归，老二郑柴胡，还有一个老小郑天麻，一共九个孩子，除了舒蔷薇已经读小学了，其他均不超过六岁。

舒南城老两口豁达，女儿们的孩子，全部放在家里，老太太说，你们都是公家的人，有大事要做，我一个老太太，闲着也是闲着，把孩子都交给我来带，也算我对革命事业帮了忙。

当初郑霍山提出让每家的第一个孩子姓舒，肖卓然和汪亦适都很反感，认为郑霍山这是曲意讨好老丈人。特别是汪亦适，那时候几年不孕，正在惶恐不安，就连自己能不能有孩子都难说，郑霍山居然提出这么个问题，哪壶不开提哪壶，简直居心不良，简直用心险恶。但是后来慢慢也就想通了，舒家二老膝下无子，闺女一个个离巢嫁出，晚年势必凄凉。郑霍山这么个很没有人味的人，提出这么个想法，其实还是很有人味的。

对于给孩子取名字，最初不仅汪亦适和肖卓然对郑霍山的馊主意嗤之以鼻，舒家几姐妹都一片声讨，说这简直是胡闹，把孩子的名字都取药材了，像个什么样子？蹊跷的是，在舒家姐妹乱哄哄声讨郑霍山的时候，舒南城老先生则微笑不语，若无其事地吸他的水烟。说一次老人家没有态度，说两次老人家还是没有态度，最后大家就明白了，老人家没有态度其实就是态度，老人家默认了，看他那笑眯眯的样子，没准还赞许呢。这以后，用中药名称给孩子起名字，就成了这几家的惯例，而且多数都是郑霍山越俎代庖的。

50年代末到60年代初，几姐妹的肚子都相继开张了。争先恐后，就像种熟的地，不长庄稼则已，一旦播上种子，呼啦啦就长出一片了，一发不可收拾。每家平均三个，有男有女，人丁兴旺。而且看这架势，如果不关上闸门，每家再生三个五个也不是个问题。

这个时期，肖卓然的事业如日中天。他才三十五六岁，精力充沛，思维敏捷，不仅领导医院开展业务建设得心应手，就是应付各种政治活动也是游刃有余。医院建立了各种规章制度，包括人才引进和培训、业务考核和职称评定、考勤和奖罚，包括医疗方案的批准权限、大病重症会诊标准，等等。

肖卓然在大会小会上说，人民医院为人民，这不是一句空话，待病人如亲人，不能只喊口号，在我们第三医院这里，只有病大病小，没有官大官小，只有病急病缓，没有钱多钱少。只要是病人找上门来，我们第三医院要做的第一件事情就是把他收下来，我们力所能及的就由我们来治疗，我们不能治疗的，也要为他们咨询，帮助他们找到最合适的医院，帮他们找到最合适的医生。老百姓进城两眼一抹黑，看个病不知道要走多少冤枉路，不知道要花多少冤枉钱，我们既不能让他们病急乱投医，也不能让他们有病没法医。

肖院长有了这个态度，第三医院就门户大开，皖西地区都知道皖西城里有个菩萨医院，菩萨医院里有个青天院长，所以到第三医院看病求医的人就要比其他医院多得多。

那时候没有公费医疗这一说，也没有实行合作医疗，国家干部和职工住院看病可以报销，农民就得自己掏腰包。在第三医院还有一个约定俗成的规矩，对于患者，无论是干部还是群众，能看中医的，不看西医；能院外治疗的，不住院治疗；能保守治疗的，尽量不做手术。这一切都是为了节省。有些干部病号对第三医院的做法很不满意，反正自己的医疗费是公家报销，为什么不给开好药？为什么不给开补药？为什么不让住院？

当然，有这种想法尤其是有这种说法的，在当时是极少数人。那时候提倡大公无私，厉行节约蔚然成风，对于第三医院坚持面向普通老百姓持不满态度的声音很微弱。直到几十年后，第三医院仍然保持了这个传统，从而成为江淮地区家喻户晓的平民医院。到了80年代末和90年代初，有相当长的时间，在皖西地区后来的皖西市，除了重大隐患或疑难杂症需要汪亦适或郑霍山以及他们的学生出面操刀把脉，县处级以上的干部，如果需要小病大养或者私病公养，再抑或是开补药开特种药的事情，那是断断不会找到第三医院门下的。尽管那时候肖卓然早已不当院长了，但是他订的那套规矩还在雷打不动地执行着。

第三医院坚持底层关怀，又大包大揽地为病患承担了很多义务，固然是件功德之举，这样做也带来一些问题，那就是钱。政府每年补贴非常有限，肖卓然又坚持实行最低收费标准，那么钱从哪里来呢？在这个问题上，肖卓然采纳了郑霍山的建议，在医院南边办起了一个小型制药厂，最初是炮制中成药，多数是郑霍山研制的产品。郑霍山在皖西中医界已经声名大振，求医者络绎不绝，仅他属下中医科的患者对于中药的需求量就已经相当可观，其他医院包括下面县级医院和乡镇卫生所，多数中成药都是从第三医院制药厂购买。这件事情用郑霍山的话说，皆大欢喜，病人有了廉价的药，医院有了额外的钱。

后来，随着科研人员的引进，肖卓然又让程先觉给地区卫生局和工商局打了个报告，制药厂注册了几种技术含量较低，在农村要普遍使用的西药，药厂生产规模进一步扩大。第三医院虽然坚持平民风格，但是在资金方面，比第一和第二人民医院要富足得多。

现在，第三医院终于迎来了它的春天，制度建设、人才建设、业务建设都已经走向了正规。但是肖卓然还有一件很重要的心思难以释怀，那就是康民大厦的问题。

当初丁范生降职之后，在康民大厦被遗弃的工地上那一番推心置腹的话，这些年始终萦绕在肖卓然的心头。丁范生是犯了“左”倾错误，那是在一个特定时期犯的特殊错误。丁范生文化程度不高，对于事业的理解有局限性，但是丁范生当初提出的要为皖西人民建设一座现代化的住院大楼的动机并没有错，甚至可以说有长远眼光。遗憾的是，他的想法提得太早了，行动的时机更是早了。肖卓然记得他在几个场合都说过，一年两年不行，三年五年可能，十年八年准成。屈指算来，从这个想法最初提出并奠基，现在正好是十个年头。皖西的工农业建设已经步入到一个理性的秩序的阶段，人民生活水平稳步提高，那么，改善老百姓的医疗条件，把第三医院的建设推向高峰，也就势在必行了。

续建康民大厦，终于提到了议事日程。

8

这年秋天，肖卓然主持院务会，分析了医院建设的方方面面，同时拿出确凿的数据。肖卓然指出，按照当前第三医院所承担的医疗任务，根据现在医院的资金实力，康民大厦的建设时机已经成熟。当年丁范生同志主持的设计方案，经江淮省重新论证，仍然具有可行性。

党委副书记李绍宏发言说，目前政治学习任务很紧张，而且上级一再提倡艰苦朴素。本来其他医院就对我们办药厂有看法，我们挣了钱，还是应该勒紧裤腰带过日子，多考虑国家的困难。这个时候大兴土木，是不是合适？

肖卓然反感地说，我们建设医院，改善老百姓的医疗条件，就是从根本上为国家分忧。勒紧裤腰带过日子的话以后再也不要提了，勒紧裤腰带过日子不是社会主义，社会主义就是要让老百姓过好日子。

李绍宏愕然地看着肖卓然说，肖院长，你这样说有问题，我们不能丢掉艰苦朴素的优良传统。

肖卓然说，我说过要丢掉艰苦朴素的优良传统了吗？艰苦朴素是我们领导干部的事情，我们不能老是让老百姓艰苦朴素。十年前，当丁院长提出要建设十八层医疗大楼的时候，我也是持反对意见的，因为我认为那时候时机不成熟。我记得我跟老院长说过，一年两年不行，三年五年可能，十年八年准成。从老院长提出这个设想，打了根基，到现在已经十个年头了，是该我们兑现承诺的时候了。

李绍宏说，肖院长，当初方案基本上是丁范生个人提出来的，说十年八年准成，是你个人提出来的。现在看来，这件事情，从始到终，都是个人意志。个人的承诺不等于组织上的承诺，我觉得我们还应该征求广大群众的意见，不能感情用事。

肖卓然终于火了，拍着桌子说，征求群众意见？群众懂什么，群众吃不饱饭，看不起病，说不上话，报纸电台怎么说，群众就怎么说。怎么能过上好日子，群众就怎么说。如果都要征求群众意见，要我们领导干什么，要我们党委干什么？我们今天坐在这里，就是代表群众！

肖卓然一拍桌子，大家就不吭声了。肖卓然当了几年院长，别的把持得还算有分寸，就是养成了拍桌子的习惯。

这次会议形成决议，再次成立基建领导小组，由副院长程先觉牵头，尽快完成续建康民大厦的筹备工作。让肖卓然始料不及的是，这次会议也给他埋下了一个祸根。

决定康民大厦续建之后不久，肖卓然带领一个医疗队兼调研小组，前往寿春、梅山、蓼城、舒霍等县农村进行巡回医疗。主要的任务是解决流行在皖西农村的血吸虫病和肝炎病，次要的任务是进行流行病的防疫知识普及。

在蓼城县的桥头公社，肖卓然和丁范生进行了一次彻夜长谈。

丁范生已经在四年前申请辞去第三医院副院长职务，主动要求降低行政级别，从十四级降到十九级，带领全家下放到桥头公社，当了一名乡镇卫生院的院长。虽然丁范生没有受过系统的医疗卫生教育，但是多年在医院工作，耳濡目染，常识知道了不少，加上降职之后，隐居乡间，潜心苦读，对于农村常见病和一般的伤病处理，还是积累了一些经验。

在丁范生的农家小院里，肖卓然向丁范生介绍了第三医院这几年的变化，丁范生说，我都知道了。第三医院的每一个变化、每一个进步，我都知道。我在这里，没有人知道我曾经是第三医院的院长，也很少有人知道我是一个老革命。这里的老百姓都喊我老丁，在他们的眼里，我就是从外乡调来的一个农民土医生。

肖卓然说，当年您设想建设一座康民大厦，作为皖西最大的住院部，那时候情况不允许，现在我们有了资金，有了政策，有了技术力量，时机已经成熟了。程先觉同志在负责筹备，我希望开工的时候，老院长能够亲自回去看一看。

丁范生听了，心里一热，眼窝也就热了，吸了几口烟说，肖院长，我给你添麻烦了，留下那么大个屁股让你擦。

肖卓然说，老院长您千万别这么说，现在回过头来看，您的想法并没有错，仅仅错在时机。那时候我们做事只能走一步，而您带着我们走了两步，错就错在多出的那一步上。上个月，经过专家论证，您当年打下的根基，承重在二十层以上。可以说，您是以您的错误给我们打下了基础。康民大厦能够建成，您还是首功。

丁范生沉默了半天，看着肖卓然，两行热泪滚滚而下。过了很长时间丁范生才说，没想到你肖卓然这么有胸襟，你能这么看问题，我老丁就感到安慰了。我们的康民大厦如果能建成，我死也闭眼了。

肖卓然说，关于康民大厦的使用，我们以前就有过讨论，我希望它能为皖西最底层的老百姓提供体检。

丁范生说，给农民体检，而且每年复查，想想心里都是热的，都是火辣辣的，这是功德无量的事情。可是，这也是一件有天大的困难的事情！

肖卓然说，我记得您当年跟我说过，想到而暂时做不到，以后还有机会做到；连想都想不到，那就永远也做不到。困难是有的，别说资金，把农民从农忙中解脱出来体检，都是一件很费力的事情。但是我们不能不做，我们要一点一点地做，哪怕一寸一寸地往前。

丁范生说，陈书记那句话说得好啊，天地之间有杆秤，秤星就是老百姓，满天的星星都在看着我们啊！皖西的老百姓不会忘记好人的。

肖卓然说，我这次带医疗队下乡巡诊，很有感慨。皖西地区七个县，现在人口已经由解放初一百多万增加到将近四百万，增长速度惊人。这么多人口，真正从健康的角度来说，光靠医院医生，光靠吃药打针，是不能从根本上解决问题的。

丁范生不解地问，那你还有什么招数？

肖卓然说，这就好比一条河，上游路过一个毒源。我们仅仅从下游消毒，永远也消不完，还是要从上游掐断毒源。我已经跑了四个县，一直有个疑问，为什么皖西地区的血吸虫和肝炎发病率那么高？而且历史上就高，我很怀疑是吃水的问题。皖西群众吃水来源有两个，一个是史河和史河支流，水质相对还算好的。但是进入乡村，多数是小河沟，人畜共用，一到下雨天，粪便流淌，细菌繁殖。还有很大一部分群众的食用水是井水，多数是土井，离地面不到十米，水质看似清洁，其实也有很多细菌。这个问题不解决，我们就是再建一百所医院，也解决不了问题。

丁范生突然笑了说，肖卓然，你讲这话，我想到了一个说法，你知道棺材铺的老板最希望的是什么？

肖卓然说，他希望人死得越多越好。

丁范生说，那么医院呢，当然是希望病人越多越好。不同的是，我们的医院是人民医院，是希望老百姓健康的。你的想法让我很受教育，你考虑的问题是大问题。事实再一次证明，你是个有责任感的人。

肖卓然说，我已经让人抽样了，回去化验，有了结果我要向专区汇报。改善群众的用水条件，改善老百姓的生活习惯，才是保证人民健康的根本。

丁范生说，这应该是地区卫生局和国家卫生部做的事情，你就不怕给你扣上多管闲事出风头的帽子？

肖卓然说，老院长您看我像瞻前顾后的人吗？在这一点上我跟您一样，心底无私天地宽。

丁范生说，肖老弟，我现在真的很后悔，当初我们第三医院，不，当初我们荣军医院成立的时候，我就应该把领导权交给你，让你放手大干。如果你当家早十年，我们的医院今天是个什么样子，我不知道，但我知道它肯定比今天要好得多。

肖卓然说，那也不一定，那时候我还年轻，只有一腔热血，经验还是不足，看问题也没有今天这样实在。

丁范生说，不过有一句话我得提醒你，最近你注意到上面的形势没有，好像又在搞什么运动。报纸上说，山雨欲来风满楼，树欲静而风不止，我也不知道是个啥意思，总觉得哪里不对劲。过去我对你有看法，就是锋芒太盛，过于好强。今天我还是要劝告你，这个时候，你要注意，干什么事情都要留有余地。老话说，枪打出头鸟，做事要走一步看两步。

肖卓然说，老院长，您是了解我的，我坚持真理，也坚信真理。我不能因为个人得失隐瞒我的观点。

丁范生说，战争年代有一句话，叫保护自己消灭敌人。你保护不了自己，怎么能消灭敌人？在和平时期，你保护不了自己，怎么能做成大事？

肖卓然说，老院长，我记住了。

9

就在肖卓然带领医疗队下乡开展巡回医疗的时候，舒云舒接到一个电话，老四舒晓霁又捅纰漏了。

舒晓霁捅的纰漏，说大不大，说小不小，就看怎么说了，就看谁来说了。

自从下放到寿春广播站，舒晓霁就把自己封闭起来了，老老实实地工作了半年。这半年她只回了一次皖西城，运了一堆吃的东西，买了一个特大号的便盆回寿春。她提出让家里给她在寿春广播站的宿舍里安上抽水马桶，实在不行安一个冲水便池也行，这当然是异想天开，因为当时皖西城里根本就没有抽水马桶，冲水便池从省城倒是可以买到，但是寿春广播站的宿舍里，根本没有下水道。

原先在皖西人民广播电台工作的时候，她对公共厕所几乎让人晕厥的氨气深恶痛绝，好歹还是坚持过来了。只要有空闲，她就会骑自行车或者搭乘公共汽车跑回自己的家里方便。但是到了寿春，这里的厕所更是恶臭冲天，粪便流淌，根本下不了脚。最开始的时候她采取了一个极端的办法，那就是尽量少吃少喝，这似乎并不能减少上厕所的次数，更不能减少上厕所的痛苦。

后来她发现了一个窍门。整个寿春县，只有县委招待所里有冲水便池。舒晓霁为了方便，经常去县委招待所。不了解内情的人，还以为这个舒晓霁有来头，不住广播站的宿舍，居然住在县委招待所里。

为了厕所问题，她进行过许多次战斗。有一次甚至在会上向广播站阎站长提出，文明单位应该有文明的厕所，广播站亟须建造一个能够冲水的厕所。

阎站长说，我们的厕所大家都能用，你为什么就不能用，你对劳动人民是什么感情?

舒晓霁一急，就说了一句不恭敬的话，阎站长你对劳动人民有感情，你天天去厕所办公，行不行?

阎站长当时就拍了桌子说，岂有此理，一个共青团员，居然天天为上厕所找领导，太资产阶级了！如果大家都用冲水便池，怎么积肥，没有肥料，你吃什么?

舒晓霁脱口而出，我喝西北风，你吃屎!

这一下，就把阎站长彻底得罪了。得罪了阎站长，舒晓霁一点儿也不在乎，工作照样吊儿郎当。让她播音，她老是无精打采，把好人好事表扬稿念得像致悼词。让她采编，她对大好形势视而不见，专门采访最贫困的地方，把“吃不饱饭”“没钱读书”“看不起病”这些话都录下来了，要不是分管领导把关细致，差点儿酿成政治问题。

阎站长还算有度量，找她谈话，要她改正错误，她不仅不认错，还振振有词地说，他妈的什么新闻自由?在咱们寿春县，什么话都让说，就是不让说真话，这难道就是新闻?就因为这句话，广播站里有人写信反映舒晓霁是现行反革命。她再一次蒙混过关，完全是因为大姐舒雨霏起了作用。

就在那次事件之后，舒雨霏带着舒云舒和舒云展，三姐妹一辆车子赶到寿春县。舒晓霁下乡采访去了，舒雨霏先是找到了阎站长，几句话一说就跟人家吵起来了。因为舒晓霁说的最严重的话没有来得及被录音，只有阎站长一个人听见了，不能作为证据，舒雨霏就抓住了这个薄弱环节，像一个泼妇那样同阎站长展开了英勇的战斗，拍着桌子指责阎站长造谣中伤，是借舒晓霁之口流露自己的反动思想。

阎站长没经过这个阵势，一来怕跟这个女人胡搅蛮缠搞不清楚，二来也知道舒晓霁是舒南城的掌上明珠。舒南城前些年一直是地委和专区主要领导的座上宾，舒家在皖西有很高的声誉。跟舒晓霁和舒雨霏过不去，即使他占了上风，也是两败俱伤。阎站长把声音低了下来，一直和颜悦色劝说舒雨霏，这件事情有误会，不再提了。

舒云舒也说，既然阎站长说有误会，我们也就心平气和地解除这个误会，把老四叫来，我们当面澄清。

阎站长想了想说，舒晓霁同志对我成见很深，如果当面澄清，也就等于当面打架。我这个当领导的，不想跟下属吵得满城风雨，尤其是不想在广播站里吵架。

舒云展说，那我们找个地方，到老三你婆家也行。你们肖家不是在寿春吗？

阎站长说，要不这样，争论归争论，不伤和气你们舒家三姐妹还是革命同志，麻烦你们做做舒晓霁的工作，晚上我请你们吃饭，让她作陪，她稍微讲两句客气话，大家也就都有面子了。

舒雨霏说，你是说让老四认错？那恐怕不行。

舒云舒说，大姐，阎站长既然这样说了，我觉得也是解决问题的办法，不过不要太破费了，说到底是我们老四不懂事！

舒雨霏说，你不要这样讲，老四有什么错！老四根本就没有说那样的话，别人栽赃，你也相信？

阎站长一看这两姐妹也吵起来了，干脆和了一把稀泥说，算了算了，今天就让我老阎请你们几个同志，我对舒先生、肖院长、汪主任、郑主任一向敬重，我今天就算请舒先生行不行？别的什么也不提了行不行？

舒雨霏不依不饶地说，你是什么意思？你是看我们父亲的面子还是看我们丈夫的面子？你这个轻视妇女的思想要不得！难怪我们小妹在你手下受欺负！

阎站长一看形势又不妙，舒雨霏气势汹汹的，好像她占尽了天下的道理，跟她是扯不清楚的。阎站长说，好好好，我的姑奶奶，我就是请你们舒家四姐妹行不行，我赔礼道歉行不行？

舒雨霏说，这还差不多。

在往舒晓霁宿舍去的路上，舒云舒埋怨舒雨霏说，大姐你也真是好斗，人家已经让步了，你还胡搅蛮缠。这件事情本来就是小妹理亏，能够息事宁人就谢天谢地了，你干吗那么横？

舒雨霏说，胡扯，我不相信小妹会糊涂到那个地步，小妹是我们姐妹中最聪明的人，也是工作最积极的人。就算她说了一些错话，谁听见了？一人为私，他个人说了也不算！

舒云展笑着说，其实我看这样也好，大姐唱黑脸，老三唱白脸，软硬兼施，老阎那个人还真是说不清楚。

舒雨霏说，就是，该横的就得横。我一眼看见那个阎站长，就不是什么好人。我们皖西地区还有很多人衣食不保，他为什么肚子那么大，不是多吃多占他哪有那么大的肚子？

当天晚上，广播站的阎站长当真在寿春的鼓楼酒店摆了一桌，打电话把舒晓霁也叫回来了，还叫了县委宣传部的一名副部长和广播站的两个人作陪。

在饭桌上，舒晓霁饭照吃，酒照喝，烟照抽。舒晓霁抽烟的水平很高，很有独创性，玩魔术似的，能把两支烟接在一起抽。三个姐姐都惊讶于舒晓霁变成了这么一副样子。舒云舒说，老四，你怎么抽烟了？酒量居然还这么大。

舒晓霁说，我平时哪有占公家便宜的机会？不吃白不吃。

阎站长苦笑着说，几位姐妹有所不知，舒晓霁同志在单位不争粮票布票，但是烟票酒票她总是第一份。

舒晓霁斜了他一眼，没有说话，端起酒杯喝了一大口，然后旁若无人地扯起一块鸡腿，扔到舒雨霏的碗里说，寿春烧公鸡，江淮名菜。

舒云舒用胳膊肘碰了碰舒晓霁说，低声说，注意形象，还大家闺秀呢。

舒晓霁说，狗屁！粮食吃不饱，管他大家闺秀小家碧玉，酒肉面前，一律斯文扫地。

舒云舒苦笑一下对阎站长说，小妹年轻不懂事，还请站长海涵，该教育的要教育，但是一些赌气的话，不能上纲上线。大家都是为了工作，何必要你死我活呢。

站长说，我又何尝想这样？可是舒晓霁同志她到处放炮，影响很不好，批评她还不接受，群众反映很大，我也不能总是姑息养奸吧？其实我批评她也是为她好，一个年纪轻轻的女同志，前途还长着啊！

舒晓霁啃完鸡腿，把骨头往桌子上一扔，吧嗒吧嗒嘴，又抹抹嘴巴，突然站起来说，姑息养奸你妈的头！老阎我告诉你，你下次再刁难我，我就把你半夜敲门企图强奸我的事实披露出去，我让你身败名裂死无葬身之地！

舒晓霁一语既出，举座皆惊，大家齐刷刷把脑袋偏向阎站长。阎站长面红耳赤，抓耳挠腮，脖子上青筋直冒，呼啦一下站起来说，舒晓霁，你血口喷人！你在寿春县广播站犯了那么多错误，我一再替你捂着，你不但不领情，反而造谣中伤我。你，你太过分了！

舒晓霁说，谁让你捂着的，你捂着别人的错误是什么动机？你不是口口声声讲党性讲原则吗？你捂着我的错误，就说明你有不可告人的动机。

阎站长气得眼泪都快流出来了，冲着舒家三姐妹说，各位大姐，不，各位同志，你们相信舒晓霁的话吗？这完全是栽赃啊！我怎么这么倒霉啊，我在寿春县广播站当这个站长，简直就是架在火上烤。舒晓霁你太过分了！

舒云舒和舒云展也被舒晓霁的话搞蒙了，张口结舌不知道该说什么好。舒雨霏却抓住了时机，站起身来说，好好，老阎，我现在总算明白是怎么回事了。你以为我们舒家是资本家，你以为我们老四是下放的，就好欺负啊！你等着，这件事情没有完！

说完，把碗筷一扔，踢倒椅子，转身出门，扬长而去。

事后舒雨霏问舒晓霁，姓阎的当真半夜敲过你的门？

舒晓霁说，可能吧，反正有人半夜敲过我门，不是他，也是他的狗腿子。

舒雨霏说，你没有证据是他，为什么在公开场合说是他？

舒晓霁哈哈一笑说，这有什么？反正他又不是什么好人。

舒晓霁的事情最后还是舒晓霁自己解决的，她的办法只有一个，软的怕硬的，硬的怕不要命的。在此之前，舒雨霏也出了个主意，但不是什么好主意。

那次三姐妹去寿春，第二天把舒晓霁也带回皖西城了。三姐妹连哄带骗，让舒晓霁到第三医院做了个体检，体检的结果，除了血压有点低，其他一切正常。但舒雨霏说，咱们医院的设备有问题，检查不精确。我看老四肯定是精神有问题，她有精神病。

舒晓霁当时就在旁边，一个结巴没打就回了一句，你才有精神病！

后来舒雨霏瞒着舒晓霁同舒云舒和舒云展商量，要给舒晓霁制造一个假病历，证明她有精神病。舒云展说，老四都快三十岁的老姑娘了，连个对象都还没有着落，你把她弄成神经病，那她以后怎么找对象？

舒雨霏说，我跟你说，她如果不是神经病，随时都可能捅纰漏。咱们先造个假的，一旦出事，就拿这个当挡箭牌，精神病胡言乱语不负责任。想当年我在朝鲜战场上假装神经病，美国鬼子都不敢惹我，我比别人不知道多吃了多少稀饭。

舒云舒说，那不行，假的就是假的，以后暴露了，性质更加严重。我看这样，老四不是血压低吗，我再去一趟寿春，跟那个阎站长好好谈谈，给老四请假养病，然后我们再慢慢开导她。

舒雨霏和舒云展想想，觉得也只能这样了。舒云舒和肖卓然参加革命早，在寿春有不少战友同志。舒云舒在寿春又奔波了两天，阎站长终于表示不再跟舒晓霁一般见识，但是有个条件，那就是尽快把舒晓霁调离寿春广播站。

后来舒云舒跟舒晓霁说，可以帮她联系个工作，办调动。舒晓霁说，开玩笑！我又没有犯错误，我生是寿春县广播站的人，死是寿春县广播站的鬼，我哪里也不去！

三姐妹都一起开导舒晓霁，说活人不能被尿憋死，不能一棵树上吊死，革命青年志在四方，海阔凭鱼跃，天高任鸟飞，何必留在这破地方跟他怄气？

舒晓霁说，我偏跟他怄气。他已经快五十岁的人了，我还不到三十，我就不信我熬不过他。你们别管了，我哪里也不去，我休假完了照样回去上班，他能开除我？我的关系在县委组织部呢。

舒晓霁在皖西城舒家老宅舒舒服服地享受了德国进口的抽水马桶，十天之后，又大摇大摆地回到寿春上班了。阎站长果然没能把她怎么样。

10

导致李绍宏和肖卓然拉开斗争序幕的是一件小事。有一次肖卓然到党办交代任务，无意间发现党办多了一个女孩。肖卓然一见这个女孩就不喜欢，隔着老远就能听见她在笑，咯咯咯咯，好像是一只刚会调情的小母鸡，幸福得直想下蛋。

肖卓然说，嗯，医院怎么多出一个人来？

李绍宏和程先觉当时都在场，程先觉介绍说，女孩叫刘雅芝，刚从师范学校毕业，借调来负责医院的新闻报道工作。

肖卓然当时没有表态，背着手走了。

过了大约半个月，在党委会上，党办提交了一份人事安排报告，其中有一项内容就是正式调动刘雅芝到第三医院工作，担任宣传干事。

肖卓然说，我了解了，那个女同志是师范学校毕业的，现在我们皖西地区缺的就是教师，她应该到学校工作。我们医院的宣传干事，最起码也应该懂医。这个同志不合适，我不同意调动。

肖卓然表了这个态，就等于把这件事情逼进了死胡同。李绍宏万般无奈，只好把底交出来了。原来刘雅芝是地委宣传部副部长邱山新的内侄女，邱副部长希望她留在皖西城工作，而且要找个最好的单位。

地委宣传部主管文教卫，邱副部长分管医疗卫生系统，而且是地区“抓革命促生产”办公室的副主任，握有人事上的升降大权，这一点肖卓然并不是不知道，肖卓然很恼火这件事情居然被李绍宏大包大揽了。

肖卓然说，第一，我们现在不需要宣传干事，我们第三医院目前正在建设当中，扎扎实实地做事，没有什么值得宣传的。第二，这到底是不是邱副部长本人的意思，我还不知道。邱副部长没有跟我谈过，我们不能给领导帮倒忙。

李绍宏说，人事工作，历来是党委分管。

肖卓然说，我是一院之长，又是党委书记。第三医院就是调进一条狗，也必须经我同意，否则一律无效。

刘雅芝最终没有调进第三医院，在这里实习了三个月之后，又卷铺盖回到了蓼城县，当了一名人民教师。

邱副部长对此很不满，事后把李绍宏叫去，抑扬顿挫地说了一通。李绍宏说，邱副部长，不是我办事无能，确实是肖卓然太霸道。没有权力就没有地位，没有地位就没有作用啊。

邱副部长说，你是分管党务工作的副书记，也可以说是专职副书记，你怎么就没有地位？地位要靠作用决定，你说你没有地位，就说明你在第三医院没有威信，没有群众基础。

邱副部长这样一说，李绍宏就分外紧张。邱副部长不光是地委宣传部的副部长，还兼着医疗卫生系统“抓革命促生产”办公室的副主任，其分工又主要在抓革命这一块，促生产的事情由另外一名副主任负责。而邱副部长分管的所谓抓革命，其实就是“抓人”，不是把人抓进监狱，而是抓人的思想和言行。

李绍宏说，我跟肖卓然当然不能比，他在第三医院一干十多年，在院长位置上盘踞了五六年，许多干部都是他的老战友老同事，盘根错节，错综复杂，他在那里简直实行家长制，比当年丁范生有过之而无不及。事无巨细，全由他说了算，就连别人穿什么鞋子，他都要管。第三医院有人管他叫肖霸天，胳膊拧不过大腿啊！

邱副部长过去也听说过一些对肖卓然的反映，大都对肖卓然不利，比如刚愎自用，比如独断专行，比如管理苛刻，那时候他没有切身感受，反而认为这个同志有魄力，工作作风扎实。这次他的内侄女安排工作，是李绍宏主动请缨要把她安排在第三医院的，没想到肖卓然这么不给面子。邱副部长觉悟再高，也不能忍受别人轻视他啊。

邱副部长对李绍宏说，肖卓然同志既然不同意，必然有他的道理，我们不能因为个人问题闹不团结，你说是不是？

李绍宏说，首长站得高。

邱副部长又说，不谈私事了，我们谈谈工作。现在运动正在开展，阶级斗争的新动向要时刻把握。这段时间，我一直在考虑一个课题，那就是我们为什么要革命。任何人做任何事情都是有目的的，革命也是有目的的。有些人参加革命是为了解放全人类，有些人参加革命是为了解决自己的问题。尤其是那些出身于剥削家庭的人，从理论上讲，中农以上家庭出身的人，能够投身革命，都存在投机的可能性。

邱副部长的这番话，李绍宏当时不是很明白，他那时候关心的是邱副部长的另外一番话。是啊，地位是由作用决定的，没有作用就没有地位，反过来说，没有地位，要有作用，谈何容易？

就从这个时候开始，李绍宏的心里就埋下了一颗种子，只要肖卓然还在当院长，他永远也不会有作用，更不会有地位。肖卓然就是压在他头上的三座大山，他的出头之日，只能等待肖卓然滚蛋的那一天，他盼望肖卓然早点离开第三医院，哪怕肖卓然升官，当局长也行，当地委书记、当省长也行，只要肖卓然不再钳制他。

11

肖卓然带领医疗队在皖西地区的七个县巡回医疗搞了一圈，回来后起草了一个报告，名为《关于皖西地区医疗卫生工作的调查报告和几点建议》，陈述了他在皖西农村调查的所见所闻所思，并对改善农民用水条件和改良农民生活习惯提出了具体的建议。

这个报告受到了地委宣传部副部长邱山新的重视。邱副部长后来在一次会议上说，这个肖卓然好像有点右倾倾向，至少也是有模糊认识。到农村转了一圈，大好形势视而不见，为什么总是揪住问题？这个报告把人民公社的形势描述得一塌糊涂，这是什么动机？这是向党进攻。

邱副部长在宣传部会议上提出来，要对肖卓然进行调查，家庭背景、现实表现，等等。会上做出了决定，邱副部长把这个秘密的政治任务交给了他的老部下——第三医院的党委副书记李绍宏。

李绍宏对肖卓然早已满腹意见，有了尚方宝剑，自然格外积极。找了一个特殊的理由，启动了特殊的程序，调来了肖卓然的档案。刚看了两页，就有了重大发现。肖卓然过去在国民党陆军江淮医科学校做过地下工作他是知道的，问题的蛛丝马迹是，在皖西城解放前夕，在发动进步同学起义的问题上，他为什么要采取利用舒云舒写信的方式，而不是直接和这些同学谈？虽然肖卓然在档案中有文字解释，说是当时因为情况紧急，他身负重任，他的身份不到最后一刻不能暴露，所以对于几个可靠的同学，他采取了一种特殊的感召方式。但是这个解释显然不能自圆其说，因为事实证明，他的这个工作效果并不佳，在接到舒云舒动员信的三个人当中，只有程先觉一个人是起义的，另外两个，一个是投诚的，一个是俘虏。这至少说明肖卓然在发动起义这个问题上有失误。这是表层的问题。

李绍宏后来干脆把程先觉、汪亦适和郑霍山的档案也调出来，花大力气对这几个人的那段历史进行重新研究，结果又发现了深层次的问题。汪亦适投诚的时候，身后有人开枪，过去的结论是郑霍山走火，这个结论疑点更大，如果从相反的方向思考，还有另外一种可能，那就是汪亦适的投诚是个诱饵，郑霍山的开火才是他们的真正意图。而他们如果是假投降真反抗，那么肖卓然后来为什么不遗余力地为汪亦适奔走，还曾经一度企图颠倒黑白，想把汪亦适定性为起义？对于郑霍山，肖卓然似乎也格外关照，早在郑霍山在三十里铺农场劳动改造的时候，肖卓然还胆大包天地组织大规模的探望，简直就是向新政权挑战。

如此分析推理加上想象，李绍宏的脑子里突然产生了一道闪电般的火花。肖卓然表面是地下工作者，谁能担保他在做地下工作的时候没有暴露？因为当时江淮医科学校的特务组织具有很强的渗透性，在江淮医科学校做地下工作的并非肖卓然一个人，而其他几个同志都先后被特务发现，惨遭杀害或秘密失踪，为什么独独肖卓然逍遥法外，而且还受到特务头子马庚河的信任？这背后隐藏着什么？

“四条蚂蚱”？李绍宏突然想起了这个时隐时现的传说，这个传说马上又使他联想到了“三家村”“四家店”“五人党”，等等。李绍宏茅塞顿开——

阴谋、变节分子、叛徒、反革命小集团……这一连串的名词就像音符一样在李绍宏的脑海里跳跃。完全有可能啊，他们全是剥削阶级家庭出身，对于新政权有着刻骨铭心的仇恨，他们怎么会轻而易举地甘心失去他们的天堂呢？就算他们后来为新政权做了一些工作，那也是没有办法的办法，是在万般无奈的情况下投机革命，伪装进步，隐藏自己，只不过由于革命形势的巩固发展，他们才没有轻举妄动罢了。

李绍宏为自己的重大发现激动不已，跑到地委宣传部向邱山新如此这般做了汇报，邱山新把一堆材料翻了几遍说，老李，你的调查下了很大力气，但是方向搞偏了，说肖卓然是叛徒特务搞小集团都没有证据，“四条蚂蚱”的问题早就被否定了。但是，你的调查也提供了一个重要的思路，那就是他的革命动机。我跟你说过，凡是剥削阶级家庭出身的人，都有投机革命的倾向，你从这个角度调查他，一搞一个准。

邱副部长拿出这个态度，李绍宏的激情虽然受到冷却，但是有一点他搞清楚了，邱副部长对肖卓然已经非常反感了，他并不反对自己调查肖卓然。

李绍宏苦思冥想几天，终于对邱副部长的“一搞一个准”心领神会了，决定采取恩威并施的策略，先从汪亦适身上撕破口子。从表面上看，汪亦适是个典型的知识分子，在政治上不敏感，而且汪亦适在皖西城解放前夕的表现，有很多可以做文章的题目。

李绍宏找汪亦适谈了一次话，这个时候他当然不会把汪亦适划到阶级斗争的对立面上，因为时机没有成熟，他需要利用汪亦适。李绍宏首先肯定了汪亦适在外科主任岗位上的贡献，然后他给汪亦适讲了一个故事——皖西城解放前夕，几名倾向革命的进步青年积极向组织靠拢，但是江淮医科学校的地下工作负责人却视而不见，因为这个负责人是个革命的投机分子，他怕过早地接纳这些进步青年会暴露自己，直到皖西城解放前夕，这个负责人才在仓促间让他的情人以私人的名义写信号召这几个进步青年起义。为什么要用私人名义，除了技术性的考虑以外，这里面也掺杂着个人的不可告人的动机，就是把起义工作的成绩归功于他个人。由于个人主义在作怪，导致了这几个进步青年行动迟了一步，结果是，投诚的投诚，被俘的被俘。这就是投机革命的后果，而你本人就是直接受害者。

汪亦适静静地听完，半天没有吭气，脸上也没有表情。

李绍宏说，动机决定方法，方法导致结果。如果不是肖卓然私心作怪，敢于承担风险，早一点把大家组织起来，那么你们就会顺利起义，断不至于最后落个被俘的下场。这个结果让你背了半辈子黑锅，要不是组织上挽救，你现在是个什么命运，还很难说。

汪亦适说，李书记，你想让我说什么？

李绍宏说，我想让你再回忆一下皖西解放前夕地下工作的情况，肖卓然同志有没有在同学之间开展策反工作？

汪亦适说，我看不出来，他隐藏得很深，我们那时候都以为他是国民党信任的人。不过，我认为他这样隐蔽自己是对的，因为皖西城解放前夕，江淮医科学校内部白色恐怖特别严重，地下工作的同志特别谨慎，如果他过于活跃，暴露了身份，不仅策反工作失去领导，可能还会危及其他工作。他是在引导城区游击队抓获冯百善和马庚河之后才暴露身份的。

李绍宏说，你这样看问题不对，我们应该从另外一个方面看。毛主席教导我们说，要奋斗就会有牺牲，死人的事情是经常发生的。我们不能因为怕自己暴露牺牲就龟缩起来，放弃对策反工作的领导，导致策反工作行动迟缓，收效甚微。

汪亦适说，李书记，你认为肖卓然在危险面前龟缩起来了？你怎么能这么看问题？这太荒诞了。

李绍宏说，事实就是这样。我们清楚，你那时候是非常积极要起义的，就是因为肖卓然迟迟没有采取措施，才在皖西解放前几个小时仓促组织，像你这样能够回到革命队伍还是幸运的。在江淮医科学校里，不知道还有多少像你这样的进步青年，由于没有跟地下工作者取得联系，也就是说，被我们某些地下工作者放弃了，而被国民党军裹胁到台湾，现在还在过着暗无天日的悲惨生活。

李绍宏说着，眼圈都红了。

汪亦适惊讶地看着李绍宏说，难道你认为肖卓然可以动员整个江淮医科学校全部起义？那是不可能的。

李绍宏说，你自己的起义行动被影响，没能成为起义人员，至今背着投诚的黑锅，在政治上一再受挫，你就从来没有想过这是谁的责任？

汪亦适说，我想过八百遍了，是我自己的责任。老实说，我接到那封动员信之后，并没有马上行动，也是犹豫再三。如果我能当机立断，我应该是第一个到风雨桥头的。在这个问题上，肖卓然一点儿也没有做错，他的每一个步骤都是经过深思熟虑的。

李绍宏不高兴地说，这么说，你当初起义还动摇过，那你最后投诚是什么动机？

汪亦适说，从根本上说，是为了保命。

李绍宏说，你这样说太没有觉悟了，难道你没有想到这是弃暗投明，是追求进步，是获得新生？

汪亦适说，如果我在那时候能清醒地认识到这些，我就加入中国共产党了。那时候我想的就是活命。

虽然在汪亦适这里李绍宏没有得到什么东西，但是邱副部长那个关于"中农以上家庭出身的人，能够投身革命，都存在投机的可能性"和"中农以上家庭出身的人，都有可能是阶级异己分子"的观点，还是给了李绍宏巨大的理论支撑。

这年秋天，李绍宏殚精竭虑，搞了一份《关于肖卓然投机革命的情况反映》，材料不仅对当年皖西城解放前夕策反工作成绩重新评估，把汪亦适等人起义未遂归罪于肖卓然，同时，还把肖卓然写的《关于皖西地区医疗卫生工作的调查报告和几点建议》附上，作为肖卓然污蔑大好形势的证据，佐证立场决定思想亦即"屁股指挥脑袋"。这种一叶障目，专门挑剔社会主义的毛病是由"剥削阶级腐朽的价值观"决定的。

这个材料后来到了陈向真的办公桌上。陈向真把宣传部和卫生局几名领导召集在一起，听取了他们的汇报，听了半个小时，不耐烦了。陈向真说，我们做工作要深入，不能抓住一点不及其余。肖卓然家庭出身有问题是不错，但不等于他个人就是剥削阶级，恩格斯还是大资本家呢，但他是革命领袖。说肖卓然明哲保身，在关键时候龟缩，策反不力，这不是事实。皖西解放前夕，他们三十二个地下工作者，是我亲自布置的任务，暴露的时机、策反的时机都是我确定的。不能动不动就无限上纲，动不动就上升到阶级斗争的高度，动不动就说自己的同志是阶级异己分子，是投机革命。至于说他对当前的大好形势有看法，那是认识问题。我们应该允许我们的同志表达自己的观点。至于朝鲜战场的问题，更加站不住脚了。你说他靠前是不惜牺牲战友，是为了捞取政治资本，我认为那恰好是为了解救更多的战友不惜牺牲自己。

陈向真有了这个态度，邱副部长就不敢轻举妄动了。

肖卓然后来是从陆小凤的嘴里知道这个情况的，陆小凤的消息不知道怎么这么灵通。陆小凤说，好鞋不踩臭狗屎，你不光踩了，还踩了很大的一泡。

肖卓然说，我踩谁了？

陆小凤说，皖西地区最大的整人专家，你把他的内侄女撵走了，他差点儿给你扣了个投机革命和阶级异己分子的帽子。倘若不是陈书记对你知根知底，倘若不是陈书记坚持立场，遇上一个二百五领导，你在政治上就完蛋了。就这样还不算完，不听我的劝告，你以后还要倒霉。

12

此后不久，陈向真把肖卓然叫到地委他的办公室，并没有提及组织上对他的调查，而是又亲自听取肖卓然汇报了一次他在农村调查的情况。陈书记听得很细，对于肖卓然报告里提到的事例，譬如说用河沟水的是哪些村庄，食用地表水的占多少比例，抽样调查的化验数据，等等，不厌其烦地询问，肖卓然则有根有据地回答。

汇报完了，陈书记背起手在办公室里踱步，踱了很长时间，然后问肖卓然，卓然同志，你认为我们当前的工作重点是什么？

肖卓然回答，报纸上说，是社会主义政治建设和经济建设。我认为，最根本的还是卫生建设。如果我们的群众不能拥有良好的生活环境，没有健康的体魄，一切建设都是空话。

肖卓然这番话说得有些唐突，似乎也不太合时宜，他看见陈书记的眉头倏然皱了一下。陈书记踱了半天步子，笑着问肖卓然，卓然同志，关于第三医院的将来，你有什么设想？

肖卓然说，我们医院现在已经成为一个中型综合医院，宗旨还是面向基层，面向普通百姓。皖西地区多发肝炎、肺结核、肠道疾病，我想在医院成立一个皖西农村病原研究室，一方面分析皖西水土和常见疾病的关系，另一方面有针对性地开发研制常备药品，防疫先行，预防为主。这样也可以为专区医疗卫生系统提供决策依据。

陈向真坐下来，沉思片刻说，好，你把你的关于成立农村病原研究室的想法详细写一个报告，你过去搞的那个调查报告也再充实一点，里面不太确定的东西删除，完全举实例，靠事实和数据说话。调查报告修改之后，连同成立病原研究室的设想，直接送到地委来。

肖卓然说，我尽快完成。

陈向真问，还有什么问题？

肖卓然说，第三医院的老院长丁范生同志，在皖西解放的时候，他是荣军医院和705医院的创始人，也可以说是第三医院的创始人。我这次下乡见到他了，身体不太好，在乡村卫生院，工作量大，营养跟不上。他的工资虽然不低，但我听说很多都捐给贫苦患者了，还主动承担了两个农民病号的医疗费。组织上能不能对他的问题进行重新结论？我个人希望恢复他的副院长职务，回来给我当顾问也行啊。

陈向真抚着额头想了想说，啊，你说丁范生啊，这个同志总的看来是个好同志，知错就改，改得彻底。但是重新结论没有必要，组织上本来就没有严重处理他，是他自己坚持降级的。我去年到蓼城县，也见到他了，谈过一次话，给我的感觉是，他有赎罪心理，而且还很坚决。他跟我说，他在50年代犯了多吃多占的错误，特别是犯了好大喜功的错误，给国家和人民带来了不可原谅的损失，违背了为人民服务的宗旨，有损共产党员的形象，他要用自己的一生，擦掉历史上的污点。你看，他把问题上升到这样的高度，我还能怎么说？我的意见是，就让他留在农村，成全他的愿望。再说，我们的基层也需要这样的共产党员。什么是公仆？现在的丁范生就是真正的公仆。

肖卓然说，他当年搞的那个康民大厦计划，在当时确实是不切实际，现在看来，这个计划并没有错。我们的社会总是要发展的，我们的医疗卫生条件总是要改善的。现在专区已经批准了我们续建康民大厦的计划，我很想把老院长请回来，请他负责康民大厦的工程。

陈向真说，你的想法很好。但是此一时，彼一时，他丁范生现在的心思不在这里，搞基建也不是他的强项。我主张他仍然留在农村，做一个扎根基层服务人民的优秀的共产党员的典范。

肖卓然说，那我就没有什么问题了。

肖卓然告辞之后，走到门口，陈向真又把他叫了回来，说等一等，还有一件事情。

肖卓然回身，重新落座。

陈向真并没有马上说出还有什么事情，而是看着肖卓然，又亲自把肖卓然的茶杯重新放到他的面前，然后才说，你岳父最近还好吗？

肖卓然说，身体还可以，老人家现在深居简出，家里一堆孩子，天伦之乐不缺了，心情也很好。

其实肖卓然讲的不完全是真话。自从舒家老四被下放寿春之后，就成了老爷子的一桩心病。老爷子担忧的还不仅仅是舒晓霁被下放的事情，而是舒晓霁的性格。舒晓霁下放到寿春广播站工作，并没有吸取教训，又惹出了一连串事情，差点儿把舒先生的心脏病给气犯了。但是这个情况，肖卓然没有向陈书记汇报。

陈向真说，你岳父是个非常开明的人物，对皖西人民是有重大贡献的。解放初期，皖西复苏经济，你岳父不遗余力协助新政权，运用他的号召力，团结皖西工商界的中坚力量，帮助政府度过了最困难的时期，政府不会忘记他，我们也不会忘记他。你见到他老人家，向他问个好，我也会抽空去看他。这段时间运动多，我也是顾头不顾腚，好长时间没有跟他坐在一起聊天了。其实，对于皖西的建设，他老先生还是有很多好主意的。

肖卓然说，我一定转告陈书记对我岳父的评价，也代表我岳父谢谢陈书记。

陈向真说，最近社会上又有一股歪风，一会儿批评这个，一会儿批评那个，我很担心我们皖西也会出现思想动荡。你跟你岳父说，只要我陈向真还在皖西工作，我就绝不会让他受委屈。

当前的形势其实肖卓然也知道一些，他能体会出陈书记讲这番话的深长意味。肖卓然说，谢谢陈书记，您也多保重。

陈向真说，我再问你一个问题。你觉得你们第三医院，谁当院长最合适？

肖卓然顿时愣住了，因为他现在当的就是院长，陈书记这样问是什么意思，是说他这个院长当得不称职该换人了，还是觉得他当院长不合适要调整？

陈向真见肖卓然迟疑，又说，我可能没有把话说明白。肖卓然同志，我跟你讲，现在形势很不好，意识形态里有好多问题，我都感到困惑，有时候连是非判断都出了问题。这也许是好事，也许是坏事，我们都得有所准备。万一你离开了第三医院院长的位置，你觉得还有谁可以挑起这个大梁，那个程先觉怎么样？

肖卓然此刻的心情很复杂，沉思了一会儿才说，程先觉同志工作积极，当领导也有一定的水平，但是主见差一点，不适合当一把手。

陈向真说，李绍宏同志怎么样？邱山新同志和你们卫生局的罗局长对这个同志好像看法很好，几次向组织部门推荐。

肖卓然说，关于李绍宏同志的政治素质，今天不是汇报的时候，我只想表达一个看法，医院是业务机构，李绍宏同志对此一窍不通，他当院长，说不过去。

陈向真沉吟片刻说，啊，是啊，李绍宏同志是个完全的门外汉，是不适合在业务单位当一把手。不过，现在提倡政治第一，他不懂业务，并不等于不能领导业务，我们都是从战争年代打出来的，很多具体的技术性的工作我们都不懂，不是照样领导？

肖卓然心里一沉，一时不知道该说什么好，想了一会儿，还是坚持说，外行领导内行，那是特殊时期的特殊现象。如果我们有了既懂业务，又善于管理的同志，我们为什么还要选择纯粹的门外汉呢？

陈向真说，那你认为谁最合适？

肖卓然说，要说合适，我认为汪亦适同志比较合适。

陈向真说，这个同志我也听说了，业务能力很强，但是好像对做领导工作不感兴趣。

肖卓然说，我个人认为，医院是个业务单位，现在的第三医院，不像过去那样，动不动都要靠领导决策，动不动就要领导拿主意，动不动就要领导亲自出面解决。第三医院已经建立健全了一整套的管理制度，已经做到了这样的程度，离开哪个领导都可以照样运转。所以我能够经常带领医疗队下乡，三个月五个月，医院的工作都是照常进行，没有出现任何问题。汪亦适是江淮省内著名外科专家，他担任院长，主要是在业务上加强领导力量，而且在集体领导下实行院长负责制，这样的工作他是能够胜任的。但是我有两点说明，一是我本人，我虽然认为他合适，但是我并不赞成他当院长，可以到第三医院当院长的人很多，而汪亦适这样的专家只有一个，我担心当了院长会影响他做学问。二是汪亦适本人也有可能不同意出任院长，他现在担任外科主任，行政上的事情全是副主任和科室支部书记在管，但是当了院长，总会多一些行政事务，据我所知，这是他不愿意做的。

肖卓然说完，静静地等待陈向真的反应。

陈向真又踱起了步子，一圈，两圈，然后在肖卓然面前停下来说，好，肖卓然同志，谢谢你的调查报告，也谢谢你提供的情况。我刚才提的问题，仅仅是我个人的随意想法，不代表组织，没有任何背景。有一句话我要对你说，有备无患，凡事预则立，不预则废。这句话也同样适用于我。对于突然来的情况，我们都要有思想准备。

第十三章

1

梅雨过后，第三医院的康民大厦续建工程又拉开了序幕。根基是早就打好了的，埋在地下二十米，光地下就可以建出三四层。这也是丁范生的想法，以后可以作为防空洞，可见当初丁范生在计划这个项目的时候，怀着怎样的雄心壮志，还有备战的远景目标。

程先觉让人在工地上搭起了帐篷，把基建指挥部设在这里。按照新的方案，建筑规模从原来丁范生计划的十八层降低为十层，建筑风格在原先的基础上略有改动，以简洁简朴为原则，许多模仿苏联的花里胡哨的装饰也被修改了，预算比原先少了很多。按照肖卓然的指示，程先觉开着一辆破吉普车，转遍了皖西地区的几个县，确定了价廉物美的建筑材料，挑选了一支政治过硬、技术精湛的施工队伍。据说这支队伍曾经参与过建设梅山水库，受到过省政府的表彰，里面还有不少省级劳动模范。

忙里偷闲，肖卓然经常要到工地上巡视，一如当年的丁范生。跟丁范生不同的是，那时候丁范生巡视工地，情绪是饱满的，声音是洪亮的。丁范生管得很细，钢筋他要看，水泥他也要看，拿起砖头砸三下，不断裂就是好砖头，断了就得重新烧，好像他很懂行。有一次他甚至把一根三尺长的钢筋拧弯了，由此得出结论钢筋不合格，把负责炼钢的张宗辉骂得狗血喷头，大手一挥就让回炉重炼。那正是大炼钢铁的年头，边边角角的钢材要求不那么高，自己的小钢炉炼出来的就可以用，但是丁范生不管这一套，他认为不合格，你就得重新来，而且他天天蹲在工地上，那是一点水分都不能掺的。所以那时候土法上马打的根基，也是敦敦实实一百个可靠。

肖卓然现在已经用不着亲自过问那些鸡零狗碎的事情了。他到工地来，主要是感受那份气氛，表示重视，表示关怀。

过去打下的根基经过清理，依然固若金汤，搅拌机轰轰烈烈地响着，将砂石和高标号的水泥搅成一锅稀泥，往根基上浇灌。工程进展顺利，一个多月后，墙体就露出地面了，照这个速度，再过三个月，主体工程就可以结束，势头还是很乐观的。

肖卓然现在的心情有点儿复杂。前不久在陈向真的办公室里，陈书记语重心长说的那些话，这些天一直在他的心头盘旋，想不明白，挥之不去。陈向真话语里流露的对于局势的担忧，他不难理解，所谓意识形态里的问题，连陈书记都感到困惑，他自然也困惑。关键是陈向真提出的关于第三医院院长合适人选的问题，这意味着什么，难道他要被免职？能上能下说起来容易，真正落到自己的头上，即便说高风亮节，不在乎个人荣辱得失，可是自己手里还有很多工作，交给谁？交给汪亦适，那只能把医院变成一个学术单位，书呆子云集，权力旁落。而权力旁落的结果是，书呆子最终也会没有用武之地。交给程先觉，那医院倒是有可能风光红火，可是风光红火的背后是，这个医院将变成御用工具，甚至变成特权的据点。

可是，从陈向真的话里，他分明感到了一种暗示。这个时候，什么事情都有可能发生。在第三医院和原来的荣军医院、705 医院，他已经是几起几落了，那几次的原因他都清楚，而这一次如果被免职，他自己一点儿头绪都不明白。山雨欲来风满楼，树欲静而风不止，这到底是为了什么？

程先觉老远看见肖卓然在工地东边的空地上迎风伫立，一头热汗地跑过来说，肖院长，工程进展顺利，第二期已经开始，你不用担心。

肖卓然说，照这个进度，明年春天能不能竣工？

程先觉信誓旦旦地说，没有任何问题。从现在掌握的情况看，可能比预算要节约两万多元。

肖卓然说，节约必须一以贯之，但是要保质保量。这是皖西地区第一个规范化的住院部，只能搞好，不能遗留问题。工程质量最后是要经过专家检验的。

程先觉说，这一点请你放心，每一个环节我们都抠得很细。

肖卓然不说话了，看着西边黑红相间的火烧云，目光有些空洞。过了一会儿说，即将入夏，皖西雷阵雨多，工程上可以做一些调整，把那些不怕雨水的项目提前。另外，医院现在一边工作，一边要做好搬迁的准备。明年清明节之前，康民大厦要投入使用。

程先觉说，看目前的这个情况，应该没有问题。

肖卓然脸色凝重地说，不是应该，而是必须！

程先觉嘴巴张了几下，想说什么，又没有说出口。

肖卓然问，你身上带的有烟吗？

程先觉诧异地看着肖卓然，因为他知道肖卓然是不抽烟的。他也不抽烟。程先觉说，你等着，我到工地找工人要一支。

肖卓然挥挥手说，算了，不抽了。你们继续工作吧。

说完，转身走了。

医院的工作还在正常进行，然而有些事情已经不正常了。民主生活会，本来是个开展批评与自我批评的地方，用来交心提建议的地方，现在也搞得剑拔弩张，副书记李绍宏动不动就提出要清算某某某的“左”倾盲动错误，动不动就提出要反击某某某的右倾保守思想，批判专家治院，揪出牛鬼蛇神。

李绍宏实际上是把丁范生作为“左”倾的目标，把肖卓然作为右倾的目标，把汪亦适作为白专道路的典型，把郑霍山作为牛鬼蛇神的典型，这是稍微有一点政治常识的人一眼就能看得出来的。

肖卓然在民主生活会上说，当年丁院长设想的康民大厦虽然脱离了实际，但是出发点是好的，从长远利益看，也是应该的，不能说是“左”倾错误。那时候全国都在搞大发展，我们皖西地区头脑发热的不是丁范生同志一个人，而在知错就改身体力行方面，改得最彻底的就是丁范生同志，这件事情没有必要再拿出来批判了。至于说右倾保守，我不承认这是我的问题。我原先当副院长，后来当院长，我一直是谋求发展的。如果你们认为丁范生是“左”倾，那么我当时抵制了他的错误，事实证明我是对的。怎么能各打五十大板呢？坚持上马搞康民大厦的是“左”倾盲动，反对上马的是右倾保守，那谁是正确的呢？那只有什么事情不干才是正确的了。你们说我们第三医院是白专道路，这话有失公允，我们培养了很多贫下中农的后代，我们服务的对象是广大农民，难道仅仅因为我们尊重专家、重用专家就是走白专道路？如果取消专家，你问问皖西的老百姓答应不答应？你们说要揪出牛鬼蛇神，可是我不知道牛鬼蛇神在哪里。我们的医务工作者都是经过组织和人事部门审查的，有的同志历史上有问题，交代清楚了，改造好了，现在在积极地工作。请问，有勤勤恳恳为广大的劳动人民救死扶伤的牛鬼蛇神吗，说不通嘛。

李绍宏说，肖院长，我们衡量同志，不能只用一个业务标准，也不能只看一个时期的表现。我们要用政治的标准，要有阶级立场。现在是无产阶级专政时期，所以那些资产阶级和牛鬼蛇神隐蔽起来，假装进步，伪装积极，一旦有风吹草动，他们就会撕开面皮，向社会主义猖狂进攻。

肖卓然火了，一拍桌子说，你说谁是资产阶级，谁是牛鬼蛇神，谁向社会主义猖狂进攻了？什么叫政治标准？政治标准难道就是今天组织上做了结论，明天就予以推翻？

李绍宏说，组织结论也存在历史局限性。在一定的特殊时期，有些问题暂时无法澄清，留待以后甄别，这种情况也是有的。

肖卓然说，说话要有证据，我们不能凭想象怀疑同志。

李绍宏说，我会找到证据的，等我找到证据那一天，我再来向你肖院长汇报。

肖卓然说，悉听尊便。

2

在一个云蒸霞蔚的清晨，正在康民大厦工地上散步的肖卓然听到了那个清脆悦耳的声音——江淮人民广播电台转播寿春县人民广播站记者舒晓雰的采访报道，题目是《人民公社好，肖庄春来早》。舒晓雰用充满激情的语调，报道了肖庄人民公社大干快上多快好省地建设社会主义的事迹，农民技术员土法上马，研制水稻新品种，试验三季水稻成功，亩产一千四百斤。肖庄公社一万农民人均产粮超过两千斤，家家养猪喂鸡，平均每户养猪四头，养鸡四只，另有养鱼、牧羊等农副业生产，形势一片大好。吃水不忘挖井人，肖庄人民感谢党，每人每年交纳公粮一千斤，出售余粮五百斤。

肖卓然听着听着，眼泪就流出来了。那是激动的热泪、欢欣的热泪。肖庄公社就是他的家乡，他祖祖辈辈都生活在那里，他的爷爷是在大旱之年从皖北到寿春投奔亲戚的难民，亲戚借给他爷爷三间草房、三亩薄地。他的爷爷起早贪黑披星戴月，耕耘那三块薄地，每天清早出工之前，要摸摸母鸡屁股，看看会不会下蛋。下了蛋，谁也不能吃，就存在坛子里，换回几个铜钱，积攒了买地。赶集在路上，尿尿拉屎，就捧一把黄土，团成坨坨，带回自己家的地里。以后土地多了，雇不起长工，爷爷和伯伯姑姑叔叔全都泡在地里，全家只供养他的父亲读了两年私塾，能够记账了，能够识文断字认得官府的公告了，也回到庄稼地里。就这么含辛茹苦干了几十年，肖家从一个赤贫的农民，变成了一个拥有土地六十多亩的富户。年头最好的时候，收成也不过亩产五百多斤水稻，别说一千四百斤了，就是年产一千斤也不得了啊，六十亩地可以产六万斤粮食，那是一种怎样的情景啊，那简直是富得流油啊，那肖庄的老百姓不全都发财了吗！

肖卓然的激动，当然不是为了他自己家发财，他家里的那六十亩地，土改的时候先后经过初级社、高级社，大部分已经成为集体家业了，到了人民公社时期，全部交出去了。但是，他还是高兴，为家乡的父老乡亲而振奋不已，也为家乡的经济建设看到了光辉的未来。

肖卓然就在那当口，决定回老家看看。他已经三年没有回乡了，没想到变化这么快，发展这么大，真是日新月异啊。

还没有等到肖卓然自己提出来探亲，一个重要的任务交了下来。江淮省委副书记赵子明指示皖西地区，组成一个综合工作团，前往寿春县肖庄公社总结经验，拟在全省推广。工作团由地委杨副书记担任团长，地委宣传部邱副部长担任工作团秘书长，下设生产、新闻、教育、医疗、水利等若干小组，全面总结肖庄公社的大好形势。

肖卓然被指定为医疗卫生小组的成员，这个组的组长是地区卫生局副局长于建国。

与此同时，寿春县也抽调了人马，配合地区工作组开展工作。

在寿春县城，地区工作组和寿春县的人马会合了，肖卓然见到了舒晓霁。肖卓然一见到舒晓霁就不舒服。他的这个小姨妹已经三十来岁了，还是个单身。别人都是中山装或者列宁装，只有她穿着白呢子风衣。别的青年女干部的发式是二刀毛，她偏要烫发，脖子上还围着一条英国纱巾，搞得像女特务似的。

虽然肖卓然不喜欢小姨妹的打扮，但是关于肖庄公社的大好形势，他最初就是从小姨妹嘴里听见的，这说明小姨妹的工作还是出色的。单独在一起的时候，肖卓然对舒晓霁说，小妹，你们抓的这个典型真是太好了，真是太有意义了，太值得推广了！

舒晓霁表情很怪地看看他，笑笑说，这不是我抓的，跟我没有任何关系。我是个广播员，只不过鹦鹉学舌而已。你可别当真啊。

肖卓然说，你总是参与了吧。任何一项事业，都不是孤立的，它需要很多人付出劳动，付出心血。

舒晓霁说，肖卓然，你可别高兴得太早。你听到的，也许跟你看到的不一样，跟你想象的，也许更不一样。

肖卓然一怔说，你这话是什么意思？难道……

舒晓霁嘴角一撇，满脸的吊儿郎当，说，你别这么看着我。

肖卓然说，难道，难道有什么问题吗？你红口白牙，声情并茂，言之凿凿，上了江淮广播电台，传遍了大江南北，难道那是表演？

舒晓霁说，我说过，我是个广播员，国家每个月给我三十多块钱，就是让我讲话的。我的话，并不代表我的观点和我的思想。

肖卓然傻眼了，怔怔地看着舒晓霁说，你怎么越说我越糊涂啊，难道……难道是假的？

舒晓霁说，我说过是假的了吗？这是你说的，你可要当心。这话说出去，是要负政治责任的。

肖卓然顿时蒙了，半天作声不得。

舒晓霁说，真的假不了，假的真不了。不过，我劝你还是老老实实地搞总结，总结大好形势。你要带着感情，带着希望，但是你的眼睛要注意，耳朵也要注意，嘴巴更要注意。

肖卓然不说话了，他已经有预感了。很有可能，情况不是他听到的那样。舒晓霁要他带着感情和希望，并暗示他不带眼睛不带耳朵不带嘴巴，这简直就是一闷棍，打得他回不过神来。

在往肖庄公社去的客车上，工作组的其他成员谈笑风生，兴致勃勃地谈论着人民公社的巨大变化，谈论着肖庄公社的伙食，中午和晚上两顿大鱼大肉是少不了的。寿春县的红烧公鸡那可是远近有名啊。

上午十点钟，工作组到达肖庄公社。肖卓然心事重重地下车，心不在焉地同地方干部打着招呼，心猿意马地东看西看。一个小时后，他的心才放回肚里。

肖卓然看见的肖庄公社，同舒晓霁在广播里描述的并无太大差别。公社大院红墙黑瓦，街上贴着标语："人民公社万岁！""大干快上，多快好省地建设社会主义！""多出工，多流汗，多产粮，多贡献！"诸如此类，美不胜收。

中午饭后，工作组深入到乡下，走了几个村庄。晒场的粮食果然堆积如山，农民们在碾谷、扬场、垒垛，一捆捆稻穗在脱粒机上跳跃，金黄色的颗粒饱满的稻谷在阳光下流光溢彩，空气里弥漫着浓郁的田野的丰收气息，那情景真是让人陶醉。见到一大群干部过来，有的农民停止劳作，抱起陶瓷水罐，热情洋溢地给干部们倒茶。从那黑糊糊的陶罐里流到大碗里的，居然是皖西著名的六安瓜片。

然后，又参观了肖庄农村卫生院、中心小学、供销合作社、食品加工厂、粮站等，所到之处，无不笑脸相迎，无不喜气洋洋。

晚上工作组回到肖庄公社吃饭，果然十分丰盛。大块吃肉，大碗喝酒。肖卓然在主桌上，舒晓霁他们当地的干部在另外的房间。吃完饭，于建国约肖卓然散步。肖卓然说，不知道明天怎么安排，我想连夜回我的老家郢子看看，正要跟你请假呢。

于建国说，哦，对了，你就是肖庄公社的人。离这儿远吗？

肖卓然说，十几华里的路程，走一个多小时。

于建国说，干什么要走啊，我让车子送你。

医疗卫生组里，只有于建国带来一辆吉普车。这些年，于建国跟肖卓然的关系一直不错，从来不在肖卓然的面前摆上级领导的架子，跟人家介绍肖卓然，都是"我们是老战友老搭档了"，这一点让肖卓然很有好感。

于建国说，你等着，我去向邱副部长给你请假，一会儿让车子来接你。

于建国离开后，肖卓然就在公社大院的花台前面等待。这时候，舒晓霁不知道从哪里窜出来了，老远跟肖卓然打着招呼，一摇三摆地往这边走，看样子喝了不少酒，手里居然还夹着烟卷。

肖卓然说，你怎么抽上烟了？一个女同志……

舒晓霁说，时代不同了，男女都一样。男同志能够做到的事情，女同志照样能够做到。

肖卓然说，把烟戒掉，抽烟有害身体。

舒晓霁说，烟不能戒，戒烟妨碍思想。

肖卓然看着舒晓霁，对面是一张玩世不恭的脸。肖卓然说，小妹，你要是没有事情，能不能跟我到肖店埠去一趟？

舒晓霁说，我是没有事情，但是我也不能跟你去肖店埠。

肖卓然嘴巴张了几下，又把话咽回去了。这个小姨妹太张扬，大黑天的，他单独带着小姨妹回老宅，多少有点不方便。

舒晓霁学着当地农民的腔调说，肖干部，吃饱了吗，吃好了吗，吃饱了吃好了，下次再来啊！

肖卓然说，小妹，我总觉得你话里有话，好像肖庄公社这个典型有问题。可是我们今天走了几圈，差不多转了大半个公社，反映良好啊。

舒晓霁说，当然反映良好。反映不良好，他们能带着你们这些官僚去看吗？

肖卓然说，不会吧，难道现在还有人搞浮夸弄虚作假？就是弄虚作假，农民脸上的喜气也是没法作假的啊。

舒晓霁嘻嘻一笑说，肖干部，你看我的脸上是不是喜气洋洋？我当然喜气洋洋。肖庄公社成了典型，不光是农民沾光，我们这些土干部也跟着沾光。别的不说，今天这两顿饭，鸡鸭鱼肉全上了，还有好酒伺候，我为什么不喜气洋洋，我又不是神经病！

肖卓然心里一阵反感，暗想，这个舒老四，怎么开口闭口都是吃，饿狼似的，哪里还像个大家闺秀啊！

正想着，于建国回来了，很难为情的样子，看见舒晓霁也在场，怔了一下说，卓然同志，你过来，我跟你说句话。

肖卓然走过去，于建国说，他妈的没想到这次下乡搞得这么严格，不让工作组的同志单独行动，说是怕有紧急情况，夜里可能要开会。

肖卓然的脸色立马就木了下来，嘟囔了一句，这又不是战争年代，能有什么紧急情况？

于建国说，我也觉得不合情理，可是既然邱副部长说了，这件事情就不太好办。邱副部长那个人你也是知道的，什么问题都搞得很严重。这件事情啊……我还被说了一通……于建国不往下说了。

肖卓然心里明白，于建国在邱副部长那里肯定挨了批评。肖卓然赌气地说，那好，我不回了，大禹治水三过家门而不入，这也算大公无私吧。

于建国说，已经到家门口了，不回老宅看看，确实也说不过去。你几年没回老家了？

肖卓然说，三年。

于建国想了想，很仗义地说，卓然同志，你做好回老宅的准备，我再去跟邱副部长说，就是在家待十分钟也行啊，看看二老。

肖卓然说，那就谢谢于副局长了。

于建国走后，舒晓霁蹭过来说，怎么样啊肖干部，我为什么说我不能跟你去肖店埠，现在你明白了吧。

肖卓然没好气地说，我不明白，你忙你的去吧。

于建国第二次回来，面带喜色，对肖卓然说，邱副部长同意了，说我们现在都进入人民公社时代了，哪里还能让我们的同志学大禹治水啊。你可以回老宅了。车子我已经安排了，路不好走，邱副部长让肖庄公社的熊书记陪你一起去。

果然，于建国的身后闪出一个脸皮黝黑的汉子，恭恭敬敬地向肖卓然点点头说，肖院长，我陪你回肖店埠。有事你尽管吩咐。

肖卓然面无表情，没有搭理熊书记，左顾右盼了一番说，算了，不给公社的同志找麻烦了，我不回去了。

舒晓霁一杠子插进来说，肖干部，你太了不起了，太善解人意了，太替我们基层的同志着想了。你不知道，你这次要是回肖店埠，会给我们基层的工作带来多少麻烦；你这次不回肖店埠，会给我们基层的同志减轻多少压力。

肖卓然停住步子，回过头来恶狠狠地看着舒晓霁说，舒老四，你注意一点，别太张扬了。

舒晓霁说，肖干部，我怎么张扬了？我知道你看不惯我这身打扮，这没办法，生成的骨头长成的肉，我不可能去穿大裤裆留二刀毛子，我怎么打扮是我自己的事。倒是你要注意，你是领导干部，记住我的话，带着感情看，带着希望看，注意你的眼睛耳朵嘴巴，还有鼻子，还有脑袋。

肖卓然说，用不着你来教训我，你把你自己的事情管好，不让二老操心着急，就算是你最大的孝顺。

舒晓霁说，你放心，我有毛病，都是小毛病。但是你肖干部如果管不好你的脑袋，你犯的毛病就是大毛病。我跟你说，别看我形象不好，但是我不会犯错误，在政治上，我比你成熟多了。

肖卓然几乎到了怒不可遏的地步，压低声音吼了一句，舒老四，回去干你自己的事情，赶快从我眼前消失！

3

肖卓然第二次回到肖庄公社，已经是三个月以后的事情了。这时候肖庄公社已经成了江淮省人民公社的典型，省委主抓这项工作的副书记赵子明也提升为省长，地委主抓这项工作的杨副书记提升为专员。事实上肖卓然自从那次随工作团撤离肖庄公社之后，第二天就想掉头返回，但是一回到皖西城，就遇上了政治学习，迟迟脱身不得。同时，他也想让自己冷静一下。

已经进入初冬了，淮河岸边如烟的垂柳开始落叶，随风卷起，路面一片斑驳。

为了保密，肖卓然没有动用医院的吉普车，带上程先觉，乘坐长途汽车。到了县城，再转乘农用客车，这种车子很特别，卡车车头，客车车身。农用客车到了肖庄公社，就不往前面走了，只得步行。

两个人走了小半天，回到老宅已近黄昏。

正在院子里筛米的老父亲一看见儿子突然出现，疑是从天而降，又惊又喜，赶快招呼杀鸡做饭。

肖家老宅过去比舒家老宅还大，但早已不复存在了。现在的肖家，和一般农民家庭别无二致。三间正屋略微高大一些，墙是土墙，顶是草顶。肖卓然虽然主张均贫富，但是家里的寒酸还是让他有些心冷。他站在院子里四下打量，跟佝偻着腰的父亲说，这新屋刚刚盖好的时候，还是很敞亮的，才几年过去，怎么矮了半截？

老父亲眨巴眨巴眼睛，不解地看着儿子说，没有啊，盖的时候什么样，还是什么样。你是在城里见惯了高楼大厦，眼光高了。

肖卓然说，也许吧。

程先觉说，土墙垒的房子，可能就有这个问题，时间一长，就往下矬。

母亲和嫂子在锅屋里忙乎，肖卓然钻进锅屋，一股浓烟扑面而来，连连咳嗽。母亲说，儿啊，快到堂屋跟你爹说说话，这里你插不上手。

肖卓然说，不是说家家户户都用上沼气了吗，怎么还用柴草？

娘没听懂，反问，沼气，啥沼气？

肖卓然不再解释，掀掀锅盖，揭揭水缸，探探米桶，然后一言不发地出了锅屋，站在院子中央发愣。父亲看儿子心事重重的样子，问道，你咋招呼不打一个，说回来就回来了，莫非有啥事？

肖卓然说，啥事也没有，下乡巡回医疗，顺便回家看看。

父亲说，云舒和我的那几个孙子，都还好吧？

肖卓然说，很好，有牛奶有面包，有学上有书读，您老人家就放心吧。他们这一代，生在新中国，长在红旗下，过着无忧无虑的生活。

父亲说，那就好，那就好，只要孩子们有好日子过就行了。

肖卓然笑笑说，真是时势造英雄啊！我记得母亲过去是大门不出，小门不迈，成天在楼上读书绣花，现在也能在锅屋里做饭了。那么大的烟，她老人家居然也能待得住。

父亲说，这算啥？双抢的时候，你妈还跟着我下田呢，一天七个工分，一毛四分钱。

肖卓然怔住了，半天才问，爹，你是说我娘和你都要下田？我不是每月给你们十块钱生活费吗？难道还不够？

父亲说，公社号召俺们自食其力，俺们又不是不能动，咋不能下田干活？农忙的时候，人不分男女老幼，地不分东西南北，全民皆兵，统统下田。

肖卓然被父亲说得哭笑不得。老人家把当年蒋委员长号召抗日的话都说出来了，好像双抢就像抗日那样紧张似的。

大哥跑了三四里路，到村里的代销店打了一斤散酒回来，爷仨和程先觉就着一只老母鸡、一碟炒鸡蛋，还有几碟小菜，边喝边聊。肖卓然问起肖庄公社粮食产量是不是真的，大哥支支吾吾地说，好像是真的，反正俺们肖庄公社的粮食产量比别的地方高。

肖卓然说，那每家每户养鱼牧羊，鸡鸭鱼鹅满村跑，是怎么回事？我们家里养了没有？

大哥说，养了几只，都在棚里了。

肖卓然说，我那几个侄子学习成绩怎么样？

大哥说，不怎么样。老大已经不上学了，大半劳力，一天六个工分。

肖卓然愕然说，他才十二岁，你让他挣工分干什么？

老爷子插话说，反正在学校也学不到啥东西，动不动就号召学生下田，一样的种地，在家种可以挣工分，在学校种，不给工分还要交学费。

肖卓然越来越觉得不对劲了，一再追问粮食产量的问题。问到最后，大哥说了实话，说三季稻是有的，但是把人累死了，把地累死了，而且那粮食虚头大，吃了不管饱，上顿吃了，下顿很快就饿。不知道谁发明了三季稻，原先俺们都欢天喜地，可是种了两年，地就不行了，一年要搞两个双抢，把人累得不行。这边忙着栽秧，那边忙着割稻，老人孩子都要下田。

老父亲说，忙是忙点，累是累点，好就好在粮食够吃了。

肖卓然说，都解放这么多年了，粮食够吃算什么？猪肉早都应该够吃了。

老父亲说，啊，有粮食吃就行了，不挨饿就行了。

肖卓然明白了，老父亲是被三年自然灾害饿怕了。1960 年，要不是肖卓然及时从皖西城背回两袋麦麸子，一家人恐怕都熬不过那个夏天。难怪他老人家现在能吃饱就满足了。

肖卓然心里一阵酸楚。

老爷子说，你说能吃饱吧，又怕吃不长。咋说呢，怕就怕地不给用，化肥上多了，地都板结了，三季稻一季不如一季，稻田一年不如一年。大队支书和大队长都讲了，也就是这两三年的事情。过了两三年，再换一种松土的化肥，地照样还是好地。

肖卓然说，哦，还有这种化肥？我还没有听说过呢。

程先觉说，糊弄老百姓的，哪有这样的化肥啊！为什么不用有机肥呢？

肖卓然说，你真的没有当过农民。有机肥是有限的，尿尿拉屎能有多少？我给你算个不雅的账，一年三季稻，需要农民和他们的牲口多拉三倍的屎尿，别说这不可能，就算能拉三倍的肥料，也得多吃三倍的粮食，那我们的农民成了什么啦？不是成了吃为了拉、拉为了吃的机器吗？

程先觉说，当个农民真不容易。

大哥说，现在农民真是累得很，去年双抢，西马堰硬是累死两个人，两个都是大姑娘，有一个你恐怕还记得，她爹过去给咱家种过地，小穗子，说是铁姑娘，丫头家拿满劳力工分，也是好强，两个人比着挑秧，小穗子吐血死了，另外一个叫王冬梅，本来说今年嫁人的，嫁妆都办了，没想到生了一场病，也死了。

肖卓然的筷子放下了，不知不觉地，两行热泪突然滚滚而下。那个小穗子他认识，解放前几年，农忙的时候，小穗子的父亲到肖家来帮工，小穗子也跟着来玩，圆圆的脸蛋，一笑两个酒窝，挺可爱的一个小姑娘，说起来也是贫下中农，根正苗红，怎么就活活给累死了呢？

见肖卓然落泪，父亲和大哥慌了神，连忙说，为了啥，为了啥，这都是啥事啊，平常事，小事啊，好好的，你怎么就哭了呢？

肖卓然回过神来，掏出手绢，擦擦眼角说，没事，烟熏的。我现在已经不适应柴草了。

这天晚上，肖卓然和程先觉躺在老屋的东厢房里。程先觉很快就打起了呼噜，肖卓然辗转反侧，脑子里反复出现那几句话和那几个人影，把人累死，把地累死，小穗子，王冬梅，人不分男女老幼，地不分东西南北……

第二天早上，程先觉还在酣睡。肖卓然悄悄起身，走到院子里，母亲和嫂子正在商量做什么饭。肖卓然说，别费心了，你们平时吃啥，我也吃啥。

早晨肖卓然独自到村里转了一圈，上午又带着程先觉到村里的小学和医疗点看了看，找了几个熟识的人，问了一些情况，然后就返程了。路上肖卓然对程先觉说，我要反映情况，这样下去不行。

程先觉呆着脸想了一会儿说，我也觉得肖庄公社的有些做法不合适，但是现在肖庄公社已经是全省的典型了，成绩大于缺点，这个时候反映问题，会不会……程先觉不往下说了。

肖卓然说，我不这么看。我认为肖庄公社的经验完全不可取。我们都是学医的，多少懂得一些化学原理。我跟你说几点，第一，农业生产有自身的科学规律，土壤资源是有限的，像这样拼命地挖掘土地的潜力，不惜用超量的化肥催生，对土壤是有害的，这无异于竭泽而渔。你注意到肖店埠的池塘没有，已经发绿了，这也是过多使用化肥的结果。第二，为了提高产量，男女老少没日没夜地耕作，这尚且可以用勤劳来解释。可是孩子呢，高年级的学生每年上课不到两百天，每天上课不到五个小时，都在忙乎种田。这怎么得了？第三，医疗卫生根本就不存在，违反人的生理极限，把人始终放在极度劳累的环境里，以致出现累病累死的现象，哪里还有什么医疗卫生呢？我们的劳动人民还处在这样的生活状态中，就是产量再高，又有什么用呢？肖庄公社的所谓经验一旦推广，势必重演当年的大放卫星产生的悲剧，重蹈覆辙，把农民继续推向苦难。第四，最重要的是，我可以判断，工作团下来的所见所闻，绝不是真实的情况，至少有一半是弄虚作假，有些人为了捞取政治资本，上骗下欺，是可忍，孰不可忍！

程先觉说，如果你坚持要反映，我也不能装孬，这份反映材料由我来起草。

肖卓然说，那倒不用。这件事情肯定是要担风险的，好汉做事好汉当，你是被我拖进来的，你作为旁观者就行了。但是，现在你要帮我做一件事情。

程先觉说，作为下级，我服从你的领导；作为同学和朋友，我两肋插刀。

肖卓然笑笑说，干吗说得那么悲壮，我又不是派你刺秦。我交给你办的是好事，让你会会你的初恋情人。到了寿春县城，你帮我找到舒晓雰就行了。

程先觉就像见到鬼一样看着肖卓然，嘟囔道，找她干什么？我早就结婚了。

肖卓然说，这跟你结婚有什么关系？是我要找她，你不过通风报信而已。我目标大，你出面比较合适。

程先觉说，你找她也没有必要，我早就听说了，这个人现在疯疯癫癫的，像个神经病，她不可能给你提供什么有用的东西，没准还会帮倒忙。

肖卓然脸一板说，程先觉同志，你要搞清楚了，舒晓霁哪怕浑身都是毛病，但她是肖院长的姨妹，是舒云舒的亲妹。以后我再听到你诋毁舒晓霁，我就让她起诉你。

程先觉眼珠子骨碌两圈，不吭气了。

肖卓然和程先觉一共在寿春县城待了两天，住在一个很小的旅馆里，搞得像做地下工作。登记的时候要证件，肖卓然怕暴露身份，坚持说自己的证件丢了，两个人有一个证件就行了。旅馆的服务员警惕性很高，原则性很强，没有证件绝不让住。肖卓然没有办法，只好交出自己的证件，服务员很认真地对照着填写姓名、性别、民族、年龄、职务。让肖卓然惊讶的是，服务员居然在填写肖卓然这三个字的时候没有表示惊讶。以后程先觉开玩笑说，肖院长你多虑了，并不是皖西地区所有的人都知道你的大名，对于寿春县的年轻人来说，你的名字还不如肖庄公社那个熊书记响亮。

肖卓然说，那也不能掉以轻心。饭还是你打回来吃。舒晓霁的电话，还是你去打。

舒晓霁最初听到程先觉的声音，在电话里咯咯地笑，说老程你还有这份心思啊，你都结婚几年了，好几年没有收到你的情书了，孩子都四五岁了吧？我跟你说，别看我三十岁的人了，可我还是个黄花大姑娘啊，跟你通奸我可不干……

程先觉一听这话不是人话，而且是连珠炮，瞅个空子插进去，一本正经地说，舒晓霁同志，不是我找你，是我们肖院长找你。

舒晓霁一听就明白了，不再挖苦讽刺，在电话那边沉吟了半天才说，你们在哪里，怎么见面？

程先觉鬼鬼祟祟地说了见面地点、时间和接头暗号。此后，这三个人果然搞了两天地下活动。

从寿春县回来之后没过几天，肖卓然就起草了一份报告，题为《肖庄公社的奇迹是怎样创造出来的》，介绍了他两次前往肖庄公社进行调查研究的情况，但经过深思熟虑，还是有所保留。其他问题尽量不涉及，只是从医疗卫生的角度，分析了肖庄公社在提高产量的同时，也违背了生态和人的生理规律，以致造成土壤和水质变异，教育受到严重影响，医疗卫生条件没有得到很好的改善。肖卓然提出，在总结先进经验的前提下，也应该汲取教训，科学地提高农业生产效率，不能竭泽而渔，不能以破坏土壤良性结构为代价，不能以超负荷劳作损伤农民身体为代价，更不能以争夺下一代的受教育时间为代价。

这份材料里面没有提及弄虚作假的事情。

真实的情况是，当初工作团第一次参观时，肖庄公社给工作团看到的，确实是经过精心加工和精心排练的。至于说到粮食产量，肖庄公社的三季稻实验确实是成功的，因此肖庄公社人均产量达到了九百斤，这在当时确实是惊人的。而肖庄公社为了在全省争取魁首，多虚报了五百多斤，好在这个问题并没有像当年放卫星那样造成严重后果。至于肖卓然等人看到的肖庄公社的集市、学校、卫生所等单位，也确实经过了仓促的修整，体现了社会主义新农村的面貌，尽管这个面貌有很多水分。

肖卓然在这份材料的最后，提出了几个振聋发聩的观点：譬如，如果我们不能保证我们的孩子有足够的时间学习，那么无论我们取得了怎样的成绩，都是目光短浅的行为；譬如，如果我们不能保证病者有其医、老者有所养、幼者有其学，而是让他们始终处在劳累的极限上，那么我们要产那么多粮食干什么？我们的生活不仅需要粮食，我们还需要良好的生活水平、教育水平、医疗水平、交通水平……

尽管经过再三斟酌，但是文章写好之后，他还是犹豫了。反映，向哪里反映？就像程先觉说的那样，现在肖庄公社的经验已经在全省推广，已经搞得沸沸扬扬，即便有瑕疵，如果能够推动全省的农业生产，那么这个经验也应该理解为成功的。他当初在搞这个调查的时候，首先想到了陈向真书记，可是最近一段时间，他也影影绰绰地听到了一些风声，说陈向真在抓肖庄公社这个典型的问题上，认识跟不上，有保守观望态度，已经遭到了省里的批评。这个时候，把这个材料送给他，他若是同意自己的观点，就会火上加油，这对陈书记并不是一件好事情。他如果不同意自己的观点，把材料送上去，不是搬起石头砸自己的脚吗？

想来想去，肖卓然当时就没有把这个材料递出去。但是他没有想到，即便他把材料一把火烧了，但是，他私自潜入肖庄公社进行秘密调查，这件事情的本身，就是一个祸根。

4

第三医院的外科范围扩展了很多，包括胸外科、脑外科、泌尿外科、普通外科等。因为有汪亦适这块招牌，连省城的一些病人也来诊治，汪亦适和他的三个学生每天要在手术台上站十几个小时。舒雨霏对此很担忧，多次跟汪亦适讲，铁打的汉子也是肉长的，这样长期下去怎么得了！

汪亦适说，你想让我怎么办？病人相信我，我也确实能为他们解除痛苦，累一点算什么？一个人能做自己能做的事情，能做自己想做的事情，就是累一点，也是值得的。我感到我的人生没有虚度。放在旧社会，我只能当一个御医，为少数人服务。我感谢新中国，给了我这么一个机会。

舒雨霏知道汪亦适说的是心里话。尤其是危重病人和他们的家属，有的带着绝望的心情来到第三医院，只要见到汪亦适，就像见到了亲娘，就像见到了组织，把病人交到汪亦适的手里，他们的一颗心就从嗓子眼里放回到肚子里。舒雨霏也看见过病人痊愈出院的情景，一步三回头，恋恋不舍，眼含泪水。有一次一个胃穿孔病人出院，正逢汪亦适在做手术，从下午等到半夜，硬是要等到同汪亦适见一面才离开。汪亦适从手术室出来，筋疲力尽，步履艰难。这个病人不管不顾，扑上去就给汪亦适跪下了，嘴里念念有词，汪医生啊，你的大恩大德我终身不忘，来世变牛变马也要报答啊！

汪亦适赶紧将他扶起来，拍着他的肩膀说，你是病人，我是医生，我们之间的关系不是施舍和报恩的关系，我做的一切，都是分内的事情。要知道，我也是劳动人民养活的啊！

汪亦适的三个学生中，最拔尖的是宋江淮。这个年轻人二十多岁，非常用功。汪亦适亲自实施的手术，十有八九是宋江淮当助手。有时候在台上，汪亦适会情不自禁地想起十多年前在维丽基地的情景，那个双臂毛茸茸的克拉克西可不像他现在这么心平气和温文尔雅。他给克拉克西当助手，做好了，克拉克西会像孩子似的龇牙咧嘴地喊 OK！倘若手术中有失误，克拉克西会暴跳如雷，大骂猪猡！那是多么屈辱的经历啊，但是他挺过来了，韬光养晦，为了自己的国家和民族。他不可能像克拉克西那样一边吹着口哨一边做手术，也不可能像克拉克西那样杀猪屠夫似的把自己的手插进病人的腹腔打捞，但是，克拉克西严格的工作作风和精湛的医术他已经拥有了。

有一天晚上，师徒二人在康民大厦工地附近散步。宋江淮说，汪老师你真行，三十好几的人了，做了几个小时手术，对接血管那么细的活，你的手居然动都不动，我在显微镜里看你的手，就像雕塑，一动不动。

汪亦适笑笑说，这就能看出功夫了？

宋江淮说，外科大夫，准是第一，稳是第二。不准能致命，不稳也能致命。老师是怎么练出来的？

汪亦适说，你见过射击运动员吗？训练的时候他们的手腕下面悬挂着砖头，平举手臂，臂平面和海平面是平行的。

宋江淮惊讶地看着汪亦适说，老师你是说，当外科大夫的，还要练臂力。

汪亦适笑说，师傅领进门，修行靠个人啊。你不一定学射击运动员，只要你能做到心平手稳就行。

宋江淮说，我听说你的医术是跟一个美国鬼子学的，是这样吗？

汪亦适说，只能这样说，我跟着他学了不少东西，那个美国鬼子不是一般的美国鬼子，他是一个医生。

宋江淮说，那他现在在哪里呢？

汪亦适没有回答，望着西天燃烧的云霞出神。火烧云的下面，是露出地面半截的康民大厦工地。对这个建筑，汪亦适表面上不关心，实际上还是希望它早点建成。他也听说过肖卓然对丁范生的那个承诺，一年两年不行，三年五年可能，十年八年准成。现在已经十多年过去了，可一直是断断续续，建建停停。他想象着远在大洋彼岸的克拉克西，那个屠夫般的医生，也不知道现在在怎样的环境里工作，至少也不会比这里差吧？

冬天的一个夜晚，天上飘着鹅毛大雪，汪亦适还在灯下读书，突然传来一阵急促的敲门声，开门一看，是肖卓然。肖卓然眉毛胡子都是白的，进门就说，亦适，快穿棉衣，有紧急情况。

舒雨霏从里屋披衣出来说，肖院长，我们家亦适今天做了六台手术，就是钢也吃不消啊。半夜三更的，你又要把他往哪里指使？

肖卓然说，大姐，人命关天，不能跟你细说了。

汪亦适已经穿上棉袄，问肖卓然，有手术？

肖卓然一把拉起汪亦适说，边走边说。

路上汪亦适才搞明白，原来是正在省委汇报肖庄经验的地委宣传部邱副部长突然发病，头痛欲裂，经江淮第一医院拍片诊断为脑瘤，正在做手术方案。邱副部长陷入严重昏迷状态，邱副部长的老婆要求转回第三医院治疗。慎重起见，肖卓然连夜组织外科、内科和中医科的几个专家前往省城会诊。

汪亦适说，哪个邱副部长，是不是经常来给我们做报告的那个邱山新？

肖卓然说，正是。

汪亦适说，他妈的那个人的脑子是有问题。有一次他到外科视察，跑到我的办公室问我，你这么大的学问，说明你读了很多书，能读书的都是有钱人，你的家庭是什么成分？我告诉他，我家庭是手工业者。这家伙居然说，哦，那要认真改造世界观，要彻底清除剥削思想。这个人脑子出毛病一点儿也不奇怪。

肖卓然说，你这话是什么意思？你作为一个医生，不能对病人有个人成见。

汪亦适说，我有个人成见，并不影响我给他看病啊。

肖卓然说，那好，不啰唆了，赶紧上车吧。

走到院部门口，救护车和吉普车都已经停在那里了，程先觉和郑霍山、陆小凤、宋江淮等人都在车里。

郑霍山说，老汪你的脸大啊，我们都是小护士去擂门，你还要肖院长亲自出马。

汪亦适没好气地说，我让他亲自出马了吗？你稀罕肖院长亲自擂你的门，以后让他夜夜擂你的门。

郑霍山说，你这话反动。为什么要夜夜擂门，夜夜擂门就说明夜夜有危重病人。你希望我们皖西城鸡犬不宁吗？

程先觉笑着说，郑主任真会举一反三，我看你这水平，到地区“抓革办”工作比较合适。

郑霍山说，程副院长你这话也反动。我是个中医专家，你把我调到“抓革办”里，那不是拿牛刀杀鸡吗？我们的组织难道会这么有眼无珠？

肖卓然说，老郑，闭上你的嘴巴，小心它把你再送回三十里铺。

郑霍山说，我不仅要闭上嘴巴，还要收回鸡巴。半夜三更，老婆孩子热炕头，你硬是把我们拖出来搞什么会诊。我连内裤都没穿。

肖卓然说，你注意一点形象，都专家了，还那么粗鲁，车上还有女同志。

郑霍山嘻嘻一笑说，车上就一个女同志，我说的啥玩意儿她没看过？陆小凤同志你说是不是？

陆小凤说，是啊，我现在在学结扎手术，除了没见过猪的那玩意儿，就是没有见过你的那玩意儿。你啥时候掏出来给我见见，我做结扎手术比骟猪还要利索。

陆小凤面不改色心不跳，把大家说得想笑又不敢笑。

郑霍山说，省城那么大的医院，为什么还要我们皖西小小的第三医院去会诊？我们要是比江淮医院强，那以后把我们第三医院搬到省城，让他们到杏花坞来算了。

肖卓然说，我同意，你给省卫生厅下个通知，我立马组织搬家。

车子颠颠簸簸开了四个多小时，到了省城江淮医院，天已经大亮了。在医院神经科，见到昏迷不醒的邱山新，大家都不禁倒吸了一口冷气。

郑霍山说，这堆肉是谁，这还是活人吗？这简直就是一具尸体了嘛。你们江淮医院怎么搞的，把人治成这样，还让我们来接手，这不是推卸责任吗？

江淮医院神经外科的侯主任可怜巴巴地看了看郑霍山，又求援似的看着肖卓然说，这个病例很怪啊，脑溢血不像脑溢血，脑痉挛不像脑痉挛，血糖很高，血压偏高。如果是肿瘤，我们就没有办法了，只有送到北京和上海了。

郑霍山说，这个样子，往哪里送都是死路一条。

肖卓然问，都采取了哪些措施？

侯主任说，我们怀疑是糖昏迷，就输了液，结果越输液越昏迷，会不会是氯化钠用多了，酮酸中毒？汪医生，你是专家，就看你的了。

汪亦适一直没有说话，默默地查看病人的瞳孔，摸摸脖子，有点发硬。

肖卓然说，如果真是肿瘤，我们院能不能做手术？

汪亦适用手掌在病人的额头上试了试，还是没有说话，拿起江淮医院拍的片子，横看竖看，然后问病人家属，什么时候开始昏迷的？

病人家属说，前天开始喊头疼，以为是感冒，吃了几片感冒药。老邱这个人你们都是知道的，轻伤不下火线，还坚持看文件、改材料……

汪亦适打断了她的话说，我问你，他是什么时候开始昏迷的？

病人家属说，昨天后半夜，喊着喊着就不喊了，眼睛就闭上了。

汪亦适又拿起病历和处方，看了一会儿问郑霍山，你的看法呢？

郑霍山把了把病人的脉搏说，肿瘤的可能性不排除，但可以肯定地说，他的昏迷不是肿瘤引起的。而现在危及病人的不是肿瘤，当务之急是要找出病因。

肖卓然说，你认为病因是什么？

郑霍山说，从病人的脉象上看，气血滞阻，运行微弱，应该是血栓的可能性比较大。

肖卓然对汪亦适说，亦适，我同意霍山的看法。

汪亦适说，我也同意，但我只同意一半。脑瘤不排除，但导致病人头疼以致昏厥，不应该是脑瘤的作用，除非瘤子破了。像这种急性发作，如果是脑溢血，早就没命了；如果是血栓，来势不会这么迅猛。从片子的情况看，表层有阴影，而且面积较大，形状不规则，有点像脑溢血，但有两个疑点，一是部位不对，二是血管没有畸形。

程先觉说，能不能排除脑瘤破裂？

汪亦适说，脑瘤破裂的可能性几乎没有。像邱副部长这样做脑力工作的人，不可能拿脑袋往墙上撞，而不把脑袋往墙上撞，不把脑袋撞开瓢，瘤子是不可能轻易破裂的。

肖卓然说，我们以前有没有遇到过这样的病例？

汪亦适说，有相似的，没有相同的。大家请看，把前后两次拍的片子对照起来，这片阴影有所变化，一眼看去，面积大了，色素浅了。这就给我们的判断造成了误区，一般都是在脑瘤和脑血栓上做文章，现在看来，恐怕都不是。

大家都不吭声，等待汪亦适的下文。

汪亦适又摸摸病人的脖子，并且曲起中指敲了敲，抬起头来说，片子上有一个细节被忽略了，就是这个像是边缘而实际上不是边缘的凸起部分，在第二张片子上，明显变小，呈下落状。这是什么呢？我初步判断这是一个囊肿，是囊肿破裂导致颅压剧增，压迫脑神经，所以疼痛难忍、昏迷不醒。

肖卓然转向侯主任和江淮医院的另外几个医生，这些人像发现新大陆一样，赶紧扑上去看那个片子，但是看了半天，没有人说是，也没有人说不是。

肖卓然说，怎么才能证明你的判断是正确的？

汪亦适说，在苏联和美国，有进一步的探测仪器，但是我们国家目前还没有，要证明我的判断，只有开颅。

病房里顿时一片沉寂。因为大家都知道，开颅这个手术，别说第三医院和江淮医院，在整个江淮省城，都不具备这个条件。而如果转院至北京或者上海，按照病人现状，即便专车飞驰，恐怕路程不到一半，病人也就一命呜呼了。

肖卓然问侯主任，你们有什么想法？

侯主任说，我们确实力不从心，病人是皖西地区的领导干部，家属也有转回皖西治疗的要求。我认为汪主任的诊断接近真理，那么处理，也只能由贵院负责。

肖卓然说，病人已经气息奄奄了，如果再让他颠簸三四个小时，谁敢保证不出问题？

大家都不说话。病人家属哭哭啼啼，一个劲儿地央求，肖院长、汪主任救救我们家老邱，我们老邱这条命，就交给你们了。

肖卓然问，如果就地手术，江淮医院能不能提供设备？

侯主任说，这个我要请示。

程先觉说，肖院长，这太担风险了。

肖卓然说，没有哪一次做手术不承担风险的。

程先觉说，但是这一次的风险也太大了一点。

肖卓然心里何尝不明白，而且他比程先觉还多了一层隐秘的心理，这个邱副部长对他一直抱有成见，他对邱副部长自然也不会同心同德，上下级是这样的关系，万一有个三长两短，万一邱副部长的家人翻脸不认人，岂不是惹火烧身？依照目前的情况，病人是江淮医院收治的，他们只不过是应江淮医院和病人家属的请求来会诊的，完全可以推卸责任。但是，肖卓然心里始终有一种感觉，在病人面前，他就不再是肖卓然了，而是第三医院的院长。一个医院的院长，面对病人，怎么能撒手不管呢？

肖卓然问汪亦适，亦适，你有信心没有？

汪亦适说，你是院长，你让我做我就做。但是，我把话说在前面，一是缺乏深入探测仪器，我的判断不一定百分之百正确。二是这里的设备我不熟悉，助手我只有一个宋江淮，护士没有。

郑霍山说，死马当着活马医，全看他的造化了。你真缺帮手，我可以给你当护士。

汪亦适没有理睬郑霍山，又去看病人的瞳孔。肖卓然扭头向侯主任说，麻醉师在不在？

侯主任说，我去请示，如果院长同意了，所有的保障都没有问题。

肖卓然说，那你赶快去请示。程先觉，你赶快到邮电局给地区卫生局罗局长打电话请示，我们要在省城给邱副部长做开颅手术，请他向地委报告。

侯主任一看有人接下了这个包袱，二话没说就去找院长请示了。没有想到院长不同意，江淮医院的院长说，皖西第三医院的医生跑到省城医院来给病人做手术，这算怎么回事？欺我江淮医院没有人啊，传出去不是天大的笑话嘛！要做也可以，算是两家合作，你也得上手术台。

侯主任脸都吓白了，对院长说，我从来没有做过开颅手术，这可不是切西瓜啊。

院长说，那我不管，我不能让一个地区医院的医生在我这里耍大刀。

侯主任走出院长办公室，他的护士长提醒他说，侯主任你不要紧张，天塌下来有高个子。那个汪亦适确实有两把刷子，你和他同台做手术，实际上就是配合。成功了，皆大欢喜；不成功，责任也不在我们啊！

侯主任恍然大悟，回到病房跟肖卓然把院长的意思转达了。肖卓然有些为难，他明白江淮医院院长的意思，但是又怕汪亦适不痛快，汪亦适怎么能和侯主任这样的庸医相提并论？他用目光征询汪亦适的意见，汪亦适视而不见。肖卓然无奈，只好把汪亦适叫出病房，低声下气地说，亦适，救人要紧，他们要面子，就给他这个面子吧。

郑霍山也溜出来了，冷不丁地插嘴说，我看要慎重。成则他们是王，败则我们是寇。这种只赔不赚的买卖能做吗？

肖卓然说，救死扶伤，实行革命的人道主义啊，哪里还能去谈什么赚啊赔的？老郑你不要捣乱。

汪亦适说，那我跟你说清楚了，我可以不计较个人得失，倒是你要注意。据我所知，那个邱副部长一直是把你当作阶级异己分子的。你这么大包大揽，万一有个好歹，给你扣上一顶阶级报复的帽子也不是没有可能的。

郑霍山说，这不是什么可能不可能，这简直就是现实。成功了，他可能会对你有感激之心。失败了，那就是黄泥巴掉进裤裆里——不是屎也是屎了。

肖卓然说，老汪，老郑，我们都是医生，医生要讲医德。陈书记过去老爱讲一句话，天地之间有杆秤，我们凭良心办事，事不宜迟啊！

汪亦适说，那好吧，我同意做。不过我需要先喝一杯热茶，四五个小时了，我连一口水都没有喝。

这边刚刚说好，那边程先觉回来说，打电话到地区卫生局找不到人，卫生局的领导都集中在地委大礼堂里学习《人民日报》。

程先觉说，没有得到领导的同意，手术还能做吗？

肖卓然说，做手术又不是作战，我用不着听命令。再说，打仗还讲究将在外君命有所不受呢。做！

一切准备就绪之后，轮到家属签字的时候，又出现了麻烦。邱山新的老婆听侯主任给她念了责任书之后，两条腿都软了——手术中出现意外，手术后出现意外，造成死亡，都由签字人负责，她能负那个责吗？不能。这一切都应该由医生负责。一旦她签了这个字，医生不负责任了怎么办？医生把老邱弄死了怎么办？

侯主任耐心地给她解释说，这个责任书是惯例，并不是为了推卸责任。就连割阑尾、扁桃体这样的小手术，只要动刀见血，病人直系亲属必须签字。

邱山新的老婆哭哭啼啼，就是不肯签字。肖卓然说，不签字就不能做手术，不能做手术，你们家老邱就只能等死了。

邱山新的老婆说，你是皖西地区第三医院的院长，老邱是你的顶头上司，老邱的安危应该由你负责，这个字应该由你签。

肖卓然说，我可以签，我坐牢杀头都无所谓，但是我签了没有法律效力。医院有医院的规矩，你不签字，手术是万万不能做的。你愿意眼睁睁地看着你们家老邱等死吗？

邱山新的老婆见赖不过去，又想了一招说，那好，责任书的字由我签，不过你肖院长也得给我写一份保证书，保证把老邱救活，保证手术成功。

郑霍山早已不耐烦了，听这女人毫不讲理地胡搅蛮缠，禁不住吼了一声，肖卓然你想干什么？你想巴结这个鸡巴副部长吗？没见过这么横的女人！我们走，把这个卵子副部长交给江淮医院，让他们自己收尸吧。

肖卓然厉声道，老郑，你冷静点！

郑霍山说，有这样要挟医生的吗？善良就是软弱！

肖卓然说，什么叫软弱？你理解病人家属的心理吗？要理解。这个保证书我给你写，不过我只能向你保证，我们会尽全部努力，杜绝医疗事故。如果出了医疗事故，一切由我肖卓然承担，行了吧？

一来有郑霍山的骂骂咧咧做威慑，二来肖卓然的保证合情合理，邱山新的老婆这才停止纠缠，瞻前顾后地在责任书上签了字。

开颅只开了很小的一块，果然证明汪亦适的判断是对的。病人的颅内确实有一个囊肿破裂，积脓流出，在脑室内压迫神经。病源找到了，处理的办法就有了，手术其实并不大，大的是风险。汪亦适采取的是穿刺引流的办法，在病人的左前额上钻了一个洞，插进一根软管，用气鼓抽取积脓。

足足三天，邱山新的脑袋上一直插着三四根管子，其中引流的管子从邱山新的颅内抽取的脓液将近一百五十克。七天之后邱山新从昏迷中醒来，惊问自己身在何处。一百天以后，邱山新踏上东去的火车，到上海一家大医院复查。一个著名的老教授看了邱山新的病例，良久不语。

汪亦适创造的，是当时整个华东唯一的范例。

以后邱副部长康复了，打电话向肖卓然致谢，说，过程我全知道了，要不是你扛着，这个手术做不成，我老邱也就呜呼哀哉了。

肖卓然说，我只是做了我应该做的。真正救你的是汪亦适。

邱副部长说，你们第三医院抢救的不是我邱山新个人，而是挽救了皖西革命运动的重要领导。你们的贡献不是对我个人的贡献，而是对皖西革命运动的贡献。

肖卓然半天没有搭腔。

邱副部长说，所有参与这件事情的人，都是我的恩人，只有那个郑霍山例外。这个人极有可能是阶级异己分子。

肖卓然说，没有郑霍山对你进行中医调养，你现在恐怕还在病床上躺着，你说话不可能这么有底气。邱副部长，我向你郑重保证，郑霍山他不是阶级异己分子，他是一个很有经验的中医专家。

5

邱副部长死里逃生，给第三医院带来的不仅是声誉，还有政治上的宽松。李绍宏这半年都在暗中调查搜集肖卓然等人的历史情况，事与愿违的是一直没有重大进展，都是一些众所周知而且似是而非的事情。后来邱副部长奇迹般的死里逃生，这段新闻迅速传遍皖西城，汪亦适再一次成为人们茶余饭后的谈资，也成为地委领导议论的话题。这个时候，从汪亦适的头上开刀显然是不明智的。而且不仅汪亦适暂时不能动，因为肖卓然当机立断，敢于负责，组织抢救邱副部长有功，也多次受到地委主要领导的表扬。这个时候，如果没有重要而且可靠的证据，想扳倒肖卓然也是不容易的。

就在李绍宏心灰意冷之际，他获悉了一个重要的情况：肖卓然在前不久私自回到故乡肖庄公社，秘密调查肖庄经验的真相，对于这个人民公社的典型提出怀疑，并写了一篇叫作《肖庄公社的奇迹是怎样创造出来的》的文章。

李绍宏如获至宝。因为当下全省都在学习肖庄经验，已经成了各级的中心工作。这个时候肖卓然去搞肖庄公社的黑材料，安的是什么心？定性为什么性质的问题都不过分。既然在历史问题上暂时没有什么作为，那么如果能在现实问题上揪住肖卓然的尾巴，将更有杀伤力。

突破口选择在程先觉的身上。有一次散会，李绍宏跟程先觉并肩走出会议室。走了几步，见前后人距离拉大，李绍宏低声说，程副院长，抽空到我办公室去一下，我有重要的事情向你汇报。

李绍宏说得郑重其事，不像是开玩笑。

程先觉说，李书记开玩笑，你是党委副书记，我是委员，应该由我向你汇报，但不知道要我汇报什么。

李绍宏意味深长地一笑说，我们互相汇报，到时候你就知道了。

程先觉这几天眼皮老跳，本来就心神不宁，李绍宏要找他“汇报”，他就预感要麻烦了。那天上午的后三个小时他都有点心猿意马，不知道李绍宏找他究竟要做什么。他对李绍宏一直有戒备心理，这个人给人感觉有点阴沉。在他眼里，几乎所有的人都不是好人，就像医生的眼里所有的人都是病人一样，他尤其爱抓住别人的历史问题，这一点很让程先觉犯怵。

同李绍宏分手之后，程先觉先是到康民大厦工地跟基建办的人商量开春复工问题，结束后准备回医院见李绍宏，却横竖找不到眼镜了，心急火燎地把基建办的黄秘书叫过来问，刚才你过来拿图纸，里面有没有东西？

黄秘书说，除了图纸，啥也没有。

程先觉说，你去把图纸打开，看看里面有没有夹着我的眼镜？

黄秘书也是个丢三落四的人，马上回到自己的办公室，把图纸打开，又跑回来说，没有眼镜。

程先觉说，奇怪了，刚才我洗了一把脸，转眼之间眼镜就找不到了。你帮我找找。我有急事要回院里。

黄秘书一听程副院长有急事，也很着急，就弯腰哈背找了一圈说，还是没有。程先觉等得焦急，自言自语地说，他妈的，这不是好兆头啊，难道会有什么麻烦？

黄秘书直起腰，看着程先觉，突然尖叫起来，程副院长，你摸摸你的鼻梁，你的眼镜不是戴在你的鼻子上吗？

程先觉摸摸鼻梁，上面果然架着自己的眼镜。黄秘书哈哈大笑，程先觉黑着脸苦笑。

李绍宏的办公室和程先觉的办公室隔壁，见程先觉进门，李绍宏招呼一声，请坐，然后起身把办公室的门关上了，还插上了门闩。程先觉坐下，忐忑不安地看着李绍宏，感受到有种很神秘的气氛。

李绍宏把门关好之后，搬过一张椅子，坐在程先觉对面，先是聊了康民大厦的一些情况。程先觉知道，这是序幕，因为李绍宏向来不关心康民大厦的情况，他只关心负责基建的那些人，多次在会上告诫各位领导要注意负责基建财务、采购的人员，不要出现贪污浪费情况。李绍宏关心的是更高的建筑，是人的思想。

聊了一阵子，李绍宏话题一转说，程副院长，你恐怕已经听说了，有人向组织上反映了一个情况，关于你的。作为党务工作者，我本来不应该直接跟你说，但是因为有疑点，本着对同志负责的精神，有些情况我还必须向当事人核实。

程先觉心里咯噔一声，他妈的，怪不得这几天眼皮老跳，原来是被这小子盯上了！程先觉保持镇静说，李书记，我不知道别人反映我什么问题。

李绍宏说，老问题。现在是运动阶段，组织上对每个干部的历史都要重新调查。有人反映，皖西解放前夕，你虽然有起义行动，但那是因为有人动员你，而且你当时态度并不积极。后来你到了风雨桥头，还一度动摇。因为在关键的时候，你已经退却了。你最后的位置是在隆泰粮栈的后门口大槐树一带，这个位置偏向国民党军阵地，有迹象表明，你有动摇返回的表现。如果不是我军接应人员及时出现，也许你就跑到国军阵地了，那你现在就是人民的敌人。

李绍宏说得平平淡淡，程先觉却听得魂飞天外。要知道，这正是大抓阶级斗争的年头啊！程先觉说，事实不是这样啊，我是坚定不移地要起义的，肖院长可以证明这一点。

李绍宏笑笑说，问题就在这里。肖院长会不会给你证明，你心里有数。有一点我可以告诉你，那个时候的情况，除了你本人，就是肖院长最清楚了。肖院长如果认为你是真心实意要起义，那么这件事情是怎么传出来的？

李绍宏这么一说，程先觉心里就更虚了。刚才他一直在琢磨，这件事情过去快二十年了，为什么还要旧事重提，到底是谁先提起的？李绍宏暗示他，没准这件事情就是肖卓然自己说出来的。通常情况下肖卓然不会说，因为当时肖卓然似乎并没有发现他的动摇，肖卓然仅仅说过一句话，为什么要藏在这里？五百米外就是敌人的阵地。但是肖卓然这个人很精明，也许他当时发现了他动摇而没有点破，留在以后念他的紧箍咒也未可知。这种事情肖卓然完全能做得出来，就像那次他在朝鲜战场上被人民军俘虏，回来之后吹嘘自己怎样同敌人英勇战斗，肖卓然当时就挖苦他，说他英勇战斗了半天，枪里的七发子弹一发不少，不符合逻辑啊。这种话肖卓然后来又说过。那时候丁范生还没有离开医院，他天天跟在丁范生的屁股后面转。肖卓然说，这回投降投对了，又投到人民军的手里了。他当时心里一紧，就知道他当年在朝鲜战场上攥在肖卓然手里的把柄还没有扔掉。现在是非常时期，到处都在搞运动，人人自危，肖卓然会不会因为某种利益，公开地把他的那些隐私抖搂出去呢？难说。

程先觉说，李书记，我不知道为什么现在要提这件事情，是谁反映的，我以党性保证，我当年起义事实确凿，无懈可击。

李绍宏说，老程，你也不要激动。有人反映，组织上总是要过问的。不过我可以给你提供一个好消息。这件事情地区“抓革办”孙主任也知道了，孙主任说，程先觉这个同志有政治敏锐性，听话，如果能够配合组织开展工作，就不要揪住他的历史问题不放。我说的这个意思你明白吗？

程先觉更紧张了。他听出了李绍宏的弦外之音。“抓革办”的那个孙主任他也听说过，那是一个比邱副部长还要厉害的角色。这个人就像一架显微镜，一天到晚都在窥视革命的细菌。一个人如果被孙主任注意到，无论如何不是好事。邱副部长现在处在半养病半工作状态，“抓革办”的工作主要由孙主任主持。李绍宏的话说了一半，如果能够配合组织开展工作，就不要揪住他的历史问题不放；可是如果他要不配合呢，那就另当别论了。

程先觉思前想后，一咬牙表态说，李书记你放心，组织上交代的工作，我程先觉赴汤蹈火，从来不含糊。

李绍宏说，老程，那我就实话实说了。你前一段时间是不是跟肖院长到肖庄公社去了一趟？

程先觉心里惨叫一声，他妈的怕有鬼就有鬼，果然就是这件事情。程先觉说，是去了一趟，陪肖院长看看二老。

李绍宏说，程副院长，你真是聪明一世，糊涂一时。肖卓然回去探亲那是私事，你一个副院长，又不是他的随行人员，你跟着他去干什么？

程先觉说，我们家庭过去都有些来往，一起去看看老人也是应该的。

李绍宏说，那好，我就开门见山了。有人检举，肖卓然在肖庄公社搜集黑材料，企图颠覆肖庄经验。这个问题很严重，可以上升到政治的高度。你也参加了。有没有这个事？

程先觉一听，头皮都麻了，怔怔地看着李绍宏，半天才说，肖院长回老家，看到了听到了一些情况，但是并没有说要颠覆肖庄经验啊！这是从哪里说起啊？

李绍宏说，我问你，他是顺便听到的看到的，还是主动去调查的？你要说实话。不说实话，视为同谋，那后果你自己想吧。

转眼之间，程先觉的脑门就冒出了冷汗，说话也语无伦次了。程先觉说，李书记，我真的不知道，我只是……

李绍宏说，我们都是同事，而且关系不错。无论于公于私，我都应该保护你，但是你不能说假话，不能隐瞒。你也不用为难，不用马上就说，孙主任说了，你不是主谋，胁从不问。给你两天时间，你慢慢考虑吧，想明白了，你再来找我。

不到两天，仅仅过了半夜，程先觉就想明白了。下半夜他写了一份材料《我和肖院长到肖庄公社的所见所闻》，第二天早上，他就敲开了李绍宏的办公室。他只提了一个请求，请李书记手下留情，不要把这份材料披露出去。李绍宏说，老程你放心，我站在斗争最前沿，一切都以我的名义。

程先觉的材料，并没有说他和肖卓然到肖庄公社的所见所闻，而只是他在肖庄公社见到的肖卓然的所作所为。蹊跷的是，关于肖卓然和舒晓雯接触的情况，他只字未提。

李绍宏根据程先觉提供的这份材料，妙笔生辉，又整理出了一份《肖卓然是怎样反对肖庄经验的》的文章，很快就送到地区“抓革办”。

这件事情过后不久，就有风声传到第三医院，李绍宏的揭发材料引起了上级的高度重视，连陈向真书记都做了批示，事关大是大非，涉及政治立场，严格调查，认真处理。

据说陈书记还把肖卓然叫去亲自谈话，从陈书记办公室出来，肖卓然的脸色苍白，从那以后就病了。

李绍宏这段时间更加活跃了，在肖卓然生病期间，大包大揽了医院的领导工作。康民大厦的工程再一次停止，因为负责基建的人员都被抽调回来参加揭批运动了。

6

风云突变，关于李绍宏接任院长的消息，在第三医院很快就不是秘密了。卫生局下了一个临时通知，在肖卓然同志生病期间，由李绍宏代理院长、代理党委书记，全面主持第三医院的工作。

自此以后，程先觉就不用向肖卓然请示汇报了。李绍宏说工程停止，程先觉立马就把铺盖卷子从工地上扛了回来。搭建指挥部的帐篷也被拆除了。

在李绍宏的授意下，程先觉亲自参与半年总结起草。半年搞一次总结，这在第三医院也是第一次，目的很明显，就是要清算肖卓然的错误。

程先觉明白这个意思，虽然说肖卓然在工作中没有重大失误，但是，在个性上，在工作作风上，还是有瑕疵的。一个人当了六七年院长，无论如何都不可能一尘不染。程先觉最初想避重就轻，在总结稿里指出原主要领导骄傲自大，有官僚主义作风，随着医院建设的规范化，原主要领导自我膨胀，发展到了动辄骂人、决策主观，等等。

这样不痛不痒的问题显然不能让李绍宏满意，李绍宏一针见血地指出，原主要领导的核心问题是阶级立场不分，屁股指挥脑袋，招降纳叛，包庇投降变节分子，任人唯亲，把自己的连襟都安插在医院的重要岗位上。

程先觉不敢得罪李绍宏，只好挖空心思地搜罗肖卓然的问题。他明明知道汪亦适是解放初期就参加工作进入医院的，郑霍山是丁范生从舒皖药行挖墙脚挖来的，但是，他还是把这些账算在了肖卓然的身上，在总结材料上变成了白纸黑字。

肖卓然真的病了，并不是传说中的被陈向真训斥的结果，不是闹情绪，也不是畏罪装病。他患的是肺结核，是带领医疗队下乡在梅山农村被传染上的，就住在本院的内科。舒云舒左右斡旋，医院里面展开的一切活动，能够瞒住他的，尽量瞒住他。有一次陆小凤到病房看望他，带来一个消息：地区派了一个更大的工作组，就住在招待所里，每天都找人谈话。

肖卓然苦笑说，为什么偏偏不找我谈话？

陆小凤说，现在还敢找你谈话的，除了你老婆，就是我了。

肖卓然说，谢谢。

陆小凤说，路遥知马力，日久见人心。你住院后，有几个人来看过你？

肖卓然扳着指头算了半天说，六个，秦副院长，汪亦适两口子，郑霍山，盛锡福，还有就是你了。不过我不计较，这个时候，我不能牵连别人。

陆小凤冷笑一声说，你倒是善解人意。你不牵连别人，别人可是要清除你的流毒。你当年在朝鲜战场上为了你家成分大骂土改干部的事情都有人揭发，说你本来就妄想变天。

肖卓然愕然说，都过去这么多年了，怎么还提出来？而且我后来检讨了，组织上也有结论了。

陆小凤说，不把你搞倒，难道还让你老是盘踞在院长的位置上？

肖卓然叹道，把我的院长撤了也就算目的达到了，何必下这样大的功夫？

陆小凤说，因为你在医院太霸道了。你能干，有本事，有成绩，这都是别人的障碍。有人不仅要当院长，还要树立比你更高的形象，不把你搞臭，你阴魂不散，别人当院长，心里就不舒服。

肖卓然说，那就随便吧，我现在是死猪不怕开水烫了。政治上我成了不齿于人类的狗屎堆，身体上我成了爬不起床的病秧子。随便，天塌下来我扛着。

陆小凤说，那好，你还是个男人，我送你一句话，大丈夫能屈能伸，纵天下横也天下，无论发生什么事情，你都得挺住！

肖卓然警觉起来了，从病床上坐起来问，怎么回事，你是不是听到什么消息了？

陆小凤说，我给你透露一个绝密，你要是挺住了，说明我没看错。你要是挺不住，那就活该，说明你外强中干。

肖卓然竭力镇静下来说，无所谓，砍头不过碗大的疤，不就是撤职吗？

陆小凤给肖卓然透露的消息，来自于她的在地委组织部当打字员的亲戚。亲戚透露，关于肖卓然的处理，已经形成了文件，撤职查办，院长和党委书记由李绍宏接任。

肖卓然听了，半晌不语，最后说，意料之中，不足为奇。行了，无官一身轻，我也跟老院长学习，到农村接受改造吧。

正说着，舒云舒进门了。舒云舒对陆小凤从来没有好感，陆小凤并不十分漂亮，至少不比舒云舒漂亮，但是这个女人好像很有风情，眉眼妖娆。特别让舒云舒反感的是，她似乎对肖卓然始终都有一种说不清楚的感情。更奇怪的是，肖卓然风光的时候她还把自己弄得很清高，从来不套近乎，但是只要肖卓然倒霉，她就会黏糊上来。

舒云舒说，陆医生，难得这个时候你还来看我们家老肖。不过你是医生你应该知道，我们家老肖患的是肺结核，你跟他头挨头挨得这么近，就不怕传染？

陆小凤笑笑，起身，反唇相讥说，舒大夫，你们家老肖都成落水狗了，你还有心思吃醋啊！

舒云舒脸色一变说，我们家老肖就是成了落水狗，爬上岸来，他也是一条顶天立地的狗，还轮不到你来取笑。病房之内，不宜久留，你请吧。

陆小凤还是微笑，对肖卓然说，老肖，记住我的话，你是个男人，天塌不下来。过两天我还来看你。你要是坐牢，你老婆不一定去探监，但是我一定去给你送饭。

舒云舒说，陆小凤，你给我滚！

陆小凤说，发这么大的火干什么，不像大家闺秀哦，没有风度哦。

说完，腰肢一扭，袅娜而去。

这段时间，肖卓然度日如年。

毕竟是医学进步了，在皖西地区，肺结核早已不是绝症了。肖卓然住在医院里，权力是没有了，待遇暂时还没有变化，医疗不成问题，病情很快就被控制了。

让他难受的是，他现在这个样子，还不太好出院。李绍宏已经全面接管了权力，组织上没有给他做出结论，也没有重新安排工作，他出院之后怎么办？总不能天天蹲在家里吧？

没有办法，他只好赖在病房里。

那一次谈话，陈向真确实狠狠地批评了他，说他不识时务，逆水行舟，搬起石头砸自己的脚。

肖卓然说，我反映的都是事实，为什么就不能派个工作组到肖庄公社进行深入调查？就算我的观点有问题，但是先进典型弄虚作假，这是明摆着的问题，为什么不让说？

陈向真沉默了很长时间，叹了一口气说，在这样的气候里，当领导的，能不说话的尽量不要说话；能不说实质话的，尽量不要说实质话。现在情况很复杂，有些人就是要夺权，争名夺利，我们不能把权力交给那些小人坏人。你的问题在于，过于偏激，说得太多，授人以柄，这不是自己给自己找麻烦吗？这件事情已经弄得满城风雨了，你说怎么办吧？

肖卓然说，惭愧，我给组织上找麻烦了。我接受处理。

陈向真说，我原先认为你政治上已经很成熟了，但是没有想到，你也会犯这样低级的错误，这恐怕就是因为你长期当一把手，助长了骄傲自大情绪。你要好好反思。

肖卓然本来打算韬光养晦，召开一次民主生活会，检讨自己在肖庄经验上犯的认识错误，先保存自己再说。没想到被陈书记训话之后，就病倒了。更没有想到在他生病的这段时间，情况会变得这么糟糕，似乎整个医院都在反对他，似乎他本来就是劣迹昭著。

病好了，心里却更难受了。按照他过去的性格，让他装病赖在病床上，打死也不能干。但是他现在没有别的办法。他只能寄希望于组织上早一点给他结论。撤职是铁板钉钉了，他有思想准备。他估计他的问题属于人民内部矛盾，他还有工作的机会。

他是多么盼望陈书记再找他谈一次话啊，那样他就有机会倾诉了，就有机会检查了。说他别的错误他不承认，肖庄经验到底是什么性质，功过自有后人评说。但是他犯了官僚主义、主观主义的错误，都是事实，一言堂的问题也存在。一个人在一个单位当一把手时间长了，难免主观，难免自负。他已经到了刚愎自用的地步。譬如说，康民大厦续建工程刚刚启动的时候，计划工期，程先觉提出来梅雨季节施工时间要计算得富裕一点，他当时就黑着脸把程先觉训了一顿，要求对施工实行军事化管理，准备若干帐篷雨布。晴天不能停工，一旦下雨，搞紧急集合，上面拉天幕，下面照样作业，一天也不能停。后来的情况是，雨天根本无法施工。程先觉无奈中准备的雨布和帐篷都没有用上，白白花了一笔冤枉钱。这个情况和当年丁范生所犯的错误如出一辙。他反思，自从他当了第三医院的院长，特别是后面这几年，他越来越像丁范生了。

有时候他也设想，如果陈书记真的再找他谈一次话，他有没有勇气像丁范生那样把自己剖析得淋漓尽致，有没有勇气像丁范生那样自觉地把自己放逐到长期赎罪长期补过的位置？他不知道。

绝望之中，他终于不再踌躇了。有一天晚上，他回家找出了那篇《肖庄公社的奇迹是怎样创造出来的》，让护理他的护士把宋江淮叫来，秘密交代，务必亲手送给陈向真书记。他是豁出去了，反正是个撤职，就算坐牢杀头，他也得说真话。

一个秋风萧瑟的下午，行署专员安至深、地委乔副书记和组织部李部长一干人等来到了第三医院，宣布新的领导班子。

肖卓然是在中午接到通知的，让他参加下午的全院大会，并且在主席台上就座。肖卓然心里明白，这是他最后一次坐主席台了。

下午两点钟，两百多名干部职工会集在小礼堂里，主席台中间是安专员、乔副书记，他们的两边分别是地委组织部李部长、宣传部余部长，再两边是肖卓然和李绍宏。会议由乔副书记主持，安至深作为行署新任专员，讲了一通形势，又讲了一通自己的态度，然后就由组织部的李部长宣读第三医院新的领导班子。

几乎所有的人都没有想到，李绍宏并没有当上院长，院长是汪亦适。原行署卫生局副局长、当年705医院老政委于建国又杀回来了，担任第三医院党委书记。

当肖卓然听到李部长宣布“肖卓然同志调离第三医院，任皖西地区卫生局局长”的任命后，他疑惑自己听错了。不仅是他，台下两百多人都以为自己听错了，但是大家的疑惑并没有持续太长的时间，仅仅过了两三秒钟，暴风雨般的掌声便响了起来。

7

肖卓然在一个小时之内就像变了一个人，迅速找到了感觉，脸上的晦气一扫而光。几分钟前他的眼皮还是耷拉的，表情还是麻木的，但几分钟后，他的腰杆子一下子挺直了，目光炯炯有神。

散会后，肖卓然拉着汪亦适站在院子里给地区领导送行，汪亦适脸上的笑容却很僵硬。

领导走后，大家都来祝贺，就连李绍宏也强打精神跟肖卓然握了握手。李绍宏说，肖院长，不，肖局长，祝贺你担负更重要的责任！

肖卓然大手一挥说，祝贺什么，还是一起工作，不要客气。

李绍宏说，我的工作没有做好，对于肖院长……肖局长可能有些误会，还请肖局长包涵。

肖卓然说，人无完人，孰能无过？我也有很多缺点，还希望你继续监督。错误和挫折教训了我们，使我们变得聪明起来，人嘛，就是在批评和斗争中进步的，李书记你说是不是啊？

李绍宏讪讪地说，是啊，是啊，肖局长有度量，有见识，值得我们永远学习。

肖卓然说，你不要永远学习我，以后，你们要支持汪院长的工作。他的身上，值得学习的东西更多。

李绍宏说，我一定铭记肖局长的教诲，一定大力支持汪主任，不，一定大力支持汪院长的工作，请您放心。

肖卓然转向汪亦适说，亦适，走，到工地上看看。这一个多月，我都没敢离开病房，就像躲在阴暗角落里的蝙蝠，我们去看看晚霞，看看夕阳，看看我们的康民大厦。

汪亦适说，对不起肖局长，我还没有适应这个变化，我想回家吃饭，我饿了。

肖卓然说，嗨，你这个人真是莫名其妙，吃饭着什么急？

汪亦适说，我是凡夫俗子，到了吃饭的时间就要吃饭，我没有你那么高的兴致！

肖卓然一下子僵在那里，似笑非笑，很尴尬。程先觉在一旁见状，赶紧上前说，亦适，啊，汪院长，今天是个大喜的日子，大家就一起去散散心吧。

汪亦适说，搞了十几年，还是一堆废墟，有什么看头！

说完，拂袖而去。

肖卓然等人面面相觑，大家都愣住了，一时不知道该说什么好。还是肖卓然反应快，哈哈一笑说，看来亦适是在埋怨我啊，给他留了这么个烂摊子。那好，他不去我们去，我们去看看这个屁股该怎么擦。

李绍宏赶紧说，这件事情我负主要责任。

肖卓然说，基建工作是程先觉同志在抓，你负什么主要责任？你以后不在这件事情上负责，就是最大的负责。

李绍宏的脸刷一下就白了，再也不吭气了。

汪亦适并没有回家，而是到办公室坐了一会儿。宋江淮敲门，汪亦适说，什么事情啊？

宋江淮说，祝贺你老师，你当院长了，我们第三医院就更有希望了。

汪亦适苦笑说，你是这么认为？

宋江淮说，大家都这么认为，专家治院，顺理成章。

汪亦适看看宋江淮，半天才说，你这样讲不合适哦，难道肖卓然当院长，第三医院就没有希望了？肖卓然听到你这话，没准会让你写检查。

宋江淮诡秘一笑说，汪老师，我没有说肖老师当院长第三医院就没有希望啊。你是专家型的，他是领导型的；你主持业务工作，他负责行政管理，各得其所，各负其责，也才能各显身手。这样的搭配，才是最佳结构，所以我说第三医院更有希望。

汪亦适愣怔了好大一会儿才说，啊，江淮，你还很会看问题，这一点比你老师强。可是……我还是不想当这个院长。

汪亦适喟然一声长叹。

宋江淮说，我知道，老师您最担心的是运动。依我看，也没有什么大不了的。您是江淮地区远近闻名的专家，请您出山当这个院长，是体现重用知识分子的政策。至于运动，不是您的强项，您也用不着过多参与。凭您的威望，坐镇就是领导。

汪亦适说，以后，恐怕我亲自指导你们的时间就少了，我是多么不甘心啊！

宋江淮说，老师，还是您那句话，师傅领进门，修行靠个人。我们已经入门了，也不能老是小鸡跟母鸡啊。我们会努力的，您就放心吧。

汪亦适在办公室里枯坐了很长时间，他甚至想到了辞职，但是任命刚刚宣布就去辞职，那就是给组织找麻烦了。生米已经煮成熟饭了，赶鸭子上架，看来也只能硬着头皮上了。

回到家里，汪亦适的脸色还是不太好看。舒雨霏说，怎么啦亦适，当院长了，为什么还拉着个脸？就像谁借你钱不还似的。

汪亦适说，当什么院长，简直是突然袭击！

舒雨霏吓了一跳，忙问，出什么事了？刚才宣布你当院长，这时候就是出了事情了也不是你的责任。

汪亦适说，我说的就是当院长这件事情。为什么不征求我的意见，为什么事先不找我谈话？这不符合组织程序嘛！

舒雨霏说，不符合就不符合吧，这又不是什么坏事。刚才老三跟我讲，肖卓然当卫生局长，也没有谈话，简直是喜从天降。肖卓然的病一下子就好了，马上就到康民大厦工地上指手画脚了。

汪亦适说，我跟卓然不一样，卓然是当官的料子，给他治病的最好药品就是升官。可我是一个医生，既不会当官，也不想当官。我不是当官的料子。

舒雨霏说，话不能这么说，你怎么就不是当官的料子了？你当外科的主任，领导几十号人，不照样风调雨顺？

汪亦适说，那是业务部门，行政上的事情由满副主任和乔书记管。现在把我推到院长的位置上，全院两百多人，行政后勤人事，还有运动，什么都得管，我哪里能顾得上？这不是把我架在火上烤吗？我当了院长，还做不做手术了？亏他们想得出来！

谁说当院长就不能做手术了？

门口突然响起了肖卓然的声音，话落人到，肖卓然满面春风地推门进来了，后面跟着舒云舒。

汪亦适说，这是怎么回事，为什么提前不打个招呼？

肖卓然说，我也很意外，刚才才听于建国同志说，这里面还真复杂，前天给我的处分意见还是撤职下放，但昨天又变过来了。负责抓肖庄经验的那位省委领导犯了错误，地区的杨副书记也到省里检讨去了，肖庄经验里面有很多弄虚作假的成分。我的那篇文章有很多观点被省委主要领导认可。据说这件事情还要进一步调查。

汪亦适怔怔地看着肖卓然，半天才说，啊，原来我是跟着你沾光啊。你在这场斗争中胜利了，你升官正中下怀。可是我呢，我为什么要当这个院长？为什么不征求我的意见？

肖卓然说，当年让你第二次参军到朝鲜战场，其实那时候你最渴望的就是恢复你的军人身份，你也问为什么不征求你的意见，后来你不是高高兴兴地从命了吗？我听老于说，关于提升我的动议，一年前就有了，不过那时候是当副局长，后来又变成撤职，这次柳暗花明，又成了局长，也没有谈话。陈向真书记刚才给我打电话说，一个月前他训我那一次，就算谈话了。上次我们一起抢救邱副部长的路上，我跟你说的话，也算是组织上跟你谈话了。你就不要吹毛求疵了。

汪亦适说，那我把话说在前头，当医生，我好歹还能算个好医生。当了院长，我耽误工作，工作耽误我，两头不落好，那就是你们害我了。

肖卓然说，组织上让你当院长，自然有组织上的道理，难道组织上不知道你的情况？我人虽然调走了，但还住在第三医院。作为一个老院长，我对你的最大的希望就是尽快把康民大厦的续建工作再恢复起来。一幢大楼，从五十年代中期开始谋划，十多年了，还是一个根基、几根大桩，这简直就像我的盲肠露在肚皮外面，不雅观还在次要，主要是劳民伤财。

汪亦适说，李绍宏把人员都抽调回来了，把建筑单位都赶走了，人家又接了新的工程，工人都在脚手架上，你让我怎么尽快恢复？

肖卓然说，啊，你也并不完全是闭门造车啊，你心里还是很有数嘛。我跟你讲，这件事情你用不着担心，有程先觉具体负责。

汪亦适不说话，有点怪怪地看着肖卓然。

肖卓然马上意识到汪亦适的情绪了，哈哈一笑说，好了，亦适，其实你已经进入状态了，我不能再对你指手画脚了。从今天开始，第三医院的一切工作完全由你决定。明天我就办移交。

舒雨霏说，既然来了，大家一起吃饭吧，我添一把米就行了。

肖卓然说，吃什么饭啊，我现在想喝酒。

舒云舒说，你肺病还没有完全好，喝什么酒啊，不要命了！

汪亦适说，你们家老肖刚刚被打了一针特效药，他的病完全好了。

8

肖卓然担任卫生局长的第二年，皖西地区改建为皖西市。市里成立了革命委员会，陈向真不知道犯了什么错误，被调到省委党校当了排名最后的副校长。

忙里偷闲，肖卓然去蓼城县桥头公社看望丁范生。丁范生现在基本上是一个彻头彻尾的农民了，满脸沧桑，皱纹纵横，横七竖八，刀刻一般。

这些年来，丁范生一直在桥头公社卫生院当院长。卫生院条件很差，这里的老百姓不到生死关头，一般的头疼脑热是不找医生的，而一旦找了医生，都是大病，乡里卫生院根本解决不了。丁范生这些年一直致力于改善乡卫生院的条件，能够做些普通的手术，割脓疮、扁桃体、阑尾不用再转院了。为了这个目标，他把自己的钱搭进去不少。

丁范生下乡，他原先的妻子齐秀芬不愿意跟过来。丁范生一咬牙，拉着她去扯了两张离婚证，各人腰里别了一张。他现在的妻子是桥头公社的农民，比他小了七八岁，在卫生院做饭兼护理，完全是义务的。肖卓然发现这个跟他年龄差不多的女人，苍老得已经像老太太了，可见她跟着丁范生受了多少苦。

两个人聊天，肖卓然说，老院长，你在农村一待就是八九年，把自己搞得像个苦行僧，何必？其实比起你在战争年代作的贡献，你的那点错误算不了什么。

丁范生说，肖老弟，你以为我还是在赎罪吗？不是，我现在真是想做点实实在在的事情，为老百姓。我文化不高，大事我做不来，小事可以。我跟你讲，我现在中医西医都懂一点，逼急了，还能动个小手术。

肖卓然问，这里的常见病有哪些？

丁范生说，我记得你十几年前就说过，从理论上讲，每个人都是病人，只不过咱们的老百姓命硬，头疼脑热不看医生，没那个条件，扛不过去了到卫生院来打一针，拿点药完事。这里的常见病多了，肠道病和肝炎发病率高，食道癌也比较多，就是你说的，饮水问题比较大。

肖卓然说，第三医院淘汰下来一些设备，在乡村级卫生院还是算先进的。我可以跟汪亦适商量，给你补充一点。

丁范生说，那自然好。我现在最需要的是人员。一会儿我带你去看，我这里也有了X光透视机，有了显微镜，还建了一个手术室，可以做胃切除和肠道手术。老百姓多数依赖中医，中医药便宜，可以治本，我自己在治疗肺病和肾病方面摸索了一些经验，早期肝病中医也很有效。我要是有郑霍山那样的中医就好了。当然，这是不可能的。

肖卓然说，你这样说给我一个启发。以后我们皖西市的医疗卫生系统，再分配新人员，那些从医科学校毕业的，先到农村卫生院来实习一至半年。一来可以加强农村的医疗卫生力量；二来可提高他们的实践能力；第三，也可以让他们实地了解情况，增进对农民的感情。

丁范生说，你这个卫生局长当得明白，每个步骤都有章法。

肖卓然说，其实有些问题我们早就该想到了。

丁范生说，我一直有个问题，我们这些共产党员，这么多为老百姓办事的人在勤勤恳恳地工作，可是我们的老百姓为什么生活条件还是那么差？

肖卓然说，你的问题也是我的问题。不过这话不能出去说，现在正在批判今不如昔的奇谈怪论。说出去了，轻的是认识问题，重的就是政治问题了。

丁范生说，我怕啥？我一个乡下土医生，就是想看到老百姓过上好日子。

我就是说错了，也是为老百姓。我看我们这么多年变化不大，就是因为运动搞多了，今天这个运动，明天那个运动，大家都在咬文嚼字，打嘴仗，把正事都给耽误了，苦的还是老百姓。你当年说得对，我们不能老是要求老百姓勒紧裤腰带，革命的目标就是要让老百姓过上好日子，可是效果呢？

肖卓然沉吟半晌说，老院长，这个问题我不好回答你。如果你要问我为啥这么多年了老百姓还没有过上好日子，那我也有一个问题想跟你请教。桥头公社解放之初有多少人你知道吗？

丁范生说，三千七百多人。

肖卓然说，现在呢？

丁范生掰着指头算了一阵子，然后说，应该在八千以上。

肖卓然说，你肯定？

丁范生说，桥头公社十一个大队，四十二个自然村，几乎每一家我都去过，就是没进家门，也从门前走过。这个数字错不了，只多不少。

肖卓然说，那好，老院长，我现在就把我的看法跟你汇报一下。从桥头公社的情况看，解放不到二十年，人口增长两倍还多，而耕地呢，还是那么多，而且随着兴修水利，修建公路，办工厂盖房子，耕地只会减少。政府号召开荒填湖，表面上看，耕地又多出来一些，但是后果却是很严重的。开荒，有多少荒可开？多数是把山林开成了耕地。如果我们的山上没有了树木，那还叫什么山？如果我们的湖泊和池塘都被填成水田，那么我们的水源就更成问题，就只能生产和生活混淆用水，只能人畜共用。上游洗菜洗衣涮粪桶，饮牛喂驴拉粪便，下游照样烧水做饭。我这里有一个水样，就是从桥头公社最大的清凉河里取的，一会儿老院长你拿去亲自看看，不用化验，用显微镜就能看出这里面有多少微生物。而清凉河已经是桥头公社最好的水源了。所以我们有理由认为，桥头公社的农村，到处都是污染源，推而广之，我们皖西地区广大农村，遍地都是污染源。

丁范生惊呆了，他没有想到肖卓然会这样看问题。

肖卓然说，我认为，我们的老百姓生活水平没有提高，有政策方面的原因，有我们领导的失误，还有一个非常严重的问题，就是人口的问题。由于人口急剧增长，耕地减少，导致竭泽而渔杀鸡取卵，开荒毁林，填湖缩河，导致水土流失。人口的膨胀导致越来越多的农民生活在狭小的土地上，吃喝拉撒和劳作混淆一处，从而导致慢性病、急性病、危重病频频发作。我们的生活不仅需要粮食，更需要医疗和教育。

丁范生说，那你说怎么办？

肖卓然说，我要向市委反映，我们不能再生这么多孩子了。

丁范生惊问，你是什么意思？

肖卓然说，我们的贫穷，我们的落后，都是由我们的愚昧造成的。多子多福，儿孙满堂，这都是我们中国人追求的幸福境界，有些人甚至把改变贫穷落后的希望也寄托在多子多孙上，就像赌博，望子成龙，这个不行，还有那个，老大老二不行，还有老三老四老八老九。可是，大家想想，地方就这么大的地方，物资就那么多物资，医疗条件不好，身体素质不好，教育条件不好，知识结构不好，恶性循环，怎么成龙？大家都挤在一起，最终都只能挤成虫。所以我认为，控制人口增长既是当务之急，也是长久之策。

丁范生从来没有听说过，还有控制人口一说，满脸困惑地问，你说什么？控制人口？怎么控制？不让人家生孩子？不让人家两口子搞那个？那怎么行，用你们知识分子的话说，冒天下之大不韪，断人后路，那是要被骂的，谁敢干？

肖卓然说，我敢。即便是千夫所指，我也要做这个事。我是皖西市的卫生局长，这件事情将是我在卫生局长这个位置上做的第一件事情，也可能是最后一件事情。这个事情不做成，一切无从谈起。

9

汪亦适担任第三医院院长之后，有好长时间没有找到感觉。宣布任命的第二天早餐完毕，他拎着包去上班，不知不觉又走到外科他原先的办公室，脱了衣服，穿上白大褂，然后到护士站询问当天的手术安排。护士长齐秀芬说，老汪，今天没有安排你的手术，你要搞交接，以后你就到院办上班了。

汪亦适说，你说什么，我为什么要到院办上班？

齐秀芬说，你当院长了啊，院长当然要在院长办公室上班。

汪亦适这才恍然大悟说，哦，对了，我当院长了，院长是应该到院办上班。说完扭头就走。走了几步，想想不对，又返回来，边走边说，他妈的我到院办上什么班？喝茶看报纸啊，我不去！

陆小凤在楼道看见汪亦适，笑笑说，老汪，你不去院办上班，在这里凑什么热闹？医院里那些大事都等着向你请示汇报呢。

汪亦适说，有什么大事，还有比治病救人更大的事吗？

陆小凤说，那当然，当了院长，不仅自己治病救人，还可以决定谁来治病救人，怎么治病救人，这不比一个人治病救人更重要吗？

汪亦适停住步子，扶扶眼镜说，啊，陆大夫你说得好像还有点道理啊！那好，我去院办上班。

说完，转身就走。

陆小凤说，衣服。

汪亦适站住，看看自己身上的白大褂和胸前的听诊器，不解地问，衣服怎么啦？

陆小凤说，院长要穿中山装，你穿这一身像什么？

汪亦适说，谁规定院长就不能穿白大褂了？我偏穿。

陆小凤说，也好，这样可以体现你的医生本色，新生事物啊。

汪亦适没理她，抬步往门口走，走了两步，又停下来问陆小凤，不对啊，我记得27号病房的那个肺气肿今天要做手术，这是前天就定下的。

陆小凤说，已经改过来了，我来主刀。

汪亦适怔怔地看着陆小凤，半天没有说话。

陆小凤说，怎么，不信任我？我好歹也是外科的副主任，二十多年的刀龄了。

汪亦适说，那个病人特殊，他的肺损伤很大，已经和背腔粘黏了，需要深度切割，这个手术你拿不下来。

陆小凤不高兴了，说，汪院长，你这不放心那不放心，我们什么时候有机会做大手术？

汪亦适说，我没有别的意思，因为这个病人从诊断到确定手术方案，都是我主持的，我熟悉了。就是放手，也得有个过程。这个手术还是我来做。

陆小凤虽然不高兴，还是服从了，交代齐秀芬，做好手术准备。

这边消毒工作刚刚就绪，病人已经推到手术台上了，程先觉慌里慌张地跑过来问，见到汪院长了吗？

齐秀芬在手术室门口说，汪院长有台手术，什么事？

程先觉说，肖院长，不，肖局长还在等汪院长交接呢，院领导都在会议室。

汪亦适听到外面说话，踱出门来说，老程，你去跟肖局长说，交接的事，下午再说。其他院领导也没有必要在会议室等。有事等我做完手术再说。

程先觉无奈，只好回到院办，把汪院长的话转达了。肖卓然说，他妈的，老汪这个人真是迂腐，地球离了他就不转啦？

程先觉说，那怎么办，我再去喊他？

肖卓然打了一个喷嚏说，算了，院长亲自做手术，也是应该的。

这台手术下来之后，汪亦适突然有了灵感。下午到院办主持第一次业务会议，他给自己搞了个特殊待遇——以后，每天上午，院长到外科做手术，没有手术也到外科上班。非业务工作的一般情况，由秦副院长和程副院长以及李书记协商处理；紧急情况，可以到外科汇报。

程先觉当即表示赞同，认为这样做更好，院长既掌握全局，又直接领导业务，上情下情了如指掌，而且能够安抚病人。

这年五月端午，在舒家的家宴上，当着岳父岳母和舒家姐妹的面，肖卓然半开玩笑地说，谁说亦适不会当官？当得有板有眼，标新立异啊！

汪亦适说，你不用嫉妒，你跟我不一样。你的才华在于领导别人，我的能力在于被你领导。

郑霍山说，老肖当院长，靠的是嘴。老汪当院长，靠的是手。

舒云舒说，你什么意思？要是你当院长，你靠什么？

郑霍山说，我当不上院长。我要是能够当上院长，我才告诉你我靠的是什么。

汪亦适说，靠棍。

大家都不明白汪亦适的话。舒雨霏说，是啊，郑霍山这个人，棍子满天飞。

肖卓然哈哈大笑说，大姐，你搞错了。亦适说的那个棍，不是你理解的棍，亦适说的是搅屎棍子。

全家哄然大笑。舒南城笑着说，是啊，霍山是有点爱抬杠，我看你们弟兄几个，嘴仗虽然打，但是不影响团结。

郑霍山说，那当然，有您老人家坐镇，谁敢搞分裂，我第一个不答应。

欢喜声中，岳母突然伤感起来，喟然长叹一声说，你们几个，花好月圆，可怜老四，至今孑然一身。这孩子是被我惯坏了。你们几个当姐姐姐夫的，给她留个意，找个差不多的嫁出去算了。像这样高不成低不就的，算什么事啊！

郑霍山说，这个问题应该由肖局长解决，他官大。

肖卓然说，岂有此理！这是官大官小说了算的吗？

舒南城说，是啊，卓然工作忙，接触的又大都是官场中人。我们家老四，最好还是找一个做学问的。

舒雨霏说，那就应该由郑主任想办法了，他接触的都是学问人。

舒南城说，我们是医药世家，最好能找个搞医的，大家在一起有共同语言。

舒云舒说，最好还是中医，郑主任一直都在强调，搞中医的人性格温和，忠诚可靠。

舒太太说，是啊，好像搞中医的人都厚道一些。

郑霍山得意了，筷子一横说，肖局长汪院长你们听见没有，师母说的话，放之四海皆真理也。

汪亦适说，郑霍山例外，他这个中医无论如何也算不上厚道。

郑霍山说，汪院长你这么一说，对我打击太大了，看来我只有辞职一条路了。吃了这顿饭，我回到医院就打辞职报告。

舒云展一直默不作声，这时候也做抱屈状，笑着给自己的丈夫打抱不平说，我们家老郑厚道不厚道，汪院长你说了不算，肖局长你说了也不算，爸爸妈妈说了算。

舒太太说，我代表你们的爸爸表态，实践证明，我们家的这个二女婿，受的委屈最多，吃的苦头最多，他有今天更不容易。苦尽甘来，他对云展一百个厚道。找女婿就要找这样的女婿。

本来都是说说笑笑调节气氛，但是岳母这么郑重其事地一说，郑霍山当真激动了。这回是真激动，满脸庄重地说，二老的眼睛是雪亮的。我敬二老的知遇之恩。说完，站起身来，双手端起酒杯，往岳父岳母面前一比画，仰头就干了，抹抹嘴说，小妹的事情，既然二老信任我，我赴汤蹈火在所不辞。

舒雨霏说，你干吗说得这么严重？好像我们家老四是魔鬼，说个媒就让你赴汤蹈火啦？

郑霍山说，大姐，我这不是表决心吗，说明我态度诚恳啊！

肖卓然说，那好，这件事情我看就由郑主任主办。今年中秋前我们要见到人，元旦前就完婚。这件事情不办好，你郑霍山下次就不要回来吃饭了。

郑霍山叫道，肖局长，你也太黑了吧？我们是给小妹找女婿，又不是买骡马，能下硬任务吗？

家宴之后，女儿女婿纷纷离开，一辆救护车拉走了。舒南城把他们送到门外，埋怨老伴说，你为什么要那样说？

老伴稀里糊涂地反问，我哪样说了？

舒南城说，他对云展一百个厚道。找女婿就要找这样的女婿。这话不是你说的吗？

老伴反问，这话错了吗？

舒南城说，这话内容没错，但是时机场合错了。表扬是应该有分寸的，有时候表扬一个人，就是批评另外一个人。三个女婿在场，你说找女婿就要找郑霍山这样厚道的人，那么是不是说卓然和亦适就不厚道啦？

舒太太失声叫道，他不是说要给老四操心吗？我这是鼓励他啊，哪里像你想得那么多？卓然和亦适都不是小肚鸡肠的人，不会介意吧？

舒南城说，他们可以不介意，但是我们当长辈的要注意。这几个孩子家庭和睦，固然他们自己有缘，但是我们老两口一碗水端平，也是重要的因素。

舒南城在自己的家门口和老伴讨论家政的时候，肖卓然和汪亦适也在车上声讨郑霍山。肖卓然说，亦适，我今天发现了一个天才。

汪亦适说，是啊，天才的艺术表演家。

郑霍山说，你们两个当官的不要一唱一和，我今天也发现两个政客，他妈的一有难题就把皮球踢来踢去，把我老郑推到第一线上。

郑霍山这么说，舒家三姐妹一齐不答应。舒雨霏说，郑霍山你说清楚，谁是难题，难道我们家老四是难题？

舒云舒也说，阳奉阴违啊，当面一套，背后一套。

舒云展说，郑霍山你确实不厚道，你那么信誓旦旦地要给小妹招女婿，转过脸来居然说是难题。我们家小妹怎么啦，怎么就成了难题啦？

郑霍山赶紧求饶说，好好好，你们家舒老四是天上的星星地上的鲜花，沉鱼落雁人见人爱。我嘴臭，他妈的刚才那话不是我说的，全是该死的临水老窖说的。

这天晚上，郑霍山两口子早早地吃完饭，郑霍山说，我给你们舒家立了那么大的功，你得好好慰劳慰劳我。

舒云展说，八字没一撇，你立了什么功？

郑霍山说，你放心，我老郑办事，没有七八成的把握，是不会当着二老的面许愿的。

舒云展说，这件事情如果做成了，就是你对我们舒家最大的贡献。

是夜，在郑霍山的卧室里，又响起了他高亢的声音——这是勇敢的海燕，在怒吼的大海上，在闪电中间，高傲地飞翔；这是胜利的预言家在叫喊——让暴风雨来得更猛烈些吧！

10

三口塘的劳动模范韩国风被送到第三医院的时候，已经昏迷不醒了，六安县医院的诊断是肺水肿。先是挂了个内科号，到了内科，做了透视化验，这个病人不仅有肺气肿，心脏也有问题，还有胆结石、腰肌劳损、胃溃疡。

因为这是著名的劳动模范，肖卓然亲自过来督促检查治疗，内科不敢轻易拿出治疗方案，汪亦适组织外科、神经科和中医科的专家会诊。会诊的结果更麻烦，验血验尿，发现还有肾衰竭、乙型肝炎等问题，有些基本上已经到了晚期。

参加会诊的专家都很沉重，郑霍山却突然乐了起来。郑霍山说，这个病人简直是千载难逢，一个人能把疾病生得这样齐全，简直就是给医院送来了一个活标本。

肖卓然很恼火，瞪着郑霍山说，什么感情？这个病人是著名的劳动模范！

郑霍山说，我不管他什么模范不模范，把这个人的病治好，就等于治好了十个病人。

肖卓然说，那交给你们中医科，你能保证他恢复健康吗？

这话显然是奚落郑霍山的。大家都以为郑霍山不可能接受，但是没有想到，郑霍山痛快地说，行啊，只要你肖局长和汪院长信任我们中医科，我就来承担这个责任。

肖卓然说，老郑，这不是开玩笑哦，韩国风同志是我们皖西地区的著名劳动模范，在省里都挂上号的，你不能拿我们的劳动模范当试验标本。

郑霍山说，我是医生，讲医德的，我怎么会拿病人开玩笑？

肖卓然问汪亦适，亦适，你说呢？

汪亦适说，人都已经生命垂危了，你那个中医来得慢，我看可以成立一个中西医结合的治疗小组，首先是恢复神志，恢复体力。但病人太虚弱，前一阶段，西医用药循序渐进，西医以治疗为主，中医以恢复为主。

肖卓然说，你是院长，你拿意见吧。不过我跟你们说清楚，这是个政治任务，绝不能掉以轻心。

汪亦适说，我不管它是什么任务，救死扶伤是我们唯一的职责。但是我也得跟你说清楚，医生不是万能的。就像你当年对邱山新的家属表态说的那样，我能向你保证的，是不出医疗事故。

韩国风住院之后，郑霍山对这个病人果然表现出了很大的兴趣。这倒不是因为韩国风的劳动模范身份，他看重的确实是这个病人的特殊性。

经过一段时间调理，韩国风的病情有所好转，从昏迷到清醒，从输液维持营养到半流饮食。专家小组选择的是首先恢复心肺功能的治疗方案，其余诸如肝病、肾病、胃病，视病人的情况，用中药循序渐进地调理。

韩国风能坐起来说话的时候，肖卓然又到第三医院看望了一次，断断续续地了解了一些情况。当天中午，肖卓然到汪亦适家里吃饭，晚饭后两个人到康民大厦工地附近散步，肖卓然心情沉重地对汪亦适说，亦适，你知道韩国风是怎么搞成这个样子的吗？

汪亦适说，人非钢铁，生灾害病都是正常的。有遗传的，有传染的，有外力导致的，人生病有很多原因。

肖卓然说，是啊，你说得对，人生病有很多原因，但是一个根本的原因是预防不够。农民的健康意识淡薄，我们只强调多快好省地搞建设，但是我们很少考虑到人的生理极限。从一定程度上讲，除了预防不够以外，我们很多老百姓得病，其实都是累出来的。当年我认识的一个叫小穗子的女孩子，小时候活泼可爱，健康得很，可是后来在搞肖庄经验的时候，她成了壮劳力，成了铁姑娘，结果累死了，到死都不知道病因。

汪亦适说，医生是治病的，你说的这些问题好像已经超出了医疗的范围。

肖卓然说，医生是国家干部，什么叫国家干部，国家干部就是公仆。老百姓想不到的，我们应该想到。

汪亦适说，你想干什么？

肖卓然说，亦适，建设也好，发展也好，必须有人来实现。所以说，我们必须保护人。我们是医疗卫生战线的公仆，我们要从人的根本利益，也就是要从人的健康的角度出发看问题。我们的生活不仅需要粮食，我们的生活不仅需要金子。我们的物质条件改善了，不等于我们的生活水平提高了；我们的生活水平提高了，不等于我们的生活质量提高了；我们的生活质量提高了，不等于我们幸福了；我们幸福了，不等于我们的子孙后代还能得到幸福……我们首先需要保护的，就是人，就是我们的衣食父母，我们的老百姓。

汪亦适说，我站在一个医生的立场上，问心无愧。

肖卓然说，亦适，这个康民大厦，不知道经历了多少风风雨雨，最初我提出来的时候，丁范生讥笑我异想天开，然后丁范生提出来的时候，我批评他贪大求洋。事实上，盖这幢大楼并没有错。我们不能永远贫穷，不能永远落后，我们如果能够树立一个标杆，在皖西，不，在江淮地区，甚至在全国，最先给老百姓提供一个能够及时全面检查身体的设施，这难道不是一件有意义的事情吗？

汪亦适站住了，看着西边天穹波涛一般汹涌的火烧云，良久才说，你是说，在这里建设一个体检机构，而且是面向农民的？

肖卓然说，应该说，是面向皖西全体人民的，可以定位为体检中心，这就是我的初衷。一个人一辈子总是要干一件事情，我们这些当医生的、当领导的，如果能把这件事情做成了，活着无愧，死亦瞑目。

汪亦适沉思良久说，卓然，我理解你。

肖卓然说，我更希望你支持我。

汪亦适说，请你给我时间。

肖卓然说，我相信你，亦适，我们的血一样，都是红色的。

汪亦适和肖卓然有着截然不同的作风，他不像肖卓然那样雷厉风行。为了康民大厦的事情，他足足考虑了两个月。两个月后，汪亦适召集会议，专题研究康民大厦的续建问题。汪亦适在会上说，我们第三医院从荣军医院开始，成立已经二十多年了，零打碎敲花钱也不知道花了多少，干部职工忙忙碌碌也忙了二十多年，可是我们想建一座医疗大楼，就是建不成。为什么？我已经是第三任院长了，我不想在我卸任的时候，还交给下任院长一个烂摊子。

在那次会议上，连李绍宏都表示支持了，但是刚刚着手筹备，便接到了市委的紧急通知，第三医院康民大厦停止续建。所有工程图纸和设计方案，上交市革命委员会专案组审查。

后来才知道，这件事情是针对肖卓然的。市卫生局群众组织要造肖卓然的反，要夺权，首先就从康民大厦工程开始。这个群众组织写信告状肖卓然利用康民大厦的工程，搞修正主义，建造所谓的贵族病房，是为资产阶级服务的。告状信里只举了一个例子，就可以看出这个所谓的康民大厦并不是为贫下中农建造的。贫下中农含辛茹苦捡粪积肥，可是按照康民大厦的设计方案，以后解手不用上公共厕所了，要用冲水便池和抽水马桶，那么肥料怎么办，全都让水冲走了，这对于农业生产是个什么态度？对于农民是个什么感情？

告状信转到市革委邱副主任手里，邱副主任批示，目前正是革命运动方兴未艾之际，广大人民无不欢欣鼓舞积极行动起来参加运动。第三医院大兴土木，有冲淡运动之嫌，停止工程，有关人员回原单位参加运动。

一句话，康民大厦又半途而废了。

有一天肖卓然从卫生局下班回来，约汪亦适到康民大厦的工地散步。肖卓然说，亦适，连我自己现在都怀疑，当初我们搞这个康民大厦是不是头脑发昏？我最早提出动议，是在50年代初，距今已经二十年了。老院长第二次提出来，是在50年代末，我当时反对，认为那时候时机不成熟，可他坚持，声称我们有责任给老百姓提供一个像模像样的医院。霸王硬上弓，轰轰烈烈地忙活半年，就打下几根桩。我当时的看法是，一年两年绝对不行，三年五年有可能，十年八年准成。可是，从那几根桩打下之后，也是十多年过去了，我们第三医院还是窝在国民党留下的老房子里。

汪亦适说，现在看来，我们越来越需要一座新型的大楼了，设备要更新，办公水平要提高，病房条件要改善。这些变化，放在老房子里是根本不可能的，别的不说，光水路和电路都跟不上。你们的想法没错，皖西解放二十多年，按照正常情况发展，别说一座康民大厦，就是三座，也应该建起来了。

肖卓然说，到底是哪里出了问题？

汪亦适说，天灾人祸，有天的原因，也有人的原因。

肖卓然说，亦适，这话说哪里了，祸从口出啊。

汪亦适笑笑说，我怕什么，我这个院长是你们强加给我的，大不了不干。

肖卓然说，到地区卫生局工作，我才知道，我们皖西地区的医疗卫生形势有多么严峻，我成天看着一堆堆报表数据，头皮都发麻。我们的老百姓还生活在这样的卫生环境里，简直触目惊心。

汪亦适说，你说这话也要注意，当心你惹的麻烦比我大。

肖卓然说，在其位谋其政，有些问题，明明知道不能说，可是不说良心过不去，还是要说。大道理不讲了，每个月拿七八十块钱薪金，是老百姓的血汗啊，不为他们做点事情，别说党性了，良心也不安啊。

汪亦适说，你想怎么做？

肖卓然说，我对于卫生局长这个职务的理解，就是搞好人民群众的健康。根据我们皖西地区的实际，搞好健康，就要解决两头问题，上头不要乱吃乱喝，下头不要乱拉乱搞。饮食卫生和环境卫生、居住卫生要结合起来。

汪亦适说，你这三个卫生的口子一扎住，医院的负担也就减轻了。你的思路是对的。

肖卓然和汪亦适在探讨卫生局长和院长职责的时候，还只是一个大概的方向，没有细化。不久之后，肖卓然大抓节制生育，十几年之后，在他担任市委副书记和市长期间，又大抓城市建设，兴建冲水厕所，高度重视居住环境卫生，花大力气控制大吃大喝。当年他说的是抓两头，到了郑霍山的嘴里就变味了。那是在一次和汪亦适、程先觉乘凉聊天的时候，郑霍山说，肖卓然这个人一辈子做了多少事？千条万条，数也数不清，但是要我说，重点就是两巴，上巴不要多吃多喝，下巴不要多搞多生——这是后话了。

这年夏天，肖卓然让卫生局政策研究科牵头，从卫校和几个医院以及防疫站抽出得力骨干，组成六个医疗工作组，奔赴梅山、蓼城、寿春等县，重点是丘陵和平原地区，水网稻田区，结合治病治伤，进行调研，课题就是人口密度和卫生条件之间的关系。这个动作做得很大，持续时间很长。

一个月后，各路人马回到皖西城，提供了大量的数据和事例，证明在以农耕为主要劳作方式的地方，发病率较高，肝炎、血吸虫、肠道病乃至肿瘤，均高于山区。人口越密集的地方，健康状况越差。

同时，肖卓然还组织力量走访了农林和环境等部门，请专家就饮食环境和病源之间的关系进行辅导。

到了秋天，肯卓然认为时机成熟了。卫生局召开了一个全系统中层以上干部和各县卫生局长、医院院长会议，就如何改变皖西地区医疗卫生状况进行讨论。肖卓然在会上做了长达两个小时的报告，一是当前皖西地区医疗卫生现状，二是发病率居高不下的原因，三是解决问题的几点意见。这几点意见里面，除了培训农村医疗卫生人才，提倡文明卫生习惯，加强基层卫生院、所建设以外，突出的一个重点就是实行节育措施，控制人口增长，提高人口质量。

肖卓然的报告做得激情澎湃，有根有据，有事例有数据，有理论有观点，然后分组讨论。

汪亦适和程先觉、郑霍山都参加了这次会议。程先觉和郑霍山住一个房间，中午休息的时候，郑霍山坐在沙发上，跷着二郎腿，一晃一晃地说，肖局长拉开这么大的架势干什么，想杀人啊？

程先觉说，你这是什么话，这不是要解决医疗卫生状况差的问题吗？

郑霍山说，那也不能搞什么节育啊，怎么节育，不让交配？

程先觉说，你怎么说得那么难听！什么叫不让交配，采取措施不等于不让过夫妻生活，措施在于怎样过。会场上不是有宣传画吗？节育措施有很多，可以戴避孕套，也可以吃药，听说国外发明了一种金属节育环，放在女性宫颈部位，可以阻止精虫进入，达到避孕目的。

郑霍山说，那太不人道了。第一，皖西的老百姓够苦的了，看场电影都要扛着板凳跑十里八乡，晚上也没啥娱乐活动，就床上那点快活，你还要取消它？

程先觉说，你这个人听不懂人话吗，怎么叫取消？不是跟你说采取措施吗？

郑霍山冷笑一声说，老程，你不是医生，你不懂科学。我是中医我知道，人与人交配是非常讲究心情的。你说采取措施，搞什么避孕套，那东西我见过，橡皮气球，你说你把一个橡皮气球安在那玩意儿上，还能正常交配吗？是跟橡皮气球交配还是跟人交配？如果再把你说的外国发明的金属节育环安在女人下体里面，那就更完蛋。给你老婆安一个你干吗？没准把你那玩意儿割出口子了，那还交配个什么劲！

郑霍山说得不阴不阳，把程先觉的脸都气白了，瞪着眼睛说，你狗日的郑霍山真是个搅屎棍子，我怎么不是医生了，我怎么不懂科学了，就你他妈的懂，你那个鸡巴科学就是交配，离了交配二字，你嘴里就没词了。

郑霍山说，你错了，我离了交配也还有词。就算戴上套子勉强可以交配，但是你不让老百姓生孩子，那不是杀人吗？老百姓挣钱挣不到，当官当不了，坐车坐不上，吃药吃不起，他就剩下个生孩子了，多子多福，养儿防老，他就剩下这点盼头了，你还不让他生，让人家断子绝孙，他不骂你祖宗八代吗？自古都是希望人家人丁兴旺的，没听说堵人后路的。

程先觉说，老郑，你说话注意一点，你反对肖局长的控制人口思想，是要犯错误的。

郑霍山说，我牢都坐过，我还怕犯错误吗？汪亦适早就说不想当院长了，你是不是想巴结肖局长，把老汪搞下去你当院长啊？我跟你说，没用，老汪再不想当，也轮不到你，还有我呢，再怎么说，我也是肖局长他老婆的二姐夫，肖局长他不能胳膊肘往外拐，你说是不是？除非你把你那个黄脸婆休了，继续追求咱们家老四，要是追到手了，咱俩也许还有一拼。

程先觉一拍桌子吼了起来，我不跟你说了，你这个人简直就是流氓。

郑霍山说，你发那么大的火干什么，唾沫星子喷到我脸上了。

程先觉和郑霍山吵架的时候，肖卓然和汪亦适就在隔壁房间聊天，汪亦适说，卓然，动作太大了吧？

肖卓然说，长痛不如短痛，动作不大，行动不力，那还不如不做。

汪亦适说，你今天在大会上做报告，我倒是想起了一件往事。

肖卓然说，什么？

汪亦适嘿嘿一笑说，算了，我们都是四十多岁的人了，有些话还真不好意思出口。

肖卓然急了，说，亦适你怎么回事？不怀好意啊！

汪亦适说，那我就说了。还记得在朝鲜战场吗？那时候你新婚燕尔，干劲冲天，害得舒云舒老是怀孕。你大姐多事，多次监视不让你们在一起，那种滋味好受吗？

肖卓然愣了半天说，哈哈，你是说己所不欲，勿施于人？那你错了，我一直都不想要太多的孩子。一对夫妻，一男一女，家里够了，也不给社会增加压力。如果不加控制，照这个速度生下去，十年翻一倍，五十年就是二十五倍。到那时候，我们全体喝西北风，全体得畸形病，那才是真正的东亚病夫。

汪亦适说，关于人口控制，其实早有先知先觉，马寅初老先生解放不久就提出来了，但是结果怎么样？马老先生受到了严厉的批判，被说成是新马尔萨斯人口论。你现在这么搞，上面有人支持吗？

肖卓然说，你怎么也变得谨小慎微了？难道你甘心天天只搞运动只喊口号，什么事也不做？我也明白，只要做事，就有风险，但是我们不能因为怕担风险就不作为。如果大家都前怕狼后怕虎了，都不负责任，那么，我可以断言，我们这个国家，不用美帝苏修来打了，我们自己就把我们打垮了。你见过农民养蚕没有，每当想到人口恶性膨胀，我的眼前就会出现蚕虫吃叶的情景，声音不大，动作不大，沙沙沙，一会儿就解决了。

汪亦适说，我理解你，我能为你做什么？

肖卓然说，支持我，在第三医院最先成立节育病房，培训节育医生和护士。

汪亦适沉默了半天说，可以。

肖卓然说，如果康民大厦建成了，可以拿出一层，专门用于节育病房，搞高级一点。

汪亦适神情黯淡地说，可惜啊，又是半途而废。

肖卓然说，不会半途而废的，我们早晚得把它搞起来。

11

系统大会结束后，肖卓然让卫生局政策研究科起草了一个综合报告，提供了丰富的调研资料，并附上会议简报，中心思想是要在皖西地区进行人口控制，呈交地区革委会。

有一天上午休息时间，机关做完广播体操，大家自由运动，肖卓然边做扩胸边往办公室走，走到办公楼前，政工科的董科长趴在楼梯口神秘地说，肖局长，你看那边，好像是市革委的邱主任。

肖卓然头皮一紧，顺着董科长手指的方向看去，果然是市革委的邱山新。邱山新现在是皖西市革委会的三把手，名字几乎在每天晚上的“皖西各地人民广播站联播节目”里出现，知名度很高。肖卓然没有想到他会突然出现在卫生局，背着手正在看机关的宣传栏，看样子来了已经很长时间了，想必是微服私访吧。肖卓然正拿不定主意要不要上前请领导上楼喝茶，邱山新转过身来了，向肖卓然招招手说，卓然同志，你过来。

肖卓然上前说，不知道邱主任大驾光临，也没有准备汇报。

邱山新说，准备什么？还铺红地毯啊？我一进你卫生局这个院子，就听到广播响，紧接着就看见大家下楼排队，我还以为你们知道我要来，奏乐列队欢迎，吓了我一跳。

肖卓然说，我们正在编排一套适合办公室同志的广播体操，主要是针对脑力劳动的特点，锻炼腰椎颈椎和眼睛的。准备编印下发，七八月份向全市推广。

邱山新点点头说，哦，我听说了，你在卫生局做了不少事情。啊，毛主席教导我们说，一个人做点好事并不难，难的是一辈子只做好事，不做坏事。

肖卓然心里咯噔一声，坏了，难道又有什么把柄被这哥们抓住了？

邱山新说，这两年，皖西市医疗卫生系统的业务工作确实有声有色，但是这显然还很不够。当领导的，要想大事，不能只埋头拉车，不抬头看路。

肖卓然说，我们工作没做好，请邱主任指示。

邱山新说，卓然同志，我跟你讲一句体己话，你这个同志，就像一团火，走到哪里，哪里就能燃烧起来。这话不是我说的，是我们皖西地区的老书记陈向真说的，虽然他犯错误了，但是他的有些话还是对的。我对你也有过误解，感觉到你这个人不大听招呼，不好领导。那么事实是不是这样呢？你自己回答。

肖卓然说，我是军人出身，《三大纪律八项注意》我唱了几十年，我怎么能够不听指挥呢？

邱山新说，那我来回答，事实证明，你这个同志确实不听招呼。现在是什么时期？是伟大的革命运动时代，是轰轰烈烈的革命的高潮时代。我们整个皖西市，到处都是革命的声音，可是你这里呢，还是四平八稳，搞什么广播体操，这都是修正主义的东西，是保命哲学。做什么广播体操？到庄稼地里帮助老百姓插秧割稻，累出一身臭汗，比什么样的体操都管用。

肖卓然哭笑不得，赔着小心说，邱主任高屋建瓴。可我们这是机关，偶尔下乡搞搞助民劳动可以，平时蹲机关，最好还是活动活动。

邱山新说，走，我们到你的领地转转。

肖卓然说，要不要把机关的同志召集起来，请首长给我们讲讲革命运动的大好形势？

邱山新说，形势大好，在世界上四分之三的人口都处在水深火热的今天，我们的革命运动轰轰烈烈如火如荼，人民群众过着无忧无虑的幸福生活，这是大家都知道的，报纸广播都有，你们自己学习就行了。我有些话只对你本人说。

肖卓然心里想，他妈的，搞得不好要拿我开刀了。是祸躲不过，听天由命吧。

两个人从卫生局的前院转到后院，又从后院转到南院。邱山新说，你们卫生局办公条件不错，花红叶绿，一尘不染，是个滋生官僚主义和修正主义的地方。

肖卓然一怔，没有接茬。

邱山新指着一棵桂花树说，八月桂花遍地开，可是我家里那几棵桂花树，开得不阴不阳的。

肖卓然试探着说，要不，我让人起两棵金桂送去？

邱山新摆摆手说，我们是无产阶级劳动者，不搞个人的小恩小惠。

肖卓然心里又是一阵别扭，这狗日的东一榔头西一棒子，不知道他这次来到底要干什么，树欲静而风不止啊！

邱山新说，有人反映你们卫生局是土围子、封建堡垒，革命运动在你这里针扎不进，水泄不通。现在看来确实是这样。说你死气沉沉吧，你这里也是喇叭嗷嗷叫，男女老少上蹿下跳。不过，喇叭里播的不是革命的声音，男女老少跳的不是革命的舞蹈。

肖卓然说，我们没有跟上形势，我检讨。

邱山新说，卓然同志，你胆子也忒大了一点。今年夏天，是我们皖西市革命运动的高潮时期，各个机关都在忙着搞斗批改，成立革命委员会，可你们呢？革命委员会没有搞，斗批改也没有搞，却兴师动众地开了一个医疗卫生系统查问题大会，这是公然和革命运动唱对台戏啊！

肖卓然一头冷汗地说，邱主任，我们的革命委员会正在筹备，至于说查问题大会，就是为了弥补不足，更好地革命啊！

邱山新说，你还是糊涂！我说的是革命运动，不是革命。在革命运动期间，运动就是中心。要把声势造出来，动作搞大点。你这里确实死气沉沉。

肖卓然终于忍不住了，抵触地说，可是，声势造大了，工作怎么办？医疗卫生系统，做的都是人命关天的大事，你让他们停下治病救人，天天开会搞斗批改，上街游行喊口号，那病人怎么办？

邱山新回过头来，看着肖卓然说，我说过要你们停下治病救人吗？

肖卓然豁出去了说，天天搞运动，搞斗批改，老一点的医生专家家庭出身都不好，成分都高，人人自危，哪有心思搞业务？成天上街游行喊口号，年轻人个个都以为自己可以打天下，可以保卫毛主席，随时准备上井冈山，哪有时间工作？邱主任，我真不知道这个运动该怎么搞！

邱山新指着花台说，来，坐下，我跟你说。

肖卓然从口袋里掏出一块手绢，垫在一块相对平坦的地方。邱山新说，用不着，我们都是劳动人民出身，还怕灰尘泥土吗？我们又不是林黛玉。

说完，拿起手绢，扔给肖卓然，自己一屁股坐了下去。

肖卓然迟疑了一下，站着没动，情绪明显抵触。

邱山新说，革命，不是请客吃饭，不是绘画绣花，不是做文章。对待革命运动，有两种截然相反的态度，一是反对，结果是搬起石头砸自己的脚，自取灭亡。二是积极投入其中，成为旗手，成为先锋，成为革命运动的马前卒生力军，顺应潮流，这才是正确的态度。

肖卓然说，我们当然想成为革命运动的马前卒生力军，可是医疗卫生系统不能乱，牵一发而动全身，医疗卫生系统乱了，人民的生命健康就没有保证了。

邱山新说，大乱达到大治，但是并不等于说大家都乱，并不等于说天天都乱。

肖卓然听得稀里糊涂，茫然地问，邱主任，我想得到领导的具体教诲。

邱山新说，对于这场运动，有模糊认识的不仅是你，就连我们，也有跟不上的时候。陈向真说，抓革命促生产，抓革命是手段，促生产是目的，这就犯了右倾机会主义错误，所以我们都要引以为戒。我的理解，先抓革命，后促生产。

肖卓然说，我还是不明白，难道我们医疗卫生系统要停下业务，喊完口号才去上班做手术?

邱山新火了，一拍大腿站了起来说，歪曲，肖卓然你歪曲了我的意思!我的意思是说，两手都要抓，两手都要硬。譬如，你们下面的医院，一部分人具有运动的积极性，另一部分人具有生产的创造性，这样就可以合理分工，让那些搞运动的人把运动声势造得轰轰烈烈，让他们红透半边天；而专家医生，必须坚守岗位，为贫下中农服务，以他们的实际行动支持革命运动。写材料，这两个方面的事迹都要总结。

肖卓然听傻了，他没有想到邱山新说的“两手都要抓，两手都要硬”原来是这么个抓法。

邱山新说，哪些人是革命运动的积极分子呢，你们可以自己考察，但是那些在医疗卫生岗位上平庸的人，就可以让他们在革命运动中发挥他们的一技之长，让他们扛旗子、喊口号、写大字报，充分利用他们的价值。譬如第三医院的那个郑霍山，业务上没本事，当医生起不了多大作用，当不了运动的领头人，当马前卒还是可以的。

肖卓然愕然说，邱主任难道不知道，郑霍山是皖西市著名的中医啊，怎么说他没本事?

邱山新笑笑说，知道，名气很大，徒有虚名。他能像汪亦适那样把人脑袋里的瘤子变成囊肿吗?不能。他能像汪亦适那样把一个生命垂危的领导干部从死亡的边缘拯救出来吗?不能。我倒是听说他在50年代就是学习毛主席著作的积极分子，所以，让他把主要精力放在革命运动上，这也是人尽其才。

肖卓然愣了半天，哭不是，笑也不是。

邱山新说，像汪亦适那样的，别看他表面平静，但在他的内心，充满着对革命运动的积极性。这样的人，参加运动靠的不是嘴巴，不是写材料，不是搞斗批改，而是要让他把他的革命才华放在病人身上，通过解除人民群众的痛苦、挽救人民群众的生命，来体现他的革命性。这样的同志，站在手术台上，就是积极参加革命运动。

直到这时候，肖卓然才有点回过神来，细细一琢磨，邱主任话里有话，也为他一筹莫展一直不知道该怎么办才好的轰轰烈烈的运动指明了方向。尽管邱主任对郑霍山的评价离题千里，但是，只要能保住一批专家继续工作，那也是求之不得的事情啊。肖卓然激动了，他没有想到过去人见人怕的整人高手邱主任的思想现在有了这么大的转变，这不是坏事，这是皖西市医疗卫生系统的福音啊。肖卓然说，邱主任，我明白了，我尽快布置下去。

邱山新说，革命委员会要尽快成立。

肖卓然说，不知道革命委员会的领导成员市革委有什么安排?

邱山新神秘一笑说，嗨，一个机构，两块牌子。你做块牌子挂在大门口，组织医疗卫生系统的干部职工扭秧歌，放几挂鞭炮，敲半天锣鼓，什么问题都解决了。

肖卓然的眼泪差点儿都流出来了，情不自禁地来了个立正，说，邱主任，我向你保证，皖西市卫生局革命委员会明天就正式成立。

邱山新说，你的那个关于节制生育的报告我看了，基本上是错误的。

肖卓然一听，心里又凉了半截，说，邱主任，我派了四个工作组，调研了一个多月，还咨询了专家。解决皖西市医疗卫生条件差的问题，改变人民群众健康状况，提高人民群众受教育和医疗的水平，首先就要从生育节制开始，当务之急，迫在眉睫啊！我拿我的党性保证……

邱山新摆摆手，打断肖卓然的话说，我说的基本上错误，指的是角度，而不是观点。观点正确，角度不好，很容易犯错误。节制生育的想法很好，符合历史辩证法，但是不要把皖西市农村的落后面貌扯进去。皖西市怎么落后了？胡说！形势大好，不是小好，节制生育，是为了更好。你琢磨吧。我不能跟你多说了。

肖卓然呆了半晌，突然动情地说，首长，我们能不能请你吃顿饭，我个人掏腰包，不花公家一分钱。

邱山新摆摆手说，免了，我们革命者两袖清风，不搞吃吃喝喝那一套。

邱山新微服私访的第二天，皖西市卫生局革命委员会就在锣鼓喧天中成立了，鞭炮放了一地。那天机关干部没有做广播体操，全体到大门口扭秧歌。当天的《皖西日报》以显著位置报道了这一消息，题目是《革命运动结硕果——皖西市卫生局革命委员会成立》，文中详尽报道了揭牌仪式盛况，“皖西市医疗卫生战线广大无产阶级欢欣鼓舞”，云云。

第十四章

1

郑霍山没有食言，这年秋天，果然给舒晓雾物色了一个对象。对方是郑霍山的一名病人，据说肾功能不好。舒雨霏一听说这个人肾功能不好，当即就找到郑霍山把他骂了一顿。说郑霍山你这个反动派安的什么心，把一个肾病患者介绍给我们家老四，你想让我们家老四守活寡啊！

郑霍山皮笑肉不笑地说，大姐你又不是院长，怎么跟你们家老汪一样犯官僚主义？那家伙患肾病是不错，可那是过去的事情了。我老郑妙手回春，治疗男女功能手到擒来，女人我都能让她长出胡子，还治不好一个肾病？

舒雨霏说，你不要贫嘴，说说这个人的条件。

郑霍山说，姓名，夏易功；性别，男；年龄，四十二，括号，周岁；民族，汉；职业，人民教师；家庭出身，中农；政治面貌，中共党员，括号，正在申请加入；收入，工资四十二元；婚否，已婚，括号，离异。完毕。大姐你还有什么要问的？

舒雨霏说，搞了半天，原来是个二婚头。

郑霍山说，舒老四倒是黄花闺女，括号，非处女。

舒雨霏大怒说，他妈的郑霍山，你简直就是流氓，你怎么知道我们家老四不是处女？

郑霍山说，你们家老四下面做过息肉切除手术，当然不是处女。

舒雨霏说，你这个人怎么这么下流，专门记住这些事情。

郑霍山说，我是医生，我的所有语言都是专业术语，不存在下流不下流的问题。

舒雨霏说，人品怎么样？

郑霍山说，婚姻这东西，要看缘分，什么病吃什么药。人参是好东西吧，林黛玉吃了，一命呜呼。所以说，人品好坏，与婚姻无关，关键是要对症。

舒雨霏说，你乱七八糟地说什么，难道这个人人品有毛病？

郑霍山说，我说过他有毛病了吗？第一，不偷；第二，不抢；第三，没有强奸妇女；第四，没有欺行霸市。行了吧？

后来舒雨霏拖着舒云舒悄悄地到中医科病房里侦察了一下，发现那个名叫夏易功的病人还算顺眼，五官端正，文质彬彬。脸色也不像想象的那样苍白，像个健康人。舒雨霏说，这个人不像肾病患者啊。

郑霍山说，当然不像，经过我老郑的调理，他现在每周至少可以房事一至三次。

舒云舒叫道，郑霍山，讨厌！

舒雨霏说，他病好了，你为什么还要让他住院？

郑霍山说，为了完成任务啊。我给他留了一点后遗症，让他慢慢地耗在这里。要是他和舒老四好上了，我立马让他出院。要是他看不上舒老四，我还把他的肾亏还给他。

舒雨霏叫道，郑霍山你缺德不缺德啊，有你这么看病的吗？我们家亦适要是知道了，不拿掉你的处方权才怪！

舒云舒说，大姐，他那张纰漏嘴说话你也信？

郑霍山说，还是局长夫人明白，我哪敢拿我的饭碗开玩笑啊！

舒雨霏说，那他的病到底好没好？

郑霍山说，要让他彻底好，至少还得调养三个星期。你们说，我是接着下手还是让他滚蛋？

舒云舒说，你看着办。

舒家两姐妹目测之后下来商议，综合情况看，这个夏老师条件还是不错的，年龄稍微大了一点儿。但是对比舒老四，还算合适。

达成共识，姐妹俩就往寿春去了一趟，乘坐的是医院的吉普车。在用公车的问题上，汪亦适不像肖卓然那样呆板。汪亦适的规矩是，救护车任何人不许动，吉普车可以松动。只要交汽油钱，医院主要领导私事用车，由程先觉批准。

上午到了寿春，还没到下班时间。到广播站办公室一问，一个记者模样的小伙子说，舒司令今天没有上班，可能在指挥部指挥作战呢。

姐妹俩吓了一跳，才几个月没见，小妹怎么就当上司令了？

问那小伙子，指挥部在哪里，小伙子咧嘴笑笑说，就在舒司令的宿舍。

姐妹俩心里直犯嘀咕，一路小跑到了办公楼后面的平房，老远看见舒晓雰的单人宿舍果然开着门，走到门口一看，又吓了一跳。舒晓雰坐在一张太师椅上，跷着二郎腿，嘴里叼着一根烟卷儿，足有三寸长。太师椅显然是造反派抄家抄来的，上面雕花很精致。

舒晓霁吐着烟圈儿正在看一份文字稿，猛抬头看见两个姐姐从天而降，一骨碌跳起来说，哈哈，喜鹊叫，贵客到，局长院长夫人来查哨。说着，就扑了过来。

舒云舒站着没动，一副拒人千里之外的样子说，老四，你怎么搞成这样了？

舒晓霁松开三姐的胳膊说，我搞成哪样了？

舒云舒说，你抽烟也罢了，干吗要把烟接这么长，两根一起抽！你是瘾君子啊？

舒晓霁说，反对铺张浪费，厉行节约，我这样可以省下一个烟屁股。来，先坐下说。我给你们沏茶，总算有好茶了，六安瓜片。

舒晓霁大刀阔斧地涮杯子，然后点燃煤油炉烧开水，一边忙乎一边说，为啥不打个电话来？

舒雨霏打量着舒晓霁的打扮，一头卷毛不见了，也剪了个二刀毛，身上穿着黄军装，胳膊上箍了个红袖标，上面是某某战斗兵团字样。舒雨霏说，老四，听说你当司令了？

舒晓霁嘻嘻一笑说，副的。

舒云舒没好气地说，什么正的副的，土匪司令啊？

舒晓霁扑哧一口把煤油炉吹灭了说，污蔑革命运动，不给你们喝茶了。

舒云舒说，什么革命运动？那都是十几岁的毛头娃子们干的，你都三十好几的人了，跟着起什么哄！真是丢人现眼。

舒晓霁嬉皮笑脸地说，这回我总算可以下决心跟你们划清界限了。老爸说我是败类，老娘说我是孽种，你们说我是土匪，肖卓然说我破罐子破摔，汪亦适说我颓废，这一切都证明了，我和你们是两个阵营的。老爸老娘是资本家，你们两个是当权派的臭老婆，而我是革命者，我们之间能有共同语言吗？我闲着也是闲着，当个司令，能抄你们资本家的家，有好茶喝。看看我这太师椅，这是明代家具，红木的呢。

舒雨霏说，老四你正经点，我们是来跟你商量你的终身大事的，不是来跟你辩论的。你这么大个人了，当什么造反司令，造谁的反？造老爸老娘的反还是造你姐夫的反？简直莫名其妙。

舒晓霁咔嚓一声把打火机揿燃，又把煤油炉点着了，说，我们要实行人道主义，虽然政见不同，茶还是要喝的。

舒云舒说，你不工作了？

舒晓霁说，这就是工作啊，我们把老阎那个走资本主义道路的当权派打倒了，让他靠边了，大快人心，这不就是工作吗？

舒云舒叹了一口气说，老四，我怎么也想不通，你是怎么变成这样的。你不能再野了，好好想想自己的下半辈子，不能这么任着性子来。你就是不为自己考虑，也得替二老想想啊，他们都是过了六十往七十岁奔的人了，你在这里弄得三分像人，七分像鬼，二老心里是个啥滋味啊！

舒晓霁说，我没给他们丢脸，是他们认为我丢脸了。

舒雨霏说，你跟我们回皖西市吧，郑霍山给你物色了一个对象，我们都看了，反复权衡，挺适合你的。

舒晓霁说，你说什么？给我找了个对象？

舒云舒说，是的，父亲给你写了亲笔信，恳求你回去跟人家见个面。

舒晓霁愣了，看着两位姐姐，突然笑了说，哈哈，郑霍山给我介绍对象？你们相信那家伙？他自己都那个德行，还有眼光给我介绍对象？你们回去转告二老，我舒晓霁今生今世不结婚了，我就当一个革命的女光棍，我把我的青春和生命都交给革命事业了。

舒云舒说，你说什么鬼话？你们搞的那一套，算什么革命，你以为革命是马戏团啊？

舒晓霁说，反正我不去见郑霍山介绍的那个家伙。你们中午跟我去吃江南包子馆吧，本司令请客。吃饱喝足了，你们滚蛋，我要继续投入到我的革命事业当中。我不能被你们这些资产阶级所腐蚀。

舒雨霏终于忍不住了，站起来说，舒老四你过来。

舒晓霁警惕地看着舒雨霏说，干什么？

舒雨霏说，我有话对你讲。

舒晓霁说，说吧，干吗搞得那么神秘？

舒雨霏说，家丑不可外扬，我不想让别人听见。说完，出其不意地伸手扯掉舒晓霁嘴角叼着的烟卷儿，扬起巴掌，照舒晓霁的脸上就是一耳光。舒晓霁愣住了，捂着脸喊，你敢打我？本司令一声令下，你就出不了寿春城！

舒雨霏说，刚才那一巴掌是我打的，这一巴掌是替老爸打的，还有老娘的。说完，不由分说，又是两耳光子。

舒晓霁傻眼了，舒云舒也傻眼了。舒晓霁回过神来，发一声喊，一头撞过来。舒雨霏没料到舒晓霁敢还击，被撞了个仰八叉，一屁股跌在地上，抓住扑过来的舒晓霁。舒晓霁像猛虎下山，势不可当，迅速把舒雨霏摁住，噼里啪啦地扇开了耳光子。

舒云舒见状不妙，冲上去拉架，扯开舒晓霁。舒晓霁大骂，你这个当权派的臭婆娘，你也来帮凶，那就来吧！三个人顿时扭成一团，一场混战难解难分。

这场战斗大约持续了十分钟，打到最后，舒云舒的衣服被扯破了，舒晓霁的鞋子踢飞了，舒雨霏的脸上被划出了血口子。

打累了，大家都松了手，坐在地上喘气。舒雨霏有气无力地说，对不起老四，我不该下手，我知道你心里有苦，我不逼你了。从今往后，你要是认我这个大姐，有事说一声。不认，那我们就大路朝天，各走一边吧。走，老三，我们走。

舒晓霁披头散发，坐在地上没动。

舒云舒说，大姐，我们再好好说说。

舒雨霏说，说什么？哀莫大于心死，老四心死了，我们也仁至义尽了。人各有志，谁也不能勉强。我们走！

说完，起身，掸掸衣服，理理乱发，抬步向门口走去。就在她的手伸向暗锁闩钮的时候，只听身后一声号叫，接着她的腿就被抱住了。舒晓霁跪在地上，抱着她的双腿，号啕大哭，大姐，大姐，你别走啊，我跟你回去，我不能再这样下去了，我的爱情破灭了，我的事业破灭了，我的信仰破灭了……大姐，我跟你走，我也不想破罐子破摔啊，啊啊，啊……

2

郑霍山到死都不知道，在70年代的某一天，皖西市有一个举足轻重的人物，笑谈之间就把他划到庸医的行列，要他这个“徒有虚名、在业务上没有专长的人”把主要精力放在“抓革命”上面，并建议肖卓然把他抽调到卫生局“抓革办”，专门做敲锣打鼓扛旗子喊口号的工作。

肖卓然自然不会这么做。且不说郑霍山不是庸医，就算他真的是庸医，也不能公开地说他是庸医，否则他一头撞死在你面前，那还不好收场呢。

跟外科相比，中医有一个最大的好处就是不用做手术，很少遇到紧急情况。但是这一天，郑霍山还是遇到了紧急情况——丁范生在抗洪抢险一线从大堤上晕厥摔倒，多处骨折，生命垂危。

当时汪亦适正在省城参加一个重要会诊。电话打到院长办公室，程先觉抓耳挠腮无计可施，给汪亦适打电话。汪亦适下了几道指令，病人原地不动，蓼城医院采取应急处理，并上报应急处理方案；同时，第三医院立即组织抢救，派出郑霍山、陆小凤等人先行奔赴蓼城桥头公社，汪亦适本人则从省城飞驰前往，两路人马到桥头公社会合。汪亦适并且明确，在他赶到之前，抢救工作由郑霍山全权负责。

滂沱大雨断断续续下了十几天，造成史河内涝。蓼城县数万干部群众已经在抗洪大堤上奋战，下游天气放晴，上游暴雨仍然不停，洪峰一个接着一个，已经接近了最后的警戒线。

因堤上拥挤了大量民工，吃喝拉撒全在一处，苍蝇蚊虫密布，雨后酷暑难耐，腹泻感冒中暑等疾病流行。丁范生带领桥头公社卫生院全班人马，连续数昼夜在大堤上巡回医疗，并亲自参加扛包筑堤战斗，终因体力不支，突然晕厥摔倒，肩膀上一百多斤的沙包砸在身上，肋骨戳入腹腔，造成大量失血。

郑霍山等人赶到桥头公社卫生院的时候，丁范生已经昏迷不醒，血压微弱，呼吸微弱，脉搏微弱，命悬一线。郑霍山当机立断，吩咐就地手术准备。外科主任陆小凤说，郑主任你是中医，这样的手术，别说你做不了，我这个外科主任也做不来，只能等汪院长赶到。

郑霍山说，汪院长明确由我全权负责，手术由我来做。

陆小凤说，你开什么玩笑！你是个中医，你没有外科处方权，出事谁负责？

郑霍山说，华佗还给关云长刮骨疗毒呢，你说他是中医还是西医？

陆小凤说，汪院长正在路上，我的意见还是等一等。万一出事了，我们大家都负不了责任。

郑霍山说，再等两个小时，老院长就没命了，谁也不用负责了。说完，吩咐外科医生宋江淮，准备器械。

陆小凤还想阻止，肖卓然及时赶到了，对陆小凤说，陆主任，你不了解郑主任，他在二十多年前，是我们江淮医科学校外科的高才生，是国军三十六师著名的一把刀。不过，这二十多年没动刀了，老郑你有把握没有？

郑霍山说，有没有把握，打开才能知道。当年我在三十六师做这样的手术做过不少，应该还是有经验的。不过，可能眼高手低了。江淮，你配合我一下。

准备过程中，郑霍山问宋江淮，知道你的汪老师为什么指示病人原地不动，就地抢救吗？

宋江淮说，我分析，怕因血压引起心脏问题。

郑霍山说，说对了一半。肋骨折断后，戳入腹腔，说明骨茬非常锋利，他担心移动伤员，很有可能导致心脏损伤。目前看来，心脏还是好的。我们现在首要的问题是要保证血压稳定，先排除断裂肋骨的隐患。至于其他的伤口，先包扎止血，视情况再做处理。

宋江淮说，好，我听郑老师的。

手术的前半部分，由宋江淮实施，清理伤口，察看深度。到了最后的阶段，移动断裂肋骨，就由郑霍山亲自下手了。

手术不复杂，前后只用了两个多小时。

陆小凤在旁边一直提心吊胆，嘀咕说，让一个二十多年没有上过手术台的老中医做外科手术，简直就像杀猪。

肖卓然说，你别担心，没有金刚钻，他不会揽这个瓷器活的。

郑霍山吼道，血压！

陆小凤马上瞥了一眼监视器，报出了数字。

郑霍山说，三号。

陆小凤马上递过去一把三号手术钳。

郑霍山又喊，止血带。江淮你来撑住这块突出的部位，用力！

宋江淮带着哭腔说，郑老师，我怕撕裂了老院长的胸腔。

郑霍山继续喊，稍微用点力！

宋江淮手下用了力，腹腔破裂处开了一个口子。郑霍山咬牙切齿地挪动双手挤压，终于把戳进腹腔的肋骨移了出来，将其对接之后，吩咐陆小凤，止血。

陆小凤刚把断裂的血管接上，郑霍山就交代宋江淮全面检查伤口，然后直起腰吩咐输血和消炎。等几个输液瓶都挂上之后，肖卓然问，能不能脱离危险？

郑霍山说，我能做的，就是让老院长暂时脱离危险，争取时间。这个手术不能保证隐患完全排除，只能保证延长老院长的生命，彻底排除危险还要等老汪下手。

陆小凤惊愕地问，你是说，老院长的手术还要做一次？

郑霍山说，是的，而且从内伤来看，汪院长担心的心脏和包膜损伤已经排除了，我最担心的是腰椎神经损伤，可能会造成瘫痪，严重的话可能会全身瘫痪甚至危及生命，轻的可能导致半身不遂。

陆小凤说，那你为什么不处理？

郑霍山说，你以为我是神经病吗？如果能够解决我为什么不解决？已经损伤了，就是神经外科专家来，他来也只能维持。医生不是万能的。

四个小时之后，丁范生的血压逐步上升，呼吸也有了好转。郑霍山说，可以动地方了，运到第三医院，等汪院长进一步手术。

肖卓然说，汪院长正在往这里赶。

郑霍山说，给沿途乡镇打电话，请他们通知汪院长返回。陆主任，你打电话通知你们外科，今晚还有一台大手术。

后来的情况表明，郑霍山的处理和判断都是正确的。当天夜里，在第三医院外科手术室，汪亦适组织神经外科专家、骨科专家、心血管专家，再次将丁范生的腹腔打开，果然发现了被损伤的脊椎神经。经过从容处理，丁范生终于熬过了死亡大关。

这件事情后来在皖西医疗卫生系统有很多说法，一种比较普遍的说法是，中医主任做手术，外科主任当护士，卫生局长扛担架，医院院长搞复查。

这个说法并非贬义，其实是在说明一桩奇迹。不管过程怎么样，丁范生活过来了就是好事。诚如郑霍山所言，医生不是万能的。丁范生的后半生，基本上是个植物人，吃喝拉撒全在床上。

3

舒晓霁和夏易功见面，是在皖西长途汽车站东边红星商店门口。按照约定，舒晓霁应该左手拿着《毛主席语录》，夏易功右手拿一本《红旗》杂志，这就是接头暗号。

夏易功提前十分钟到达，在此之前他被告知他将要会面的这个女同志是个很有个性的人，才华横溢。当年是《皖西新生报》记者，后来是皖西人民广播电台的节目主持人。人长得漂亮，声音悦耳动听，文章写得行云流水，就是脾气差点。郑霍山特意提醒夏易功，要做好最坏的思想准备。说话要特别注意，在关系没有确定下来之前，绝不能有轻浮的举止，否则很有可能吃耳光子。从郑霍山嘴里描述的约会，简直就是赴汤蹈火，这大约是欲擒故纵，先让夏易功把期望值降下来。

夏易功静静地听完郑霍山的介绍，表情变得很怪。不知道是害怕还是激动，两眼放光地说，我能不能问问她的名字？

郑霍山说，那怎么行，舒晓霁这个名字是保密的。

夏易功半晌不语。郑霍山还以为他后悔了，暗骂自己说得太多了，说，也许这个名字你过去有所耳闻，但是她现在和过去不一样了，建议你们还是见一面。

夏易功说，郑主任，谢谢你，我希望尽快见到她。

夏易功在等待的时候，脑子里一遍又一遍地闪现着当年那个英姿飒爽的女孩的形象，耳畔回响着那副虽然稚嫩但是很有韵味的嗓音。十多年过去了，她的情况他也断断续续地知道一些，最初他是麻木的、淡漠的，认为这一切都是她咎由自取自作自受。但是，随着时间的推移，随着妻子潘小雨终于不以人的意志为转移地去世，过了一年又一年孤独伤感的鳏夫生活，他后来越来越多地想到了她，也越来越发现当年他的行为貌似忠贞而实为缺德。轻轻一掌，他把那个女孩子推向情感的深渊。是的，这一切都不怪他。莫名其妙，他跟她有什么关系？就是一般的同事关系同志关系，她单相思自作多情并且横刀夺爱，错误全在她自己那里，他没有任何责任。

可是，年复一年，他不断听到她的情况。被下放，被勒令写检查，被调到穷山恶水的环境中工作……他的心里终于有了歉疚，有了同情，也有了补偿的愿望。是的，从表面上看，他是没有责任，他当时拒绝她，捍卫自己的爱情，保护自己的爱人，这没有错。可是他哪里想到，一个女孩子的初恋是那样的执着、那样的义无反顾、那样的无遮无拦。他不仅向她推出了拒绝的手掌，而且重拳出击，把她的初恋、她的隐私大白于天下，于是乎，她那颗脆弱的心凋零了、破碎了，她的自尊丧失了，她的意志坍塌了。她玩世不恭，她放荡不羁，她胆大妄为，她好吃懒做，这一切，他都有脱不了的干系。妻子在世的时候，他不敢流露。妻子是他的恩人，是他生命的灯塔。那座灯塔因为患有先天性心脏病，随时都有可能熄灭，所以他必须全力以赴地呵护她。然而她最后还是走了。蓦然回首，他才发现，今生今世，他爱过一个女人，也被一个女人爱过；他爱的女人撒手而去，爱他的女人迎面走来。

到了约定的时间，舒晓霁出现了。她没有按照约定，她的手里和肩膀上什么也没有，这倒让夏易功有些羞惭。她特立独行，我行我素，依然如故。在离夏易功还有十米远的地方，她站住了，很奇怪地歪了一下脑袋。她的立姿有些松松垮垮，身体的重心落在一条腿上，而另一条腿则斜斜地向前伸出，就像鲁迅先生描述的圆规。

怎么是你？她问。

是我，我来迟了。他说。

你怎么叫夏易功了？

我本来就叫夏易功，鸿声是我的艺名。

她还是站着没动，从衣兜里摸出一盒烟卷，抽出一根，把前端捻捻，倒去少许烟丝。左手捏着烟卷儿，往右手拇指盖上一上一下磕了几下，磕出三四毫米的空段，然后再摸出一根烟卷儿，很熟练地同前面一根接在一起，咔嚓一声揿燃打火机，把长长的烟卷儿点着，深深地吸了一口。就像一滴水落入沙漠，那烟一点儿也没有飘散出来。

他看着她，向她走去。她说，别靠近我，我不是来相亲的。

他说，我知道，你是家命难违。我也不是来相亲的，我是来见你的。

一阵秋风扫过，卷起的尘土落叶漫天飞扬。她赶紧转过身去，他把手绢递过去。她冷笑一声说，我还剩下什么了？

他说，你还是你，我已不是我。

她说，你没有错，我自作自受。

他说，别这么说，是我伤害了你。

她长长地吐了一口烟圈说，现在说这些没有意义了，我已经不是那个爱情至上的女孩了。你看，我现在就是这个样子。你要是找老婆，最好还是找一个淑女。

他说，晓霁，我们从头开始，一切都还来得及。

她说，我的心中，没有爱情，没有理想，没有事业，只有活着。

他说，那就让我们一起活着吧，相濡以沫，相依为命。

她笑了，狠狠地抽了几口烟，把烟蒂往地上一扔，用脚踏灭，抬起头来问，你现在在做什么？

他说，我已经改行了，在技校当老师，月收入近五十元。一个孩子，一个老娘，月负担二十元。

她说，你们家上公共厕所吗？

他说，我已经攒了一笔钱。在你进门之前，我要安一个抽水马桶。

她说，那好，等你的抽水马桶安好之后，我们再谈。

他说，难道你需要的仅仅是抽水马桶？

她说，我现在要解决的，一个是进口问题，一个是出口问题。这两个问题不解决，婚姻就谈不上，爱情更谈不上。

他茫然地看着她，半天才说，我们能不能换个地方细细聊一会儿？我有好多话想跟你说。

她说，我不想听你痛说革命家史。

他说，我们可以去电影院。

她说，哈哈，那太资产阶级情调了。不过，我饿了，你要是请我吃饭，我是不会拒绝的。

他说，那好，我们往前走吧。

他想拉着她，她纹丝不动说，睁开你的狗眼看清楚了，这是什么时代？这是火红的革命时代，你还想花前月下卿卿我我？别臭美了。

他叹了一口气，东张西望一番说，那我们到小东门去吧，就在前面，有个工农兵饭店。

她说，你先走，我跟着，保持距离十步。

到了工农兵饭店，里面乱哄哄的，好像有一群造反派在里面吆五喝六地猜拳。没有菜单，服务员爱理不理，夏易功只好跑到厨房去侦察，结果被厨师撵了出来。说是厨师，又不像厨师。没有穿卫生制服，而是穿着黄军装。黄军装厨师指着油渍斑驳的黄门说，眼瞎啦，厨房重地，闲人免进。

夏易功说，我想问问，都有些什么菜。

黄军装说，鸡蛋西红柿，黄瓜炒肉片，白菜炖豆腐，海带呼啦汤。完了。

夏易功瞪着眼睛问，就这？

黄军装厨师说，就这。你还想吃什么？大家都在大干快上干革命，你还有心思惦记吃？吃鱼翅燕窝啊！

夏易功一脸晦气，回到桌边说，算了，什么东西都没有，胃口已经败了。我们换家地方。

舒晓雯说，走遍皖西市，也就是这几个菜，我不想走了。你要是舍不得粮票，就给我来碗呼啦汤吧。

夏易功只好屁儿颠屁儿颠地又去找黄军装厨师，要了两碗呼啦汤，鸡蛋西红柿和黄瓜炒肉片、白菜炖豆腐各点了一份，然后看着舒晓雯旁若无人地吃喝。

舒晓雯说，开始吧。

夏易功说，开始什么？

舒晓雯说，痛说革命家史。

夏易功说，算了，都过去的事情了。

舒晓雯说，你们的历史已经过去，我的历史才刚刚开始。

夏易功想了一会儿说，晓雯，我没想到，由于我当年的粗暴，给你的心灵造成这么大的伤害。这些年来，每每想起，我的心里也很不好受。我那时候年轻，风华正茂，我深爱我的恩人小雨，不敢让她受到任何伤害，所以……

舒晓雯说，所以你就伤害别人？

夏易功说，当我听说那份恶毒的打油诗是你的恶作剧之后，我确实怒不可遏，情绪非常冲动。我找到了领导，坚决要求处理你。可是后来我才知道，那个打油诗不是你写的。

舒晓雯说，按我当时的心情，我能做得出来。我只是不明白，你为什么对潘小雨那么一往情深。

夏易功长叹一声说，这是个久远的故事了。想听吗？

舒晓雯说，我听着哪。

夏易功说，其实很简单。我是个保姆的儿子，潘小雨是雇主的女儿。我妈在他们家挣钱供养我上学，我和小雨又是一个年级。后来同学们知道了我们的关系，经常嘲笑我是她的狗，是下等人。我穿的衣服，多数都是她穿剩下的，女孩子穿的。你想，在旧社会的学校里，那是个什么感觉？有年冬天，我没有棉袄，她家管家扔给我妈妈一件红花棉袄，是她穿旧的，暖和倒是暖和，可我穿不出去啊，我穿到学校，那些富家子弟不笑掉大牙才怪。自尊心受不了啊。那年我十岁，她十一岁。我没想到十一岁的女孩子会有那么好的心肠，她居然要求她家里给她缝制一件男孩棉袄，她说她喜欢。可是在上学的路上，她就把那件棉袄脱下来给我，她仍然穿那件旧棉袄。小孩子长得快，她穿那件棉袄已经十分紧巴了，可她坚持要那样做。那件棉袄我穿了三年，直到安庆解放。后来我们双双考上了师范学校。我和她在学校晚会上朗诵艾青的诗，被班主任认为有朗诵天赋，一起被保送到省城的广播学校学习，再后来我们又一起被分配到皖西人民广播电台工作……我参加工作拿到第一份工资，就是给她买了一件棉袄。

舒晓霁支着下巴，静静地听，见夏易功不说了，问道，她那时候就那么丑吗？

夏易功苦苦一笑说，晓霁，别那么刻薄。她不漂亮，可是她有一颗善良的心啊！她本来是不丑的，可是后来在广播学校读书的时候，她突然生了一场病，风湿性心脏病。我一直怀疑是因为那件棉袄造成的，当然不是。你后来见到的潘小雨，脸色发青，嘴唇发乌，而且由于病痛，五官都有些变形了。那时候我心疼啊，除了攒钱为她治病，就是向她求爱。可是她拒绝了我。

舒晓霁问，为什么？因为那时候你已经才华渐露，她认为她配不上你？

夏易功说，不是。是因为她那种病，不适合生育。

舒晓霁说，哦，原来是这样，是挺感人的。那你们后来怎么又有了孩子？

夏易功说，说来又是悲剧。你知道的，江淮地区的传统，不孝有三，无后为大。她后来瞒着我怀上了，她说她不能让我绝后。

舒晓霁说，当年你们在师范学校朗诵的是什么诗歌？

夏易功问，你想听吗？

舒晓霁说，是的，我很想知道。

夏易功说，晓霁，跟我走吧。

舒晓霁说，你的故事还没有说完。

夏易功说，我记得，当年你曾经跟我说过，那样的台词应该在明月之下、在河水之岸朗诵，才能产生韵味。我们去史河公园吧。

舒晓霁坐着没动。直到很久才说，现在不去，今天是八月十五，我们明天晚上在史河公园会面。

第二天晚上，天上一轮明月高悬，万籁俱寂，早已凋零的史河公园一前一后地走进两个身影，横园而过的史河在月色中梦幻般荡漾，垂柳如烟，桂花飘香，史河岸边传来一个深沉嘶哑的男中音——

假如我是一只鸟，
我也应该用嘶哑的喉咙歌唱：
这被暴风雨所打击着的土地，
这永远汹涌着我们的悲愤的河流，
这无止息地吹刮着的激怒的风，
和那来自林间的无比温柔的黎明……
——然后我死了，
连羽毛也腐烂在土地里面。
为什么我的眼里常含泪水？
因为我对这土地爱得深沉……

1

肖卓然接到岳父的电话，家里来了几位重要客人，要他当晚回家，有要事商量。

肖卓然骑车回到舒家老宅，客厅里并没有见到人影。现在舒家已经没有佣工了，老宅也被分成几块，前后院都住上了街坊，舒家只留下原先的五间正房和一幢绣楼。这已经算是非常优待了，据说是省革委一名重要领导特别关照要保护舒南城这样的民族资本家，才没有把舒家老宅悉数没收。舒南城所在的皖西工商联早已名存实亡，他这个主席也不用去上班了，天天在家看报纸带孙子。天伦之乐不缺，运动冲击不大，平常无事，一般不主张女儿女婿们回家。突然叫回肖卓然，使肖卓然的心里莫名其妙地有些忐忑。这年头，不知道什么时候会发生什么事情。

正在踯躅，岳母从厨房过来了，面带喜色，压低声音说，卓然，有贵客，都在厨房里等你呢。

肖卓然跟着岳母走进厨房，不觉得吃了一惊。厨房里摆了一张八仙桌，桌边坐着的，居然是两年没见的陈向真，更令他意外的是，还有邱山新。邱山新现在是二把手了，担任市革委会的常务副主任兼革命领导小组第一副组长。

肖卓然说，陈书记，这是做梦吗？

陈向真说，来来来，坐下说。

肖卓然说，不敢相信啊，陈书记简直是从天上掉下来的。

陈向真说，不是从天上掉下来的，是邱山新同志把我接过来的。我这个靠边干部，来会会老朋友，还真的不容易啊，要惊动市革委的邱主任，秘密押送。

肖卓然说，邱主任给我们卫生医疗系统的革命运动指明了方向，才使我能够正常工作，谢谢邱主任。

邱山新说，谢什么？不是你肖卓然当机立断，我老邱的坟头恐怕都长树了。不过，我们革命干部不搞个人感恩戴德那一套，我们今天要听老书记谈谈你那份节制生育给我们带来的麻烦。

肖卓然又是一惊，忐忑落座，抬头向岳父看去。舒南城笑眯眯的，吸着水烟说，卓然，革命运动再怎么搞，明白人还是有的，正经的事情还是要做的。陈书记常讲，天地之间有杆秤，你又没有抵制运动，你担心什么？

肖卓然嗫嚅地说，怕跟不上形势啊。

舒南城说，老婆子，上菜。今天仓促，没有什么好东西，都是家常小菜，陈书记和邱主任多包涵啊。

陈向真看着舒太太一盘子一盘子往桌子上布菜，笑笑说，是啊，舒公馆今非昔比，是没有过去排场了。挤在厨房里吃饭，恐怕还是第一次吧。

舒南城说，这都是革命运动的成果啊，这样更好，更像过日子。

邱山新说，吃家常菜，喝家常酒，聊家常话，亲切。舒老，开始吧。

然后就开始喝酒。酒还是舒家窖藏的临水老窖，醇香扑鼻。舒南城说，我先敬远道而来的陈书记，再敬首次光临寒舍的邱主任。说完，双手举杯，一仰脖子干了。

陈书记站起来，把酒喝干，坐下去说，舒老，在皖西，不，就是在整个江淮地区，我遇到过很多红色资本家，但是像你这样深明大义，始终把我们这些党政干部作为亲密朋友，一次又一次地给予支持的人，还是很少见的。把自己的全部家产基本上都交给人民政府了，这一点，我们很多公仆都相形见绌。

舒南城说，陈书记过奖了，我这一生信奉一个真理，功名利禄都是身外之物，生不带来死不带去。嘴巴再大，吃不掉一头牛；活得再长，喝不完一河水。我舒南城的一切，取之于民，用之于民。

陈向真说，说句唯心的话，这就是好人有好报。现在有多少民族资本家都被扫地出门了，变成牛鬼蛇神了，舒老却是省委主要领导亲自圈定的重点保护对象，我们对此也感到稍稍安慰一些。

邱山新说，舒老在皖西，德高望重，我们必须保护，绝不放任自流。

陈向真说，在这个问题上，省、市主要领导都很关注。

邱山新说，舒老不仅仗义疏财，重要的是家教忠厚，培养的几个女儿都是出类拔萃的。两个女婿，肖卓然和汪亦适，更是皖西医药界的翘楚。这一点，也是别的民族资本家望尘莫及的。

肖卓然说，我算不上翘楚。真正说在医药界有影响的，我的连襟汪亦适可以算一个，郑霍山也可以算一个。

邱山新做惊讶状，端起的酒杯放下了，问肖卓然，怎么，郑霍山也是舒家的女婿？

肖卓然不知道他是装蒜还是真不知道，回答说，他是二姐夫呢。

邱山新哈哈一笑，转向舒南城说，啊，舒老，我还真不知道郑霍山也是舒家的乘龙快婿。说实话，我对这个人的印象不太好，感觉这个人好像没有什么真本事。

舒南城说，跟卓然和亦适比，霍山性格有点孤僻，但是就本质而言，也是善良之人，就医术而言呢，在中医方面造诣很深，老朽已是望尘莫及啊。

邱山新做更惊讶状说，是吗，这么厉害？啊，是了，既然是舒老的女婿，想必也是出手不凡，看来我对他有些误会，要重新认识。舒老，为了您培养出这么好的女儿女婿，对皖西医疗卫生做出的巨大贡献，我敬您老人家一杯。邱山新腆着肚子站了起来，动作很大，声情并茂，很是虔诚。

舒南城慌忙站起来说，邱主任礼重了。舒家子女都在邱主任的领导下，还望多多培养。

邱主任说，互相学习，互相进步。

陈向真说，酒要喝，事也要办，本人不胜酒力，像这样你一杯我一杯，恐怕很快就醉了。邱主任，说正事吧。

邱山新说，那好，卓然同志，我们可是要拿你开刀哦。

肖卓然已经看出来了，今天这个气氛，显然不是鸿门宴，心里安定了，神色自若地说，邱主任，是福跑不脱，是祸躲不过。我肖卓然参加革命，就抱着一个信念，扎扎实实做事，勤勤恳恳工作。失误难免，问心无愧。

邱山新说，哈哈，你心里有底啊，吓你是吓不住的，那我就先表扬你吧。革命运动已经搞了几年，成果辉煌。这几年，考验了我们很多干部，有的经不起考验，变质了，蜕化了，龟缩了。但是也有一些干部，坚持一手抓革命，一手促生产，肖卓然同志就是这方面的典型代表。你为皖西市做了很多很好的事情，功不可没。来，我敬你一杯。

肖卓然慌忙站起来说，邱主任突然表扬，诚惶诚恐啊，难道我又遇到什么麻烦了？

邱山新说，你是遇到麻烦了，麻烦大了。你的那份提倡节制生育的报告，通过老书记巧妙运作，已经到了省革委主要领导手里。首长批示，节制生育，控制人口，优生优育，利国利民。此报告呈国家卫生部，同时在皖西地区开展试点。怎么样，你说麻烦大不大？

肖卓然说，我认为这是天大的好事，不知麻烦从何而来？

邱山新说，首长还指示，年底之前要全面铺开这项工作，可是谈何容易？我们现在正在革命运动的深入阶段，突然来了这么一项声势浩大的节制生育工作，革命运动势必会受到冲击。同时，生育是关系国计民生的大事，你让皖西的老百姓一对夫妇最多只生两个孩子，你让他们吃药戴套，他们答应吗？他们一百个不答应。你派工作组下去试试，他们跟你拼命的心都有，这不是你的麻烦吗？

肖卓然说，邱主任，没有麻烦，还要我们这些公仆干什么？我这个局长，职责就是对付麻烦。只要市革委支持，我肖卓然就是被老百姓掘了祖坟，我也要把这项工作推下去！

邱山新看看肖卓然，又看看陈向真，笑着说，老书记，你看，这个同志不撞南墙不回头。我的麻烦也来了。

陈向真说，先天下之忧而忧，后天下之乐而乐，古人尚且有此胸襟，我们共产党人还做不到？卓然这个同志我了解，做事目的性很强，计划性也很强。我看他那个报告，不光有观点有思想，也有方法有步骤。当然，阻力是有的，不仅是市里，就是省里也有不同看法。一个最突出的问题是这样声势浩大的工作会冲淡政治运动，这恐怕是中央领导小组都不允许的。再一个问题就是思想工作，生儿育女传宗接代，几千年都是老百姓的头等大事，现在一下子来了这么个节制生育，恐怕很多人思想转不过弯。就算你有百分之九十五的支持率，百分之五的反对率，皖西两百五十万人口，十几万人反对你，你也不好办。

舒南城说，百分之九十五的支持率是不可能的，我看这个比例要反过来，百分之五支持你就不错了。

肖卓然说，这个我有思想准备，群众在这个问题上，因落后而愚昧，因愚昧而更落后，严重的问题是教育农民，为此我们将进行长期的艰苦卓绝的工作。

邱山新说，问题还不是这些。我也跟你交底，你已经看出来了，我个人是大力支持的，但是我个人不能代表市革委，市革委也肯定不会公开支持你们冲淡革命运动。所以，这项工作还不能沸沸扬扬。

肖卓然说，那怎么做，难道还搞地下工作？这种事情不可能啊！

陈向真说，卓然，你别着急，这就是我们今天亲自来并且私密地跟你交流的原因。在这个问题上，你要听邱主任的指示。邱主任是灵活掌握机动运用政策的老手，他有办法。

肖卓然明白了，心里一热，端起大碗说，邱主任，我明白了。那次你去卫生局视察，就卫生局的革命运动给了我很多启发。我借鉴那一次的经验，回去集思广益，认真研究工作方案，力争促生产不影响抓革命，力争两手都抓，两手都硬。

说完，仰起脑袋，把半碗酒咕咚咕咚灌了下去。

邱山新说，你别高兴得太早，我还有个消息披露给你。市革委已经研究过了，准备上报提升你为市革委常委兼文教卫领导小组组长，这个职务相当于以往的副市长。如果你在近期没有什么纰漏的话，你的提升就是铁板钉钉。有经验的人在这个时期什么事情都不做，平稳过渡。但是如果你把这项工作推动起来，大量的工作组下乡，老百姓闹事抵制，或者医疗手术方面出了问题，那你不仅提升无望，还有可能遇到麻烦。你要想好。

肖卓然说，我不用想了，我现在就给首长表态，可以不升官，但是不能不做事。

5

陈向真暗访皖西市，邱山新秘密召见肖卓然，在舒家老宅的厨房里吃了一顿饭，把一件至关重要的工作拉开了序幕。这次会晤以后被某造反组织命名为“厨房阴谋”，并试图以此打开突破口，进一步查找陈向真和肖卓然等人的罪状，甚至贴大字报说肖卓然是隐藏在皖西市的马寅初，跟大右派一个论调，只不过因为那时候“文革”已进入尾声，造反派才没敢贸然下手。

70 年代中期，经过紧锣密鼓的筹划，皖西市成立了一个节制生育领导小组。邱山新任组长，肖卓然任副组长兼办公室主任，节制生育办公室就设在卫生局。

动员大会上，皖西医疗卫生系统的中层以上领导都参加了。肖卓然在会上部署了行动计划，以寿春县的瓦埠、蓼城县的桥头、梅山县的古碑、六安县的隐贤等公社为试点基地，这些公社的人口密度过大，人多田少，教育医疗交通情况普遍落后，老百姓有苦难言。拿这些地方试点，群众基础相对要好一些。

会上要求各个医疗单位成立节制生育医疗宣传队，编排文艺节目，组织诗歌朗诵会、现身说法等形式，揭示多生多育的危害和少生优育的好处。肖卓然还提出一个思路，各个医院，借这个机会，可以借调一批农村赤脚医生。

既可以壮大队伍，也可以对其培训。

因为风声已经造了很长时间了，多数医院行动都比较积极，第三医院抽出的人员更多。在院务会上，汪亦适说，节制生育是一件大好事，节制是手段，优生优育是目的。我们的地方病研究小组可以增加一个课题，那就是从生物学的角度研究少生和优生的关系。

第三医院分配程先觉担任医疗宣传队的队长。程先觉积极性很高，很快就拿出了下乡实施方案。他自己还发挥一技之长，用写情诗的本事写了一段山东快书，名为《节制生育好》：节制生育好，节制生育好。货多不值钱，人多命如草。粮食不够吃，学校上不了。爸爸愁白头，妈妈累弯腰。物以稀为贵，少了就是宝。生活营养足，背上新书包。爸爸笑开颜，妈妈直起腰……

也有态度不积极的。让中医科抽调三名医生五名护士，郑霍山迟迟不落实。汪亦适找郑霍山谈话说，老百姓多数信赖中医，中医药成本也相对低廉一点，郑主任你们能不能研究一种既能降低生育能力又能保证对身体无害的中成药？

郑霍山说，是药三分毒，我不可能拿出你要的那种药。

汪亦适说，毒也有轻重嘛，按照你们中医的理论，还有以毒攻毒一说。

郑霍山说，我可以研究。但是你知道，我过去一直致力于研究怎么多生，给人家壮阳补阴，那是积德积福的事情，我做起来问心无愧。现在你们反过来让我搞节制生育药，怎么搞，把他老二搞得举不起来？那不是伤天害理吗？

汪亦适说，不是让你把人家老二搞下去。中医调精理气，可以在阻碍精卵着床时机上做文章。既不伤害身体，也不影响生活质量。

郑霍山神气活现地看着汪亦适说，老汪，做手术你比我强，可是对于中医，你知道得太少。中医不像你想象的那么简单。你不懂。

汪亦适火了，手指头一点一点地说，我不懂，我是中医门外汉，但是我领导你这个门内汉。这是任务，你必须拿出积极的态度，你至少要给我搞一个长效方案。你有办法解决不育症，就应该有办法解决多孕的问题。

郑霍山把头摇得像拨浪鼓一样说，没办法没办法，有办法我也不能干。中医辩证法非阴即阳，非补即损。我要是搞出让人不生孩子的办法，我死了到了阴间，阎王爷都扇我耳光子。

汪亦适说，那好，我布置的任务你不执行，那我只好如实向上汇报了。

不久肖卓然就把郑霍山叫到卫生局去了，黑着脸训了他一顿。肖卓然说，我们都是知识分子，应该有科学头脑，应该更明白。我很奇怪，老百姓都有赞成的，你怎么反而会想不通？

郑霍山说，我不是想不通，我是下不了手。不让老百姓生孩子是不人道的。

肖卓然说，谁说不让老百姓生孩子了？是节制生育，是少生优育。

郑霍山说，这种事情，中医没有作为，有作为也是缺德的作为。我不能站在群众的对立面上。

肖卓然说，好，老郑你是这么个思想，我没有想到。我提几个问题你来回答行吗？

郑霍山说，随你的大小便。

肖卓然说，我问你，假如你是一个农民，你愿意生十个孩子还是愿意生一个孩子？

郑霍山说，我干吗要生十个孩子？我又不是神经病！

肖卓然说，你不是想不通吗？现在我们来演一场戏，演员就是我们两个人。我再叫一个看戏的过来。

肖卓然说着，喊来政工科的董科长说，你看戏，并且记录。

郑霍山说，干吗要记录，难道你想搞我的黑材料？

肖卓然说，咱俩即兴演戏，没准有精彩的台词，记录下来，还可以编剧本呢。

郑霍山说，你别吓我，演戏我不怕你，我在三十里铺劳教农场还扮演过黄世仁呢。

肖卓然说，那好，不过今天不让你演黄世仁，而是让你演杨白劳。假定你就是十个孩子的父亲，我是节制生育工作人员。

郑霍山说，哦，你是让我当公猪啊，那我就当一次，你要是能说服我，我就不当公猪了。

肖卓然说，进入角色。社员同志，你为什么要生十个孩子？

郑霍山说，多子多福呗，我生少了没把握，多生几个保险。

肖卓然说，假设你的收入有限，生活很困难，你愿意生十个孩子吗？

郑霍山说，假如我是个穷光蛋，我当然要多生。我生一个没把握，生下十个，万一有一个能当官呢，那不就光宗耀祖了吗？

肖卓然说，你希望这十个孩子长大了做什么？

郑霍山歪着脑袋想了想说，老大我准备让他当省长，老二我打算让他当市长，老三我准备让他当科学家，老四我准备让他当卫生局长……

肖卓然说，如果给你规定，生下十个都是穷光蛋，而生下两个能上大学，你愿意生两个还是十个？

郑霍山说，凭什么我生十个都是穷光蛋？

肖卓然说，你的问题我一并回答，现在请你回答我的问题。

郑霍山说，我拒绝回答。

肖卓然说，如果生下十个都是傻子，而生下两个是聪明人，你愿意生十个还是两个？

郑霍山说，我还是拒绝回答。

肖卓然说，你一天挣多少工分？

郑霍山说，满劳力，十分。

肖卓然问，你妻子呢？

郑霍山回答，大半劳力，七分。

肖卓然拿出一把算盘，噼里啪啦拨了一阵说，你知道皖西地区工分的最高值吗？是四毛五。现在我来回答你的问题。你一天挣四毛五，加上你妻子的三毛一分五，共计七毛六分五。十个孩子，加上你们两口子，十二个人，每人平均六分钱多一点。这点收入，吃饭尚且不能保证，上学医疗更谈不上。没有知识，别说你的孩子当省长市长，就是到供销社卖货也不可能，那么他们只有永远当农民，而且是没有文化的农民、现代文盲，就是傻子。更何况由于营养不良，医疗条件差，生病没法治疗，这些孩子不是白痴是什么？

郑霍山说，如果是老天爷让我生十个孩子，我能养活得起，我就生十个孩子。否则我就少生几个。

肖卓然说，好，现在你已经开始有所觉悟了。下面我们再来探讨。如果一对夫妇生下十个孩子，不，按照我们的调查统计，皖西育龄夫妇平均生育五个孩子，最多的达到十一个，就是这两个人。你看看，这对农民夫妇过的是什么日子？男不过四十六岁，女的四十二岁，已经是一对满脸沧桑疲惫不堪的老人了。

肖卓然拿出一张图片说，这个女的身上患了七种疾病，还有子宫瘤，不久于人世了。还有他们的这十一个孩子，你看着他们这样生活，你觉得这人道吗？

郑霍山看了看那张照片，果然触目惊心。一对貌似老年的男女，在冬日的稻草堆边晒太阳。他们的十一个孩子，排成一行。这一行的前面，还有五六个男孩女孩，估计已经是孙子辈了。儿女辈那一行，大的有二十多了，就像四十多岁的人，手里还拿着铁锹，显然是从干活场上被叫回来的。整个画面，感觉就是一群肮脏丑陋的动物拥挤在一起。没有一双眼睛里的目光是清澈的，全是浑浊和茫然。

郑霍山嘟囔说，拿这个照片给我看干什么？这又不是我的问题。

肖卓然说，怎么不是你的问题？我们皖西老书记陈向真同志说过，老百姓没有过上好日子，我们这些领导干部，人人有责。群众落后，我们不能落后。他们生活成这样，我们这些医务工作者难道没有责任？我们皖西，地少人多，一亩地皮，十人刨食，吃不饱饭，读不起书，不是傻子是什么，不是穷光蛋是什么，穷光蛋再生十个，还是吃不饱饭读不起书。上什么大学当什么官？做梦！

郑霍山说，道理是这个道理，但是你不能让我一个中医给老百姓下断子绝孙的药。

肖卓然说，不是断子绝孙，是优生优育。搞节制生育是利国利民的长久之计，但是传统思想有个转变过程。有些人就是认识到了，但是不习惯用工具，避孕药用多了也有一定的危害。所以，你们中医要充分发挥主观能动性，要有所作为。

郑霍山说，肖局长，不，三妹夫，不，肖连襟，我再想一想。

肖卓然说，老郑，我跟你讲，节制生育，不是我肖卓然个人的事情，这是关系到皖西市未来的事情。我甚至认为，这件事情可能关系到我们这个国家的命运。

郑霍山说，肖局长，你是知道的，我这个人政治敏锐性不强，我要加强学习。等我学习明白了我再追着你的屁股跑，行不行？

肖卓然说，老郑你记住，沉舟侧畔千帆过，病树前头万木春。

郑霍山站起来，点头哈腰地说，报告肖局长，我记住了。

跟郑霍山的谈话，给了肖卓然一个启示，像郑霍山这样有文化的人，尚且对节制生育有模糊认识，那么普通群众的传统观念就更加难以转变了。你让群众都来考虑将来、都来考虑国家利益，这不太现实。如果大家的觉悟都达到了这个水平，那么我们这个国家人人都是雷锋，人人都是黄继光，那还了得？那我们这个国家一年就能赶上苏修，两年就能超过美帝。

后来肖卓然给皖西的节制生育工作制定了一个基本的原则：做工作的时候，考虑到最困难的；搞宣传的时候，考虑到最落后的；讲道理的时候，考虑到最眼前的利益。根据这个原则，肖卓然让程先觉结合他和郑霍山的对话，搞了一个《节制生育一百个为什么》，从最基本的国情出发，从群众的眼前利益下手，对群众最关心的问题进行阐释。这个小册子发到每一对育龄夫妇手里，起到了很大的影响和震撼作用。

皖西市的节制生育终于有条不紊地启动了。阻力当然是有的。老百姓最初不配合，老百姓说，咋节制？老天爷给咱安了那个，就是让俺那个的。汉子日老婆，是老天爷给的福分，你不让俺那个，老天爷不答应。

肖卓然的策略是抓住重点，层层突破。效果最好的是文艺宣传。各医院的医疗宣传队，不仅从医院抽出得力骨干和赤脚医生，还从市黄梅戏剧团和庐剧团借来一批著名演员，像马少芳和叶丰盈，家喻户晓。老百姓可以不听肖卓然汪亦适的，但是他们相信马少芳和叶丰盈。医疗宣传队编了几个节目，表现多生多育的危害，还将类似一家十一个孩子这样的典型事例拍成照片，装裱展览。

坚冰开始融化。基层从公社和大队干部开始，党员带头，实行节育，当时提出的口号是提倡两个以下，最多生三个。六安县隐贤公社马集大队革委会主任赵士全，老婆刚刚怀上第三胎，赵士全坚决要求做了人流。六安县卫生局搞了个材料，要求推广表扬。肖卓然做了批示：第一，赵士全节制生育做了表率，精神可嘉，对外可以大力宣扬。第二，这件事情也提出了一个问题，我们要尽最大努力把工作做在前面，以避孕为主，争取尽快把人流减少到最低限度，减轻群众痛苦。第二条意见对内传达。

通过几个月的艰难工作，节制生育终于在皖西地区形成了气候，逐步推广开来。

当然，这项前所未有的工作，也闹出不少笑话。有的是真的，有的是假的。最为经典的是梅山的一则笑话，经过郑霍山的加工，广为流传。

梅山县医疗宣传队一名年轻的女护士蹲点古碑公社，给群众介绍避孕套的用法。女护士还没有结婚，有点害羞，把避孕套套在大拇指上做示范，交代房事的时候如此这般。一个农民积极性倒是很高，说这个简单，不用吃药不用打针，好得很，以后就活学活用了。过了两个多月，女护士到古碑公社检查工作，没想到这个农民的妻子又怀孕了。女护士问，你们没用工具吗？农民回答，用了，每回都用。女护士感到很奇怪，说，难道是工具出了问题？问来问去，农民坚持说，确实用了。女护士说，是不是使用中滑落了？农民说，那个工具是大了一点，我的大拇指套不住，我就是怕滑落，每次都扎了小绳子。女护士惊问，你那工具每次都用在什么地方？农民说，听你的，我每次都把它套在大拇指上，不过，忘了你当时教的是套在左手还是右手，也许就是因为套错了手，才出现了问题。女护士哭笑不得，连连说，真是愚昧，怎么能套在手指头上呢？农民说，你教的啊，不套在手指头上套在哪里？女护士说，你真是故意捣乱。农民说，冤枉啊，我们已经四个孩子了，养不起啊，我是真心实意节制生育，哪能捣乱呢？旁边的大队妇女主任听明白了原委，劈头盖脸把那个农民训了一顿，说，你真是猪脑子，你和你老婆做那事，是用大拇指做的吗？我告诉你套在哪里，你用什么东西做那事，就套在那东西上。明白了没有？农民回答，明白了。

这个农民的老婆做了流产手术。之后两个月，女护士和妇女主任下乡检查，意外地发现这个农民的妻子又怀孕了。女护士现在已经老练了，一个环节一个环节地询问，那个农民确实老实巴交地每次都用工具。女护士就琢磨，难道是工具出了问题，听说这东西质量不能保证百分之百，也许被这个农民碰巧了。女护士说，你的工具还有吗，拿来我看看。农民说，有，舍不得扔，洗洗还能用呢。一边说着，一边跑到睡觉的屋里，摸出一个脏兮兮的避孕套，小心翼翼地捧了出来。女护士一看，不是哭笑不得，而是怒不可遏，原来避孕套前面被剪了一个口子。女护士说，谁让你剪的？农民说，不剪口子，东西流不出去，那不把人憋死了吗？

这则笑话后来传到肖卓然的耳朵里了。肖卓然自然很恼火，一个电话把郑霍山叫到局长办公室，劈头盖脸训了一顿。肖卓然说，老郑你行啊，我看你可以当作家，很会编故事嘛！

郑霍山说，人民群众中间蕴藏着无限的创造力，这个笑话不是我编的。

肖卓然说，人民群众再有创造力，也没有你郑霍山的想象力丰富。你郑霍山成事不足败事有余，就善于编造这种低级趣味的玩笑，历史上就是如此。

郑霍山说，在皖西市，最早使用避孕套的就是你肖局长。你应该现身说法，那要比小护士传授方法更有效果。

肖卓然说，郑霍山你给我老实点，以编造下流笑话为乐，以戏弄领导为荣。捣乱，失败，再捣乱，再失败，这就是一切反动派的下场。

郑霍山说，什么戏弄领导？我是你的二姐夫。在舒家，我是老二，你是老三。

肖卓然说，你少给我摆谱，如果我再听说你散布这种下流笑话，我就以你破坏节制生育的名义隔离审查你。

6

肖卓然倡导并主管的节制生育试点活动成效甚大，渐渐地普及到整个皖西地区。两年之后，江淮地区掀起了声势浩大的人口控制运动，再过若干年，开始了全国范围的行动，官方将这项工作命名为计划生育，并上升到国策的高度——这是后话了。

肖卓然在启动皖西地区节制生育工作的第二年，突然被宣布撤去皖西市卫生局长职务，隔离审查。同肖卓然一起被隔离审查的还有汪亦适、程先觉和郑霍山。

这已经是“文化大革命”的最后一个年头了，肖卓然没想到他会在他的事业高峰期翻船落马。

肖卓然被打倒，有一个特殊的背景。

这年冬天，皖西市医疗卫生系统的造反领袖黄歌群获悉了一个重要情报，当年解放皖西的时候，由于江淮医科学校地下党负责人肖卓然工作不力，不敢及时接触进步青年，耽误了策反时间，使国民党特务得以从容控制医科学校进步青年，导致了这几个进步青年弃暗投明的行动迟了一步，结果是，投诚的投诚，被俘的被俘。

黄歌群就是当年因为公药私用遭到肖卓然处理的原第三医院护士。她的这封揭发信正好落到了市革委分管运动的孙副主任手里。孙副主任原先和邱副主任都在“抓革办”工作，是曾经名噪一时的两个著名的运动高手，在他们手下落马的老干部上至地委书记，下至公社干部，乃至大队干部。但是后来不知道为什么，邱副主任来了个一百八十度大转弯，不仅不整人了，而且还保护了一些人，把工作重点放在“抓生产”上了。孙副主任把责任归结在邱副主任那一场病上，大难不死，这个人丧失了革命斗志，搞起了个人感恩戴德那一套。邱副主任一直是肖卓然的大红伞，所以肖卓然才得以在数次运动高潮时期过关，成为皖西市革命运动的不倒翁。

目前的形势是，皖西市革委会主任安至深突然被调查出有反对运动的罪行，已经撤职，同省委党校副校长陈向真等人一起，到巢湖监狱苦度日月去了。皖西市革委会主任一职空缺，作为第一副主任，邱山新接任的呼声很高。这是孙副主任不能接受的事实。想当年，孙副主任还是邱副主任的顶头上司呢。就是因为邱山新勾结到陈向真等人，同省革委的主要领导挂上钩了，所以才飞黄腾达。在孙副主任看来，邱山新甚至以发展生产、改善人民生活为名，做了很多与革命运动主旨背道而驰的事情，骗取了人民群众的信任。让这样的人担任皖西市革委会的一把手，那皖西市的革命运动将向何处？

孙副主任决定下手，打倒邱山新，这是他几年来卧薪尝胆一直追求的目标。而搞掉邱山新，从肖卓然的身上下手，应该是恰到好处的。种种迹象表明，肖卓然已经完全进入邱山新阵营了。邱山新力主提升肖卓然为市革委常委兼文教卫领导小组组长，在去年的市革委会议上，孙副主任竭力反对，他再也不能退却了，他再也不能让邱山新的人进入核心领导层了。但是他的反对无效，因为市革委一把手安至深坚持提升肖卓然，认为这个同志给皖西市做了不少实实在在的好事，有文化，有思想，也有能力。

会后孙副主任及时地发动李绍宏写了一封关于肖卓然犯有生活作风错误的人民来信，在省革委即将研究通过皖西市干部调整方案的时候，这封信被复写多份，及时地出现在与会的省革委常委手中。虽然后来调查证明，肖卓然的所谓生活作风纯属子虚乌有，但是已经错过了干部调整时机。这是孙副主任向邱副主任开展反击的一次重大胜利，闷棍打在肖卓然的身上，打断的却是邱山新的臂膀。

现在，新的时机又来了，而且是事关皖西革命运动大权落在谁手的重要的决战。孙副主任决定不顾一切，也要拿下肖卓然这个高地。孙副主任做这件事情比较方便，因为他还兼着“抓革办”的主任，直接领导着二十多个专案组。这些专案组收拾起人来，个个都是神枪手，没有靶子都能打十环。

黄歌群在揭发信里质问，肖卓然为什么把策反工作拖到皖西城解放前的最后时刻，安的是什么心？革命运动已经取得了重大成果，为什么肖卓然这样的资产阶级当权派还在耀武扬威？皖西医疗卫生系统都知道“四条蚂蚱”，这“四条蚂蚱”是怎么回事，是不是小集团？

专案组审查的时候，首先就提出这个问题。肖卓然说，这不是小集团。那是在二十多年前，我们投考江淮医科学校的时候，我的岳父、当时我们的担保人舒南城先生给我们四个人的临别赠言，说我们是中国医学这根绳子上拴的“四条蚂蚱”，要我们同舟共济，为振兴民族医药事业勤学苦读，不要三心二意。

专案组后来调查，“四条蚂蚱”的绰号虽然属实，但是找不出这四个人搞小集团的证据。此条罪状遂被推翻。

至于为什么把策反工作拖到皖西城解放前的最后时刻，肖卓然回答，我是根据地下党工委书记陈向真同志的指示，在决战前夕，为确保护城领导力量，不得过早暴露身份，但是未雨绸缪，已经暗中做了部署。

专案组的人说，难怪！陈向真是机会主义，已经被停职反省了。你执行的是机会主义路线，错误难免。

肖卓然说，能不能通过法律程序审判一下？即便我有罪，我也得搞清楚我到底犯的是什么罪，总不能靠似是而非的推理就给我定罪吧？

专案组说，什么法律？现在是无产阶级说了算。你的罪行很多，历史上投机革命，执行错误路线，造成江淮医科学校一大批向往光明随时准备弃暗投明的进步青年失去了机会，给皖西革命带来巨大损失。在运动中，打着红旗反红旗，巧立名目，以节制生育的名义干扰运动，破坏革命运动的大方向。

肖卓然有口难辩，只有苦笑，任其发落。

程先觉的问题是，皖西城解放前夕，他虽然到了风雨桥头，但是他并没有立即起义，他是在观望和动摇中，被我军官兵发现，这才就坡下驴，成了起义者。此后他一直隐瞒自己的投机思想，以起义者自居，骗取组织信任，并飞黄腾达。

程先觉可怜兮兮地说，组织上火眼金睛，我就是动摇了，但我最后有起义行动，这是有目共睹的。

专案组说，我们既看事实，也不忽视你的动机，你也是投机革命。

程先觉说，我怎么投机革命了？我当时动摇，是因为我不了解新政权，可是后来我参加了解放军，我一直在为人民服务。

专案组说，你后来的问题更大。我们已经掌握了大量的事实，你在皖西解放之后仍然不老实，仍然欺骗组织，仍然说假话。

程先觉心虚了，强打精神说，我没有说假话，我没有欺骗组织。

专案组说，那我问你，在皖西解放前夜，有没有人动员你起义？

程先觉说，有，确实有。

专案组说，可是在三十里铺的时候，组织上找你调查，你为什么矢口否认？

程先觉蒙了，含含糊糊地说，我当时，我当时有顾虑……

专案组把桌子一拍说，什么顾虑，你是贪天之功为己有，你成了起义英雄，你不想把这个成绩归功于他人。你说你不是投机革命是什么？

程先觉的冷汗直往外冒，他的精神很快就崩溃了，喃喃自语说，我有罪，我欺骗组织，我贪天之功……

郑霍山的情况更是一目了然，郑霍山在皖西城解放前夕，态度反动，坚决与人民为敌。在小东门战场，企图引诱我军，并且开枪打伤我军战士，是个罪大恶极的历史反革命。

郑霍山说，你们说对了一半。在皖西城解放前夕，我是拒绝了响应地下组织的起义号召，因为那时候不了解新政权，怕被杀头。但是说我和汪亦适阴谋勾结，企图欺骗我军，开枪打伤我军战士，这不是事实。在小东门战场上，汪亦适劝说我不跟国民党一条黑道走到底，我接受了。汪亦适主动提出投诚也是事实，后来情况发生变化，有人开枪，解放军的火力猛烈地压过来了，我想投诚也没有机会了，只好当了解放军的俘虏。

专案组说，不是有人开枪，而是你开枪。

郑霍山说，我根本不会打枪，如果那一枪是从我的枪口打出去的，也是走火。

专案组说，谁能证明你是走火？

郑霍山说，看来只有我自己了，这个连汪亦适也不能给我证明。

专案组说，你自己给自己证明能算数吗？如果我给我自己证明，在抗日战争中我一个人深入敌后孤军作战消灭了八百个日本鬼子，你相信吗？

郑霍山说，我不相信。消灭八百个鬼子，一刀一个，你也得砍上三天。

专案组说，那不就得了嘛！没有人证明的事情，怎么能成为事实？你就是历史反革命。

郑霍山说，我后来思想有了很大的变化。我在劳教农场认真学习毛主席著作，字字句句都照亮了我的心坎。我还是皖西最早的学习毛主席著作的积极分子。为什么这些事实你们视而不见？这些年来，在党的领导下，我也为人民做了一些有益的工作，你们为什么只字不提？

专案组说，你那是伪装进步，蒙混过关，投机革命。

郑霍山说，有何证据说我是伪装进步、投机革命？

专案组说，欺骗组织，不说真话，不是伪装进步投机革命是什么？

郑霍山说，能不能给我说具体点？

专案组说，皖西解放前夜，汪亦适去你寝室动员你起义，你拒绝了，有没有这回事？

郑霍山说，有这个事情。

专案组说，那以后组织上找你了解，你为什么不如实反映，反而诬陷汪亦适动员你到江南找蒋委员长，信口雌黄，居心何在？

郑霍山的防线开始溃散，支支吾吾地说，那时候，我反动，我想把水搅浑，其实就是想拉汪亦适垫背，没有想到要投机革命。

专案组说，欺骗组织，比投机革命好不到哪里去。

按说，有了程先觉和郑霍山的供词，当年汪亦适动员程先觉和郑霍山起义的事实终于可以大白于天下了。但是且慢，专案组是不会这么傻的。孙副主任有一个奇特的理论：对于革命对象，只找问题，不谈成绩。

汪亦适的问题重新浮出水面，被定性为假投诚，真反抗，事后谎称自己是起义者，多次为自己的反动行为翻案，欺骗组织。

汪亦适说，我当时确实有动摇心理，但是我后来醒悟了，说服程先觉和郑霍山起义，程先觉接受了，先行一步。我是在说服郑霍山的过程中，被特务李开基裹胁，不得已跟着他们一起到小东门，我的想法是伺机起义，这都是事实。

专案组说，我们掌握的事实是你后来没有起义，而是反抗了，所以你被俘了。你不要再为自己涂脂抹粉了。

汪亦适说，我自己现在都糊涂了，我到底是怎么回事？我衷心希望组织上重新调查，也许重新调查还能还我一个起义者的清白呢。

专案组说，白日做梦，你的问题也是投机革命。

汪亦适说，能不能找个讲理的地方？

专案组说，这话更反动，难道革命运动不讲理？

汪亦适说，我能不能给自己请个律师？

专案组说，真是房檐下的大葱——根焦叶烂心不死。你还想给自己辩护？那是做梦。现在没有律师了，只有公检法领导小组，大家都在搞革命运动，谁会去听你的鬼话？你就死了你的心吧，老老实实地改造去吧。

一句话，汪亦适也被撤去第三医院院长职务，下放改造。李绍宏忍气吞声数年，终于东山再起，成了一把手。

几个回合下来，一个所谓的反革命机会主义小集团就宣布破案了，“四条蚂蚱”一条也没有跑脱。紧接着，被孙副主任指称一直支持这个小集团的邱山新也被勒令停职检查，交代问题。孙副主任摇身一变，成为皖西市革命委员会的一把手。

7

到三十里铺“五七干校”报到的时候，程先觉最后一次履行了副职的义务，去找李绍宏恳求派救护车送一下。汪院长好歹也是众所周知的专家，一夜之间成了革命对象，让他大包小包地扛着铺盖卷子，徒步几十里路到干校，斯文扫地，有失体面啊。

李绍宏坐在一把手的交椅上，不紧不慢地抽着烟，居高临下地看着程先觉说，按说呢，老汪这个人，虽然投机革命，但他是个专家，多少还做了一点对人民有益的事情，可以送一下。问题是还有个郑霍山，历史反革命加现实投机，双料反革命。派车送他，那我们还有立场吗？

程先觉说，领导放心，我会安排好的，只送老汪，让郑霍山那个浑蛋自己想办法。

李绍宏想了想说，那好，我们就网开一面，实行革命的人道主义。不过，绝不能让郑霍山这样的臭狗屎搭上这班车。

运作成功之后，程先觉就跑到汪亦适家，喜滋滋地报信说，汪院长，我跟李绍宏软缠硬磨说了半天，同意派一辆救护车送我们去干校。

汪亦适坐在客厅里发呆，舒雨霏在帮他收拾行李。见到程先觉，舒雨霏从卧室里出来，冷笑说，好了，我还以为把我们家亦适打倒了，你就可以当院长了，没想到你也完蛋了，偷鸡不成蚀把米啊。

程先觉指天发誓说，大姐，我冤枉啊，汪院长不是我拉下马的。专案组反复问皖西城解放前夜的事情，我这一次说了真话，我说当年真的是汪院长动员我们起义，我在那时候有私心，贪天之功，隐瞒了汪院长动员我们起义的事实。就因为我说了真话，所以也成了投机革命。我还以为这一次要为汪院长平反正名呢，哪里想到他们醉翁之意不在酒，哪里想到我们会一同落马呢?

舒雨霏说，反正你也不是什么好人，现在你跟亦适平起平坐了，心理平衡了吧?

程先觉说，我一向是敬重汪院长的，大姐你是知道的。

舒雨霏说，他妈的，我们家亦适，自从投身革命，不知道救过多少人，皖西排雷，朝鲜暴动，抗洪抢险，巡回医疗，大大小小的手术做了几千台，到头来却落个身败名裂。这么大岁数了，还要下放劳动，简直就是卸磨杀驴。

汪亦适说，好了好了，比起那些关进牛棚的蹲进大牢的，我们的遭遇不知道要好多少倍。我这一去，不知道哪年哪月才能出来。大姐你在家教育孩子，好好学习，天天向上，争取做个对人民对国家有用的人。

舒雨霏的眼圈儿一下就红了，说，亦适，你个性强，要记住，人在屋檐下，不得不低头，你要保护好自己啊!

汪亦适说，大姐，这好歹是咱们自己的“五七干校”，总比维丽基地好吧。美国鬼子都没有把我打垮，我还能在自己的干校里垮掉?

程先觉说，大姐你放心，还有我呢!虽然我们都没有职务了，但在我的心里，亦适永远是我的一把手，我永远是他的副职。保护汪院长，照顾汪院长，我程先觉义不容辞。

程先觉慷慨激昂这么一说，舒雨霏也很感动，动情地说，先觉，路遥知马力，日久见人心，我看出来了，你这个人其实是很会办事的，鞍前马后的，帮了我们家亦适不少事情。大姐的脾气你知道，有嘴无心，说话刻薄一点，你别往心里去啊。

程先觉说，大姐你放心，无论何时何地，我都会摆正位置，我会一如既往地照顾汪院长。

说话间，救护车已经到了，在小院外面嘀嘀嘀鸣喇叭。舒雨霏说，他妈的，真是凤凰落毛不如鸡啊，放在过去，他敢这么摁喇叭吗?

程先觉说，此一时，彼一时，大姐别挑理了，我们赶快走吧。

汪亦适没动，说，你的东西呢?

程先觉说，我已经让我老婆提前送到小车班，都在车上呢。

汪亦适说，难得你这么照顾我。谢谢了!

说完，自己也拎了一个提包，程先觉和舒雨霏抬着一个大包袱，出门上车。汪亦适说，等等，不是还有郑霍山吗?

程先觉说，李书记……老李说，像郑霍山这样的双料反革命，只配坐毛驴车，不能搭车，否则就是立场问题。

汪亦适说，笑话，我们不都一个鸟样了吗，还分个高低贵贱?

舒雨霏在车下说，李绍宏他这么鸡肠小肚啊，郑霍山不就是说过他不懂业务吗，这点小事也打击报复？

汪亦适说，你们都没有看到问题的实质，这是冲着郑霍山的吗？这是羞辱我老汪。看看，我可以恩赐你，也可以不恩赐你，我想让谁坐车就让谁坐车，我不想让谁坐车我就不让谁坐车。他李绍宏就是要看见我汪亦适弯腰接受他的恩赐。不让郑霍山坐车，那我们也不坐好了，我也去雇毛驴车。

说完，抬屁股就要下车。

程先觉赶紧拉住说，亦适，汪院长，息怒息怒，我去喊喊。

汪亦适阴沉着脸坐下说，那好，你就辛苦一下，把郑霍山接过来。何必呢，车子这么大，浪费了。

舒雨霏在车下说，我去喊。没准老二还在家抹眼泪呢。

不到五分钟，舒雨霏就回来了，说，铁将军把门！听说起了个大早，两口子自己扛着铺盖走了。

程先觉说，那就没有办法了，他倒是有自知之明。

郑霍山和舒云展一人一个包袱，走在通往三十里铺的土公路上。天上是一轮冬天的太阳，路边还有一点积雪，土是冻土，路不算难走。郑霍山的心情不错，边走边说，三十里铺好啊，那是个好地方。那是我向往已久的地方啊！

舒云展说，都什么时候了，你还开玩笑。

郑霍山说，我不是开玩笑，我是说真的，对于我来说，三十里铺就是我的圣地，我的井冈山，我的延安。

舒云展不吭气，她挽着一个小包袱，里面装着郑霍山的换洗衣服。

郑霍山说，三十里铺是我人生转折的重要驿站。就在那块土地上，我获得了灵魂的洗礼，我找到了人生的目标。更重要的是，我得到了爱情。

舒云展说，你可真会自我安慰。

郑霍山说，革命的乐观主义和浪漫主义相结合，这就是我郑霍山这些年来立于不败之地的动力。树上的鸟儿成双对，绿水青山带笑颜……你我好比鸳鸯鸟，比翼双飞在人间……

郑霍山说着说着，居然唱了起来。舒云展慌了，四下看看说，霍山，你别疯了，怎么敢唱毒草歌曲？

郑霍山说，什么毒草？这是皖西老百姓最爱唱的歌！多么美好的爱情，多么幸福的心情！

舒云展很担心，她担心的是郑霍山再次回到三十里铺，思想受不了，精神错乱。昨夜她坚持要亲自送郑霍山上路，郑霍山也没有阻止。郑霍山说，老婆你放心，我郑霍山在这个世界上哪怕什么都不剩下了，但是只要有你，我郑霍山就不会失去生活的信心。

舒云展说，你性格跟别人不一样，你得收敛一点。好汉不吃眼前亏，凡事能忍让的尽量忍让。

郑霍山说，别的都不愁，无官一身轻，不让看病我养病。就是一条我恐怕受不了。

舒云展说，你别担心，家里有我，孩子都放在姥姥家，读书生活也没有问题。

郑霍山说，那些我都不担心，我就担心我会再犯错误。

舒云展吃惊地问，你还能犯什么错误？

郑霍山说，我怕我想老婆，半夜三更往家跑。

舒云展说，落到这步田地，你还有心思琢磨这个？

郑霍山说，这下你放心了吧，只要我有心思琢磨这个，就说明我热爱生活，就说明我不会自暴自弃。怎么办啊，“五七干校”应该是有假期的吧？

舒云展说，“五七干校”又不是监狱，探亲总会让的吧。我每个月来看你一次。

郑霍山说，你也别太累了，我克服克服吧。

舒云展说，也不是你一个人，听说医疗卫生系统靠边站的都在三十里铺。

郑霍山说，我跟他们不一样，肖卓然的兴趣在于搞政治，汪亦适的兴趣在于做手术，程先觉的兴趣在于钻空子。我呢，我是一个中医，懂得养生健身之道，我的兴趣主要在于你。我现在就想了。

舒云展说，什么？昨夜你那么疯狂，做了两次，我真担心你是借机发泄，把自己的身体搞垮了。

郑霍山哈哈大笑说，怎么会？我搞了二十年中医，得出一个颠扑不破的真理。什么叫运动？和谐的性爱就是最好的运动。什么跑步啊、广播体操啊，那都是小儿科。你知道那些成语是怎么说的，聚精会神、全神贯注、有张有弛，讲的全是性爱。性爱过程中，可以调动全身血脉和骨骼，血液喷张辐射到微循环，气血流速增加，压力增大。一个人是否具有健康的基础，最重要的就是看他的气血运行是否通畅，而性爱就是促使这通畅的最好的运动。

舒云展说，你的歪理就是多。

郑霍山说，歪理多是多，但我不是搅屎棍子。那是肖卓然汪亦适之流对我的诬蔑。我是认认真真地做学问，老老实实地为人民服务。可惜啊，我的这些理论将在一个相当长的时期内被埋没。可惜啊，我的这些理论在一个相当长的时期内只能由我和我的老婆分享了。让那些傻子稀里糊涂地活着吧。这是勇敢的海燕，在怒吼的大海上，在闪电中间，高傲地飞翔；这是胜利的预言家在叫喊——让暴风雨来得更猛烈些吧！

舒云展说，你干什么，又不是做那个！

郑霍山说，我高兴！我们以后做那个的机会少了，我想那个了，我就朗诵这个，也许你能感应得到。你要是有了感应，就拿笔记下来，几点几分，是何感觉，有没有冲动，皮肤颜色，身体气味，尽量记细一点。我要搞研究。

舒云展说，别异想天开了，我没有你那么浪漫！

两个人边走边说，既不沉闷，也不觉得累，就好像是一次郊游。晌午时分，有点饿，正琢磨着要不要找个集市吃饭，老远看见尘土飞扬，一辆救护车蹦蹦跳跳地从窑岗嘴水库大堤上下来，向近处逼近。车子驶到眼前，停下，汪亦适和舒雨霏下车，后面跟着程先觉。郑霍山说，哈哈，院长落马了，还摆谱啊？不过为什么不坐吉普车呢，我还以为有急病号呢。

程先觉说，老郑，汪院长一直找你，想请你一道走，没想到你先溜了。

郑霍山说，这里没有院长，只有投机革命的小集团。

汪亦适站定，冷冷地看了郑霍山一眼说，天冷，上车一起走吧。

郑霍山说，冬天来了，春天还会远吗？

汪亦适不理他，回身向车内走去。

郑霍山说，我又不是串亲戚，我急什么急？你们滚蛋，我们慢慢溜达。

舒雨霏说，郑霍山你是人不是人？你五大三粗的可以走，害得我们老二细皮嫩肉的也跟你受罪。

舒云展说，没关系，大姐，走一走也好。

舒雨霏拉起舒云展说，咱们上车，让这个搅屎棍子自己走。

郑霍山说，好好，我上车。有肉不吃王八蛋，有车不坐二百五。

8

三十里铺今非昔比了，盖起了十几排灰砖红瓦的基建房子，围起了很大一个院子。这里现在又有了新的名称，皖西市五七干校。校长是市革委的一名常委，挂名的。

郑霍山指着那排房子说，这里面凝结着我的血汗啊！想当年，他妈的我在这里脱砖坯，手皮都脱了几层。我脱的砖坯，少说也可以盖八幢房子。

程先觉说，得了吧！你偷奸耍滑，害得楼炳光一个人干两个人的活。楼炳光现在还说，他倒了八辈子霉，跟你分配在一个劳动小组。

郑霍山说，老程你立场有问题，楼炳光是铁板钉钉的特务，你为他鸣冤抱屈，你是什么感情？

程先觉说，依我看，你比楼炳光也好不到哪里去。

一路询问，到了校部，迎上来的居然是老熟人张泗安。他现在是“五七干校”的副校长兼生产组长，主持工作。张泗安见到汪亦适等人，有点不知所措。汪亦适说，张管教，山不转水转，没想到我们又见面了。

张泗安说，三十年河东，三十年河西，我们大家都老了。

郑霍山说，你老什么？你还在这里作威作福，你的肚子都吃大了，现在还是管教我们。

张泗安说，汪院长，我们听说你们来，又惊又喜啊！

汪亦适不动声色地说，我们是下放干部，来接受再教育，惊从何来，喜又从何来？

张泗安说，惊的是你这样驰名江淮的著名大夫也被打倒了，喜的是干校医疗所有了新生力量。干校的老干部多，大病小病没人管，我真怕在我手里丢掉几条人命。你们来了，我这就放心了。

舒雨霏说，我们家亦适是革命投机分子，是来改造的，不看病了。

张泗安说，你们放心，一招鲜，吃遍天。虽然干校条件差一点，但我们是不会让汪院长这样的专家吃亏的。干校开了几次会，对你们的工作有了最好的安排，不让你们下田劳动。

张泗安把汪亦适一干人等带到大院中的一个小院子里说，这就是干校医疗所，原先有三个人，只有一个科班出身，其他两个都是从下面抽调的赤脚医生。汪院长，就委屈你了，你以后就在西医科上班吧。

汪亦适举目望去，院中坐北朝南一幢平房，五间正房，中间果然挂着“西医科”的木牌。汪亦适说，不错，能给牛鬼蛇神看病，也是用得其所。

张泗安说，郑主任，你是著名中医，你就到中医科上班吧。

郑霍山顺着张泗安手指的方向看去，坐西朝东的那排房子中间，也挂着牌子，上面写着“中医科”。

程先觉有点茫然，恭恭敬敬地问，张校长，我呢？

张泗安说，老程，你就到东边上班吧，那里人少一些，工作量也小一些。

几个人一起往东边看去，那幢房子坐东朝西，采光最差。因为大家站立的方向正对着牌子，看不清楚，程先觉率先小跑，从侧面看去，不禁倒吸了一口冷气，脸色顿时就木了下来，神情沮丧地看着张泗安，一言不发。汪亦适走过去问，怎么啦老程？

程先觉说，你自己看吧。

汪亦适定睛看去，禁不住咧嘴笑了。其余人见状，也到侧面去看那牌子，笑声顿时轰起。原来那牌子上写的是“兽医科”，红底黄字，一个不差。

郑霍山拍着屁股叫道，绝妙啊绝妙！我们的“五七干校”太伟大了，太有创造性了，太实事求是了。没有比这个工作更适合老程的了。这才是我们皖西革命运动的重大胜利、重大成果。

程先觉说，搅屎棍子，你少幸灾乐祸，恶有恶报！

郑霍山说，我说的是真话。你老程这些年只顾做官，中医西医一窍不通，外科内科科科外行，你不当兽医你干什么？

程先觉说，我连动物公母都分不清楚，我怎么当兽医？

张泗安说，程副院长，这个你不必担心，我们已经充分地考虑到了。我们“五七干校”，治人不行，但是兽医却很发达。我们有水牛三百头，黄牛一百二十头，我们的兽医在皖西市是第一流的，你不会，可以学。兽医科现有人员四名，其中两个是江淮兽医大学毕业的，你跟着学就行了。

程先觉说，他们到哪里都当权威，却让我当学生，岂有此理！

汪亦适说，先觉，先干着吧，多学一招，未必是坏事啊！

这以后，汪亦适等人就在三十里铺“五七干校”开始了新的生活。本来大家都认为程先觉找不到事情做，没想到程先觉很快就忙起来了。

“五七干校”只不过是一块牌子，其实质还是国营农场，小型的。一千多亩田地，喂了很多牲口，除了水牛黄牛，还有一个养猪场，上千头生猪，三个牧羊场，三千多头羊，另外还有鸡鸭鹅鱼。这在当时，简直就是一个丰富的食品库。喂养的这些动物，水牛黄牛和骡马是用来搞生产的，其他家禽家畜一律上交国家，支援世界上那四分之三还处在水深火热之中受苦受难的国际无产阶级兄弟去了。干校的伙食很差，每天只有萝卜白菜，每半个月吃一次肉，每个人平均不到二两。汪亦适等人虽然工资很高，但是买不到东西。配发的肉票、粮票和鸡蛋票，还舍不得自己用，尽量省下来捎回家，家里都有孩子啊！

一个多月下来，大家的脸色就有点发绿了。

干校医疗所条件稍微好一些，独门独院，干校的管理人员白天过来检查大家的学习和工作情况，夜晚一般不来。夜晚大家自学《人民日报》和毛主席著作。有一次学习到很晚，汪亦适和程先觉轮流读报纸，尽量找新鲜消息。读来读去，不是某某某接见某某某，就是某某地区革命运动形势大好莺歌燕舞，再不就是亚非拉无产阶级运动如火如荼。读了一阵子，郑霍山说，好他妈个蛋，老子在这里天天萝卜白菜白菜萝卜，就像他妈的吃斋辟谷一样。长此下去，精血两亏，想犯个生活作风都没有力气了。

程先觉说，怎么，老郑，你想发情啊？我手下有几百个美女，各个民族的都有，多数都是双眼皮，一律穿皮衣高跟鞋。

郑霍山说，留着你自己搞吧。不过我警告你，跟老母猪通奸也是犯法的。

汪亦适说，闭上你的臭嘴，你就不能讲点人话！

郑霍山说，旧社会把人变成鬼，新生活把鬼变成人，专案组又把咱们变得人不人鬼不鬼。我现在不会讲人话了，也不会讲鬼话了，只会讲脏话。

汪亦适说，好好学习，天天向上。现在继续讨论，将革命进行到底。

汪亦适是医疗所学习小组的组长，还管着程先觉和郑霍山。

郑霍山说，那我们探讨探讨业务吧。老程，你现在是兽医了，我向你请教一个问题，你说雌性动物有没有例假？

程先觉瞪着眼睛问，你说什么？

郑霍山嘿嘿一笑说，你说老母猪有没有月经？

程先觉愣住了，愣了半天说，低级趣味，你他妈的也太低级趣味了。

郑霍山说，这怎么是低级趣味呢？你当兽医的，至少也应该知道你的服务对象的生理特征吧？

程先觉说，老子不是兽医，你他妈的才是兽医！

郑霍山说，你这话反动！我是堂堂正正的中医，是为人民服务的，你居然敢把我的医疗对象诬蔑为兽！我昨天还给张泗安把脉呢。

程先觉说，你不是兽医，但你是人面兽心。

郑霍山说，老程确实不学无术，跟他说不清楚。老汪，你是院长，学问大，你说说这个问题。

汪亦适也愣住了，愣了半天说，从生物特征来看，雌性动物都应该有生理循环规律的，至于说动物的月经嘛，我也不清楚。你老郑要是有兴趣，你可以亲自观察嘛。

程先觉说，是啊，要知道李子的滋味，你就应该亲自尝一尝。你岳父一直说你求知欲强，你可以跟张泗安提出来，到兽医科给张歪嘴当徒弟。

郑霍山说，他妈的，难怪我们一起都来劳动改造，活该，当医生都是一知半解。

程先觉说，我不跟你扯淡了，我饿了。

郑霍山说，你跟张歪嘴一起天天出黑诊，吃香的喝辣的，你饿什么饿？不要以饥饿掩盖你的无知。

程先觉说，去你妈的，我懒得理你，我得省点力气，我明天还跟张歪嘴去给水牛打预防针呢。

张歪嘴是医疗所兽医科的主任，手下只有程先觉这一个学徒。

郑霍山突然来了灵感说，老程，有了，你们兽医科天天给牲口看病，你就不能想想办法给我们搞点肉吃？

程先觉说，我从哪里给你搞肉吃，我又不会七十二变。

郑霍山说，发挥主观能动性啊，有时候坏事也能变成好事。

程先觉说，不明白你的意思。

汪亦适说，老郑你老实点，不要把我们当楼炳光耍。你要是惹出麻烦了，我们大家都跟着遭殃。

郑霍山借上厕所的机会跟程先觉叽咕说，你听明白了没有？连汪亦适那个书呆子都明白了，你怎么就那么榆木疙瘩？

程先觉说，我当然听明白了，但是我不会上你的当。你是想让我给牲口看病的机会下毒，毒死一头猪来给你吃。但是你的如意算盘落空了。我虽然是革命对象，但我不是反革命，我不能给自己弄个反革命的帽子。“五七干校”虽然苦点，但总比巢湖监狱要好些。

郑霍山说，傻帽，谁让你给猪下毒啦？一头猪那么大的目标，你毒死了，那还不惊天动地？就算校部不查，你弄回来我们也没地方煮啊。

程先觉说，那你希望我做什么？

郑霍山说，鸡鸭，从无到有，从小到大，弄一只死鸡回来，不显山不露水。就是被发现了，也不是什么大事。

程先觉说，亏你还是中医，死鸡能吃吗？

郑霍山说，就因为我是中医我才知道，动物死亡之后，在一定的时间内，细胞还是活的。除去内脏五官，其他部位还是可以吃的。

程先觉断然拒绝说，你别诱惑我！这种错误行为，我是不会干的。

郑霍山一计不成，又生一计，说，老程，你还是死脑筋。你没看见老汪给病人做手术，有时候要割掉一些废肉。你们给牛马做手术，难道就没有多余的废肉？白白扔掉可惜，拿回来也好打打牙祭。

程先觉说，真恶心，那玩意儿也敢吃？

郑霍山说，那还是活肉呢，为什么不敢吃？不懂科学啊！

程先觉说，我再也不跟你鬼话了，我得睡觉了。

郑霍山的中医科白天比较忙。干校里有不少病人，有些还是过去经常跑第三医院中医科的老病号。过去在医院工作的时候，肖卓然和汪亦适都规定不许病人单独到医生家里去，不许医生接受病人的礼物，连一根烟都不允许。现在这些规定不管用了，病人也没有东西可以送给医生了。

郑霍山忙乎一天，还是萝卜白菜，头晕眼花，就打着汪亦适的旗号，跑到校部去跟张泗安反映，要求给医生每天增加一个鸡蛋。不然的话，外科医生拿手术刀手抖，要是抖得巧了，把病人的动脉切断了，那可不是搞着玩的。

张泗安说，这真是汪院长的意思吗？我今天还见到他，怎么没有听他说？

郑霍山说，汪亦适那个人你又不是不知道，清高啊，孤傲啊，他怎么能为一个鸡蛋折腰？

张泗安说，外科医生增加一个鸡蛋，中医要不要加？

郑霍山说，当然要加，营养不良我把脉把不准，把肝病诊断成肺病，那不是活活杀人吗？

张泗安想了半天才说，按说给你们几个医生每人增加一个鸡蛋，也不是什么大事。但是你们现在是改造对象，伙食标准有严格规定。如果超出标准，别的改造对象提意见，我就会犯错误。不行，我不能违背政策。

郑霍山说，你应该在会上提出来研究。医生是从事特殊职业的，没有营养看不了病。你就是让三百个改造对象集体投票，我估计他们也不会反对。你当领导的，要会做工作，要敢于做工作，不能天天看报纸喝茶，什么正经事情也不干。

张泗安不高兴了，脸一沉说，我干不干工作有组织上监督，用不着你说三道四。你就是想多吃多占一个鸡蛋，我告诉你，革命群众不答应。明天我就找汪亦适对质，是不是他提出来要增加鸡蛋的。如果不是，就是你再一次欺骗组织。

郑霍山的阴谋破产了。

9

阳春三月，“五七干校”又接收了一批新的成员，其中就有肖卓然。

本来校部准备分配肖卓然到分场生产组去，舒云舒得到消息，忍辱负重地找陆小凤想办法。陆小凤现在是第三医院的副院长，汪亦适下台之后，她成了权威，汪亦适的学生宋江淮也成了她的助手。陆小凤说，舒大夫，山不转水转啊，没想到你们家老肖又成落水狗了。你不是说过，你们家老肖，就是当了落水狗，爬上岸来，他也是一条顶天立地的狗吗？怎么还要找别人帮忙？

舒云舒说，陆院长，吵架没好言，我那是嘴硬。

陆小凤说，你是不是一直怀疑我和你们家老肖有一腿？

舒云舒苦笑说，我现在巴不得你和老肖有一腿，那样我们家老肖就多了一个挂念的人。

陆小凤说，说实话，我挺敬重你们家老肖的，正派，敢于负责任，但是这并不等于我想跟他有一腿。男人女人之间，也不光就是那么点事，你说是不是啊，舒大夫？

舒云舒连忙说，是啊是啊，我头发长，见识短。

陆小凤说，变着法子还是骂我，我也头发长，见识短啊！

舒云舒说，我没有那个意思。你爱人现在是市革委生产组的科长，能不能请他出面跟干校说一下，把我们老肖分到干校医疗所里，汪亦适和程先觉、郑霍山都在医疗所里，可以不参加农业劳动。你是知道的，农场里的劳动量大，秋收双抢能累死人，我们老肖得过肺结核，四十多岁的人了，他哪能受得了啊？

陆小凤说，我原先说过，老肖就是蹲了大狱，他老婆不去探监，我也给他送饭。我说话算话。但是这件事情找我们家老张没有用，他算个屁，他那个破科长，还是老娘这把手术刀给他打通的路子。

舒云舒不吭气了，她知道陆小凤肯定有办法。

果然，陆小凤把外科副主任宋江淮叫了过来说，查查，有没有跟三十里铺“五七干校”有关系的病人。

宋江淮回忆一会儿说，有一个女病人，肾结石，好像爱人是“五七干校”的养猪场场长。

陆小凤掸着手指头说，还有没有官大一点的？如果外科没有，你就悄悄地到中医科和其他科室暗访一下，争取找个管事的。

宋江淮只用了一个小时，就给陆小凤回话了，说有一个老太太，前天刚住进中医科，儿子是市革委生产指挥组的副组长，正管着“五七干校”。

陆小凤二话没说，就带着舒云舒去了中医科，把老太太移到了高干病房，然后就在病房里守株待兔。中午的时候，市革委的那位副组长终于出现了。一听说老太太住进了高干病房，吃了一惊。因为他本人才是处级干部，没有资格享受高干病房，更别说家眷了。陆小凤说，小事一桩，请组长大人帮忙。然后把肖卓然的事情说了一遍。那个副组长一口承诺说，肖局长的大名如雷贯耳，我也很敬重。别说这点小事，就是再大一点，我也可以帮忙。

陆小凤说，那就谢谢组长了。

副组长说，我这个比芝麻还小一点的官，还正好管着“五七干校”，县官不如现管啊！你们放心，我一定让肖局长到干校医疗所工作。

肖卓然并不知道舒云舒为他的事情暗地里奔波，他认为他被分配到干校医疗所是天经地义的事情。他是卫生局长，他不到医疗所他到哪里去？所以他带着毛驴车直接到了医疗所，这个地方过去他视察过，路熟。毛驴车停在院子外面，舒云舒和车夫忙着搬东西。肖卓然甩手径直走进院子，胸脯挺得很高，腰杆笔直，眼神仍然很有威严。瘦死的骆驼比马大，他不能掉价。

大家都在忙着。肖卓然背着手站在院子中央，他奇怪这里也有很多病人。有的老干部认识肖卓然，只是没有人热情迎上来，大家面无表情地点点头算是打招呼，彼此就心照不宣了。

一会儿张泗安过来了，连声说，肖局长您来了，您怎么不到校部喝杯茶呢？我们正在研究您的工作呢。

肖卓然说，研究什么？现在你们不用向我汇报工作了。

张泗安搓搓手，面带难堪地说，还真得向您汇报。

肖卓然看了张泗安一眼，似有所悟，现在他不能再那么居高临下了。他点点头说，张校长，我让你们为难了，没关系，你们分配我做什么都行。

张泗安说，肖局长，我们这个医疗所，总共七个人，西医科由汪院长负责，中医科由郑霍山负责，程先觉在兽医科给张歪嘴当学徒。您看……

肖卓然眉头皱皱说，怎么还有兽医科，我过去怎么没听说？把人医和兽医放在一起，真是滑天下之大稽。

张泗安说，这是特殊情况，反正这是个医疗所，都是搞医的嘛。

肖卓然说，乱弹琴！

刚说完，就看见舒云舒在给他递眼色，明白过来，长叹一声，不吭气了。

张泗安说，舒大夫，你看肖局长……是到西医科还是中医科？

肖卓然没好气地说，西医我不会做手术，中医我不会把脉，我哪里都不去，我也去兽医科好了。

张泗安说，肖局长别生气，要不您负责药房？我们这里有一个药剂员，不是科班出身。肖局长要是肯屈驾，那就大大加强医疗所药房的力量了。

肖卓然木着脸，半天没作声。

舒云舒说，我看先这样吧！张校长已经很关照了，老肖你先干着，好歹你有基础啊。

肖卓然说，好吧，我从头学起。

中午到大食堂吃饭的时候，汪亦适等人才看见肖卓然。郑霍山见面就说，热烈欢迎，热烈欢迎！

汪亦适说，老肖，见到你真是又惊又喜啊。

肖卓然说，幸灾乐祸啊，有什么喜？

郑霍山怪声怪气地说，惊的是你这样驰名江淮的著名卫生局长也被打倒了，喜的是干校医疗所有了新生力量。干校的老干部多，大病小病没人管，你肖局长来了，我这就放心了。

肖卓然一脸茫然，问汪亦适，这狗日的说的是人话还是鬼话？

汪亦适笑笑说，这不是他说的，这是张泗安给我们的欢迎词。

郑霍山说，舒云舒，三十年河东，三十年河西。当年我死乞白赖地追求你，你理都不理。你就是看中了肖卓然是个当官的料子，你还以为他能当市长省长呢。没想到吧，一个样子。

舒云舒说，这话我过去跟你说过，现在再说一遍。我们家老肖就是成了落水狗，爬上岸来，他也是一条顶天立地的狗。你呢，你不落水也是一条嗷嗷叫的癞皮狗。

郑霍山说，请注意，我是你二姐夫。

舒云舒说，你像个姐夫的样子吗？

肖卓然说，吵什么，心情这么好！

汪亦适说，老肖，以后有好戏看了。我们这里唯一的娱乐活动就是吵架。

郑霍山说，吵吧，不吵还能干什么？我们见到你肖局长，难道要上演兔死狐悲，难道大哭一场不成？吵吧，不吵则休，不吵则垮，不吵则憋死。

肖卓然来到"五七干校"之后，那副威严端庄的架子只端了几天，很快就萎缩了，因为他遇到了郑霍山之流早就遇到的问题——伙食太差，营养不良。他是得过肺结核的人，营养尤其要跟上。尽管舒云舒隔三岔五地奔波，送几个鸡蛋半斤卤肉，但大家都在一个锅里吃饭，肖卓然根本就没有机会独吞，总是想拿出来和大家分享。好在大家知道他的情况，每次他把鸡蛋或肉拿出来，郑霍山之流嚷嚷得很凶，却很少真的动筷子。

伙食改善开始于一个意外的事件。清明节前一天，程先觉跟张歪嘴去养殖场劁猪，回来之后脸上脖子上都是血口子。汪亦适问他怎么回事，程先觉躺在床上叹气说，一天割了七八根猪鸡巴，张歪嘴还保密，只让我按猪腿，不让我看手术。我当了几个月兽医，到现在连劁猪都不会。

汪亦适说，这有什么好生气的，难道你真想当兽医？

程先觉说，看这样子，也不知道什么时候能回家，要是长期在干校改造，真不如当兽医。张歪嘴他们，常常半夜被附近的老百姓请去出私诊，用公家的药治私人的牲口，不光好酒好菜伺候，还能搞几个烟钱。

郑霍山突然说，别说张歪嘴了，你刚才说什么，割了七八根什么？

程先觉有气无力地说，猪鸡巴。

郑霍山眨眨眼说，给猪节制生育还要割鸡巴？汪院长，你们搞节制生育的时候割不割？

汪亦适不屑地说，老郑，你这个中医是怎么当的？一句话有两句外行。第一，老程他们劁猪，是绝育而不是节育。第二，劁猪不割阴茎，只割睾丸。

郑霍山不在乎汪亦适的奚落，突然一骨碌从床上坐起来说，东西呢？我是说猪卵蛋。

程先觉说，扔了。难道你想吃？

郑霍山说，那东西那么恶心，怎么能吃？但那是中药，名贵药引子。在哪里，我去找。为人民服务啊！

程先觉说，我按了一天猪腿，骨头都散架了。要找你自己去找，在养殖场东边的粪坑里。

郑霍山二话不说，起床披衣，借了汪亦适的手电筒，紧急集合一般冲入茫茫黑夜。

第二天，郑霍山把中医科的药房用报纸糊了个严严实实，声称他要搞科学实验。当天夜里，肖卓然和汪亦适、程先觉还在熟睡，郑霍山把他们一个又一个叫醒，让大家带上碗筷，溜进那间捂得严严实实的药房，一股肉香顿时扑鼻而来。肖卓然问，这是从哪里搞来的？

郑霍山说，我犯错误了，这是我的一个病人让家里送来的猪腰子。请肖局长汪院长原谅。

肖卓然和汪亦适都是饥肠辘辘，被肉香唤醒，垂涎欲滴，哪里还顾得上跟他打嘴仗？肖卓然说，好了好了，赶快动手吧，免得校方来人看见了。

肉是在酒精炉上炖的，程先觉上来夹了一块，送到肖卓然的碗里说，狗日的郑霍山，不知道烧掉公家多少酒精。

郑霍山从屁股后面一摸，大家眼前顿时一亮，我操，还有酒啊！神仙啊！

第二天早上，汪亦适把郑霍山叫到一边说，你狗日的老实坦白，你从哪里搞的猪腰子？

郑霍山嘿嘿一笑说，什么猪腰子？就是程先觉这个傻帽扔掉的猪卵蛋。

汪亦适嗷的一声要吐，但是半天没有吐出来。郑霍山笑着说，亏了你还是医生，猪卵蛋怎么啦？我跟你说，动物的任何器官，除了淋巴以外，别的都能吃。按照中医理论，吃什么补什么。这农场里喂了那么多牲口，不光要劁猪，还要骟牛骟马，东西多得很。老汪你等着吧，我们的春天来到了，再过两个月，你要是有幸回家，你会发现你已经返老还童了。

中午，郑霍山把程先觉约到医疗所后面的树林子里，两个人制订了一个周密的计划。郑霍山说，老程，你要是想好好地生活，以后恢复工作之后你的老二还想翘起来的话，你就得听我的。

程先觉说，狗嘴里吐不出象牙，你从来就没有什么好主意。

郑霍山说，我们是一条绳子上的蚂蚱啊，我干吗要坑你？你看，干校里有那么多猪羊牛马，还有附近群众家的牲畜，这个春天，有劁不完的猪，有骟不完的蛋。你正好利用职务之便，有权不使，过期作废啊！

程先觉说，我怕你吃多了变成公猪了，打起老母猪的主意，那也犯法啊！

郑霍山说，扯什么淡！你要是不搞，大家一并挨饿。

程先觉说，那好吧，不过，出了事，我可不负责。

郑霍山说，砍头不过碗大的疤，吃几个猪蛋牛蛋算什么事？把我们养足精神了，也好为人民服务，你说是不是？

程先觉说，你说是就是。

商议完毕，程先觉先走一步，刚出林子，路上撒了一泡尿。正撒着，就听见里面一阵嗥叫——让暴风雨来得更猛烈些吧！

10

春季真是个好季节，除了漫山遍野的映山红，还有取之不尽、吃之不竭的雄性生殖器或者睾丸……程先觉当兽医当得不咋样，但是程先觉有机会帮助兽医张歪嘴按猪腿，按牛腿，按羊腿。每回给这些牲口做完手术，程先觉哪怕被抓挠得满脸是血，心里也是快乐的。他主动要求承担善后工作，以后收拾那些血淋淋的器物，就顺理成章地由他大包大揽了。

郑霍山曾经说过，以后我们要是还能工作，还能回到医院工作，那么对于皖西医疗卫生战线做出巨大贡献的就是程先觉。

可是好景不长。过了春天，那些被骟了的水牛黄牛，那些精力充沛得快要爆炸的健壮的牲口，跟着“五七干校”里那些垂头丧气的改造对象投入到火热的生产当中了，犁地耕田，拉车驮粮。程先觉之流只好咽下口水，继续过着缺油少肉的生活。

情况是在秋天开始转变的。突然有一天，张泗安面带喜色地跑来向肖卓然转达，市革委出于革命的人道主义，决定给一部分表现好的改造对象放三天假，可以回去过中秋节。但是给哪些人放假，由改造对象自己推荐。医疗所有两个指标，让肖卓然组织大家认真学习市革委的通知，体会组织的温暖，推荐出真正表现好的人。

肖卓然说，这不是挑动群众斗群众吗，我们自己怎么推荐？你们可以按级别指定，要不就是职务高的，要不就是最基层的。

张泗安说，那不行，现在参军招工上大学，一律都是推荐。我们不能把矛盾上交。

肖卓然半天没吭气。说实话，到干校大半年了，他太想回家一趟了。老大舒蔷薇已经下放到六安农村了。临走的时候到干校来看望父亲，看到父亲吃住条件那么差，心里很难过，是流着眼泪走的。这以后，肖卓然就不让舒云舒带孩子过来了。他落到这一步，大人伤感无所谓，不能给孩子心里投下阴影。现在，有了机会，如果中秋节能赶回去同家人共享天伦之乐，那确实是求之不得的事情。赋闲了，靠边了，事业不再成为生活的主要内容，此刻更需要家庭的温情。操蛋的是，居然让改造对象们自己推荐，怎么推荐？

按肖卓然的想法，应该首先让他和汪亦适回去。除了个人感情因素以外，他还有一个隐秘的念头。康民大厦又停工好几年了，他一直暗中琢磨，能不能找个巧妙的理由，推动李绍宏把这项工程继续下去。邱山新虽然没有过去那么红了，但仍然在市革委工作，还是副主任。拉上汪亦适这个大恩人登门拜访，邱山新即便不能以行政手段给予帮助，至少也可以出出主意。

问题是，谁能回家过中秋节，不是他个人能够说了算的。在这里，他不再是卫生局长，大家都是平起平坐的。

思考再三，肖卓然决定从程先觉身上打开突破口。他本来认为程先觉会毫不犹豫地提出来听他指示，岂料程先觉说，肖局长，要是其他事情，我会义不容辞地为你说话，但是，你知道的，我的孩子小，老婆一个人带着不容易，这是个机会，我也想回去看看，我还希望你投我一票呢。如果你投我一票，我就投你一票。

肖卓然愣怔半天，叹了一口气说，你怎么能这么明目张胆地拉票？如果我们两个拉帮结派，老汪和老郑也互相投票，那我们谁也回不成家了。

程先觉说，肖局长，你要是真想回家，那我教你一个办法。依我之浅见，老汪和郑霍山是不会联盟的，一盘散沙就只能任人宰割。你可以分别暗示汪院长和郑霍山，你会投他们一票，我也暗示他们我会投他们各自一票，但是我们不能真投，我只投你，你只投我。他们两个人中间如果有一个人上当，那我们两个人每个人都是三票，他们吃亏了也说不出口。只要我们两个团结起来，就能稳操胜券。

肖卓然说，程先觉，亏你说出口，这种鸡鸣狗盗的事情我是断然不会做的。

程先觉说，那我就没有办法了。就算我投你一票，他们两个如果反对，那不是白搭吗？

肖卓然说，你去把老汪和老郑请来，我们商量，不搞无记名投票。

程先觉先去请了汪亦适，然后再到中医科去找郑霍山。郑霍山不在办公室，中医科的赤脚医生小马说，郑主任在配药室。程先觉找到配药室，门关着，门缝里往外冒着青烟。程先觉敲门问，里面有人吗？

里面没有人答应。又敲了几下才有一个瓮声瓮气的声音传出来问，找谁？

程先觉说，老郑，老郑，你在里面吗？

郑霍山在里面说，老郑不在里面。

程先觉说，他妈的，不在里面你搭什么腔？

郑霍山在里面说，老郑在里面，但是老郑已经死了。

程先觉拍着门板说，难道你又从哪里搞到雄性生殖器了？我警告你，现在给牛骟蛋就是破坏农业学大寨。

郑霍山打开门，揉着眼屎问，什么事赶快说，我在搞科学实验呢。

程先觉往里面瞅了一眼，看见一个酒精炉子，但那上面炖的不是雄性生殖器，而是像狗皮膏药一样的浓汁，噗噗地冒着气泡，发出刺鼻的气味。程先觉问，你这是干什么？

郑霍山说，炼丹啊，炼仙丹。

程先觉说，炼仙丹干什么？

郑霍山说，我要去北京，去见毛主席。把我的仙丹敬献给伟大领袖毛主席。你们天天喊毛主席万岁，可是他老人家还是一天一天地老了。我炼的这个仙丹，长年服用，长生不老。

程先觉说，都说旧社会把人变成鬼，新社会把鬼变成人，可是我看你郑霍山，还是人不人鬼不鬼，三分像人，七分像鬼。

郑霍山说，有屁快放，没看我忙着吗？

程先觉说，干校给我们医疗所两个指标，给两个人放假回家过中秋节，老肖让我们到他房里商量，推荐谁回去。

郑霍山二话没说，回身噗噗几口，把酒精炉吹灭，关上门就走。

程先觉跟在后面喊，哎，老郑你等等，我还有话要说。

郑霍山站住。

程先觉说，我是赞成你回去的，如果投票，你也得投我一票。他们两个都是当权派，我们底层的同志要团结。

郑霍山说，好啊，我投你一票，你也得投我一票啊。

程先觉说，那是当然。

后来四个人就坐到一起了，肖卓然把张泗安的口头通知传达完后说，情况就是这个情况，大家都想回，但是名额只有两个。我看就不要搞什么无记名投票了，大家商量，争取把组织的温暖落实到家庭最困难的、最有理由回去的人头上。谁先发言？

郑霍山说，我先谈点看法，我认为我们不一定先确定推荐谁，我们可以采取排除法，先排除两个暂时可以不回家的人，剩下两个自然而然就行了。

肖卓然说，也行啊，那你谈谈，先排除谁。

郑霍山说，我认为程先觉可以暂不考虑。

程先觉本来以为郑霍山会同意他的互相利用，没想到这狗日的上来就把矛头对准他，不禁怒火中烧，呼啦一下站起身来说，凭什么？

郑霍山说，你职务太低。

程先觉是，我是副院长，相当于副处级。而你才是科主任，那你更不能回家了。

郑霍山说，我是什么级别我一会儿才告诉你。第二个可以排除的，是老肖。

肖卓然恼火地盯着郑霍山说，职务最低的你要排除，职务最高的你也要排除，这是什么逻辑？

郑霍山说，排除你不是因为职务，而是因为你到“五七干校”来得最晚。凡事总有一个先来后到的吧？

肖卓然说，你说了不算。老汪，你谈谈你的看法。

汪亦适不紧不慢地说，快一年了，谁不想回家呢？这个指标给了哪两个，对另外两个都是打击。我看我们也没有必要在这伤和气。抓阄吧，听老天爷的。

肖卓然说好，郑霍山也说好，程先觉便找出一张处方纸，揉了四个纸团。然后就抓阄，结果是肖卓然抓了一个“回”，郑霍山抓了一个“回”。抓住的自然高兴，肖卓然哈哈大笑，大声说，苍天有眼，老天助我！可是笑着笑着，两行热泪就唰唰而出，把纸团扔给程先觉说，老程，你回吧，你的孩子还小！

程先觉说，那不行啊肖局长，我本来就对不起你，我不能再占用你的机会了。

汪亦适说，老肖，听说有些干部已经恢复工作了，这趟回家，借中秋节机会活动活动，即便不能官复原职，能回医院也行啊。

肖卓然说，我何尝不是这样想？可是我肖卓然从来都是先人后己，这回跟大家争夺回家的指标，失态啊，失常啊！我不能回，打死也不能回。

郑霍山说，你们这一说，都很高风亮节，就显得我没风格了。可是我跟你们说，我郑霍山也不是自私的人，我想回家是有重要任务的。前几天宋江淮来告诉我，老院长已经半身不遂了，根据我掌握的情况，是脊椎神经萎缩。老程你刚才看见了，我是在炮制成药，这是我最近研制的经络药，已经临床试用了一个多月，效果不错，三分场那个刘书记已经能够下地了。我想再亲自给老院长复查一下，看看是不是适合他用。

郑霍山这么一说，大家心里一冷一热。关于老院长丁范生的情况，是众所周知的。前年夏天重伤之后，虽然经过两次手术，脱离了生命危险，但是出院后一直处于半瘫痪状态，郑霍山预言最后很有可能变成植物人。如果大家都在医疗岗位上，情况或许会好一点。可是这几个人都到干校来了，医院的正常秩序被打乱了，老院长基本上落到无人问津的地步，身体每况愈下。

肖卓然说，难得啊难得，老郑，我们相信你，你就回家过中秋节吧。见到老院长，代我们问声好，祝他早日康复。

汪亦适说，老郑，药物治疗是一方面，重要的还是心理。告诉老院长，一定要挺住，等待我们回到手术台的那一天，等到看见康民大厦建成的那一天。

郑霍山说，你们放心，有十分的力量，我绝不会只用九分。

肖卓然说，拜托了！

说完，几个人的眼圈都红了。

第十五章

1

秋天过去是冬天，三十里铺一片萧瑟。

郑霍山名义上回家过了一个中秋节，其实是在蓼城县的桥头公社待了三天。丁范生的情况果然不妙，长期卧床，嘴角也歪了，幸亏家人照料得好，身上没长褥疮。治疗主要靠桥头公社卫生院的银针草药，那是当初按照郑霍山的处方实施的。由于没有特效药，只能维持，康复的希望基本上没有。

丁范生坚持不用公家的药，并且坚持继续把自己的工资拿出三分之二，补贴看不起病的农民。

郑霍山亲手给丁范生熬药，并耐心地无保留地向桥头公社的医生交代配方和煎药的火候、时机。每天下午，丁范生都有一阵清醒的时候，醒来就断断续续地询问肖卓然等人的情况。郑霍山一五一十地回答，丁范生很少表态。只有一次，丁范生说，我恐怕活不长了，可是我不甘心啊！我希望我能多活几年，能看见我们皖西地区最大的医院。肖卓然当年跟我说，有朝一日，要把皖西的老百姓都请到医院，全面体检，我不知道这个愿望什么时候能够实现。

郑霍山说，现在都在搞运动，没有人关心这个事情了。老院长你就安心养病吧，这些遥远的事情不要想了。

丁范生说，为什么遥远？我们都奋斗这么多年了。

郑霍山是从桥头公社直接回到干校的，把丁范生的话跟大家转述了，肖卓然良久不语。汪亦适说，老院长的脑子还没有糊涂，他的思维神经还是好的。他提出的这个问题，确实值得深思。

程先觉说，我看能把老院长的事迹整理上报，他简直就是我们皖西的焦裕禄。

肖卓然说，现在谁来管这个事情呢？等着吧，我就不相信老是这个局面。

这些天，我总感觉到情况有了微妙的变化。前几天我在校部看报纸，好多老干部都出来工作了，陈向真老书记又回党校当副校长了。这是个信号。

肖卓然的感觉没错。

转机出现在这年秋末冬初，市革委先是来了一道指令，正在“五七干校”劳动改造的正处级以上的领导干部和高级专家，集中到六安县境内的西华庄园办学习班。

程先觉收拾行李的时候，郑霍山说，正处级以上干部办学习班，你去凑什么热闹啊，是不是因为学习班的伙食比干校的好？

程先觉说，我是上了组织上正式通知名单的，我为什么不能参加学习班？

郑霍山说，组织上可能搞错了，我要去反映，纠正过来。

程先觉说，我倒是也奇怪。你郑霍山历史上是我军的俘虏、臭硬的反动派，现实中你只是一个科室主任，只相当于正科级。这么高级别的学习班，怎么会让你参加？这恐怕才是组织上真的搞错了。

郑霍山说，我是主任医师，享受的是正处级待遇，约等于正处级领导干部。而你呢，历史上在起义关头左右摇摆，投机革命，这次去参加学习班，没准就是处理你们的问题。你听说没有，老肖和老汪已经被通知写自传了。你也要写，历史上的问题要说清楚。搞得不好，就被无产阶级专政了。

郑霍山说着，还把食指和拇指绷成九十度，对着程先觉的脑门“叭”了一下。

程先觉说，去你妈的，就是专政，也要首先专政你这个阴谋向我军战士开枪的历史反革命。

郑霍山说，哈哈，老程，不跟你开玩笑了，我看你脸都吓白了。我跟你透露个消息，这一回，中央出大事了，过去好多事情都要被翻回来说了。

程先觉说，什么叫翻回来说？

郑霍山说，凡是在运动时期被认为是错的，就是对的。凡是在运动中被打倒的，就是正确的。听说老肖和老汪很快就要官复原职了，老肖可能还要提拔使用，因为他在前几年就被提名为市革委常委兼文教卫领导小组组长，约等于副厅级。

程先觉听得呆了，愣了半晌说，那我们这些人呢，我们这些跟着老肖吃糠咽菜同甘共苦的人呢？

郑霍山说，听说老汪要接任卫生局长，你接三院院长。

程先觉不理郑霍山，便开始倒腾他的行李。

郑霍山说，你不信？

程先觉说，老郑，你以为你是谁，你是市委组织部长啊！第一，老汪是不会去当那个卫生局长的；第二，即便老汪调走了，第三医院院长也轮不上我，不是还有你这个约等于正处级的专家吗？

郑霍山说，市里要成立中医院，我去那里当一把手。

程先觉顿时僵住了。

这以后，程先觉的心里就开始有点躁动了。他也听说形势要变过来，如果真是这样，肖卓然升官的可能性不是没有，水涨船高，汪亦适升官的可能性也不是没有，郑霍山说得有鼻子有眼，他即便不信，也不能不动心。

到了西华庄园之后，肖卓然和市里的几名原局长被分配在北主楼，汪亦适和郑霍山、程先觉住在东配楼。这里原先是国民党一名中将在抗战期间修建的别墅，徽式建筑，欧式装修，房间里顶灯辉煌，下面铺着地毯，房间里还有卫生间，居然有抽水马桶，可见当年国民党的将领多么腐败。

刚刚住下，家属们也被批准探亲。大家觉得苦尽甘来，已经开始享福了。随着舒云展的到来，郑霍山的房间夜里又响起了高亢的朗诵，让暴风雨来得更猛烈些吧！

郑霍山对程先觉说，世道就是这样，三十年河东，三十年河西。我们吃点苦没什么，天降大任于斯人，必先劳其筋骨，饿其体肤。

岂料这里刚刚弹冠相庆，上面又来了一个通知，让每个人撰写自传，重点是在运动期间的表现。这时候出现了一个新的名词，叫作“三种人”。

渐渐地就知道了，前面一个运动结束了，后面一个运动又开始了。

住在西华庄园，生活条件是改善了，但是自由度却受到了限制。学习班的负责人给大家宣布纪律，因为这个学习班是保密的，是清查“三种人”的，所以要严格执行纪律，不得互相串联，外出必须请假。

这时候传说很多，各种小道消息都有。其中一个最流行的传说是，原市革委的主要成员邱山新被关进了大牢，因为他在运动前期大肆整人，将一个老干部迫害致死，而肖卓然在运动期间因为同邱山新过从甚密，也参与了迫害整人的行动。所以这次让大家写自传，主要是说清楚是否参与了肖卓然和邱山新的整人活动。

程先觉乍一听到这个消息，惊得眼镜都差点儿掉下来了。当天他就到北主楼去找肖卓然，结果发现，那里有公安干警站岗，外面的人不让进去。程先觉说，能不能让肖局长的爱人出来一下，我想跟她见面说个事。门卫说，我接到的命令是，一只苍蝇都不允许放进去，一只蚊子都不允许放出来。

程先觉到处打听，终于得到一个消息，北主楼的人员正在接受审查，一个一个过关，连同他们的家属也要说清楚，一律不得与外人接触。他们实际上是被软禁起来了。那个透露消息的人还说，你们也不要上蹿下跳，等北主楼的问题解决了，你们也得说清楚。

程先觉回到东配楼，把情况跟汪亦适等人说了，大家全傻眼了。程先觉一个劲儿嘀咕说，怎么可能，怎么可能，肖卓然跟邱山新完全是两回事，他是利用老邱做工作啊，他不可能参与老邱的阴谋活动。

汪亦适也说，老肖和邱山新根本就不是一路人，我看你们也不必大惊小怪。再说，这个形势，也不像是搞运动，也许北主楼正在传达秘密文件呢。

话是这么说，但是大家心里还是没有底。

就从这天之后，程先觉的脸就开始重新发绿了，郑霍山的房间里夜里再也没有“呼风唤雨”的声音了。虽然大家在运动期间并没有为虎作伥，并没有做整人的事情，相反都是被整对象，是受迫害者，可是，谁知道呢，这些年的形势，翻手为云，覆手为雨，一会儿这个被打倒了，一会儿那个被打倒了，随时可以让你倒下去而不必让你知道你为什么倒下去，所有的人都成了惊弓之鸟。

2

在一个细雪飘飘的上午，舒云舒突然披头散发地闯到东配楼，首先到了汪亦适的房间，脸色苍白地说，亦适，不好了，肖卓然被抓走了。你说这是怎么回事啊？

汪亦适吃了一惊，从椅子上跳了下来，说，你别急，慢慢说。

舒云舒说，今天早晨吃过饭，卓然他们几个被叫到学习班办公室。过了一会儿，卓然回来收拾东西，告诉我不要紧张，要相信组织。我问他要到哪里去，他说他也不知道。万一发生不测……

舒云舒说不下去了，一个劲儿抹眼泪。汪亦适说，这么严重啊，他还说了什么？

舒云舒说，他告诉我，他写了一个申诉材料，万一他回不来，让我到省里到北京把材料递上去。

汪亦适说，前两天，真是审查“三种人”吗？

舒云舒说，是的，天天变着法子提问，绕来绕去，同邱山新的关系，在邱山新的指使下做了哪些事情，什么时候接受过邱山新的指令。今天问了，明天又问，今天这样问，明天那样问，就像审犯人一样。

汪亦适呆了半晌说，看来情况是比较严重，不过你也不用太着急。依我对卓然的了解，他不可能参与邱山新的任何阴谋活动。

舒云舒说，我也是这样想，可谁知道情况会发生什么样的变故呢？这年头，指鹿为马，捏造莫须有罪名的事情比比皆是啊！

汪亦适说，那倒是。你赶快把卓然的申诉材料找出来，我们见机行事。

舒云舒说，卓然万一有个好歹，叫我怎么办啊！

汪亦适说，你放心，我们不会落井下石的，我们能够证明卓然的清白。

舒云舒说，亦适，我知道你，可是，这件事情可能还要牵涉到你们，你们也得做好思想准备啊。

汪亦适说，不做亏心事，不怕鬼敲门。除非有证据证明肖卓然确实参与迫害活动了，否则我负责把申诉材料递出去。

不久，东配楼的揭批查工作果然开始了，大家也被要求写材料，写运动期间的表现。医疗卫生系统的人，着重交代同肖卓然的关系，是否直接参与或间接参与邱山新的阴谋活动。

如此七搞八搞，不仅程先觉和郑霍山官复原职的黄粱美梦被粉碎了，就连汪亦适也是如坐针毡，舒云舒更是度日如年。好在东配楼的清查工作不像北主楼那样严格，不是背靠背。北主楼的人员在大雪封山之前，有的回皖西城等待分配去了，有的到新的地方“说清楚”去了，还有的，如肖卓然等人，到底被带到哪里去了，谁也不知道。

当地老人都说，这一年是大别山的丰年，从农历十二月上旬开始下雪，鹅毛大雪连下七天，不仅土公路被封了，电路也被压断了。西华庄园一度停水停电，造成了极大的恐慌。学习班的负责人忙于抗雪救灾，清查工作进入缓和状态，住在这里的所有的待审查人员，一律扛上铁锹铲雪，力求尽快恢复生产。

抗灾工作持续了半个多月，舒云舒也哭了半个多月。每天下工回来，她都要到西华庄园后面的小山坡坐上一阵子，眺望通向皖西城的那条土公路。有时候她独自去，有时候舒云展和舒雨霏陪着她，在皑皑白雪的世界里，就像执著的望夫石。

消息完全是闭塞的，外面的报纸送不进来，广播听不到，电话打不通。西华庄园几乎与世隔绝了半个月。有一天实在憋急了，程先觉突然想起了汪亦适带来的一个红梅牌收音机，一问，早没电池了。程先觉找到郑霍山，两个人一合计，鬼鬼祟祟地钻进学习班的值班室，把电话上的两块拳头粗的电池卸了下来，又剪了几根电线，烧掉塑料皮，把电池接在收音机上，七弄八弄，收音机居然响了，能够听到里面有人唱样板戏。

汪亦适见他们把值班室的电池偷了出来，十分震惊，说，你们胆子也太大了，值班室的电池都敢偷，就凭这一条，就可以判你们反革命罪。

郑霍山说，反正电话也不响，线路被压断了，大雪封山，没有十天半月查不出来。我们夜晚用它听收音机，天亮前再把它放回值班室。

正说着话，收音机里面传来一个熟悉的声音。郑霍山惊叫一声，啊，不得了，是舒司令，还有舒司令的老公，特大新闻，舒老四两口子双双登台了！

说着，抱着收音机就往外跑，一直跑到西华庄园后面的小山坡上，老远看见舒家三姐妹都在，郑霍山手舞足蹈地大喊，大舒二舒三舒，你们听听这是谁在说话，这是舒司令啊！

舒家三姐妹一起围了过来，果然听到里面是舒晓霁和夏易功在播音：皖西人民广播电台，皖西人民广播电台，在今晚的各地广播站联播节目时间，将播送重要新闻，请组织广大听众认真收听——

这条预告重复播送了六次。汪亦适和程先觉随后而来，程先觉说，没错，是舒晓霁。

舒雨霏说，老二老三，老四又回到电台工作了，这是个好消息啊！

舒云舒忧心忡忡地说，不知道有什么重要新闻。

一句话说得大家黯然神伤，因为肖卓然至今杳无音信，而皖西城的揭批查正在如火如荼，或许这重要新闻就是揭批查的结果吧。天知道会发生什么。

大家都在雪地里等，汪亦适此刻也不担心偷电池东窗事发了，焦躁不安，来来回回地踱步，踏出了一块直径一丈多长的圆圈。

七点二十分，重要新闻准时播出：皖西各地广播站联播节目现在开始，首先播送重要新闻。今天下午，皖西市召开千人大会，部署抵御雪灾生产自救工作。大会由市委书记安至深同志主持，市委副书记、常务副市长兼抗雪救灾总指挥肖卓然同志做重要讲话……

舒云舒尖叫一声，什么？

汪亦适说，镇静，接着往下听。

郑霍山说，他妈的，老肖升大官了，害得我们天天在这里为他提心吊胆。

舒云舒颤抖着说，别说话了，让我再听听，这是不是真的？

万籁俱寂。收音机里又传出舒晓霁那凝重激昂的声音，肖卓然同志要求，受灾地区各级领导干部要率先垂范，战斗在抗雪救灾第一线，要深入到贫困地区的每家每户，首先解决那里的人民温饱问题。市供电、供水、交通部门要全力出动，向灾区送粮送煤……

舒云舒说，这个肖卓然是我们家老肖吗？

汪亦适说，再听听。他会自己出来说话的。

果然，几分钟后，收音机里传出了肖卓然的声音——受灾地区的父老乡亲们，你们辛苦了，我代表市委市政府向你们表示亲切慰问，同时我向你们保证，我们将尽快地把当前最急需的物资送到你们的手上。市委向广大的共产党员、共青团员发出号召，积极行动起来，由各部门牵头组成突击队，清除道路积雪，尽快恢复交通和通信，确保道路畅通……我们万众一心，一定能够克服当前的困难，渡过这一难关……

舒云舒说，是他，是他，是老肖啊，他没有出事啊，他又工作了啊，这一切都像是在做梦啊！

汪亦适说，云舒，这不是做梦，这是真的。这一切都在表明，严寒即将过去，春天的脚步已经踏响了皖西的大地。

肖卓然的声音继续在大别山腹地的山谷里回荡——我们要借这次抗击雪灾的强劲东风，继续深入揭批查工作，同时把这次抗雪救灾工作作为考察干部的重要条件。希望那些犯了错误的同志觉悟起来，行动起来，投入到抗雪救灾斗争当中。人民的眼睛是雪亮的，人民群众不会忘记在特殊年代遭受的创伤，同时也不会抛弃每一个愿意真诚悔过、愿意立功赎罪的人们，希望你们以崭新的姿态回到人民的怀抱……

三天后，通向西华庄园的道路打通了，电话线路也恢复了。

很快就搞清楚了，当初肖卓然等人被带走，是原市革委主任孙杰根玩弄的一个把戏。真正在运动时期迫害老干部并且导致多起家破人亡事件的是孙杰根。孙杰根在揭批查工作展开之后，为了隐瞒自己的罪行，采取了移花接木的手法，把矛头引向邱山新，炮制了大量的伪证，从而牵连到了肖卓然等人。

就在肖卓然等人被带到皖西城准备接受审查的当天，省委召开紧急会议，纠正各地揭批查工作出现的失误和偏差，重新调阅有关人员档案。在重新调查的过程中，不仅没有发现肖卓然和“三种人”有任何关联，反而对肖卓然在运动时期的所作所为深感震惊，与会人员普遍认为肖卓然同志是一个坚持原则、坚持真理的好干部，有远见，有魄力，也有实绩。这次会议决定，任命肖卓然为皖西市委副书记，主抓揭批查工作，同时兼任常务副市长，分管农村工作。

补　记

20世纪80年代末的一个秋天的早晨，霞光万丈，皖西市第三医院康民大厦即将举行竣工典礼。十八层的康民大厦，一至十层共设十个体检站，将常年对皖西五百二十万名群众进行流水体检，是江淮地区的第一个体检大楼。其资金来源，一是自筹，二是因此项工程受到上级赏识，国家和省财政每年适量拨款。

典礼开始之前，皖西市市长肖卓然推着丁范生的轮椅，循着大厦缓缓而行。他们的身后是舒氏姐妹和皖西著名外科专家汪亦适、著名中医专家郑霍山、市老干部局局长程先觉、第三医院院长宋江淮等人。

丁范生已经瘫痪多年，被医学判为死刑，但在郑霍山的中药调理下，奇迹般地延续了数年生命，有时候甚至可以开口说话。

肖卓然说，老院长，您的夙愿终于实现了，我们皖西的康民大厦建成了，一流的设备，一流的技术，一流的服务。我们计划在一年之内，完成对皖西地区全体老百姓的体检工作，以后每年复查一次。皖西人民有病不看、看病不治的历史一去不复返了。

丁范生吃力地睁开眼皮，浑浊的眼球似动非动，缓缓地转动着，最后落在大厦上，双眼突然放光。丁范生抓住肖卓然的手说，卓然同志，当年你跟我说，一年两年不行，三年五年可能，十年八年准成。现在过去多少年了？

肖卓然说，50年代末动工开始，到现在已经三十多年过去了。

丁范生说，为什么，为什么，为什么让我等了这么久？我都快坚持不下去了。

肖卓然说，对不起，老院长，我们的工作走了弯路。

丁范生说，一万年太久，只争朝夕。我们不能再走弯路了。天地之间有杆秤，秤星就是老百姓。满天的星星都在看着我们啊！再走弯路，老百姓不答应啊。

肖卓然无语。

是年冬，丁范生溘然长逝。

图书在版编目(CIP)数据

四面八方 / 徐贵祥著. — 北京 : 中国文史出版社, 2018.3

ISBN 978-7-5205-1715-7

Ⅰ. ①四… Ⅱ. ①徐… Ⅲ. ①长篇小说-中国-当代 Ⅳ. ①I247.5

中国版本图书馆 CIP 数据核字(2019)第 268126 号

责任编辑：蔡晓欧

出版发行：**中国文史出版社**
社　　址：北京市海淀区西八里庄 69 号院　邮编：100142
电　　话：010-81136606　81136602　81136603（发行部）
传　　真：010-81136655
印　　装：北京新华印刷有限公司
经　　销：全国新华书店
开　　本：720×1020　1/16
印　　张：31　　　　字数：548 千字
版　　次：2020 年 3 月第 1 版
印　　次：2020 年 3 月第 1 次印刷
定　　价：79.80 元